HEYNE
HARD
CORE

Das Buch

Ein brutaler Bandenkrieg erschüttert die Straßen Roms. Kommissar Malatesta ahnt den wahren Grund der Fehde: Ein gigantisches Bauvorhaben, das die Peripherie der Stadt bis zur Küste von Ostia mit Casinos, Hotels und Clubs zubetonieren soll. Dabei ziehen nicht nur korrupte Behörden, Mafia und Zigeunerclans am selben schmutzigen Strang, sondern auch Würdenträger aus Kirche und Politik. Allen voran Samurai, ein eiskalter Neofaschist.

Der Autor

Giancarlo de Cataldo, geboren 1956 in Taranto, lebt und arbeitet als Richter in Rom. Er ist der Autor zahlreicher preisgekrönter Romane, Erzählungen und Drehbücher für Film und Fernsehen.

Carlo Bonini, geboren 1967 in Rom, ist Investigativ-Journalist bei der Tageszeitung *La Repubblica*. Zahlreiche Buchveröffentlichungen, u. a.: *ACAB. All Cops Are Bastards*, das von Stefano Sollima verfilmt wurde.

Giancarlo De Cataldo
Carlo Bonini

SUBURRA

Thriller

Aus dem Italienischen
von Karin Fleischanderl

WILHELM HEYNE VERLAG
MÜNCHEN

Die Originalausgabe erschien 2013 unter dem Titel
Suburra
im Verlag Giulio Einaudi editore, Turin

Unter www.heyne-hardcore.de finden Sie das komplette Hardcore-Programm, den monatlichen Newsletter sowie alles rund um das Hardcore-Universum.
Weitere News unter www.heyne-hardcore.de/facebook

FSC
www.fsc.org
MIX
Papier aus verantwortungsvollen Quellen
FSC® C014496

Verlagsgruppe Random House FSC® N001967

Vollständige Taschenbuchausgabe 09/2016

in der Verlagsgruppe Random House GmbH,
Neumarkter Straße 28, 81673 München
Printed in Germany
Umschlaggestaltung: Nele Schütz Design, München,
unter Verwendung von Motiven von © shutterstock (Clara, lightpoet)
Druck und Bindung: GGP Media GmbH, Pößneck
ISBN: 978-3-453-43856-9

www.heyne-hardcore.de

Für Severino.
Er weiß, warum.

Prolog

Rom, Juli 1993

Es war eine schwüle Sommernacht. Ein Fiat Ducato der Carabinieri stand am Lungotevere, mit drei Männern an Bord. Sie trugen Uniform, waren jedoch Kriminelle. In der römischen Unterwelt kannte man sie unter den Namen Botola, Lothar und Mandrake. Botola stieg aus und ging zum Fluss. Er fischte einen zerbröselten Keks aus der Tasche und legte ihn auf die Brüstung. Dann trat er ein paar Schritte zurück und sah zu, wie eine Möwe die Keksreste aufpickte.

– Wie schön die Möwen sind.

Er stieg wieder ein. Der, der Lothar genannt wurde, zündete sich die x-te Zigarette an und seufzte.

– Mir reicht's. Worauf warten wir?

– Gehen wir rein, sagte Mandrake überzeugt.

Doch Botola schüttelte den Kopf.

– Samurai hat gesagt, Punkt zwei. Keine Minute früher oder später. Es ist noch nicht so weit.

Die beiden anderen protestierten. Was soll's? Zehn Minuten zu früh? Na und? Und überhaupt, sie standen ja auf der Straße und warteten, nicht Samurai. Und war Samurai vielleicht allwissend? War er vielleicht der Liebe Gott, konnte er sie Schritt für Schritt überwachen?

– Der Liebe Gott vielleicht nicht, räumte Botola seufzend ein, – Teufel würde der Sache schon näherkommen.

– Ja, der Teufel!, sagte Mandrake spöttisch. – Er ist ein Mensch wie du und ich. Ich habe es satt: Samurai hier, Samurai dort … Aber Samurai hat sich noch nie die Hände schmutzig gemacht … Hat eine große Klappe, keine Frage … ist aber auch keine Hexerei, wenn die anderen das Risiko auf sich nehmen.

Botola sah sie mit herablassendem Lächeln an. Die armen Teufel hatten ja keine Ahnung!

– Erinnert ihr euch an Pigna?

Lothar und Mandrake hatten den Namen noch nie gehört.

Botola erzählte ihnen eine Geschichte.

Es gab einmal einen Boxer namens Mandrione, eigentlich hieß er Sauro, doch aufgrund eines fatalen Zwischenfalls wurde er Pigna genannt. Ein Vieh, der arme Pigna, genauso stark wie dumm. Wäre er etwas schlauer gewesen, hätte er sich nicht mit Samurai wegen einer Drogengeschichte angelegt. Nach einer Reihe geschobener Boxkämpfe hatte ihm der Verband nämlich die Lizenz entzogen und Pigna hatte angefangen, für Samurai zu dealen. Das Problem bestand darin, dass Pigna sich für sehr schlau hielt. Zuerst arbeitete er in die eigene Tasche, dann, als er sich sicher fühlte, riss er sich eine große Lieferung unter den Nagel, verkaufte sie und verschwand. Drei, vier Monate blieb er verschwunden, eines schönen Tages tauchte er wieder auf. Mit dem Geld, das er Samurai geklaut hatte, hatte er sich ein Fitnessstudio gekauft, vier Typen aus der Vorstadt rekrutiert und begonnen, auf eigene Faust zu dealen. Samurai versuchte es zuerst im Guten und besuchte ihn im Fitnesscenter. Er schlug ihm ein vernünftiges Abkommen vor: Die Hälfte vom Fitnessstudio und vom Erlös im Tausch gegen Frieden. Pigna war uneinsichtig. Er rief seine Jungs und ging mit gesenktem Schädel auf ihn los. Fünf gegen einen, Samurai verteidigte sich so gut wie möglich, ging aber fast dabei drauf. Sie legten den Halbtoten in einer Gasse ab, es dauerte eine Zeitlang, bis er sich wieder erholt hatte. Eines Abends taucht im Fitnessstudio ein Unbekannter auf. Er schreibt sich ein, hebt ein paar Gewichte, plaudert mit den Jungs des Chefs. Als es an der Zeit ist zuzusperren und Pigna mit seinen Getreuen allein ist, zieht der Unbekannte eine Skorpion-Maschinenpistole heraus, eine, wie sie früher Terroristen verwendeten, und stellt sie alle an die Wand. Fünf Minuten vergehen. Pigna und die Seinen versuchen den Typen zum Reden zu bringen, doch der ist stumm wie ein Fisch. Schließlich geht die Tür auf und Samurai taucht auf. Unter dem Regenmantel trägt er einen Kimono und in der Hand hält er ein Katana, ein sehr scharfes japanisches Schwert. Er zielt damit auf Pigna und hält ihm eine kleine Rede. Die Sache mit dem Geld hätte er ja verkraftet, aber die Demütigung nicht. Deshalb, lieber Pigna, sagt er zu ihm, wirst du dir jetzt mit diesem Schwert den Bauch aufschlitzen, und ich sehe dir zu, wie du stirbst. Im Gegenzug krümme ich deinen Jungs kein Haar. Pigna beginnt zu winseln. Er bittet um Verzeihung. Er gibt zu, einen Fehler gemacht zu haben. Er schlägt vor, ihm das Fitnessstudio zu überlassen, den ganzen Stoff, der noch übrig ist, die Drogenkontakte. Samurai seufzt, hebt das Schwert und schlägt einem der Jungs mit einem einzigen Hieb den Kopf ab. Pigna heult. Die Jungs heulen. Einer von ihnen tritt vor und bietet Samurai an, das Urteil zu vollstrecken. Samurai sieht ihn an und enthauptet ihn. Schau, Pigna, sagt er, du suchst dir die falschen Männer aus, sie sind nicht loyal … In diesem Augenblick gehen die drei, Pigna und die beiden Überlebenden, zu einem verzweifelten Gegenangriff über.

– Was soll ich euch sagen?, sagte Botola abschließend. – Samurai machte Hackfleisch aus ihnen. Sein Freund musste nicht einmal einen Schuss abgeben. Dann steckten sie die Überreste in Säcke und warfen sie in den Tiber.

Lothar und Mandrake sahen den Erzähler entgeistert an.

– Ich glaube, das ist ein Märchen, sagte Mandrake zaghaft.

– Es ist soweit, unterbrach ihn Botola. – Los.

Sie fuhren zum Piazzale Clodio. Blinkten dreimal mit dem Fernlicht in Richtung Tor des Palazzo di Giustizia, nach ein paar Sekunden ging es auf. Die Wache am Schilderhaus näherte sich langsam dem Fahrersitz. Der Mann erkannte Botola und bedeutete dem Kombi mit einer Geste, er solle weiterfahren. Im Schritttempo fuhren sie die Betonrampe hinauf, die zum Parkplatz von Gebäude C führte, wo eine Reihe von Panzertüren den Tresorraum der Agenzia 91 der Banca di Roma sicherte.

Ein Bankschalter im Inneren des Gerichts.

Ein Safe, in dem das Vermögen und die Geheimnisse von Richtern, Anwälten, Notaren, Polizisten aufbewahrt wurden.

Der doppelte Boden dessen, was Justiz genannt wird, in Wahrheit aber nur Macht ist.

Botola griff in den Tresor und holte die Liste der neunhundert Sicherheitsfächer der Bank heraus. Samurai hatte hundertsiebenundneunzig angekreuzt. Nur die sollten sie öffnen. Lothar nahm zwei große Jutesäcke. Mandrake überprüfte den Sack mit dem Werkzeug und den Ring mit den fünfzig Schlüsseln, die es ihm als einzigen in Rom erlaubten, alle Panzerschränke zu knacken. Alle drei zogen eng anliegende Lederhandschuhe über.

Die Carabinieri warteten auf sie, sie hatten ganze Arbeit geleistet. Die Panzertüren, die zu dem Safe führten, waren offen, das Alarmsystem und die Überwachungskameras deaktiviert. Botola erwiderte den Blick der Carabinieri mit einem verächtlichen Grinsen. Die beiden stanken nach Angst und Unehrenhaftigkeit. Nach korrupten Bullen. Er entließ den jüngeren der beiden mit einem freundschaftlichen Klaps auf die Wange.

Sie kannten den Safe so gut wie ihre Westentasche. In den letzten beiden Monaten waren Botola, Lothar und Mandrake mindestens zehnmal hier unten gewesen, in Begleitung eines Kassiers der Agentur. Eines Fünfzigjährigen mit einer Schwäche für Koks und Weiber. Er gehorchte wie ein Schoßhündchen. Er hatte die Besitzer der Fächer einzeln aufgezählt, Samurai hatte nur eine Wahl treffen müssen. Er hatte Pläne geliefert und sie über die Anzahl der Zugriffe informiert. Er hatte ihnen erlaubt, Abdrücke von den Schlüsseln zu machen, die die Türen im Herzen der Bank öffneten. Jetzt hatten sie nicht mehr viel zu tun. Sie brauchten nur die Schätze in Empfang zu nehmen.

– Ich zieh' jetzt die Uniform aus, sagte Mandrake. – Als Bulle fühle ich mich nicht wohl.

– Da geb' ich dir recht, Bruder, stimmte Lothar zu.

Botola erlaubte es ihnen. Sie sollten sich jedoch beeilen. Das Glück war ihnen nicht ewig hold, und selbst die besten Pläne scheiterten manchmal aufgrund eines unvorhergesehenen Details.

Sie beschlossen, im Dunklen zu arbeiten, im Licht von zwei großen Unterwassertaschenlampen. Es lief wie am Schnürchen. Die ersten hundertvierundsiebzig Fächer ließen sich öffnen wie Pralinenschachteln.

Bargeld, zehn Milliarden Lire, ein Haufen Schmuck und Uhren landeten im Sack.

Mit unverhohlener Gier stürzte sich Lothar darauf. Mit der Zunge leckte er sich über die Lippen, als habe ihn eine unkontrollierbare Geilheit gepackt.

Botola übernahm den Rest. In diesen Fächern war nämlich etwas, das viel mehr wert war als die Bündel mit Fünfzig- und Hunderttausend-Lire-Scheinen. Staunend nahm er zur Kenntnis, dass ein Staatsanwalt, eine Koksnase, ein paar Deka zwischen der Uhr seines Großvaters und der Perlenkette seiner Frau versteckte, eine eiserne Reserve. Der Strahl der Taschenlampe fiel auf die Kontoauszüge Schweizer Banken, wo Anwälte, Richter, Carabinierioffiziere, Finanzbeamte das Geld geparkt hatten, mit dem die Bande sie in den letzten Jahren gekauft hatte.

Samurai hatte recht. Hier drinnen, das war wie Weihnachten und Dreikönigstag in einem.

Im letzten Fach fand er eine Pistole.

So etwas hatte Botola noch nie gesehen, und das, obwohl er sich nach den vielen Jahren auf der Straße bei solchen Dingen auskannte. Aber diese Pistole war eine antike Pistole, mit langem Lauf und einer unverständlichen Aufschrift, wahrscheinlich in Deutsch. Er überprüfte die Liste, er dachte, es handle sich um einen Irrtum. Doch es war kein Irrtum. Samurai hatte dieses Fach sogar doppelt angekreuzt. Was hatte er mit dem alten Schießeisen vor? Er nahm die Waffe und ein paar Schachteln mit Munition und steckte alles in den Sack.

Vier Uhr morgens. Mandrake fluchte, weil ein paar Schlösser unerwarteten Widerstand boten.

– Es reicht Jungs, es ist spät.

Sie gingen zum Kombi zurück, während die Carabinieri hinter ihnen die Tore und die Panzertüren schlossen. Der Ducato drehte um und fuhr im Schritttempo die Rampe hinunter. Das Tor ging wieder auf. Botola beugte sich aus dem Fenster, in Richtung der Wache im Schildhäuschen.

– War uns ein Vergnügen, du Arsch.

Lothar und Mandrakes wildes Lachen übertönte das Knirschen des Getriebes, als er den ersten Gang einlegte.

Sie brachten den Ducato in das kleine Wäldchen am Monte Antenne, wo sie zuvor Botolas sauberen Saab versteckt hatten. Sie luden die Säcke ab und vergruben sie gemeinsam mit den Uniformen. Lothar und Mandrake schütteten Benzin über den Kombi.

– Gib mir Feuer, Botola!, scherzte Lothar.

Die Kugel traf ihn genau zwischen die Augen. Lautlos fiel er zu Boden. Mandrake schnellte herum. Entsetzt schaute er Botola an, der eine 7.65 in der Hand hielt, mit noch rauchendem Lauf.

– Aber was …

– Mandrake, ich war der Typ, der Samurai ins Fitnessstudio begleitet hat, sagte Botola und erschoss auch ihn.

Als Botola in seine große Wohnung in der Nähe des Pantheons zurückkehrte, stand die Sonne schon hoch am Himmel. Lothar und Mandrake waren nur noch verkohlte Leichen in einem Blechhaufen. Sie taten ihm leid, aber Samurai ließ nicht mit sich handeln. Die Beute war in Sicherheit, sie mussten nur noch drauf warten, dass sich das unvermeidliche

Gewitter verzog. Er legte ein paar Flaschen Jahrgangschampagner auf Eis, dann trat er auf die schläfrige Piazza hinaus. Früher einmal hatte die Wohnung Dandi gehört. Dandi war vor ein paar Jahren durch die Hand ehemaliger Kumpane gestorben: durch die Hand von Verrätern, wie einige meinten. Durch eine Exekution, die die Welt von einem der größten Verbrecher befreit hatte, wie die meisten meinten. Botola hatte keine Meinung dazu. Er war mit Dandi gut befreundet gewesen, sein Tod war für ihn eine Mischung aus Unfall und Notwendigkeit gewesen. Wäre Dandi der Erfolg nicht zu Kopf gestiegen, wäre er noch eine Zeitlang die Nummer eins geblieben. Wenn … dann wäre er nicht Dandi gewesen. Also …

Eine Zeitlang hatte Dandis Witwe Patrizia in der dreihundert Quadratmeter großen Terrassenwohnung gewohnt, von der aus man auf das römische Zentrum blickte. Dann hatte sich Patrizia mit einem Bullen eingelassen und ins Gras gebissen. Botola hatte eine nicht allzu lange Strafe abgesessen und die Wohnung samt Inneneinrichtung um einen Pappenstiel gekauft. Von hier aus, von dieser Wohnung, die sie früher daran erinnert hatte, wer sie waren, woher sie kamen und wie weit sie es gebracht hatten, von hier aus sollte alles von neuem beginnen.

Wie früher. Besser als früher.

Gegen Mittag gab sich Samurai die Ehre. Er war sehr groß, trug ein koreanisches Hemd ohne jegliche Schweißspuren, eine dunkle Sonnenbrille, eng anliegende Jeans. Mit genervter Miene lehnte er den Champagner ab, nickte kaum merklich, als ihm Botola die Aktion im Tresorraum in den höchsten Tönen schilderte.

Botola war sauer. Okay, Samurai war wortkarg, nahezu schweigsam, aber ein bisschen Anerkennung, wenn schon nicht Bewunderung, hätte er zum Ausdruck bringen können!

– Hast du mitgenommen, worum ich dich gebeten habe?

Botola reichte ihm verärgert die Pistole und die Munition.

Samurai nahm die Reliquie ehrfurchtsvoll in Empfang, nahm die schwarze Ray-Ban ab, ließ einen zärtlichen Blick über die Waffe gleiten, schließlich lächelte er.

– Was ist denn so besonders an dem Eisen?, flüsterte Botola. Sie hatten einen Schatz gehoben, und Samurai hatte nur Augen für eine Pistole, die wohl hundert Jahre alt war.

– Das verstehst du nicht, antwortete Samurai kurz angebunden.

Botola ließ es bleiben. Seit zwanzig Jahren lebte er nun auf der Straße, und er hatte gelernt, dass man sich niemals zwischen einen Mann und seine Leidenschaften stellen durfte. Wenn sich Samurai für eine Pistole derart begeistern konnte, war es seine Angelegenheit.

Samurai steckte Pistole und Patronen ein, dann fiel sein Blick auf ein kleines Gemälde über einem langen weißen Sofa.

– Hat Dandi gehört, erklärte Botola schnell. – Er hat hundert Millionen bei einer Versteigerung dafür bezahlt.

– Es ist eine Kopie, flüsterte Samurai.

– Was redest du? Da ist sogar eine Signatur! Schau, De Chierico.

– De Chirico.

– Na und? Keine Ahnung, ob du dich erinnerst, aber Dandi war keiner, der sich vom erstbesten Fälscher reinlegen ließ.

– Ich habe ja nicht Fälschung gesagt. Ich habe Kopie gesagt. Das ist etwas ganz anderes. Der Künstler malt ein Original, dann setzt er Kopien des Originals in Umlauf oder erlaubt einem anderen Maler, es zu tun … Auf jeden Fall, es ist nicht viel wert.

– Gut, wahrscheinlich hast du recht. Mir haben die beiden Typen, die sich umarmen, sowieso nie gefallen.

– Hektor und Andromache, stellte Samurai richtig.

Botola hatte die Nase voll. Samurai übertrieb, aber warum brummte ihm der Schädel? Tja, vielleicht spielte ihm das Adrenalin einen üblen Streich. Botola ging in die Küche, entkorkte den gekühlten Champagner, goss nur sich selbst ein Glas ein, Samurai war ja schlecht drauf, und ging ins Wohnzimmer zurück, entschlossen, nicht länger Zeit zu verlieren.

Samurai hatte es sich auf dem Sofa gemütlich gemacht und spielte mit der Pistole und den Patronen.

– Samurai, wenn es dich nicht stört, sollten wir über unsere Projekte sprechen.

Mit einer müden Geste bedeutete ihm Samurai fortzufahren.

Botola nahm einen potthässlichen Stuhl (ebenfalls eine Anschaffung Dandis, Gott hab ihn selig, der noch dazu total unbequem war) und platzierte sich vor ihm.

– Nun, ich sage, so wie wir im Augenblick dastehen, bleibt uns gar nichts anderes übrig.

– Und das wäre?

– Wir erobern Rom.

– Ach ja? Red' weiter.

– Wir haben Geld, frisches, sauberes Geld, und zwar jede Menge. Das heißt, für uns ist es sauber, für sie ist es schmutzig, wenn du weißt, was ich meine.

– Natürlich.

– Gut. Wir haben die Papiere. Die uns sagen, wo das viele Geld gelandet ist, das die braven Staatsdiener in den letzten Jahren geklaut haben. Wir haben sie so gut wie an den Eiern. Das macht uns unantastbar, und deshalb …

– Deshalb?

– Wenn du mitspielst, sind wir beide von nun an wie Julius Cäsar und Oktavian Augustus.

Botola lachte über den Witz, er erinnerte ihn an Libanese, den Gründer der Bande. Er hatte eine Leidenschaft für das antike Rom gehabt. Vielleicht nicht mal zu Unrecht.

– Also, was sagst du, Samurai? Machen wir's?

Samurai nickte und lud die Pistole. Während er das Magazin in die Öffnung am Lauf einsetzte, hielt er dem fassungslosen Botola einen kurzen Vortrag.

– Das ist eine Mannlicher, sie wurde 1901 in Österreich produziert. Anders als die meisten halbautomatischen Pistolen funktioniert sie nicht aufgrund des Rückstoßes des Verschlusses, sondern sie hat einen sogenannten Geradezugverschluss. Wie du siehst, werden die Patronen von oben, nicht von unten eingelegt. Die Waffe wurde im Ersten Weltkrieg vom österreichischen Heer verwendet. In Europa kam sie dann nicht mehr zum Einsatz, dafür aber in Argentinien. Das sind auch tatsächlich Borghi-Patronen, sie wurden 1947 in Buenos Aires hergestellt. Im Augenblick des Schusses wird die abgeschossene Patronenhülse ausgeworfen und eine neue von hinten in das Patronenlager geladen, wobei das Schloss gespannt wird.

Samurai seufzte tief, hielt Botola die Mannlicher an die Stirn und drückte ab.

Für den Rest des Sommers ging Samurai auf Tauchstation.

Die Uniformierten waren sauer, weil der Meistercoup für ziemlich viel Aufsehen gesorgt hatte, und riefen in Rom die besten Ermittler zusammen. Ein Maulwurf wurde schnell ausfindig gemacht und sang bei den Carabinieri, die wollten sich Lothar, Mandrake und Botola vornehmen: einmal Verräter, immer Verräter. Samurai hatte damit gerechnet. Genau aus diesem Grund hatte er die drei braven Burschen – widerwillig – umgelegt. Um alle Spuren zu beseitigen. Mitte September, während sich die Polizisten umsonst das Hirn zermarterten, wer hinter dem Raub stecken könnte, schnappte er sich die Beute und tauchte pünktlich beim monatlichen Treffen im *Bagatto* auf.

Il Bagatto war offiziell ein „Freizeitzentrum", insgeheim jedoch ein Treffpunkt der extremen Rechten in Rom. Organisation und Struktur waren den Linken abgeschaut, doch das Dekor war eindeutig faschistisch: Wimpel mit Liktorenbündeln, Wandmalereien mit Gandalf und Frodo, bis hin zu Aschenbechern mit Hakenkreuz und Knüppeln mit Metallkern, die an improvisierten Tischen unter der Hand verkauft wurden. Und Faschisten waren auch die jungen Burschen, die zuerst spärlich, dann immer zahlreicher herbeiströmten und sich auf den wackeligen Bänken im Keller das Lokals in Montesacro zusammendrängten und ungeduldig darauf warteten, dem Wort ihres geistigen Anführers zu lauschen.

An diesem Abend waren es mindestens vierzig und alle blutjung. Hooligans aus dem Stadio Olimpico, die zwar in verschiedenen Fankurven saßen, jedoch einen gemeinsamen Glauben hatten – oder zumindest versuchte Samurai ihnen das weiszumachen.

Die Hooligans. Roms Zukunft.

Samurai setzte große Hoffnungen in seine Jungs. Hungrige Burschen, die nichts zu verlieren hatten und darauf brannten, sich alles zu nehmen.

Er hatte sie mit Ideologie geködert, aber das Projekt war größer als eine veraltete Utopie. Es ging darum, ein engmaschiges Netz zu knüpfen. Sie sollten stark, entschlossen und furchtlos sein wie antike Krieger, aber auch schlau wie Füchse und, bei Bedarf, weich und ätzend wie Quallen. Alle sollten ihren Fähigkeiten entsprechend eingesetzt werden: Straßenköter genauso wie Akademiker im Doppelreiher. Und alle, alle, würden loyal sein.

Samurai begann zu sprechen. Seine Stimme war leise und angenehm, hin und wieder brach jedoch ein Elan hervor, der für Begeisterung sorgte und die Herzen erwärmte. Er sprach von der engen, unauflösbaren Verbindung zwischen der erträumten Revolution und dem Leben auf der Straße. Er erklärte, dass das, was in den Augen der

Kleinbürger als Verbrechen galt, für den Krieger unter gewissen Umständen eine perfekte Geste war, die sich sowohl über das Gejammer der Schwächlinge als auch über Disziplinierungsversuche durch die feige Justiz hinwegsetzte. Denn die Geste ist ihre eigene moralische, ästhetische und religiöse Rechtfertigung, sie genügt sich selbst.

Er sprach unermüdlich, fügte Beispiele und Gleichnisse an, bis er sicher war, dass er sie – wie immer – in der Hand hatte. Und dann, als sie auf die endgültige Offenbarung warteten, schwieg er ganz plötzlich und entließ sie mit einem halben Lächeln.

– Geht jetzt. Denkt darüber nach, was ihr gerade gehört habt. In einem Monat sehen wir uns wieder.

Die Jungs strömten hinaus, gaben halblaute Kommentare von sich, um die Konzentration von Samurai nicht zu stören, der sich mit geschlossenen Augen die Schläfen massierte, als habe ihn die Rede sehr angestrengt.

– Meister? Darf ich was sagen?

Seufzend öffnete Samurai die Augen.

Der Lauf einer Halbautomatischen war in zehn Zentimeter Entfernung auf ihn gerichtet.

Der Junge vor ihm hatte ein offenes Gesicht, ehrliche Augen und eine gerunzelte Stirn. Er lächelte angespannt und die Hand, mit der er die Pistole hielt, zitterte stark, obwohl er sie mit der anderen festzuhalten versuchte.

Marco Malatesta. Achtzehn Jahre alt. Ein Bursche aus Talenti, mit viel Herz, Mut und vor allem Hirn. Einer seiner Favoriten. Ein möglicher Erbe.

– Marco, du hast es geschafft, mir einen Schreck einzujagen. Aber jetzt bitte …

– Du bist kein Meister. Du bist ein Dreckschwein!

– Gib Acht, Marco. Du redest wie ein Kleinbürger.

– Schieb dir die blöden Sprüche in den Arsch, Samurai. Das bist du!

Er kramte in seiner Jackentasche und schmiss ihm einen Haufen bunter Pillen ins Gesicht.

– Die sind einen Haufen Geld wert, sagte Samurai ungerührt. Du solltest sie lieber aufheben.

– Ach, du erkennst sie wieder, was? Natürlich! Du drehst den Fans Ecstasy an, du machst uns süchtig. Du bist ein Dealer, Samurai. Nein, nicht nur ein Dealer, der Oberdealer. Früher hast du uns losgeschickt, um den Dealern den Schädel einzuschlagen. Und es als „revolutionäre Tat" bezeichnet. Und was ist das, ha? Freie Marktwirtschaft?

– Mein Junge, wenn du jemanden erschießen willst, musst du zuerst das Schießeisen entsichern.

Instinktiv blickte der Junge auf die Pistole.

Samurai lächelte, dann schnellte er los. Einen Augenblick später hatte er die Pistole in der Hand.

Marco stürzte sich mit blutunterlaufenen Augen auf ihn. Samurai machte einen kleinen Schritt zur Seite, wich dem Angriff aus und versetzte ihm mit dem Lauf einen harten Schlag in den Nacken. Der Junge fiel ächzend zu Boden. Samurai entsicherte. Dann beugte er sich über Marco, zwang ihn sich umzudrehen, setzte sich rittlings auf ihn, und richtete die Waffe mitten auf seine Stirn.

– Ich sollte es dir mit gleicher Münze heimzahlen, Marco Malatesta. Du brauchst nicht um Gnade zu flehen.

– Ein Arschloch flehe ich nicht um Gnade an! Ich habe an dich geglaubt, Samurai, ich habe an deine Worte geglaubt. Wir müssen die Stadt ändern, wir müssen die korrupte Welt ändern, eine neue Moral! Doch du kommst mit der korrupten Welt gut zurecht, du suhlst dich darin, du bist ein Verräter!

– Ich bin kein Verräter. Allenfalls ein schlechter Lehrmeister. Ich habe dir nichts beigebracht. Deshalb trage ich noch größere Schuld als du. Und meine Strafe besteht darin, dich am Leben zu lassen.

Samurai steckte die Waffe ein. Er stand auf und forderte Marco auf, ebenfalls aufzustehen. Der Junge hatte Mühe, er konnte sich kaum auf den Beinen halten, sein Kopf hämmerte schmerzhaft. Samurai stützte ihn, mit der Rechten streifte er zart Marcos Gesicht, wie um den Frieden zu besiegeln. Marco verspürte einen stechenden Schmerz, er führte die Hand an die Schläfe, und als er sie zurückzog, war sie voller Blut.

– Nur ein unauffälliges Mal, erklärte Samurai und steckte die kleine Klinge ein. – Es wird dich ein Leben lang begleiten. Es wird dich daran erinnern, wer du bist, woher du kommst und was du getan hast.

Zwei Wochen später, als die Wunde vernarbt war, ging Marco Malatesta zur Carabinieri-Kaserne *Pisacane* und fragte nach dem diensthabenden Offizier.

Rom, heute

I.

Am Fenster der Anna-Magnani-Suite, im vierten Stockwerk des Hotels *La Chiocciola,* das im Werbeprospekt als „charmantes Boutiquenhotel hinter dem Campo de' Fiori" beschrieben wurde, in den Augen des Pöbels jedoch ein sündteures Stundenhotel der kapitolinischen Elite war, öffnete der Abgeordnete Pericle Malgradi, ein Musterbeispiel christlicher Lebensführung, den schwarzen Seidenmorgenmantel mit dem schneebedeckten Fujiyama darauf – *Kimono heißt das, Kimono,* hatte ihm Samurai erklärt, aber der hatte einen Knall – holte sein Geschlechtsteil heraus, das – wie er *urbi et orbi* zu verkünden pflegte – zu einer phänomenalen Erektion fähig war –, und segnete Dächer und Passanten der Ewigen Stadt mit einem gelben Strahl.

– Sabrina!, kläffte er, ohne sich zu seiner Favoritin umzudrehen, die noch immer auf dem *king-size bed* lag, neben der anderen, der Litauerin, – Sabrina, du bist doch Römerin, du kennst doch Bellis Gedichte … wie heißt es doch gleich? Ich bin der König … und ihr seid nichts …

Ach, das Wasserlassen, das göttliche postkoitale Wasserlassen, was für ein Genuss, was für ein Vergnügen! Er pisste auf die armen Teufel hinunter, die nachts arbeiten mussten, er ließ seinen Strahl wie aus einer Gießkanne hinunterregnen, ließ ihn zuerst empor schießen wie aus einem Springbrunnen, stoßweise und ruckartig, und dann hinuntertröpfeln oder ihn einfach wie einen mächtigen Wasserfall in die Tiefe rauschen.

– Sabrina, schau! Ich habe einen auf der Glatze erwischt! Köstlich, er schaut, schaut nach oben, ja, ärgere dich nur über die Möwen und die Krähen … ich bin oben und du bist unten … begreifst du endlich, wie das Leben funktioniert? Sabrì? Sabrinaa … Verdammt, komm her und schau, ihr werdet mir doch wohl eine kleine Freude machen, bei dem, was ich euch bezahle!

Schweigen. Die Huren waren wahrscheinlich eingeschlafen. Kein Wunder. Er hatte die beiden ja fertiggemacht. Er, Pericle Malgradi! Aber er würde sie wieder aufwecken, die beiden „Professionellen"!

Der Abgeordnete fischte eine Patek Philipe Annual Calendar 4937G aus der Tasche des Kimono, küsste zärtlich und mit berechtigtem Vaterstolz das kleine Bild seiner Töchter, das er im Inneren des Gehäuses einfügen hatte lassen, ließ den Deckel aufklappen – wer außer ihm konnte sich eine Medikamentenschachtel mit einem Drachen drauf um mehr als fünfzigtausend Euro leisten? – und holte ein paar Levitra-Tabletten heraus.

– Levitra, Sabrì, hast du verstanden, nicht das Armeleutezeug, das die anderen fressen, Cialis, Viagra … von dem man nur Kopf- und Bauchweh bekommt. Das ist was Besonderes, mein Mädchen, erstklassige Ware, von meinem Bruder Temistocle eigenhändig hergestellt. Irgendwann stelle ich ihn euch vor, er hat ja auch einen Champions-League-Schwanz … das liegt bei uns in der Familie … die Brüder Malgradi, Klasse ist dicker als Wasser … Ach, Sabri', kommt her, du und die andere, die Slawin, wie heißt sie doch gleich … hört ihr mich nicht, ihr Nutten?

Nichts. Schweigen. Verdammt! Sabrina war dabei, es sich zu verscherzen. Sie war ja nicht die einzige Nutte in Rom, in Rom konnte man aus dem Vollen schöpfen! Nächstes Mal nahm er sich zwei Schwarze. Nein, noch besser, zwei Schwarze und eine Transe. Um ein bisschen Spaß zu haben. Das stand ihm zu, er hatte ja sein Leben lang der Gemeinschaft gedient. Der Transe würde er jedoch von Anfang an klarmachen; geben ja, nehmen nein! Er war ja keine Schwuchtel!

Der Herr Abgeordnete steckte die Uhr in die Tasche zurück, holte eine Prise Koks aus dem Stanniolpapier, vermischte es mit den zerbröselten Tabletten, legte das Ganze auf das Fensterbrett und sniefte.

– Sabrina! Slawin! Für euch ist auch noch was da!

Nach wie vor Schweigen. Jetzt reichte es aber. Ihm wurde so schwindlig, dass er schwankte. Er lehnte sich an die Balustrade. Das Zeug stieg ihm zu Kopf. Bald würde es im Schwanz ankommen. Während der Erektionscocktail langsam wirkte, überkam ihn ein angenehmes Gefühl der Unbesiegbarkeit. Alle riefen dazu auf, auf die Bremse zu steigen, alle sagten, sie tanzten am Rande eines Vulkans, alle fürchteten, die Dinge könnten sich von einem Augenblick auf den anderen verändern. Alle faselten von *Sparkurs,* von Moral … zum Teufel damit! Italien würde sich nie ändern. Wir werden immer oben sein, und die armen Teufel unten.

– Hilfe!

Endlich ein Lebenszeichen.

– Setzt euch den Brillanten ein, Onkelchen kommt.

Ach ja, der Brillant. Damit hatte ihn Sabrina überzeugt, dass sie besser als alle römischen Huren war. Ein kleines Schmuckstück im Loch, dem hinteren. Das auf diese Weise immer offen und einsatzbereit blieb, wenn Sie mich verstehen. Malgradi leckte es gerne ab. Ein köstliches Vorspiel! Mit nur einem Nachteil: Es bestand die Gefahr, dass man das kleine Teil verschluckte. Aber ihm, Pericle Malgradi, der Number One, passierte so was nicht.

Malgradi drehte sich um.

Sabrina starrte ihn an, leichenblass.

– Was zum Teufel ist los?

– Vicky geht es nicht gut.

Allmählich dämmerte es ihm, dass es möglicherweise ein Problem gab.

– Und was soll ich tun?

– Sie stirbt, du Trottel.

Was war in Sabrina gefahren? Warum schrie sie so?

– Verdammt, halt den Mund, ich denk' ja schon nach!

Sabrina schnaubte vor Wut. Malgradi begriff allmählich. Um Himmels willen! Die Slawin war grün geworden, grün wie eine Artischocke kurz vor der Ernte. Sie lag auf dem schwarzen Seidenlaken und schnappte nach Luft, ihr Brustkorb, der sich verzweifelt hob und senkte, gab ein ungesundes Geräusch von sich, ein Rasseln.

– Um Himmels Willen! Sie stirbt! Sie stirbt! Die Idiotin stirbt!

Er war wie gelähmt. Er konnte keine Entscheidung treffen. Er konnte nicht sprechen. Sabrina kramte in der Tasche und holte ein Handy heraus.

– Wir müssen die Rettung rufen!, sagte Sabrina

Endlich konnte der Abgeordnete einen klaren Gedanken fassen: Ich bin im Arsch! Neben dem Bett, neben der Ausländerin, die immer bleicher wurde und immer heftiger keuchte, sank er in die Knie. Während die Benommenheit infolge des Koks abnahm und die hysterische Klarheit infolge des Amphetamins zunahm, liefen die eventuellen Konsequenzen wie ein Film vor ihm ab.

Donna Fabiana, Ehefrau und Mutter, fromm und gläubig, die bei den Figlie della Vergine ein- und ausging. *Aus.*

Seine Funktion als Parteisekretär, der sein Leben der Rettung der Familie und dem Kampf gegen die Schwulenehe und die Abtreibung gewidmet hatte. *Aus.*

Seine Wahlkreise in Kalabrien, enttäuscht und verärgert.

Aus. Skandal. Elend. Gefängnis.

Die Litauerin keuchte, gelblicher Schaum stand ihr vor dem Mund. In dem letzten verzweifelten Versuch, Luft zu bekommen, ballte sie krampfhaft die Hände.

Malgradi riss Sabrina das Handy aus der Hand.

– Du rufst niemanden an, verstanden! Los, hau ab! Ihr seid nie hier gewesen! Ich kenne euch nicht!

– Um Himmels willen, sie stirbt! Wir müssen Hilfe holen!

– Pech für sie! Verdammt, ich hau ab!, schrie Malgradi und raffte seine Kleidungsstücke zusammen.

Sabrina, plötzlich kalt wie eine Hyäne: – Sicher, es hat dich ja auch niemand heraufkommen sehen.

Das Hotel *La Chiocciola,* ein Boutiquenhotel. Abfackeln sollte ich es, samt euch beiden. Und dich, du Hure, sollte ich darin anbinden, mit einem dreifachen Knoten! Samt dieser verdammten Vicky und ihrem Clan, wir waren viel zu tolerant gegenüber den Ausländern, viel zu sehr, wir haben ihnen den kleinen Finger gegeben, und sie wollten gleich die ganze Hand, ich bin im Arsch, im Arsch …

Röchelnd erbrach die Arme einen kleinen Klumpen, dann war sie still.

– Sie ist tot!, flüsterte Sabrina.

Sie schloss ihrer Freundin die Augen und blickte Malgradi an, mit einer Mischung aus Verachtung, Ekel und Widerwillen.

Aber der Herr Abgeordnete war ganz woanders. Aus der Tiefe seiner Seele war eine Erinnerung an die ferne Kindheit in Kalabrien aufgetaucht, wie hatte doch Großvater Alcide gesagt, als sie in Le Castella zum Fischen hinausfuhren, *bete, bete, damit ein Fisch geschwommen kommt, wenn du nicht mehr weiterweißt, musst du beten,* und da fiel Malgradi auf die Knie, faltete die Hände und flehte den Lieben Gott an, lege deine gebenedeite Hand auf mein demütiges Haupt, ich gehe ins Kloster, ja ins Kloster, aber bewahre mich vor diesem Skandal, du, der du allmächtig bist, ich bitte dich, ich …

– Ja, bete nur. Gleich kommt der Schutzengel auf einem fliegenden Teppich.

Ach, die Hure riss das Maul auf. Und traute sich sogar, ihn zu beschimpfen. Was erlaubst du dir? Du schleppst diese Schwindsüchtige an, die vielleicht sogar krank war, und jetzt reißt du das Maul auf?

Der Abgeordnete Malgradi wurde plötzlich unsagbar wütend. Er stand auf, stürzte sich auf Sabrina und verpasste ihr einen harten Schlag, sie fiel zu Boden.

– Sehr gut, sagte sie, ohne die Fassung zu verlieren, und strich sich mit der Hand über die Wange. – Bringst du mich jetzt auch um? Damit du zwei Leichen entsorgen musst?

– Und was soll ich deiner Meinung nach tun, ha? Hast du vielleicht eine Idee, du dumme Kuh?

Sabrina nahm das Handy und rief jemanden an.

– Spadino? Ich brauche Hilfe.

Eine halbe Stunde später klopfte ein ungefähr zweiundzwanzigjähriger Mann in schwarzem T-Shirt und verwaschenen Jeans an die Tür der Suite. Er war klein, untersetzt, hässlich wie die Sünde.

Sabrina ließ ihn herein und zeigte auf das Bett.

Dem Jungen reichte ein Blick, er begriff sofort, dass er einen Volltreffer gelandet hatte. Die Leiche, Sabrina, traurig und angewidert, der verschwitzte Typ, der die Hände rang … Ja, das war eine Riesenchance. Mehr als er zu hoffen gewagt hatte, als Sabrina ihn angerufen hatte.

– Vielleicht können Sie uns helfen, uns aus dieser … peinlichen Situation zu befreien …

Das große Tier kam näher, lächelte wie auf einer Wahltribüne und zitterte wie kurz vor einer Panikattacke. Hoffentlich wimmerte er nicht wie ein Mädchen.

– Und?

– Nun … ja … Sabrina hat mir nur Gutes von Ihnen erzählt …

– Mir übrigens auch von dir, grinste Spadino.

Der Abgeordnete steckte eine Hand in die Tasche und zog eine dicke Brieftasche heraus.

– Wenn Sie mir helfen könnten …

Er wusste nicht weiter. Wie hätte er es formulieren sollen? Der Junge machte sich einen Spaß daraus, ihn ein wenig zappeln zu lassen, dann nickte er und zündete sich eine Zigarette an.

– Also, was nun genau? Ich soll die tote Hure wegbringen … okay.

Ein erleichtertes Lächeln breitete sich auf dem Gesicht des Abgeordneten aus.

– Genau!, sagte er und öffnete die Brieftasche. – Ich dachte, für die Unannehmlichkeiten …

– Wieviel hast du dir vorgestellt?

Der Abgeordnete reichte ihm ein Bündel Banknoten.

– Also …

– Wir zählen sie später, sagte der Junge wie zum Trost und steckte die Beute gierig ein.

Malgradi setzte ein Lächeln auf wie nach einem wichtigen Geschäftsgespräch, das zur allgemeinen Zufriedenheit ausgegangen war.

– Ich werde nicht vergessen, was Sie für mich getan haben, Herr …

– Nenn mich Spadino. Und was den Dank anbelangt … dafür ist später noch Zeit! Hau jetzt ab!

Malgradi zog sich im Rückwärtsgang zur Tür zurück, wobei er weitere Dankesworte von sich gab.

– Ich glaube, dein Freund ist wirklich ein Arschloch, sagte er, als dieser das Feld geräumt hatte.

– Ein Riesenarschloch, das kannst du mir glauben.

– Hilf mir, die arme Sau anzuziehen, Sabrì.

Seufzend machten sie sich an die Arbeit.

Sie hatten vor, sie an einem Ort abzulegen, den Spadino gut kannte. Einem sicheren Ort. Allerdings mussten sie sie zuerst aus dem Hotel hinausbringen, ohne dass der Portier der *Chiocciola,* die Zimmermädchen oder eventuelle Gäste, denen sie unterwegs begegneten, Verdacht schöpften. Doch selbst angezogen und parfümiert – es war ein heißer Abend, es roch schon unangenehm –, sah die Litauerin eindeutig wie eine Leiche aus. Also befahl Spadino Sabrina, sie zu schminken. Sabrina setzte ihr auch noch die verspiegelte Tom-Ford-Brille auf, die sie trug, wenn sie nach einer harten Nacht schnell einen Quickie absolvieren musste und die Augenringe verbergen wollte. Die Wirkung war nicht überwältigend, aber es ging. Sie mussten nur ein paar Meter zurücklegen, mit etwas Glück würde es gutgehen.

Sie zogen sie hoch, stützten sie, jeder auf einer Seite. Wie schwer sie war, Gott hab sie selig! Sie kamen nur mühsam voran, es war eindeutig, dass sie nicht ging, sondern dass sie sie zogen.

– Anders geht es nicht, sagte Spadino. Dem Portier sagen wir, sie sei betrunken. Im Notfall geben wir ihm hundert Euro, damit er begreift, dass er wegschauen soll.

Das leuchtete ihr ein.

Sie machten sich auf den Weg.

Der Gang im vierten Stockwerk war leer. Der Lift kam sofort. Schon waren sie in der Lobby. Spadino bat den Portier, die schwere Drehtür aufzuhalten, der Mann tat es, unterwürfig lächelnd. Sabrina steckte ihm ein paar Hunderter zu.

Als das merkwürdige Trio draußen war, ging der Portier zur Rezeption zurück, legte den „Corriere dello Sport" weg, den er jeden Tag andächtig las, um sich als echter Römer und – je nach Bedarf – als Roma- oder Lazio-Fan zu fühlen, und dachte nach. Er hieß Kerion Kemani, war fünfunddreißig Jahre alt und kam aus Albanien. Ein Zweifel quälte ihn. Er verdankte dem Abgeordneten Malgradi viel: den Arbeitsplatz, bald würde er die Staatsbürgerschaft erhalten. Aber wo hörte die Dankbarkeit auf? Auch er war kurz auf der Straße gewesen, bevor er wieder auf den rechten Weg zurückgefunden hatte. Im Übrigen hatten ihm die Italiener auch keine andere Wahl gelassen. 1991 war er mit der ersten Migrationswelle in Bari an Land gegangen. Noch beinahe ein Kind, hatte er sich mit vielen anderen in einem Stadion wiedergefunden, das sich bald in einen Raubtierkäfig verwandelte. Um die Überfahrt zu bezahlen, hatte sein Vater alles verkauft, was er besessen hatte, das Haus, das Feld, die wenigen Tiere, die er seinerzeit vor dem Zugriff der Kommunisten hatte bewahren können. Die Alona-Mafia im Stadion hatte den Rest besorgt. Seine Schwester war auf den Strich gegangen und er hatte sich als Schuldeneintreiber verdingt. Er hatte Familienväter terrorisiert, hin und wieder jemandem die Knochen gebrochen, widerspenstige Huren bestraft. Sowas eben. Dann hatte sein Leben sich verändert, sicher, doch gewisse Erinnerungen konnte man nicht auslöschen. Auf der Straße hatte er zumindest gelernt, dass die Kleine mit der Sonnenbrille alles andere als betrunken war.

Sie war tot.

Was also sollte er tun? Fürs Erste dachte er nach.

Was auch immer in der Suite vorgefallen war, Malgradi hatte damit zu tun. Und welchen Vorteil konnte er, Kerion, dabei herausschlagen?

Malgradis Großzügigkeit war nicht uneigennützig. Malgradi half ihm dabei, in Italien Fuß zu fassen, und er garantierte ihm im Gegenzug maximale Diskretion bei seinen turbulenten Sexaffären. Kein Meldezettel, keine peinlichen Meldungen ans Präsidium, keine Dokumente. Zum Dank wählten ihn alle seine Landsmänner, die die heiß ersehnte Staatsbürgerschaft erhalten hatten – bisher ungefähr tausend.

Es handelte sich also gar nicht so sehr um Großzügigkeit, sondern um ein Abkommen. Und Abkommen gelten, wie man weiß, nicht ewig. Beziehungsweise können sie neu ausgehandelt werden.

„Jetzt bin ich am Zug, Herr Abgeordneter."

Deshalb ging Kerion Kemani, ein albanischer Portier und angehender italienischer Staatsbürger, in die Anna-Magnani-Suite hinauf, nahm einen Kissenbezug, der nass war und stank, wonach, wollte er gar nicht genau wissen, und ein Stück Stanniolpapier mit weißem Pulver, lud das Handy und machte der Vollständigkeit halber ein paar Fotos vom Tatort. Später, in seiner Zweizimmerwohnung im Pigneto, in der er mit seiner Schwester wohnte, die jetzt keine Hure mehr war, sondern eine alte Dame im Rollstuhl betreute, schrieb er einen kurzen Bericht und ging zu Bett.

Zu gegebener Zeit würde er das brauchen können.

Spadino und Sabrina luden die Leiche im Nationalpark Marcigliana ab, der ein paar Kilometer von Monterotondo Scalo entfernt war. Spadino entdeckte eine Art kleiner Schlucht, gemeinsam zerrten sie die Litauerin aus dem Auto und legten sie auf einem schönen Bett aus Blättern und trockenen Ästen ab.

– Ruhe in Frieden, Amen, sagte Spadino und rollte sich eine Zigarette.

– Bringst du mich jetzt bitte nach Rom zurück?

– Entspann dich, Sabrí, schau dir den schönen Sternenhimmel an. Die Sache fängt erst an. Ich glaube, den Abgeordneten wird der Spaß eine schöne Stange Euro kosten.

– Damit will ich nichts zu tun haben.

– Ich habe dich auch nicht darum gebeten. Im Gegenteil: Du kennst mich nicht mal, klar?

– Pass auf, Malgradi ist gefährlich.

– Wer? Der?

– Er hat die richtigen Freunde, Spadí, unterschätz ihn nicht.

– Red' keinen Unsinn! Ich bin gefährlich, meine Liebe! Hör jetzt zu flennen auf, was geschehen ist, ist geschehen.

– Spadino, ich möchte mein Leben ändern.

– Pech für dich, sagte er sarkastisch und warf die Kippe weg. – Ich habe jetzt Lust bekommen.

– Ich bitte dich, fahren wir nach Rom zurück.

– Das kostet aber was, sagte er kurz angebunden und knöpfte sich die Hose auf.

Sabrina machte sich an die Arbeit.

Vom Geruch angelockt, tauchten ringsherum unsichtbare und schweigende Schatten auf. Wilde Hunde.

II.

Spadino rief in der Abgeordnetenkammer an und verlangte Malgradi. Man verband ihn mit einer freundlichen Sekretärin.

– Der Herr Abgeordnete ist in der Stiftung.

– Wo is' die?

– Bitte?

– Wo befindet sich die Stiftung?

– Auf dem Largo dei Lombardi. Kennen Sie den ehemaligen Sitz der PSI?

Von der PE-ES-I hatte Spadino noch nie etwas gehört, es dauerte eine Zeitlang, bis er begriff, dass dort auch der Laden war, wo er sich – wenn die Geschäfte gut liefen – mit geilen Schuhen eindeckte.

Er fuhr mit dem Moped hin, stellte es wie gewöhnlich neben dem Halteverbotsschild ab.

Sechs große straßenseitige Rauchglasscheiben bildeten ein L entlang der Piazza und des ersten Stücks der Via del Corso, dahinter bewegten sich flüchtige Schatten, es war nicht deutlich zu erkennen, wer dort ein und ausging. Die Tür aus bruchsicherem Glas öffnete sich automatisch mittels Fotozellen, und darüber befand sich eine Emailkokarde in den Farben der Trikolore. Auf einem Schild stand: „Rialzati, Roma", erhebe dich, Rom. Warum, wann war Rom gefallen? Und wer sollte bei der Erhebung helfen? Malgradi? Ich bitte dich!

Die beiden Türsteher waren bekannte Gesichter: zwei Bodybuilder aus Ostia, die als Rausschmeißer in Diskotheken gearbeitet hatten, damals, als er Shit vor Schulen verkaufte. Sie nickten und ließen ihn hinein.

Sofort trat eine spindeldürre Schwarzhaarige auf ihn zu.

– Guten Tag. Wie kann ich Ihnen helfen?

– Ich suche den Herrn Abgeordneten.

– Haben Sie einen Termin?

– Wir sind alte Freunde.

– Sagen Sie mir bitte Ihren Namen?

– Ich bringe ihm etwas, das er gestern in der *Chiocciola* vergessen hat, sagte Spadino und tippte an seinen Rucksack.

– Es wird etwas dauern. Der Herr Abgeordnete hat heute Vormittag jede Menge Sitzungen.

– Ich habe nichts vor. Ich warte.

– Dann folgen Sie mir bitte in die Italia-Lounge …

– Gerne.

Spadino folgte ihr über einen kurzen, dunklen Gang, über einen Kunstharz- und Betonboden, und von dort aus in ein sehr großes, viereckiges, fensterloses Zimmer. Über die mit Holz und Schieferplatten verkleideten Wände liefen kleine Wasserbäche, das Wasser sammelte sich in Stahlbecken, im Boden eingelassene Lampen verbreiteten ein kaltes Licht. Verdammt, dachte Spadino, mein Großvater, Gott hab ihn selig, hatte recht. Politik ist die beste Möglichkeit, Geld zu machen.

Mitten im Raum, in einem Halbrund schwarzer Ledersofas, Marke Chesterfield, vor einem Glastisch mit runden Füßen und einer Kopie der Trajanssäule darauf, saß ein schmächtiger, hohlwangiger Typ in blauem Nadelstreifanzug. Er unterhielt sich mit jemandem, der ihn ständig unterbrach und ihn mit „Herr Anwalt" ansprach. Die beiden befanden sich mitten in einer Diskussion, die offenbar genauso angeregt wie heikel war.

– Das ist der Koordinator der römischen Sektionen, erklärte die spindeldürre Schwarzhaarige, – Anwalt Mauro Lotorchio. Fürs Erste können Sie sich mit ihm unterhalten.

– Ich nehme mir mal einen Kaffee.

Die Schwarzhaarige zeigte auf die kurze Seite der Lounge. Auf einer Theke aus Glas und Stahl thronte eine chromglänzende Vintage-Kaffeemaschine. Daneben standen zwei zwanzigjährige Blondinen in schwarzem Top, weißen Leggins und Highheels.

– Unsere beiden Volontärinnen helfen Ihnen gerne, sagte sie kurz angebunden, verärgert, und ging.

Spadino ging zur Bar, er musste nicht einmal einen Wunsch äußern. Eine Hand mit blaulackierten Nägeln reichte ihm einen Espresso.

– Arbeitest du wirklich umsonst?

– Der Abgeordnete sagt, Politik sei Dienst am Volk. Eine Leidenschaft. Keine Arbeit.

– Ach ja? Das sagt der Abgeordnete? Und was isst du am Abend?

– Der Abgeordnete oder einer seiner Mitarbeiter lädt mich zum Essen ein.

– Ach so.

Spadino blickte wieder Lotorchio und den Mann an, mit dem er sich angeregt unterhielt. Die beiden bemühten sich zwar leise zu sprechen, doch er verstand, was sie sagten. Der Typ wollte eine Wohnung. Lotorchio schlug eine vor, doch der andere lehnte ab. Keine war ihm recht. Aber wie viele Wohnungen hatten sie zur Verfügung? Und wem gehörten sie? Malgradi?

Nach dem ersten Kaffee trank er einen zweiten, und dann einen dritten. Die Zeit verging, keine Spur von Malgradi. Spadino stieg langsam das Blut zu Kopf. Schließlich einigten sich Lotorchio und sein Gesprächspartner und reichten einander die Hand. Der Typ zog ab. Ein hohes Tier der Verkehrspolizei kam herein, in Uniform. Er sah Lotorchio und ging ihm entgegen, wobei er einen Packen Dokumente schwenkte.

– Mein lieber Herr Anwalt! Ich bringe Ihnen die Behindertenausweise, um die mich der Herr Abgeordnete gebeten hat.

Na sowas! Spadino zündete sich gerade angewidert eine Zigarette an, trotz der „Rauchen-Verboten"-Schilder an den Wänden, als die Stimme Malgradis das Gespräch zwischen Lotorchio und dem Polypen unterbrach. Der Abgeordnete hatte sich bei einem kleinen, korpulenten Typen untergehakt, der einen schmutzig grünen Anzug, ein rosa Hemd und eine braune Krawatte trug. Das Gespräch, der Grund seines stundenlangen Wartens, schien zu Ende zu sein.

– Verstehen Sie das Problem, Herr Abgeordneter? Diese Sache mit dem Entlassungsschutz wird allmählich zur Qual. Warum darf ich einem Angestellten keinen Fußtritt geben, wenn der Laden leer ist? Wo sind wir? In Nordkorea? Ich kann Leute nur brauchen, wenn sie mir Geld bringen. Wenn nicht, tschüss, auf Wiedersehen. Nach Hause. Entlassung, unbezahlte Ferien.

– Mich müssen Sie nicht überzeugen. Ich habe eine Gesetzesänderung vorgeschlagen und werde sie im nächsten Finanzausschuss besprechen. Wir müssen das Land von der Diktatur der Gewerkschaften befreien. Rechte, Rechte … Die Linken können gar nicht genug kriegen von diesem Wort. Und die Pflichten? Wo bleiben die Pflichten?

– Kann ich also meine Leute im Verein beruhigen? Versprechen Sie es mir?

– Auf Malgradis Wort kann man sich verlassen.

– Und auf die Stimmen des Vereins.

Sie lachten beide herzlich.

Endlich sah Malgradi Spadino. Den aus der *Chiocciola.* Er ging zu ihm hin und begrüßte ihn, mit einem Zittern in der Stimme, von dem er nicht wusste, ob es Angst oder Wut war.

– Was machen Sie hier?

– Abgeordneter!, lächelte Spadino.

– Was fällt Ihnen ein?, flüsterte er ihm ins Ohr, legte ihm eine Hand auf die Schulter und führte ihn Richtung Tür.

Spadino pflanzte sich mit gespreizten Beinen vor der Tür auf. Mit beiden Händen packte er den Rucksack und nahm eine drohende Haltung ein.

– Regel Nummer eins: Von nun an duzen wir uns. Wie gute Freunde. Regel Nummer zwei: Eine Hand wäscht die andere. Von nun an kaufst du bei mir Stoff. Und nicht bei diesen Idioten aus Ostia, die da draußen für dich Wache stehen.

– Welchen Stoff?

– Du willst nicht verstehen? Nimm, im Rucksack sind deine Parfums. Genug für dich und deine Freundinnen, um eine Woche lang zu sniefen. Macht fünftausend. Wenn du sie nicht dabei hast, gibst du sie mir beim nächsten Mal.

– Und wenn ich die Polizei rufe?

– Ruf doch gleich den Polypen, der dort steht. Umso besser.

Spadino legte die rechte Hand auf Malgradis Schlüsselbein und drückte ihn sanft weg. Als er zur Tür ging, blieb er ein letztes Mal stehen.

– Ich rufe dich an. Du bereitest das Geld vor. Wir beginnen mit fünftausend pro Woche. Wenn du eine kleine Party feiern möchtest, kann ich dich mit Stoff eindecken. Kostet ein wenig mehr, ist aber erstklassige Ware. Ach, viele Grüße von unserer gemeinsamen Freundin, du erinnerst dich doch an Sabrina, nicht wahr?

Malgradi folgte ihm mit dem Blick, bis er auf den Largo dei Lombardi hinaustrat. Schwitzend nahm er sein Handy.

Der Mann, der Numero Otto genannt wurde, antwortete beim dritten Klingeln. Malgradi verzichtete auf Höflichkeitsfloskeln. Seine Stimme zitterte, er weinte beinahe.

– Kennen Sie … kennen Sie einen gewissen Spadino?

– Klar kenne ich ihn. Er ist aus Cinecittà. Warum?

– Schauen Sie, er ist untragbar. Er ist hier in der Stiftung aufgetaucht und hat vor allen Leuten herumgeschrien, dass ich und er … nun, ja … Nun, dass ich gewisse Dinge von nun an nur noch mit ihm machen soll.

– Und wie ist er überhaupt dorthin gekommen? Was hat er mit einer Person wie Ihnen zu tun?

– Ich sagte ja schon … Es ist unerhört. Er sagte, eine Freundin habe ihm meinen Namen gegeben … ich sagte, das soll wohl ein Scherz sein? Nun, ich wollte Sie um einen Rat bitten. Denn ich möchte nicht, dass er mich noch mal belästigt. Sonst verbreitet das Gesindel noch Gerüchte.

– Keine Sorge. Ich kümmere mich darum, Herr Abgeordneter. So gut wie erledigt.

– Sie sind unbezahlbar. Wie immer. Unbezahlbar wie immer.

III.

Numero Otto stieg in seinen schwarzen Hummer V8 und sah auf die Uhr. Halb zwei. Gleich würde er Spadino treffen. Am selben Ort wie immer. Mit der linken Hand fuhr er sich über den kahl geschorenen Schädel, bis er den zwei Zentimeter hohen Streifen ertastete, der in seinem Nacken eine perfekte erhabene Acht bildete.

Numero Otto. Verdammt, was für ein schöner Name.

Als er noch ein kleiner Junge gewesen war und die Billardsäle in Ostia zwischen Levante und Ponente unsicher gemacht hatte, hatte man ihn aus Scherz so genannt. Damals hieß er noch Cesare, wie ihn sein Vater getauft hatte. Den Nachnamen – Adami – hatte er nie verwendet. Alle kannten ihn, hüteten sich jedoch davor, ihn auszusprechen. Vor jedem Spiel, bevor er den Queue ansetzte, nahm er die Kugel vom grünen Tisch – die Nummer 8, immer sie – und ließ sie über den frühzeitig kahlen Kopf rollen. So hatte es angefangen.

Dann war daraus Ernst geworden. Großer Ernst. Er war eine ernsthafte Person geworden. Die ernsthafteste von allen.

„Numero Otto" und aus. Mit fünfunddreißig Jahren war er der Boss von Ponente.

Ein paar Arschlöcher behaupteten zwar, das sei nicht sein Verdienst. Vor dreißig Jahren hatte ihn Libano zum Waisen gemacht. Er konnte sich noch daran erinnern, wie man seinen Vater am Strand von Lega Navale in einem Netz an Land gezogen hatte, von den Fischen angebissen und aufgedunsen wie ein Wal. Sie sagten, wenn Zio Nino nicht für ihn gesorgt hätte, wäre in Ostia von ihm und seiner Familie nicht einmal der Gestank übriggeblieben. Nino und Libano hatten sich ins Zeug gelegt und die Adami hatten sogar die Bande überlebt. Libano war gestorben. Dandi war gestorben. Nino hingegen hatte weiße Haare bekommen und war jetzt der Boss der Küste, sonst gab es ja niemanden mehr. Koks, Haschisch, Heroin. „Alle müssen durch die Kapelle des Zio." Neapolitaner, Sizilianer, Kalabresen. Dann – man musste die Dinge ja anständig machen – hatte sich die Familie vergrößert.

Zio Nino hatte noch einen Waisen aufgezogen, der ein paar Jahre jünger war als er: Denis. Den Erstgeborenen der Sale, einer alten Familie von Ponente, die als eine der Ersten aus einem römischen Vorort nach Nuova Ostia verpflanzt worden war, einen total Durchgeknallten. Mit sechzehn Jahren hatte er einem Lehrer das Gesicht zerschnitten, weil dieser gewagt hatte, ihn daran zu erinnern, dass seine Familie von Zigeunern abstammte.

Denis hatte eine Anacleti geheiratet, die Anacleti waren die Bosse von Roma Est. Die Ehe hatte nur kurz gedauert, die Ärmste war auf der Colombo in einem Mercedes Slk gegen eine Pinie gekracht.

Adami, Sale, Anacleti – das war nicht von schlechten Eltern. Zio Ninos Meisterwerk. Drei Familien und halb Rom in der Tasche. Von Osten nach Westen. Appio, Tuscolano, Cinecittá, Quadraro, Mandrione, Casilino auf der einen Seite. EUR, Axa, Infernetto, Casalpalocco und Ostia auf der anderen. Achtundzwanzig Kilometer entlang der Umfahrungsstraße: wie die Krone einer Königin. Bloß schade, dass Zio sein Werk nicht genießen konnte. Seit fünf Jahren saß er im Gefängnis. Kriminelle Vereinigung und Rauschgifthandel. Aber er konnte ruhig sein. Jetzt war er am Zug, Numero Otto.

Jetzt war er der Boss. Deshalb war Spadino erledigt.

In weniger als einer Viertelstunde war er am Treffpunkt. Der Hummer fuhr an Ostia Antica zur Rechten und den großen Parkplätzen des Megaplexx Extreme vorbei, das war eines der ersten Geschäfte, mit denen Zio Nino Geld gemacht hatte. Er kam an der Abzweigung zum Hafen von Fiumicino vorbei, von wo die Schiffe nach Sardinien auslaufen. Am Kreisverkehr des Leonardo-da-Vinci-Flughafens, nach der Shell-Tankstelle, bog er rechts in die Straße ein, die an der Landebahn R1 entlangführte.

Die Pinien von Coccia di Morto erhoben sich vor ihm wie eine Theaterkulisse. Dunkelheit hinter ihm. Dunkelheit vor ihm. Nur die kleinen roten Lichter der Landebahn hinter dem Zaun des Flughafens zeigten die Richtung an. Diesen Ort hatte ihm sein Vater gezeigt, als er noch ein Kind war. Im Grunde die einzige unschuldige Erinnerung, die er an ihn hatte. Gemeinsam waren sie bei Sonnenuntergang hierhergekommen, mit einem manipulierten Funkgerät, und hatten die Frequenzen des Towers abgefangen. Sie lauschten den Gesprächen zwischen Tower und startenden und landenden Flugzeugen. Sie stellten fest, wer abflog und wer ankam. Schöne Zeiten. Dann hatte Libano seinen Vater kaltgemacht, und jetzt benutzte er Niedrigfrequenzen nur noch, um den Polizeifunk abzuhören.

Er fuhr langsamer. Spadinos Smart stand mit ausgemachten Scheinwerfern auf der kleinen Lichtung, zweihundert Meter vom Rande des Pinienhains entfernt, auf der Höhe der Kurve, hinter der die Straße zum Meer führte. Er fuhr an den Straßenrand heran. Stieg aus und ging zu Fuß zu Spadino. Spadino saß am Steuer, bei herabgekurbeltem Fenster. Numero Otto lehnte sich mit ausgebreiteten Armen auf das Dach des Smart.

– He, Spadí, ich hab gehört, du versuchst es im großen Stil, fährst aber immer noch mit einer Scheißkarre rum.

– Ich hab keine Zeit zu verlieren. Vor allem nicht mit dir. Was willst du?

– Du weißt nicht, was ich will? Du bist doch intelligent, Spadí. Du weißt doch, wie das Gebot lautet. Du sollst nicht begehren …

– … deines Nächsten Weib. Aber du willst nicht über Weiber reden. Ich weiß, der Abgeordnete hat sich bei dir ausgeweint. Ich hab mit deinen Leuten gesprochen. Und jetzt wiederhole ich, was ich auch ihnen gesagt habe: Wir haben uns nichts zu sagen. Malgradi gehört jetzt mir. Und wenn du wissen willst warum, dann frag doch den Hosenscheißer, ich wette, er hat es dir nicht gesagt.

– Erklär du es mir.

– Eine Hure ist ihm abgekratzt. Und ich habe sauber gemacht. Reicht dir das als Rechtfertigung? Ich habe es verdient, verstanden? Jetzt gehört er mir.

Es dauerte nur ein paar Sekunden. Numero Otto hob die rechte Hand vom Dach des Smart, steckte sie ins Fenster und packte Spadino an den Haaren, auf der Höhe des Nackens. Er leistete nicht einmal Widerstand. Auf und ab. Auf und ab. Er schmetterte Spadinos Kopf gegen das Lenkrad, bis der Schädel brach. Dann zerrte er den Körper aus dem Auto.

– Eine schöne Melone haben wir da aufgebrochen.

Er schleppte ihn zu einer Pinie. Und dort begann er von Neuem. Auf und ab. Auf und ab. Er schleuderte den Kopf, der nur noch Brei war, gegen den Stamm.

Fünf Minuten waren vergangen, nicht mehr. Er betrachtete die Landebahn R1. Er atmete tief ein, die Luft roch nach Nacht und Kerosin.

Er ging zum Hummer zurück und zog eine ordentliche Nase. Der Stoff stieg ihm zu Kopf. Erst jetzt öffnete er mit einem Knopfdruck auf den Schlüssel den Kofferraum und holte einen Fünf-Liter-Kanister heraus.

– Man muss auf alles gefasst sein. Nie ohne Reservekanister fahren.

Dann setzte er Spadinos Leiche wieder auf den Fahrersitz, leerte Benzin über das Auto und zündete es an. Er legte den Rückwärtsgang ein und fuhr rasch zurück, während der Smart und sein Fahrer in Flammen aufgingen.

– Gute Reise, Spadí. Du hattest recht. Wir hatten uns nichts zu sagen.

IV.

Marco Malatesta, der Oberstleutnant der Sondereinheit der Carabinieri, stand auf dem Gleis des Bahnhofs Tiburtina und machte mit der Sohle der grünen Turnschuhe die x-te Zigarette aus. Seit zwei Wochen leitete er nun die Abteilung zur Bekämpfung der organisierten Kriminalität und seit zwei Wochen rauchte er nun wieder Camel light, obwohl er sich drei Jahre lang bemüht hatte, abstinent zu bleiben. Mit kleinen kreisförmigen Bewegungen massierte er langsam seine rechte Schläfe. Die alte Narbe pochte wie verrückt. Wie immer, wenn es etwas zu tun gab.

Marco steckte die Hände in die tiefen Taschen der Motorradjacke, die sich hervorragend dazu eignete, eine Beretta 92 Fs zu verstecken. Er nahm das Smartphone. Er drückte auf das Display, der Bildschirm wurde hell und das Fahndungsfoto tauchte auf.

Gennaro Sapone.

Ein x-beliebiges Gesicht, ein Angestelltengesicht. Einer von Scampias schlimmsten Killern. Mit einem einzigen Schlag in den Nacken hatte er einen armen Teufel ins Jenseits befördert, allerdings war es „ein Irrtum" gewesen. Er hatte einen Hilfsarbeiter, der von der Arbeit nach Hause kam, mit einem Mafiaboss verwechselt. Seit diesem Tag war Sapone verschwunden. Die Leute aus dem Viertel suchten ihn. Der Staat suchte ihn. Also er, Marco. Doch wenn der Tipp stimmte, hatte die Suche jetzt, auf diesem Bahnsteig, ein Ende.

Seitdem Emanuele Thierry De Roche, der Kommandant der Sondereinheit, ihn ins Hauptquartier nach Rom, in die Heimat, zurückgerufen hatte, war das seine erste richtige Aktion. Davor war er elf Jahre lang als Beamter der Multinational Special Unit im Einsatz gewesen. Er und Thierry kannten sich schon seit einer Ewigkeit. Marco hatte Thierry viel, wenn nicht gar alles zu verdanken. Er verstand noch immer nicht, warum sie Freunde waren, obwohl sie doch so verschieden waren. Thierry, groß, schlank, förmlich, der letzte Nachfahre von Lucien Bonaparte, Principe di Canino, einem Großneffen von Napoleon dem

Großen, und er, Marco, der sein ganzes Leben lang ein Junge aus Talenti bleiben würde. Doch in einem waren sie sich einig: Rom musste gerettet werden. Vor allem vor sich selbst.

Malatesta schaute auf die Uhr und auf die Ankunftstafel. Dreiundzwanzig Uhr. In fünf Minuten würde ihm der Regionalzug aus Neapel den flüchtigen Mörder liefern. Aus den Augenwinkeln überprüfte er noch einmal, ob seine Jungs am Bahnsteig gut postiert waren. Ein verkleideter Zugführer am oberen Ende des Gleises. Ein Müllmann am unteren. Ein verkleideter Getränkeverkäufer, der in seinem Getränkekorb kramte. Zum Glück war sonst niemand da, der die Sache hätte komplizieren können.

Die Scheinwerfer der einfahrenden Lokomotive durchbrachen die Dunkelheit, während eine Stimme aus dem Lautsprecher die Leute aufforderte, hinter der gelben Linie stehen zu bleiben. Malatesta steckte wieder die rechte Hand in die Jacke, entsicherte die Waffe, umklammerte fest den Schaft.

Der Zug kam pfeifend näher. Die Türen gingen auf. Es stank nach Bremsbelag. Eine bunte, erhitzte Menge stieg aus. Zu viele Menschen.

Wo war Sapone?

Malatesta kannte die Situation. Das Adrenalin stieg. Aber keine Spur vom Killer.

Zum Teufel, dachte er mit einem Anflug von Ärger, drehte den Waggons den Rücken zu und nahm das obere Ende der Rolltreppe ins Visier.

Jetzt stieg Sapone aus.

Marco hatte das begriffen, weil zwei Schüsse aus einer 38er abgefeuert worden waren, die der Neapolitaner in der rechten Hand hielt, gleich darauf begann eine junge Mutter zu schreien. Die Bestie hatte ihr das Kind aus der Hand gerissen.

Sapone hatte sie ausgetrickst.

Malatestas Jungs zogen sich hinter die Stützpfeiler des Bahnsteigdaches zurück, zielten mit ihren Dienstwaffen auf ihn und forderten ihn umsonst auf aufzugeben.

– Carabinieri! Carabinieri! Werfen Sie die Pistole weg!

Sapone richtete die Pistole auf den Kopf der kleinen Geisel.

– Kommt her, ihr Arschlöcher. Kommt her, wenn ihr euch traut.

Das Mädchen weinte. Die Mutter schrie. Die Passagiere liefen davon. Pattstellung.

– Ich will ein Auto!, schrie der Mafioso. Oder ich schieß dem Kind ein Loch in den Kopf!

Die Weisungen in solchen Fällen waren klar und eindeutig. Aufgeben. Auf alle Fälle keine Opfer in der Zivilbevölkerung.

Die Carabinieri senkten die Waffen.

Marco schüttelte den Kopf.

Manchmal ging es eben nicht anders.

Er ging langsam auf Sapone zu, nur noch fünfzig Schritte trennten ihn von ihm. Völlig im Gleichgewicht, die Pistole in der ausgestreckten Rechten zu Boden gerichtet. Er blickte dem Mörder ins Gesicht, er hatte nämlich gelernt, dass man am Grunde der Augen lesen konnte, ob jemand bereit war zu töten.

– Bleib stehen! Verdammt, bleib stehen! Ich bring dich um. Ich bring dich und die Kleine um … ich bring dich um!

Je näher Malatesta kam, desto mehr roch er, dass Sapone nach Schweiß und Angst stank.

– Ich bring dich um, du Scheißbulle … ich bring dich um! Ich bring die Kleine um!

– Colonello, passen Sie auf!, schrie einer seiner Männer hinter ihm.

Er gab keine Antwort.

In einer Entfernung von fünf Metern blieb er stehen und zwang sich, das Mädchen nicht anzusehen. Er wusste, er durfte keine Zeit verlieren. Die Worte sollten ihm nur einen winzigen Vorsprung verschaffen.

– Sapone, es ist aus!

– Es gibt zwei Möglichkeiten, Scheißbulle. Entweder bring ich dich um oder die Kleine!, sagte der andere und riss seine glasigen Kokser-Augen auf.

Das waren die letzten Worte des Neapolitaners.

Malatestas rechter Arm schnellte im rechten Winkel empor wie eine Feder. Er schoss, ohne zu zielen. Das Projektil zerschmetterte Sapones Hand. Er ließ die Pistole fallen und ging zu Boden. Marco stürzte sich auf das Mädchen. Er umarmte sie und trocknete ihre Tränen. Er flüsterte ihr beruhigende Worte zu, sie zitterte am ganzen Körper.

– Es ist vorbei. Es ist alles vorbei.

Die Mutter riss ihm das Mädchen aus den Armen. Sie schrie.

– Sie sind verrückt!

Sie sah ihn aus leeren Augen an, Marco senkte den Blick. Es gab nichts zu erklären. Sapone hätte das Mädchen umgebracht. Mehr gab es nicht zu sagen.

Sicher würde es endlose Polemiken geben. Und ganz bestimmt ein Disziplinarverfahren. Doch Marco würde wie immer unbeirrt weitergehen.

Er drehte der Frau den Rücken zu und wandte sich an den Mafioso, den seine Jungs gerade verarzteten.

– Drei Möglichkeiten. Es gab drei Möglichkeiten, und die dritte war für dich bestimmt, du Arsch.

Ein paar Stunden später, während er sich noch immer vor den Beamten der Spurensicherung rechtfertigte, klingelte sein Handy: Thierry.

– Die Pineta in Flammen. Ein verbrannter Smart. Ein verkohlter Leichnam. Fahr hin und berichte mir.

Marco ging zu seinem Motorrad, einer weißen Triumph Bonneville 800, die auf dem Piazzale vor dem Tiburtina-Bahnhof stand. Er nahm langsam die letzten Kurven der Tangente, durchquerte die Ödnis von Porta Maggiore, wo wie üblich nur das Neonlicht des Porchetta-Stands in der Dunkelheit leuchtete, fuhr durch San Giovanni, über eine Reihe von Kreuzungen, an denen die Ampeln gelb blinkten, bog in die Via dell'Amba Aradam ein, fuhr über den Piazzale Numa Pompilio und durch die Bögen der Caracalla-Thermen. Er genoss die kühle Morgenluft, obwohl es nur zwei, drei Grad weniger hatte als untertags, und fuhr weiter Richtung Westen, über die Cristoforo Colombo und das kleine Stück Autobahn Roma–Fiumicino. Als er auf den Autobahnzubringer Tre Fontane einbog, warf er einen kurzen Blick auf das verrostete Riesenrad, ein Denkmal aus seiner Kindheit und einer stehengebliebenen Zeit. Die Stadt war nicht imstande, sich aus den Ruinen zu erheben, sie häufte nur Ruinen auf Ruinen an.

Mit dem Handschuhrücken wischte er sich das Visier des Motorradhelms ab, auf dem die blutigen Reste von Mücken und Fliegen klebten, ein Geschenk des Autobahnkreuzes Tor di Valle. Irgendjemand war auf die Idee gekommen, dass hier das neue römische Stadion entstehen sollte. Keine Ahnung, ob es eine gute Idee war. Im Magliana-Viertel fuhr er langsamer. Früher einmal war dieses Viertel, das von einem der vielen Städtebaugenies unter dem Niveau des Flusses angelegt worden war, ein berüchtigtes Verbrecherviertel gewesen. Wahrscheinlich hatten die Bewohner die Nase voll von ihrem zweifelhaften und mittlerweile ungerechtfertigten Ruf. Wer weiß, was sie von der Idee hielten, dachte er grinsend, das Magliana-Viertel mit einer Seilbahn mit dem EUR zu verbinden. Einer Seilbahn. Warum baute man nicht gleich ein Thermalbad oder eine Skipiste mit Kunstschnee?

Er kannte den Tatort wie seine Westentasche. Als Kind war er mit seinem Vater oft nach Coccia di Morto gefahren. Am Nachmittag, wenn sein Vater aus dem Büro im Ministerium kam. Um den Flugzeugen zuzusehen. Seinem Vater hätte es gefallen, wenn er Pilot geworden wäre. Armer Papa! Er hatte ihn ziemlich leiden lassen. Er hatte ihn gehasst. Er hatte ihn zugrunde gerichtet. Viel zu spät hatte er begriffen, wie ungerecht er ihm gegenüber gewesen war. Ein richtiges Schwein.

Am Gestank erkannte er, dass er angekommen war. Die ausgebrannte Karosserie des Smart stand in einer Lache aus Schlamm, Wasser und feuerlöschendem Schaum, der noch nicht hart geworden war.

Ungefähr hundert Meter von der Abzäunung entfernt, die man um den Ort des Brandes errichtet hatte, blieb er stehen. Er stellte das Motorrad auf die Gabel. Er nahm den Helm ab und band ihn langsam am Sattel fest. Er verstaute die Handschuhe in einer der seitlichen Ledertaschen. Er strich sich über die Jeans, auf der Höhe der Schenkel, um die Wärme der Zylinder loszuwerden. Und dann ging er langsam zum Tatort. Das machte er so seit seiner ersten Leiche, einem Chinesen im Abflusskanal einer illegalen Färberei. Es war zur Gewohnheit geworden, oder vielleicht war es auch Aberglaube. Bevor er dem Tod ins Antlitz blickte, musste er ein Stück zu Fuß gehen. Er zeigte der Wache seine Marke, die den Zugang zum Pinienhain absicherte. Capitano Alba Bruni entfernte sich von der kleinen Gruppe der Spurensicherung in ihren weißen Overalls und kam schnell auf ihn zu.

– Colonello …

– Guten Tag, Capitano.

– Die Spurensicherung arbeitet schon seit einiger Zeit, aber offenbar ist es ziemlich kompliziert.

– Die Dinge sind nie einfach.

– Entschuldigen Sie, ich wollte sagen …

Er sah, wie sie rot wurde. Es tat ihm leid. Zwischen ihnen gab es viel Unausgesprochenes. Vor kurzem hatten sie eine Affäre gehabt, die kurz aufgeflammt und sofort wieder erloschen war. Wenn etwas „ernst" wurde, hegte er nämlich augenblicklich Fluchtgedanken.

Alba war jung, entschlossen, begehrenswert. Aber sie war in ihn verliebt. Und das war für Marco ein unlösbares Problem. Distanz zu wahren, während man Seite an Seite arbeitet, kann zur Qual werden. Es wäre jedoch grausam gewesen, sie zu belügen und hinzuhalten.

Er blickte auf die Karosserie des Smart und machte Bruni ein Zeichen, sie solle ihm folgen. Ein Laken lag über dem Fahrersitz. Malatesta hob es langsam hoch. Der Gestank von ineinander verschmolzenem Fleisch und Plastik überwältigte ihn. Dass er menschliche Überreste vor sich hatte, erkannte er nur am Schädel und am oberen Teil des Brustkorbs, den die Flammen nicht vollständig verzehrt hatten. Ansonsten hatte das Feuer alle Spuren vernichtet.

– Wir wissen nicht einmal, ob es sich um einen Mann oder um eine Frau handelt, sagte Bruni.

– Und in der Umgebung? Habt ihr die Umgebung abgesucht?

– Die Spurensicherung hat an dem Pinienstamm da hinten drei Zähne gefunden.

Bruni zeigte auf einen Spezialisten der Spurensicherung, der nahezu verkohlte Rindenstücke von den Überresten eines Baumes in zehn Meter Entfernung schälte. Malatesta ging zu ihm hin.

– Colonello Malatesta, Abteilung zur Bekämpfung der organisierten Kriminalität, guten Tag. Was haben wir außer den Zähnen?

– Rund um das Auto gibt es jede Menge Fußabdrücke, dass sie etwas mit der Tat zu tun haben, ist jedoch reine Vermutung. Sagen wir, so sicher wie ein Lottodreier. Die Feuerwehrleute haben eine Sauerei angerichtet und jede Menge Wasser verspritzt, das macht die Arbeit unmöglich. Es ist ein Sumpf. Sie haben das Feuer jedoch rechtzeitig gelöscht und die Nummer des Fahrgestells gesichert. Wenn wir Glück haben, finden wir heraus, auf wen der Smart zugelassen war.

– Habt ihr die Zähne in der Nähe des Baumes gefunden?

– Positiv. Und aufgrund einer ersten Untersuchung können wir sagen, dass sie zur Leiche gehören.

– Dann können wir zumindest sagen, dass es kein Autounfall war und dass es sich auch nicht um einen Junkie handelt, der mit einer brennenden Zigarette im Auto eingeschlafen ist, oder?

– Positiv. Ich würde sagen, es sieht alles nach Mord aus. Wir sollten die Ergebnisse in absehbarer Zeit bekommen.

Malatesta nickte langsam.

– Offenbar war da jemand sehr wütend, flüsterte er.

Langsam ging er zu seiner Bonneville zurück, mit Alba im Gefolge. Er nahm sein Handy und wählte die Nummer von General Thierry De Roche.

– Marco, was ist?

– Sagen wir, ich bin nicht umsonst hergefahren.

– Sollen wir den Fall behalten oder geben wir ihn der Bezirkspolizei ab?

– Ich würde sagen, wir behalten ihn. Zumindest fürs Erste, General.

– Gibt es irgendetwas, das ich gleich wissen sollte?

– Nichts Dringendes. Auch weil wir … noch nicht einmal wissen, ob es eine weibliche oder eine männliche Leiche ist.

– Dann warte ich im Büro auf dich.

– Zu Befehl.

– Was ich vergessen habe … bei der Sapone-Geschichte hast du dich wie üblich nicht um die Weisungen geschert …

– Du an meiner Stelle …

– Das war als Kompliment gemeint, nicht als Vorwurf.

Er drückte auf die rote Taste und wandte sich an Bruni, die in ein paar Metern Abstand stand.

– Frühstück?, sagte er und zeigte auf das Motorrad.

– Ich habe keinen Helm.

– Glaubst du etwa, sie halten uns auf?

Bruni lächelte. Sie umarmte sanft den Colonello und schwang sich auf den bequemen, niedrigen Sattel der Bonneville.

– Ein Cornetto bei Sisto in Ostia?

– Ein Cornetto bei Sisto.

Marco drehte den Zündschlüssel bis zum Anschlag und genoss das Gefühl, dass sich ein kleiner Busen an seinen Rücken drückte.

V.

Ein paar Tage nach dem Tod der Litauerin erhielt Sabrina einen Anruf.

– Bist du die Nutte, die mit dem Abgeordneten die Nacht verbracht hat?

– Wer spricht?

– Ein Freund.

– Ja, das bin ich.

– Hör mir gut zu, Nutte. Es hat keine Nacht gegeben, keinen Abgeordneten, keine tote Hure. Habe ich mich klar genug ausgedrückt?

– Ja, aber … wer spricht?

– Ich sagte ja schon, ein Freund. Vergiss alles und leb in Frieden weiter. Wenn du dir aber Flausen in den Kopf setzt, liegst du bald neben deiner Freundin … hast du mich verstanden?

– Bestens.

– Sehr gut. Mach weiter so.

Sabrina war ein pragmatisches Mädchen.

Mit siebzehn Jahren war sie in der Handelsschule schon zweimal sitzen geblieben. Bücher gingen ihr auf die Nerven. Sie musste sich was einfallen lassen, damit sie nicht endete wie ihre Mutter, dieser unförmige Sack, diese Versagerin, die sich den Arsch aufriss, um alten Weibern um vierzig Euro pro Tag den Kopf zu waschen, schwarz natürlich. Aber wo sollte sie anfangen? Überall, wo sie hinschaute, im Viertel, in der Schule, bei ihren Freundinnen, sah sie nur Apathie und Elend. Ihr damaliger Freund, Sandro, einer aus Quarto Miglio – womit alles gesagt war –, faselte von Ehe, Kindern, ewiger Treue und ähnlichem Schwachsinn, obwohl sie gerade mal geschützten Sex gehabt hatten. Auch er war ein Versager: Nur wegen seines Lohns als Zimmermannslehrling hatte sie ihn noch nicht zum Teufel gejagt. Das Geld war kaum der Rede wert, aber eine Pizza und ein Joint gingen sich immer aus, besser als nichts.

Nein. So konnte es nicht weiter gehen.

Es musste was passieren.

Und es passierte auch tatsächlich was.

Es passierte an dem Abend, als sie ihren achtzehnten Geburtstag feierte. Sandro hatte ihr zu Ehren eine Party im *Palacavicchi* organisiert, einer Megadiskothek außerhalb von Ciampino. Das bedeutete: ein Tisch ganz weit weg von der Tanzfläche, um den die Kellner einen großen Bogen machten, ein befreundetes Pärchen, er Bauarbeiter, sie Haarwäscherin, na so ein Zufall, Prosecco in Plastikbechern und Shit, der aussah wie Schuhwichse.

Sabrina war deprimiert und verließ mit einer Ausrede den Tisch. Ein Typ kam aus dem abgesperrten Extrazimmer, vor dem die unvermeidlichen, mit Steroiden aufgeblasenen Türsteher standen, und warf ihr einen interessierten Blick zu, dann lud er sie ein, irgendwo auf einen Drink zu gehen.

Sie nahm an. Alles war besser als dieser groteske Abend. Irgendwo: Das bedeutete in der Villa des Typen in Grottaferrata. Er hieß Enzo und war Broker bei einer Versicherungsgruppe. Sie fickten, angeturnt von einer Nase Koks. Sabrina hatte zum ersten Mal gesnieft. Es gefiel ihr. Es gefiel ihr, machte ihr jedoch auch ein wenig Angst. Auf jeden Fall steckte ihr Enzo danach ein paar Geldscheine zu.

Sabrina hielt sie ratlos in den Händen.

– Schon gut, du hast recht, meine Schöne, ich war ein wenig geizig. Nimm, das sind dann dreihundert, mehr kann ich dir beim besten Willen nicht geben, die Geschäfte gehen im Augenblick sehr schlecht … und das nächste Mal bekomme ich Skonto, ja?

Sabrina wusste nicht, ob sie lachen oder weinen sollte. Der Typ hielt sie für eine Hure. Sabrina konnte sich zur Wehr setzen oder sich damit abfinden. Sie hatte die Wahl. In diesem Augenblick begriff Sabrina, dass ihr das Schicksal gnädig die Hand reichte, um sie aus dem Elend zu retten und ihr eine glanzvolle Zukunft anzubieten. Das war die Wende. Der Ruf.

– Ich gebe dir meine Handynummer. Ruf an, wenn du willst. Wenn du einen Freund hast, ist er mir willkommen.

So hatte Sabrinas – beziehungsweise Laras, wie ihr Künstlername lautete – Karriere als eine der renommiertesten Escortladies von Rom begonnen.

Aber Sabrina war ein pragmatisches Mädchen.

Sie wollte nicht als Hure alt werden.

Ihr Lebensplan hatte darin bestanden, ungefähr zehn Jahre lang auf der Straße zu arbeiten, nicht mehr, denn die Straße machte einen auf Dauer kaputt, und es gab nichts Traurigeres als eine verblühte alternde Hure, noch dazu, wenn sie noch immer auf der Straße stand. In spätestens drei Jahren wollte sie aufhören.

Sie würde ein Lokal eröffnen. Eine Bar. Eine diskrete, elegante Bar, wo sich die Typen, die aussahen wie die vom Corso Trieste, zur Happy Hour bei einem Fußballspielchen und einer Nase entspannten. Oder ein Friseurgeschäft, warum nicht. Vielleicht konnte sie ihre Mutter an die Kasse setzen.

Damit war es jetzt aus.

Der Anrufer war eindeutig gewesen. Sehr eindeutig.

Malgradi hatte seine Kontakte spielen lassen. Spadino war verrückt, er hatte gedacht, er könne den Abgeordneten erpressen. Hätte sie ihn warnen sollen? Aber warum eigentlich? Spadino war ein Arschloch wie alle anderen auch. Das Klügste war, sich ruhig zu verhalten.

Und wenn das nicht reichte? Wenn sie glaubten, dass sie trotzdem eine Gefahr darstellte?

Sabrina löschte die Internetseite www.larasecrets.com, bezahlte einen Rumänen, damit er eine Telefonkarte auf seinen Namen ausstellen ließ, warf ihr Handy weg, schnitt sich die Haare und färbte sie blond.

Reichte das als Verwandlung?

Doch wie sollte sie jetzt Geschäfte machen?

Sabrina hatte eine Freundin. Teresa war eine von denen, die im Augenblick des größten Erfolgs aufgehört hatten. Sie war nicht so wie die anderen „Ehemaligen“, sie war nicht ins Kloster gegangen, spielte sich nicht als anständige Dame auf, hatte den Kontakt zu den alten Freundinnen nicht abgebrochen. Sie hatte eine Schwäche für Sabrina, und nicht nur für sie. Mit Männern wollte sie nichts mehr zu tun haben, sie hasste sie. Bei den Frauen war das ganz anders. Die Frauen waren immer Schwestern gewesen und würden es immer sein.

Sie trafen sich im Fitnesszentrum an der Tuscolano, das Teresa mit eiserner Hand führte. Nur Frauen durften hier trainieren.

– Entschuldige, Sabrina, du steigst einfach aus der Szene aus und Amen, oder nicht? Es gibt keine Zuhälter mehr, die dir was anschaffen können!

– Das kann ich nicht. Ich habe noch nicht genug Geld beiseite geschafft, um mir das zu leisten.

– Mach eine neue Seite auf.

– Ich dachte, ich sollte etwas Diskreteres, Privateres machen. Ich habe dir ja gesagt, ich kann dir zwar nicht erklären warum, aber ich muss eine Zeitlang abtauchen.

Teresa machte einen Schluck von ihrem frischgepressten Karotten-Apfel-Saft und dachte nach. Als sie sich bückte, berührte sie ganz zart, beinahe wie zufällig, die Brust ihrer Freundin. Sabrina ließ es geschehen.

– Du solltest versuchen, in die linke Szene hineinzukommen, Sabrina.

– Was? Bei den Kommunisten? Aber die hassen uns ja!

– Glaub mir. Ich erklär es dir.

Teresa bückte sich wieder, aber diesmal schnellte Sabrina zurück, um sich der „zufälligen“ Berührung zu entziehen. Sie war noch nicht so weit.

VI.

Es war zwar schon finster, aber der Sand am Strand von Ostia Ponente war noch warm. Numero Otto kletterte über den Zaun des hintersten konzessionierten Strandbads vor der Mole des Touristenhafens. Er musste sich ein wenig anstrengen. Er stellte die schwere Technisub-Tasche auf den Boden und blickte auf das Peter-Pan-Schild, das in den Farben des Regenbogens leuchtete und in Kursivschrift beschriftet war. Er betrachtete den kleinen Stempel unten rechts: „Comune di Roma. Municipio XIII. Sozialgenossenschaft von öffentlichem Interesse. Staatliche Genehmigung Nr. 24/ 8. Mai 2007, Strandnutzung ausschließlich für Kinder, Minderjährige und Personen mit besonderen Bedürfnissen."

Behinderte und Kinder! Genossenschaft! Pfui Teufel!

Die Strände waren es wert, um sie zu kämpfen. Der achthundert Meter lange Strand, der im Norden von den Wellenbrechern des Touristenhafens begrenzt wurde, war Gold wert. Gold. Wie übrigens jeder Meter Strand von Ponente bis zu den Gittertoren von Capocotta. Warum sonst zahlte der letzte Trottel in Levante bis zu sechs Millionen Euro für eine dreijährige Konzession? Aber es gab auch einen guten Grund, warum der Strand in Ponente den Bossen von Ponente gehören sollte. Sind wir Herrn im eigenen Haus oder nicht? Es gab sehr wohl einen Grund, sich an den Strand zu ketten wie an einen Schatz.

Einen triftigen.

„Waterfront."

Waterfront, hatte ihm Samurai eines Tages lächelnd erklärt.

– Ostia wird die *Waterfront* von Rom sein. *Boardwalk Empire.* Atlantic City, Italien. Stell es dir vor, versuch es dir vorzustellen. Versuch dich hin und wieder aus der Gosse zu erheben. Zumindest ein paar Zentimeter. Ich weiß, das kannst du nicht, aber versuch es wenigstens. Ich sage nicht, immer. Aber hin und wieder.

– *Uoterwas?* hatte er wiederholt, er sprach ja kaum Italienisch, geschweige denn Englisch.

Samurai hatte ihn wie immer etwas mitleidig angeblickt, doch sein Mitleid ging schnell in eine angewiderte Grimasse über. Er hatte übersetzt, als wäre er ein Analphabet.

– Kasinos, Hotels, Restaurants, Fitnessclubs, Yachten, Geschäfte. Das bedeutet *Waterfront,* du Hirnamöbe.

Numero Otto war so nachtragend wie ein Affe. Ein Verrückter, der wegen jeder Kleinigkeit außer sich geriet. Aber aus Respekt hatte er sich zu einem Lächeln gezwungen. Und aus Geldgier. „Zi', diesmal mache ich dir ein Geschenk", hatte er im Gefängnis begeistert zu Nino gesagt und wie ein kleiner Papagei das Wort nachgeplappert, das er nicht verstand, *uoterfront.*

„Ich bau dir eine *uoterfront,* zì!"

Davor musste der Strand allerdings von Eindringlingen gesäubert werden. Die Kommunisten im Kapitol hatten ja mehr Schaden angerichtet als zehn Fluten. Das Meer gehöre allen – aber ja doch! –, hatten sie gesagt. Und einer Handvoll Pennern sechs Parzellen auf Konzession überlassen. Kooperativen nannten sie es. Was für Kooperativen? Verdammte Kommunistenkooperativen!

Es hatte etwas gedauert, bis das in Ordnung gebracht worden war. Numero Otto hatte den Abgeordneten Pericle Malgradi, der eine unersättliche Koksnase und ein Hurenbock war, gratis beliefert, und der Einsatz hatte sich gelohnt. Er hielt ihn an den Eiern. Die Dinge hatten sich geändert. Die Kommunisten hatten das Feld geräumt, es gab ein neues Gesetz, es besagte, dass die Konzession nur dann verlängert wurde, wenn der Betreiber unter Beweis stellte, dass „er in der Lage war, erfolgreich eine in sozialer Hinsicht wichtige Dienstleistung, nämlich den Badebetrieb am Strand, zu gewährleisten". Diese Worte waren wie Musik. Vor allem wenn man zwischen den Zeilen zu lesen verstand.

Denn wer war schuld, wenn ein Strandbad abbrannte? Der Betreiber, er war dann nämlich nicht in der Lage, seinen Betrieb „erfolgreich zu führen". Und wenn dann ein anderer, eine Person guten Willens, etwas Geld in die Hand nahm und unter Beweis stellte, dass sie in der Lage war, den Betrieb „erfolgreich zu führen", dann war es nur gerecht, dass sie die Konzession erhielt. Das war freie Marktwirtschaft, oder nicht? So stand es im Gesetz. Was die „sozial" wichtige Dienstleistung, die Kinder und die Behinderten, anbelangte: Eine neue Rutsche, eine Gehhilfe und ein Plastikbassin konnten auch sie aufstellen. Aber dort, wo es ihnen passte. Weit weg vom Strand, wo sie nicht störten. Irgendwo.

Die Buden der Strandbäder waren der Reihe nach abgebrannt. Das war sein Werk, das Werk von Numero Otto. Darin hatte seine Aufgabe bestanden. Eine pro Woche. Immer in der Nacht. Immer mit demselben Benzin und derselben primitiven Zündvorrichtung, die er im Schaltkasten des Strandbads montierte. Der Rest war ganz einfach gewesen. Kabinen, Sonnenschirme, Pavillons waren von der Salzluft ausgetrocknet und brannten wie Zunder. In Sekundenschnelle. Und die Brände waren zu einem begehrten Schauspiel geworden, fast wie die Hundekämpfe, die sie in Garagen veranstalteten. Die Leute kamen aus ganz Rom, um zuzusehen, wie sich die Pitbulls zerfleischten. Gut, es waren auch ein paar Euro im Spiel, aber deshalb kamen die Leute nicht, sie wollten vor allem das Schauspiel genießen.

Er betrachtete die Zeiger der Rolex Oyster Perpetual. Es war bereits nach Mitternacht und er musste sich beeilen. *Peter Pan,* auf uns beide!

Er schickte ein SMS an Robertino, einen seiner Jungs, den er hinter sich herschleppte, seitdem er ein kleiner Junge war: „Los."

Während er die Elektroleitungen des *Peter-Pan*-Strandbades manipulierte, stieg auf der Piazza Lorenzo Gasparri die erste Rakete kerzengerade in die Höhe. Die zweite Rakete, die in Form einer Trauerweide aus grünen, weißen, roten Funken explodierte, beleuchtete den Kanister, während er den Inhalt über die Bude leerte. Einen Augenblick lang betrachtete er das Feuerwerk, das auf den Terrassen der Zinskasernen auf der Piazza Gasparri und der Via Forni, dem Zentrum von Ponente, explodierte. Nuova Ostia, sein Ostia. Es war seine Idee gewesen, denn wie ihm Zio Nino beigebracht hatte, „reichte es nicht, eine Sauerei anzurichten, wenn du etwas gelten willst. Die Leute müssen auch wissen, wer die Sauerei angerichtet hat".

Peter Pan hatte er sich bis zuletzt aufgehoben. Hierher kamen tatsächlich Kinder, und die Zerstörung war Überstunden wert. Eine zwei Meter lange Rutsche, die aussah wie eine mittelalterliche Burg, Spielzeug, Plastik-Traktoren und -Seepferdchen, Haufen von Eimern und Förmchen, Surfbretter mit Gormiti und Pokémons drauf. Bevor er das Ganze anzündete, musste er noch höchstpersönlich Hand anlegen.

Die Axt lag neben den Feuerlöschern. Funkelnagelneu. Perfekt im Lot, fabriksneu. Ein Griff aus hellem Holz, mit rotem Kopf. Er nahm sie mit der Rechten und hievte sie über die Schulter, auf der Höhe des Ohrs. Dann stürzte er sich auf die Rutsche, kreischte im Falsett, spreizte die Beine wie ein Comicungeheuer.

– Ihr lieben Kinderlein, jetzt kommt Captain Hook! Tick, tack, tick, tack.

In weniger als zehn Minuten hatte er das Traumschloss mit methodischem Furor zerhackt.

– Oh, oh! – *track.* – Oh, oh – *track.*

Bei jedem Hieb stieß er grinsend ein Überraschungsmotto aus. Dann kam der Platz mit den Traktoren, den Seepferdchen, den Surfbrettern dran. Schließlich fischte er eine Zigarette aus dem Overall und zündete sie mit dem Zippo aus mattem Metall an, auf dem sich das schwarze Profil des Duce befand. Zuerst die Zigarette. Dann *Peter Pan.*

Als er über die Uferpromenade ging und die Tasche im Kofferraum des Hummer verstaute, hatten die Benzindämpfe und die Flammen die Bude schon verschlungen. Er ließ den Motor an, während das Feuerwerk am Himmel von Ponente mit einem lila Sprühregen zu Ende ging.

Das *Off-Shore*, das Reich von Numero Otto, war nicht weit entfernt. Es befand sich genau auf dem Strand von Coccia di Morto. Tausend Quadratmeter Holz und Glas, aus dem man aufs Meer blickte. Ein Vorgeschmack auf die *uoterfront* in Ostia. Numero Otto hatte den Namen *Off-Shore* gewählt, um Samurai zu ärgern, der sagte, er sei dumm wie die Nacht. Eine vierhundert Meter lange Bar, die gemeinsam mit einer Theke eine Art Liktorenbündel bildete. Ein Fitnesscenter mit fünf Laufbändern, die auf den Strand blickten, ein Boxring und so viele Gewichte, dass ein olympisches Team hier hätte trainieren können. Das Lager, wo der Alkohol und die Schießeisen für den Notfall aufbewahrt wurden, war mit zwei Panzertüren mit Nummernkombination versperrt, und in einem Winkel daneben befand sich sogar ein Tattoostudio, *Er Geko*, mit Liegen, die mit Wassermatratzen bestückt waren. Und natürlich hatte er auch drei Darkrooms eingerichtet, die aussahen wie drei Schlafzimmer à la *Scarface: Conchiglia, Amaca, la Giostra.*

Das Juwel hatte eine Kleinigkeit gekostet. Aber nicht an Baustoffen und Arbeitskräften, für ihn arbeiteten die Leute ja gratis. Sondern an

Schmiere für einen General der Rathauspolizei. Eine Sau. Ein Piranha. Hunderttausend sofort in Zehnerscheinen. Eine Rumänin für den achtzehnten Geburtstag seines Sohnes, und ein Schlauchboot für den Sommer im Canale dei Pescatori, mit zwei Yamaha-Motoren zu je zweihundertfünfzig PS.

Aber die Bewilligungen waren wenigstens in Ordnung.

Inzwischen war es drei Uhr morgens, und das *Off-Shore* war gerammelt voll. Numero Otto stank nach Holz, verbranntem Plastik und Schweiß. Er drückte Albin, dem rumänischen Parkplatzwächter, die Autoschlüssel in die Hand, der rollte sich gerade einen riesengroßen Joint.

– Wenn er staubig wird, reiß ich dir den Arsch auf.

Er betrat die *Conchiglia.* Morgana beugte sich gerade über den Glastisch vor dem muschelförmigen Bett und sniefte. Die Kleine hatte einen großartigen Arsch. Klein und knackig. Sie war zwanzig Jahre alt und die einzige Frau aus Ponente, die er in seiner Bande aufgenommen hatte. Aber nicht nur, weil er sie fickte.

Auf der Straße war sie nämlich böse wie eine Hexe, und im Bett gefügig wie eine Geisha. Lachend steckte er ihr einen Finger zwischen die Hinterbacken und leckte mit der Zunge ihr Ohr aus.

– Ich will mich entspannen. Aber später. Ich dusche mich und dann sehen wir uns drüben. Wer ist da?

– Nahezu alle. Sogar Rocco.

– Anacleti?

– Ja, er ist gemeinsam mit Spartaco, der Ratte, gekommen.

– Dem Journalisten?

– Ja, Liberati. Er hat gesagt, er wolle sich wieder mal sehen lassen.

– Wahrscheinlich braucht er Geld, der Erpresser.

Morgana ging hinaus. Er nahm rasch eine Dusche, seifte sich lange Hals und Brust ein, wo zwischen den Haaren ein Jokergesicht hervorlugte. Er zog ein weißes Hemd an, zog zwei Straßen und ging zur Bar.

Rocco Anacleti, der Boss der Zigeuner von Roma Est und Chef von Spadino, kam ihm entgegen und umarmte ihn, bahnte sich mühsam einen Weg durch einen Schwarm von zugekoksten Mädchen, Anwälten, Ärzten und ein paar runderneuerten Vorstadtwichsern aus Fiumicino. Er trug ein rosa Hemd und eine Pluderhose aus weißem Leinen, in der er fetter und kleiner aussah, als er wirklich war. Die Umarmung wirkte echt. Über Spadino wusste er natürlich nichts. Aber wirklich nichts.

– Okay?

– Alles okay.

– Ich warte schon seit einer Ewigkeit auf dich.

– Ich habe jede Menge zu tun. Ich weiß nicht, um wen ich mich zuerst kümmern soll.

– Du sagst es. Cinecittà ist ein Affentheater geworden. Zu viele Leute, die sich wichtig machen. Auch die Kaffer glauben, sie könnten tun, was sie wollen. Unglaublich.

– Ja, es laufen zu viele Idioten herum.

– Übrigens … hast du Spadino gesehen?

Numero Otto fiel aus allen Wolken.

– Ich? Nein, warum?

Rocco sah ihn scheel an.

– Er sagte, er wolle dich treffen.

Numero Otto vernahm plötzlich ein unangenehmes Hintergrundgeräusch.

– Mich? Und wann?

– Tja, ich glaube, gestern. Er ist nämlich verschwunden. Angeblich haben sie in der Pineta eine verkohlte Leiche gefunden.

– Ja, hab ich gehört … aber was hat Spadino damit zu tun?

– Die verkohlte Leiche saß in einem Smart. Und Spadino hatte einen Smart.

– Was soll ich dir sagen? Ich hör mich um. Ach, wie ich sehe, hast du Spartaco mitgenommen.

– Rate mal, was er braucht.

– Was braucht er wohl? Kohle, oder?

Spartaco lehnte an der Bar und trank einen Mojito – den er sicher geschnorrt hatte, dachte Numero Otto –, schwenkte die Arme und umarmte ihn, ein echter Judas. Er war ein Ex-Kamerad um die fünfundfünfzig, ein ehemaliger Meister im Kickboxen, seine Karriere war allerdings früh und unehrenhaft zu Ende gegangen. Er war aus dem Verein ausgeschlossen worden, weil er einen Gegner ins Koma geprügelt hatte. Er hatte ihm den Schädel eingetreten, als er schon am Boden lag. Dann hatte er bei einem Radiosender angeheuert, deshalb war er für alle Spartaco, der Journalist. Die Stimme von Radio Fm 922, „der Marsch auf Rom, dimme te …"

Ein Journalist. Ach ja. Eine Marionette dessen, der ihn bezahlte. Samurais Schoßhund, er hatte ihn schon als kleiner Junge kennengelernt, als es Krieg mit den Kommunisten gab. Geld, Geld. Das war das einzige Wort, das er verstand. Das einzige, was er wollte. Genau deshalb war er da.

– Das *Off-Shore* ist großartig. Wird immer schöner, sagte er.

– Spartaco, ich hab keine Zeit. Sag mir, was du brauchst.

– Meine Sponsoren lassen mich ein wenig im Stich. Gib mir zehntausend und ich mache einen Monat lang Werbung für das *Off-Shore*. Du könntest ja ein paar Liveinterviews geben, oder?

– Tausend. Dann verschwindest du.

– Du bist ein echter Freund.

Er antwortete nicht mal. Er packte Morgana am Handgelenk und zerrte sie von einem Typen weg, der sie seit einer Weile ansabberte.

– Jetzt passt es mir.

VII.

– Ich bin Teresas Freundin.

– Ach, Teresa, Teresa, bist es du, Teresa? Kommen Sie, setzen Sie sich, bleiben Sie nicht an der Tür stehen. Sie sind ...

– Justine.

– Die Justine des Göttlichen Marquis oder das kleine jüdische Mädel aus dem Alexandria-Quartett? Ach, ist ja egal. Kommen Sie, kommen Sie, meine Liebe.

Der Professor war seinerzeit berühmt gewesen, sehr berühmt. So berühmt, dass sogar Sabrina von ihm gehört hatte. Ausgerechnet ein paar Tage vor ihrem Treffen hatte sie auf Sky einen alten Film gesehen, der nach der Vorlage eines seiner Bestseller gedreht worden war. Der Professor spielte darin sich selbst. Einen zerstreuten Intellektuellen, halb Philosoph und halb Komiker, der das Publikum zum Lachen brachte ob des Elends und der Widersprüche des Lebens.

Wie alt er doch geworden ist!, dachte Sabrina, als er sie in seiner großen Wohnung an der Nomentana empfing. Der graumelierte Fünfzigjährige mit den tiefliegenden blauen Augen hatte sich in einen gebeugten Tattergreis verwandelt, der sich bei jedem zweiten Schritt auf ein Möbelstück stützen musste, um nicht das Gleichgewicht zu verlieren. Von den Wänden blinzelten spöttisch die gerahmten Bilder, auf denen der Professor auf dem Höhepunkt seines Erfolgs zu sehen war. Sie folgte ihm über einen Gang, der in ein großes Wohnzimmer und dann auf eine riesige Terrasse führte, an den Wänden befanden sich merkwürdig geformte Regale mit säuberlich aufgereihten Büchern. Unverständliche Bilder und unheimliche Skulpturen.

– Pascali ... Bacon ... Tano Festa ...

Der Professor sagte eine Reihe von Namen auf, die Sabrina nicht kannte. Er beschrieb seine Schätze in müdem, resigniertem, leicht spöttischem Tonfall. Als wollte er sagen: Was verschwende ich meine Zeit mir dir, du bis ja doch dumm wie Stroh.

– Warten Sie einen Augenblick auf mich, meine Liebe, ich mache mich fertig, dann komme ich gleich zu Ihnen. Ich nehme an, Teresa hat Ihnen gesagt, worum es sich handelt … Justine.

– Ich weiß alles, Professor, Sie können mir vertrauen.

– Vertrauen ist was Ernstes, dozierte der Professor, plötzlich mit finsterem Blick.

Dann erschien auf seinem runzeligen Gesicht plötzlich ein spitzbübisches Lächeln, und er begann zu trällern: „Galbani vuol dire fiduciaaaa, Galbani bedeutet Vertrauen …"

Teresa hatte sie gewarnt: „Er ist ein bisschen seltsam. Er lebt in der Vergangenheit. Er kommt nicht darüber hinweg, dass die Filmleute nichts mehr von ihm wissen wollen. Aber er ist wahnsinnig reich und auf seine Weise freundlich. Wenn du ihn richtig anpackst …"

Wahnsinnig reich. Nun, die Wohnung sah ja vielversprechend aus. Sabrina speicherte die Namen der Künstler, die der Professor genannt hatte, auf dem iPhone. Später würde sie im Internet ihren Marktwert recherchieren. Vielleicht war das Gekritzel ja Millionen Euro wert.

– Da bin ich, meine Liebe. Rufst du bitte ein Taxi?

– Haben Sie nicht etwas vergessen, Professor?

– Ach ja, doch, natürlich, meine Liebe, entschuldige, entschuldige vielmal … wir hatten achthundert vereinbart, nicht wahr?

– Ja, Professor.

– Onkel Mimmo, meine Liebe, für dich bin ich Onkel Mimmo.

Er war Onkel Mimmo, und sie war die Nichte aus der Provinz, die im dritten Jahr Wirtschaft an der Ostiense studierte, sie wohnte vorübergehend bei ihm, bis sie eine Studentenwohnung gefunden hatte. Deshalb trug sie eine keusche Bluse und Jeans, keine Markenjeans, eine rote Jacke mit einer nicht allzu auffälligen Brosche, dezente Schminke und flache Schuhe.

„Keine Schlitze und keine Highheels, kein Pushup, und verstecke deine Tattoos. Erinnere dich: du bist eine Linke." So Teresa.

Aber Teresa hatte übertrieben. Als sie die Dachbodenwohnung des Produzenten Eugenio Brown betraten, war der erste Eindruck gar nicht so schrecklich. Männliche Kommunisten in Sakko und Foulard. Einige trugen sogar Merrell-Sneaker und Leinensakkos von Etro. Kommunistinnen, die zwar züchtig gekleidet, aber aufreizend geschminkt waren, und Mädchen in Miniröcken, die sexy Unterwäsche sehen ließen und Stilettos trugen. Manche von ihnen hätte sich auch auf einer Party von Malgradis Freunden sehen lassen können, andere wiederum hätten dem Blick der Türsteher nicht standgehalten. Hätte sie sich angezogen wie immer, provokant und nuttenhaft, wie es ihr zur zweiten Haut geworden war, hätte sie wenigstens nicht den Eindruck erweckt, eine fade, unbedeutende Hure zu sein.

Die perfekte Nichte vom Land.

Der Professor stellte sie ein paar Leuten vor. Alle begrüßten sie höflich, aber kalt, und es gab auch spöttische Blicke. Jaja, die Nichte, sagten die Blicke. Schon recht, Herr Professor! Deine große Zeit ist vorbei, aber du gehörst noch immer zu uns, deshalb verzeihen wir dir deine kleinen Altersmarotten. Aber du hättest dir eine bessere Nichte aussuchen können.

Nach der ersten Begrüßungsrunde ließ sich der Professor auf einen Stuhl fallen, den „der arme Sottsass '73 entworfen hat" („Sossas, Stuhl '73" notierte Sabrina eifrig auf ihrem iPhone) und begann die üblichen Geschichten zu erzählen. Vier oder fünf arme Schweine hörten ihm zu, mit echter Begeisterung. Oder vielleicht taten sie auch nur so: aus Mitleid oder sonst einem Grund. Sabrina setzte sich neben Onkel Mimmo, lachte, wenn die anderen lachten, und ließ es geschehen, dass der Alte ihr zerstreut den Schenkel streichelte, wenn er sich unbeobachtet wähnte. Achthundert immerhin, aber diese Langeweile! Natürlich ging die Party woanders ab. Vielleicht auf der Terrasse, die auf die Piazza Vittorio blickte. Mitten auf dem Esquilin, wohin Sabrina freiwillig nie einen Fuß gesetzt hätte, denn hier wohnten die Einwanderer, die Arschlöcher. Der Professor und seine Freunde hielten das Viertel jedoch für „entzückend, und unwiderstehlich, so lebendig und vital, das wahre multikulturelle Rom …"

Wie bitte? Hier bekam man ja keinen einzigen Italiener zu Gesicht, nur Chinesen …

Schließlich verkündete der Professor, er müsse mal schnell auf die Toilette. Sabrina nützte die Gelegenheit und schlüpfte auf die Terrasse. Es war eine helle Nacht Ende Juni, aber sie hatte etwas anderes im Sinn. Der Professor war nur eine Fahrkarte in die Welt der Linken, aber lieber eine Ohrfeige als noch so ein fader Abend, also tu was, Sabrì.

Sie ging zwischen den Grüppchen herum, näherte sich den Tischen. Überall wurde geredet, geredet, geredet. Die Menschen redeten mit einer

Leidenschaft und einer Hingabe, als hinge die Zukunft der Welt von ihnen ab.

– Wir müssen uns zu regionalen Produkten bekennen. Unbedingt.

– Ich gebe dir recht. Ich trinke nur noch Biowein. Keinen Schwefel mehr. Der ist ein Fluch. Hast du eine Ahnung, wieviel Dreck man heutzutage legal in eine Flasche Wein kippen kann? Bis zu achtzig verschiedene Stoffe, hast du das gewusst?

– Ich habe eine Katze adoptiert. Die Arme hat eine Woche lang vor meiner Tür miaut. Die Impfungen, der Tierarzt und die Kastration haben mich nur vierhundert Euro gekostet.

– Vierhundert Euro? Soviel hat auch Luisa dafür verlangt, dass sie meine Zimmerpalme ins Institut für Phytotherapie gebracht hat. Angeblich, um sie zu behandeln.

– Und, wie ist es gelaufen?

– Nach einem halben Jahr war sie tot.

Wohin hatte sie die Zimmerpalme gebracht, zu einer Masseurin? War sie krank?, dachte Sabrina.

Ein Glatzkopf, der aussah wie die Rausschmeißer bei Malgradis Partys, biss in ein Pfefferoni-Tarantallo, seufzte und sagte: – Ich lese gerade Roths *Amerikanisches Idyll.* Ein Meisterwerk.

– So was würdest du auch gerne schreiben, was?

– Ich würde zehn Jahre meines Lebens dafür geben.

– Und wer sollte es dir abkaufen?

– Garrone will offenbar einen Film über den Fotografen Corona drehen …

– Die Nachricht stammt von Findus, meine Liebe. Matteo wohnt unter uns. Er hat lange darüber nachgedacht, dann hat er es bleiben lassen.

– Umso besser. Offensichtlich ist Corona sogar ihm zuwider.

– Corona ist der Inbegriff des Fernsehens, des Bunga-bunga, des ganzen Scheißdrecks, des reinen Schreckens, und der Schrecken lässt sich nicht darstellen. Nicht einmal Fellini ist das seinerzeit gelungen.

– Das Schrecklichste ist, dass das Ganze offenbar nie zu Ende geht.

– Das ist auch unsere Schuld, meine Liebe. Wir sind zu sanftmütig. Wir leisten schon lange keine Opposition mehr.

Ein kleiner, fetter, bärtiger Mann hielt eine Predigt über Politik.

Sabrina hätte am liebsten gegähnt. Sie verging vor Langeweile.

Die Kommunistenarschlöcher redeten nur wirres Zeug, und selbst wenn sie etwas Verständliches sagten, taten sie es auf eine Weise … als ob ausschließlich sie es verstehen sollten. Der Rest der Welt konnte scheißen gehen! Außerdem machte keiner der Typen, zu denen sie hinging, Anstalten, sie einzubeziehen.

Teresa hatte sie ja gewarnt.

Teresa hatte in diesem Punkt keinen Zweifel gelassen

„Das ist ein geschlossener Zirkel. Lauter Genossen, wenn du mich verstehst. Es ist sehr schwierig, da reinzukommen. Ein falsches Wort und sie werfen dich raus!"

Genau diesen Eindruck hatte sie auch. Ein geschlossener Zirkel. Sabrina stellte fest, dass sie die vulgäre Ausgelassenheit von Malgradis Partys vermisste. Dort, in der viagrageschwängerten Atmosphäre, hatte sie sich nie fehl am Platz gefühlt. Die geilen Böcke waren freundlich, herzlich, beschützend. Sicher, bei der erstbesten Gelegenheit gaben sie einem den Laufpass und auf Wiedersehen. Aber immerhin war sie mit ihrer Hilfe das geworden, was sie jetzt war. Ohne sie fühlte sie sich verloren.

Aber was ist eigentlich aus dir geworden, Sabrí? Du hältst einem alten Tattergreis für achthundert Euro das Händchen!

Nervös kramte sie in ihrer Tasche. Sie lechzte nach einer Prise Koks, um den Stress und die Enttäuschung wegzustecken. Aber auch in dieser Angelegenheit hatte Teresa keinen Zweifel gelassen.

„Ja kein Koks. Sie sniefen zwar auch, aber der große Kreis ist geschlossen und der kleine undurchdringlich."

Die Berühmten, dachte Sabrí, waren ordentliche Langeweiler.

– Gestatten?

Sabrina wollte ihren Augen nicht trauen. Jemand hatte von ihr Kenntnis genommen. Der hochgewachsene Eugenio Brown, der Hausherr, stand plötzlich vor ihr. In der Hand ein Feuerzeug mit brennender Flamme.

Ein gutaussehender Mann. Um die fünfzig, groß, graumeliert, im Armani-Anzug. Ein Produzent. Das Wort übte auf Sabrina eine eindeutige Faszination aus. Produzent bedeutete Kino. Vielleicht sogar Fernsehen. Warum nicht? Sie hatte eine gute Figur, und Skrupel hatte sie nie besessen. Warum nicht? Sie war bestimmt nicht die Erste, die auf der Besetzungscouch landete. Warum nicht?

Eugenio Brown. Wenn man sich verkaufen musste, dann wenigstens an einen, der ein Minimum an Attraktivität besaß.

– Danke, ich konnte mein Feuerzeug nicht finden.

– Langweilen Sie sich?

– Nein, allerdings ...

– Meine Freunde können manchmal widerwärtig sein.

– Nein ... ich kenne bloß niemanden.

– Ich verstehe. Am Anfang ist es immer schwierig.

Sabrina setzte ihr verführerischstes Lächeln auf. Eugenio Brown legte ihr eine Hand auf den Arm.

– Gefällt Ihnen die Wohnung?

– Ein Schmuckkästchen.

Eugenio Brown lächelte sie an. Das war das erste Mal, dass jemand die zweihundertneunzig Quadratmeter große Dachwohnung als „Schmuckkästchen" bezeichnet hatte. Er sah sie mit vermehrtem Interesse an.

Er war auf jeden Fall ein gutaussehender Mann.

Sie spürte, dass er sie begehrte.

Aber er konnte sich nicht überwinden, den ersten Schritt zu tun.

Sabrina verspürte eine leise Ungeduld. Sie legte ihre Hand auf die seine. Sie lächelte noch verführerischer.

Eugenio Brown öffnete den Mund.

Ein behaartes Individuum im Karohemd packte ihn am Arm und zwang ihn sich umzudrehen.

– Entschuldigt. Eugenio, die Baldini sucht dich.

– Ja, ich komme gleich, bis später, Signorina ...

– Justine.

– Ach ja, Justine.

Der Produzent verschwand, eilte zu einem Tisch hinter einer dichten Bananenstaude.

Das Karohemd zündete sich eine Toscano an. Sabrina hätte den Trottel am liebsten bei lebendigem Leib verspeist. Er hatte ihr die schönste Beute weggeschnappt. Sie drehte sich um, um zum Professor zurückzugehen, doch das Karohemd versperrte ihr den Weg. Das Arschloch grinste.

– Schenken Sie mir eine Sekunde Gehör, Signorina Justine? Oder sollte ich lieber ... Lara sagen?

Sabrina blickte sich um. Offensichtlich achtete niemand auf sie. Sie hob die Hand, als wolle sie dem sanften Gesicht eine Ohrfeige versetzen. Am liebsten hätte sie ihn gekratzt, dem Arschloch ein Mal verpasst. Sie hatte sowieso verloren. Aber er nahm ihre Hand, führte sie an den Mund und drückte einen flüchtigen, feuchten Kuss darauf.

– Keine Angst. Ich bin nicht gefährlich. Mir gefallen Männer. Komm, trinken wir was, ich muss mit dir reden.

Der Typ hatte eine merkwürdige, entwaffnende Sanftheit. Sie folgte ihm gehorsam zu dem Tisch, auf dem die Spirituosen standen. Karohemd goss zwei Whiskys ein und lotste sie in einen leeren Winkel der Terrasse.

Er hieß Fabio und war Drehbuchautor. Er war *gay*, wie die Linken die Schwulen nannten, und hatte sie erkannt, obwohl sie kurze, gefärbte Haare hatte.

– Entschuldige, aber wie hast du mich erkannt?

– Von der Website. Du warst doch die von www.larasecrets.com, nicht wahr?

– Entschuldige, aber du bist doch schw…, ich meine gay, woher …

– Ach, im Grunde bin ich nach allen Richtungen offen.

– Das heißt?

– Mir macht alles Spaß, was mit Sex zu tun hat.

– Na und?

– Ich wollte mit dir über Eugenio Brown sprechen.

– Was, er auch?

– Nein, Eugenio mag Frauen.

Sabrina seufzte erleichtert. Sein Stil gefiel ihr jedenfalls. Für Malgradi gab es keine Frauen, nur Fotzen.

– Na und?

– Er ist seit kurzem Witwer, fuhr Fabio fort. Sie ist nach langer Krankheit gestorben. Sie haben sich sehr geliebt. Eugenio ist einer der wenigen Produzenten, die noch an das Qualitätsprodukt glauben.

– Ja, aber was hat das mit mir zu tun?

– Er ist ein gutaussehender Mann. Und sehr verletzlich. Tu ihm nicht weh. Das ist alles.

Der bärtige Drehbuchautor zog sich mit einem Lächeln zurück, das freundschaftlich sein wollte, aber auch sagte: ich habe dich als Freund gewarnt, ich könnte aber auch ein unerbittlicher Feind werden. Du machst mir aber große Angst, du Orang-Utan! Sabrina leerte den Whisky und spürte plötzlich eine gewisse Aufregung. Verletzlich. Verletzliche Männer bargen manchmal große Überraschungen. Verletzliche Männer verliebten sich. Verletzliche Männer wurden schnell von Kunden zu Liebhabern.

Eugenio Brown kam auf sie zu.

Aber jetzt war Sabrina nicht mehr ungeduldig. Sie wusste, dass sie ihn bald in der Hand haben würde. Jetzt hieß es, sich ein wenig zu zieren.

Sie lief in die Wohnung. Sie entdeckte einen Notizblock und einen Kugelschreiber, riss ein Blatt ab, schrieb ihre Handynummer darauf. Dann, als sie sicher war, dass niemand sie beobachtete, nahm sie die Wohnung in Augenschein, bis sie, in der Mansarde, am oberen Ende einer Wendeltreppe, das Schlafzimmer des Hausherrn entdeckte.

Sie legte den Zettel gut sichtbar auf die Bettdecke mit indischem Muster und ging wieder nach unten.

Der Professor war eingeschlafen. Speichel tropfte auf sein Halstuch. Sabrina rüttelte ihn sanft wach, rief ein Taxi, fuhr mit ihm nach Hause und legte ihn ins Bett, ganz brave Nichte. Das war Teil der Abmachung. Als einziges Extra gestattete sie ihm einen kurzen Griff auf den Busen. Dankbar legte der Professor noch einen Zweihundert-Schein drauf.

Jetzt hieß es warten.

Sie musste nicht lange warten.

Eugenio Brown rief sie am Morgen darauf an.

VIII.

Anagnina hatte den süßlichen und unverwechselbaren Geruch jener Orte, wo der Gestank der Menschen und des Betons noch nicht den des offenen Landes übertönte. Abbas kam sich beinahe vor wie einst in Teheran. Sicher, die Castelli, die man von der Via Mongrassano aus sah, waren nicht das Elbursgebirge, und der grüne Hügel, auf dem Frascati lag, war nicht so mächtig und düster wie Tochal. Aber die Luft war dieselbe. Vor allem jetzt im Sommer. Sie verklebte die Schleimhäute des Mundes wie Sand. Sie trocknete die Nasenlöcher aus. Sie kratzte im Hals und ließ einen Geschmack von Kohlenmonoxyd und Teer zurück, ein Rest des Gestanks von Fäulnis und Müll.

Sein Laden befand sich an der Ecke zur Via del Casale Ferranti. Hinter der letzten Haltestelle der U-Bahn-Linie A. Wo die Schafherden Wohnblocks hatten weichen müssen. Die Bruchbude war wohl mal eine Garage gewesen, aber der Kredithai, der sie ihm verkauft hatte, hatte geschworen, sie sei als „Werkstätte" ins Grundbuch eingetragen. Abbas hatte sie notdürftig eingerichtet. Er hatte die Wände mit Karton und Zeitungen tapeziert, um Feuchtigkeit und Schimmel abzuhalten. Sein Arbeitstisch war eine alte Fleischertheke, die auf verrosteten Böcken stand. Kirschholz-, Eichen- und Ebenholzplatten lagen auf Marmorblöcken herum, in fröhlichem Durcheinander, sie waren das Material für das Handwerk, das er von seinem Vater und seinem Großvater ererbt hatte. Seitdem er ein Kind war, machte er Intarsien, und seine Pianistenhände mit den langen dünnen Fingern erinnerten ihn Tag für Tag daran, was für ein Glück er hatte. Selbst jetzt noch, obwohl er mit seinen sechzig Jahren Hammer und Meißel nicht mehr so fest halten konnte und seine braune Haut so dünn wie Seidenpapier geworden war und man darunter Adern und Sehnen sah.

Er hatte nie begriffen, was seine Kunden mehr schätzten, seine Fähigkeiten oder den Preis, um den er sie verkaufte. Seine Entwürfe interessierten niemanden. Er hatte sie nur Rocco Anacleti gezeigt, der in der Romanina wohnte und den alle im Viertel mit Ehrfurcht grüßten, wie es sich für einen Tyrannen gehörte, doch die Sache war schief gegangen. Mit einem gewissen Stolz hatte er ihm die auf Pergament gedruckten Entwürfe seines Großvaters gezeigt, die er in einem Lederalbum aufbewahrte.

– Was soll denn das sein?

– Persische Blumenmotive.

– Glaubst du vielleicht, ich würde mir das schwule Zeug ans Kopfende des Bettes hängen? Wir sind hier in Rom, nicht bei dir zu Hause. Ich brauche das Bett zum Ficken.

Sie hatten sich auf einen Satyr mit einem riesigen Reliefphallus geeinigt.

– Das Kopfende soll aus Wengèholz sein. Und es soll antik aussehen, hatte ihm Rocco befohlen.

Aber als er die fertige Arbeit sah, hatte er durchgedreht.

– Wofür hältst du mich, für einen Neger? Schau mich an! Was habe ich für eine Hautfarbe? Bin ich ein Neger? Mach das Scheißholz hell, sofort!

Abbas hatte von vorne anfangen müssen. Mit gebleichter Eiche. Ein Glücksspiel. Kein Wunder, bei der unfassbar obszönen Einlegearbeit. Tausend Euro. Er hatte sie noch nicht bekommen. Aber er hatte sie eingefordert. Zuerst freundlich, am Telefon. Dann sogar mit einem Brief an die Adresse von Rocco Anacleti, in dem er mit einem Haufen höflicher Anredeformeln in Großbuchstaben darauf hinwies, dass er sich, sofern er keine „freundliche Antwort erhielt", an einen Rechtsanwalt der Gewerkschaft wenden würde.

Bei der Ampel am Ende der Tuscolana drückte Max mit einer ungeduldigen Geste den Schalthebel der Street Triple. Das Geräusch, wenn der erste Gang einrastete, verursachte ihm ein angenehmes Gefühl. Ein nervöses Signal, die Ankündigung dessen, was gleich passieren würde. Es war Nacht, aber unsäglich heiß. Der Wind der hundertachtzig PS ließ die Jeans an seinen Schenkeln kleben, das Stirnband am Innenhelm war schweißnass, seine Füße in den roten Sneakers brutzelten wie Toasts. Die Castelli tauchten auf. Max hasste die Castelli. Sie waren ihm immer wie ein provisorischer Deich auf einem Ameisenhaufen vorgekommen. Vor ein paar Tagen hatte Spartaco Liberati, *the Voice of Rome,* auf Radio Fm 922 darüber geklagt, dass es den Ponentino, den

Westwind, nicht mehr gäbe. Ach, es gibt keinen Ponentino mehr, die neu errichteten Wohnviertel halten ihn ab … ach, die Castelli, der Ponentino … Schwachsinn für Reiseführer.

Um die Wahrheit zu sagen, fühlte er sich unbehaglich.

Rocco Anacleti hatte ihm gesagt, er müsse eine Sache mit einem Iraner bereinigen. Rocco Anacleti war nervös. Eigentlich hätte sich Spadino darum kümmern sollen, aber Spadino war verschwunden. Rocco war nervös und faselte merkwürdiges Zeug daher.

Seine Aufgabe: Paja und Fieno Rückendeckung geben.

Die beiden gefielen ihm nicht. Der Job gefiel ihm nicht. Rocco Anacleti gefiel ihm nicht.

Er musste bald eine Entscheidung treffen.

Der „Spitz" befand sich gegenüber dem *Centro sperimentale di cinematografia*. Gleich hinter den viereckigen Blöcken aus Glas und Zement, in die das Innenministerium die Generaldirektion der Spezialeinheit zur Bekämpfung der organisierten Kriminalität, der Verbrechensprävention und der Verkehrspolizei verlegt hatte. Max fuhr in der zweiten, bis der Motor aufheulte, und als er an dem großen elektrischen Gittertor vorbeifuhr, über dem das Schild des Ministeriums hing, hupte er. Wie immer genoss er den Anblick: Ein Haufen Bullen in einem Viertel, in dem alles drüber und drunter ging.

Er erkannte das schwarze BMW-Cabrio, das an der Kreuzung zur Via delle Capannelle parkte. Pajas blonder Pferdeschwanz und Fienos im Nacken ausrasierte Stoppelglatze. Zwei wütende Straßenköter, die keine fünfundzwanzig werden würden. Ein paar Jahre jünger als er. Zwei Arschlöcher, bis oben abgefüllt mit Koks. Die wie er in Cinecittà aufgewachsen waren. Zur Zeit der Neapolitaner hatten sie Kindern Speed verkauft. Dann hatten sie sich den Anacleti angeschlossen, der Zigeunerdynastie, die so alt war wie das Kolosseum und durch deren Hände jedes einzelne Gramm Shit und Koks ging, das zwischen Tor Bella Monaca und Piazza Tuscolo verkauft wurde. Zwischen Casilino, Cinecittà und Appia. Stinkreiche Leute, die nichts Zigeunerhaftes mehr an sich hatten, außer ihre Traditionen, ein paar alberne Bräuche, übertriebene Hochzeitsfeiern, die Gier und einen Haufen Kinder, Cousins und Enkel, die alle denselben Namen trugen.

Rocco Anacleti. Der Boss von Paja und Fieno. Max' Boss.

Zumindest glaubte er das.

Paja streckte einen Arm aus dem offenen Fenster des BMW und winkte Max. Sein Gesichtsausdruck war so enthusiastisch, als stünde ihm eine Zahnbehandlung bevor.

– Ach, Nietzsche, du hast es geschafft. Schau mal, Fieno! Der Philosoph gibt sich die Ehre.

Der Spitzname, Nietzsche, hätte ihm eigentlich schmeicheln sollen, er hätte ihn daran erinnern sollen, dass er seine Doktorarbeit über Kant nicht nur seiner Mutter zuliebe geschrieben hatte, die zu ihrem Glück nicht mehr lebte, doch er machte ihn wütend. Er erinnerte ihn daran, dass auf der Straße alle gleich waren. Wieder so ein Schwachsinn, und er musste so tun, als würde er daran glauben. Er begrüßte Paja, indem er den Kopf kurz senkte, ohne den Helm abzunehmen, dann folgte er dem BMW ein kurzes Stück über die Tuscolana bis an die Kreuzung mit der Via del Casale Ferranti.

Abbas arbeitete gern nachts. Das war das Einzige, woran er sich in den vielen Jahren in Italien nicht hatte gewöhnen können. Dass die Arbeit den Bürozeiten und den von der Kommune aufgestellten Regeln entsprechen sollte und nicht dem Rhythmus des Körpers und seiner Bedürfnisse. Er hatte den Rollladen halb offen gelassen und hantierte mit dem kleinen Stereogerät, das ihm Farideh geschenkt hatte, seine Tochter, die zu schön und zu erwachsen geworden war. Immer wenn er sie ansah, musste er an den Tod ihrer Mutter denken. Wie sie sich in der Aufbahrungshalle des Regina-Elena-Krankenhauses beim Anblick des starren Körpers der zweiten Frau in seinem Leben an ihn gedrückt hatte. An diesem Tag hatte ihm Farideh zugeflüstert, dass sie beide es schaffen würden. Und dieses Versprechen war eine Prophezeiung geworden. Farideh war sein ganzes Leben. Sein Anker, seine Wurzeln, seine Zukunft. Deshalb gab er ihr immer recht. Auch jetzt, als er die CD der *Plastic Waves* und der *Kiosk* auspackte, der dissidenten Exilrockbands aus Teheran. Er verstand die Musik nicht, aber Farideh liebte sie. Deshalb hörte er nicht, dass ein Auto und ein Motorrad näherkamen und vor dem Laden stehenblieben.

Max hob das Visier seines Helms und machte einen Schritt in Richtung Paja und Fieno, sie setzten die Sturmhauben auf.

– Also?

– Wir gehen hinein. Du bleibst draußen. Wenn was passiert, nuschelte Fieno unter der Haube, – findest du eine Lösung. Du bist ja Philosoph oder nicht?

Die beiden zogen weiche Lederhandschuhe aus den Jeans und streiften sie sorgfältig über. Bei jeder Bewegung, bei jedem Tonfall eiferten sie ihrem großen Vorbild nach. Rocco Anacleti. Sie waren als Sklaven geboren, und Sklaven würden sie ihr ganzes Leben lang bleiben. Ihm hatte Samurai beigebracht, dass ein wirklicher Mann keinen Boss hatte. Einen Meister vielleicht, aber keinen Boss.

Paja und Fieno gingen in den Laden und zogen den Rollladen fast ganz herunter. Max setzte sich mit verschränkten Armen auf die Kühlerhaube des BMW. Der beste Platz, um die Straße zu überblicken.

Plötzlich sah Abbas die beiden vor sich. Paja verpasste ihm eine rechte Gerade ins Gesicht, seine Schneidzähne brachen und sein Mund füllte sich mit Blut. Der Iraner ging zu Boden, schlug mit der Schläfe auf. Ihm wurde schwarz vor den Augen. Trotzdem sah er den zweiten Typen mit der Sturmhaube, der einen öligen Fetzen aus der Tasche seiner Leinenjacke zog. Als er spürte, wie sie ihm ihn in den Mund steckten, dachte er, dass nun alles aus war, und versuchte, sich so gut wie möglich zu wehren.

Umsonst.

Paja zog ihn an eine Wand des Ladens und band ihn mit einem Hanfstrick an einem frei liegenden Rohr fest. Erst jetzt, als er mit ausgebreiteten Armen auf dem Rücken lag wie der Gekreuzigte, zu dem die Römer beteten, begriff er.

Paja ging zur Stereoanlage und drehte lauter. Und während *Autonomy* von *Plastic Wave* den Laden in eine akustische Halluzination verwandelte, beugte sich Fieno über Abbas. Die Gesichter der beiden berührten sich beinahe, und der Alte spürte durch die Sturmhaube hindurch den Gestank nach Nikotin und Schweiß seines Peinigers.

– Du Scheißiraner willst also tausend Euro, ha? Warum, gehören sie etwa dir? Du bist bloß ein Kaffer. Und Kaffer werden nicht bezahlt. Klar?

Abbas Pupillen weiteten sich, während sich sein Hals anspannte, in dem verzweifelten Versuch zu nicken.

– Was? Hast du verstanden? Nein, du hast nicht verstanden. Du hast Geld verlangt, du Scheißmarokkaner. Du hast einen Brief geschickt. Du hast dich an die Scheißlinken, die Kommunisten gewandt … Aber du hast einen Fehler begangen. Sag, dass du einen Fehler begangen hast! Wie? Ich kann nichts hören. Sprich lauter, Trottel, ich höre nichts!

Wie lange brauchten die beiden?

Max hörte, dass die Musik immer lauter wurde, und konnte sich nicht länger zurückhalten. Zum Teufel mit Rocco Anacleti. Er stand auf und schlüpfte in den Laden.

Paja hielt eine Holztafel in der Linken. In der Rechten hielt er einen Holzhammer, den er aus einer Werkzeuglade gefischt hatte. Er forderte Fieno mit einer Geste auf, sich auf Abbas zu setzen, damit dessen Beine aufhörten, unwillkürlich zu zucken. Dann kauerte auch er sich neben den Alten.

– Also sag mir, Scheißiraner, wo sollen wir anfangen? Rechts oder links? Mit welcher Hand arbeitest du lieber an deinen Scheißbrettern? Mit welcher Hand treibst du Geld ein? Ich habe nicht verstanden. Du sagst, es ist egal? Egal? Dann fangen wir mit der Rechten an, damit die Linke zu was nütze ist.

Max stürzte sich auf Fieno.

– Lasst ihn in Ruhe. Das ist nur ein alter Mann!

Fieno fiel um, er war nicht auf den heftigen Angriff gefasst gewesen. Aber er stand sofort wieder auf. Er zog das Schießeisen heraus, das er im Rücken eingesteckt hatte und richtete es auf Max' Stirn. Genau zwischen die Augen.

– Das ist eine 38er, du Trottel. Noch ein Wort und ich blas dir das Hirn weg.

Max ging mit erhobenen Armen zum Rollladen. Fieno wandte sich an Paja.

– Die Schwuchtel soll sich das Schauspiel bis zum Schluss ansehen.

Paja klemmte das Holzbrett zwischen die Handfläche Abbas', der wimmerte wie ein Tier, und das Rohr, an das sein Handgelenk gebunden war. Er hob den Hammer über die Schulter und schlug damit ein – zwei- drei-, fünfmal auf die langen Finger des Handwerkers, auf die Knöchel, auf die Nägel. Bis seine Hand eine violette Masse geschwollenen Fleischs war.

Abbas wurde ohnmächtig.

Paja drehte sich zu Fieno um, der noch immer die Pistole auf die Stirn zwischen Max' Augen hielt.

– Sind wir fertig?

– Ich habe gesagt, das ganze Schauspiel.

– Aber der Iraner ist hinüber. Er sieht nichts mehr.

– Er kommt wieder zu sich. Es kommt darauf an, was er beim Aufwachen sieht.

– Ist gut.

Paja ging mit dem blutbeschmierten Hammer auf die andere Seite des Ladens, zeichnete damit den Entwurf einer Intarsie auf eine Platte aus Ebenholz. Dann kramte er wieder in der Werkzeuglade des Iraners.

– Was hältst du davon?

Fieno nickte.

– Mach die Musik aus, er schreit sowieso nicht mehr.

Paja ließ die Zange mehrere Male auf- und zuschnappen, als wolle er ihren Biss prüfen. Er packte Abbas rechte Hand und führte sein Werk fort, mit dem Rücken zu Max und Fieno.

– Der geht mit seinen Händen nicht mal mehr pissen.

Sie nahmen die Sturmhauben ab und verließen schweißüberströmt den Laden. Fieno steckte die Waffe wieder im Rücken ein und richtete den Zeigefinger auf Max.

– Mit dir beschäftigen wir uns später.

Max hörte, wie der BMW langsam wegfuhr und ging zu Abbas' Körper. Er lockerte die Hanfschlinge, mit der er an das Rohr gefesselt war, befreite die Handgelenke und legte die Arme des Alten neben seinen Körper.

Sogar für einen wie ihn war das zu viel.

Vor langer Zeit hatte er sich für die Straße entschieden. Beziehungsweise die Straße hatte sich für ihn entschieden.

Aber das war nicht die Straße. So konnte die Straße nicht sein.

Er hob den Kopf des Alten vom Boden. Und dann den Oberkörper, langsam, lehnte ihn an die Wand. Er entfernte den Knebel aus seinem Mund, damit er nicht an Schleim und Blut erstickte. Erst jetzt erkannte er die Schönheit und Würde seiner vom Schmerz verzerrten Gesichtszüge. Die dunkle, von tiefen Furchen durchzogene Haut, die eingefallenen, von einem mühevollen Leben gezeichneten Wangen, die von einem zarten weißen Bart überzogen waren.

Der Alte tat ihm leid. Er hätte es nie zugegeben, aber er tat auch sich selbst leid.

Schnell lief er hinaus zu seinem Motorrad. Gerade noch rechtzeitig, um einem weißen Matiz zu begegnen, der mit der Schnauze voran vor dem Laden stehen blieb, der Rollladen war nun wieder hochgezogen. Er fuhr langsamer und blieb in einer Entfernung von ungefähr hundert Metern stehen, um zu sehen, wer es war.

Ein Mädchen. Sie unterhielt sich am Handy. Lachte.

– Ja, Alice, ich besuche gerade meinen Vater. Ja, ja, er arbeitet auch nachts. Einverstanden, ich sage es ihm … sicher.

Max beobachtete sie und hielt den Atem an. Sie war außergewöhnlich schön. Üppiger Mund, Rehaugen und lange, glänzende schwarze Haare, die ihr über den Rücken fielen. Ein Traum.

– Ist gut, Alice, ich muss mich jetzt verabschieden. Ich gehe zu Papa.

Es war Zeit abzuhauen. Im ersten Gang beschleunigte er auf neunzig. Gerade noch rechtzeitig, um nicht zu sehen, wie sie den Laden betrat. Um sie nicht schreien zu hören, als sie sah, was man ihrem Vater angetan hatte. Um auf die Tuscolana zu gelangen und über jede rote Ampel bis zum Arco di Travertino zu fahren, wo er anhielt, nicht weit entfernt von zwei Transen, die rauchend auf einem Mäuerchen der IP-Tankstelle hockten.

– Ciao, mein Schöner!

– Nicht jetzt!

Er nahm den Helm ab und stellte das Motorrad auf die Gabel. Er kramte in der Tasche seiner Leinen-Belstaff-Jacke und holte das Handy heraus. Das, mit dem er nur eine einzige Person anrufen und von dieser angerufen werden konnte.

Samurai antwortete beim zweiten Klingeln, obwohl es fast ein Uhr nachts war.

– Was ist los?

– Ich habe ein Problem. Vielleicht hast du auch eines. Ich muss dich sehen.

– Gleich?

– Ja.

– Ist gut. Am Corso Francia. In zwanzig Minuten.

Max steckte das Handy wieder in die Tasche und ging auf eine Giulietta zu, die mit ausgemachten Scheinwerfern auf dem Platz vor der Tankstelle stand.

Er kannte das Auto. Es gehörte dem Carabinieri-Maresciallo Carmine Terenzi. Er näherte sich dem Fahrersitz, gerade noch rechtzeitig, um eine behaarte dickliche Hand mit Ehering zu sehen, die in den blondierten Haaren einer Nutte wühlte. Ihr Kopf bewegte sich auf und ab wie der eines Roboters, und das Schwein saß, den Kopf an die Nackenstütze gelehnt, und leckte sich mit der Zunge über die Lippen.

Max machte noch einen Zug von seiner Marlboro und dämpfte sie an der Tür der Giulietta aus. Terenzi grinste ihm durch das Fenster zu, während er kam.

Max drehte sich um.

Ein korrupter Bulle. Auch das war mittlerweile die Straße.

Samurai war wie immer äußerst pünktlich.

– Darf ich erfahren, was so wichtig ist, dass ich meine Meditation unterbrechen musste, Max?

– Die Anacleti, Meister.

Max erzählte die Geschichte, ohne Atem zu schöpfen. Samurai hörte ihm ungerührt zu. Der Junge war aufgewühlt. Samurai konnte den sauren Geruch der Wut spüren. Und einen süßlichen Hauch von Mitleid, der ihm nicht gefiel.

– Rauch eine Zigarette, befahl er ihm schließlich, – ich muss nachdenken. Und stell dich gegen den Wind, du weißt, ich hasse Zigarettenrauch.

Max ging ein paar Schritte weg. Samurai beobachtete den nächtlichen Verkehr auf dem Corso di Francia. Das hektische Auf und Ab, das sinnlose Treiben der Menschen.

Samurai war zweiundfünfzig Jahre alt, groß, hatte kurzgeschorene graue Haare. Er war immer mit nüchterner Eleganz gekleidet, Schwarz war seine Lieblingsfarbe. Unter den Kiton-Sakkos trug er gern Stretch-Shirts, unter denen das Spiel seiner Muskeln zu sehen war, die nicht im Fitnessstudio antrainiert waren. Er kokste nicht, er rauchte nicht, nur hin und wieder bei seltenen Gelegenheiten gönnte er sich einen kleinen Single-Malt-Whisky.

Samurai war kein Sklave, von nichts und niemandem.

Samurai ließ sich von nichts und niemandem beherrschen.

Er beherrschte alles. Er war der Boss.

Er war mit dem Mythos der nationalen faschistischen Revolution aufgewachsen, erste Erfahrungen hatte er gesammelt, als er die Roten im Gymnasium verprügelte, dann hatte er Raubüberfälle begangen, um seine Bande zu finanzieren, hatte vom Staatsstreich, dem Putsch, der Ausrottung der Juden und Kommunisten geträumt. Eines Tages starb sein bester Freund bei einer Schießerei mit der Polizei. Er selbst kam wie durch ein Wunder davon. Die Bullen wussten, wer er war. Ein Verräter hatte gesungen. Das erfuhr Samurai zufällig von einem Kameraden, der dasselbe Fitnessstudio wie die Spezialeinheiten der Polizei besuchte.

Er bereitete sich darauf vor, in Würde zu sterben.

Aber die Tage vergingen. Und niemand suchte ihn. Er überlegte, ob er sich stellen sollte. Das Warten machte ihn fertig. Schließlich tauchte jemand bei ihm auf. Ein Offizier des Geheimdienstes. Er schlug ihm ein Abkommen vor. Ein paar schmutzige Jobs im Tausch gegen Protektion. Samurai sagte zu ihm, er solle scheißen gehen.

Aber natürlich kamen sie wieder. Diesmal waren es viele. Sie waren bewaffnet und stinksauer. Sie hatten vor, ihn in einen Schusswechsel zu verwickeln und ihn kalt zu machen. Die beste Lösung für alle. Das unanständige Abkommen, das man ihm vorgeschlagen hatte, würde mit ihm zu Grabe getragen werden.

Samurai hob die Arme und ließ sich mit einem spöttischen Lächeln festnehmen.

Beim Prozess schwieg er eisern. Er bekam fünf Jahre. Im Gefängnis las er Pound, Céline und *Der Untergang des Abendlandes* von Oswald Spengler, er trainierte, um nicht vor Langeweile zu sterben. Man hielt ihn für einen Harten, einen unbelehrbaren politischen Häftling, und ließ ihn in Ruhe. Er grüßte alle und verfeindete sich mit niemandem. Weil er ein Musterhäftling war, sollte er sechs Monate früher entlassen werden.

Aber Politik hatte nichts mit guter Führung zu tun. Zumindest nicht mehr. Samurai war enttäuscht. Im Gefängnis war er zur Promiskuität gezwungen gewesen. Er hatte die Menschen kennengelernt, wie sie wirklich waren. Es gab keine Hoffnung. Unmöglich, die Schläfrigen und Bewusstlosen aufzuwecken.

Offenbar wollte die Gesellschaft, die er verändern wollte, gar nicht verändert werden. Offenbar hatte er den falschen Weg eingeschlagen.

Am Höhepunkt des Nachdenkens beschloss er, sich auf dieselbe Weise umzubringen wie der Schriftsteller Yukio Mishima.

Er wollte eine Woche vor seiner Entlassung zur Tat schreiten. So, dass der Sinn seiner Geste für alle zu erkennen war: Ekel vor der modernen Welt, Aufbegehren gegen die Mittelmäßigkeit der Massen, Verachtung für die Elenden und Schwachen. Lieber ein heroischer Tod als ein Sklavendasein.

Ein paar Tage vor dem festgelegten Termin verlegte man ihn plötzlich in eine andere Zelle. Sein neuer Zellengenosse stellte sich als Dandi vor. Auch er stand kurz vor der Entlassung, ein großer Junge mit spöttischem Lächeln und angenehmen Umgangsformen, er rühmte sich, die mächtigste und unbesiegbarste Bande Roms gegründet zu haben. Aber nicht im Alleingang, fügte er hinzu, sondern „mit ein paar Freunden, die du kennenlernen solltest“.

– Meine Zeit ist abgelaufen, Dandi.

– Tatsächlich. Entschuldige, aber wie alt bist du? Fünfundzwanzig? Und du redest wie mein Großvater?

– Das Alter ist unwichtig, es zählt nur das, was man in sich fühlt.

– Dann erklär mir, was fühlst du in dir?

Der Typ war sympathisch und schien vertrauenserweckend. Samurai beschloss, sich ihm anzuvertrauen. Die Einsamkeit brachte ihn allmählich um. Er erzählte ihm alles. Er brauchte nicht lange. Er zitierte gerade Julius Evolas *Erhebung wider die moderne Welt,* doch da unterbrach ihn Dandi.

– Schon gut, alles klar, du willst dich also umbringen, weil die Scheißwelt dich nicht verdient.

Samurai nickte: eine etwas vereinfachende, aber treffende Zusammenfassung.

– Weißt du, wie du mir vorkommst? Wie einer dieser Japaner aus einem Film … die mit dem krummen Schwert, die immer einem Feind den Schädel einschlagen wollen, wegen der Ehre … wie heißen sie doch gleich, komm, hilf mir …

– Samurai.

– Genau, sehr gut. Das bist du. Ein Scheißsamurai. Entschuldige, wenn ich dir das so sage, aber da du dich ja umbringen willst, kann ich ja offen reden … ich glaube, du hast nicht begriffen, wie der Hase läuft.

– Und wer erklärt es mir, du?

– Schau, mein Lieber, du kannst ja tun, was du willst. Aber sag mir eines: Glaubst du, es schert jemanden, wenn du dich umbringst? Entschuldige, aber du warst ihnen egal, als du Raubüberfälle gemacht hast, um die Politik zu finanzieren, und du glaubst, als Leiche machst du ihnen mehr Angst? Und jetzt mach das Licht aus, ich brauche acht Stunden Schlaf, sonst habe ich morgen Ringe unter den Augen, und Ringe unter den Augen finde ich wirklich unerträglich.

Samurai versuchte sich nicht allzu sehr davon beeindrucken zu lassen, aber die Worte des Vorstadtwichsers hatten ihm einen Floh ins Ohr gesetzt. Er ließ ein paar Tage verstreichen, dann kam er wieder darauf zu sprechen.

– Was also sollte ich deiner Meinung nach tun?

– Du kränkst dich, weil du glaubst, die Welt hat dich beschissen. Zahl es ihr doch mit gleicher Münze heim. Fick sie. Fick sie alle. Du wirst sehen, danach fühlst du dich besser. Wie nach einem schönen Fick, glaub mir, Samurai.

Wer weiß. Vielleicht hatte Dandi recht. Und vielleicht lag in seinen Worten mehr Wahrheit als in allen Büchern, die ihn begeistert hatten, seitdem er beschlossen hatte, den Weg zu verlassen, den ihm seine Eltern vorgegeben hatten: Studienabschluss, Übernahme der Rechtsanwaltskanzlei, die seinem Vater gehört hatte, und davor dem Großvater, dem Urgroßvater, und davor …

Vielleicht hatte Dandi auch nur gesagt, was er hören wollte.

Der Selbstmord wurde vertagt. Dandi und Samurai verließen gemeinsam das Gefängnis Regina Coeli.

Dandi stellte ihn seinen Freunden vor.

Samurai wurde in die Bande aufgenommen.

Das war mittlerweile lange her.

Dandi war tot.

Libanese war tot.

Viele andere waren tot, ein paar waren Kronzeugen geworden, ein paar saßen ihre Haftstrafe schweigend ab, träumten davon, von vorne anzufangen, unter Umständen mit einem einfachen Job.

Samurai war noch da. Der alte Kampfname war mittlerweile nur noch ein Überbleibsel verlorener Träume. Dandi hatte ihn ihm verliehen, und er hatte versucht, sich seiner würdig zu erweisen.

Aber die Macht war konkret, lebendig, real.

Samurai war die Nummer eins.

Obwohl er, wenn ihn jemand darauf ansprach, mit einem rätselhaften Lächeln zu antworten pflegte: nur *primus inter pares.*

Auf diese Weise kränkte er niemanden und die Geschäfte florierten. Das alles hatte er seiner Intuition zu verdanken. Es hatte mit den Jungs aus dem *Bagatto* begonnen, die Saat war aufgegangen. Das Netz umfasste mittlerweile die ganze Stadt. Die Bande waren unzerstörbar.

Allerdings hatte das erloschene, graue Rom, ein Überbleibsel aus früheren, leidenschaftlichen Zeiten, nichts Heroisches mehr. Früher hatte er die Wucherei verachtet, jetzt war sie sein täglich Brot. Und die Kontrolle über die Nacht war ein Hochseilakt, der ihn ununterbrochen zwang, Zugeständnisse an eine Masse von elenden Würmern ohne Herz, Mut und Hirn zu machen.

Aber so ist es nun mal auf der Welt, nicht wahr, Dandi?

Samurai bedeutete Max mit einer Geste, er solle zu ihm kommen.

Der Junge blickte ihn noch immer mit Augen an, die fähig waren, vor Leidenschaft zu brennen. Früher einmal war auch er … Vielleicht sah er deshalb sich selbst in Max, so wie er früher einmal gewesen war. Wenn ihm das Schicksal einen Sohn beschert hätte, dann hätte er sich einen wie Max gewünscht. Anders als die Arschlöcher aus Ostia und Roma Est. Ein geborener Boss. Noch begeisterungsfähig. Und auch fähig, sich zu irren. Wie der, der ihn vor vielen Jahren verraten hatte.

– Sag mir, dass bei dieser Geschichte mit dem Iraner kein Mitleid im Spiel ist, Max.

– Er ist nur ein armer Greis, Meister. Was hat er wohl den Anacleti getan, dass sie die beiden wilden Tiere auf ihn losgelassen haben?

– Nichts, um die Wahrheit zu sagen, sie sind im Unrecht. Sie schulden ihm Geld.

– Also …

– Also darf man bei dieser Geschichte und bei allen anderen Geschichten kein Mitleid empfinden, Nietzsche.

– Auch Achilles ließ sich von Priamus' Tränen rühren und gab ihm Hektors Leichnam zurück.

– Der Vergleich hinkt, mein Junge. Das war kein Mitleid. Das war Respekt vor einem tapferen Feind. Kriegsrecht. Danach sind die Griechen ja ins Königreich eingedrungen und haben die Trojaner niedergemetzelt. Oder hast du das vergessen?

Der Junge senkte den Kopf.

Samurai sprach weiter in zuckersüßem Tonfall.

– Wir mögen die Anacleti nicht, aber wir brauchen sie. Wir müssen ihnen eine gewisse Dosis an Brutalität zugestehen. Das hilft, sie unter Kontrolle zu halten. Dennoch gebe ich dir recht. Paja und Fieno, die beiden Hirnamöben, haben übertrieben. Sei ruhig. Ich kümmere mich darum.

Samurai ahnte, dass Max die Erklärung nicht zufriedenstellte. Auch recht, er würde schon noch verstehen. Bevor er sich von ihm verabschiedete, gab er ihm einen freundschaftlichen Klaps auf die Schulter.

– Ich habe Großes mit dir vor, Max. In den nächsten Tagen werden wichtige Dinge geschehen, und ich will, dass du an meiner Seite bist. Aber lass das Mitleid zu Hause. Glaub mir, in dieser Welt ist es zu nichts zu gebrauchen.

IX.

– Hallo, Spartaco?

– Wer spricht?

– Ich bins, Pippo …

– Ach, Pippo … sag mir: Kennen wir uns?

– Natürlich. Ich bin Pippo aus Borgata Fidene. Erinnerst du dich nicht? Wir haben uns bei der Eröffnung der Bar in Trigoria kennengelernt, kurz vor Ostern. Pippo, der Lange, ich habe den Jungen mit dem Shirt des Kapitäns mitgebracht und du hast es signiert, „Spartaco, Herz von Rom …“

– Weißt du, was ich dir sage, Pippo?

– Was?

– Tut mir leid. Ich hab's vergessen … ist ja schon eine Ewigkeit her …

– Was redest du, Spartaco, du bist nicht alt, du bist unsterblich …

– Oder es liegt an der Hitze, die bringt einen ja um …

– Sie ist unerträglich, Spartaco, unerträglich!

– Oder es liegt an den Gedanken, die mir durch den Kopf gehen, ich versichere dir, heute Morgen gehen mir jede Menge Gedanken durch den Kopf.

– Macht nichts, Spartaco, du bist nach wie vor der Beste.

– Ja, das sagt sich so leicht, macht nichts … Also, Pippo, was wolltest du uns erzählen?

– Ich hab die Nachrichten über den neuen Trainer gehört … diesen Jungen. Wen hat er trainiert? Wen hat er besiegt?

– Niemanden, Pippo. Roma engagiert immer Versager.

– Gab es nichts Besseres auf dem Markt? Angeblich wollen sie Roma groß herausbringen, aber mir kommt vor …

– Haben alle ein großes Maul, die Amerikaner, die Russen, die Araber … Ach, wir haben hier schon viel erlebt … Ja? Einen Augenblick, Pippo.

– Wie du willst, Spa'.

– Wie?

– Wie du willst, Spa'.

– Nein, ich spreche mit der Regie … Ach ja, sicher, warum nicht, die Sponsoren … ihr hättet euch ein wenig früher melden können, was? Ja, wir arbeiten hier alle, das könnt ihr mir glauben … Los, Tempo, Jungs, los … Pippo? Bist du noch da, Pippo?

– Glaubst du etwa, ich haue ab, wo ich dich endlich am Telefon habe?

– Sehr gut, Pippo. Wir brauchen Leute wie dich. Mit großem Herz. Hör zu, Pippo, darf ich dich was fragen?

– Mich? Natürlich, Spa'.

– Was hältst du von Sicherheit, Pippo?

– Soll das ein Scherz sein? Wenn du einem Mann die Sicherheit nimmst, nimmst du ihm alles.

– Natürlich. Also müsst ihr alle, denen die Sicherheit am Herzen liegt, ihr alle, wenn ihr zur Arbeit geht und eure Frau, eure Mutter, eure Schwester, eure Tochter allein zu Hause lässt … ihr alle, die ihr nicht Angst haben wollt, dass plötzlich ein Zigeuner bei euch einbricht, nur so als Beispiel, denn wir von Radio Fm 922 sind keine Rassisten, aber es ist nun mal eine Tatsache, dass es letzten Endes immer sie sind, wenn es einen Einbruch, einen Raubüberfall gibt, da kann man die Sache drehen und wenden, wie man will … Mit einem Wort, wenn ihr in Frieden leben wollt, MÜSST ihr, und das ist kein Scherz, Jungs, MÜSST ihr zumindest mal einen Sprung zu *Rubinacci Sicherheits- und Panzertüren* machen, Via di Tor Marancia, Nr. 77, ich wiederhole 77b, wo ihr die Antwort auf alle eure …

Alba Bruni kam herein, ohne anzuklopfen. Oder vielleicht hatte sie angeklopft, aber Marco Malatesta hatte es nicht bemerkt, weil er sich ganz auf den Sender konzentrierte, wo gerade der Roma-Fan zu hören war. Durch die Glasfenster der Abteilung zur Bekämpfung der organisierten Kriminalität im zweiten Stock eines … sogenannten funktionalen … Gebäudes hatte man eine atemberaubende Aussicht auf den Ponte Salario. Der antike Crescenzi-Turm, der letzte Wächter einer gloriosen Vergangenheit vergessener Leidenschaften, war kaum zu sehen hinter einer Mauer … funktionaler? … Gebäude, die die antike Vorstadt zu einem unheimlich modernen Stadtteil machten. Eigentlich ein schönes Symbol, dachte Marco Malatesta, unseres Zustands als Staatsdiener: Wir werden erdrückt von den widerlichen Dingen, die zum Großteil von denen geschaffen wurden, denen wir dienen sollten.

– Die Spurensicherung hat einen Coup gelandet.

– Hallelujah!

Er nahm das druckfrische Papier, das Alba ihm reichte, zögerte einen Augenblick zu lange, als ihre Fingerspitzen sich berührten. Alba, Alba …

– Fast hundertprozentige Übereinstimmung.

– Der Smart hat sie auf die Idee gebracht. Sie gleichen noch die DNS mit der seiner Mutter ab, aber sie sind sich ziemlich sicher.

– Wie sicher?

– Du kennst ja die Spurensicherung. Hin und wieder gehen sie einem auf die Nerven, aber insgesamt sind sie ziemlich zuverlässig. Sagen wir, sie haben sich selbst übertroffen. Die verkohlte Leiche in Coccia di Morto ist Marco Summa.

Sie kontrollierten am Bildschirm. Alba duftete nach Apfel, ein zarter, überhaupt nicht aufdringlicher Duft. Wie zum Teufel machten das die Frauen? Ein glühend heißer Sommer stand bevor, die Klimaanlage fiel jeden zweiten Tag aus, und sie und alle anderen sahen aus, als kämen sie gerade aus dem Beauty Center.

– Chef, konzentrieren wir uns bitte auf die Arbeit.

– Entschuldige. Schauen wir mal …

Marco Summa war wegen Drogenhandels vorbestraft und hatte eine Anzeige wegen Kuppelei, die allerdings später fallengelassen worden war. Auf dem Bildschirm tauchte ein ziemlich neues Fahndungsfoto auf. Provokante Pose, ein Blick, der düster, wenn nicht gar bedrohlich wirken wollte, jedoch nur tot war. Der Colonello und die Capitana hatten schon Hunderte solcher Gesichter gesehen, auf der Straße, in den Sicherheitszellen, auf der Anklagebank bei Prozessen, bei Verhören im Gefängnis. Jungs ohne Herz und mit ganz wenig Hirn. Schlachtvieh der Kleinkriminalität. Vielleicht hatte die kleine Maus Marco Summa, der, wie auf der Karteikarte stand, Spadino genannt wurde, versucht, eine Stufe höher zu klettern, und war dabei an eine gemeine und hungrige Ratte geraten.

– Außerdem, fügte Alba hinzu, ist er seit einigen Tagen als vermisst gemeldet.

Gut, damit war alles klar. Doch während sie Spadinos Akte durchgingen – Festnahmen, Haftprotokolle, Anzeigen –, sagte ihm sein Gespür, dass es sich dabei nicht nur um eine normale Verwaltungsangelegenheit, sondern um etwas Brisantes, um etwas Ernstes handelte.

– Er ist außerhalb seiner Zone gestorben, Alba.

– Genau. Hier steht, er ist zweimal in Cinecittà verhaftet worden.

– Und in Ostia ist er verbrannt worden … das klingt nach Grenzüberschreitung. Wenn einer wie Spadino die Grenze überschreitet, wird vielleicht ein anderer wütend.

– Mhhh … Da ist noch was. Ich habe ein wenig recherchiert. Auf der Polizeiwache Cinecittà ist was vorgefallen. Allein im letzten Jahr sind zwei Kollegen wegen Unwürdigkeit versetzt worden, ein Obergefreiter und ein Brigadiere. Zwei Kilo Kokain und zwanzig Kilo – ich wiederhole – zwanzig Kilo Haschisch sind verschwunden. Das ganze Personal wurde ausgewechselt.

– Und wer hat jetzt das Kommando?

– Ein gewisser Terenzi. Vielleicht sollten wir ihn vorladen.

– Wir gehen hin. Sofort, beschloss Marco.

– Ich brauche noch eine Stunde, sagte sie, ich muss einen Bericht über diesen Spadino vorbereiten.

Als er wieder allein war, hörte Marco wieder Radio Fm 922. Spartaco Liberati predigte noch immer. Am anderen Ende des Telefons war ein neuer Gesprächspartner, ein gewisser Gino aus Ostia.

– Du hast recht, Gino. Rom ist nicht so, wie die Klugscheißer in den Zeitungen, die Journalisten, schreiben … Leute, die Rom gar nicht kennen, die gar nicht wissen, was die Straße ist.

– Du hast recht, Spa'.

– Nimm zum Beispiel diese Geschichte mit dem Toten in Ostia. Jetzt sagen sie, Rom ist wie Chicago von Al Capone. Eine Stadt voll von Verbrechern, eine Stadt ohne Sicherheit … weißt du, wer *die* sind, Gino?

– Immer dieselben, Spa'.

– Natürlich! Die Roten, die Kommunisten, sie können sich nicht damit abfinden, dass sie nicht mehr in der Kommune sitzen, und jetzt spielen sie sich als Hüter der Sicherheit auf! Die Herren sollten mal daran denken, dass sie die Stadt den Zigeunern und den Kaffern überlassen haben! Weißt du, was ich dir sage, Gi'? Vielleicht hat der Typ in Ostia eine Zigarette geraucht und ist eingeschlafen. Oder es war doch Mord … aber man kann doch nicht alles kontrollieren, oder? Man weiß ja, wie es funktioniert.

– Spa', du bist der Größte.

Ach, das Fan-Radio war ja so was von entspannend, dachte Marco Malatesta lächelnd.

Aber auch so was von nützlich. Das hatte er Alba verschwiegen, denn abgesehen von General Thierry wusste niemand über seine Vergangenheit Bescheid. Die Fan-Radios sind das Thermometer der Fankurve im Stadion. Und die Fankurve ist das Thermometer der Straße. Das Megaphon derer, die von den wichtigen Kommunikationssystemen ausgeschlossen sind, beziehungsweise vom Kommunikationssystem derer, die glauben, wichtig zu sein. Die Fan-Radios sind die Stimme einer schweigenden Masse, die auf einer eigenen Frequenz surft. Einer Frequenz, die sich mit normalen Methoden nicht analysieren lässt. Zum Beispiel: dass Spartaco Liberati über den Toten in Ostia spricht, sollte dir zu denken geben, Colonello. Das war nicht nur der Spielerpass eines alten Kameraden an die rechte Mehrheit. Es bedeutete, dass eine Sorge, wenn nicht gar eine Unruhe im Keim erstickt werden sollte. Es war eine Rede an einen „Schuldigen", im Auftrag von jemandem, der schon immer diesen Sender hörte. Er und Alba hatten nun die Aufgabe, herauszufinden, wer das war und warum er das wollte.

Eine Kettenreaktion lief ab, ausgelöst von Spadinos verkohlter Leiche.

Marco stellte gerade Terenzis Personalakte zusammen, als Alba bei der Tür hereinkam. Etwas früher als erwartet.

– Heute machen wir nichts mehr, Marco.

Terenzi hatte sich einen Tag Urlaub genommen. Die Mission wurde auf den Tag darauf verschoben.

– Ich nütze die Gelegenheit und statte einem alten Freund einen Besuch ab, sagte Marco.

Genau in diesem Augenblick erhielt Rocco Anacleti einen Anruf.

Der Tote im Pinienhain war identifiziert worden. Es handelte sich ganz eindeutig um Spadino.

Der Zigeuner stimmte leise „*Camminando, camminando su lunghe strade* …" an. *Dschelem, Dschelem,* die traurige Hymne, die von der Vernichtung seines Volkes durch die Schwarze Legion erzählte.

Spadino war nicht als Rom geboren, aber er war so sehr ein Rom geworden, wie ein Gadsche nur konnte. Und er war krepiert wie ein Hund, massakriert, verbrannt. Es würde lange dauern, bis seine Seele im Jenseits die Teile seines geschändeten Körpers zusammengefügt hatte.

Es war nur ein kurzer Moment der Rührung. Dann erwachte Rachedurst, spontan und unbezähmbar.

Spadino war, verdammt noch mal, einer seiner Männer gewesen.

Rocco Anacleti schrieb ein SMS.

Numero Otto wurde vom Klingelton seines Handys geweckt. *Faccetta nera.* Er schob Morgana weg, die quer über seinem behaarten Oberkörper lag, und las:

„Bereite das Begräbnis vor: deines."

Unterschrift war keine vonnöten. Rocco Anacleti hatte an die Tür geklopft.

Numero Otto hatte zwei Gedanken hintereinander:

Tja, früher oder später musste es wohl so kommen.

Da habe ich wohl ein schönes Durcheinander angerichtet.

Dann schloss er erschöpft wieder die Augen. Das Koks begann zu wirken. Endlich begriff er.

Die *Uoterfront.*

Ostia lag im Licht des Sonnenuntergangs da, ein zauberhafter Anblick. Und die Silhouette des riesigen, vierstöckigen Casinos direkt am Meer erinnerte an diesen Berg in Brasilien, wie hieß er doch gleich? … ach ja, der Zuckerhut.

Guter Gott, wie schön das Casino doch war.

Und was für einen schönen Namen man ihm gegeben hatte.

Armageddon.

Das bedeutete so viel wie … Weltuntergang oder so was Ähnliches. Auf jeden Fall was Kraftvolles. Sogar eine Skipiste mit Kunstschnee hatte man errichtet. Mit einer Seilbahn, die vom Pinienhain direkt zum Gipfel führte.

Numero Otto betrachtete das Schauspiel von oben. Er sah Piazza Gasparri und die Uferpromenade: ein einziger Glas- und Betonblock. Ein Parkhaus über dem Wasser, bei dessen Anblick man glaubte, in Dubai zu sein. Es hieß ja: Ohne Scheißpalmen ging es einem schlechter. Ja.

Die *Uoterfront.*

Ein Wunder.

Numero Otto drehte sich auf dem Sitz des Sessellifts um und warf einen Blick nach unten. Via Ostiense durchschnitt eine Betonfläche, die sich Richtung Rom erstreckte, so weit das Auge reichte. Erhellt von den Lichtern der Einkaufszentren, der Wohnblöcke, der Sozial- und Luxusbauten. Parco Raffaello. Parco Michelangelo. Parco Leonardo. Parco Donatello. Wie Ninjaturtles. Den Ameisenhaufen, in denen der Quadratmeter siebentausend Euro kostete, hätte man allerdings modernere Namen geben können. Keine Ahnung, so was Ähnliches wie *Parco Off-Shore,* irgendetwas Angemessenes.

Zio Nino erwartete ihn am Ausstieg des Sessellifts, auf einem rosa Spannteppich mit hohem Flor.

Wie elegant Zio doch war. Ganz in beige. Eine Fotze in rotem Latexkleid scharwenzelte um ihn herum.

– Hast du gesehen, Zi', was dein Cesare auf die Beine gestellt hat?

Sie umarmten sich und betraten ein Holzchalet auf dem Dach des Casinos, das von Fichten und Dolmen umgeben war. Hier fühlte man sich wirklich wie mitten in den Alpen.

Der Blick auf die Ebene war spektakulär.

Zwanzig Millionen Kubikmeter Beton. Abänderung des Flächenbebauungsplans hatten sie es genannt. Abänderung wovon? Das hier war keine Abänderung, das hier war eine Tatsache. Nuova Ostia für die Neue Welt. Ihre Welt.

Sie wussten gar nicht, wofür sie das Geld ausgeben sollten, so viel hatten sie aufgestellt. Sie hatten die Investitionen verdoppelt. Einige Hundert Millionen nur für die Adami. Und er hatte sich eine Yacht gekauft, so eine wie der Russe, dem Chelsea gehörte: Abramovic. Mit einem Hubschrauber an Deck. Roma, hatte er das Schiff getauft. Wie sonst? Schwarz, aus Karbonfiber, sie ankerte im Hafen vor dem Casino. Die Araber vergingen vor Neid.

Die Mittagshitze weckte Numero Otto auf, sein Speichel lief auf das Kissen.

Das Bett war leer. Seine Schläfen hämmerten. Die Zunge klebte am Gaumen.

Er streckte die Hand nach dem Handy aus und las noch einmal die Nachricht Rocco Anacletis.

Scheiß drauf, der Zigeuner wird sich schon damit abfinden.

X.

Samurai war besessen von Riten. Das war Marco Malatesta früh aufgefallen. Schon bevor er zur Polizei gegangen war. Orte, Zeitpunkte und die Art und Weise seines Auftretens in der Stadt waren Ausdruck einer Art Wiederholungszwangs, der ihm Sicherheit geben und den anderen Respekt einflößen sollte. Die Obsession hatte sich in eine Art Machtmittel verwandelt.

Ob im hellen Tageslicht oder in der Dunkelheit der Nacht: Samurai war da.

Und er, Marco, würde ihn daran erinnern, dass auch er wieder da war.

Im Übrigen war es eine günstige Gelegenheit. Wenn es Sinn machte, sich wegen Spadinos Ende ein wenig umzuhören, dann fing er wohl am besten bei Samurai an. Ob er etwas mit dem abgefackelten Auto in Coccia di Morto zu tun hatte oder nicht, war im Augenblick nebensächlich. Ungefähr zu Mittag erreichte Malatesta auf seiner Bonneville das Ende des Corso di Francia. Ungefähr hundert Meter von der letzten Tankstelle vor der Flaminia entfernt legte er sich auf die Lauer. Das Viertel hatte sich zwar verändert, zwischen dem Boulevard Fleming und dem Ponte Milvio waren kleine Lokale und Gourmetrestaurants aus dem Boden geschossen wie Pilze, beinahe hätte man vergessen können, wie das Viertel wirklich beschaffen war. Doch das Stadtviertel mit dem „schwarzen“ Herzen gehörte nach wie vor Samurai.

„Einmal am Tag kommt er vorbei. Immer an derselben Tankstelle. Wo wir als Jungs die Mopeds volltankten, bevor wir ins Stadion fuhren. Irgendjemand hat mir erzählt, er hätte sie gekauft, wie übrigens den halben Corso Francia“, hatte ihm ein Freund aus alten Zeiten zugeflüstert. Und Marco hatte keinen Grund, ihm nicht zu glauben.

Malatesta erkannte ihn sofort, trotz der Entfernung. Sobald er aus dem Smart ausstieg und ihn auf dem Platz vor der Autowaschanlage abstellte. Als er sah, wie eine kleine Schar bartloser Vorstadtwichser um ihn herumscharwenzelte, wie sie ihren Anführer respektvoll anhimmelten, lächelte er. Samurai hatte sich nicht verändert. Ein paar graue Haare. Ein maßgeschneiderter Anzug, der ihm das Aussehen eines Geschäftsmannes verleihen sollte, der er aber nicht war. Ansonsten sah er immer noch so aus, wie er ihn in jener Nacht im *Bagatto* kennengelernt hatte. Malatesta zündete sich eine Camel an und ging zu Fuß zu den Zapfsäulen. Unterwegs machte er ein paar Fotos mit dem iPhone. Die Anonymität gehörte zu Samurais größten Obsessionen. Die einzigen Fotos, die es von ihm gab, waren fünfundzwanzig Jahre alt. Unter Umständen war es hilfreich, ein aktuelles zu haben.

– Guten Tag.

Obwohl Marco von hinten kam, schien ihn seine Stentorstimme nicht zu verwundern. Samurai drehte sich langsam um, ohne mit der Wimper zu zucken, mit einer ausladenden Armbewegung zerstreute er die Sorge der Jungs, die um ihn herumtanzten.

Marco beschloss, ihm keine Zeit zu lassen. Aus Erfahrung wusste er, dass man Samurai diesen Vorteil nicht geben durfte. Nie.

– Können wir unter vier Augen sprechen, oder brauchst du immer eine Bühne für den großen Auftritt?

Samurai lächelte wie eine Schlange und entließ seinen Hofstaat.

– Ich habe dich zwar als ungestüm, aber mit guten Manieren in Erinnerung. Und mit Verlaub, auch mit ein paar Kilo weniger. Aber vielleicht waren die Zeit und dein neuer Beruf ein schlechter Lehrmeister. Colonello, nicht wahr?

– Tenente Colonello. Schlechte Lehrmeister hatte ich übrigens nur einen. Du kennst ihn ja.

– Ich danke dir für den Besuch, aber ich wusste bereits, dass du wieder in Rom bist. Willkommen. Was treibt dich her, Marco? Sehnsucht nach der guten alten Zeit vielleicht?

– Reine Neugier.

– Aha …

– Marco Summa. Sagt dir der Name was?

– Nein. Sollte er?

– Vielleicht kanntest du ihn als Spadino.

Samurais Lächeln verwandelte sich in eine angewiderte Grimasse. Dahinter verbargen sich Ärger und Unruhe. Gerüchte verbreiteten sich schnell in Rom. Kaum hatte ihm Rocco Anacleti mitgeteilt, was mit

Spadino geschehen war, waren auch schon die Bullen da. Eine hässliche Geschichte. Bald würde es einen Flächenbrand geben.

– Tut mir leid, aber der Name sagt mir nichts.

– Na so was! Stell dir vor, sie haben ihn in Coccia di Morto gefunden. Verkohlt. Nur Zähne sind übriggeblieben.

– Guter Gott, wie schrecklich. Aber ich weiß nichts davon. Du verschwendest deine Zeit, Colonello.

Marco schenkte ihm ein herablassendes Lächeln.

– Du hast dich nicht verändert. Dasselbe Arschloch wie immer. Du dealst noch immer mit Koks und Heroin, dem ganzen Dreck, der das Hirn der Jungs zerstört. Du hast sogar Crack nach Rom gebracht.

– Du bist auf dem Holzweg, Marco.

– Blödsinn. Spadino war ein kleiner Dealer.

– Das ist nicht mein Problem. Samurai machte einen Schritt nach vor und schüttelte den Kopf. – Ich weiß nicht, wer deine Informanten sind, Colonello. Aber du solltest dir bessere suchen. Wirf einen Blick ins Handelsregister. Dort findest du meinen Namen und den meiner Firmen. Ich bin ein Geschäftsmann, verstanden? Ein Geschäftsmann. Ich habe mit dem Dealen aufgehört.

– Erzähl das wem anderen. Vielleicht den Vorstadtwichsern, die jeden Morgen vor der Zapfsäule auf dich warten.

Samurai richtete den Zeigefinger auf Malatestas Schläfe.

– Du musst deine Wut im Zaum halten, Marco. Du hast sie noch nie verbergen können. Einen Zwanzigjährigen kann man verstehen und ihm verzeihen, wie ich damals. Aber inzwischen solltest du erwachsen geworden sein. Wenn du die Fassung verlierst, schwillt deine Narbe an. Sie ist ein verlässlicher Anzeiger deiner Verwundbarkeit. Ein Vorteil, den du niemandem gewähren solltest.

Es war nicht anders zu erwarten gewesen. Samurai wühlte mit beiden Händen in dem Abgrund, der sie verband. Aber er hatte die Rechnung ohne den Wirt gemacht. Marco massierte sich die Schläfe.

– Ich habe eine schlechte Nachricht für dich, Samurai.

– Was für eine?

– Ich mag die Narbe.

– Lass mich raten. Sie macht die Damen an?

– Die Frauen haben nichts damit zu tun. Die Narbe erinnert mich bloß daran, was ich noch zu tun habe.

– Rache ist nicht immer ein edles Gefühl.

– Ich suche keine Rache, Samurai. Das Faschistengewäsch interessiert mich nicht mehr.

– Ach, mich auch nicht, das solltest du begriffen haben. Ich räche mich nicht. Ich nehme Veränderungen zur Kenntnis. Und wenn notwendig begünstige ich sie. Ich lenke das Schicksal, Marco. Ich kenne keinen Groll, weil ich dafür sorge, dass gar keiner entsteht. Das weißt du. Das war immer dein Problem, Marco. Du willst die Welt verändern. Aber die Welt verändert sich nicht. Sie will beherrscht werden.

Marco lächelte.

– Willst du was wissen, Samurai? Du bist sentimental geworden.

– Jetzt übertreib nicht.

– Als ich mir die Dummheiten angehört habe, die du im *Bagatto* von dir gegeben hast, hattest du einen Anschein von Menschlichkeit, oder zumindest hast du dich bemüht, einen zu haben. Jetzt bist du nur noch eine alte Schlange bei der letzten Häutung.

– Du solltest hinzufügen, dass ich immer großzügig war und noch immer bin. Dass du noch lebst, verdankst du nur mir. Ich hätte dich zertreten können wie eine Kakerlake, und habe es nicht getan. Vergiss das nicht.

– Du hättest die Sache zu Ende bringen sollen, Samurai, denn ich werde nicht großzügig sein. Ich erwidere Gefälligkeiten nicht. Ich schulde dir nichts.

Samurai seufzte.

– Mehr haben wir uns nicht zu sagen. Ich habe einen vollen Terminkalender. Ich glaube, wir können unsere angenehme Konversation jetzt beenden. Obwohl es mir ein wenig leidtut. Ich glaube nämlich, es war die letzte.

– Da irrst du dich. Du hast nicht verstanden, das ist erst der Anfang. Aber ich glaube, du hast doch verstanden, nicht wahr? Ich an deiner Stelle würde Informationen über diesen Spadino einholen. Auf bald, Samurai.

Marco drehte sich um und ging zu seiner Bonneville zurück. Samurais Stimme traf ihn wie ein Peitschenhieb.

– Darf ich dir einen Rat geben? Lass das Motorradfahren lieber bleiben. Du bist zu alt dafür, Marco. Und Rom ist eine gefährliche Stadt.

XI.

Ingenieur Laurenti traf die Entscheidung genau in dem Augenblick, in dem ihm der Direktor der Filiale Rom Prati der *Cassa di Credito e Risparmio,* Piazza dei Quiriti, den Folder überreichte.

– Herr Ingenieur, hier finden Sie die Antwort auf alle Ihre Fragen.

Er unterstrich die Geste mit einem süßlichen Lächeln und einem kräftigen Händedruck.

Laurenti warf ihm einen verächtlichen Blick zu, der andere nahm ihn gar nicht zur Kenntnis.

– Ist gut, sagte er und stand auf, – alles klar.

– Sie werden sehen, es gibt eine Lösung für Ihre Probleme, tröstete ihn der andere.

Der Ingenieur nickte, ließ noch einen Händedruck über sich ergehen und trat den Rückzug an.

Sein Sohn Sebastiano wartete auf ihn, steif und angespannt, wie er ihn vor zwanzig Minuten zurückgelassen hatte.

– Wie ist es gelaufen, Papa?

– Gut, gut, Junge. Alles in Ordnung, alles in Ordnung.

– Gut, Papa, dann kann ich ja gehen …

Recht so, dachte der Ingenieur. Sein Sohn hatte ja sein eigenes Leben und wollte es leben. Ich kann von Glück reden. Sebastiano ist ein sensibler Junge. Er hat begriffen, dass etwas nicht stimmte, und hat darauf bestanden, mich zu begleiten. Jetzt, wo ich ihn beruhigt habe, kann er es gar nicht erwarten, mich loszuwerden.

Aber er brachte es nicht über sich, ihn gehen zu lassen.

– Möchtest du ein Eis?, fragte er ihn plötzlich. – Wie lange haben wir zwei kein Eis mehr miteinander gegessen?

Überrascht, aber auch geschmeichelt, stimmte Sebastiano sofort zu.

Sie bogen in die Via Cola di Rienzo ein und setzten sich im *Piccolo Diavolo* an einen Tisch. Sie bestellten zwei große Eisbecher. Fruchteis für den Sohn, Cremeeis, so fett wie nur möglich, für den Vater. Als er sah, mit welcher Gier und Lust Sebastiano in eine Kugel Erdbeereis stach, verspürte er einen Stich ins Herz. Und leises Bedauern. Er hatte ihn barmherzig angelogen. Aber wäre es nicht aufrichtiger und loyaler gewesen, ihm die Wahrheit zu sagen?

Dann erzählte ihm Sebastiano von der Alaskareise, die er mit Chicca unternehmen würde:

– In Juneau nehmen wir ein Wasserflugzeug und fliegen übers Eis. Wenn wir Glück haben, sehen wir Eisbären auf Robbenjagd. Vielleicht verbringen wir auch ein paar Nächte in einem Zelt auf einer Insel zwischen Eisbergen. Stell dir vor, man kann dort sogar schlafen. Zuerst muss man allerdings eine Verzichtserklärung unterschreiben, immerhin erlauben sie das nicht allen.

Dem Ingenieur tat es leid, dass er es sich beinahe anders überlegt hatte. In einem kurzen Aufblitzen von Luzidität, wie es in den schwierigsten Augenblicken seines Lebens manchmal vorkam, dachte er: Sagen wir, ich schenke ihm noch ein paar Augenblicke Sorglosigkeit. Er wird sich bis zu seinem Lebensende daran erinnern, und vielleicht ist er mir dankbar dafür. Die Erinnerung an die einstige Sorglosigkeit wird ihn in den dunklen Stunden, die vor ihm liegen, begleiten. Sebastiano, der Reine, der Unschuldige. Mir hast du es zu verdanken, dass du so bist, mein Sohn. Ich habe dich die Liebe zum Abenteuer gelehrt, denn ein Mann soll immer seine Grenzen überschreiten, immer weiter gehen, bis dorthin, wo noch niemand vor ihm war. Und ich habe dich Respekt vor deinen Mitmenschen gelehrt, ich habe dich gelehrt, dass Mühe sich lohnt, dass die Mühe die Fleißigen belohnt und die Unwürdigen bestraft, dass die Mühe des Produzierens der einzige Maßstab eines Lebens ist, das es wert ist, gelebt zu werden.

Die beiden waren wirklich ein schönes Bild. Sie verströmten eine angenehme Atmosphäre von Heiterkeit und Kraft. Der Vater in Sakko und Krawatte, trotz der Hitze, fünfzig Jahre alt, doch noch immer gut in Form, hochgewachsen und vornehm, und auch der Sohn war hochgewachsen, er hatte die arrogante Haltung dessen, der gerade die Pubertät hinter sich gelassen hat. Am Grunde seines Blicks lag eine süße Unsicherheit, die mit der Zeit verschwinden würde.

Bald wirst du verstehen, mein Sohn. Und du wirst mich verfluchen. Denn ich bin dein Ruin.

Nach dem Eis gönnten sie sich noch einen Kaffee.

– Erzähl mir was, sagte der Vater plötzlich.

Instinktiv blickte der Sohn auf die alte Donald-Duck-Swatch an seinem von zartem jugendlichem Flaum bedeckten Handgelenk. Aber natürlich, wahrscheinlich hatte er eine Verabredung mit Chicca oder einem Freund, es war Zeit, an den Strand zu fahren, hatte er nicht gerade die Prüfung in Finanzmathematik mit Bestnoten bestanden? Warum sollte ich ihn zwingen, seine Zeit mit mir zu verbringen?

– Es ist Zeit, uns zu verabschieden. Ich gehe zur U-Bahn. Ich muss noch was erledigen.

Der Ingenieur bezahlte, umarmte flüchtig den Jungen und begab sich sicheren Schritts auf seine letzte Reise.

Er zögerte kurz vor dem Gebäude des Zivilgerichts auf dem Viale Giulio Cesare; es war wie gewöhnlich von einem Haufen Anwälten und Geschäftemachern belagert, die einem Haufen von Bankrotteuren, die in der Krise ihr ganzes Geld verloren hatten, falsche Hoffnungen machten. Aber es gab keine Hoffnung.

Er bereitete alles gut vor, ohne Eile. Er betrat die U-Bahnstation Lepanto, kaufte sich beim Kartenautomaten eine Fahrkarte. Er setzte sich auf eine Bank, möglichst nah beim einfahrenden Zug.

Er würde es sich nicht anders überlegen.

Er hatte dreißig Jahre lang wie ein Sklave geschuftet, er hatte eine solide Firma aus dem Boden gestampft, er hatte Häuser gebaut, in denen fröhliches Kindergeplärr und das Stöhnen der Liebespaare widerhallte, Häuser für die Ewigkeit – allerdings nicht, um einer Handvoll Arschlöcher in die Hände zu fallen.

Wenn es keine Zukunft für Luigi Laurenti gab, dann zum Teufel mit allen.

Und verzeih mir, mein Sohn, verzeih mir, dass ich dir einen Haufen Unsinn beigebracht habe. Vielleicht wirst du mich hassen. Er dachte daran, wie viele Unterschriften er von ihm verlangt hatte, als er geglaubt hatte, dass er noch einmal die Kurve kratzen würde.

Schrilles Pfeifen und heftiger Windzug kündigten an, dass der Zug einfuhr.

Ingenieur Laurenti schloss die Augen und löste sich mit einem stolzen Sprung vom Gleis.

Aber da sich das Schicksal um Stolz nicht schert, kam keiner der zahlreichen Fahrgäste der Linie A der römischen U-Bahn in den Genuss, live mitanzusehen, wie ein anständiger Mann in den Tod sprang. Ein Selbstmord ohne Zeugen, ohne Abschiedsbrief, ohne ein letztes Abschieds-SMS ist kein Selbstmord. Allenfalls kann man ihn als „Unglück" bezeichnen, das von einem „plötzlichen Unwohlsein" verursacht worden sei, oder, mit den Worten Don Filibertos, des alten Pfarrers der Chiesa del Redentore, dass es Gott in seinem unergründlichen Ratschluss gefallen habe, ihn zu sich zu rufen.

Sebastiano wusste Bescheid, musste jedoch eine langwierige Lobrede *post mortem* über sich ergehen lassen, aus der das verpönte Wort – Selbstmord – strengstens verbannt war, und dabei empfand er fast mehr Ekel als Trauer und Schuldgefühl.

Ein paar Reihen hinter ihm, mitten unter den Freunden des Opfers, die es gar nicht fassen konnten, und den Familien der Angestellten, die bange in die Zukunft blickten, saß noch jemand, der Bescheid wusste. Ein Junge, der ungefähr genauso alt war wie Sebastiano, Manfredi Scacchia, der Sohn eines der berühmtesten Kredithaie und Wucherer Roms, eines gewissen Scipione Scacchia, der gemeinsam mit seinen Kumpanen Dante Pietranera und Amedeo Cerruti ein Arschloch-Trio bildete, das in der Szene als *I Tre Porcellini,* die drei Schweinchen, bekannt war.

– Verdammt, das wundert mich gar nicht, dass der Ingenieur sich umgebracht hat. Er hatte ja mehr Schulden als Haare.

Der junge Manfredi hatte den Kommentar des alten Scipione mit höflicher Skepsis zur Kenntnis genommen. Er kannte die beiden Laurenti, Vater und Sohn, gut. Fünf endlos lange Jahre hatte er gemeinsam mit Sebastiano die Schulbank im renommierten staatlichen Konvikt gedrückt. Jetzt besuchten sie dieselbe Universität, Wirtschaftsfakultät, und mit demselben Gewinn. Sie waren gute Freunde. Ausgerechnet der alte Scipione hatte beschlossen, dass sein Sohn eine andere Laufbahn einschlagen sollte als er.

– Du musst dich erheben, Sohn, verstanden. Du musst dich erheben. Sei also kein Trottel, sondern tu dich mit den Bürgersöhnchen zusammen und lerne von ihnen. Wir müssen aufsteigen, hast du verstanden? Aufsteigen.

Manfredi war ein kluger und gehorsamer Sohn. Doch er glaubte nicht an die Worte seines Vaters. Der Ingenieur war ein Vorbild, ein anständiger Mensch, einer der wenigen, die es noch gab. Also, worüber sprechen wir eigentlich?

– Mein Lieber, du studierst, weil du dich erheben musst, aber in gewissen Dingen musst du auf deinen Vater hören. Horch zu, was ich dir sage. Bevor der Mann vor den Zug gesprungen ist, ist er zu einem Bankdirektor gegangen, einem Freund, um sich auszuweinen. Und mein Freund hat ihm geraten, sich an – rate mal – wen zu wenden?

– An dich?

– Sehr gut. Du siehst, wenn du dich anstrengst ... Blut ist dicker als Wasser. Ich hatte schon den Finanzierungsplan bereit. Der Trottel, Gott hab ihn selig, war jedoch zu stolz. Amen.

Als Manfredi die Reihen abschritt und sich auf den Höhepunkt der bescheidenen Trauerfeier vorbereitete, darauf, dem Waisen die Hand zu drücken und ihn zu umarmen, dachte er, wenn sein Vater recht hatte, und es gab keinen Grund daran zu zweifeln, würde Sebastiano tun müssen, wozu sein Vater sich nicht imstande gefühlt hatte. Wieder ein kleiner Schritt in die richtige Richtung.

Und als Sebastiano ihn mit aufrichtiger Zuneigung umarmte, flüsterte ihm der Sohn des Kredithais nicht nur ein brüderliches „du musst stark sein“, sondern noch einen anderen Satz zu, der aufgrund der besonderen Umstände seines wahren Sinns verloren ging: – Du kannst dich immer auf mich verlassen.

Der wahre Sinn dieses Satzes offenbarte sich Sebastiano ein paar Wochen später, in dem vergammelten Lokal des Kredithais, *Stella d'Oriente*, das gleich neben der Pfandleihanstalt lag. Der alte Scipione wollte es um keinen Preis aufgeben, denn das war seit sechshundert Jahren der angestammte Platz der Wucherer *(was soll ich dir sagen, mein Sohn, ich bin nun mal sentimental)*. Man erklärte ihm, wie hoch die Schulden waren, die der verstorbene Ingenieur Laurenti hinterlassen hatte. Sebastiano hätte nur auf die Erbschaft verzichten müssen, dann wäre er davongekommen, doch sein Vater hatte ihn mit hineingezogen. Sebastiano hatte unterschrieben, er steckte mit drin. Er war der offizielle Inhaber überschuldeter Firmen. Selbstschuldner. Aufgrund einer Reihe von Unterschriften, die der junge Laurenti unter komplizierte Verträge gesetzt hatte, wurde aus dem Hoffnungsträger der römischen Finanzwelt der persönliche Sklave seines brüderlichen Freundes Manfredi.

XII.

Zehn Uhr abends. Endlich, dachte Tito Maggio, gleich kommen die Gäste.

Durch die Glastür des Restaurants *Paranza*, „des Lokals mit lebendigem Fisch, für alle, die sich lebendig fühlen," in der Via dei Banchi Nuovi, im Herzen des barocken Rom, sah der Küchenchef und Besitzer, wie ein metallisch glänzender grauer 7-er BMW mit Blaulicht vor der Tür stehenblieb. Der Chauffeur sprang heraus und öffnete die Hintertür, reichte dem Prälaten den Arm. Groß und elegant in seiner Kutte, wurde er von einem ungefähr gleichaltrigen Mann begleitet. Um die sechzig. Weißes, gewelltes Haar, Sommeranzug mit Weste, makellos weißes Hemd mit hohem, steifem Kragen und eine gepunktete Krawatte mit dem winzigen Vatikanwappen darauf.

Maggio produzierte die tiefste Verbeugung, zu der er fähig war. Mit der Stirn berührte er die duftende, durch den Bischofsring noch zusätzlich geadelte Hand des Prälaten. Dann reichte er dem zweiten Gast die Hand, dieser erwiderte mit seinem schweißnassen Patschhändchen den Gruß.

– Willkommen im *Paranza.*

– Danke, sagte der Mann. Er stellte sich und den Prälaten vor.

– Benedetto Umiltà, sehr erfreut. Darf ich Ihnen Seine Exzellenz, Monsignor Mariano Tempesta, vorstellen.

Mit einem Kopfnicken forderte Tito die beiden Gäste auf, ihm ins Extrazimmer zu folgen, mit einer ausladenden Geste zeigte er auf die Tür, ließ den Gästen den Vortritt. Tempesta und Umiltà betraten ein rundes Zimmer, von dem aus man den Weinkeller sah, Lampenschirme verbreiteten ein weiches Licht, es duftete nach frischen Blumen, die sich Tito Maggio jeden Morgen im Tausch gegen ein Kilo Sardinen von einem korrupten Mitarbeiter des gemeindeeigenen Friedhofsdienstes bringen ließ.

– Warten wir auf ihn?

– Natürlich. Aber wie Sie vielleicht wissen, kommen auch noch andere Freunde.

– Aber sicher doch. Wir haben keine Eile. Uns läuft niemand nach. Die Nacht ist noch jung.

Die verächtliche Grimasse des Prälaten machte ihm Angst. Tito zog sich in die Küche zurück und bereute den letzten Satz. Warum versuchte er, den Pfarrern gegenüber witzig zu sein? Und wenn sie sich beschwert hätten? Wie war er bloß auf die Idee gekommen, der Vatikankrähe, diesem Arschloch, gefallen zu wollen?

In der Küche ließ er seinen Zorn und seinen Ärger an den Küchenjungen aus.

– Verdammt noch mal, was bist du doch für ein Dummkopf! Mustafa, oder wie auch immer du heißt, hast du denn nicht begriffen, dass du den roten Krebsen die Spieße in den Arsch schieben sollst und nicht in den Kopf? Du ruinierst mich, du dummes Arschloch. Weißt du, was *finger food* heißt, du elender Trottel? Sie geben mir fünfzig Riesen dafür, dass ich ihnen einen Teller mit zwei rohen Krebsen hinstelle, die sie mit der Hand essen können, da darf ihnen der Saft nicht auf die Kutte tropfen! Verdammt, beeil dich!

Mustafa, ein Junge aus Ägypten mit einem Kindergesicht, den Maggio in der Pizzeria *I due briganti* in der Via Giolitti gleich hinter dem Bahnhof aufgegabelt hatte, wo er um zehn Euro pro Tag als Tellerwäscher gearbeitet hatte, nickte wortlos. Er spießte die beiden Garnelen mit den Hummerscheren – die Maggio von einem Typen aus Gaeta namens Cinese kaufte – auf und wiederholte die Operation von hinten. Seine Kollegen am Herd gaben keinen Ton von sich. Einer der beiden hieß Gianni: ein mehrfach Vorbestrafter aus Catanzaro, ungefähr fünfzig Vermögensdelikte und versuchter mehrfacher Mord, zwei Arme wie Brecheisen, auf seinen Oberarmen waren ein Hai und ein Mörderwal tätowiert. Der andere hieß Hari, ein ungefähr dreißigjähriger Inder, er hasste Fisch, und sein eigentlicher Beruf bestand darin, in einer Bruchbude in der Via Foscolo, an der Ecke zur Piazza Vittorio, DVDs mit erfolgreichen Bollywoodfilmen zu verkaufen.

Tito wollte gerade wieder von vorne anfangen, als Gianni den Zigarrenstummel aus dem Mundwinkel nahm und ihm lapidar mitteilte, die *Tre Porcellini* seien da. Fluchend verließ Tito Maggio die Küche.

Benedetto Umiltà hob vorsichtig eine Flasche H_2O und füllte das Glas des Bischofs.

– Ich freue mich sehr, dass Sie heute Abend bei uns sind, Exzellenz.

– Es ist ja wichtig, nicht wahr?

– Sehr wichtig, würde ich sagen. Aber wir sind arme Menschenkinder, die von unbedeutenden irdischen Sorgen gequält werden. Wir können manches nicht erwarten, im Gegensatz zu Seelenhirten wie Ihnen.

– Auch Seelenhirten haben irdische Bedürfnisse und kennen Ungeduld, mein lieber Benedetto, das wissen Sie sehr gut.

Tempesta lächelte und zeigte eine perfekte Zahnreihe. Umiltà kannte diese Grimasse, ein Mittelding aus Grinsen und unflätiger Geste. Zum ersten Mal hatte er damit kurz vor dem Jubiläum im Jahr 2000 Bekanntschaft geschlossen, als sich das christliche Rom der Brüderlichkeit und den Brieftaschen aus aller Welt öffnete. Hunderttausende Pilger von überall her. Man musste ein Abkommen mit der heidnischen Seele Roms treffen. Benedetto Umiltà war der richtige Mann. Er leitete die öffentlichen Arbeiten.

Mit Tempesta hatte er sich von Anfang an gut verstanden. Don Mariano war damals noch nicht einmal zum Bischof bestellt, bereitete sich jedoch schon darauf vor, Kardinal zu werden. Im Jahr der Gnade ernannte Seine Heiligkeit, der Papst, Umiltà zum Botschafter des Heiligen Stuhls jenseits des Tibers, wo er die öffentlichen Arbeiten des Jubiläums leiten sollte. Er hatte in seinem Leben jede Menge Intrigen der Kurie kennengelernt, aber Tempesta beeindruckte ihn, weil er Methode hatte. Methode.

Sein Fleisch war schwach und sein Appetit gewaltig – das war nichts Neues – aber die Sünde war für ihn keine Schmach, sondern eine Kraftquelle, eine Ressource. Genau das hatte er im Jahr der Gnade, in Porta Pia, im Büro der öffentichen Arbeiten begriffen. Sie hatten ein Geheimprotokoll unterschrieben, in dem die Finanzierung zur Fertigstellung der Porta-Cavalleggeri-Unterführung bewilligt wurde. Tempesta hatte die Montblanc-Füllfeder auf den langen Tisch mit den Siegeln gelegt und auf die bewusste Weise gelächelt. Dann hatte er seine rechte Hand offen auf den Handrücken von Benedetto Umiltàs Linker gelegt.

– Rom, unser Rom, das schon jetzt die Wiege einer erhabenen Schönheit ist, wird noch schöner werden.

– Zweifellos, hatte Benedetto Umiltà gedankenverloren geantwortet, unsicher, ob er ihn jetzt schon mit dem Titel „Exzellenz" ansprechen sollte.

Der Monsignore hatte den Druck auf seine Hand verstärkt und ihm in die Augen geblickt.

– Wir dürfen jedoch nie damit aufhören, dem Lieben Gott für die Schönheit seiner unnachahmlichen Werke zu danken, hatte er mit sanftem Lächeln hinzugefügt. – Allen voran für den menschlichen Körper.

Benedetto Umiltà war rot geworden und hatte den Blick erwidert.

In diesem Augenblick war alles gesagt.

Aufgewühlt war Benedetto davongelaufen. Die Sünde war ihm auf den Fersen wie ein Gespenst, das keinen Augenblick von ihm abließ, er glaubte, sterben zu müssen, er versuchte, den Monsignore abzuschütteln. Er antwortete nicht auf seine Anrufe, ging Verabredungen aus dem Weg, schickte blasse Stellvertreter, überlegte sich sogar, seine Versetzung zu beantragen. Eines Abends stand er ihm dann unvermutet gegenüber, im Foyer eines Konzertsaals, wo gerade ein Konzert mit ausgewählten Werken zeitgenössischer Komponisten aus dem Osten stattgefunden hatte.

– Finden Sie es nicht auch wunderbar, dass unsere Brüder aus dem Osten sogar unter dem Joch der unbarmherzigen Diktatur Kraft für eine derartig mutige, radikale Erhebung des Geistes finden?

Benedetto Umiltà hatte irgendetwas dahergefaselt, er versuchte noch immer davonzulaufen.

Monsignore hatte die Hände gefaltet und den Kopf geschüttelt. Und auf seinem scharf geschnittenen Gesicht war das bewusste Lächeln erschienen: süß und schrecklich.

– Du bist bereit, Benedetto. Aber du hast nicht den Mut, es dir einzugestehen. Mein Auto steht da draußen.

Das war die Befreiung gewesen. Von nun an erschienen die Dinge im Licht einer befreienden Sonne. Von nun an erlebte Benedetto Umiltà das Begehren als Geschenk, und das hatte er ihm, Mariano Tempesta, zu verdanken.

Aber ja doch, das Jubiläum und diese Begegnung hatten ihn in eine andere Dimension befördert. Nicht nur im Hinblick auf das fleischliche Begehren. Er war in den Großen Kreis eingetreten. Dank der Aufträge, die im Rahmen des Jubiläums vergeben wurden, war er reich geworden. Und in den Jahren darauf war sein Konto bei der Vatikanbank auf acht Stellen angewachsen. Er hatte alle Minister und alle Mehrheiten an der Regierungsspitze, egal ob links oder rechts, ausgesessen, sie waren so rasch aufeinander gefolgt, wie man am Vormittag das Hemd wechselt. Pfeif drauf, er war ja Beamter. Ein *civil servant*. Natürlich mit Hilfe von Tempesta, dessen Appetit als Bischof – wenn überhaupt möglich – noch raffinierter geworden war. In seiner neuen Funktion kontrollierte und verwaltete der Monsignore einen Teil der Immobilien, die der Heilige Stuhl in Rom besaß. Großartige Wohnungen im historischen Zentrum Roms, die als Residenzen oder Stundenhotels vermietet wurden, und zwar an einen Haufen Mitläufer, Manager, Journalisten, Liebhaber der Subregierung. Umiltà war zu ihrem Beschützer und gleichzeitig zu ihrem Erpresser geworden.

Jetzt wurde das Spiel noch umfangreicher.

Unter dem Tisch suchte seine Hand schweigend die Tempestas, der erwiderte sofort den Druck.

Tito Maggio schloss die Schiebetür aus Glas hinter sich, die die offene Küche – ein Aquarium – vom Speisesaal trennte. Er strich die Kochhaube glatt und setzte sie wieder auf, nachdem er nachgesehen hatte, ob seine fettigen Haare Spuren hinterlassen hatten. Er sah auf die Uhr – halb elf – und versuchte ruhig zu amten, sein Zwerchfell flatterte wie ein Blasebalg. In Wirklichkeit war das ein Tick. Er machte sein Übergewicht dafür verantwortlich, allerdings war das ein Symptom der Panikattacken, die ihn regelmäßig überkamen. Samurai war obsessiv pünktlich. Die Verspätung passte nicht zu ihm. Hoffentlich ließ er ihn nicht sitzen. Das war sein Abend. Der Abend der Auferstehung Tito Maggios.

Die *Tre Porcellini* saßen wie immer an einem Ecktisch. Aber nicht im Inneren des Lokals – *bei der Klimaanlage bekommt man's ja mit dem Ischias* –, sondern im Garten, gleich hinter dem mit Holz getäfelten und mit Fischernetzen geschmückten Speisesaal. Direkt neben der Orangerie mit den noch unbezahlten Blumentöpfen. Umso besser: So konnte man sie wengistens nicht sehen, und die schicke Kundschaft konnte keinen Anstoß nehmen.

Die *Tre Porcellini*. Sein Untergang. Dante, Amedeo, Scipione. Angeblich drei Cousins, wer's glaubt, wird selig. Vor Jahren, als Dandi am

Campo de' Fiori das Sagen hatte, waren sie fett geworden, sie hatten Secco die Schuhe geputzt. Miteinander waren sie zweihundert Jahre alt. Alt, hässlich, dumm und nicht umzubringen – wie die Krawatten, die in den Billigläden auf der Piazza del Monte di Pietà und auf dem Viale Trastevere verkauft wurden. Läden, die immer offen waren wie Friedhöfe. Tito schuldete ihnen fünfhunderttausend Euro. Zu viele unbedachte Ausgaben, zu viele schief gegangene Geschäfte, zu viel Koks. Fünfhundert Riesen. Zu sechzig Prozent Zinsen pro Jahr. Er kam mit den Rückzahlungen nicht nach, obwohl er die Preise auf seiner Karte aufgeblasen hatte wie einen Heißluftballon. Auf alles hatte er verzichtet, außer auf Koks. Obwohl er den Schnee ja zum Teil aus dem Erlös des Dealens bezahlte. Aber er dealte nur ganz wenig, zwanzig, dreißig Gramm im Monat, und nur für Freunde. Und auch aus dem Erlös der Teller mit den Meeresfrüchten, die er jeden Tag zu Mittag, auch am Sonntag, pünktlich in die *Villa Marianna* lieferte, in die vom staatlichen Gesundheitsdienst getragene Klinik Professor Temistocle Malgradis, des Bruders des Abgeordneten. In dieser Klinik saß Ciro Viglione, der König von Casapesenna, seine Haftstrafe ab. Don Ciro war gesund wie ein Fisch und fraß wie ein Schwein. Für den armen Tito reichte es trotzdem nicht. Es reichte nie. Je tiefer er in der Scheiße saß, desto mehr kokste er. Und je mehr er kokste, desto tiefer saß er in der Scheiße.

Er hatte sich sogar schon überlegt, ob er nicht wieder einen Porno drehen sollte, früher mal war er ein gesuchter Pornodarsteller gewesen. Aber so wie er jetzt aussah, ein Mittelding aus Ollie und dem Fetten der drei Musketiere – wie hieß er doch gleich? –, konnte er nicht einmal bei einem Kostümschinken mitspielen. Mittlerweile waren die *Tre Porcellini* jedenfalls Stammgäste in der *Paranza.* Mittags und abends. Vorspeise, erster, zweiter Gang, Dessert, Kaffee und Schnäpschen. Wenn sie satt waren, bestellten sie eine Runde Averna und riefen ihn an den Tisch. Sie zeigten auf einen Stuhl neben sich und holten ein kariertes Pigna-Notizbuch aus der Tasche, fettig und mit Eselsohren, in dem in wackeliger Analphabetenschrift Zahlenreihen standen.

– Tito, glaub ja nicht, wir zocken die Leute ab. Aber du schuldest uns fünfhundert Riesen.

– Und was soll ich tun?

– Wenn man gut isst, hat man keine Eile. Und hier isst man gut, Tito. Genau das tun wir. Wir haben keine Eile.

Er stopfte sie wie Würste, um den Untergang ein wenig hinauszuschieben. Nun würde es jedoch bald vorbei sein.

Er schnappte sich Natascha, die russische Studentin, die sich in seinem Lokal ein paar Euro dazu verdiente, und flüsterte ihr zu, man möge den *Tre Porcellini* die feine Ware vorenthalten. Die war nämlich für die Mäuler derer bestimmt, die ihn von den Schwierigkeiten befreien würden. In diesem Augenblick erblickte ihn Sor Amedeo. Rief ihn mit einer Geste an den Tisch. Tito schickte Natascha vor, folgte ihr jedoch.

– Guten Abend, die Herrschaften, haben Sie schon gewählt?

– Verdammt, die Russin. Hör zu, meine Schöne, bring uns den deutschen Wein. Wie heißt er doch gleich? Ge … Ge …

– Gewürztraminer.

– Sehr gut. Und drei warme Vorspeisen. Du weißt ja, Toast mit Tintenfisch drauf, ja? Kurz und gut, wie immer. Dann drei *Carbonara de mare.* Und dann … was gibt es Frisches?, keuchte Scipione, als ob ihn die Sache schrecklich anstrengte.

– Hier ist alles frisch.

– Ja, sicher. Gestern ist mir der Schwertfisch bis zum Frühstück aufgestoßen. Also: Steinbutt mit Kartoffeln.

– Im Ofen?

– Wie sonst? Gekocht? Isst du den Fisch oder schreibst du ihn nur?

Sie lachten herzlich über den Witz.

– Tito, sag der Russin, sie soll nicht so geizig sein wie sonst. Ein ordentliches Tablett, nicht solche Schwulentellerchen.

Nichts Neues unter der Sonne. Die Schmutzfinken spielten jedes Mal dieselbe Rolle, und jedes Mal gingen sie Tito auf die Eier.

Und wie sie ihm auf die Eier gingen.

– Nun komm schon, Tito, mach nicht so ein Gesicht! Du weißt, dass wir dich gern haben.

Sor Amedeo stand auf, schwankte auf den fetten Beinen, und tat so, als ob er ihn umarmen und küssen wollte. Tito setzte ein säuerliches Lächeln auf. Tot hätte er die *Tre Porcellini* am liebsten geküsst. Als Tote. Allerdings gab es heute Abend wohl niemanden im Lokal, der sich nicht gratis den Bauch vollschlug. Da war zum Beispiel Roberto Gerani, eine Hirnamöbe, ein Ex-Maurer, der sich mit Ingenieur anreden ließ und ihm das Lokal umgebaut hatte. Tito schuldete ihm hunderttausend

Riesen, deshalb durfte auch er auf seine Kosten fressen. Dann dieser Staatsanwalt, der das ganze Jahr über sonnengebräunt war, von Segelbooten sprach und jedes Mal eine andere Fotze dabei hatte. Und dann dieser Schmutzfink vom Passamt, Dario Bernardi, mit seinem kleinen Freund vom Viminale, zwei Schwule der Sonderklasse. Am Höhepunkt der Verzweiflung hatte er sogar überlegt ihnen sein Herz auszuschütten. Vor ein paar Wochen hatte er es probiert. Aber sie hatten ihn sofort abgewimmelt.

– Pardon, Herr Doktor, dürfte ich Sie einen Augenblick lang stören?, hatte er geflüstert und sich vor Bernardis Tisch gedreht und gewendet.

– Aber natürlich, Tito. Sprechen Sie, Sie sind ja hier der Chef.

– Nun, Herr Doktor, genau das ist das Problem.

– Was?

– Nun, wer hier der Chef ist.

– Aber das war ein Witz, vielleicht haben Sie ihn missverstanden.

– Nein, ich möchte nur sagen … ich habe ein kleines Problem mit dem Lokal. Ich befinde mich nämlich in einer schwierigen Lage …

– Tito, jetzt muss ich Sie unterbrechen. Entschuldigen Sie, aber ich unterbreche Sie, ich unterbreche Sie!

Der Schwule kreischte im Falsett.

– Um Himmels willen. Ich habe mich doch klar ausgedrückt, oder?

– Auf alle Fälle. Sie haben sich klar und deutlich ausgedrückt. Aber ich muss Ihnen leider sagen, dass ich gegen die Kontrollen des Gesundheitsamtes nichts unternehmen kann.

Was für ein Arschloch. In Rom pfiffen es die Spatzen von den Dächern, dass er die Kredithaie in der Hand hatte. Verdammt, und er sprach vom Gesundheitsamt! Maggio hatte klein beigegeben. Mit einer tiefen Verbeugung hatte er sich vom Tisch zurückgezogen und die beiden Schwuchteln gefragt, ob er ihnen eine zweite Portion Austern bringen dürfe. Als sie nickten, ging er in die offene Küche und flüsterte Mustafa zu, er solle ihnen die Lieferung andrehen, die so sehr stank, dass sie sie auf die Gasse gestellt hatten.

Das musste aufhören. Bald würde es aufhören.

Aus den Augenwinkeln heraus sah er, dass die Tür aufging, er ließ die *Tre Porcellini* stehen und lief hin, um die Neuankömmlinge zu begrüßen.

Schon zwei Minuten später drang er ins intime Extrazimmer ein und brachte einen riesigen Kübel mit Eis, in dem eine erste Flasche Jahrgangschampagner, Ruinart Blanc de Blancs, steckte. Zu gegebener Zeit würde er für Nachschub sorgen. Für seine Gäste nur das Beste, das Beste und in bester Manier.

– Da sind Ihre Freunde, auf die Sie warten. Bitte, meine Herren, bitte.

Die zwei Männer waren um die sechzig, mit durchschnittlicher Eleganz gekleidet, sie trugen dunkle Anzüge und dufteten nach Frisiersalon. Benedetto Umiltà schnellte empor wie eine Feder.

– Eure Exzellenz, darf ich Ihnen Ciro Viglione und Rocco Perri vorstellen?

Tempesta beschloss lächelnd sitzen zu bleiben, mit einer weichen Handbewegung hielt er den beiden den Ring hin. Sie küssten ihn. Umiltà machte weiter mit den Höflichkeitsfloskeln.

– Das sind die Unternehmer, von denen ich Ihnen erzählt habe, Exzellenz. Der Süden lässt sich nicht unterkriegen. Doktor Perri ist Kalabrese, aus Cirò Marina. Doktor Viglione ist aus Kampanien, aus Casapesenna.

Der Bischof nickte und ließ Umiltà weiterreden, während Viglione und Perri sich an den großen runden Tisch setzten und ein Stück Brot aus dem Körbchen nahmen.

– Ich kann Ihnen versichern, Exzellenz, Doktor Perri ist ein Visionär. Alles, was er berührt, wird zu Gold. Er sieht Gold nämlich auch dort, wo gar nichts glänzt. Und dank dieses Talents ist er einer der liquidesten Unternehmer Roms. Es geht mich zwar nichts an, aber mit Verlaub, ich würde sagen, neunhundert Millionen kommen der Sache sehr nahe. Stimmts?

Perri kaute ein Stück geröstetes Brot und nickte, gab ein paar weise Sätze von sich.

– Mein Großvater hat mich gelehrt, wo Tauben sind, da fliegen Tauben zu. Tauben beziehungsweise Geld kann man nie genug haben, nicht wahr, Exzellenz?

– Die Werke des Menschen sind immer auch Werke Gottes. Und was ist Geld, wenn nicht ein Werk des Menschen?, philosophierte Tempesta.

Viglione gab ihnen recht und hob zum Zeichen seiner Zustimmung die Champagnerflöte.

– Was für ein Glück, Rocco, dass du so einen Großvater hattest. Ich verdanke alles den Jesuitenpatern aus Caserta. Sie haben mir den Weg gewiesen.

– Und was für einen Weg!, zwitscherte Benedetto Umiltà. – Stellen Sie sich vor, Exzellenz, die Familie dieses Mannes hat Latina gebaut. Und dieser Herr hat uns den Tunnel von Porta Cavalleggeri, den heiligen Bypass, geschenkt. Sie erinnern sich doch an unsere erste Begegnung?

– Wie könnte ich sie je vergessen?, grinste Tempesta.

Viglione leerte die Flöte, er genoss den Abend außer Haus. Seit einem Jahr war er unter Hausarrest in der *Villa Marianna,* wo er nach wie vor ausgezeichnete Geschäfte machte. Er ging nach Belieben ein und aus. Viglione kannte die Menschen. Ein Blick auf den Monsignore und er wusste, dass alles geregelt war. Er stellte keine Fragen, das war die Grundbedingung. Beziehungsweise die Grundregel der Geschäfte. Niemals fragen, wo die Kohle herkommt. Er hatte eine Menge Kohle, mehr als Perri, der schon gar nicht mehr wusste, wohin damit: Koks, Spielautomaten, Online-Glücksspiel, Restaurants und Lokale. Aber Viglione wusste auch, dass sie noch mehr Geld machen würden, wenn Samurai keinen Blödsinn redete. Jeder Euro aus dem Koksgeschäft floss in die Baustellen. Wenn er nicht wollte, wurde zwischen dem *Fungo* des EUR und Caserta kein Ziegel verlegt, kein Schaufelbagger und keine Mischmaschine in Betrieb genommen. Und jetzt hatten sie zum Glück auch Gottes Segen.

– So viele wichtige Leute, ist das nicht zuviel der Ehre?

Die Stimme des Anwalts Davide Parisi war so laut, dass alle Gäste zur Tür des Extrazimmers blickten. Er war gemeinsam mit Michele Lo Surdo hereingekommen, seinem Steuerberater und Geschäftspartner. Beide ungefähr fünfundvierzig. Beide Marionetten Samurais, er hatte sie als Jugendliche in einer Fraktion der FUAN kennengelernt, der Jugendorganisation der extremen Rechten. Beide trugen Cenci-Nadelstreifanzüge aus weichem Stoff. Lo Surdo war ein skrupelloser Buchhalter. Der Strohmann eines Netzwerks von Off-Shore-Gesellschaften: er gründete sie, ließ sie auf, verschob sie wie Panzer auf dem *Risiko*-Spielbrett. Er kontrollierte ein paar Papierfabriken, die er für Samurai, aber auch für seine zahlreichen Kunden nutzte, Steuerhinterzieher, für die falsche Rechnungen so selbstverständlich wie Atmen waren. Er wohnte in einer Villa in Grottaferrata, hatte eine Leidenschaft für Escortladies und war Parisis Anhängsel.

Lo Surdo kannte Parisis außergewöhnliche professionelle Bescheidenheit. Ein würdiger Sohn seines Vaters. Sein Vater war als Verteidiger Dandis berühmt geworden. „Davide Parisi? Der Strafverteidiger, der das Strafgesetz nicht kennt und die Prozessordnung auf der Tribüne am Monte Mario im *Olimpico* studiert hat", wie er oft sagte, wenn er ihn frotzeln wollte. Aber er bewunderte seine absolute Skrupellosigkeit, zu der nicht einmal er fähig war, und in gewisser Weise auch seinen Mut. Parisi war eine Null, aber zu allem bereit. Deshalb protegierte ihn Samurai und deshalb würde er ihm den wichtigsten Klienten seines Lebens vorstellen. Rocco Anacleti.

Der Zigeuner war ja unter anderem der Grund, warum sie hier waren. Und dass Leute wie Viglione und Perri am Tisch saßen, bedeutete tatsächlich, dass sich die Sache in der Zielgeraden befand.

Parisi machte eine rasche Begrüßungsrunde, drückte allen Anwesenden die Hand, blieb schließlich lächelnd vor Tempesta stehen.

– Zu meinem Kollegen, der unseren Freund bei der Sacra Rota vertritt, habe ich gesagt, wir seien uns in dieser Sache einig: Wir fordern Annullierung, weil die Ehe nicht vollzogen wurde, sagte Parisi zum Bischof.

– Das haben Sie gut gemacht, Anwalt. Man hat mir ja gesagt, Sie wollten auf „Unfähigkeit, den Beischlaf zu vollziehen" plädieren. Unvorstellbar, habe ich Ihrem Kollegen erklärt. Doch nicht dieser Prachtkerl. Nie im Leben!

Lo Surdo nahm neben Benedetto Umiltà Platz.

– Vergessen Sie nicht, Herr Doktor, nächste Woche zu mir zu kommen, damit wir die Zypern-Frage klären. Auf diese Weise beschleunigen wir die Überweisung auf die Vatikanbank. Sie wissen ja, wir können die Sache nicht ewig aufschieben.

– Umiltà nickte und schaute auf die Uhr. Elf Uhr. Samurai ließ auf sich warten. Auch Tito Maggio saß wie auf Nadeln.

– Wir warten natürlich auf ihn, wiederholte er, vielleicht zum zehnten Mal, atemlos wie immer. Und während er auf Zustimmung wartete, beschloss er zu zeigen, wozu er fähig war.

– Ein Hummertartar vielleicht, um die Wartezeit zu verkürzen? Einen schönen Teller mit Messermuscheln, marinierten Scampi, Tintenfischmousse, Garnelen auf Toledoart, Sushi vom Zackenbarsch …

– Haben Sie Austern?, fragte der Bischof.

– Ich habe mir nicht erlaubt, sie aufzuzählen, das wäre mir zu banal erschienen. Austern serviere ich normalerweise gemeinsam mit Brot und Wasser. Und zwar auf meine spezielle Weise.

– Wie?

Die Speicheldrüsen des Bischofs arbeiteten auf Hochtouren.

– Mit Beluga-Kaviar und in Drachenkopfsud.

Perri hob den Zeigefinger der rechten Hand.

– Das gute Gewilderte vom letzten Mal, was war das?

– Das haben wir auch heute. Carpaccio von der Zahnbrasse aus dem Bio-Reservat in Ponza.

– Genau das!, nickte der Kalabrese.

Benedetto Umiltà strahlte, er mimte einen Applaus, indem er die weichen Hände zusammenpaschte.

Maggio lief atemlos in die offene Küche und gab den dreien einen Befehl.

– Mustafa, mach jetzt ja keinen Blödsinn, sonst tranchiere ich dich morgen zum Mittagessen.

Aber warum ließ sich Samurai so lange Zeit? Tito Maggio verspürte einen Anflug von Angst. Ließ auch er ihn im Stich? Musste er sich damit abfinden, den Rest seines Lebens ein Sklave der *Tre Porcellini* zu sein?

Samurai stellte wie üblich Kälte und Gelassenheit zur Schau, doch es kostete ihn einige Mühe. Die Zeiger der Uhr in der *Mela stregata* am Corso Vittorio Emanuele II zeigten fast auf elf Uhr. Rocco Anacleti hatte mehr als eine Stunde Verspätung. Vor Jahren hatte er das Lokal abgefackelt, als die Linken zum Luftschöpfen hierher kamen. Was für eine Energieverschwendung. Er blickte zu dem Cellini-Engel hoch, der mitten auf der Brücke stand, die zur Engelsburg führte. Er mochte Cellini. Er fühlte sich ihm verwandt. Halb Bandit und halb Künstler.

Er schob die Tasse grünen Tees auf der Theke von sich, er hatte ihn nur bestellt, um sich die Wartezeit zu verkürzen.

– Ich habe Tee bestellt, keinen Kräuteraufguss. Und außerdem lauwarm.

Der Junge an der Bar nahm die Tasse entgegen, er bekam eine Gänsehaut. Noch nie hatte er derart grausam ausdruckslose Augen gesehen wie jene dieses Gasts, der von Kopf bis Fuß schwarz gekleidet war. Doch dann kam endlich die Person, auf die er offenbar lange gewartet hatte, und er brach sein Schweigen.

– Hallo, Samurai.

– Pünktlichkeit ist die Tugend der Könige.

Rocco Anacleti verzog das Gesicht zu einer Grimasse und schüttelte den Kopf. Samurai packte ihn am Arm und gemeinsam gingen sie auf die Straße hinaus, in Richtung Via dei Banchi Nuovi.

– Du hast recht. Du hast völlig recht. Meine Schuld.

– Seit einer Stunde warten sie im *Paranza* auf uns. Es war nicht meine Idee, uns davor zu treffen.

– Noch einmal: entschuldige. Aber ich bin verrückt. Ver-rückt. Weißt du, was das heißt?

– Worin besteht das Problem?

– Spadino.

– Tote sind kein Problem.

– Tote nicht. Mörder schon.

– Weißt du, wer ihn umgebracht hat?

– Numero Otto. Ich wollte dir sagen, dass dieses Arschloch aus Ostia ein lebender Toter ist. Ich lasse ihn aufschlitzen, beim Antlitz der Muttergottes.

– Warum bist du dir so sicher, dass er es war?

– Sonst würde ich dir es nicht sagen.

– Du weißt doch, dass ich Irrtümer hasse.

– Ich irre mich nicht.

– Das reicht mir nicht.

– Mir schon.

– Du entscheidest nicht. Ich entscheide.

– Ich war für Spadino zuständig.

– Das tut nichts zur Sache. Außer du sagst mir, warum ihn Numero Otto angeblich umgebracht hat.

– Das weiß ich nicht. Ist auch egal.

– Eben nicht. Du bist nur wütend und ein Arschloch. Das es wahrscheinlich nicht verdient, an dem Tisch Platz zu nehmen, an dem man uns erwartet.

– Geschäfte sind eine Sache, Samurai. Die Straße ist eine andere. Für die Straße bin ich zuständig.

– Ich dachte, allmählich würdest du ein Boss. Aber trotz deines Alters bist du ein Vorstadtwichser. Du weißt doch, wer Numero Otto ist, oder nicht? Du weißt, welche Bedeutung Ostia für unseren Plan hat, nicht wahr? Nein, du weißt es nicht. Um das Geschäft abzuschließen, brauchen wir Frieden, nicht Krieg. Die Carabinieri sind schon auf dem Plan. Sollen wir kurz vor dem Ziel alles gefährden?

– Die Rache ist mir heilig, Samurai.

– Alles zu seiner Zeit.

Anacleti ballte die Hände zu Fäusten und atmete tief ein. Samurais Blick verdüsterte sich.

– Schau mich nicht so drohend an, Rocco. Ich sage es dir kein zweites Mal. Ich gebe dir sogar einen Rat. Drohen solltest du nicht einmal dem armen alten Iraner, den du verprügeln hast lassen.

– Was zum Teufel soll jetzt diese Geschichte?

– Bezahl den Alten. Sofort.

– Wer hat dir das erzählt?

– Und wer hat dir von Numero Otto erzählt?

Anacleti senkte den Kopf. Die Tür des *Paranza* war schon in Sichtweite.

– Ist gut, Samurai.

– *Ist gut* bedeutet, du machst, was ich sage. Du vergisst Numero Otto und bezahlst den Alten. Klar?

– Ist gut, willigte Rocco ein.

Das war natürlich ein leeres Versprechen. Wie jedes Versprechen, das ein Rom-Boss einem Gadsche gab. Ja sicher, er hatte den großen Samurai vor sich. Aber auch Samurai war ein Gadsche. Und vor allem dachte er wie ein Gadsche. Auf Rache kann man nicht einfach verzichten. Die Rache ist das Blut, das Herz eines Bosses. Damit, Samurai, wirst du dich abfinden müssen.

Tito Maggio empfing Samurai am Eingang des *Paranza* mit einer Umarmung, aus der sich dieser angewidert befreite.

– Du stinkst. Und ich habe noch nicht zu Abend gegessen.

– Entschuldige. Aber ich freue mich so, dich zu sehen. Und dann dieser wundervolle Abend …

– Ich habe dir ja schon gesagt, du sollst einzig und allein daran denken, den Gaumen des Bischofs und seines schwulen Freundes zu erfreuen. Mach das, und ich kümmere mich um deine Probleme. Du musst mich nicht umarmen und vollkleckern.

Samurai und Anacleti betraten hintereinander das Extrazimmer, die Gäste waren gerade bei der Vorspeise. Zum ersten Mal stand der Bischof auf. Samurai packte ihn an den Unterarmen und blickte ihn an.

– Exzellenz, Sie sind unser Hirte und wir sind Ihre Familie. Mit Ihrem Segen und wenn Sie uns Gehör schenken, werden wir gute Werke verrichten.

– Ich bin hier, um zuzuhören, sage der Bischof nickend.

Mit einer Handbewegung bedeutete Samurai den anderen, sie mögen weiteressen. Allen, mit Ausnahme von Lo Surdo und Parisi.

– Holt die Pläne raus, die Projekte, die Gutachten und die Dokumente mit den Varianten zum Flächenwidmungsplan. Und erklärt Seiner Exzellenz und Doktor Umiltà, was wir meinen, wenn wir von sozialem Wohnbau und *Waterfront* sprechen.

XIII.

Der Boss hatte es ihm nahegelegt. Eine anständige Arbeit. Zwei, drei, vier … mit einem Wort, nicht mehr Schüsse als notwendig. Keine Dummheiten. Kein Gerede. Absolutes Schweigen. Allen gegenüber. Keine Spuren hinterlassen. Das Schießeisen musste sauber sein, und sauber musste auch das „Pferd" sein, das sie auf die Weide brachten.

Paja hatte natürlich keine Ahnung, warum die Anacleti beschlossen hatten, Numero Otto umzulegen. Hatte es vielleicht mit Spadino zu tun? Möglich. Aber gab es nicht ein Abkommen mit denen aus Ostia?

Tja.

Und worin bestand das Abkommen? Friede, hatte es geheißen. Nicht nur, weil man Roccos Weisungen weder diskutierte noch Fragen stellte. Sondern weil, wie sein Onkel sagte, Denken Angst machte. Doch manchmal machte die Arbeit echt Spaß. Wie heute. Aber ja doch. Numero Otto übertrieb ja schon seit geraumer Zeit. Ein Clown, der die anderen in den Arsch fickte. Vor allem den Zio, der im Gefängnis saß. Aber auch seinen Kumpel Denis. Ebenfalls einer, der aus dem Nichts gekommen war. Etwa nicht? Denis hatte wirklich Eier. Und Eier gab es nicht im Supermarkt zu kaufen.

Im Grunde hatte auch er mit Numero Otto eine Rechnung offen. Alte Bubengeschichten. Irgendwann hatte Numero Otto sich in den Kopf gesetzt, er habe das Recht, die Mädchen als Erster zu vögeln. Auch wenn sie seinen Freunden gehörten. Auch wenn seine Freunde verliebt waren. So auch bei einer, nach der Paja verrückt war. Vanessa. Numero Otto hatte Hand an sie gelegt, und als Paja protestiert hatte, hatte er ihn ausgelacht.

– Was soll das heißen, Paja, die Frauen der Freunde rührt man nicht an? Wir waren doch nie Freunde.

Genau. Um das Schießeisen hatte er sich gekümmert. Eine Luger 9x21, aus slawischer Produktion, eben aus dem montenegrinischen Freihafen Bar eingetroffen. Der Typ, der sie ihm besorgt hatte, ein

Vorbestrafter, der in Mungivacca, auf der anderen Seite der Romanina, wohnte, hatte sie ihm in einer Baracke hinter dem Ikea-Gebäude hinterlegt. Das Motorrad hingegen hatte sich Fieno von einem Arzt aus dem Quadraro-Viertel ausgeliehen, einem Typ, der so penibel und so freundlich war, dass es einem grauste. Zugekokst bis zu den Ohren. Wenn er gewusst hätte, wozu seine gelbe BMW Gs Adventure 1200 diente, auf die er so stolz war … du erinnerst dich ja nur an deinen Freund Fieno, wenn die Nase trocken ist, oder? Also zahl deine Schulden, Herr Doktor.

Auf der Piazza Lorenzo Gasparri war es brütend heiß. Eine Nacht, in der sich kein Lüftchen regte. Das Meer war so ruhig, dass es nach Abflusskanal stank. Auf dem Largo delle Sirene, wo sie den Drogenhandel kontrollierten, waren nicht einmal die Junkies aufgetaucht. Numero Otto zerquetschte eine Mücke auf dem gelbvioletten T-Shirt der Los Angeles Lakers – *verdammt, die ist ja so groß wie eine Hornisse* – und überlegte, warum er so sauer war. Er saß mit überkreuzten Beinen auf der Kühlerhaube eines Alfa Mito, der ungefähr hundert Meter vom *Caffè Italia* entfernt parkte, und massierte sich den rechten Knöchel, der so geschwollen wie der eines alten Mannes war – *verdammt, ich werde doch keine Krampfadern bekommen.*

Zu Moira, der schon etwas abgehangenen, tätowierten Kellnerin, die ihm vor Jahren als Schulschiff gedient hatte, hatte er gesagt, sie solle früher zumachen. Bei dieser Hitze waren nicht einmal die Junkies da, die für gewöhnlich an den Automaten spielten. Er dachte, sie würde sich freuen, aber die Programmänderung brachte sie durcheinander. Erst als sie den Rollladen der Bar herunterzog und er den Strumpfhalter unter dem engen roten Rock sah, begriff er. Ein fetter, ungefähr fünfzigjähriger Rumäne tauchte auf und gab ihr einen Kuss auf die Wange. Da schau her, die arme Moira! Seit sie für Zio Nino arbeitete, musste sie für abgebrannte geile Slawen herhalten.

Auf der Umfahrungsstraße beschleunigte Fieno auf hundertsechzig, fast ohne dass es ihm auffiel, an der Kreuzung mit der Cristoforo Colombo in Richtung Ostia bremste er brüsk ab, hob die Kinnstütze des Helms und drehte sich zu Paja um, der gekrümmt dasaß, mit der Luger unter der Jeansjacke.

– Die Deutschen sind schon phänomenal. Hast du den Boxermotor gehört, Paja? Da können sich die Japaner verstecken. Du brauchst nur aufzudrehen und du fliegst.

– Na gut. Aber wenn du das erste Service machen lässt, schaust du schön drein.

– Wieso, lässt du vielleicht ein Service machen?

– Nein.

– Also?

– Einfach so. Spaßweise.

– Manchmal verstehe ich dich nicht, Paja.

– Was gibt es da zu verstehen?

– Werd' nicht gleich sauer. Aber manchmal kommst du mir wirklich wie ein Trottel vor.

Durch die Jacke hindurch drückte Paja die Luger an Fienos Rücken. Fast genau in der Mitte des Dainese-Logos.

– Warum wirst du immer gleich sauer?

– Fieno, ich hab keine Phantasie. Du musst Geduld mit mir haben.

– Ich hab es nicht ernst gemeint. Ich hab einen Witz gemacht. Bist du vielleicht nervös?

– Ich will den Job erledigen.

– Paja, ich würde dich verstehen, wenn es das erste Mal wäre. Aber wir machen das schon seit einer Ewigkeit.

– Verstehst du nicht, Fieno? Jemanden umzulegen ist für mich, wie eine Amatriciana zu kochen. Mit neunzehn hab ich den ersten kaltgemacht. Aber die Amatriciana muss gut sein. Klar, oder?

– Jetzt hab ich Hunger bekommen. Essen wir ein Sandwich? Mit vollem Magen arbeitet man besser. Bei der ersten Kreuzung nach Casalpalocco ist ein Kebabstand.

– Ein was?

– Ein Kebabstand.

– Was fällt dir ein, du Arschloch. Fahr, fahr. Sonst verpassen wir ihn.

Numero Otto telefonierte. Freundlich erklärte er dem Pächter eines Strandbads, der seit zwei Monaten mit den „Gebühren“ im Verzug war, dass er gefälligst zahlen sollte, sonst würde er den Rest seines Lebens im Rollstuhl verbringen, da kamen Paja und Fieno langsam über die

Uferpromenade Duca degli Abruzzi gefahren. Bei dreißig km/h schaltete Fieno in den ersten Gang zurück, mit der Linken hielt er den Kupplungshebel. Paja hob das Visier des Helms, um besser zu sehen. Die Piazza war leer. Der Rollladen des *Caffè Italia* war heruntergelassen.

– Schau mal. Geschlossen. Wohin ist das Arschloch verschwunden?

Er schimpfte vor sich hin, doch beim Anblick des Typen im gelben Shirt, der auf der Schnauze des Alfa saß, schoss ihm das Adrenalin ins Hirn.

– Da bist du ja, Freundchen. Da bist du ja. Jetzt ist es aus mit den Befehlen.

Mit der linken Hand gab Paja Fieno einen Klaps auf die Hüfte, der fuhr noch langsamer. Noch dreißig Meter. Zwanzig. Jetzt konnte Paja Numero Otto sehr gut sehen. Er steckte gerade das Handy in die Tasche. Paja umklammerte den Kolben der Luger, zog sie aus der Jacke, streckte den rechten Arm aus. Als die BMW parallel zum Zielobjekt war, schoss er das erste Mal. Das Heckfenster des Alfa zersplitterte.

Numero Otto warf sich zur Seite, fiel auf den Asphalt zwischen dem Alfa und dem daneben geparkten Volvo. Auf allen vieren versuchte er davonzukriechen. Pajas Halbautomatische spie Feuer. Numero Otto konnte die Schüsse gar nicht zählen. Er lag bäuchlings auf dem Boden und verspürte einen stechenden Schmerz im Trommelfell. Kristallsplitter rieselten auf seine Hände, die er schützend auf den Kopf gelegt hatte. Er hörte nicht einmal den Schrei, einen Sekundbruchteil bevor das Motorrad im ersten Gang aufheulte und davonfuhr.

– Los. Los.

Aber die Augen. Er hatte gute Augen.

Er stand langsam auf, blickte dem Motorrad nach, das nach links, Richtung Meer, abbog. Er prägte sich den Typen auf dem Rücksitz ein. Das Arschloch, das auf ihn geschossen hatte.

Unter dem Helm lugte ein langer blonder Pferdeschwanz hervor. Er kannte diesen Pferdeschwanz.

Sie schwiegen, bis sie ins Axa-Viertel kamen. Dann verlangsamte Fieno und hob wieder die Kinnstütze des Helms.

– Der steht nicht mehr auf, was, Paja?

– Ich glaube nicht.

– Du glaubst?

Paja schwieg.

Irgendetwas sagte ihm, dass der Hinterhalt schief gegangen war. Aber er hatte nicht den Mut es zuzugeben.

Marco und Alba kamen eine halbe Stunde später. Die Bezirkspolizei und die Beamten der Spurensicherung in ihren weißen Overalls waren schon da. Zwei schläfrige Lokalreporter machten Notizen. Der diensthabende Staatsanwalt rauchte gelangweilt eine Zigarette nach der anderen.

Kurz und gut, die vollständige CSI-Truppe.

Nun, nicht ganz. Es gab kein Opfer. Kein Blut. Keine Zeugen. Und kein Publikum.

– Irgendjemand hat auf irgendjemanden geschossen, ihn aber nicht erwischt, gestand der Tenente verzweifelt, der Kommandant der Polizeieinheit Ostia, – mehr wissen wir nicht. Dichter Nebel. Wir haben acht Projektile gesichert, aber es könnten auch mehr sein. Niemand hat etwas gesehen, niemand möchte etwas sagen.

– Ist ja auch Nacht, stellte Alba fest und unterdrückte ein Gähnen.

Der Tenente warf ihr einen spöttischen Blick zu.

– Das ist Ostia. Er zeigte auf die verriegelten Fenster, die leeren Straßen.

– Ja, bestätigte Marco, offenbar gibt es hier wenige Neugierige.

Der Tenente lächelte. Er hieß Nicola Gaudino, kam aus Neapel und wäre am liebsten wieder in den Schatten des Vesuvs zurückgekehrt. Die Geografie der Camorra-Clans war zwar kompliziert, war aber seiner Meinung nach leichter zu durchdringen als die strenge Omertà, die in Ostia herrschte.

Inzwischen war es Tag geworden. Der Staatsanwalt fuhr nach Rom zurück. Die Spurensicherung brach die Zelte ab. Die ersten Passanten tauchten auf, warfen einen vorsichtig neugierigen Blick auf die Absperrung und die Fahrzeuge mit den unverwechselbaren Schussspuren, dann verzogen sie sich.

Sisto sperrte gerade auf. Ein alter Kellner erkannte Gaudino und bot an, allen einen schönen heißen Kaffee zu machen.

Sie setzten sich an einen Tisch, der noch nass vom Morgentau war. Der Tenente wandte sich an den Kellner.

– Giova', hast du heute nachts nichts gehört?

Er zuckte resigniert mit den Achseln.

– An den Tischen sitzen immer dieselben Leute. Manchmal höre ich sogar, was sie sagen. Aber ich kümmere mich um meine eigenen Angelegenheiten. Lieber keine Namen nennen.

– Aber warum nicht?, mischte Alba sich ein.

– Ach, liebe Signora, seufzte der Kellner, – ihr kommt, schaut euch um, unternehmt vielleicht sogar was. Aber ihr geht und ich lebe hier. Deshalb ist es besser, wenn ich gewisse Namen nicht nenne.

– Die Sale. Alter Verbrecheradel, sofern man in diesem Fall von Adel sprechen kann. Und die Adami, zählte der Tenente mit müder Stimme auf, – der wahre Boss ist Onkel Nino, aber er sitzt. Sein Neffe Cesare führt die Geschäfte, er nennt sich Numero Otto, weil die Haare auf seinem Schädel so geschoren sind wie die Zahl auf der Billardkugel. Gemeinsam mit ein paar anderen Knalltüten führt er ein Lokal, das *Off-Shore*. Wir vermuten, er hat überall die Finger drin. Drogen, öffentliche Aufträge, wahrscheinlich hat er sogar ein paar Strandbäder abgefackelt, die nicht klein beigeben wollten.

– Morde?, fragte Marco.

Gaudino schaute verblüfft drein.

– Vor zwei Jahren wurden zwei mehr oder weniger wichtige Bosse umgelegt. Natürlich ungelöste Fälle. Aber aus irgendeinem Grund glaube ich, dass die beiden als Tote den Adami und den Sale zupassgekommen sind und sie dadurch zu Bossen wurden. Um es beweisen zu können, müsste man ein Strauch im Schatten des Albero dell'Impiccato sein.

– Albero dell'Impiccato?, fragte Alba neugierig.

Marco seufzte. Ach, die römische Geschichte.

– Das Herz des Pinienhains in Castel Fusano. Dort steht eine Bank. Früher gingen die von der Bande hin.

Gaudino meldete sich zu Wort.

– Ja, aber heute ist alles ganz anders. Heute gehen sie hin, weil dort die Handys nicht abgehört werden können. Dieser Cesare ist jedenfalls zu allem fähig. Wie dem auch sei, die Leute schweigen.

– Verdammt, wir sind hier doch nicht in Scampia!, stieß Alba hervor. Wir sind hier in Rom, zwanzig Kilometer vom Kolosseum entfernt.

– Ich muss Ihnen leider etwas sagen, Capitano, unterbrach sie Gaudino, – die Bösen kümmern sich hier um die kleinen Leute. Sogar den

Hungerleidern geben sie Arbeit und einen Funken Hoffnung. Wenn einem hier das Moped gestohlen wird, kommt man nicht zu uns in die Kaserne. Man kommt direkt hierher, auf die Piazza Gasparri. Hier wird das Moped leider gefunden, während wir in der Kaserne sie mit einer netten Anzeige fortschicken. Was ist schon eine Anzeige? Ein Fetzen Papier. Capitano, hier mag man die Bösen.

– Das hat man auch in Corleone gesagt, unterbrach ihn Marco. Aber irgendwann war es dann aus. Er wandte sich an Gaudino und ordnete eine sofortige Razzia an. – Hol alle aus den Betten. Die Adami, die Sale, ihre Handlanger, die Jungs, die kleinen Dealer, ihre Frauen, ihre Schwestern. Alle. Nehmen Sie sich zwanzig Männer, nein, dreißig. Wenn Sie mehr Einheiten brauchen, helfe ich Ihnen aus. Laden Sie sie in Panzerwagen und bringen Sie sie in die Kaserne, damit sie ein bisschen nachdenken können. Ordentliche Verhöre und reihenweise Durchsuchungen. Sie sollen spüren, dass wir hinter ihnen her sind.

Gaudino hätte ihn am liebsten umarmt, beschränkte sich aber darauf zu salutieren.

Marco dachte kurz nach, dann fügte er eine letzte Weisung hinzu.

– Fragt alle, aber wirklich alle, nach Samurai. Aber bleibt vage, als ob euch die Sache egal wäre, reine Routine.

Sowohl der Tenente als auch Alba sahen ihn verblüfft an. Marco stellte entsetzt fest, dass ihnen der Name Samurai nichts sagte.

Ihr Problem bestand darin, dass sie so jung waren. Ihnen fehlte die Erinnerung. Sie lebten in der Gegenwart. Es war seine Aufgabe, eine Zusammenfassung dessen zu geben, was in der Zeit vor ihnen geschehen war.

Seufzend begann er die ganze Geschichte zu erzählen.

XIV.

In der Sicherheitszelle, im Souterrain der Carabinieriwache auf dem Viale Marco Fulvio Nobiliore, mitten in Cinecittà, saß ein kleiner, untersetzter, behaarter Mann auf einem hässlichen, wackeligen Stuhl. Vor ihm stand eine kräftige Frau: ein Meter achtzig, rote Haare und kantige Kieferknochen. Ein rosarotes Seidentop ließ einen üppigen Busen sehen, unter dem kurzen grünen Röckchen ragten lange, sorgfältig enthaarte Beine hervor. Aufgrund der Kleidung war es eindeutig, welchem Beruf sie nachging, doch man musste schon zweimal hinsehen, um zu erkennen, dass sie keine Frau war. Tatsächlich hieß sie Jesus Fernandes da Silva Pereira. Sie war in Recife zur Welt gekommen, im ärmsten Teil des großen Brasilien, und hatte den Künstlernamen Lorena angenommen. Sie war durch halb Europa getourt, das Schicksal hatte sie auf die Straßen von Roma Est geführt. Sie arbeitete erst seit ein paar Wochen in dem Viertel, und schon war sie bei einer Routinekontrolle den Carabinieri ins Netz gegangen. Und der untersetzte Mann vor ihr war Maresciallo Carmine Terenzi. Lorena war neu im Viertel, deshalb hatte Terenzi als braver Bezirkskommandant die ehrenvolle Aufgabe übernommen, ihr die Spielregeln zu erklären.

– Arbeitest du zu Hause oder auf der Straße?

– Im Augenblick auf der Straße, Senhor. Zu Hause ist zu teuer, vielleicht morgen.

– Was hast du heute Nacht gemacht?

– Nicht viel. Ist nicht viel los. Zu heiß.

– Wieviel, habe ich gemeint.

– Hundert.

– Und das soll ich dir glauben?

– Ich schwöre beim Leben meiner Mutter, ich habe nur hundert gemacht.

– Gib mir deine Tasche.

Lorena drückte das kleine, glänzende Ding an die Brust, das sie wahrscheinlich um fünf Euro am Markt in der Via Sannio gekauft hatte, und zog eine Schnute.

– Warum du so böse zu mir? Ich kann dich machen glücklich …

– Gib mir die Scheißtasche …

– Hundertfünfzig, Senhor. Ich schwöre beim Leben meiner Schwester. Ich habe nur hundertfünfzig gemacht.

Terenzi stand auf, mit breitem Lächeln auf dem runden Gesicht, aufgrund der schlampigen Rasur standen auf seinen Wangen ein paar Bartstoppeln ab. Wortlos packte er sein Gegenüber an den Genitalien und begann zuzudrücken.

– Au, du tust mir weh!

– Das ist noch gar nichts, mein Mädchen. Los, die Tasche!

Kondome, Lippenstift, ein Vibrator, und da waren sie: dreihundert Euro. Der Maresciallo schüttelte den Kopf, offensichtlich enttäuscht.

– Du bist ein kleiner Schlaukopf, was?

– Entschuldige, Senhor, jammerte Lorena, – ich lüge nie mehr.

– Schon gut, ich glaube dir, weil du mir sympathisch bist, Lorena … Aber die da sind konfisziert.

– Aber was soll ich dann tun, ich muss Schulden zahlen! Was soll ich tun?

– Dann leg dich ins Zeug, Argumente hast du ja genug, mein Schatz.

Der Maresciallo steckte die Banknoten ein, dann bedeutete er Lorena, sie möge sich setzen. Die Transe gehorchte.

– Jetzt, wo wir uns kennen, erkläre ich dir, wie es funktioniert. Solange du auf der Straße stehst, suchst du dir einen Häuserblock … verstehst du mich?

– Was ist Häuserblock?

– Du hast recht, ich muss mich genauer ausdrücken. Du suchst dir ein Straßenstück aus und bleibst dort stehen. Du arbeitest, bedienst deine Kunden, erledigst deine Angelegenheiten, und niemand geht dir auf die Eier. Klar?

– Klar.

– Gut. Die Hälfte von dem, was du verdienst, gehört mir.

– Die Hälfte, Senhor?

– Ja, du hast recht, das ist wenig, aber ich bin heute nun mal gut gelaunt. Du brauchst dich nicht bei mir zu bedanken.

– Danke.

– Willst du mich vielleicht verarschen?

– Ich? Nein, niemals, nie.

– Ist gut. Beim Kassieren machen wir es so. Jeden Dienstag komme ich vorbei oder ich schicke einen meiner Jungs. Nein, Dienstag geht nicht, da sind die Moldawierinnen an der Tankstelle dran … sagen wir Donnerstag, ja?

– Ist gut. Kann ich jetzt gehen?

Terenzi öffnete den Reißverschluss und ging zu ihr hin.

– Wie bitte, so bald schon? Jetzt, wo wir Freunde geworden sind, wollen wir doch ein wenig Spaß haben.

Im schönsten Augenblick – die Transen haben einen Gang extra, unglaublich, dachte der Maresciallo stöhnend, kein Wunder, dass sie den Huren die Kunden wegnehmen, den Transen scheint es sogar Spaß zu machen, sie sind nicht wie die frigiden Weiber aus dem Osten –, ausgerechnet im schönsten Augenblick klopfte es an der Tür.

Der Wachposten. Brandolin. Ein Trottel aus dem Friaul, ein blutiger Anfänger. Ein Idiot wie alle seiner Art. Er würde ihn sich später vornehmen. Zwei Wochen Latrinendienst, mindestens.

Lorena wurde steif und lockerte den Griff.

– Mach weiter, wer zum Teufel hat dir gesagt, du sollst aufhören? Ja? Was ist? Ich habe doch gesagt, ich will nicht gestört werden!

– Maresciallo, es ist dringend.

Der Tonfall seines Untergebenen war drängend, gleich würde man ihm mit irgendeiner Sache auf die Eier gehen. Es wäre ein Fehler gewesen, sie nicht ernst zu nehmen. Seitdem man ihm die verrufene Wache anvertraut hatte, gingen wenigstens die Geschäfte gut.

Er legte Loredana eine Hand auf den Kopf, seufzte, nahm Haltung an.

– Das erledigen wir später.

Er öffnete. Er sah das knallrote Gesicht des jungen Brandolin, und daneben einen Typen mit schulterlangen Haaren, der aussah wie ein Hurensohn, und eine außerirdische Blondine, die so gut wie zehn Lorenas war. Zwei anständige Bürger. Vielleicht war jemand in ihre Wohnung eingebrochen, und sie wollten eine Anzeige machen. Brandolin hatte sich von den beiden einschüchtern lassen, er hatte es nicht geschafft, ihre Aussagen allein zu Protokoll zu nehmen.

Er schaute so martialisch drein wie nur möglich und wandte sich in gebieterischem Tonfall an den jungen Wachmann.

– Brandolin, ich habe dir ja schon hundert Mal gesagt, dass Zivilisten in diesem Flügel der Polizeiwache nichts zu suchen haben.

Da geschah etwas Merkwürdiges. Der Typ, der aussah wie ein Hurensohn, gebot Brandolin, der sich gerade rechtfertigen wollte, mit entschiedenem Blick Einhalt, machte einen Schritt auf Terenzi zu, musterte ihn von oben bis unten, und stellte ihm dann eine Frage, wobei er ihn halb provokant und halb belustigt anblickte.

– Warum, Maresciallo, gibt es hier etwas, das man nicht sehen sollte?

Das war ja unerhört! Für wen hielt sich der Trottel?

Terenzi stieg das Blut ins Hirn.

– Was erlauben Sie sich? Ich bin Kommandant dieser Wache! Brandolin, bitte die Papiere der Herrschaften.

Mit einer langsamen und geübten Geste reichten die beiden Zivilisten dem Maresciallo ihre Ausweise. Terenzi wurde blass. Salutierte.

Tenente Colonello Marco Malatesta, Capitano Alba Bruni. Verdammt, das Sonderkommando zur Bekämpfung der organisierten Kriminalität!

– Zu Befehl, Signor Colonello! Zu Befehl, Signora Capitano!

Brandolin versuchte sich das Lachen zu verkneifen. Er gab einen Ton von sich, der halb Röcheln und halb Schluchzen war.

Genau in diesem Augenblick tauchte Lorena an der Schwelle der Sicherheitszelle auf. Mit dem lackierten Zeigefingernagel strich sie Terenzi über den Unterarm und sagte ohne eine Spur von Nervosität:

– Ich gehe dann, Senhor.

Marco blickte Terenzi an.

Der Maresciallo räusperte sich.

– Eine normale Bezirkskontrolle, Signor Colonello.

– Maresciallo, was gibt es denn für einen Grund, diese Dame festzuhalten?

– Gehen Sie nur, gehen Sie nur, murmelte Terenzi am Rande der Hysterie.

Lorena verdrückte sich hüftwackelnd.

– Bezirkskontrolle, stellte Marco sarkastisch fest, als sie allein im Büro des Wachekommandanten waren.

– Er hat sie gefickt, fügte Alba hinzu.

– Sei nicht so ordinär.

– Ach, hier stinkt es nach Scheiße.

– Da muss ich dir recht geben.

Terenzi tauchte auf. In der Hand vier Akten mit gelbem Deckel. Er lächelte breit und verneigte sich immer wieder. Er versuchte zu gefallen. Während er die verlangten Dokumente zusammengesucht hatte, hatte er die Situation ausgenützt und einen Kollegen von früher angerufen, einen, der über Leben, Tod und Wunderwirken seiner Vorgesetzten bestens Beschied wusste.

„Malatesta. Darum musst du dich kümmern, Carmine. Der ist eine riesige Nervensäge."

„Aber ich habe nichts herzugeben."

„Umso besser. Aber pass auf, was du tust. Es heißt, er sei ein halber Verrückter."

„Und warum geht er ausgerechnet mir auf die Nerven?"

„Sei auf der Hut. Er gehört zur Truppe von Thierry De Roche."

„Um Gottes Willen!"

Der Colonello wog die Akten.

Terenzi zuckte mit den Achseln.

– Ich dachte, ich hatte mich klar ausgedrückt, ich habe Spadinos Akte und die aller Subjekte verlangt, die mit ihm zu tun hatten.

– Das ist sie, Colone'! Mehr gibt es nicht, nicht in der ganzen Kaserne.

Marco und Alba teilten sich die Akten und begannen zu lesen. Drei Festnahmen und zwei Haftstrafen. Aber das hatten sie schon am Computermonitor gelesen. Die Berichte waren interessanter. Zweimal war Spadino in Gesellschaft zweier Subjekte gewesen, ihre Daten und vor allem ihre Decknamen schienen in der Akte auf: Zuppa Dario, beziehungsweise Paja, und Scavi Luca, beziehungsweise Fieno. Die römische Unterwelt hielt keine Überraschungen bereit. Aus einem anderen Bericht ging hervor, dass Paja und Fieno gemeinsam mit einem gewissen Max festgenommen worden waren. Deckname: Nietzsche. Wie der Philosoph. Wer war das? Der Intellektuelle der Gruppe?

– Spadino … Paja und Fieno … Nietzsche … was wissen wir über diese Leute, Maresciallo?

– Nun, das, was hier geschrieben steht.

Diesmal unterbrach ihn Alba.

– Entschuldigen Sie, Maresciallo, Sie haben doch das Seminar besucht, oder?

– Sicher, Capitano.

– Und haben Sie im Seminar nicht gelernt, dass das am wichtigsten ist, was nicht im Bericht steht? Also los, verschwenden Sie nicht meine Zeit. Was wissen wir über diese Leute?

Terenzi, nach wie vor devot, versuchte die Sache herunterzuspielen.

– Bei allem Respekt, aber ich würde sagen, das sind Kleinkriminelle. Unbedeutende Typen, kleine Fische … genau, kleine Fische.

Terenzi schwitzte. Marco spürte, wie ihn langsam Müdigkeit übermannte, immerhin hatte er eine ganze Nacht lang Gespenster in Ostia gejagt. Terenzi gefiel ihm nicht. Die Rechnung ging nicht auf.

– Jetzt hören Sie mir mal gut zu, Terenzi. Sie sagen: kleine Fische. Gut. Aber viele kleine Fische auf einem Fleck nenne ich *Paranza* – Fischerboot. Und jedes Fischerboot, das auf sich hält, hat einen Lotsenfisch. Einen, der die Route festlegt und die Aufgaben zuteilt. Jetzt frage ich Sie: Wer ist jetzt der Lotsenfisch in Cinecittà?

Verdammt, Colonne', hast du etwa eine Kristallkugel? Terenzi hatte mittlerweile erschreckend große Schweißflecken unter den Achseln. Finde dir den verdammten Namen doch selbst raus, ich will doch nicht den Hunden zum Fraß vorgeworfen werden!

– Signor Colonello, bei meiner Ehre! Das ist eine ruhige Gegend. Der letzte Mord hier liegt ein Jahr zurück, ein Eifersuchtsmord. Die Läden müssen kein Schutzgeld bezahlen, bei der Krise wäre ohnehin nicht viel zu holen, wenn Sie mich verstehen. Sicher, hin und wieder eine Rauferei unter Ausländern, aber nichts Dramatisches. Sie wissen ja, die Kaffer machen immer Ärger. Ach ja, und um die Wahrheit zu sagen, auch ein paar Kommunisten pudeln sich auf, sie haben ein Kino besetzt, *l'Arcobaleno.* Angeblich sind es Theaterleute, aber für mich sind es Scheißkommunisten. Auf jeden Fall habe ich dort ein paar Spitzel eingeschleust, die Situation ist unter Kontrolle. Glauben Sie mir, Signor Colonello: Kommunisten und Kaffer sorgen immer für Unruhe, aber ansonsten …

Marco Malatesta zuckte mit keiner Wimper.

Bei meiner Ehre … he!

Kommunisten und Kaffer. Dieselbe Sprache wie Spartaco Liberati. Dieselbe Kultur. Dieselbe Angst. Die Carabinieri waren drauf und dran, ihr 200-Jahre-Jubiläum zu feiern. Doch es gelang ihnen nach wie vor nicht, sich von elenden Kreaturen wie Terenzi zu befreien.

Und leider dachten viele, zu viele, wie Terenzi.

Kommunisten und Kaffer. Schon recht, Madame la Marquise. Vielleicht hatten sie raffiniertere Methoden, um es dir klarzumachen, aber es war dieselbe Kultur.

Eine faulige und hartnäckige Kultur, die nicht sterben wollte. Marco kannte sie nur zu gut. Sie war nämlich lange Jahre seine gewesen.

Und hin und wieder musste Marco alle seine Kräfte mobilisieren, um nicht zu resignieren. Denn ihm setzte noch ein anderer Gedanke zu. Dass nämlich die elenden Kreaturen in der Mehrzahl waren, und er und die wenigen anderen eine winzige Minderheit. Die elenden Kreaturen stellten bei offiziellen Feiern ein sauberes Gesicht zur Schau und legten es ab, wenn es hart auf hart ging.

Aber er durfte sich nicht von Pessimismus überwältigen lassen. Pessimismus bringt einen um. Marco war sich immer sicherer, dass er den Finger in die Wunde gelegt hatte. Eine schwärende Wunde, die Rom infizierte. Und von hier aus, von diesem Vorposten, der von einem Operettenkommandanten befehligt wurde, der gewiss illoyal und möglicherweise korrupt war, von hier aus musste man etwas unternehmen, um die Ansteckung zu verhindern. Sofern es nicht ohnehin schon zu spät war.

Er sprang auf.

– Ist gut, Maresciallo. Alba, nimm die Akten. Wir behalten sie, um sie zu analysieren. Müssen wir was unterschreiben?

– Ich bitte Sie, Signor Colonello!

– Gut. Halten Sie die Augen offen, ich verlass mich darauf.

– Zu Befehl, Signor Colonello.

Terenzi begleitete die Beamten an die Tür, lächelnd und katzbuckelnd. Einen Augenblick lang warf er einen bewundernden Blick auf den königlichen Arsch der Capitana – *ich wette, der Colonello fickt sie, und sie tauchen hier auf und spielen sich als Moralisten auf* –, ging in sein Büro zurück, drehte die Klimaanlage auf Höchststufe und rief vom internen Telefon Rocco Anacletis sicheres Handy an: eine Schweizer Telefonkarte, deren Inhaber ein nicht existierendes Kaufhaus war.

– Die Spezialeinheit schnüffelt wegen Spadino rum, sagte er unvermittelt.

– Ich will keinen Ärger, Tere'.

– Genau deshalb bin ich ja da.

– Sehr gut. Dann benimm dich, wie es sich gehört.

– Deshalb habe ich dich angerufen. Um dir zu sagen, du sollst auf der Hut sein.

– Hast du Namen genannt?

– Für wen hältst du mich?

– Für den, der du bist: Ein Scheißpferd unter den Stiefeln seines Herrn, antwortete er auf Romanes.

– Rocco, ich verstehe dich nicht, wenn du Zigeunersprache sprichst.

– Ich habe gesagt: Morgen bekommst du deinen Monatslohn, gut?

– Sehr gut.

In einer kleinen Bar, fünfhundert Meter von der Carabinieriwache entfernt, beförderten Marco und Alba genau in diesem Augenblick – bei einer Tasse Kaffee – den jungen Giordano Brandolin aus Tolmezzo zum „Sonderagenten".

Seine erste Aufgabe: Terenzi überwachen, beobachten, über alles, selbst über das unbedeutendste Detail, berichten.

Brandolin war kaum gegangen, als Tenente Gaudino anrief. Die Razzia in Ostia hatte sich als gute Idee erwiesen. Die Schlaumeier hatten natürlich jegliches belastende Material verschwinden lassen, mit Ausnahme von zwei Gramm Cannabis, das in die Rubrik „persönlicher Gebrauch" fiel. Das war von vornherein verdächtig. Als hätten sie mit dem Eingreifen der Polizei gerechnet. Also wussten sie nicht nur von der Falle, die man Spadino gestellt hatte, sondern waren sicher daran beteiligt.

– Und was sagen sie über den Samurai?

– Nichts. Schweigen, Staunen, ein paar haben gegrinst.

Aber es gab eine Neuigkeit.

– Cesare Adami, Numero Otto, genau, der Boss. Er scheint den Tsunami überlebt zu haben.

– Wo ist er jetzt?

– Hier bei mir.

– Gehen wir.

Alba unterdrückte ein Gähnen, strich sich durch die Haare und folgte ihm.

Die Kriminellen heutzutage sind genauso wie die Ganoven von früher, dachte Marco, als er Cesare Adami, genannt Numero Otto, gegenübersaß. Hässlich, dreckig und gemein. Eine anthropologische Konstante, könnte man sagen. Man muss die Grenzen neu ziehen, sagte er zu sich, deutlich und klar, und dafür sorgen, dass man sie nicht überschreiten kann. Hier sind wir und dort sind sie, und das muss man wissen, spüren, sehen. Tun, vor allem muss man etwas tun.

Numero Otto schwor Stein und Bein, nichts von Hinterhalten und Schießereien zu wissen, die Kratzer auf seinem Gesicht und seinen Armen seien bloß die sichtbaren Spuren einer heißen Nacht mit seinem Mädchen, „Morgana heißt sie, ruft sie an, sie wird es bestätigten", und dabei ertappte sich Marco, wie er den spöttischen und auf seine Weise strengen Blick Samurais vor sich sah. War es möglich, dass es eine Verbindung zwischen dem eiskalten Boss und diesem Vieh gab? Möglich. Seinerzeit hatte Samurai die Heilige Allianz zwischen der Elite und der Horde gepredigt. War es ihm gelungen, sie zu verwirklichen? Und wer war Numero Otto überhaupt? Der Boss, der er sich rühmte zu sein oder bloß eine weitere Marionette, die nach der Pfeife des Samurai tanzte? Oder eine Mischung aus beidem? Oder war Samurai tatsächlich ausgestiegen, wie er behauptete, und musste Marco sich auf neue Kräfte konzentrieren? Inwiefern haben wir diesen Dreck selbst zu verantworten? Wir mit unserer Schwäche und unserem Wunsch, denen zu ähneln, die wir vordergründig bekämpfen, insgeheim aber bewundern? Und was bewundern wir eigentlich an ihnen? Die Freiheit? Die Skrupellosigkeit? Das Scheißleben, das sie führen? Er kannte die Dynamik nur zu gut. Sie hatte auch seine Geschichte geprägt, bis er beschlossen hatte, auszusteigen.

Er stellte fest, dass Alba und Gaudino ihn ansahen und auf eine Entscheidung warteten. Auch Numero Otto musterte ihn, und hinter der Maske des abgestumpften Verbrechers entdeckte Marco die Züge einer animalischen, brutalen Intelligenz. Plötzlich war ihm alles klar.

Numero Otto hat Spadino umgebracht. Zumindest glauben das die, die versucht haben, ihn umzulegen. Spadino stand im Sold der Anacleti. Ostia greift Cinecittà an, und Cinecittà schlägt zurück: Der Krieg ist ausgebrochen. Mafiakrieg. Man musste die Dinge beim Namen nennen.

– Sie können gehen, Herr Adami.

Mithilfe von Alba und Gaudino verfasste Marco einen kurzen Vorbericht, in dem er den augenblicklichen Konflikt beschrieb, er stellte fest, wenn sie nicht entschieden eingriffen, würde es bald weitere Gewaltausbrüche, weitere Tote geben. Er beschwor das Schlimmste herauf und forderte Abhörmaßnahmen, Beschattungen, Beobachtungsposten, Männer, Wanzen, Geldmittel. Übermüdet lieferte er die Akte persönlich im Sekretariat von Manlio Setola ab, dem Staatsanwalt, der die Ermittlungen in Sachen organisierter Kriminalität leitete.

Schon am Nachmittag darauf bekam er die Antwort.

Nichts. Der Staatsanwalt war nicht bereit, Mittel für etwas bereitzustellen, das er als eine aus der Luft gegriffene Ahnung bezeichnete.

– Idiot!, machte er seinem Ärger bei Alba Luft. – Das ist kein Bulleninstinkt. Das sind Fakten! Beim nächsten Toten wird er schön dreinschauen!

In einer Hinsicht konnte er dem Staatsanwalt jedoch nicht Unrecht geben.

Ein Krieg bricht für gewöhnlich aus irgendeinem guten Grund aus.

Und diesen Grund hatte Marco noch nicht gefunden.

XV.

Brandolin rief Malatesta an.

– Zu Befehl, Signor Colonello!

– Brandolin, du bist der Einzige, der am Telefon in Großbuchstaben spricht.

– Wie meinen Sie das, Signor Colonello?

– Nichts, nichts. Lassen wir die Höflichkeitsfloskeln. Gibt's was Neues?

– Signor Mar … hat einen Polizeieinsatz für neun Uhr abends angeordnet.

– Gibt es eine Demo?

Brandolin senkte die Stimme.

– Nicht wirklich eine Demo. Es handelt sich um ein Meetup. Wissen Sie, was das ist? Man verbreitet im Netz eine Nachricht und verabredet sich.

– Ich lebe in der Gegenwart, mein Lieber.

– Entschuldigen Sie, Signor Colonello!

– Schon gut, ich muss mich entschuldigen. Worum geht es bei diesem Meetup?

– Keine Ahnung, Signor Colonello. Aber er hat gesagt, wir müssten für die Aufrechterhaltung der öffentlichen Ordnung sorgen.

– Das wäre doch die Aufgabe der Polizei.

– Signor Colonello, ich kann nichts dazu sagen. Der Befehl ist vor zehn Minuten eingegangen.

Langsam wurde die Sache interessant.

– Geh hin und berichte mir.

– Ich kann nicht, Signore.

– Was heißt, ich kann nicht? Das ist ein Befehl, Brandolin!

Die Stimme am anderen Ende der Leitung war tränenerstickt.

– Signore, bei allem Respekt. Ich habe den ganzen Tag Wache gestanden.

– Gut, dann lass dich ablösen.

– Der Mare … es dauert schon die ganze Woche. Es ist eine Strafe, wegen … der Sache gestern …

Marco spürte eine Welle der Zuneigung, der Bruderliebe, zu diesem Jungen. Bei Brandolin musste er vorsichtig sein. Trotzdem hätte er ihn zwingen können zu gehorchen. Sein Dienstgrad ermöglichte es ihm. Aber warum sollte er ihn Terenzis Vergeltungsmaßnahmen aussetzen? Lieber ihn so gut wie möglich decken. Terenzi war ein echter Schweinehund. Wenn er herausfand, dass der Junge ihn ausspionierte, würde er ihm das Leben zur Hölle machen.

– Tut mir leid, Signore, aber ich weiß wirklich nicht, wie ich da rauskommen soll.

– Du machst deine Sache gut, Brandolin. Halt weiter die Augen offen. Wo ist dieses Meetup?

– Im *Arcobaleno,* dem besetzten Kino.

– Ich gehe hin.

– Colonello …

– Sprich, Junge.

– Ich glaube, er sucht einen Vorwand, um … um zu intervenieren.

Vor dem *Arcobaleno* stand ein Haufen junger Leute. Sie lungerten auf dem Platz vor dem Eingang herum, ein jeder mit dem obligaten Plastikbecher Bier in der Hand. Über den einzelnen Grüppchen hingen Rauchwolken, die von selbstgerollten Zigaretten stammten. Hin und wieder ertönte Lachen. Auch ein paar Mütter mit Kleinkindern an der Hand standen herum, und sogar ein paar ältere Herrschaften mit wachem, neugierigem Blick: Leute aus dem Viertel, zufällig in die kleine Menschenmenge geraten, die auf das Signal zum Meetup wartete.

Und da waren auch vierundzwanzig Männer in Kampfausrüstung, sogar mit Helm und Schutzschild.

Terenzis Jungs.

Aber wozu?

Am Nachmittag hatte Marco Malatesta ein paar Anrufe gemacht. Das Kino war seit mehr als einem Jahr besetzt, seitdem der alte Betreiber es geschlossen hatte und das Kino in einen Bingosalon umgewandelt werden sollte. Die Besetzung war spontan vor sich gegangen, sie war von keiner Gruppe und keiner eindeutig erkennbaren Gruppierung initiiert worden. Nie hatte es Vorfälle oder Hinweise auf „verdächtige“

Aktivitäten gegeben. Die Besetzer machten Kindertheater, sammelten Unterschriften gegen die Privatisierung des Wassers und gegen Atomkraftwerke, organisierten Lesungen, ließen Jugendbands und Theatertruppen auftreten, hielten Seminare über Volksmusik.

Politisch engagierte Schauspieler und Schriftsteller traten auf. Von einem Kontaktmann auf der Präfektur wusste er, dass keine Zwangsräumung angeordnet worden war.

Terenzi spielte also falsch.

Wenn er, wie der brave Brandolin vermutete, unbedingt intervenieren wollte, würde er erst danach den Zuständigen informieren. Er würde ein paar Köpfe einschlagen und dann im Bericht schreiben: „Eingegriffen, um eine aufrührerische Zusammenkunft zu zerstreuen …" Auf jeden Fall hütete sich Terenzi davor, sich zu exponieren. Der Wurm schickte die anderen vor.

Auf jeden Fall war das eine Provokation.

Er fragte sich, ob er einschreiten sollte.

Im Augenblick war es allerdings besser zu beobachten.

Fürs Erste war alles ruhig. Die jungen Leute waren friedlich, sie beschränkten sich darauf, den Bullen spöttische Blicke zuzuwerfen und harmlose Provokationen zuzurufen. Notfalls konnte Marco noch immer den Ausweis zücken. Er bahnte sich einen Weg durch die kleine Menge und ging zum Eingang. Auf einem Plakat, eigentlich einem handgeschriebenen Zettel, wurde das Abendprogramm angekündigt:

Besetztes Kino Arcobaleno

Meet-up www.laveritasuroma.blogspot.com
Gegen die neue römische Mafia

Danach: Free Rock mit The Poisoned Cookies

Bier und Eintritt frei
Freiwillige Spenden

Marco lächelte, halb genervt und halb amüsiert. Die Wahrheit über Rom. Das war eine Chimäre, er hatte schon lange aufgehört, sie zu jagen. Hätte er einen Blog geschrieben, hätte er ihn „zweioderdreidingeuminrombesserzuleben" genannt. Ein sehr bescheidener, aber vielleicht vernünftiger Ansatz. Zu diesen zwei oder drei Dingen gehörte es jedenfalls, die Mafiaarschlöcher davonzujagen. Offenbar war das auch das Ziel der Organisatoren des Meetup. Die Sache konnte also interessant werden.

Er ging hinein. Das Foyer sah aus wie ein x-beliebiges Kinofoyer, es war ebenfalls voller junger Leute. An den Wänden Plakate von alten und neuen Filmen, *Once upon a time in America, Der Kaiman, Die Lady von Shanghai,* und ein großes Wandgemälde: die Panzerknackerbande mit den Gesichtern bekannter Politiker.

Rechter wie linker, um niemandem Unrecht zu tun.

Vor dem Kinosaal hing ein roter Vorhang, davor stand ein Mädchen und bewachte zwei Glasvitrinen voller Münzen und kleiner Geldscheine.

– Hallo, bist du zum ersten Mal hier? Die Spende ist freiwillig.

Marco kramte in seinen Taschen, fischte einen Zwanzig-Euro-Schein heraus und ließ ihn in eine Vitrine fallen. Das Mädchen lächelte verlegen.

– Ich kann dir den Rest herausgeben, wenn du willst.

– Ich nehme mir ein Bier, ok?

Sie lächelte und machte ihm ein Zeichen, er solle weitergehen.

Das *Arcobaleno* war wohl mal ein Pfarrsaal gewesen. Das erkannte man an den Holzstühlen und an der kleinen Leinwand auf der Bühne. Dort waren drei Mikrofone aufgestellt, die mit einem Verstärker in der Mitte verbunden waren. Und an der kleinen Nische mit San Rocco; niemand hatte es gewagt, ihn von der Wand zu entfernen.

Die Sitzplätze waren schon fast alle besetzt, Marco schätzte an die Hundert. Draußen warteten genau so viele.

Terenzi war verrückt. Wie wollte er in diesem Umfeld eine Aktion durchführen? Wollte er ein Massaker anrichten?

Marco hielt sich im Hintergrund des Saals auf, in der Nähe der Tür. Bereit einzugreifen.

Ein Junge mit Pferdeschwanz ging auf die Bühne und nahm ein Mikrofon in die Hand. Seine Stimme versuchte sich gegen das hartnäckige Pfeifen des Verstärkers durchzusetzen. Ein genervter Rasta machte sich an den Kabeln zu schaffen.

– Hallo an alle. Ich bin Dario von den *Draghi Ribelli.* Noch ein paar Minuten Geduld, Alice Savelli kommt gleich. Sagt den Leuten, die draußen warten, dass wir in fünf Minuten anfangen.

Dario von den *Draghi Ribelli* stieg von der Bühne herunter. Bald waren alle Sitzplätze besetzt. Noch mehr Menschen strömten herein.

Die jungen Leute lachten, grüßten sich quer durch den Saal, tranken Bier, rauchten aber nicht, es war verboten. Marco spürte eine ungewohnte positive Energie. Die jungen Leute schienen wütend zu sein, aber anders als zu seiner Zeit war keine Gewalttätigkeit zu spüren. Sie wollten die Welt verändern. Aber wie? Wohin mündete die enorme Energie, die Lust auf Erneuerung, die durchaus revolutionäre Energie? Er hatte sich für die Uniform entschieden, das war seine Art und Weise, Krieg zu führen. Aber diese jungen Leute? Was hatten sie wirklich im Sinn? Nur Frieden, Liebe und Musik?

Er spürte, dass ihn jemand antippte. Er blickte auf und sah einen verwahrlosten Jungen mit ungepflegtem Bart.

– Colonello, flüsterte er.

Marco erkannte ihn trotz der Verkleidung. Ferrero. Vor ein paar Jahren war er sein Schüler gewesen. Ein Junge aus Turin mit großem Tatendrang. Der Eingeschleuste, von dem Terenzi gesprochen hatte.

– Was ist los, Ferrero?

– Wir sind drauf und dran hineinzugehen, Colonello.

– Komm mit.

Marco packte ihn am Arm und zog ihn auf die Straße. Terenzis Jungs hatten das Visier der Helme heruntergelassen und klopften sich mit den Schlagstöcken auf die Schenkel.

– Erklärst du mir das bitte?

– Befehl von Maresciallo Terenzi.

– Und warum?

Ferrero schien sich unbehaglich zu fühlen.

– Nun, er …

– Raus damit, Junge.

– Er hat gesagt, wir würden was finden.

– Ach, er hat gesagt, ihr würdet was finden. Und was? Waffen? Rauschgift? Subversive Propaganda?

– Irgendwas, Signore.

– Das musst du mir besser erklären, Ferrero. Du besuchst dieses Lokal, wahrscheinlich weißt du sogar, wo was zu finden ist.

Ferrero senkte den Blick. Marco spürte, wie ihn eiskalte Wut überkam.

– Wo hast du es versteckt, Ferrero?

– Colonello, es war ein Befehl.

– Jetzt gebe ich dir einen Befehl. Beziehungsweise zwei Befehle: Erstens: Du schickst diese Trottel augenblicklich in die Kaserne zurück. Und dann kommst du wieder zu mir.

Er wartete, bis das Kommando geordnet den Rückzug angetreten hatte, dann ging er wieder hinein, mit dem zerknirschten Ferrero im Gefolge. Die Bühne war noch immer leer. Das Stimmengewirr wurde von den Klängen eines Blues überlagert, der aus den Lautsprechern drang. Niemand achtete auf sie. Ferrero führte ihn in einen Raum links neben der Bühne. Auf einem Holztisch strichen zwei Mädchen Brötchen und der genervte Rasta rollte sich einen Joint. Ferrero grüßte die Mädchen mit einer vagen Handbewegung, ging zum Eisschrank, öffnete ihn und holte einen schwarzen Rucksack raus.

– Danke, dass ihr auf ihn aufgepasst habt, scherzte er.

Die anderen würdigten ihn weder eines Blickes noch einer Antwort.

Sie gingen in den Saal zurück. Marco nahm den Rucksack.

– Was hast du reingetan?

– Nichts, Colonello. Ein paar Molotows

– Für ein paar Molotows ist er aber zu schwer, Junge.

– Ein … ein paar Sachen.

– Was für Sachen?

– Keine Ahnung. Ein weißes Kuvert. Ein halbes Kilo, glaube ich.

– Geh nach Hause, los!

Schließlich verstummte das Stimmengewirr, es wurde leise.

Zwei Frauen betraten den Saal. Eine drahtige, dunkle Frau mit schwarzem Kraushaar, gerunzelter Stirn, entschlossener Miene und intelligenten Augen, etwas über dreißig; die andere war größer, jünger, hatte lange schwarze Haare, ein perfektes ovales Gesicht, stolz wie eine orientalische Göttin.

Abwechselnd schoben sie einen Rollstuhl. Darin hockte ein alter Mann. Sein Gesicht war geschwollen und seine Hände waren verbunden. So weit man seine Züge erkennen konnte, hatte er eine auffallende Ähnlichkeit mit dem Mädchen. Der Vater, sagte sich Marco. Es sind Ausländer, dachte er.

Sie stiegen auf die Bühne. Die Dunkle nahm das Mikrofon und begann zu sprechen. Sie hatte eine schöne Stimme, warm, höflich, selbstbewusst.

– Falls mich jemand nicht kennen sollte, ich bin Alice Savelli, ihr findet mich auf meinem Blog „laveritasuroma". Ich möchte euch eine Geschichte erzählen, sie geht euch alle an. Seht ihr den Mann im Rollstuhl neben mir? Er heißt Abbas Murad. Vor dreißig Jahren ist er aus dem Iran geflohen. Er hat politisches Asyl erhalten, weil er vom Ayatollah-Regime verfolgt wurde. Von Verzweiflung getrieben ist er nach Italien gekommen, mit seiner Frau und einer Kiste voller Werkzeug. Seinem einzigen Besitz. Abbas ist Intarsienschnitzer. Ein Künstler. Der Erbe einer Jahrtausende alten Tradition. Heute ist Abbas italienischer Staatsbürger. Genau wie seine Tochter Farideh, die ihn heute begleitet. Eigentlich sollte Abbas seine Geschichte selbst erzählen. Aber leider, wie ihr seht, ist er nicht dazu imstande. Und wisst ihr, warum? Weil ihm jemand die Hände, seine Künstlerhände, zertrümmert hat, damit er nicht mehr arbeiten kann. Dann hat ihm dieser jemand auch noch das Kiefer gebrochen. Um ihn zum Schweigen zu bringen. Womit hat Abbas das wohl verdient?

Alice reichte der jungen Frau das Mikrofon. Im Saal herrschte absolutes Schweigen.

Farideh nahm das Mikro und stellte sich vor. Ihre Hände zitterten.

– Ich …

– Nur Mut, Farideh.

– Ich schaffe es nicht, Alice. Rede bitte du weiter!

Das Publikum war völlig gefesselt.

Alice nahm wieder das Mikrofon.

Sie erzählte die Geschichte. Abbas' Arbeit. Abbas' Bitte, bezahlt zu werden. Der unverschämte Auftraggeber.

Sie nannte Namen.

– Die Familie Anacleti. Silvio Anacleti. Emanuele Anacleti. Antonio Anacleti. Rocco Anacleti. Ihr kennt sie, nicht wahr? Herrschaften, tut nicht so, als würdet ihr sie nicht kennen. Ihr alle kennt sie, wir kennen sie. Sie bezeichnen sich als Zigeuner, aber sie sind ein Schandfleck für ihr altes und stolzes Volk …

Konnte Alice die schweren Anschuldigungen denn beweisen? Nein, aber sie war sich sicher. Obwohl das *ich bin mir sicher* mittlerweile ein langweiliger Refrain war. Erlaubte sie den Journalisten, Namen zu erwähnen? Natürlich. Sie wusste ja ohnehin, dass sie es nicht tun würden. War sie sich bewusst, dass sie verklagt werden konnte? Ja, nur zu! Dann gäbe es wenigstens einen Prozess.

– Wir haben den Vorfall bei Maresciallo Carmine Terenzi von der Carabinieristation in Cinecittà angezeigt. Aber nichts ist passiert. Niemand hat Abbas vernommen. Niemand hat sich bei ihm gemeldet. Niemand!

Jetzt war alles klar. Marco ging hinaus und rauchte eine Zigarette. Sein Herz klopfte wie verrückt. Alice Savelli hatte Mut und Herz. Und er fühlte sich weniger allein.

Er rauchte in aller Ruhe seine Zigarette, dann rief er Brandolin an und gab ihm den Befehl, Abbas' Anzeige zu suchen.

Er kannte zwar schon die Antwort, aber einen Versuch wollte er dennoch machen.

Farideh und ihr Vater stiegen in ein Behindertentaxi und verschwanden in der schwülen Nacht.

Max startete die orange-schwarze KTM und folgte dem Taxi. Seitdem er Farideh an jenem Abend vor dem Laden ihres Vaters gesehen hatte, ging sie ihm nicht mehr aus dem Kopf. Niemand achtete auf ihn. Nicht einmal Marco. Alice verließ das Kino. Gemeinsam mit dem Typen von den *Draghi Ribelli* und ein paar anderen Jungs. Sie unterhielten sich angeregt. Marco ging zu ihr hin und stellte sich vor.

– Ein Tenente Colonello der Carabinieri, sagte sie spöttisch. – Haben Sie auf das Ende des Vortrags gewartet, um mich in die Kaserne zu bringen? Bin ich verhaftet?

– Ich wollte Ihnen das hier zeigen, sagte Marco und leerte den Rucksack aus.

Die Jungs wurden bleich.

– Was bedeutet das?, entrüstete sich der von den *Draghi Ribelli*. – Wir haben nichts damit zu tun!

– Sicher nicht. Ihr habt nichts damit zu tun, unterbrach ihn Marco, – wir waren es. Oder besser gesagt ein paar von uns. Ich entschuldige mich bei euch.

Sie sahen ihn an, als wäre er verrückt.

Marco reichte Alice eine Visitenkarte.

– Ich muss mit Abbas reden.

Dann nahm er den Rucksack und ging, ohne auf eine Antwort zu warten.

XVI.

Die Kleinbusse kamen ungefähr um zehn Uhr bei der U-Bahn-Station Anagnina an. Jeden Montag Vormittag. Frauen aus der Ukraine, Moldawien, Rumänien stiegen aus. Manche von ihnen waren dazu bestimmt, alten, bettlägrigen Damen den Hintern zu wischen, manche waren bereits als Huren engagiert. Sie alle hatten nur ein Ziel: Geld, viel Geld zu verdienen, und zwar so schnell wie möglich.

Auch für den jungen Mann, der die Szene angewidert beobachtete, an einer Lakritzestange lutschte und an seinem gepanzerten SUV, Marke BMW X6, lehnte, war Geld das einzige, was zählte. Er hieß Shalva Israelachwili, war dreißig Jahre alt und stammte aus Georgien. Der Heimat Stalins, wohlgemerkt, eines Landsmanns mit ein paar Fehlern, aber er hatte es immerhin geschafft, die Russen auf Vordermann zu bringen.

Obwohl Jude, war Shalva Nazi. Weil er an die Ordnung glaubte, tatsächlich hielt er sich für einen Mann der Ordnung. Die Frauen bewunderten ihn. Sie sagten, er sei wunderschön. Sie standen Schlange, um mit ihm ins Bett zu gehen. Mit seinen langen schwarzen Haaren, der hellen Haut, den orientalisch geschnittenen Wangenknochen, den tiefliegenden dunklen Augen, dem kräftigen, aber nicht massiven Körperbau und der Eleganz von jemandem, der es gewohnt ist, sich unter Menschen zu bewegen, erinnerte er an den jungen Sean Connery. Aber Shalva war etwas ganz anderes.

Er war ein Boss.

Mit vierzehn Jahren hatte er sich von seinem bewunderten älteren Bruder, Bekha, mitreißen lassen, hatte die Rabbiner und ihre paranoiden Ängste zum Teufel gejagt und war in die endlich von Tyrannen befreite Heimat zurückgekehrt. War Georgien denn nicht das schönste Land der Welt? In seiner Heimat gab es eine Legende: Als Gott die Länder an die eben geschaffenen Menschen verteilte, feierten die Georgier gerade ein Festessen. So kamen sie zu spät, und Gott, der ein wenig enttäuscht, aber auch verärgert war, erklärte ihnen, nun gäbe es keine Länder mehr. Da sagten die Georgier: ja, Vater, wir sind zu spät dran, aber nur, weil wir auf dein Wohl getrunken haben. Und da ließ sich der Liebe Gott rühren und gab ihnen das Land, das er eigentlich für sich reserviert hatte.

Georgien, meine Heimat!

Dank Bekha hatte ihn *Vory y Zakone*, die mächtige Mafia der Diebe, mit offenen Armen aufgenommen. Im Schatten des Bruders war er erwachsen geworden, und als dieser für immer gegangen war, *Sieg Heil* seiner Seele, hatte er seine Kontakte geerbt.

Offiziell war er Holzimporteur, in Wirklichkeit jedoch der Vertreter der Organisation in Italien. Sein Italienisch war perfekt, er hatte nur einen ganz leichten Akzent. Auf dem Transportsektor hatte er keine Konkurrenten. Seine Lastwagen fuhren Tag und Nacht über die Balkanroute und transportierten Menschen, Waffen, Rauschgift und alles Übrige, was das Leben der Menschen erträglich machte.

Typen wie ihn sollte man nicht verfolgen, sondern sich vor ihnen verbeugen. Man sollte ihnen Denkmäler errichten. Denn Menschen wie Shalva war es zu verdanken, dass das Leben vieler anständiger Leute überhaupt lebenswert war.

Sobald die angehenden Huren und Pflegerinnen das Feld geräumt hatten, löste sich ein fetter, verschwitzter Typ aus dem Grüppchen der Chauffeure. Er ging zu Shalva und fragte respektvoll, ob er Feuer hätte. Er hieß Stanila, war Rumäne und arbeitete schon seit Jahren mit den Georgiern zusammen. Der Einfachheit halber sprachen sie Italienisch. Es sollte aussehen wie ein Gespräch zwischen zwei Unbekannten.

– Der weiße Audi, sagte Shalva und machte das Feuerzeug an, – der auf der anderen Seite, in dreihundert Metern Entfernung, unter dem Reklameschild.

– Es gibt einen Neuen, flüsterte Stanila.

– Wer bürgt für ihn?

– Einer deiner Männer, Thaka.

– Und worin besteht das Problem?

– Keine Ahnung. Er gefällt mir nicht. Zu nervös.

– Kein Wunder bei der ersten Fahrt.

– Wenn du meinst …

– Du bist nicht überzeugt, was?

– Nein. Aber du bist der Boss.

Daran bestand kein Zweifel, und Stanila tat gut daran, es nicht zu vergessen. Der Rumäne war jedoch ein erfahrener Chauffeur. Seinem Gespür konnte man trauen. Und seiner Angst. Stanila wusste, dass er alles gewinnen konnte, wenn er auf der richtigen Seite stand. Er wusste, dass bei Geschäften Vertrauen das Allerwichtigste war. Er wusste, wenn etwas schief ging, würde man alle für Verräter halten.

Und er wusste, dass Verräter nicht auf Gnade hoffen durften.

– Ist gut. Sag ihm, er braucht nicht herzukommen.

– Und das Paket?

– Er soll es dem zurückbringen, der es ihm gegeben hat. Verstanden?

– Ja.

– Dann geh.

Stanila ging zu den anderen zurück. Shalva sah, dass er mit einem großen, dünnen Typen redete. Der protestierte halbherzig. Stanila sagte zu ihm, er solle scheißen gehen. Der Typ gab klein bei und kehrte zu seinem Bus zurück. Die anderen Chauffeure gingen plaudernd und mit gleichgültigem Blick zu dem Audi, in dem Thaka auf sie wartete.

Shalva nahm das iPhone mit georgischer Telefonkarte, aktivierte Viber, die abhörsichere israelische App, und rief Samurai an.

– Shalva, mein Bruder!

– Ich muss mit dir sprechen.

– Zu Mittag bei dir.

Dann stieg er in den SUV und fuhr an, ohne die Reifen allzu sehr quietschen zu lassen.

Thaka war zu weit weg, um dessen Reaktion zu beobachten. Er fragte sich, ob es richtig gewesen war, sich auf Stanilas Intuition zu verlassen. Vielleicht täuschte der Rumäne sich, und es gab eine plausible Erklärung.

Aber es war schon merkwürdig, dass ausgerechnet an dem Tag, an dem er Thaka – der als einer der letzten gekommen war – zum ersten Mal zur Übergabe mitgenommen hatte, ein neues Gesicht aufgetaucht war. Zwei neue Gesichter an einem Tag, das war schon sehr merkwürdig. Und wenn Shalva nicht gelernt hätte, merkwürdigen Dingen zu misstrauen, dann wäre er nicht geworden, was er war.

Das System, das er erfunden hatte, funktionierte übrigens schon seit Jahren. Einer Ewigkeit. Vielleicht war es an der Zeit, es zu überdenken. Es funktionierte so: Shalva hatte eine seiner Transportgesellschaften aufgelöst. Die Kleinbusse waren versteigert worden. Alles gesetzeskonform. Abgesehen davon, dass er bei den Bietern verheiratete Familienväter bevorzugt hatte. Den neuen Besitzern hatte er eindeutig klargemacht: Mit dem Fahrzeug konnten sie machen, was sie wollten, vorausgesetzt sie lieferten Shalva bei jeder Fahrt ein „Päckchen" ab und übergaben es bei der Ankunft einem Vertrauensmann. Honorar für die Übergabe: fünfhundert Euro.

Shalva rühmte sich, ein großzügiger Arbeitgeber zu sein. Alle hatten akzeptiert, mit Ausnahme eines jungen arroganten Typen, der am Ende des Geschäftsgesprächs Shalvas Mittelsmann ins Gesicht gespuckt hatte.

Am Abend darauf waren zwei Männer in seine Wohnung eingedrungen und hatten seine Frau vergewaltigt.

War es nun klar, warum Shalva keine Junggesellen in seiner Organisation haben wollte?

Der Junge hatte eine Anzeige gemacht.

Noch am selben Abend hatten sie ihm die Arme gebrochen.

Der Junge hatte die Anzeige zurückgezogen.

Danach hatte es keine Probleme mehr gegeben.

In jedem Päckchen befanden sich ein oder zwei Kilo raffiniertes Kokain. Wenn er in Rom war, überwachte Shalva höchstpersönlich die Übergabe, doch wie alle bezeugen konnten, fasste er den Stoff niemals an. Die Arbeit verrichteten die Jungs, die ihn begleiteten. Sie nahmen die Päckchen entgegen und vertrieben sie. Shalva kassierte dreißig Prozent, nach Abzug der Transportkosten und Samurais Anteil. Kein ausgezeichnetes, aber immerhin ein einträgliches und vor allem sicheres Geschäft.

Zumindest bis heute morgen.

Als er auf die Via Cassia einbog, fragte er sich noch einmal, ob er vielleicht paranoid wurde.

Wenn ich mich getäuscht habe, dachte er abschließend, habe ich höchstens ein paar Kilo Stoff verloren. Was soll's?

Zu Mittag tauchte Samurai in Trevignano auf. Pünktlichst und wie immer in Schwarz.

Sie umarmten sich im Patio von Shalvas Villa am Bracciano-See, die im „georgischen Stil" erbaut worden war.

Immer wenn Samurai hierher kam, musste er daran denken, wie es hatte passieren können, dass mitten auf dem Land im Norden von Rom ein Abklatsch von *Good Old England* entstanden war. Shalva selbst hatte ihm erzählt, welchem Irrtum der Architekt, eine Schwuchtel mit Fliege, aufgesessen war.

– Als ich „georgischer Stil" sagte, dachte er, ich meinte die georgianischen Engländer. Ich habe ihn die Treppe hinuntergeworfen.

– Du hättest ja einen Blick auf die Bauarbeiten werfen können.

– Und du glaubst, dazu hätte ich Zeit? Ich habe mich auf das Arschloch verlassen.

– Das Arschloch hat nicht nur deinen Auftrag ausgeführt. Es hat dir einen großen Gefallen erwiesen.

– Er hat alles falsch verstanden.

– Umso besser. Du hast ein richtiges Herrenhaus bekommen und keine Datscha mit geschmacklosen Marmorfliesen.

– Meinst du?

– Glaub mir.

Shalva gehörte zu den ganz wenigen Menschen, denen Samurai Körperkontakt gestattete. Er hatte miterlebt, wie der Junge erwachsen wurde, und er wusste, dass er sich auf ihn verlassen konnte. Er wusste, wie ergeben ihm Shalva war. Vor zwanzig Jahren hatte Samurai seinem älteren Bruder Bekha das Leben gerettet. Bekha hatte sich aufgespielt, war jedoch nur eine kleine Nummer. Als er in Italien an Land gegangen war, hatte er geglaubt, ein großer Boss zu werden, war aber schnurstracks ins Albergo Roma gewandert, mit einer Strafe von sechs Jahren und acht Monaten wegen internationalen Heroinschmuggels. Im Gefängnis war er einem großen Tier der Camorra auf die Zehen gestiegen, und Samurai hatte alles, was in seiner Macht stand, aufbieten müssen, damit das Gefängnis für Bekha nicht zu einem Alptraum wurde. Schon damals dachte Samurai in großem Stil. Der Zerfall des Sowjetreiches hatte dafür gesorgt, dass die unfruchtbare und überkommene Teilung der Welt in Westen und Osten beigelegt wurde und die Welt wieder in Bewegung geriet. Es eröffneten sich neue unternehmerische Horizonte, die bis vor wenigen Monaten noch undenkbar gewesen wären. Das Rad begann sich wieder zu drehen. Endlich spielte man wieder Freistil. Einen wie Bekha zum Freund zu haben, war weitsichtiges Kalkül.

Aber als er entlassen wurde, spielte sich Bekha wieder als großer Boss auf. Diesmal sperrten die Neapolitaner das Konto. Samurai hatte persönlich für Shalva gebürgt.

– Bleibst du zur *colazione* bei mir, Bruder?

– *Colazione* sagt man in Mailand, Shalva. In Rom heißt das *pranzo.*

– Gut, bleib trotzdem. Ich kann dir ein schönes Katschapuri zubereiten.

– Toastbrot mit Stinkkäse?

– Sprich nicht so von unserem Nationalgericht!

– Die Franzosen essen was Ähnliches. Sie nennen es Croque-monsieur. Es ist genauso widerlich. Ich trinke nur einen Tee.

– Mein Samowar ist immer an und mein Herz ist immer offen für meine Freunde.

Shalva servierte den Tee in Tassen aus englischem Wedgwood-Porzellan. Er kippte zwei Eiswürfel in seine Tasse. Samurai runzelte die Stirn. Stillosigkeit ärgerte ihn über die Maßen. Er stellte die Tasse ab und schüttelte den Kopf.

– Du willst einfach keine Manieren annehmen, Shalva.

– Ich versuche mir gerade das Rauchen abzugewöhnen.

– Schon gut, seufzte Samurai, ich bin heute ein wenig nervös.

– Probleme?

– Wir stehen kurz vor einem Krieg, Bruder.

Samurai erzählte ihm von den jüngsten Ereignissen. Shalva sagte, hin und wieder sei Krieg unvermeidlich. Aber auch nützlich.

Samurai faltete die Hände aneinander und legte sie an die Stirn. Diese Haltung nahm er immer ein, wenn er nachdachte. Shalva hätte am liebsten den Atem angehalten.

Und wenn der Georgier recht hatte? Was passierte, wenn Samurai nicht einschritt? Wenn er zuließ, dass sie sich gegenseitig umbrachten? Im Grunde war das eine Gelegenheit, etwas aufzuräumen. Sich vom Abschaum zu befreien. Samurai hatte die vielen Idioten und Bauernlümmel satt, die auf den Straßen herumlungerten. Aber noch war der Augenblick nicht gekommen, noch nicht.

– Lassen wir die negativen Gedanken. Du wolltest mich sprechen, Shalva.

– Könntest du mir dabei helfen, eine … eine große Menge Koks abzusetzen?

– Wie groß?

– Eine Tonne?

– Absolut kein Problem, flüsterte Samurai, überhaupt nicht überrascht.

– Wo ist der Stoff?

– Folegandros oder Naxos. Das steht noch nicht fest. Es gibt ein Abkommen mit den lokalen Bullen, die Apulier sorgen dafür, die Räder zu schmieren.

– Ich mag die Apulier nicht. Sie sind hinterhältig und reden zu viel.

– Die Apulier kontrollieren den Mittelmeerraum, Samurai. Sie haben uns den Tipp gegeben. Wir können sie nicht umgehen.

– Wenn sie sich mit zehn Prozent zufrieden geben …

– Ich werde sie überreden.

– Streng dich an.

– Wir brauchen ein Boot.

– Schon bereit

– Und einen Skipper.

– Ich kenne einen. Aber wir müssen die Neapolitaner und die Kalabresen miteinbeziehen. Wahrscheinlich können wir sie mit zwanzig Prozent abspeisen. Nur, um sie bei Laune zu halten und das Gleichgewicht nicht zu stören. Also, hundert weniger dreißig ist siebzig. Bei uns bleibt alles beim Alten?

– Sicher, sicher.

Also fünfundvierzig für Samurai und fünfundzwanzig für Shalva.

Vernünftig, rentabel.

Samurai kostete seinen mit einer Jasminknospe aromatisierten Lapsang-Souchong-Tee. Der Duft der Erde, vermischt mit dem Aroma geräucherten Holzes. Eine perfekte Mischung von weiblich und männlich.

– Wenn das Geschäft gut über die Bühne geht, verdienst du ein schönes Sümmchen, Shalva.

– Nun, du weißt ja, ein Anteil gehört meinen Landsmännern, aber dann …

– Weißt du schon, wie du es investierst?

– Willst du mir etwas Wichtiges sagen, Samurai?

Samurai erzählte ihm von der *Waterfront* und vom sozialen Wohnbau. Shalva hörte mit offenem Mund zu.

– Verstehst du, warum wir uns ausgerechnet jetzt keinen Krieg leisten können? Wir hängen alle mit drin. Ich, die Zigeuner, die Neapolitaner, die Kalabresen, und sogar du, wenn du willst.

– Ich?

– Wir brauchen eine Menge Lastwagen für den Transport der Bauarbeiter von einer Baustelle zur nächsten. Und noch mehr für Logistik und Nachschub. Beim Erdaushub kann ich dich nicht beteiligen, das ist die Domäne der Neapolitaner, aber alles andere … du solltest eine Firma gründen und dich an der Ausschreibung beteiligen. Natürlich nur der Form halber, der Ausgang steht ohnehin schon fest. Du kannst mit einer Rendite von sechzig, siebzig Prozent rechnen …

– Samurai, ich schwöre dir, du bist mein Bruder, mein Vater und meine Mutter.

– Nein, die Mama bitte nicht, die musst du uns Italienern überlassen.

Shalva traute seinen Ohren nicht. Samurais Ton war zwar wie immer trocken und kalt, aber er hatte zum ersten Mal einen Witz gemacht.

– Darauf müssen wir anstoßen, Samurai.

– Du weißt doch, ich mag keinen Alkohol.

Samurai stand auf, um sich zu verabschieden.

Shalva räusperte sich.

– Samurai.

– Sag.

– Es handelt sich um die Päckchen.

– Probleme?

– Heute Morgen hat es nach Bullen gestunken.

– Ich hör mich um und lass es dich wissen.

XVII.

Numero Otto massierte sich langsam das rechte Ohr. Mit dem Zeigefinger berührte er die raue Oberfläche der Kruste im linken Mundwinkel.

Wegen Paja und Fieno, diesen Scheißkerlen, sah er aus wie ein Leprakranker.

Silvio, der Tierarzt von Morganas Hirtenhund, hatte jedoch ganze Arbeit geleistet. Mit zwanzig Stichen und Klammern hatte er den Spalt in seiner Lippe und seiner Wange genäht. In einer Woche würden sie abfallen. In ein paar Tagen würde sein Gesicht wieder menschliche Züge annehmen. Blieb nur das Problem mit dem Gehör. Das Summen wollte nicht aufhören. Paja, der Trottel, hatte zwar nicht auf das Trommelfell gezielt, es aber dennoch mit seinen Schüssen verletzt. Das Trommelfell, sonst nichts.

Er hielt sich in einer Baracke in Santa Severa versteckt, die Denis für ihn aufgetrieben hatte. Hier würde ihn nicht einmal Jesus Christus finden. Die Carabinieri hatte er ganz leicht abgehängt. Sie ahnten zwar was, hatten aber keine Beweise. Beweise sind wirklich eine schöne Erfindung, dachte Numero Otto.

Er wälzte die rote Marlboro im Koks in der Zigarettenschachtel. Im milchigen Licht des Mittags trat er auf den Balkon hinaus, von dem aus man auf ein fauliges Meer blickte, und beobachtete zwei Jungs, die sich auf der Straße prügelten.

Der größere, ungefähr fünfzehn Jahre alt, saß rittlings auf dem anderen, der mit dem Rücken auf der Straße lag. In der Rechten hatte er einen Schlagring, er hielt die Hand auf halber Höhe, bereit zuzuschlagen.

– Du zwingst mich dazu, du Arschloch. Ich muss es tun. Du weißt selbst, dass ich es tun muss. Das sind die Regeln. Was sag' ich sonst den anderen? Wenn ich es nicht tue, macht es ein anderer.

Trotz der Entfernung vernahm er das dumpfe Geräusch des Schlags und sah, wie der Junge den Kopf zur Seite drehte, Blut und noch was ausspuckte, das wie Zähne aussah.

Numero Otto lächelte zufrieden. Er ging ins Wohnzimmer zurück, machte den DVD-Player an und drehte den Porno an der Stelle auf, wo er ihn im Morgengrauen abgedreht hatte. Er drückte die Lautlostaste auf der Fernbedienung.

Die Sache mit den Anacleti war noch nicht ausgestanden. Und bei allem Respekt, er schiss auf Samurai und seine Meinung. Er würde es erfahren, wenn alles vorbei war. Sicher würde er sauer sein. Aber er würde klein beigeben. Letzten Endes würde auch er verstehen. Immerhin gab es eine eindeutige Abmachung. Auf der Straße durfte Samurai sich nicht einmischen. Auch deshalb nicht, weil es nicht nur eine Frage der Ehre war. Sondern des Überlebens. Den Jolly hatte er schon gezogen. Es würde keine zweite Piazza Gasparri geben, und wahrscheinlich musste er sich sogar bei Paja wegen seiner Dämlichkeit bedanken. Wie schaffte man es, mit einer 9x21 auf einen zu schießen, der am Boden lag, ohne ein einziges Mal zu treffen? Bei der nächsten Runde würden die aus Cinecittà keinen Fehler mehr begehen.

Und außerdem, er hatte diesen Krieg nicht angezettelt. Wer hatte Spadino erlaubt, sich zu nehmen, was er nicht einmal hätte berühren dürfen? Wer hätte den tollwütigen Hund an der Leine halten sollen, er oder Rocco Anacleti? Hatte er Malgradi angerufen? Oder hatte ihn der Abgeordnete nicht etwa um Hilfe angefleht? Er hatte keine andere Wahl. Um Anacleti zu bewegen, aufzuhören, klein beizugeben, mussten sie noch einen seiner Männer umlegen. Paja. Oder vielleicht seinen vertrottelten Freund. Fieno. Aber diesmal bei ihm zu Hause. In Cinecittà.

Er hielt die DVD bei einem Dreier an. Ja. Sie mussten einen Tanz aufführen, über den wochenlang gesprochen wurde. Auch wenn sie dann die Bullen von ganz Rom am Hals hatten. Hatten sie das nicht ohnehin schon? Nach der Sauerei auf der Piazza Gasparri war Ostia, wie Morgana ihm erzählt hatte, voller Bullen. In Zivil und in Uniform. Sie liefen herum und stellten sogar den kleinen Jungs an den Ampeln Fragen. Als ob sie nicht wüssten, dass die Leute in Ostia sich nur um ihre Angelegenheiten kümmerten. Also keine Beweise, kei-ne Be-weise! Und eine Streife mehr oder weniger, war das nicht egal? Wichtig war, dass er eine Zeitlang untertauchte. Bis er wieder sein altes Gesicht hatte und das Ohr wieder frei war. Die Arbeit sollten in der Zwischenzeit die anderen erledigen.

Zwischen Stapeln von Corona-Bierkisten bahnte sich Denis einen Weg. Nach der Durchsuchung hatten sie die Schießeisen ins *Off-Shore* zurückgebracht. Man konnte ja nie wissen. Sie waren in einem Hohlraum im Getränkelager versteckt. Numero Otto hatte auf erstklassige Ware bestanden. Sauber und erstklassig. Vier Remington-Repetiergewehre, zwei Franchi Spas-15, ein Maverick 88; drei Uzi-Maschinenpistolen, vier Kalaschnikows, zwei Beretta 7.65 und vier 6.35, eine Vzor 70 7.65, fünf Smith & Wesson Kaliber 38. Und ungefähr zweihundert Patronen. Ein riesiges Arsenal. Der Spielwarenladen von Numero Otto, dem Trottel. Der sich in Ostia als Boss aufspielen wollte. Sie waren zwar tatsächlich eine mächtige Bande geworden, standen aber noch immer im Schatten von Zio Nino. Numero Otto träumte zwar von Größe, aber ohne die Protektion des Zio wären sie untergegangen. Denis hatte versucht, ihm das zu erklären, aber er wollte nicht hören. Denis händigte Robertino und Morgana die Waffen aus, und dabei fragte er sich zum x-ten Mal, ob er nicht einen schweren Fehler beging. Aber die beiden blickten ihn hoffnungsvoll an, sie konnten es gar nicht erwarten, zur Tat zu schreiten. Vielleicht war es aber auch richtig. Immerhin konnten sich die Kräfteverhältnisse ändern. Immerhin lebte man nur einmal.

– In einer Stunde. Wir fahren hin und zurück. Wir erledigen sie vor ihrer Bar auf der Piazza Cinecittà.

– Dem *Ferro di Cavallo?*, fragte Morgana.

– Genau.

– Dort ist jede Menge Polizei. Dahinter ist das halbe Viminale.

– Genau: eine Schande. Heute, am späten Abend. Paja und Fieno hängen immer dort rum. Heute ist noch dazu das Match auf Sky. Deshalb sind sie dort – so sicher wie das Amen im Gebet.

– Und wenn sie nicht dort sind?, fragte Robertino.

– Ich habe gesagt, sie sind dort.

Morgana lächelte. Das hätte sie nicht tun sollen. Robertino war eine hinterhältige Ratte. Erzählte alles Numero Otto. Alles. Sogar das, was er aß. Und wie alle Ratten schnupperte er ständig an allem und blickte sich neugierig mit seinen kleinen, flinken Äuglein um. Denis hatte Morgana gewarnt, als er sie zum ersten Mal fickte. Bei ihr zu Hause. Eines Abends im Herbst. Sie hatte ihn unter einem Vorwand angerufen, als er gekommen war, war sie nackt und high auf dem Bett gelegen. Sie hatte ihn wahnsinnig gemacht.

– Niemand darf davon wissen. Niemand darf es erfahren. Nicht einmal aus Zufall!, hatte er zu ihr gesagt, als er sich im Morgengrauen verabschiedete. Und sie hatte lachend die drei Affen imitiert und sich mit der Zunge über den halboffenen Mund geleckt.

Aber Denis hätte es besser wissen müssen. Bei so einer konnte man nie sicher sein. Sie fickten wie Tiere. Zu jeder Tages- und Nachtzeit. Sobald und wo auch immer sie eine Gelegenheit dazu fanden.

Einmal hatten sie den Gehörnten nach Levante begleitet. Während er Geld von einem Schuldner eintrieb, hatte sie ihm auf dem Fahrersitz einen geblasen. Während er mit Händen am Steuer saß und den Blick starr auf das Tor des Strandbads gerichtet hatte, in das Numero Otto gegangen war, dachte er ständig daran. Morgana über seinem Hosenschlitz, mit der Hand am Schalthebel seines schwarzen Porsche Cayenne.

Dieses Weib war eine richtige Plage. Er musste das Problem lösen. Aber nicht an diesem Abend.

Denis steckte sich eine Smith & Wesson hinten in den Hosenbund. Morgana schob eine Beretta 7.65 in die rosa Gürteltasche, Marke Mandarina Duck. Robertino nahm ein Uzi und eine Vzor 70, nachdem er sie lange in der Hand gewogen hatte. Während Denis die Magazine austeilte, legte Morgana drei Straßen auf.

– Ihr wollt doch nicht nüchtern arbeiten?

Mit dem Cayenne fuhren sie ins Infernetto-Viertel. Wortlos. Aber man hätte auch kein Wort verstanden, denn Denis hatte *Velociraptor!* der Kasabian auf maximale Lautstärke gestellt. Genau vor dem ersten Tor in Casalpalocco blieben sie stehen. Nicht weit entfernt von der *Caverna,* dem Lokal, in dem Rocco Anacleti und der alte Adami vor einigen Jahren beschlossen hatten, dass es in Rom Platz für alle gäbe. Wenn sie die Lokale kontrollieren wollten, mussten sie Frieden schließen. Damals ein gutes Dutzend, inzwischen waren es viermal so viele. Denis stellte das Auto unter den Pinien ab, er gab Acht, den Porsche nicht in ein Parkverbot zu stellen.

Wie sehr ihm Zio Nino fehlte. Er war mehr als ein Vater. Als er ihn das letzte Mal im Gefängnis besucht hatte, hatte er ihn spüren lassen, wie verbittert er darüber war, dass er seine Liebe nicht so zum Ausdruck bringen konnte, wie er gerne gewollt hätte.

Während des Gesprächs war Nino ganz nahe gekommen und hatte die Stimme gesenkt.

– Du musst Geduld haben, Denis. Auch wenn das nicht deine Sache ist. Schon als kleiner Junge hattest du keine Geduld. Aber von hier aus kann ich keine Entscheidung treffen. Allerdings habe ich sie schon getroffen, als ich dich bei mir aufgenommen habe. Du bist noch nicht an der Reihe. Cesare ist mein Neffe. Das verstehst du doch oder?

Denis senkte den Blick.

– Ich weiß, ich weiß, er ist ein Trottel. Aber es geht nicht um ihn. Sondern um das Blut meines Bruders. Es geht nicht anders. Zumindest nicht, solange ich im Gefängnis bin. Für mich bist du wie ein Sohn. Denk immer daran.

Sie stiegen aus dem Cayenne und Robertino nahm den Sack, in dem sie die Uzi und eine Handvoll Magazine verstaut hatten. Sie blickten sich um. Sie beschlossen, einen Mercedes der B-Klasse zu knacken, der in einer Entfernung von ungefähr hundert Metern parkte. Genau das Richtige, um nach Cinecittà und wieder zurück zu fahren. Für zwanzig Kilometer auf der Umfahrungsstraße brauchten sie gerade mal eine Viertelstunde. Lange genug, damit Denis eine Frage stellen konnte, die ihm schon lange unter den Nägeln brannte. Die er bislang in einen Winkel seines Hirns verbannt hatte.

– Morgana, sag mir: Hast du schon mal wen umgelegt?

– Was geht dich das an?

– Einfach so. Es ist wichtig.

– Glaubst du, ich hab keine Eier?

– Gott sei Dank hast du keine Eier, sondern zwei Arschbacken.

Robertino lachte, was Morgana nicht gefiel.

– Was lachst du, du Hirnamöbe?

Denis brachte sie mit einem eisigen Blick zum Schweigen.

– Jetzt komm schon. Das war ein Scherz. Bist du empfindlich?

– Ich habe schon mal geschossen, wenn du das wissen willst.

– Auf einen Menschen?

– Ich hab geschossen.

– Gut, hab verstanden. Vergiss es. Aber ich warne dich: Stell dich ja nicht hinter mich, wenn was schiefgeht.

Sie hatten die Tuscolana-Abfahrt erreicht. Sie bogen Richtung Rom ein und fuhren erst langsamer, als sie auf der Piazza di Cinecittà die Schilder der U-Bahnstation *Subaugusta* sahen, die sich in der großen, von Neonlichtern beleuchteten Auslage des *Ferro di Cavallo* spiegelten. Der geklaute Mercedes fuhr im Schritttempo an den Fenstern der Bar vorbei, und Robertino gelang es, einen Blick ins Innere zu werfen. Vor dem Riesenschirm, auf dem ein Fußballbericht von Sky lief, saßen nur vier arme Schweine.

– Paja und Fieno sind nicht da. Niemand ist da. Nur vier Kaffer.

Der Mercedes fuhr an der Bar vorbei und nach nicht einmal zweihundert Metern drehte er um. Denis fuhr wieder bis zum *Ferro di Cavallo* und hielt auf der gegenüberliegenden Seite der Tuscolana an.

– Ihr zwei wartet hier auf mich.

Er wollte selbst nachsehen.

Als er die Tür aufmachte, packte Robertino ihn am Arm.

– Und wenn wir zwei Flaschen mit Benzin hineinwerfen?

– Du Trottel.

Als Denis zum Gehsteig gelangte, wo sich die Fenster der Bar befanden, spürte er, dass jemand hinter ihm war. Morgana.

– Ich habe dir doch gesagt, du sollst im Auto sitzen bleiben.

– Ich bin doch nicht hierhergefahren, um Kindermädchen zu spielen.

Denis machte noch ein paar Schritte in Richtung Tür des *Ferro di Cavallo.* Die vier vor dem Riesenbildschirm standen langsam auf und gingen gelangweilt weg. Er drehte sich zu Morgana um und schaute auf die Uhr, mittlerweile war es fast Mitternacht.

– Robertino hat recht. Paja und Fieno sind nicht hier. Und ich werde sicher nicht warten. Wir kommen morgen zurück. Los, gehen wir.

Morgana rührte sich nicht von der Stelle. Drei der vier marokkanischen Jungs, die sie im Inneren gesehen hatten, verließen die Bar, unterhielten sich auf Arabisch, sichtlich aufgedreht. Einer von ihnen hatte ein Päckchen MS in der Hand, er pflanzte sich vor ihr auf, mit der Zigarette im Mund. Er deutete eine Verbeugung an, und tat so, als würde er ein Feuerzeug anmachen. Denis stieß ihn weg.

– Hau ab.

Dann wandte er sich wieder an Morgana.

– Und? Was hast du vor? Sollen wir die ganze Nacht mit dem Abschaum da verbringen?

Morgana rührte sich noch immer nicht von der Stelle. Sie war wie gelähmt.

– Hast du vielleicht zuviel gesnieft? Ich warte im Auto auf dich.

Denis drehte ihr den Rücken zu und überquerte wieder die Tuscolana, diesmal in umgekehrter Richtung.

Der letzte Marokkaner torkelte aus dem *Ferro di Cavallo* und rempelte Morgana beinahe an.

– Hallo, Prinzessin.

Er hörte nicht auf zu grinsen. Das Projektil der 7.65er traf ihn mitten in den Mund und durchschlug den Schädel auf der Höhe des Nackens. Hirnmasse spritzte an die Fenster der Bar, während Morgana mit noch immer ausgestrecktem Arm das Magazin in Richtung Tür leerte, mit ruckhaften Bewegungen des Handgelenks.

Denis schrie. Er packte die Smith & Wesson, die er im Hosenbund stecken hatte, das Adrenalin pochte an seinen Schläfen, er stürzte sich auf Morgana. Er zerrte sie zum Auto, schleuderte sie auf den Rücksitz. Robertino hantierte mit der Uzi.

– Spinnst du?

Der Mercedes fuhr über alle roten Ampeln, bis zur Umfahrungsstraße. Niemand sprach, bis sie das Infernetto-Viertel erreicht hatten. Beim geparkten Cayenne trennten sie sich. Denis beauftragte Robertino, den Mercedes verschwinden zu lassen.

– Bring ihn zum Schrottplatz in der Magliana.

Er nahm den Sack mit den Waffen und schickte ihn weg.

– Ich werde Numero Otto von dem erzählen, was passiert ist.

– Mach, was du willst.

Morgana stieg mit ihm in den Porsche. Denis zündete sich eine Marlboro an, fuhr langsam über das letzte Stück der Cristoforo Colombo. Er wartete, dass Morgana ein Wort von sich gab, ein einziges, einen Ton, etwas, das dem Vorgefallenen einen Sinn gab. Der Exekution, die dem Krieg mit den Anacleti kein Ende setzte, sondern ihren Streit vielmehr zu einem Kampf wilder Tiere ausarten ließ. Der nichts Gutes versprach. Bloß noch mehr Tage voll Scheiße und Blut. Also beschloss er, den ersten Schritt zu tun.

– Sag mir warum. Sag es mir, und ich schwöre dir, es bleibt unter uns. Ich sage Numero Otto, dass ich es war. Dass der Neger für die Anacleti arbeitete, und dass ich ihn deshalb umgelegt habe. Wir mussten Rache üben, und es war Rache. Das sage ich ihm. Aber du, sag ein Wort!

Morgana blickte ihn gelangweilt an. Als ob die Frage sie gar nichts anginge.

– Du brauchst Numero Otto nicht anzulügen. Robertino, die Ratte, erzählt ihm sowieso alles.

– Dann erklär es mir. Warum?

– Was hast du mich im Auto auf dem Weg nach Rom gefragt?

– Ich wollte wissen, ob du schon mal wen umgelegt hast.

– Nein, das wolltest du nicht wissen. Du wolltest wissen, ob ich die Eier habe, es zu tun. Nun, ich hab's getan. Und jetzt weißt du, dass ich Eier habe.

Denis verstummte. Sie waren bei Morganas Wohnung angelangt. Eine Mansarde auf der Piazza Lorenzo Gasparri, in einem der Plattenbauten am Rande der Piazza, mit Dutzenden Parabolantennen und ein paar Farbklecksen drauf – zum Trocknen aufgehängte Wäsche.

– Ostia ist schön, aber hin und wieder komme ich mir hier vor wie in Tirana, sagte er. Morgana öffnete die Tür.

– Hältst du endlich den Mund?

Er folgte ihr ins Haus. Sie fickten bis ins Morgengrauen.

XVIII.

Drei Tage nach dem Vorfall im *Arcobaleno* rief Alice Marco Malatesta an.

– Abbas erwartet uns um sechs.

– Wenn es Ihnen recht ist, hole ich Sie ab und wir fahren gemeinsam hin.

Sie gab ihm die Adresse eines Fitnessclubs in der Gegend von Villa Gordiani.

– Pilates?, mutmaßte er – das war das erste Fettnäpfchen, in das er an diesem Abend trat.

– Ich boxe, Signor Colonello.

Marco kam ein paar Minuten zu früh. Unter dem strengen Blick eines Trainers kämpfte Alice gegen eine große Schwarze, die doppelt so schwer war wie sie.

Er stellte sich unauffällig in eine Ecke und sah zu.

Die Frauen trugen den vorgeschriebenen Helm, machten abwechselnd elegante Bewegungen, fast wie Tanzschritte, und teilten wütende Fausthiebe aus. Er verstand nicht, warum sie es vermieden, sich ins Gesicht zu schlagen: Entweder wollten sie sich aufgrund eines stillschweigenden Abkommens nicht verletzen oder sie waren einfach nicht dazu imstande. Auf jeden Fall hatte das kriegerische Gehabe der verschwitzten Körper etwas gleichzeitig Wildes und Erotisches.

Marco beschloss allerdings, diese Beobachtung für sich zu behalten.

Am Ende der dritten Runde trennte der Trainer die Frauen, sprach Kritik und Lob aus und schickte sie in die Dusche.

Marco verließ das Fitnessstudio. Nach drei Camel light kam Alice zu ihm.

Sie trug eine rote Bluse und einen langen eng anliegenden Rock in derselben Farbe. Als er ihr den Ersatzhelm reichte, fiel ihm auf, dass ihre frischgewaschenen Haare nach Zitronen dufteten.

Die Bonneville fuhr über die sommerlich leeren Straßen, das vertraute Gefühl, dass sich ein weiblicher Körper an seinen Rücken presste, war angenehm und gefährlich zugleich. Marco sagte sich, dass er es vorsichtig angehen musste. Ein falsches Wort, und das zarte Band, das er knüpfen wollte, würde auf immer zerreißen.

Abbas lag in einem hübschen Zweibettzimmer in der Sandro-Pertini-Klinik. Farideh saß neben ihm. Alice stellte sie vor. Das Mädchen erklärte, dass er am nächsten Tag wieder an den Händen operiert werden würde.

– Ich kann schon ein wenig sprechen, murmelte der Mann und lächelte sanft. Marco gab es einen Stich ins Herz.

Er beschloss, mit offenen Karten zu spielen.

– Ich habe nachgesehen. In der Kaserne liegt keine Anzeige auf.

– Ich und Farideh waren aber dort!, sagte Alice empört. – Wir sind gemeinsam ins Büro des Kommandanten gegangen.

– Ich glaube euch, unterbrach sie Marco. – Genau deshalb bin ich hier.

Und er zeigte Abbas die Fotos von Paja und Fieno. Abbas schüttelte den Kopf.

– Sie trugen Hauben … vielleicht die Augen, ja, die Augen … böse Augen.

– Schon gut, Signor Abbas, ich danke Ihnen. Nur um sicherzugehen.

– Aber da war auch noch ein anderer, fügte Abbas hinzu. – Er war anders. Er hat sich auf den kräftigeren der beiden geworfen. Ich glaube … er wollte es verhindern … er wollte mir helfen.

Sie waren also zu dritt gewesen. Das hatte Alice im *Arcobaleno* nicht erzählt. Drei, nicht zwei. Und einer war anders. Paja, Fieno, wie hieß doch gleich der dritte? Ach ja, Nietzsche, wie der Philosoph. Allmählich wurde ihm die Situation klar. Um sicherzugehen fragte er den Alten, ob auch der, der den Guten spielte, eine Haube getragen hatte.

– Ja, aber seine Augen waren anders. Kalt, aber es waren die Augen eines Menschen, wenn Sie verstehen, was ich meine.

– Ich verstehe Sie sehr gut, Signor Abbas.

Das Gespräch hatte den Iraner erschöpft, er gab einen Schmerzenslaut von sich.

Farideh lief zu ihm und stützte fürsorglich seinen Kopf.

Marco rief Brandolin an. Er gab ihm rasch ein paar Weisungen.

– In einer halben Stunde kommt ein junger Carabiniere, er heißt Brandolin. Abbas, Sie wiederholen alles, was Sie eben mir gesagt haben, er schreibt einen Bericht, dann unterschreiben Sie. Glauben Sie, Sie schaffen das?

Abbas hob die Hand, als wolle er einen Segen erteilen, dann fiel sie schwach herab.

Marco und Alice zogen sich zurück, bewegt und bestürzt. Er bot ihr an, sie nach Hause zu fahren.

– Wie zum Teufel haben Sie von dem Zeug erfahren? Den Molotowcocktails und dem ganzen Rest …

– Wenn ich Sie zum Abendessen einladen darf, erkläre ich es Ihnen.

In der *Quaglia Canterina,* einem renovierten Landgut in der Nähe des Arco di Travertino, aß man an einfachen Holztischen, unter einer Weinlaube. Der Chef hieß Federico, hatte zerzaustes, graumeliertes Haar, er begrüßte Alice und küsste sie auf die Wangen.

– Früher einmal war er Architekt, erklärte sie, während sie sich an einen Tisch im Freien setzten, dann hatte er die Nase voll und hat sich zur Slow-Food-Küche bekehrt. Alice zog die rote Bluse aus, darunter trug sie ein elastisches schwarzes Top, das zu seiner Freude eng anliegend war. Dezentes, aber vorteilhaftes Makeup. Zarter, frischer Zitronenduft. Er sah plötzlich eine Orchidee vor sich. Schön. Schön und kompliziert.

– Was haben Sie mit dem Rucksack gemacht, den ihr im *Arcobaleno* platziert habt?

– Berufsgeheimnis, lächelte Marco. Dann, ernst: – Konfisziert und in der Asservatenkammer verstaut. Offiziell der Tipp eines Spitzels.

– Also haben Sie Terenzi nicht angezeigt?

– Nein. Aber er steht jetzt auf der schwarzen Liste. Zu gegebener Stunde wird er büßen. Leider müssen Sie auf der Hut sein. Sie haben die Anacleti provoziert. Sie müssen mit einer Reaktion rechnen.

– Soll ich mir einen Bodyguard nehmen?, fragte sie provokant.

– Ich denke vielmehr an Bloßstellungen. Üble Nachrede oder Anzeigen, so was in der Art.

– Daran bin ich gewöhnt.

– Sie sind ein merkwürdiges Mädchen.

– Sie sind ein merkwürdiger Carabiniere. Warum machen Sie das alles?

– Weil wir auf derselben Seite stehen.

– Sie und ich. Wirklich?

Alice grinste spöttisch, Federico brachte die handgeschriebene Speisekarte, einen einfachen Zettel. Es gab „gerüttelte" Amatriciana, kalten Kaninchenbraten mit Gartengemüse, Eis aus dreierlei Schokolade mit Granatapfelherz. Und natürlich naturbelassenen Wein.

– Das heißt, ohne Sulfite, erklärte Alice.

– Hier steht aber: „Enthält Sulfite", stellte er fest, als er ihre Gläser füllte.

– Ja, aber viel weniger als in jeder anderen Flasche. Federicos Küche ist auf jeden Fall besser als Tiefkühl-Fertiggerichte.

Für Alice Savelli war er zwar nicht ein Feind, aber etwas, das ziemlich nahe dran war. Er musste versuchen, sie vom Gegenteil zu überzeugen.

– Alice, ich bin nicht Ihr Feind. Ich ermittle nicht gegen Sie. Ich versuche nicht Sie auszuhorchen.

– Wollen Sie mir weismachen, dass Sie keine Informationen über mich gesammelt haben?

– Doch, natürlich. Ich habe gemacht, was alle machen. Ich habe Ihren Blog besucht. Und ich habe mir eine Meinung gebildet.

Federico servierte Vollkornbrot, Kamut-Focaccia und Basmatikroketten mit Wildschalotten.

– Eine Meinung über mich. Das interessiert mich. Reden Sie weiter.

– Sie sind eine Person, die gegen vieles ist …

– Ach ja, darauf können Sie schwören.

– Gegen Gewalt gegen Frauen, fuhr Marco fort, – gegen Immigrantenasyle …

– Asyl ist ein verlogener Euphemismus für stinkende Ställe, oder nicht Colonello?

– Ich gebe Ihnen recht. Ach ja, und gegen die neue römische Mafia.

– Und weiter?

– Etwas hat mich verwundert.

– Was?

– Es fehlt ein politisches Bekenntnis.

Alice seufzte, als hätte sie es mit einem begriffsstutzigen Kind zu tun. Sie stürzten sich auf die „gerüttelte" Amatriciana, die gar nicht so schlecht war, wie Marco befürchtet hatte. Sie bestellten eine zweite Flasche Wein.

– Glauben Sie wirklich, was ich mache … was viele machen … habe nichts mit Politik zu tun?

– Nun, in Ihrem Blog kommt alles Mögliche vor. Aber ich habe nicht wirklich verstanden, auf welcher Seite Sie stehen.

– Sie meinen, rechts oder links. Das ist veraltet.

– Das habe ich schon mitbekommen.

– Die Politik, so wie sie funktioniert, mit Parteien und dem ganzen Schwachsinn, ist widerwärtig. Man sollte sie alle davonschicken und reinen Tisch machen. Alle. Ohne Ausnahme. Die Rechten wie die Linken. Und dann auf einer anderen Grundlage neu beginnen. Direkte Demokratie zum Beispiel. Das Netz. Wissen Sie eigentlich, dass weltweit ein Prozent Reiche über neunundneunzig Prozent Arme herrscht? Aktienderivate, Subprimeprodukte, Hedgefonds … pfui Teufel!

Erregt, leidenschaftlich, rebellisch, vital. So anders. Wirklich die Stimme einer anderen Welt. Um wie viele Jahre war sie jünger? Sieben, acht, vielleicht zehn? Marco hatte das Gefühl, weit abgehängt worden zu sein.

Plötzlich blickte sie ihn mit gerunzelter Stirn an.

– Was willst du eigentlich von mir, Marco?

– Dasselbe wie du, Alice. Eine bessere Welt.

Ohne es zu bemerken waren sie zum Du übergegangen. Vielleicht lag das an dem Eis aus Modicaschokolade mit Granatapfelkernen.

Zum ersten Mal lachte sie. Ein warmes, jugendliches, mitreißendes Lachen.

– Dieser Text überzeugt mich nicht. Der Satz zur Verbesserung der Welt gehört mir. Du musst sagen: Die Welt ist, wie sie ist, mein Mädchen, weder ich noch du können sie ändern. Also geben wir uns zufrieden mit dem, was wir haben, und stiften wir keine Unruhe.

Er hatte seine Hand wie zufällig auf die ihre gelegt. Alice schaute ihm in die Augen und fragte ihn, ob er eine Zigarette habe. Marco zog die Camel light aus der Tasche. Federico servierte einen „von einer Kooperative aus Ex-Junkies“, wie er betonte, gebrannten Grappa.

Die Junkies hatten den Alkoholgehalt drastisch gesenkt. Ihr Alkoholspiegel hingegen stieg. Alice zog die Hand zurück.

Aber das Eis war gebrochen. Sie erzählte ihm, die lokalen Angelegenheiten hätten sie zu interessieren begonnen, als eine Transe auf ihren Blog geschrieben hatte.

– Wir sind Freundinnen geworden … nun ja, nicht wirklich Freundinnen, aber sie ist eine interessante Person. Und sie vertraut mir. Sie hat das Gerücht verbreitet. Dann haben viele aus dem Viertel zu schreiben begonnen. Und ich verbreite Nachrichten. Wie sonst sollte ich von Paja und Fieno wissen, von den Anacleti und den ganzen Verbrechern? Dann ist Farideh gekommen. Glaub mir, Marco, dieses Mädchen ist ein Schatz.

– Haben sie dir nie von einem gewissen Nietzsche erzählt? Nietzsche wie der Philosoph?

– Ja, aber sie nennen ihn *Nicce* – im römischen Dialekt.

– Das ist wohl ein Nazi.

– Zumindest das ist sicher.

– Im Viertel erzählt man sich, Paja und Fieno hätten einem sechzehnjährigen Jungen den Schädel eingeschlagen.

– Warum?

– Weil er gay ist, deshalb.

– Und das reicht als Grund?

– Man braucht keinen Grund, wenn einer anders ist.

– Das verstehe ich nicht. Mir gefallen Frauen, aber ich respektiere die Schwulen.

– Um Himmels willen, der Standardsatz. Lass es bleiben, Colonello.

– Was habe ich falsch gemacht? War das nicht politisch korrekt?

– Du bist und bleibst ein Carabiniere, unterbrach sie ihn und lachte noch einmal, auf eine Weise, in der etwas Verführerisches mitschwang.

Um zwei Uhr waren sie noch immer beisammen. Sie hatte vorgeschlagen, den Abend bei guter Musik ausklingen zu lassen.

– Im *Circolo degli Artisti* spielt The Niro.

– Was, singt der jetzt auch?

– Nicht der Schauspieler, Dummkopf. The Niro ist ein römischer Künstler. Sehr in.

Verschwitzte junge Leute, Alice bewegte sich wie selbstverständlich in ihrer Mitte. Ein paar Whiskys. Unbekannte Songs, etwas surreale beziehungsweise plakative Texte. Marco fühlte sich wie ein Alien. Irgendwann spielte The Niro jedoch einen bekannten Schlager. Marco sang im Chor mit.

– Hallelujah! Hallelujah!

– Zumindest das kennst du, beglückwünschte ihn Alice.

– Wer nicht?

– Genau. Der große Jeff Buckley.

– Eigentlich ist der Song von Leonard Cohen …

– Von wem?

– Verdammt, von Cohen, dem kanadischen Poeten. Der *Suzanne* geschrieben hat.

– Aber Cohen ist ein wenig … langweilig, oder nicht?

Alice schaffte es, dass er sich wie ein Dinosaurier fühlte. Er holte die letzte Zigarette aus der Tasche. Das Handy vibrierte heftig. Ein nicht entgegengenommener Anruf, ein nicht entgegengenommener Anruf, ein nicht entgegengenommener Anruf.

Eine Nachricht von Alba.

„Wo steckst du? Schon wieder eine Leiche in Cinecittà. Komm sofort."

XIX.

„Ausnahmezustand in Rom“, „Blutiger Sommer“, „Viminale arbeitet Notfallplan für die öffentliche Sicherheit aus“, „Tod eines Unschuldigen“, „Abdels Opfer“, „Vielsagender Mord“.

Der Mord vor dem *Ferro di Cavallo* hatte eine verhängnisvolle Mischung aus verständlichem Abscheu, billiger Rhetorik und widerlicher politischer Leichenfledderei zur Folge. Zusammengehalten von dem innigen Wunsch, mit dem Ganzen – dem Mord, den etwaigen Auftraggebern – nicht in Verbindung gebracht zu werden; niemand, aber wirklich niemand, schien dazu beitragen zu wollen oder zu können, Licht ins Dunkel zu bringen.

Marco Malatesta hörte auf Zeitung zu lesen, drehte Radio Fm 922 ab, verbarrikadierte sich im Büro.

Er hatte eine ganz klare Vorstellung. Und seine Intuition erwies sich als richtig.

Das Massaker in Cinecittà war der Beweis seiner Theorie. Es gab einen Krieg. Inzwischen konnte das niemand mehr verleugnen.

General Thierry, der nicht der Typ war, der klein beigab, begleitete ihn zu Setola.

Der Staatsanwalt war ein gutaussehender, sonnengebräunter Mann mit langen, welligen grauen Haaren, dem Äußeren eines Ästheten. In seinem Büro, wo Drucke von historischen Yachten an der Wand hingen, wartete der Carabinieri-General Rapisarda auf sie, der Kommandant der *Custoza*-Division. Ein großes Tier, der in der Hierarchie höher als Thierry stand, ihr Hass beruhte auf Gegenseitigkeit. Marco war ihm ein einziges Mal begegnet, bei einer offiziellen Feier. Er hatte arrogant und oberflächlich auf ihn gewirkt: die perfekte Mischung eines Karrieristen, der für die höchsten Ämter bestimmt war.

Eiskalter Empfang. Marco legte seine Theorie dar.

Er sprach gegen eine Mauer.

Rapisarda war der Meinung, der Marokkaner sei einer Fehde unter Drogendealern zum Opfer gefallen. Die Tatsache, dass er nicht vorbestraft und unbescholten war, fiel in den Augen des hohen Beamten nicht ins Gewicht.

Was Spadino anbelangte, handelte es sich für Setola bloß um eine „rein zufällige Folge von zwei Morden", und es wäre „reine Verschwendung" gewesen, für die Lösung des Falls Geldmittel flüssigzumachen, wie Marco es forderte.

Wieder einmal wurde ein Ansuchen abgeschmettert, und Marco und Thierry wurden schroff verabschiedet.

Der General wollte sich nicht damit abfinden.

– Unglaublich!, jammerte er, als sie über den Ponte Salario fuhren.

Wann würden sie endlich zur Vernunft kommen? Nach dem nächsten Blutbad? Wenn sie so weitermachten, würde es bald eines geben.

– Ja, ein schönes Gemetzel, wie die Sizilianer sagen. Vielleicht würde uns das helfen.

Thierry war sprachlos angesichts Marcos spöttischer Gelassenheit. Er wollte schon antworten, da erhielt er einen Anruf auf seinem Handy. Er hörte schweigend zu, dann brach er schroff ab.

– Schlechte Nachrichten?, fragte Marco.

– Sehr schlechte. Du bist aus der Untersuchung draußen. Setola will dich los sein. Und Rapisarda ist einverstanden.

– Das habe ich mir gleich gedacht. Versucht einmal zu denken wie sie.

Rapisarda und Setola ist gleich Politik, erklärte er. Eine Regierung, die nur mit Klebstoff zusammenhält, hat überhaupt keine Lust, eine Sicherheitsfront in Rom zu eröffnen. Die Europäische Zentralbank, der Sparkurs und Frankfurt sind ja mehr als genug. Sie brauchten Resultate. Schnelle und vor allem kompatible.

– Kompatibel womit?

– Mit der Phase, sagen wir so. Eine Abrechnung hier, ein kleiner Handel dort!

– Aber da mache ich nicht mit!, brüllte Emanuele.

Er würde einen geharnischten Bericht an den Staatsanwalt schreiben, er würde beim Generalkommandanten der Carabinieri vorsprechen. Respektvoll, aber unnachgiebig würde er seinen Standpunkt darlegen. Sie begingen einen kolossalen Fehler, wenn sie Marco Malatesta, den besten Mann auf der Straße, von der Untersuchung abzogen.

– General, wenn du mich wirklich magst, tu es bitte nicht.

Thierry zuckte zusammen.

– Das soll wohl ein Scherz sein, oder?

– Mir war es noch nie so ernst. Erinnerst du dich an das Rugby-Spielen, Emanuele?

Bevor er ein leidenschaftlicher Roma-Fan wurde, war Marco ein brauchbarer Mittelfeldstürmer gewesen. Nicht so brutal, um systematisch die Verteidigung der Gegner zu durchbrechen, aber rasch und intelligent genug, um die Dreiviertel zu bewegen, in einem Spiel, das versuchte, der Utopie der All Blacks zu ähneln, ein wenig zumindest. Thierry war sein Trainer gewesen. Immer wieder wiederholte er mantramäßig einen Satz, der mit der Philosophie des Lebens oder etwas Ähnlichem zu tun hatte: Um beim Rugby weiterzukommen, musste der Ball zurückkommen, auf der Suche nach Unterstützung. Und ohne Mannschaft, ohne Kollektiv gab es keine Unterstützung.

– Deshalb nehme ich mir jetzt ein paar Urlaubstage, sie stehen mir ja zu, sagte Marco entschlossen.

– Du gibst klein bei.

– Gar nicht. Ich mache einen Schritt zurück. Verteidigungsphase. Kaum haben wir wieder Unterstützung, stürmen wir gemeinsam vor. Direkt auf das Ziel zu.

– Blödsinn, sagte Thierry ungehalten.

Marco lächelte. Thierry verlor nur selten seine sprichwörtliche spöttische Gelassenheit. Jetzt war er außer sich.

– Blödsinn!, wiederholte er. – Der Erfinder des Rugby hatte einen gesunden Zeitvertreib für englische Landadelige im Sinn. Aber verdammt, wir sind hier in Rom. Gentleman ist hier ein Schimpfwort. Du gehst nirgendwohin.

– Glaub mir. Es wird funktionieren.

Er brauchte den ganzen Abend, um ihn zu überzeugen, aber schließlich kapitulierte er. Und am Morgen darauf saß Marco in einem Flugzeug nach Palma de Mallorca. Abgesehen von der Badehose und ein paar T-Shirts lag Haruki Murakamis letzter Roman in seinem schmalen Koffer und außerdem eine CD mit *Me ne vado da Roma,* der unsterblichen Litanei des großen Remo Remotti.

XX.

Es war nicht ganz einfach, Numero Otto zu erklären, was für ein Durcheinander es in Cinecittà gab. Aber es war weniger kompliziert, als Denis es sich vorgestellt hatte. Im Grunde hatten sie bloß einen Kaffer umgelegt. Einen illegalen neunundzwanzigjährigen Tankwart – so hatte es in der Zeitung gestanden –, der Abdel Salam hieß und im Akkord auf der Selbstbedienungstankstelle *Erg,* zweihundert Meter vom *Ferro di Cavallo* entfernt, arbeitete. Um fünfzig Cent Trinkgeld bediente er die, die zu faul waren, selbst zu tanken.

Im *Messaggero* stand, er sei rein zufällig in der Bar gewesen. So ein Pech. Man hatte die Witwe interviewt, eine Küchenhilfe, sie heulte wie ein Wasserfall. Kein Wunder. Wahrscheinlich wollte sie eine schöne Abfindung. Die Journalisten waren zu der Waise in die Grundschule gegangen und hatten sich die Zeichnungen der Klassenkameraden zeigen lassen, in denen die Angst aufgemalt war. Der Bürgermeister war mit Fernsehjournalisten gekommen und hatte sich von hinten aufnehmen lassen, mit gesenktem Kopf und verschränkten Armen, auf dem Gehsteig, wo man eben erst das Blut und das Hirn des Afrikaners weggewischt hatte; im Namen der Stadtgemeinde legte er einen Kranz nieder. Die Kommunisten hatten ein Transparent aufgestellt: „Nie wieder". Ja, natürlich. Mit einem Wort, die übliche Litanei. Kümmerte ohnehin niemanden. Der Kaffer hatte früher oder später sterben müssen.

Aber Probleme gab es mehr als genug: Morgana hatte ein schönes Schlamassel angerichtet. Die Bullen waren bereits wütend. Die Geschichte mit den Anacleti endete nicht hier. Und Numero Otto hatte zu wenig Hirn zum Denken.

Das stellte auch Denis fest, als er an die Tür des Ein-Zimmer-Apartments in Santa Severa klopfte, wo Numero Otto sich versteckt hielt. Er war völlig durchgeknallt.

– Hallo, Bruder!, sagte er mit stumpfsinnigem Grinsen, als er im Unterhemd öffnete. Seine Hände zitterten.

– Du hältst dich ja gut. Wie ich sehe, bist du ruhig, sagte Denis.

– Als ich erfahren habe, dass ihr einen Schwarzen erledigt habt, hätt ich dir am liebsten den Kopf abgerissen. Aber dann hat mich Samurai angerufen. Er hat mir gesagt, wir müssten uns sehen. Wir müssten reden.

– Und deiner Meinung nach ist das eine gute Nachricht?

– Sicher. Das heißt, die Anacleti sind am Ende. Sie haben begriffen, dass sie mir den Schwanz küssen müssen. Sie sterben vor Angst! – Numero Otto stieß einen Schrei aus und hob die Arme zum Himmel.

– Was hat dir Samurai sonst noch gesagt?

– Nichts. Du weißt ja, wie er am Telefon ist. Du musst ihm die Würmer aus der Nase ziehen.

– Genau.

– Genau was? Siehst du, Denis, dass du nicht verstehst? Siehst du, dass du noch dazulernen musst? Wenn sich Samurai wegen einer Sache in Bewegung setzt, die auf der Straße passiert, bedeutet das, er hat begriffen, dass die Straße uns gehört. Dass die Ohrfeige notwendig war. Dass sie mich nicht mehr suchen werden. Wach auf, Denis.

– Was sagt Zio Nino?

– Woher soll ich das wissen? Davonlaufen kann er ja nicht, dort wo er ist. Ich werde es ihm mitteilen. Und was soll er schon sagen? Glaubst du, er an meiner Stelle hätte klein beigegeben? Denis, keine Ahnung, was du getan hättest, aber ich lasse mir den Schwanz nicht von Fliegen fressen.

– Willst du gar nicht wissen, wer den Schwarzen umgelegt hat?

– Ist ja egal. Was ändert das?

– Morgana.

– Welche Morgana.

– Sie wars.

– Braves Mädchen. Mhm.

– Ich fahre nach Ostia zurück. Brauchst du was?

– Ja, eine kleine Krankenschwester. Ich habe noch ein bisschen Wehweh. Hahahaha.

Mit angewiderter Miene schloss Denis die Tür hinter sich, während Numero Otto noch immer stoßweise lachte. Er verachtete den Mann. Und vor allem kannte er das Zigeunerblut. Es war auch seines.

In der Via del Ponte delle Sette Miglia explodierten die Farben und Gerüche des Fests, das die Anacleti organisiert hatten. Auf einer großen

Wiese, im Schatten riesiger bunter Zelte wurde die Wiederversöhnung zweier Cousins gefeiert, die sich wegen einer Koks-Lieferung, die schlecht verschnitten und noch schlechter aufgeteilt worden war, eine Fehde geliefert hatten. Rocco in seiner Eigenschaft als „Fürst“ und mit unbestrittener Urteilskraft, hatte beschlossen, wer wem welche Summe rückerstatten musste. Die Frauen hatten gefüllte Weinblätter zubereitet, mit Reis, Fleisch und Tomaten gefüllte Paprika. Die Kinder der beiden Streitparteien nahmen sich Pitabrote von den Tabletts, die mit Topfen und Mangold, Kartoffeln und Zwiebeln gefüllt waren. Frauen und Männer tanzten zu einem Zigeunerswing, den ein Orchester spielte.

Paja und Fieno parkten den schwarzen BMW am Straßenrand und gingen zu Rocco, der mit Max im Freien an einem der gedeckten Tische saß. Sie unterhielten sich angeregt, als die beiden kamen, verstummten sie. Mit einer Geste lud Rocco sie ein, sich zu setzen, dann zeigte er auf den Kessel mit Bosanskibonaz, in dem ein riesiger Schöpflöffel steckte. Schon im kalten Winter kostete es Überwindung, den Eintopf aus Fleisch, Paprika, Wirsing, Kartoffeln und Karfiol zu essen, jetzt bei dreißig Grad im Schatten war es ein Opfer. Paja füllte seinen Teller, als ob er seit einer Woche nicht gegessen hätte. Fieno nahm sich nur ein kleines bisschen, um den Gastgeber nicht zu beleidigen. Sie wussten, warum sie hier waren. Max' Anwesenheit bestätigte sie in ihrer Vermutung. Nietzsche rührte sich nicht von der Stelle. Ihr Hiersein hatte nichts mit der Versöhnung der Zigeunerclans zu tun. Sie mussten sich vielmehr über Rache unterhalten. Das Blut vor dem *Ferro di Cavallo* musste weggewaschen werden. Denn die aus Ostia hatten ja nicht vorgehabt, den Kaffer zu erschießen.

Paja, mit dem Mund voll Zigeunerfressen, stieß einen Kampfesschrei aus.

– Ist ja klar ... Wir gehen und diesmal ...

– Du gehst nirgendwohin. Du weißt, wovon ich spreche, brachte ihn Anacleti zum Schweigen.

Fieno hatte keine Ahnung, ob Max etwas über die Niederlage auf der Piazza Gasparri wusste – hatte der Boss nicht gesagt, es sollte ein Geheimnis unter ihnen bleiben? – also schwieg er. Er versetzte Paja unter dem Tisch sogar einen Fußtritt, damit er den Mund hielt, sofern er überhaupt den Mut hatte, ihn aufzumachen und etwas zu sagen.

Max ergriff das Wort.

– Der Boss entscheidet. Aber ich habe mir erlaubt, zur Ruhe zu raten. Zu großer Ruhe. Wenn wir uns unbedingt rächen müssen, dann nicht jetzt. Es laufen zu viele Bullen herum.

Anacleti legte Max die Hand auf die Schulter.

– Du bist gescheit, Nietzsche. Wirklich ein Philosoph.

Paja warf Max einen hasserfüllten Blick zu. Anacleti redete weiter.

– Nietzsche hat recht. Im Augenblick dürfen wir nichts tun. Zuerst müssen wir begreifen, was Samurai vorhat. Er hat mich angerufen. Er will mich sehen. Und wir haben jeden Grund, wütend zu sein. Er muss uns anhören.

– Wir begleiten dich. Wenn es ein Problem gibt, dann ... schlug Fieno schnell vor.

Der Boss schöpfte eine ordentliche Portion Bosanskibonaz aus der Schüssel und leerte sie auf Fienos Teller.

– Ihr beide bleibt hier. Esst und dann ruht euch schön aus. Max kommt mit, sagte er. Dann stand er auf und machte Max ein Zeichen, ihnen zu folgen.

Paja und Fieno wollten schon aufspringen. Aber Anacleti bedeutete ihm, sich wieder hinzusetzen.

– Was hab ich gesagt? Außerdem kommt jetzt die Süßspeise. Und zwar deine Lieblingsspeise, Paja. Halva!, brüllte er in Richtung einer der Frauen, die im Kofferraum eines *gattone*, des klassischen Clan-Mercedes, kramte. Sie brachte zwei Silberteller mit einem dampfenden öligen Brei, garniert mit Sirup, trockenen Früchten und Pinienkernen. Während er mit Max davonging, sagte Anacleti grinsend: – Ich rate euch, esst auf. Sonst bin ich beleidigt.

Das Solarium des *Tatami* blickte auf den Parco di Veio, aufs offene Land. Einen Augenblick lang ließ sich Samurai von der Wärme der Sonnenstrahlen durchdringen. Allein, nackt bis auf seine Oakleybrille mit den verspiegelten Gläsern, betrachtete er seinen Oberkörper und seine Beine, die perfekt enthaart waren. Er atmete tief das Bergamottearoma ein. Zelna, die philippinische Shiatsu-Masseurin hatte ihn eingeölt. Sie war so schweigsam, als ob man ihr die Zunge herausgeschnitten hätte, das war der einzige Grund, warum er sie schätzte. Das *Tatami* war ein exklusiver Club. Buchstäblich. Mehr als ein Fitnessclub, mehr als ein Wellnesstempel, Orte, die nach Menschen stanken. Luca, der Geschäftsführer, war ein Kamerad, der zwanzig Jahre lang in Japan untergetaucht war. Er war erst zurückgekehrt, als das Berufungsgericht eine alte Anklage wegen Bandenzugehörigkeit als verjährt erklärt hatte. Er mochte Samurai, und Samurai mochte ihn. Beide hassten schlechte Gerüche. Und liebten das Exklusive, die Tradition, die Suche nach dem wahren Ich.

Er nahm ein Glas mit eisgekühltem Kiwisaft von dem Bambustischchen neben dem ergonomisch geformten Liegestuhl, auf dem er lag. Er hatte Luca gebeten, den Club am Nachmittag zu schließen.

– Ich erwarte Freunde.

Luca hatte genickt. Wortlos.

Noch eine Viertelstunde, dann würden die tollwütigen Hunde aus Ostia und Centocelle kommen.

Samurai stand vom Liegestuhl auf und ging langsam über den Weg aus heißen Steinen, der vom Solarium zu den Duschen führte. Seine Sohlen wurden vom Gehen auf den glühenden Kohlen heiß, bis sie schmerzten wie kurz vor dem Versengen. Er kühlte seine Füße in einer Wanne mit fünf Grad kaltem Wasser ab. Die Wirkung auf die periphere Durchblutung ließ nicht lange auf sich warten. Das Prickeln kündigte ein wohltuendes Erwachen an.

Füße und Kopf, dachte er.

Er machte die Farbdusche an und ein mächtiger Wasserstrahl mit sechsunddreißig Grad, der zwischen Indigoblau und Smaragdgrün changierte, entkrampfte die Halsmuskeln, entspannte die Trapezmuskeln, rann, mit Lotusessenz angereichert, zwischen seine Beine. Mit langsamen und kreisförmigen Bewegungen massierte er den Nacken und dann die Schläfen. Dann trocknete er sich zehn Minuten lang in der Sauna, die Melissenduft verströmte.

Samurai wusste nicht, ob es richtig war. Ob er sich in die Gosse begeben sollte. Ob er die Hände in diese Kloake stecken, sich in die Fehde zwischen Ostia und Cinecittà einmischen sollte. Sollten sie sich doch gegenseitig umbringen, wie Skorpione in einer Flasche. In Wirklichkeit hatte er keine Wahl. Es konnte nicht mehr lange so weitergehen. Der richtige, der schumpetersche Augenblick, um die kreative Kraft der Zerstörung zu genießen, würde kommen. Bald.

Füße und Kopf.

Er brauchte sie. Und nicht nur er. Perris Kalabresen brauchten sie. Vigliones Neapolitaner. Malgradi, dieser Clown. Für das Projekt der

Waterfront und des sozialen Wohnbaues gab es nur eine Bedingung: dass zwischen dem *Fungo* des EUR und dem Lido von Ostia, zwischen Casalpalocco und der Romanina Frieden herrschte. Zumindest bis der Gemeindebeschluss bewilligt und die Achse für die Stadtentwicklung zwischen Meer und Stadt hergestellt war. Rom durfte nicht länger unter der Knute einer Handvoll durchgeknallter Koksnasen stehen. Man musste dem Ganzen ein Ende setzen.

Jetzt. Augenblicklich.

Das elektrische Tor des *Tatami,* das sich hinter einer üppigen Bougainvillea-Hecke versteckte, öffnete sich, nachdem der schwarze Hummer zum zweiten Mal gehupt hatte. Das Auto parkte unter einer Strohpergola im Innenhof, und die schweigsame Zelda führte den Mann, der ausstieg, ins Haus.

Numero Otto war allein. Er betrat die Dépendence des Clubs, die perfekte Nachbildung eines Katei, eines japanischen Hauses. Samurai saß im schwarzen Leinenanzug im Schneidersitz auf einer Matte mitten in einem großen Zimmer mit minimalistischer Einrichtung aus Zypressenholz, Eisen und Bambus. Mit den Händen führte er langsam eine Tasse lauwarmen Tee an die Lippen.

Numero Otto streckte die Hand aus und kam näher.

– Hast du vielleicht einen Stuhl, mir tut der Rücken weh.

Samurai zeigte auf den Boden.

– Setz dich.

Er setzte sich auf die Kissen und bemerkte, dass seine Transpiration außer Kontrolle geriet.

– Scheißhitze … heute erstickt man ja fast, seufzte er.

– Wir sind nicht hier, um über das Wetter zu reden, sagte Samurai.

– Ich weiß wirklich nicht, worüber du reden willst, Samurai.

– Weißt du es wirklich nicht?

– Nein.

– Weißt du, was ich Scheiße finde? Wenn jemand glaubt, man könnte mich verarschen.

– Samurai, soll das ein Witz sein? Ich weiß wirklich nicht, warum ich hier bin.

– Ich frage dich zum letzten Mal. Zum allerletzten. Du weißt wirklich nicht, warum du hier bist?

– Ist gut, hab verstanden. Aber wir haben mit dem Tanz nicht angefangen.

– Wirklich nicht? Ist Spadino im Schlaf gestorben? Erklär es mir, ich bin neugierig. Ist er mit der Zigarette im Mund im Pinienhain eingeschlafen?

– Spadino war ein Arschloch, das weißt du sehr gut.

– Wenn ich mich umschaue, sehe ich nur Exkremente.

– Was?

– Exkremente bedeuten so viel wie Scheiße.

– Ach so … Spadino hat Malgradi erpresst, Samurai. Er hat rumerzählt, dass sein großer Augenblick gekommen sei. Dass die Abmachung nicht ewig gelte. Und dann hat mich Malgradi um Hilfe gebeten.

– Warum hat er ihn erpresst?

– Eine Hure ist ihm weggestorben, und Spadino hat ihm beim Aufräumen geholfen. Zumindest hat er es mir so erzählt.

Das also war der Grund. Die Geilheit. Samurai verspürte Widerwillen.

– Spadino war nicht irgendwer. Spadino genoss die Protektion der Anacleti. Das hast du doch gewusst, oder?

– Sicher wusste ich das. Und deshalb hab ich ihn umlegen müssen. Wie erlauben sich die Anacleti, ohne Erlaubnis von meinem Teller zu essen? Ich habe die Abmachung immer eingehalten. Willst du was wissen? Nimm.

Numero Otto reichte Samurai den BlackBerry, auf dem er die SMS gespeichert hatte, in denen Anacleti ihn zum Tode verurteilte.

– Sie haben mich in Ostia gesucht, Samurai. Sag mir, was ich hätte tun sollen.

Die Tür des japanischen Hauses ging auf. Zelda machte eine kleine Verbeugung und führte Rocco Anacleti und Max herein.

Numero Otto sprang auf und machte eine Geste, als würde er sich an den Rücken greifen.

– Untersteh dich.

Samurais Stimme war keine Spur lauter geworden.

Numero Otto setzte sich wieder auf die Kissen am Boden.

– Ich mag keine Überraschungen.

– Ich auch nicht, sagte Samurai, zu Anacleti gewandt.

Anacleti äußerte kein Wort und ließ sich gemeinsam mit Max auf den Boden plumpsen, der grüßte Samurai mit einem kurzen Kopfnicken.

Samurai berichtete, was er gerade von Numero Otto erfahren hatte. Anacleti geriet in Rage. Das waren lauter Märchen. Er hatte nie versucht, Malgradi zu erpressen. Und wenn sich Spadino den Abgeordneten vorgenommen hatte, handelte es sich um einen Alleingang. Die Familie hatte nichts damit zu tun.

– Na dann!, rief Numero Otto triumphierend. Dann musst du mir ja dankbar dafür sein, dass ich die Schlange zertreten habe.

– Eine Ratte mit einer Rose im Ohr ist nach wie vor eine Ratte, murmelte der Zigeuner leise, in seiner Sprache.

– Und was willst du uns sagen?, fragte Numero Otto provokant.

– Nichts, ich habe für die Seele des armen Spadino gebetet.

Samurai ließ eine endlos lange Minute verstreichen. Er schlürfte seinen grünen Tee und starrte vor sich hin.

– Weiß jemand von euch Dummköpfen, was Abdel Salam heißt, fragte er dann?

Numero Otto riss die Augen auf, wie immer, wenn er sich nicht auf seinen Instinkt verlassen konnte.

– Das heißt Kaffer. Ist das nicht der Neger aus Cinecittà?

Rocco Anacleti brachte ihn zum Schweigen.

– Ja, du hässliches Arschloch. Und du kannst dir gar nicht vorstellen, was dich das kosten wird. Du wirst mich um Mitleid anflehen, wenn du wie ein Wurm über den Boden kriechst.

Samurai drehte sich zu Anacleti um.

– Genau, denn bei Würmern kennst du dich aus, was? Sind Würmer nicht die, die ihr Wort geben und es nicht halten? Sind Würmer nicht die, die auf Greise losgehen?

Anacleti versuchte sich aus der Affäre zu ziehen.

– Hör zu, Samurai, ich habe diesen Iraner … nun, kurz und gut … Und außerdem habe ich dir an diesem Abend gesagt …

– Schweig. Samurai formulierte noch einmal die Frage. – Kennt jemand von euch die Bedeutung des arabischen Namens Abdel Salam?

Max antwortete, wobei er Silbe für Silbe aussprach. Als ob er diesen Augenblick der Komplizenschaft mit Samurai zutiefst auskosten wollte.

– Diener des Friedens. Er bedeutet „Diener des Friedens“.

Samurai nickte lächelnd.

– Danke, Max. Abdel Salam. Abdel Salam. Würdet ihr bitte wiederholen? Laut.

Ungläubig stießen Numero Otto und Rocco Anacleti den Namen hervor. Eins, zwei, drei, zehn Mal. Wie ein Gebet. Bis Samurai ein Zeichen machte, dass es reichte.

– Man muss das Schicksal, den Zufall deuten können. Ein Diener des Friedens ist gestorben. Und ihr beide werdet es bezeugen, klar?

Numero Otto und Rocco Anacleti sahen sich an. Vielleicht dachten sie dasselbe. Aber beide wussten, dass sie nicht hier waren, um zu verhandeln. Samurai war noch nicht fertig.

– Ich toleriere keine weiteren Kurzschlussreaktionen. Der Friede kennt keine Ausnahmen. Und wenn ihn jemand bricht, wird die Strafe ohne Bewährung verhängt. Der alte Iraner wird für seine Arbeit bezahlt. Ich glaube nicht, dass wir uns sonst noch etwas zu sagen haben. Reicht euch jetzt die Hände und wiederholt zum letzten Mal diesen Namen, Abdel Salam.

Max beherrschte sich, um nicht zu grinsen. Die beiden Arschlöcher hatten bekommen, was ihnen zustand.

Numero Otto kratzte sich die Glatze.

– Entschuldige, Samurai … jetzt, wo Friede herrscht … und ich sage es auch dir, Rocco … angeblich gibt es da einen Carabiniere, der allen auf die Eier geht … wäre es nicht an der Zeit ihn umzulegen?

Samurai sah ihn an wie eine Laus. Widerwillig senkte Numero Otto den Blick.

– Man schießt nicht auf Uniformträger. Nicht mehr.

– Ich hätte aber den Mut dazu, stieß Numero Otto hervor.

– Man schießt nicht, denn das ist nicht rentabel. Es gibt andere Methoden, um einen lästigen Gegner kaltzustellen. Ich habe schon auf sie zurückgegriffen. Aus.

Samurai stand auf, machte eine beinahe liebevolle Geste in Richtung Max, und bevor er hinausging, erteilte er den letzten Befehl.

– Ihr werdet hier nicht gleichzeitig wegfahren.

Numero Otto nickte. Und er folgte ihm, knapp eine Minute später, doch davor wandte er sich ein letztes Mal an Anacleti und seinen Mann.

– Bravo Max, du bist ein Boss geworden. Du hast Karriere gemacht.

XXI.

Bevor Sabrina sich Eugenio Brown hingab, ließ sie ihn ein wenig zappeln. Die sogenannte Pheromon-Methode: Einen verführerischen Duft verbreiten, um das Tier anzulocken und sich dann zurückzuziehen. *Illu ché* hatte ihre Großmutter mütterlicherseits immer gesagt, *anfüttern,* sie stammte aus Andria in Apulien.

Die zukünftige Verlobte zu spielen, war ein angenehmer Zeitvertreib. Eugenio Brown war zwar höflich und zurückhaltend, aber doch ein Mann. Sabrina durfte nicht zulassen, dass die Leidenschaft des Produzenten abkühlte. Sie durfte mit der Widerspenstigkeit nicht übertreiben. Deshalb ergriff sie beim dritten Treffen die Initiative und ging mit ihm ins Bett.

Als Liebhaber erwies sich Eugenio Brown als klassischer Gfe-Typ. Beziehungsweise als *girl friend experience,* wie es im Jargon der Escortladies hieß. Der Mann bezahlt für die Illusion, er würde ein Mädchen lieben, das er später zum Altar führt. Mit anderen Worten, Kuss und Penetration ergaben sich von selbst. Man landete ja nicht zufällig nackt in der Kabine einer vierundzwanzig Meter langen Maestro 82, die ganz hinten im exklusiven Hafen von Cala Galera vor Anker lag. Aber für alles andere glaubte er, um eine Sonderbewilligung ansuchen zu müssen.

– Darf ich dich hier küssen? Ist es dir recht, wenn wir uns umdrehen? Ich würde gern … ich weiß nicht, ob ich dich darum bitten darf … du weißt, du kannst jederzeit nein sagen …

Sabrina hatte sich schnell angepasst, sie wechselte von Hingabe zu gespielter Verlegenheit, nur hin und wieder stellte sie eine Spur des Könnens unter Beweis, für das sie in ihrem Milieu berühmt war.

Nur gut, dass sie nicht den roten Diamanten eingesetzt hatte.

– Langsam, Euge', wir haben ja jede Menge Zeit, oder?

Sie hatte beschlossen, dass es mit Eugenio eine langfristige Geschichte werden würde, und deshalb musste sie die Karten auf den Tisch legen. Sie war ja ziemlich umtriebig gewesen. Und deshalb konnte sie jederzeit enttarnt werden, wie von dem schwulen Schreiberling. Also lieber ehrlich sein. Und zwar genau jetzt. Ein Mann, der nach dem Sex erschöpft und glücklich ist, kann einen kleinen Schicksalsschlag aushalten.

Als er nach einer kurzen Schwimmrunde in die Kabine zurückkam, servierte sie ihm wie immer ein Glas eisgekühlten Grechetto, forderte ihn auf, sich neben sie zu setzen und sagte zu ihm:

– Ich bin nicht die, für die du mich hältst. Ich heiße nicht Justine, sondern Sabrina. Ich arbeite als Escortlady.

Eigentlich lautete der Satz so: „Bis ich dich kennengelernt habe, habe ich als Escortlady gearbeitet." Sabrina hatte sich für eine sachlichere Version entschieden. Sie hatte keine Ahnung, wie Eugenio reagieren würde, also lieber ein Ass im Ärmel behalten, das sie später ausspielen konnte.

Eugenio reagierte gar nicht.

Eugenio trank einen Schluck Wein und forderte sie auf weiterzureden.

Sabrina erzählte von ihrem Vater, einem Alkoholiker, der sie immer wieder schlug. Dass sie mit dreizehn Jahren von einem Klassenkameraden vergewaltigt worden war, dessen Eltern, reiche Leute, die Sache vertuscht hatten. Sie erzählte, ihr Vater habe sie halb totgeprügelt, als er davon erfuhr.

Dann war sie von zu Hause davongelaufen. Sie hatte kleine Diebstähle begangen und war wieder zu ihren Eltern zurückgebracht worden. Ihr Vater hatte sie aus der Schule genommen und sie als Dienstmädchen arbeiten lassen. Der Sohn des Hausherrn und danach auch der Hausherr hatten sie missbraucht. Seine Frau hatte sie entlassen, als sie davon erfuhr. Zwei Jahre lang war sie auf Heroin gewesen. Eine großherzige Nonne hatte sie gerettet, als sie sich in den Fluss werfen wollte, ihr hatte sie es zu verdanken, dass sie eine Entziehungskur gemacht hatte. Mit achtzehn Jahren war sie allein, verzweifelt, mittellos. Sie war auf den Strich gegangen. Ihr kurzes Leben war eine einzige Abfolge von falschen Begegnungen, verpassten Gelegenheiten, Gewalt und Elend jeglicher Art.

– Dann habe ich dich getroffen. Da bin ich nun. Du kannst machen, was du willst. Wenn du willst, gehe ich gleich.

Eugenio nahm ihre Hand und lächelte.

– Ich will aber nicht, dass du gehst. Ich will, dass du aufhörst, mir Lügen zu erzählen.

Sabrina war sauer. Sie hatte sich beim Erzählen derart hineingesteigert, dass sie beinahe selbst an ihre Lügen glaubte.

– Hast du es bereits gewusst?, flüsterte sie.

– Ja.

– Und wer hat es dir erzählt? Fabio, diese Schwuchtel …?

– Ist doch egal, Justine, ob er oder ein anderer. Aber du warst ehrlich zu mir. Zumindest, was deine Absichten anbelangte. Und das gefällt mir. Allerdings …

– Allerdings …

– Tu wenigstens so, als ob du mich ein wenig gern hättest, ja?

Das war wie ein Hieb in den Bauch, ein Schlag in den Nacken, als ob ihr jemand mitten ins Gesicht gespuckt hätte. Verdammt, das tut man nicht, Eugenio Brown! Warum dieser zärtliche Satz? Was bedeutete „tu, als ob du mich gern hättest"? Lieferst du dich mir aus, Euge'? An Händen und Füßen gefesselt, an eine Domina wie mich? Sabrina hatte bisher nur mit Hurenböcken zu tun gehabt und glaubte daher, sie habe keine zärtlichen Gefühe mehr für Männer. Hätte sie der Stimme ihres Herzens Gehör geschenkt, wäre sie aufgestanden, hätte sich angezogen und ihn stehengelassen. Ich passe nicht zu einem wie dir, Eugenio Brown, such dir eine Bessere. Was zum Teufel …

Aber. Das Herz konnte sagen, was es wollte, aber wie sollte sie einfach so auf eine Dachterrassenwohnung im Esquilin, auf eine vierundzwanzig Meter lange Yacht, auf die augenblicklichen und wahrscheinlich auch zukünftigen Weekends verzichten? Wie sollte sie auf die fette Beute, auf Eugenio Browns Geld und Macht verzichten?

Sabrina senkte den Kopf, leckte sich über die Lippen, zog den Rotz hoch, wie jemand, der verzweifelt gegen die Tränen ankämpft, die aus der Tiefe der Seele aufsteigen, sich jedoch keine Blöße geben will. Mit ersticktem Stimmchen sagte sie:

– Du schickst mich also nicht weg?

Eugenio Brown stellte das Glas vorsichtig auf das Nachtkästchen, stürzte sich auf sie und fickte sie wie ein wildes Tier.

Etwas später sagte er zu ihr, er würde sie immer Justine nennen.

– Ja, Schatz, Sabrina klingt ein wenig gewöhnlich, oder?

– Nicht deshalb, Schatz, sondern wegen der literarischen Anspielung.

– Der litera … ja, der Sache mit den beiden Justines … davon hat auch der Professor gesprochen … aber ich habe nicht ganz verstanden …

Sie waren auf der Kommandobrücke, die Yacht lag vor Anker. Sie sahen zu, wie die römischen *beautiful people* auf dem Kai ihren Abendspaziergang machten. Hin und wieder grüßte jemand Eugenio. Ja, ja, schaut nur und verreckt, ihr Trottel!

– Ich erkläre es dir, sagte Eugenio und zündete sich eine Cohiba an.

Soweit Sabrina verstand, waren die beiden Justines eine Art *slaves* bei Sadomasospielen. Ein paar ihrer Freundinnen hatten sich ebenfalls auf diesen Sektor spezialisiert. Für tausend Euro ließen sie sich fesseln und beschimpfen. Oder verkleideten sich als hüftwackelnde Zimmermädchen und bedienten ihren Herrn und Gebieter oben ohne und in Stilettos.

Für ein Extra ließen sich manche als Aschenbecher gebrauchen, und für ein noch höheres Extra sogar als Klo. Um so was hatte sie immer einen großen Bogen gemacht. Die andere Justine war offenbar eine durchgeknallte Reiche, die von Bett zu Bett hüpfte, und die Männer verloren den Kopf wegen ihr. Ach, so was! Ach, und dann war da noch ein Schriftsteller, der sich umgebracht hatte, weil er sie nicht für sich alleine haben konnte.

– Sich umbringen? Wegen einer Frau, nun komm!

– Hast du Angst vor Selbstmord, Justine?

– Nein. Aber ich halte ihn für Unsinn, Euge'!

Eugenio lobte weiter die Vorzüge der beiden papierenen Heldinnen. Er hatte eine schöne Stimme, allenfalls etwas eintönig. Die Abendbrise liebkoste Sabrinas nackte Schultern, ließ sie auf angenehme Weise erschauern. Sie kuschelte sich in die Arme des Produzenten und schloss die Augen. Langsam wurde sie müde. Es war wirklich ein unvergesslicher Tag gewesen.

Eugenio leckte ihr Ohr.

– Ich muss dem Professor jedoch dankbar sein.

– Wofür?

– Ohne ihn hätten wir uns nicht kennengelernt.

– Schick ihm eine Flasche.

– Er will, dass ich einen Film für ihn produziere.

– Und wirst du das tun?

– Vielleicht.

Sabrina richtete sich auf, mit einem Mal hellwach.

– Mach es. Produziere diesen Film. Und gib mir eine Rolle. Dann weiß ich, dass ich für dich wirklich wichtig bin.

Nach dem Weekend am Argentario zog Sabrina in die Dachterrassenwohnung am Esquilin. Sie rief Teresa an und bedankte sich für den Tipp, aufgrunddessen sich wahrscheinlich ihr Leben ändern würde.

– Ach was! Wirklich? Das freut mich für dich, Sabri'! Aber vergiss mich nicht, ja ... bei mir laufen die Dinge nicht wirklich gut ...

– Mach dir keine Gedanken, Teresa. Ich weiß, was Dankbarkeit ist.

Ja, und wie! Sie löschte ihre alte Telefonnummer. Wenn schon ein neues Leben, dann voll und ganz!

Eugenio verhalf ihr zu einem Vorsprechen bei Regisseur Bellini. Sie musste in das Kostüm eines Dienstmädchens schlüpfen. Sie musste die Szene betreten und sagen: „Signora, die Melanzane sind verbrannt."

Der Regisseur, ein Veteran, dem die jahrelange Erfolglosigkeit zugesetzt hatte, warf die Flinte ins Korn.

– Eugenio, entschuldige, aber sie ist ein hoffnungsloser Fall.

– Versuch es noch mal, du weißt, es ist mir viel wert.

– Euge', wenn eine viermal Melenzane, Menzelane, Manzalane sagt ...

– Das ist wohl die Aufregung ...

– Glaub mir, mein Freund. Die kommt von ganz woanders. Es ist unmöglich.

Eugenio beschloss, ihr einen Personal Trainer zu beschaffen. Carlo, wie er hieß, versuchte ihr die richtige Aussprache, den Tonfall der Sätze beizubringen, die sie sprechen sollte.

Sabrina tat ihr Bestes.

In der Zwischenzeit versöhnte sie sich mit Fabio. Nicht der Drehbuchautor hatte Eugenio die Wahrheit gesagt, sondern wer anderer. Sie wurden so etwas Ähnliches wie Freunde. Eines Tages, sagte er zu ihr, würde er ein Buch über ihre Love Story schreiben.

– Love Story scheint mir übertrieben, Fabio.

– Dann sagen wir, du bist wie Eliza für Higgins.

– Was ist das, wieder ein Buch?

– Ein Theaterstück, um genau zu sein. Der alte Pygmalionmythos, in der Version des englischen Theaterautors George Bernhard Shaw.

– Ihr Linken drückt euch immer so kompliziert aus.

– Kein Wunder, im Vergleich zu den Herrschaften, mit denen du früher verkehrt hast.

Jedem anderen, der so mit ihr sprach, hätte sie das Gesicht zerkratzt. Aber Fabio war ihr sympathisch. Also bat sie ihn, ihr die ganze Geschichte zu erzählen.

– Pygmalion, ein Bildhauer, schafft eine Statue, die so schön ist, dass er sich in sie verliebt. Also geht er zur Göttin Aphrodite und bittet sie, sie in einen Menschen zu verwandeln. Die Göttin willigt ein, die Statue wird zu einer Frau, und sie leben glücklich und zufrieden.

– Na so was! Und das Theaterstück?

– Ein Professor nimmt sich eine Frau aus dem Volke, erzieht sie und macht sie zu einer eleganten Dame. Dann heiratet sie einen Lord, und sie leben glücklich und zufrieden.

Das musste man wahrscheinlich als Dankbarkeit bezeichnen.

Sie bemühte sich noch mehr, ließ lächelnd die mörderischen Sitzungen bei Carlo über sich ergehen.

Als auch der Personal Trainer das Handtuch warf, führte Eugenio sie zum Abendessen ins *Sette* in der Via Settembrini aus, im Prativiertel, und bei Trüffeltagliolini sagte er ihr klipp und klar, dass sie nie eine Schauspielerin werden würde.

Die lang unterdrückte Wut der Frau aus dem Volke explodierte in einer befreienden Szene.

– Deiner Meinung nach bin ich also gerade mal gut, jemandem einen zu blasen.

Das Paar am Nebentisch drehte sich schockiert um.

Eugenio versuchte vergeblich sie zu beruhigen.

– So etwas habe ich nie gedacht, mein Schatz. Wir müssen bloß etwas finden, was deinen Talenten mehr entspricht.

– Unsinn! Ich bin nicht schlechter als alle diese Huren, die bei deinen Freunden von der RAI arbeiten. Ich weiß, wie der Hase läuft. Du brauchst nur zum Telefon zu greifen und sie geben mir einen Vertrag!

– Nein, mein Schatz!

– Was heißt hier nein? Du willst nicht! Du bist ein Arschloch. Und Schluss mit dem „Schatz“.

– Ich bin Eugenio Brown. Die, die zum Telefon greifen, habe ich mein Leben lang bekämpft. Deshalb werde ich respektiert, hast du verstanden? Auf jeden Fall Schluss mit der Debatte. Beruhige dich bitte.

Sabrina schüttete ihm ein halbes Glas Brunetto, Brunone, oder wie auch immer dieser Wein hieß, der hundert Euro pro Flasche kostete, ins Gesicht.

In der Überzeugung, Eugenio Brown endgültig verspielt zu haben, ging sie in die Wohnung am Esquilin und packte ihren Koffer.

Umso besser, dachte Sabrina.

Die Linken. Die Scheißlinken. Eugenio Brown war wie alle anderen auch. Er hatte sie gekauft. Wie alle anderen auch. Aber die zahlten wenigstens, nachdem sie eine Nummer geschoben hatten, sie zahlten sogar gut, und auf Wiedersehen. Diese ganzen Idioten vom Theater, das Theaterstück, ich mache dies und jenes aus dir, Pygmalion … so ein Trottel! Willst du die Wahrheit wissen, Sabri'? Typen wie Malgradi begnügen sich damit, dich zu ficken, und basta. Aber Typen wie Eugenio Brown wollen dich ändern. Aber ich bin ich.

Während sie alles in ihren Koffer stopfte, was ihr gehörte – und als Entschädigung auch ein paar Souvenirs wie die Rolex, die auf der Badezimmerkonsole lag, und ein paar 15-x-30-Bilder, die so klein und wertvoll wie Gold waren, wie Fabio, die Schwuchtel gesagt hatte – liefen auf dem HD-Bildschirm des riesigen Fernsehers vor dem Doppelbett die Bilder der Sky-Nachrichten.

Aus den Augenwinkeln sah sie ein Bild, das sie zu kennen glaubte. Sie legte den schwarzen Kaschmirpulli weg, der der verstorbenen Lady Brown gehört hatte, nahm die Fernbedienung und stellte lauter.

Grausiger Fund mitten im Naturpark Marcigliana, vor den Toren Roms. Eine weibliche Leiche im Zustand fortgeschrittener Verwesung wurde heute Vormittag um zehn Uhr von einem Mann gefunden, der mit seinem Hund spazieren ging. Die Leiche war zum Teil verstümmelt, wahrscheinlich von den wilden Tieren im Wald …

Vicky.

Sie hatten sie gefunden.

Wie hatte doch der Typ am Telefon gesagt? Wir legen dich neben deine Freundin …

Von den Hunden gefressen!

Auf einmal war Sabrina wieder ganz klar im Kopf.

Sie war drauf und dran, eine Riesendummheit zu begehen.

Manche Leute können sich eben keinen Stolz erlauben, Sabri'.

In aller Eile packte sie den Koffer wieder aus.

Eugenio Brown kam kurz nach Mitternacht.

Sie stürzte sich in seine Arme.

– Verzeih mir verzeih mir verzeih mir, ich weiß nicht, was in mich gefahren ist, Schatz, es passiert nie mehr.

Eugenio Brown staunte.

Sabrina ließ das Unterkleid Marke La Perla fallen. Sie stand nackt da. Sie drehte sich um. Dem Anlass entsprechend hatte sie den berühmten roten Diamanten aus der Lade geholt.

Eugenio Brown verzieh ihr.

XXII.

Der Abgeordnete Pericle Malgradi rief Spartaco Liberati an und teilte ihm mit, eine handverlesene und unabhängige Jury, die aus römischen Honoratioren bestand, habe ihm die *Penna d'Oro* verliehen, „einen Preis für den Journalisten des Jahres, für einen Journalisten, der sich dabei hervorgetan hat, den Anliegen der Bürger auf bestmögliche und unabhängige Weise Gehör zu verschaffen und ihre Rechte zu verteidigen". Dann kam er zum Wesentlichen. Er wusste ja sehr gut, dass man bei diesem Trottel keine Höflichkeitsformeln verwenden musste.

– Da bin ich aber platt, Herr Abgeordneter. Ich bekomme einen Preis? Das ist ja zum Verrücktwerden. Endlich die Belohung für ein Leben voller Opfer.

– Liebesdienste, Liberati. Liebesdienste heißt das.

– Schon gut. Ist ja egal. Spartaco Liberati, Journalist des Jahres. Verdammt. Das klingt gut, Abgeordneter. Da werden mir die Sponsoren wohl die Tür einrennen, was?

– Hören Sie, ich habe keine Zeit zu verlieren. Ich wollte Ihnen nur ein paar Dinge sagen. Erstens: Tauchen Sie bei der Preisverleihung ja nicht ohne Sakko und ohne Krawatte auf, sonst lässt man Sie nicht rein. Preis hin, Preis her.

– Herr Abgeordneter, machen Sie sich keine Sorgen. Ich blamiere Sie nicht. Eines möchte ich aber noch wissen ... Entschuldigung, aber ist der Preis mit einem Scheck verbunden?

– Was für eine Frage, Liberati. Natürlich. Kein Preis ohne Preisgeld. Fünftausend. Wir sind ja nicht beim Unità-Fest.

– Genau, das meinte ich.

– Zweitens. Ich bitte Sie nicht, eine Rede vorzubereiten, von einem Analphabeten wie Ihnen kann man das ja nicht verlangen. Ich bitte Sie nur, sich nicht daneben zu benehmen.

– Das heißt?

– Nicht ins Fettnäpfchen zu treten, Liberati. Nicht ins Fettnäpfchen zu treten.

– Aber ich bitte Sie.

– Ich meine, was die Liebesdienste anbelangt … erwähnen Sie ja nicht, dass Sie für Interviews mit Stadträten und Beratern bezahlt wurden.

– Warum sollte ich, Abgeordneter? Das geht doch niemand was an.

– Bei Ihnen weiß man ja nie. Ist ja nicht auszuschließen, dass ein paar echte Journalisten zur Preisverleihung kommen. Und vielleicht kommen sie auf die Idee, Ihnen eine ganz einfache Frage zu stellen.

– Und zwar?

– Zum Beispiel, warum Sie sich plötzlich für Themen der Stadtpolitik interessieren und Politiker interviewen, obwohl Sie eigentlich nur über den Fußballclub Roma sprechen sollten.

– Gut, schon klar. Ich könnte sagen: „Weil die Fankurve Monte Mario voll mit Politikern ist.“ Stark, was?

– Da haben wir es. Am besten, Sie schweigen. Wenn man Sie auf die Bühne ruft, sagen Sie: „Danke“. Oder wenn Sie unbedingt wollen: „Danke, ich bin zutiefst bewegt.“ Auch wenn es niemand glaubt. Dann lächeln Sie für die Fotografen. Sie drücken dem Bürgermeister die Hand, während er Ihnen die Schatulle mit der goldenen Feder und den Umschlag mit dem Scheck überreicht. Und dann nehmen Sie wieder im Publikum Platz. Verstanden?

Spartaco legte auf und strahlte.

– Man sieht sich auf dem Kapitol.

Die Fünftausend ließ er sich nicht entgehen.

Musste er nur noch einen Anzug für die Preisverleihung auftreiben. Er offerierte den üblichen Liebesdienst: Gratiswerbung im Radio.

– Gib mir einen schönen Anzug, und ich sorge dafür, dass du die Hälfte der Fankurve Süd einkleidest.

Zuerst probierte er es bei Zara, dann bei Gap. Aber als man ihm zum zweiten Mal sagte, er solle scheißen gehen, gab er auf. Also auf die Casilina, Zona Giardinetti. Bei *Elegance* gab es fünf Stockwerke voll mit Klamotten für Vorstadtwichser, Huren und Zuhälter. Mimmo, der Typ an der Kasse, war ein Freund. Ein Verrückter, der Fm922 sogar abonniert hatte, die Podcasts las wie die Bibel, und der ins *Asso di Picche* zum Wetten ging, Kickboxen.

– Hallo, Spa', was brauchst du? Ich kleide dich ein. Und ich gebe dir sogar fünfzig Prozent Rabatt. Du kannst dir ja gar nicht vorstellen, was für tolle Sachen ich habe.

– Doch.

– Nun komm. Schau dich um.

Mimmo übergab ihn Danila, einer zwanzigjährigen rothaarigen Verkäuferin mit einem schönen Hintern, Katzenaugen, einem Nabelpiercing, einem Piercing über der rechten Augenbraue, einem mitten auf der Zunge und noch einem, das er sich nur vorstellte, weil er es leider nicht sehen konnte.

– Größe?, fragte sie.

– 48, würde ich sagen.

– Ja. Vor dreißig Jahren. Jetzt ist dir sogar 54 zu klein.

– Spar' dir die Frechheiten, Kleine, sonst sag ich Mimmo, er soll dir einen Tritt in den Arsch geben.

– Mimmo vögelt mich.

– Na gut. Dann zeig mir Größe 54.

Das Mädchen tauchte mit einem Anzug auf, der grau schillerte wie eine Bachforelle. Mit einem Baumwollanteil von wahrscheinlich nicht mal zehn Prozent.

– Wo ist der her, aus dem Zirkus? Ich bekomme einen wichtigen Preis, ich habe nicht vor, Tauben aus dem Zylinder zu zaubern.

– Er kommt aus Albanien.

– So sieht er auch aus. Ich will ja nicht zu einer Schleuserhochzeit.

– Probier ihn an. Ich glaube, die Farbe passt zu dir.

Er schob den Vorhang der Umkleidekabine zur Seite, abgestandener Geruch schlug ihm entgegen. Er schlüpfte in den Anzug, der die Farbe eines gestrandeten Wals hatte.

– Was sagst du?

– Perfekt. Ich bringe dir noch ein weißes Hemd, Socken und Schuhe.

– Auch eine passende Krawatte … Oder nein. Ich habe eine Krawatte. Die blaue von der Roma-Uniform.

Das Hemd war hart, wie aus Karton. Wie übrigens auch die Schuhe. Eine schlechte Kopie von Saxon-Schuhen, sogar das Logo auf der Innenseite – Sagsun – der Kunstledersohle war eine Imitation.

Mimmo an der Kasse legte noch ein Schäufelchen nach.

– Hübsche Fotze, was?

– Du hättest mir sagen können, dass sie deine Freundin ist. Ich habe mich blamiert.

– Sie ist nicht meine Freundin. Sie ist eine Leiharbeiterin. Sie ist mit dem Sohn des Chefs zusammen. Ich ficke sie nur hin und wieder.

– Umso schlechter. Gut, was bekommst du für den Mist?

– Spa', warum beleidigst du mich … du hast Garantie darauf!

– Wie lange? Einen halben Tag? Also, sag schon.

– Fünfhundert Euro alles in allem.

– Und der Rabatt?

– Hab ich schon abgezogen. Was stellst du dir vor, soll ich dir die Sachen schenken?

– Ich hab kein Bargeld dabei. Ich ziehe sie dir im Fitnessclub von der Boxrate ab. Forza, magica Roma, Mimmo!

Dann kam der große Tag. Sein Tag. Im weichen Abendlicht, das den Konservatorenpalast in matten Pastelltönen schimmern ließ, stieg Spartaco Liberati die Stufen zum Kapitol hinauf. Er blickte sich um. Er spuckte einen Lupinensamen aus, der zwischen seinen Schneidezähnen steckengeblieben war.

Ja, die Pressefreiheit. Verdammt, der unabhängige Journalismus. Der Wachhund. Die Tatsachen. Aber welche? Die Wahrheit? Die meines Großvaters: Wahr ist, was man sagt.

Er profitierte von seinem gesunden Zynismus – *Realismus, Re-a-lis-mus.* Aber ja, im Leben ging es einzig und allein darum, dass man auf der Seite der Richtigen war. Und wenn man bekommen hatte, was man wollte, auf Wiedersehen. Ein Tritt in den Arsch und weg. Ein anderes Pferd und ein anderer Zirkus. Selbst dieser aufgeblasene Malgradi, wer war der schon?

Der Abgeordnete wusste nicht, dass er aufgrund der *Penna d'oro,* die er jetzt einsteckte, von einer Meerbarbe zum Hai werden würde. Gab es denn nur einen Abgeordneten in Rom? Wie lange würde dieser Malgradi wohl noch an der Macht bleiben? Er, Spartaco Liberati, hatte nur einen Boss: Samurai.

Er war pünktlich. Neben der Marc-Aurel-Statue standen zwei Carabinieri in Paradeuniform, sie flankierten einen General, der sich mit Malgradi unterhielt. Einen Typen, dessen Gesicht glatt und weich war wie ein Kinderpopo, er war so klein, dass ihn die steife Kappe mit dem Adler des Generalsstabs darauf zu erdrücken drohte. Auf der Brust hatte er eine Reihe von Ordensbändern. Er stützte den Arm einer alten Schabracke, die wie eine Vogelscheuche gekleidet war. Dahinter ein

Haufen Adabeis, die wegen der Preisverleihung gekommen waren, kein einziger davon unter sechzig.

Wo bin ich gelandet? Was soll das sein? Haben sie das Altersheim *San Giovanni* aufgelöst? Na so was!

Malgradi tippte auf die Uhr. Es war Zeit reinzugehen. Die Tattergreise und die auftoupierten Schabracken strömten in die *Sala degli Orazi e Curiazi*. Offensichtlich waren sie weder seinetwegen noch wegen des Preises gekommen, sondern nur wegen des Zwergs in Uniform, wegen Malgradi und des Bürgermeisters, der mitten in dem großen Saal stand, wie ein Stockfisch an einem Plexiglaspult lehnte, auf dem ein dünnes Schwanenhalsmikrofon stand. Der Bürgermeister strich mit der Handfläche über das Mikrofon.

– Guten Abend allen und danke, dass Sie so zahlreich erschienen sind. Guten Abend auch den zivilen und militärischen Würdenträgern, die uns heute mit Ihrer Anwesenheit beehren, allen voran seiner Exzellenz, dem General Mario Rapisarda, Kommandant der *Custoza*-Division der Carabinieri-Streitkräfte, der hier in der ersten Reihe neben seiner Gattin sitzt.

Tja Gattin. Wo siehst du hier eine Frau?

– Im Namen der Stadt, als deren ersten Bürger ich mich stolz bezeichnen darf, darf ich Sie bei der erstmaligen Verleihung der *Penna d'Oro* begrüßen, womit die Stadtverwaltung sowohl einen der edelsten Berufsstände, den Journalismus, als auch einen seiner würdigsten Vertreter ehren möchte. Doktor Spartaco Liberati, die unermüdliche, unabhängige und freie Stimme von Radio Fm 922. Ich bitte um Applaus.

Spartaco drückte die Krawatte der Roma-Uniform an die Brust, stand auf und machte eine kleine Verbeugung, während die Greise im Publikum sich die Hände wundklatschten.

Doktor, Doktor.

Was für ein Doktor?

Der Bürgermeister trat wieder ans Mikrofon.

– Natürlich könnte ich noch vieles hinzufügen. Aber ich schweige und übergebe das Mikrofon an einen Berufeneren, an den Abgeordneten Pericle Malgradi, der uns heute mit seiner Anwesenheit ehrt, und der diesen Preis gemeinsam mit der Stiftung *Rialzati, Roma* und dem Restaurant- und Önothekenverband ins Leben gerufen hat. Bitte, Herr Abgeordneter …

Der Bürgermeister nahm in der ersten Sitzreihe vor dem Pult Platz.

Malgradi räusperte sich.

– In diesem Saal, in dem 1956 die Römischen Verträge – ein Meilenstein für die Europäische Union – unterzeichnet wurden, fühlen wir uns gezwungen, darüber nachzudenken, welche Macht die Feder hat. Ein Wort kann einen Krieg auslösen. Ein Wort kann aber auch einen fruchtbaren und dauerhaften Frieden besiegeln …

Die Gattin von General Rapisarda näherte sich dem Ohr ihres Gatten. Wie tüchtig dieser Malgradi doch war!

– Wenn wir in diesem Saal die Geschichte Roms betrachten, so wie sie auf den Fresken aus dem 17. Jahrhundert des großartigen Giuseppe Cesari, genannt Cavalier D'Arpino dargestellt ist, müssen wir uns fragen, was der Mensch ohne das wäre, was er von Generation zu Generation weitergibt. Schauen Sie, schauen wir.

Malgradi hob feierlich den Blick zum Gewölbe des Saals.

– Die Wölfin, die Romulus und Remus findet. Die Schlacht gegen die Veienti und Fidenati, der Kampf zwischen den Horatiern und den Curatiern.

Spartaco war hingerissen. Obwohl er kein Wort von dem verstand, was Malgradi sagte. Tja.

– Der Mensch lebt von Nachrichten über seine Ursprünge. Aber was ist eine Nachricht? Die Tatsache, dass die Wölfin Romulus und Remus gefunden hat, ist eine Nachricht. Sie werden sagen: Der Herr Abgeordnete greift aber weit in die Vergangenheit zurück. Ich aber sage: nein! Ich sage, ich spreche von uns, von unserer Zeit. Die Nachricht bedeutet Verantwortung. Ja. Ver-ant-wor-tung. Manche behaupten, ohne Scoop gäbe es keinen Journalismus. Scoop. Ein englisches Wort, das so viel wie Gerede, Gerücht bedeutete. Ein hinterhältiges Wort. Scoop bedeutet graben. Genau, graben. Und was sucht man, wenn man gräbt? Nur Dreck, meine lieben Freunde und Freundinnen. Schmutz. Wenn man gräbt, wühlt man in dem, was die Menschen zum Nutzen aller versteckt haben. Wenn man gräbt, versucht man unschuldige Opfer in Misskredit zu bringen. Journalismus ist jedoch etwas anders. Er ist Wahrheit in der Verantwortung. Prägen Sie sich das ein. Diesen Spruch habe ich als Motto für meinen Preis gewählt, er ist in die goldene Füllfeder eingraviert, die meine Freunde vom Restaurant- und Önothekenverband heute Abend Spartaco Liberati überreichen, zum Dank dafür, dass er ein leuchtendes Beispiel dieses Berufsstandes ist. Danke.

Die Greise standen mühevoll auf und spendeten lang anhaltenden Applaus, während sich Spartaco gehorsam auf ein „Danke“ beschränkte. Ein schnelles Foto mit dem Bürgermeister, der ihm die Schatulle mit der Füllfeder und den Scheck überrichte. Ein hässliches vergoldetes Zäpfchen mit Kappe – *Verdammt, was heißt hier Gold, das Zeug ist vom Chinesen!*

Dann tauchten Gemeindebedienstete in Livree, mit weißen Handschuhen und riesigen Silbertabletts auf, führten ein gut einstudiertes Ballett auf und boten den anwesenden Diabetikern mit den wässrigen Augen Haufen von Tramezzini an, die so hoch wie Maya-Gräber waren, Büffelmozzarella aus der Käserei *Saverio Viglione e figli* aus Caserta, Gianduja und gefüllte Pralinen.

Spartaco biss in das Riesending, das ihm eine der alten Schabracken reichte, sie hatte sich als Gräfin Farneti vorgestellt, Letztgeborene eines Offiziers der königlichen Wache von Umberto II. von Savoyen, „des Maikönigs, müssen Sie wissen ...“

Nolens volens ließ er die alte Schabracke über sich ergehen, um an die Handynummer der einzigen akzeptablen Frau im Saal zu kommen. Ihrer Enkelin, die sie begleitete. Einer blonden Parioli-Schnepfe, die angezogen war wie eine Nonne, jedoch eine Schnute zog wie eine, die es faustdick hinter den Ohren hatte, und auf der Innenseite des Handgelenks ein kleines Herz tätowiert hatte.

– Wissen Sie, Herr Doktor, meine Kleine möchte so gern Journalistin werden. Vielleicht könnte jemand wie Sie ihr was beibringen.

Von seinem Platz aus konnte Spartaco sehen, wie Malgradi und Rapisarda sich hinter einer der großen Türen aus intarsiertem Nussholz unterhielten. Wieder fiel ihm auf, wie vertraut die beiden waren. Er hatte sich nicht geirrt.

Rapisarda war ein Kalabrese aus Reggio, ungefähr sechzig Jahre alt. Sein Vater und Malgradis Vater hatten gemeinsame Sache gemacht. Beide Faschisten, beide Universitätsbarone an der medizinischen Fakultät in Messina. Die Söhne waren gemeinsam aufgewachsen. Danach hatten sich ihre Wege, wie man so schön sagte, getrennt. Malgradi hatte immer wieder die politische Couleur gewechselt, kurz vor der Katastrophe war er auf den Wagen des Siegers aufgesprungen.

Mario Rapisarda hatte Karriere gemacht, indem er sich mit allen arrangierte. Er hatte sofort seine Lektion gelernt. Rechts oder links war völlig egal. Solange das Honorar stimmte. Tief in seinem Herzen hatte er jedoch nie den kulturbedingten und ästhetisch motivierten Antikommunismus aufgegeben, den ihm sein Vater beigebracht hatte. Als frisch ernannter Unteroffizier in Neapel hatte er gelernt, dass die Festnahme eines Camorrista nichts brachte außer einer ungelesenen Kurznachricht in der Presse, während eine Freikarte für ein Spiel im San-Paolo-Stadion für einen Stadtrat oder Berater der Kommune damit einherging, im strahlenden Licht der Öffentlichkeit zehn, hundert duftende Hände in weniger als zwei Stunden zu drücken. Dank der Heirat mit der Tochter des Verteidigungsministers hatte er dann seine Zelte in Rom aufgeschlagen, zuerst als Major, dann als Colonello. Einer Frau übrigens, die so hässlich wie die Nacht und so nützlich wie eine Lebensversicherung war. Er war durch die Schulen gewandert, durch die Logistikabteilungen, hatte in den wichtigen Salons seine Aufwartung gemacht. Deshalb war er zum unbestrittenen Protagonisten der TV-Krimi-Salons geworden.

Im Generalkommando lachte man über ihn. Man bezeichnete ihn als „berittenen Carabiniere". Es war ihm egal. Unerschrocken sprach er vor Silikonbrüsten, aufgespritzten Lippen und Botoxstirnen über Tatorte, Waffen, Motive, lauter Dinge, über die er sich nie ernstlich Gedanken gemacht hatte. Wozu waren denn seine Untergebenen gut, die, die auf der Straße waren?

Jetzt waren sie wieder vereint, er und Malgradi. Jetzt waren sie dort, wo sie hingehörten. Aber beide wollten noch eine letzte Stufe erklimmen. Malgradi träumte vom Ministerium, Rapisarda vom Posten des kommandierenden Generals. Sie konnten sich die Hand reichen.

Spartaco war die Schabracke losgeworden und atmete das Maiglöckchenparfum der Enkelin ein, die gerade mit der chinesischen Füllfeder ihre Handynummer auf seine Handfläche schrieb. Dabei ließ er Malgradi und Rapisarda nicht aus den Augen.

Der Abgeordnete gestikulierte erregt. Der General nickte mit besorgtem Blick, fuhr sich hin und wieder über das abgewetzte Revers.

Spartaco versuchte zu verstehen, was die beiden sagten.

– Ich hoffe, Sie haben mich verstanden, General. Es könnte ein ernsthaftes Problem geben, wenn er in die Stadt zurückkehrt. Auch für die Carabinieri könnte es peinlich sein, ja.

– Dieser Malatesta ist ein guter Polizist, aber etwas zu eifrig. Seien Sie ganz ruhig, Herr Abgeordneter.

Malgradi verabschiedete sich von Rapisarda, machte ein paar Schritte und zog Liberati ans andere Ende des Saals.

– Hören Sie mir gut zu. Sie haben den Preis bekommen, Sie haben das Geld bekommen. Jetzt tun Sie Ihre Pflicht. Beginnen Sie mit der Radiokampagne. Auf die harte Tour. Wie Sie es immer machen, wenn Sie gute Argumente haben. Sorgen Sie dafür, dass ich es nicht bereue. Verstanden?

XXIII.

Samurai fuhr langsam auf Ostia zu. Er wollte erst dort ankommen, wenn die Feier zu Ende war, er hatte überhaupt keine Lust, daran teilzunehmen. Max saß neben ihm, schweigsam wie immer. Während sie im dichten Urlaubsverkehr dahinrollten, hörten sie *Il Calcio in testa,* die Radiosendung, die Spartaco Liberati, die Ratte, in der Unterwelt bekannt gemacht hatte.

Liebe Freunde, die ihr mir zuhört, wir haben es wieder einmal mit einer typischen Verschleierungstaktik der Linken zu tun. Der gewaltsame Tod eines Immigranten in Cinecittà wird als Vorwand benutzt, um die Mafia ins Spiel zu bringen. Aber welche Mafia? Von welcher Mafia sprechen wir? Solange, bis der Gegenbeweis erbracht wird, handelt es sich um eine blutige Ausländerfehde – doch was machen sie daraus? Eine Exekution, einen Bandenkrieg. Bande? Aber was für eine Bande? Dandi, Freddo, Libano und all die anderen sind doch tot und begraben. Es ist aus! Aus und vorbei! Klar?

Samurai musste zugeben, dass Spartaco sein Handwerk verstand. Die Desinformationskampagne lief im großen Stil an.

Doch leider gibt es ein „aber". Und das macht mich wirklich sprachlos. In Cinecittà gibt es eine Zicke namens Savelli. Alice mit Vornamen, wie mir scheint. Eine Kommunistin, damit wir uns recht verstehen. Wisst ihr, auf was für eine Idee sie gekommen ist? Sie diffamiert dieses Viertel. Anständige Leute. Und das Unglaubliche ist, dass ihr die Carabinieri das erlauben. Wie das? Liebe Freunde, wenn ihr Geduld habt, werdet ihr sehen, dass der Autor dieser Zeilen konsequent bis ans Ende geht. Und wahrscheinlich gibt es dann was zu lachen. Ja. Und jetzt R.E.M mit *Leaving New York.*

Damit, dachte Samurai, hatte Spartaco ein wenig danebengegriffen. Er erklärte Max, dass man Alice Savelli seines Wissens nach nicht wirklich als „Kommunistin" bezeichnen konnte. Allenfalls als Idealistin, die von einer neuen Weltordnung daherfaselte, ohne sich im Geringsten um die Realität zu kümmern. Solche wie sie bezeichnete Samurai als mittelalterliche Messianisten. Als Utopisten, die von einer Welt ohne Banken und ohne Herren träumten, ohne Rechte und ohne Linke, von einem grauen eintönigen Flachland, in dem nur noch dieser abgeschmackte Begriff „Bürger“ zählte, der alles und nichts bedeutete. Bürger hatten Sokrates den Schierlingsbecher gereicht, und bei der Wahl zwischen dem Propheten Christus und dem Dieb Barabbas hatten sich Bürger für den Letzteren entschieden. Am meisten störte ihn an diesen Leuten der absolute Mangel an aristokratischem Bewusstsein. In gewisser Weise waren sie das Gegenstück zu Numero Otto und den übrigen Straßenkötern: Primitive Elemente, bestenfalls leicht zu manipulieren und vor allem leicht umzubringen. Doch es war beunruhigend, dass sie immer mehr wurden. Ihre Ablehnung der herkömmlichen Politik machte Schule. Aber auch rundumerneuerte Rote fehlten nicht in ihrer Mitte. Sie glaubten zwar an eine starke Ideologie, waren jedoch dazu verdammt, beim ersten Ansturm der Horde unterzugehen. Samurai sah eine Phase der Umwälzungen vor sich, allerdings mit vorhersehbarem Ausgang. Jede Mäßigung würde vom Sturm des Konflikts hinweggefegt werden. Und letzten Endes würde die Auseinandersetzung zwischen den Bürgern und ihnen stattfinden, zwischen „ihnen“ und „uns“. Genau deshalb hatte er nach vielen Jahren wieder begonnen, in der Kategorie des „Wir“ zu denken. Und hin und wieder unterrichtete er die Jungs, die Luca in seinem *Tatami* versammelte. Er musste jedoch zugeben, dass nicht mehr die alte Leidenschaft in ihm brannte, denn die Sache gehörte mittlerweile der Vergangenheit an. Es war nur eine Vorsichtsmaßnahme angesichts des unausweichlichen Kampfes. Übrigens war nicht einmal Marco Malatesta ein Kommunist. Doch der war nicht orientierungslos, sondern hatte vielmehr allzu klare Vorstellungen. Deshalb musste seine Verbindung mit der Messianistin Alice Savelli im Keim erstickt werden. Die Gegenmaßnahmen hatten gegriffen und Malatesta war neutralisiert worden. Aber der Friede war allzu prekär. Sie mussten sich beeilen. Malgradi musste sich ins Zeug legen.

Die Musik ging in eine Werbung über, und am Horizont erschienen die ersten Gebäude Ostias.

Auf dem Piazzale vor der Kirche Santa Maria Regina Pacis wimmelte es vor anständigen Bürgern. Aus der Menge stachen die Jungs aus Ponente hervor, die sich auf Denis’ Weisung hin als Legionäre verkleidet hatten. Auch der Name, *I Cavalieri di Costantino,* war Denis' Idee gewesen; er hatte unter Beweis stellen wollen, dass er in seinem Leben schon ein paar Bücher gelesen hatte.

– Hallo, Denis, wir sind zehn-tau-send, alé, oh-oh! Wie eine Fankurve im *Olimpico.* Alle sollen sehen, dass wir hier das Sagen haben! Beziehungsweise, dass ich das Sagen habe!

Denis machte gute Miene zum bösen Spiel. Die Flasche hatte ausnahmsweise recht. Monsignor Tempesta hatte darauf bestanden, ein feierliches *Te Deum* zu sprechen, „damit auf dem blutgetränkten Boden Ostias wieder Friede einkehrt", aber der Sinn der Messe war allen klar: Hier haben wir das Sagen, der Krieg ist jetzt zu Ende.

Der Bischof trat auf den Platz vor die Kirche hinaus und segnete die Menge.

– Denis, wir drehen hier einen Film.

Aber Denis war schon davongelaufen. Numero Otto sah, wie er die Menge teilte, die sich bei seinem Erscheinen respektvoll zurückzog, und wie er dem Monsignore ein Schwert überreichte, auf dessen Klinge *I Cavalieri di Costantino* eingraviert war.

Ein Triumph, mit einem Wort.

Numero Otto rauchte eine Unmenge Zigaretten, bis die Menge sich zerstreut hatte, dann, auf ein Zeichen des Abgeordneten Malgradi hin, näherte er sich dem Grüppchen, in dessen Mitte Tempesta stand. Außer Malgradi waren auch Benedetto Umiltà und Denis da.

– Exzellenz, ich möchte Ihnen gern Cesare Adami vorstellen. Der Stolz von Ostia, wenn ich so sagen darf. Der Beweis, dass die Fehler der Väter nicht den Söhnen zur Last gelegt werden dürfen. Ein Stützpfeiler der Gemeinschaft.

Numero Otto grinste. Der Bischof zog ihn mit den Blicken aus, dann streckte er ihm die Hand mit dem Ring hin – *Verdammt, so ein Brüller!*

– Sag mir, mein Sohn, bist du in der Tiefe deines Herzens gläubig?

– Exzellenz, ich kenne nur zu gut Tiefen und Untiefen von Priesterherzen.

Malgradi verdrehte verärgert die Augen. Aber der Bischof löste die Spannung mit einem herzlichen Lachen, in das der Abgeordnete nach kurzem Zögern einstimmte. Denis hängte sich bei Numero Otto ein und zog ihn weg.

– Wie ich sehe, herrscht hier gute Laune, sagte eine eiskalte Stimme hinter ihnen.

Der Bischof und Malgradi wurden augenblicklich ernst. Samurai und Max kamen näher.

– Obwohl es nicht wirklich Grund zur Heiterkeit gibt, nicht wahr, Abgeordneter?

Pericle Malgradi fuhr sich mit der Hand über die Stirn, als ob ihm plötzlich bewusst würde, wie brütend heiß es war.

– Ich hoffe, das war ein Scherz.

– Ich würde eher sagen, eine Feststellung, sagte Samurai.

– Ich gebe mein Bestes.

– Wirklich?

– Die Region hat den Bauplan bewilligt, jetzt muss nur noch die Kommune die Abänderung des Städtebauplans bewilligen.

– Genau das meine ich. Die Sache stagniert.

– Ich verstehe nicht.

Samurai wandte sich an Monsignor Tempesta und drehte Malgradi absichtlich den Rücken zu. Auch seine Körpersprache sollte Missachtung zum Ausdruck bringen.

– Sie müssen uns und mir verzeihen, Exzellenz, aber ich bin es gewohnt, mein Wort zu halten. Und ich habe mich Ihnen gegenüber verpflichtet.

Im Rahmen des Städtebauplans war die Möglichkeit vorgesehen, im Zwickel zwischen EUR und Ostia das existierende beziehungsweise bereits bewilligte Bauvolumen um ein Fünffaches zu erweitern, abweichend von den Landschaftsschutzbestimmungen, unter der Bedingung, dass pro zwanzigtausend Kubikmeter eine Kirche errichtet würde. Das war der *Nebeneffekt* jenseits des Tibers, von dem sie während des Abendessens im *Paranza* gesprochen hatten und der bei den Tischgenossen große Heiterkeit ausgelöst hatte; als „Kirchenprojekt“ hatten sie die Operation umgetauft. Aus genau diesem Grund waren Monsignor Tempesta und sein Verlobter Benedetto Umiltà mit von der Partie. Die Abmachung war klar. Das „Kirchenprojekt“ samt der damit einhergehenden Errichtung urbaner Strukturen, wie Straßen, Beleuchtung, Wasser, Gas, würden dem Projekt der *Waterfront* und des sozialen Wohnbaus den Boden ebnen. Zu diesem Zweck war jedoch die Abänderung des Städtebauplans notwendig, mit der Malgradi fix rechnete, die aber offenbar so fix doch noch nicht war.

Tempesta gab sich versöhnlich. Er begann mit Samurai Süßholz zu raspeln.

– Nun, Herr Doktor, ich habe Ihre offenen Worte immer zu schätzen gewusst. Ich möchte mich aber zuversichtlich zeigen, ich glaube nicht, dass unser Freund, der Herr Abgeordnete, in unseren Herzen sinnlose Hoffnungen geweckt hat … wo er doch weiß, dass es einer Katastrophe gleichkäme, wenn er Sie enttäuschen müsste. Nicht wahr, Abgeordneter?

Pericle Malgradi nickte wie ein Schulbub, dem die Lehrerin gerade eine zweite Chance gegeben hat. Tempesta sprach weiter.

– Ich gehe sogar noch weiter. Ich bin überzeugt, dass die Angelegenheit ein gutes Ende nimmt, denn gestern hatte ich ein Gespräch mit meinen Freunden von der Vatikanbank, sie haben mir größtmögliche Unterstützung bei der Finanzierung des Projekts zugesagt.

Tempesta reichte Samurai die Visitenkarte mit Namen und Telefonnummern seiner Gesprächspartner im Torrione di Niccolò V, dem historischen Sitz der Vatikanbank. Einer Schlüsselstelle. Dem unverzichtbaren Relais, das das Kapital, welches Perri, Viglione, die Anacleti, sogar Samurai in das Projekt pumpen würden, waschen und in offizielle Kanäle weiterleiten würde. Vom Vatikan aus würde die riesige Geldmenge – vorsichtigen Schätzungen zufolge mehr als fünfhundert Millionen Euro – ganz offen auf die Konten der zwei größten Geldinstitute des Landes fließen, so wie sich Quellwasser in einen Bergbach ergoss.

Der Monsignore machte einen unerwarteten Ausfall.

– Meine Herren, ich frage vielmehr mich und Sie, ob wir uns nicht um etwas anderes Sorgen machen sollten als um den Termin eines Gemeindebeschlusses. Ich sehe allzu große, nicht zu tolerierende Gewalt. Und ich frage mich, ob auf der Basis des Todes etwas Neues entstehen kann. Ob man in der furchterregenden Finsternis Fröhlichkeit entdecken kann. Ich frage mich, ob es in Ihrer Macht steht, den Nebel zu zerstreuen.

Samurai verspürte akuten Kopfschmerz. Sich vom Bischof schelten zu lassen, das war sogar für einen wie ihn zu viel. Vielleicht hätte er mit den Anacleti und mit Numero Otto heute Nachmittag strenger sein sollen.

Max nutzte die Gelegenheit und unterbrach ihn.

– Exzellenz, gestatten Sie mir, ein Wort zu sagen. Wir kennen uns nicht, aber ich glaube …

Tempesta nickte lächelnd, als ob er bereits alles wüsste. Ermutigt redete Max weiter.

– Nun, Exzellenz, ich kann Ihnen versichern, dass sich der Nebel lichten wird. Das garantiere ich Ihnen persönlich. Die Menschen auf der Straße kennen nur die Sprache der Straße. Und die Sprache der Straße ist leider auch meine Sprache.

Großartig. Ich habe mich in diesem Jungen nicht getäuscht, dachte Samurai. Tempesta hatte ihn, Samurai, provoziert und ihn vom Podest in die elende Gosse gestürzt. Und Max hatte unaufgefordert das Kreuz auf sich genommen. Max' Worte stellten den Bischof dorthin, wo er hingehörte. Oder besser gesagt, sie rückten die Dinge wieder zurecht. Jeder würde sich in dieser Angelegenheit um das kümmern, wofür er zuständig war. Punkt. Aus.

Tempesta besiegelte die Botschaft mit einem würdevollen Segen.

Am selben Abend schliefen Max und Farideh zum ersten Mal miteinander.

Er hatte sich einige Wochen vorher vorgestellt, er war zu ihr hingegangen, als sie an einem Tisch im *Caffé Necci* am Pigneto saß und persische Dichter übersetzte.

Er hatte ihr alles von sich erzählt, zumindest alles, was er offenbaren konnte. Eine Zeitlang waren sie miteinander ausgegangen. Hatten Händchen gehalten. Sich keusch geküsst. Er war hingerissen. Fast überwältigt. Er begehrte sie. Aber er wollte sie auch beschützen. Bei ihr bleiben. Und sein Leben ändern. Als ob das noch möglich gewesen wäre.

Er schlug ihr vor, nachts ans Meer zu fahren. Sie sagte zu.

Er fuhr mit ihr nach Tor di Capocotta. Wie eine Mangaheldin saß sie rittlings auf dem Sattel der Street Triple und drückte sich innig an Max. Sie glaubte, alles über diesen merkwürdigen Jungen zu wissen, der plötzlich in ihr Leben getreten war. Nach langer Zeit war sie wieder glücklich. Es war ein instinktives Glück.

Am Himmel stand kein Mond und die Nacht war windstill, das Meer lag da wie ein riesiger schwarzer Fleck. Unbeweglich wie Öl. Sie setzten sich auf eine Düne, schwiegen eine Zeitlang. Bis Max das Eis brach.

– Ich hatte recht, oder nicht? Es ist wunderschön, findest du nicht?

– Du machst dich doch nicht über mich lustig, oder?

– Was meinst du?

– Bist du der, der du zu sein vorgibst?

– Warum fragst du das?

– Seitdem das mit meinem Vater passiert ist, habe ich kein Vertrauen mehr. Ich muss immerzu an die viele Gewalt denken …

Max fühlte sich schuldig. Er drückte sie an sich.

– Gewalt gehört zum Leben, Farideh. Ein Philosoph hat einmal gesagt, sogar Philosophie sei Gewalt und Leiden. Man kann gar nicht denken, ohne sich dabei Schmerzen zuzufügen.

– Du wirst mir aber nie wehtun, oder?

Mit dem Zeigefinger der rechten Hand strich Max über ihre Lippen. Langsam. Er küsste sie, bis sie sich hingab.

Und als er in ihr war, hörte er, wie sie ein letztes Mal die Frage stellte, bei der sein Hirn explodiert war.

– Du wirst mir aber nie wehtun, oder?

XXIV.

Sebastiano Laurenti, der verwaiste Sohn jenes Ingenieurs, der sich selbst gerichtet hatte, begann bei Luxury Cars zu arbeiten, auf der Salaria, bei Kilometer dreizehn. Im Autosalon von Scipione Scacchia, einem der *Tre Porcellini.* Seine Aufgabe bestand darin, sich um die offizielle Buchhaltung zu kümmern, um Kauf und Verkauf sauberer Autos. Um den Rest beziehungsweise das Geldeintreiben, die einträglichere Hauptaktivität der Familie, kümmerte sich Scipione höchstpersönlich. Bei Bedarf musste Sebastiano auch als Verkäufer einspringen. Und zwar wenn anspruchsvolle Kunden kamen, Freiberufler, Fußballer oder Leute aus dem Show-Biz. Bei diesen Kunden verlor Manfredi, der Sohn des Alten, nämlich die Selbstsicherheit, die er für gewöhnlich zur Schau stellte wie ein Markenlogo. Die Kunden waren von seiner schmierigen und kriecherischen Art peinlich berührt, sie hielten es nicht aus, wie er mit schriller Stimme Sonderpreise kreischte, und viele brachen das Verkaufsgespräch einfach ab, angewidert von seinem Händedruck, der kräftig sein wollte, jedoch feucht und klebrig war.

– Geh lieber auf die Universität, ermahnte ihn weise der alte Scipione, – das ist nicht dein Ding. Überlass das lieber dem jungen Ingenieur, der hat Klasse.

Ja, sicher, Sebastiano verstand sich aufs Verkaufen. Er sprach dieselbe Sprache wie die arroganten Pinsel, sie verstanden sich auf den ersten Blick, er handelte die besten Bedingungen aus, die Geschäfte florierten, undsoweiterundsofort. Manfredi fraß der Neid. Er hasste seine Rolle als Erbe im goldenen Käfig. Er hatte ganz andere Ambitionen. Eines Tages würden das Autohaus und der Rest ihm gehören. Aber bis dahin wollte er nicht die Hände in den Schoß legen. Deshalb ging er zu Sebastiano, wenn der einen Kunden bearbeitete, beobachtete ihn, zwang sich, seine Gesten zu imitieren, sprach seine Sätze nach und imitierte seinen Tonfall. Sicher, der junge hoffnungsvolle Mann, der alles verloren hatte, tat ihm ein wenig Leid. Doch das Mitleid ging auch mit einem raubtierhaften Stolz einher: Eigentlich musste Sebastiano ihm dankbar sein, denn ohne ihn schliefe er jetzt unter der Brücke. Er musste sich des Geschenks, das er erhalten hatte, würdig erweisen.

Auf jeden Fall musste er noch viel lernen.

Gegen Monatsende zog Manfredi in die Dachterrassenwohnung in der Via Chinotto, die offiziell noch Wohnsitz des letzten Überlebenden der Familie Laurenti war, in Wirklichkeit jedoch schon Sor Scipione gehörte, und nach ein paar Wochen ging er mit Sebastianos Freundin Chicca ins Bett, die es satt hatte, mit einem Bankrotteur zusammenzusein. Armes Mädchen: Sie konnte ja nichts dafür, dass der Junge keinen Groschen mehr hatte und die Reise nach Alaska ins Wasser gefallen war.

Dem alten Scipione gefiel das gar nicht.

– Du übertreibst, Manfre'. Und eine, die gleich mit dir ins Bett geht, ist höchstens eine Hure.

– Ich muss sie ja nicht heiraten, oder?

– Sei auf der Hut. Frauen stiften nur Durcheinander.

Scipione wollte damit sagen, dass es nicht sehr klug war, sich Sebastianos Groll zuzuziehen. Das konnte gefährliche Folgen haben, würde die Wut des Jungen eines Tages explodieren. Deshalb musste man ihm alles wegnehmen, und zwar sofort, ohne auf die Farce der Freundschaft Rücksicht zu nehmen, denn davon hatte niemand was.

– Glaub mir, mein Sohn. Er hasst dich!

– Aber Papa, er hat sich schon damit abgefunden, glaub mir.

– Ich entlasse ihn, Manfre'.

– Kommt gar nicht in Frage. Sebastiano ist mein Freund.

– Und du fickst die Freundin deines Freundes. Irgendwann wird er dir ein Messer in den Bauch stechen.

Scipione wollte wissen, wie er dran war, und lud Sebastiano ins *Paranza* ein. Der Junge rühte das Essen so gut wie nicht an.

– Iss, du bist ja dünn wie eine Bohnenstange.

– Ich bin kein großer Esser, Signor Scipione.

– Du hast ja keine Anhung, was dir entgeht! Tito Maggio ist zwar ein Arschloch, das kann ich bezeugen … aber am Herd ist er ein Künstler!

Nach dem Essen war er beruhigt. Sebastiano war es völlig egal, dass man ihm Hörner aufsetzte. Die Sache ist vorbei, hatte er erklärt, während er an einer Karotte knabberte und der Alte sich mit Bernsteinmakrele vollstopfte, wir sind jetzt gute Freunde. Aber ja doch. Der Junge kam ja nicht aus der Gosse, er war keiner von denen, die einen anderen wegen einer Weibergeschichte umlegten. Er stammte aus einer wohlhabenden Familie, und in diesen Kreisen herrschten andere Sitten: Du hast mir Hörner aufgesetzt? Pfeif drauf. Wir bleiben gute Freunde. Auch wenn Typen wie er ihr ganzes Vermögen verloren, die guten Manieren blieben an ihnen kleben wie die Plastiküberzüge eines SUV. Hoffentlich bleiben sie dir nicht am Arsch kleben!

Scipione gab ein kurzes zufriedenes Gelächter von sich. Eine Gräte war ihm im Hals stecken geblieben. Er begann zu husten und zu spucken. Ungerührt reichte Sebastiano ihm ein Stück Brot, wartete, bis der Alte geschluckt hatte, und als der Husten sich legte, schlug er ihm kräftig auf den Rücken. Kein Husten mehr. Scipione war beeindruckt. Mit einer entschiedenen Handbewegung schickte er Tito Maggio weg, der ihm zu Hilfe eilen wollte, und versprach dem Jungen eine Gehaltserhöhung.

Seinetwegen sollte sich Manfredi mit dem Sohn des Ingenieurs amüsieren. Für ihn war die Sache erledigt.

Dann ließ er sich von Sebstiano zur Tankstelle auf der Anagnina fahren, lud eine Transe ein und gönnte sich einen würdigen Abschluss des Abends.

Sebastiano lehnte Scipiones großzügiges Angebot mitzumachen ab, wartete, bis der Alte sich wieder angezogen hatte, fuhr ihn nach Hause, stellte den SUV in die Garage, und ging in die Pension in der Via Rodi, nicht weit von seinem früheren Familienwohnsitz entfernt. Er wollte ja nicht vergessen, dass man ihm die Wohnung weggenommen hatte.

Und dafür würden sie büßen. Früher oder später würden sie büßen. In der Einsamkeit seiner engen Kammer pflegte Sebastiano seinen Hass. Er hatte begriffen, dass er von dem alten Scipione viel lernen konnte.

XXV.

Rocco Anacleti saß an einem Ecktisch im Restaurantteil von Ikea, in seinem Heimatviertel, der Romanina, und wartete. Er hasste dieses Lokal. Er hasste die billigen, bunten Lampen. Er hasste die Gadsches, die sich darin drängten wie in einem Tempel, den man dem Gott des Konsums errichtet hatte, er hasste die Fleischbällchen mit Blaubeersauce, die ihm eine unverschämte Angestellte unhöflich hingestellt hatte. Und vor allem hasste er es zu warten.

Terenzi würde sich nie ändern. Er begriff einfach nicht, dass man sich beeilen musste, wenn es dringend war. Dass man springen musste.

Er wollte schon gehen, doch dann sah er ihn mit einem Teller Spaghetti al Pomodoro auf dem Tablett kommen, und davor noch stieg ihm das billige Kölnischwasser in die Nase, mit dem er sich offenbar jeden Morgen einsprühte. Der Maresciallo war in Zivil. Wie immer, wenn sie sich persönlich treffen mussten.

Terenzi setzte sich allein an den Tisch neben jenem von Anacleti. Er lockerte den Krawattenknopf. Steckte sich die Papierserviette in den Kragen und beugte sich über den Teller.

– Endlich.

– Ich hab noch was erledigen müssen.

– Du musst nur eine Sache erledigen, und zwar schnell, sonst werde ich sauer.

– Sag mir.

– Die Busse mit den Pflegerinnen.

– Seit wann kümmerst du dich um die Pflegerinnen?

– Ich stelle hier die Fragen. Ich bezahle dich nicht, um Fragen zu stellen.

– Was willst du wissen?

– Läuft eine Untersuchung?

– In der Pflegerinnen-Angelegenheit?

– Wenn du dich auf ein Pferd setzt, das in die verkehrte Richtung schaut, bleibt es immer verkehrt, seufzte Rocco, auf Romanes.

Wie immer schaute ihn Terenzi verständnislos an. Und wie immer übersetzte Terenzi auf seine Weise.

– Entschuldige, ich wollte sagen … informier dich, ob sie die Busse auf dem Kieker haben.

– Ich versuch's.

– „Ich versuch's", reicht nicht. „Ich sage es dir morgen", klingt besser.

– Das wird nicht einfach sein.

Anacleti stand auf und beugte sich zum Ohr Terenzis.

– Es ist mir scheißegal, ob es einfach ist oder nicht. Die beiden Brasilianerinnern, die du gestern verprügelt hast, habe ich in die Ambulanz gebracht. Du Irrer.

Anacleti ging zur Restaurantkasse. Sottotenente Brandolin drehte sich instinktiv um und lief zu der Theke, wo die vakuumverpackten Heringe lagen.

Sie hatten ihn nicht gesehen. Weder Anacleti noch Terenzi hatte ihn gesehen. Er wartete, bis die beiden sich in der Menge beim Ausgang verloren. Er holte sein blitzblaues Nokia heraus. Das mit den großen Nummern und Tasten, das ihm seine Mutter am Tag der Angelobung geschenkt hatte. Sie hatte vergessen, dem Verkäufer zu sagen, dass das Handy für ihren Sohn bestimmt war und nicht für sie.

– Colonello Malatesta?

– Brandolin. Was ist los?

– Ich bin in der Ikea.

– Sollte mich das interessieren?

– Ich habe ein Kübelset für die Mülltrennung gesucht und die Gleitzeit ausgenützt.

– Brandolin, ich bitte dich.

– Entschuldigen Sie, Colonello. Die Kübel sind ein Vorwand. Um die Wahrheit zu sagen, bin ich mit Terenzi in die Ikea gegangen.

– Habt ihr Freundschaft geschlossen?

Er hatte plötzlich ein schlechtes Gewissen.

– Entschuldige, Junge, das sollte ein Witz sein. Rede weiter.

– Terenzi hat sich mit Rocco Anacleti getroffen.

– Was heißt, getroffen?

– Terenzi ist später gekommen. Anacleti saß bereits an einem Tisch im Restaurant. Wartete. Sie haben sich ein wenig unterhalten. Sehr angeregt.

– Hast du verstanden, worum es ging?

– Nein. Ich hatte schreckliche Angst, Terenzi könne mich sehen.

– Aber hat dich nicht gesehen, oder?

– Nein.

– Und brauchst du wirklich Kübel für die Mülltrennung?

– Ja natürlich.

– Nimm dir die teuersten. Ich lade dich darauf ein, Brandolin.

– Zu Befehl.

Marco legte das Handy auf das Holztischchen, das die beiden Liegen am Strand des *Hotel Formentor* in der ersten Reihe verband. Jetzt musste er es nur noch Carmen beibringen. Ihr die Situation erklären, ohne sie zu kränken.

– Carmen, ich muss dir etwas sagen.

Die schöne blonde Katalanin, mit der er in den zehn wunderbaren Tagen in Palma sogenannte zarte Bande geknüpft hatte, hob nicht einmal den Blick von Javier Marias' letztem Roman.

– Fährst du nach Hause, Caballero? Das habe ich nicht anders erwartet. Wir müssen ja nicht heiraten.

Er hatte eine kleine Rede vorbereitet, doch die Worte blieben ihm im Hals stecken. Er grinste doof, wieder einmal hatte eine Frau ihn vor den Kopf gestoßen. Er spürte einen Anflug von Unbehagen: Sicher war sie nicht die Liebe seines Lebens, aber verdammt, die Selbstverständlichkeit, mit der Männer und Frauen mittlerweile miteinander ins Bett gingen … Die Männer machten das zwar schon seit Jahrtausenden, doch seit Neuestem machten es auch die Frauen. Er war sich nicht sicher, ob ihm das gefiel. Er musste sich mit Alice darüber unterhalten. Aber seine Gedanken waren woanders. Brandolins Anruf war das Zeichen, auf das er gewartet hatte.

Etwas geriet in Bewegung.

Bald würde man die Auswirkungen sehen.

Das Defensivspiel neigte sich dem Ende zu.

Es war Zeit für den Gegenangriff.

Man musste mit kleinen Schritten beginnen.

Erst einmal wieder die Bühne betreten.

Dann Informationen sammeln. Daten sammeln. Kleine diskrete Überwachungssysteme installieren. Die Vorrichtung verfeinern. Das Netz ausbreiten und es im richtigen Augenblick einziehen.

Das Spiel begann von vorne. Wie er vorhergesehen hatte.

Er verabschiedete sich mit einem Kuss von Carmen, kaufte sich ein sündhaft teures Erste-Klasse-Ticket für den letzten Flug am Abend, und kaum war er in Fiumicino gelandet, schickte er Thierry ein SMS: „Phase zwei: brauche dringend Hilfe."

XXVI.

Rocco Anacleti hatte Paja und Fieno zum Casilino 900 bestellt, dorthin, wo die Stadt an die große Umfahrungsstraße grenzte. Hier besaß er eine Garage, in der er gestohlene Motorräder und Autos ausschlachtete, um den Ersatzteil-Schwarzmarkt zu beliefern. Ein weiterer florierender Geschäftszweig, so alt wie das edle Geschäft, das er von seinem Großvater übernommen hatte: Stehlen.

Rocco Anacleti kam früh zur Baracke. Zorro in seiner schmutzigen Mechanikerkluft begrüßte ihn. Er war ein ungefähr vierzigjähriger Kroate und hieß eigentlich Vilim. Der Name war zu kompliziert, hatte er sich gedacht, als er nach dem Bürgerkrieg auf dem Balkan nach Cinecittà gekommen war. Lieber „Zorro", der Name passte gut zu der schrecklichen tiefen Narbe, die quer über seine Oberlippe bis zur Nasenwurzel verlief. Eine Erinnerung an eine serbische Klinge bei einem Verhör. Stumm wie der Held mit der schwarzen Maske, nicht wahr? Für die Arbeit in der Garage war Schweigen eine notwendige Voraussetzung. Gemessen am branchenüblichen Gehalt verdiente er ein Vermögen, eintausendfünfhundert pro Woche. Auf diese Weise kaufte Anacleti seine Loyalität, mittlerweile hatten sie einander sogar ins Herz geschlossen. Obwohl Anacleti wusste, dass Zorro eines Tages explodieren würde wie alle verletzten Tiere.

Anacleti deutete eine Umarmung an, wobei er aufpasste, sich nicht schmutzig zu machen.

– Alles in Ordnung?

Zorro zeigte auf die Karosserie eines BMW Adventure Gs 1200 in einer Ecke der Garage.

– Ich wollte gerade den da fertig machen. Ich muss nur noch den Rahmen ausklopfen. In dieser Woche ist es gut gelaufen. Das ist der fünfte in drei Tagen, den wir ausschlachten. Und wir haben noch viele Aufträge. Wir sind ein bisschen im Rückstand.

– Wie weit im Rückstand?

Zwei Grand Cherokee und ein Qashqai stehen seit einer Woche da. Ich muss mich beeilen.

– Na gut, beeil dich.

– Ja, aber da ist das übliche Problem.

– Und zwar?

– Doktor Renato, dieses Arschloch, war da. Er hat gesagt, der Stoff, den wir ihm geben, reicht nicht mehr.

Renato Festa war eine Laus. Ein Typ um die vierzig, den Anacleti im *Ferro di Cavallo* aufgegabelt hatte, für gewöhnlich kaufte er dort fünf Gramm Koks für das Wochenende. Er hatte schnell begriffen, dass sein kleines Laster ihn finanzell ruinierte, deshalb hatte der Tauschhandel sich wie von selbst ergeben. Für ein Gratiswochenende und ein paar Extras, etwa die Transen, die ihm Anacleti an jedem ersten Dienstag im Monat nach Hause schickte, lieferte Festa die Listen der neu zugelassenen SUV's und Motorräder samt Namen und Adresse der Besitzer. Und Zorro sorgte dafür, dass ein Akrobatenpaar aus einem aufgelassenen Zirkus in Zagreb in ihre Wohnungen einstieg. Zwei Künstler, die über alle Gesimse kletterten und sich sogar durch die Stäbe der engsten Fenstergitter quetschten. Bei den heutigen Alarmanlagen konnte man Autos und Motorräder nämlich nur noch stehlen, wenn man den Schlüssel hatte. Den holten sie sich aus den Wohnungen der Besitzer.

Anacleti tat, als hätte er Zorros Worte nicht verstanden.

– Der Stoff reicht nicht? Das hat das Arschloch gesagt?

– Genau das.

– Kümmere du dich darum. Auf deine Weise.

– Gib mir ein wenig Säure. Ich schaue gern zu, wenn ein Arschgesicht brutzelt.

Der Kroate lachte lauthals und Rocco Anacleti nickte zustimmend. Vilim gefiel ihm. Sehr sogar. Eines Tages – davon war er überzeugt – würde auch er in der Rangordnung der Familie aufsteigen. Er würde sein Statthalter werden. Wie Paja, Fieno, Max. Die Vermischung von Zigeunerblut und dem Blut der Straße hatte ja eine Bande von Räubern und Krawallbrüdern, die in dem Loch Romanina hauste, zu einer mächtigen Meute anschwellen lassen. Eine Unmenge von Jungs stellte sich an, um als Straßendealer für sie zu arbeiten. Und die zwanzigjährigen Vorstadtwichser mit ihren samstäglichen Raufereien im Südostquadranten der Stadt waren der Pool geworden, aus dem sie problemlos neue Kräfte schöpften. Sie verstärkten das Heer der jungen Männer, bei deren Anblick selbst die Brutalsten in der Stadt den Blick senkten.

Wie viele waren es? Hundert, hundertfünfzig, grob geschätzt. Es machte ihn stolz, dass er sie gar nicht mehr zählen konnte.

Paja und Fieno waren angekommen. Ihr Lachen riss Rocco Anacleti aus seinen Gedanken, er drehte sich um.

– Verdammt, was gibt es da zu lachen?

Die beiden entschuldigten sich und verschränkten die Arme, diese Haltung nahmen sie immer ein, wenn sie Befehle erwarteten.

– Hört mir gut zu, ihr zwei. Ihr geht jetzt in den Laden des Scheißirakers und legt ihm das auf den Tisch.

Anacleti zog ein Bündel verschieden großer Banknoten aus der Tasche. Hunderter-, Fünfziger-, Zwanzigerscheine.

– Ich weiß nicht einmal, wie viele es sind. Aber sicher mehr als die Tausend, die der Verbrecher gefordert hat. Ihr gebt sie ihm, sagt ihm, dass sie von mir sind, und dass die Sache damit erledigt ist. Und wenn sie ihn fragen, soll er alles abstreiten. Oder nein, er soll von sich aus zu den Carabinieri gehen und ihnen sagen, dass gar nichts passiert ist. Klar?

Paja konnte sich wie immer nicht zurückhalten.

– Warum?

– Was warum?

– Warum kann er nicht einfach so hingehen, ohne dass wir ihm die vielen Euro geben? Ich kann ihn auch so dazu überreden.

– Paja, willst du was wissen? Verschwinde. Tu, was ich dir sage, und wenn nicht, reiß ich dir eigenhändig den Arsch auf, so wahr ich Anacleti heiße.

Die beiden drehten gleichzeitig auf den Absätzen um, wie ein Bullenpaar, stiegen in den schwarzen BMW und fuhren mit quietschenden Reifen davon, in Richtung Tuscolana, Via del Casale Ferranti, wo sich der Laden des Kaffers befand.

Obwohl ihr Vater im Rollstuhl saß, hatte Farideh zugestimmt, ihn jeden Vormittag in die Werkstatt zu bringen, wo Abbas stundenlang allein saß, bis ihn seine Tochter wieder abholte. Unbeweglich saß er da. Betrachtete das, was seine Hände noch lange Monate nicht mehr würden machen können. Oder auch nie wieder. Er war bereits zweimal operiert worden, man hatte ungefähr dreißig Knochenbrüche geflickt und die Erste von zwei Titanplatten eingefügt, mit deren Hilfe er – so hatten die Ärzte gesagt – zwar nicht die Sensibilität seiner Hände zurückerlangen würde, aber zumindest ein Mindestmaß an Beweglichkeit, die es ihm erlauben würde, zu essen, sich am Vormittag an- und am Abend wieder auszuziehen.

Paja und Fieno überraschten ihn, wie er im Skizzenbuch seines Großvaters blätterte.

– Guten Tag, kann ich Ihnen helfen?

Die beiden hatten den Alten seit jener Nacht nicht mehr gesehen. Die freundliche Begrüßung brachte sie aus der Fassung. War der Typ geisteskrank?

Nur Fieno sprach, denn seine Stimme hatte Abbas in der Nacht der Strafaktion nicht gehört.

– Das ist für dich.

Er warf das Bündel Banknoten auf den Arbeitstisch, unter Abbas' fragendem Blick, seine Augen füllten sich sofort mit Tränen, und sein Körper begann augenblicklich zu zittern.

– Beruhige dich Alter. Die Sache ist vorbei.

Abbas nickte. Mechanisch und unaufhörlich. Als ob er unter Strom stünde. Unfähig, ein Wort auszusprechen. Ein Schwall Urin nässte seine Hose. Fieno sprach weiter.

– Du musst jedoch was tun. Du lässt dich zu den Carabinieri bringen und zerreißt das Papier, das du unterschrieben hast. Du bist doch einverstanden, oder?

Ohne auf eine Antwort zu warten, sie rechneten ohnehin fix damit, ließen ihn die beiden in seinem Dreck sitzen, mit dem Bargeld, das er nicht einmal berühren, nur anschauen konnte.

Beim Hinausgehen berührte Fieno ein paar Miniaturen aus Ebenholz.

– Hübsch, diese Figuren. Sind die von dir?

Abbas hätte nicht sagen können, wie lange er so verharrte. Als Farideh in die Werkstatt kam, saß er da, wie Paja und Fieno ihn verlassen hatten. Sie schaute zuerst ihn an und dann das Geld auf dem Tisch. Sie hielt sich die Hand vor den Mund und fing zu weinen an. Zuerst leise, dann verzweifelt. Ohne den Mut zu finden, zu ihrem Vater zu gehen und ihn zu umarmen, er stank nach Schweiß und Urin und weinte wie sie.

Er musste seiner Tochter nichts erklären. Farideh hatte alles verstanden. Und jetzt musste er, ihr Vater, sich entscheiden.

– Tu es nicht, Papa. Nimm es nicht an.

Abbas schloss die Augen. Die Erinnerung an die Nacht vor dreißig Jahren, als er Teheran zum letzten Mal gesehen hatte, trat immer deutlicher vor seine Augen. Er spürte den Blick der beiden Pasdaran in khakifarbener Uniform, die ihn vor dem Abflug kontrollierten. Er sah die behaarten Hände des älteren. Er drehte und wendete den Pass, den ein Cousin vom Revolutionsrat ihm wunderbarerweise besorgt hatte. Darin stand, er sei ein Student, habe eben seinen Abschluss gemacht und sei unterwegs nach Rom, wo er einen Monat lang an der medizinischen Fakultät eine Spezialausbildung machen wollte. Der Pasdar hatte das Dokument zugemacht und die Hände betrachtet, mit denen er den Koffer hielt. Darin war sein ganzes junges Leben, und darin waren die Ersparnisse in ausländischen Valuten, die ihm sein Vater und seine Mutter mitgegeben hatten – ein letzter Versuch, ihn zu beschützen. Zweitausend Dollar.

– Du sagst, du bist Arzt?

Abbas hatte genickt.

Und was für ein Arzt?

– Chirurg, hatte er gefaselt und versucht, das Zittern der Lippe zu unterdrücken.

– Mit diesen Händen? Mit diesen Händen willst du ein Chirurg sein?

Er hatte die Augen geschlossen. Sie hatten ihn in ein dreckiges, fensterloses Zimmer gezerrt. Sie hatten ihn gezwungen, den Koffer zu öffnen.

– Dollars. Unser Arzt mit den goldenen Händen ist tüchtig. Darauf steht der Tod durch den Strang. Weißt du das?

Sie hatten sich die zweitausend Scheine zu ungleichen Teilen geteilt. Fünfzehnhundert für den älteren, den Rest für den jüngeren.

Er hatte sie angefleht, und sie hatten sich überzeugen lassen.

– Nehmt sie, ich bitte euch.

Abbas öffnete die Augen. Farideh stand noch immer unbeweglich vor ihm. Sie hatte aufgehört zu schluchzen. Jetzt liefen ihr die Tränen über die Wangen und bildeten große Tropfen am Kinn. Vor dreißig Jahren hatte er sich vor seinen Peinigern gedemütigt. Er hatte seine Freiheit mit zweitausend Dollar erkauft. Die Freiheit, die ihm zuerst eine neue Heimat und dann dieses wunderbare Wesen beschert hatte, das jetzt vor ihm stand. Das Banknotenbündel der Anacleti unterschied sich gar nicht so sehr von den Dollars, die er den Pasdaran überlassen hatte. Das Leben und das Glück seiner Tochter waren es wert, sich vor den nunmehrigen Peinigern noch einmal zu demütigen. Selbst wenn er dafür Verachtung erntete. Eines Tages würde auch sie verstehen.

– Farideh, steck mir bitte das Geld in die Tasche und bring mich zu den Carabinieri.

XXVII.

Am Morgen nach seiner Rückkehr wurde Marco von einem wütenden Klingeln aus einem seiner wiederkehrenden Träume gerissen. Im Traum stand er auf einer grünen Wiese, inmitten von weißen Blumen, und viele braungefleckte Welpen liefen um ihn herum, glücklich und ahnungslos. Der Psychologin aus Seattle zufolge, mit der er in den Pausen des World Social Forum 99 ein paar Tage verbracht hatte, war dieser Traum Ausdruck einer tiefen Sehnsucht nach Unschuld. Vielleicht war etwas Wahres daran, doch wenn er sich bückte, um die Welpen zu streicheln, verschwanden sie wie durch Zauber, und er verspürte ein Gefühl der Trauer und der Verlassenheit. A propos Psychologin, die Love Story war jäh zu Ende gegangen. Und so hatte er den Versuch einer Analyse mit einem sarkastischen und sehr römischen „Scheißdrauf" beantwortet.

Jedenfalls war es erst kurz nach neun.

Wer konnte um diese Uhrzeit etwas von ihm wollen?

Vielleicht General Thierry?

Aber für den General war der Sonntag heilig. Er konnte es nicht sein. Außer es war etwas passiert.

Er schnappte sich die Beretta, die gut sichtbar auf dem Nachtkästchen lag, und ging zur Tür.

– Ja?

– Ach, du bist doch da. Ich bin's, Alice. Mach auf. Ich muss mit dir sprechen.

Alice. Erst jetzt wurde ihm bewusst, dass er völlig nackt war.

– Woher weißt du überhaupt, wo ich wohne?, fragte er, um Zeit zu gewinnen, und schlüpfte in das erstbeste Kleidungsstück, das er zwischen die Finger bekam, einen zerschlissenen Frotteebademantel, dessen Rot mittlerweile in ein lächerliches blasses Rosa übergegangen war.

– Du hast mir eine Visitenkarte gegeben, Sherlock!, antwortete sie trocken.

Er machte auf.

Als sie ihn in der lächerlichen Aufmachung vor sich sah, musste sie lachen.

– Ich ergebe mich, sagte sie zum Scherz und hob die Hände.

Marco steckte die Pistole in die Tasche des Bademantels und bat sie hereinzukommen.

– Zwei Minuten. Ich dusche mich schnell, dann bin ich bei dir.

Mit einem gewissen Unbehagen sah sich Alice in der kleinen Wohnung in der Via Monte Bianco um, die mitten in dem anonymen Talenti-Viertel lag. Sie kam sich vor wie in den Kulissen eines alten Films. Ein Ort, an dem die Zeit stehengeblieben war. Ein Wohnzimmer mit einem guten Sofa und einem Mahagonitisch, und an der Wand ein Glasschrank mit zwölfteiligem Porzellangeschirr. Im Badezimmer Fliesen mit grünweißen Blumen. Eine Duschkabine ohne Duschtasse, und davor ein Vorhang mit der Urszene aus *Psycho,* in der der verrückte, als Mutter Bates verkleidete Anthony Perkins das Küchenmesser hebt, um das blonde Opfer Janet Leigh zu erstechen.

Das Unbehagen rührte von der Atmosphäre der Normalität her, die die Einrichtung verströmte. Eine kleinbürgerliche, solide, gesunde Normalität. So gesund wie Gefühle, die sich von der Kosten-Nutzen-Rechnung nicht in die Knie zwingen lassen.

Mit ihr hatte es das Schicksal nicht so gut gemeint. Ihre Eltern hatten sich jahrelang in einem Stellungskrieg aufgerieben, bevor sie sich endgültig zu der Trennung entschieden, die die leidvolle Jugend ihrer einzigen Tochter überschattet hatte. Kaum hatten sie sich geeinigt, schoben sie sie zu ihrer Großmuter Sandra ab, ihrer einzigen Verbindung mit der Scheißwelt. Alice hatte sich ihr alternatives Leben hart erkämpft. Sie hatte die schlimme Zeit verdrängt. Eine Zeitlang hatte sie unter heftigen Panikattacken gelitten. Wer so etwas noch nicht erlebt hat, hat keine Ahnung, eine Panikattacke ist eine Art Vorzimmer des Todes. Es passierte ihr immer, wenn sie eine wichtige Entscheidung treffen musste. Durch das Boxen hatte sie sich davon befreit. Wenn es heißt: Entweder zuschlagen oder geschlagen werden, dann wird einem augenblicklich klar, dass es keine richtigen oder falschen Entscheidungen gibt. Die Entscheidung, die erstbeste, ist immer richtig. Es kann gut oder schlecht ausgehen, aber es hängt nicht mehr von dir ab. Die Panikattacken verschwanden. Sie hatte gelernt, die Gelegenheiten beim Schopf zu packen oder verstreichen zu lassen, ohne allzuviel darüber nachzudenken.

Marco tauchte auf. In schwarzem T- Shirt und Jeans. Mit nassen, frischgewaschenen Haaren. Er roch gut. Sehr gut, um die Wahrheit zu sagen.

– Da bin ich. Tut mir leid, zu meiner Entschuldigung kann ich höchstens sagen, dass ich dich nicht erwartet habe. Und am Vormittag bin ich noch nicht ganz bei mir. Willst du Kaffee?

– Ja, danke.

Er schien aufgewühlt, weniger selbstsicher als sie ihn in Erinnerung hatte, dachte Alice, während er mit einer alten Kaffeemaschine hantierte.

Lag das an ihr?

Alice fühlte sich von Marco angezogen. Auf unerklärliche Weise. Und das machte ihr Angst. Sie waren viel zu verschieden, dabei konnte nichts Gutes herauskommen. Sie hätte ihm die Neuigkeit am Telefon mitteilen sollen, und Amen. Doch sie hatte sich in den letzten Tagen immer wieder dabei ertappt, dass sie an ihn dachte. Und dass sie sich fragte: Warum nicht?

Alice schaute sich neugierig im Schlafzimmer um. Ein paar Ikeamöbel, ein ungemachter Futon, Roma-Poster an der Wand, eine riesige Yamaha-Stereoanlage, inmitten von unordentlich übereinander gestapelten Würfeln, in denen Marco seine Schallplattensammlung aufbewahrte.

Dann, ein überraschender Kontrast, die Zeichen eines Vagabundenlebens: der Kopf eines androgynen Buddha aus Burma, ein provokant grinsender Ganesch, ein Batiktuch mit der Abbildung des Kampfes zwischen den Pandawa und Kurawa, die Statue eines lachenden Bauern in Mao-Uniform.

– Ich habe ein paar Jahre lang bei der MSU gearbeitet, der internationalen Militärpolizei. Ich könnte dir „du gefällst mir“ in einigen Sprachen sagen, lebendigen wie toten, sagte er lächelnd, als er hinter ihr mit einem Tablett und Tassen auftauchte.

– Der Buddha ist wunderschön. Er vermittelt eine Atmospähre von Frieden, flüsterte Alice und streichelte die Statue.

Während sie Kaffee tranken, erzählte ihr Marco von Erinnerungen, die man nicht im Schlafzimmer aufstellen konnte. Vom Grinsen der opportunistischen Politiker. Der undurchdringlichen Maske der Diktatoren, die er hatte eskortieren müssen. Dem Händedruck, mit dem er sich von dem Geheimagenten verabschiedet hatte, dessen Blutsbruder er im Irak geworden war, und der daraufhin im *friendly fire* gefallen war, während er mit seiner Truppe eine eben befreite Geisel abschirmte. Von einer Kindfrau, die er ihrem Mann und Besitzer aus den Händen gerissen hatte.

– Wir hatten Befehl, nicht einzugreifen. Aber es gehört zu meinen Eigenschaften, Befehlen nicht zu gehorchen.

– Und wie hast du das angestellt?

– Ich habe es gemacht, allein das zählt.

– Hast du … jemanden töten müssen?

Marco gab keine Antwort. Sie nahm seine Hand.

– Während du mir das erzählt hast, bist du mir nicht wie ein Carabiniere vorgekommen.

Marco lächelte.

Sie ließ ihn los.

Sie erzählte ihm alles in zwei kurzen Sätzen: Erstens, Abbas ist von den Anacleti gekauft worden, er geht in die Kaserne, um die Anzeige zurückzuziehen, und Terenzi nimmt ihn und seine Tochter grinsend in Empfang. Zweitens, die Diffamationskampagne Spartaco Liberatis, der sie als Kommunistin und Carabinierispionin bezeichnete. Sie fügte hinzu, dass die Leute aus dem Viertel aufgehört hätten, sie auf ihrem Blog mit Hinweisen zu überschütten.

– Sie haben Angst, ist klar.

– Sie vertrauen mir nicht mehr, Marco.

Er versuchte sie zu trösten. Es hatte keine Bedeutung, dass die Anzeige zurückgezogen worden war. Die Ermittlungen würden weitergehen.

– Das glaube ich nicht, antwortete sie schroff. – Weißt du, was passieren wird? Selbst wenn du die Sache zu Ende führst, wird Abbas nicht zum Prozess erscheinen, er wird die Täter nicht identifizieren. Und selbst wenn, wird er sagen, er habe sich getäuscht. Verstehst du, was passieren wird? Sag mir ja nicht, du wüsstest es nicht.

– Ich weiß, ich weiß, Alice. Und genau deshalb mache ich weiter.

– Auf dem falschen Weg, sagte sie provokant.

Marco zuckte mit den Achseln.

– Ich kenne keinen anderen.

– Weil du Teil des Systems bist, stellte sie fest, – wenn auch des anständigen Teil des Systems.

– Soll das ein Kompliment sein?

– Ja, fuhr sie fort, ohne auf ihn einzugehen, – wenn ein System faul ist, kann man es nicht von innen heraus verändern.

– Der berühmte revolutionäre Schulterstoß?

– Ich bin nicht gewalttätig, Marco. Und ich bin auch keine verrückte Visionärin. Es wird lange dauern, ich weiß. Aber die Dinge werden sich verändern. Die Veränderung liegt in der Luft, die du atmest, sie ist überall. Schau dich doch um. Schau dir an, was passiert. Die Welt ist voll mit Leuten, die diese Ordnung satt haben. Geh ins Netz und gib ein paar Schlüsselwörter ein, Occupy, Zuccotti Park … Er sah sie an, halb zärtlich und halb genervt.

– Zuccotti Park, Occupy … verdammt, du glaubst, du bist allein auf der Welt, Alice! Erzähl das mal Rocco Anacleti, Paja und Fieno, Adami Cesare, der Numero Otto genannt wird, weil er seine Haare in der Form der Acht auf einer amerikanischen Billardkugel geschoren hat, und natürlich Spartaco Liberati … ich werde auf jeden Fall weitermachen, mit deiner Hilfe oder ohne. Auch wenn es natürlich sehr schön wäre, fügte er leise hinzu, – wenn du mitmachen würdest …

Alice versiegelte ihm den Mund mit einem Kuss.

Verdammt, sie hatte auch schon lange genug damit gewartet.

Um Rocco Anacletis Frage – ob es eine Untersuchung bezüglich der importierten Pflegerinnen gab – zu beantworten, wandte sich Maresciallo Terenzi an einen Freund von der Einwanderungsbehörde. Er hieß Polillo, war ein langgedienter Kommissar und hatte eine Schwäche für Kartenspiele und Nigerianerinnen. Terenzi saß buchstäblich im Vorzimmer von Queen Elizabeth, einem Riesenweib von einem Meter achtzig mit Riesentitten, und wartete mit steigender Nervosität darauf, dass der Kommissar das großzügige Geschenk fertig konsumierte.

Wie lange brauchte er noch? Seit mindestens einer halben Stunde saß er rauchend auf dem durchgesessenen Sofa und musste sich auch noch die gespielten Lustschreie der Nigerianerin und das Grunzen seines Kameraden von der Polizei anhören. Dabei hatte Terenzi der Schwarzen klare Anweisungen gegeben: Eine schnelle Nummer, ich muss mit dem Typen was Wichtiges besprechen.

Offenbar hatte Polillo Nachholbedarf. Oder vielleicht hatte er eine Überdosis Viagra geschluckt.

Schließlich tauchte der Kommissar auf, mit einem dämlichen Grinsen auf den Lippen. Hinter ihm Queen Elizabeth mit gelangweiltem Blick.

– He, die Negerinnen haben wirklich einen Extragang, Tere'… ich muss mich bedanken, du bist wirklich ein Freund.

– Ha, ein Freund, deiner Meinung nach …? Du glaubst wohl, dass ich meinen Wochenanteil von dieser Nutte wegen deinem schönen Gesicht verschenke? Gehen wir was trinken, Poli?

– Ich bin völlig fertig, ich bräuchte einen Hektoliter Red Bull … du hast mich fertiggemacht, Hübsche!

– Ruf mich jederzeit an, wenn du willst, flötete die Nigerianerin.

Ja, aber diesmal auf eigene Kosten, du Geizkragen, dachte Terenzi, und hakte sich bei seinem Freund ein. Sie landeten in einem Pub auf der Via di San Martino ai Monti, und bei einem Bier erinnerte er Polillo daran, dass er ihm „einen kleinen Gefallen" schuldete.

– Ach ja, natürlich, die Pflegerinnen. Aber entschuldige, warum interessieren sie dich?

Schau dir den geilen Bock an. Argwöhnisch war er auch noch.

– Weil die Anagnina mein Territorium ist, Poli'. Und außerdem, wenn etwas passiert, soll nicht die Polizei die Lorbeeren kassieren.

– Du hast recht! Da ist wirklich was …

Polillo trank sein Bier in einem Zug aus und näherte sich seinem Ohr, leise:

– Aber das geht uns nichts an. Das ist eine Angelegenheit des Einsatzkommandos.

Terenzi nickte. Wie Polillo hasste auch er die Witzfiguren vom Einsatzkommando … Sie hingegen waren Bullen mit harten Eiern, Leute, die sich die Hände schmutzig machten, keine Witzfiguren.

– Einer hat offenbar gesungen, fuhr Polillo fort. – Er sagt, dahinter verberge sich Kokainschmuggel. Sie sind noch nicht eingeschritten, weil sie der Sache auf den Grund gehen wollen. Aber in den nächsten Tagen wird wohl was passieren.

– Verdammt, Poli'. Das ist eine große Sache!

– Ich hab dir aber nichts gesagt, verstanden!

– Wir haben uns nicht einmal gesehen, unterbrach ihn Terenzi.

Er ging und überließ die Rechnung ihm. Wenigstens die.

XXVIII.

Marco führte Alice ins *Paranza.*

Und zwar, um ihr ein paar Exemplare zu zeigen, vor denen es großzügigen Utopisten wie ihr ekelte, die sie jedoch sonst nie in Lebensgröße gesehen hätte.

– Der schmierige Arschkriecher, der uns an diesen wunderbaren Tisch etwas abseits geführt hat, von dem aus wir das Kommen und Gehen der Jeunesse Dorée beobachten können …

Er beschrieb Tito Maggio, sie lachten.

– Die drei Fettwänste, die sich mit Hummer vollfressen und Sugo in einem Umkreis von zehn Metern verspritzen. Sie heißen *Tre Porcellini* … alte Kredithaie. Stell dir vor, einer von ihnen hat einmal …

Er erzählte ihr, wie der Widerlichste des Trios, der in der Mitte, der aussah wie Dick, nur noch fetter, ja genau der, sich einmal von der Ehefrau eines Schuldners an Bord des unvermeidlichen SUV, ihres SUV, in den er eingestiegen war, um Benzin zu sparen, einen hatte blasen lassen, dabei von einem besoffenen Lastwagenfahrer angefahren wurde und fast sein bestes Stück eingebüßt hatte.

– Entschuldige, aber woher weißt du all das?

– Abhörungen.

– Ach, dafür sind sie also gut. Dann haben doch die recht, die sie verbieten wollen.

Sie lachten. Marco fuhr fort.

– Abhörungen sind auch zu was anderem gut. Zum Beispiel: Siehst du den eleganten Typ, der am Tisch der Fußballer eine Rede hält? Ein Staatsanwalt. Er steht bei den *Tre Porcellini* mit hundertfünfzigtausend in der Kreide. Wegen seines Spiellasters.

– Er verkauft Prozesse!

– Dafür haben wir keine Beweise. Aber wir behalten ihn im Auge.

– Und was macht er mit den Spielern?

– Der Mann hat eine einzige gute Eigenschaft. Er ist leidenschaftlicher Roma-Fan.

– Na dann.

– Fußball ist dir egal, oder?

– Nein, ich würde ihn abschaffen.

– Dann sehe ich schwarz für ein zukünftiges Zusammenleben.

– Ich würde auch das Zusammenleben abschaffen. Vor allem die Familie.

– Da könnte ich dir zustimmen.

– Hier treffen sich also alle und sind glücklich und zufrieden …

– Ja, aber lass dich von dieser typischen römischen Gemütlichkeit nicht täuschen. Die Hälfte der Leute hat Leichen im Keller. Und die andere Hälfte ist bereit, sich umzubringen, um sie in die Finger zu bekommen.

– Die Dinge im Keller oder die Leichen?

– Beide. Hier wird nichts weggeschmissen, solange es einen Marktwert hat. Vergiss nicht, wir sind in Rom, Schatz.

– Und der Typ, der gerade hereingekommen ist?

– Der Hektiker, der ausschaut, als hätte er gerade einen Jahrhundertfick absolviert? Den kenne ich leider nicht.

– Ich aber.

– Du?

– Ja. Er heißt Pericle Malgradi.

– Der Name sagt mir was.

– Ein Abgeordneter, ein Rechter, oder einer der Mitte, keine Ahnung, jedenfalls von der Sorte: Heim, Familie, Huren.

– Jetzt frage ich dich: Woher weißt du das?

– Ich habe ihn mit eigenen Augen gesehen. Er karrt sie haufenweise in ein Hotel im Zentrum, *La Chiocciola*. Eine Art Luxusstundenhotel. Ich war mit Diego dort. Stell dir vor, die Zimmer tragen die Namen berühmter Schauspielerinnen.

Marco verzog das Gesicht.

– Diego vom Meetup? Mit dem von den *Draghi Ribelli?*

Alice reagierte nicht.

– Unser Zimmer, fuhr sie fort, hieß Anna-Magnani-Suite …

Er wollte schon eine giftige Bemerkung machen, beschloss jedoch, sich nicht zu blamieren. Eifersucht im Nachhinein war etwas Peinliches. Lieber sie runterschlucken. Sie lächelte ihn unverhohlen spöttisch an.

– *La Chiocciola* ist ein paar Schritte von der Wohnung meiner Großmutter entfernt. Habe ich dir nie von meiner Großmutter Sandra erzählt? Sie hat mich nach der Trennung meiner Eltern aufgezogen. Sie ist fünfundneunzig Jahre alt und lebt in ihrer eigenen Welt. Sie ist eine Naturgewalt.

– Stell mich ihr vor.

– Nur, wenn du dich ihrer als würdig erweist.

Alles lief bestens. In ihrer Konversation lag die Leichtigkeit, die Marco dringend brauchte. Alles lief bestens.

Dann, als sich Marco und Alice gerade über einen Drachenkopf in Salzwasser hermachten, betrat ein junges Paar das *Paranza*. Das Mädchen blickte sich um, und als es Alice erblickte, begann ihr reines Gesicht mit dem scharf gezeichneten Profil zu leuchten, sie zog den jungen Mann hinter sich her und lief zu ihrem Tisch.

– Alice!

– Farideh? Was machst du hier?

– Um die Wahrheit zu sagen, bin ich zum ersten Mal hier, aber er wollte unbedingt … das ist Max, mein Freund. Max, das sind Alice und Marco, du weißt ja, der freundliche Carabinieri, von dem ich dir erzählt habe.

Der Colonello stand auf und drückte höflich Max' Hand.

– Warum setzt ihr euch nicht zu uns?, schlug Alice vor.

Marco und Max sahen sich an, und in diesem kurzen Augenblick sagten sie sich alles.

– Gern, aber ein anderes Mal, erklärte der Junge höflich, – wir erwarten Freunde.

Farideh protestierte. – Welche Freunde denn? Hatten sie nicht von einem Abend zu zweit gesprochen? Marco winkte Tito Maggio heran. Der Restaurantbesitzer kam gelaufen, hakte sich bei Max ein und führte ihn zu einem anderen Tisch.

Als sie an Malgradis Tisch vorbeigingen, deutete der Abgeordnete einen Gruß an. Max ignorierte ihn.

Alice bemerkte, dass Marco dem jungen Paar nachblickte.

– Interessiert dich der Junge? Bist du weniger altmodisch als ich dachte? Muss ich mir über deine gerühmte Männlichkeit eine neue Meinung bilden? Er ist jedoch nicht übel, der Typ.

– Warum fragst du mich das?

Sein plötzlich ernster Ton überraschte sie.

– Was ist los, Marco?

– Der Junge ist einer von denen, die Faridehs Vater verstümmelt haben.

– Soll das ein Witz sein?, fragte sie, auf einmal alarmiert.

– Er heißt Max, genannt Nietzsche.

– Wie der Philosoph.

– Genau. Um die Wahrheit zu sagen, hat er versucht, den Alten zu beschützen. Aber das schützt ihn nicht vor dem Vorwurf, dass er mit Paja und Fieno unterwegs war. Er ist einer der Anacleti. Da hat sich Farideh wirklich einen schönen Freund ausgesucht.

– Bist du dir sicher?

– Ich habe keine Beweise. Noch nicht.

Mit glühendem Blick knallte Alice die Serviette auf den Tisch.

– Ich sag es ihr.

Marco hielt sie auf.

– Nicht jetzt.

– Farideh ist meine Freundin.

– Ich bitte dich, nicht jetzt. Morgen. Ruf sie an. Besuch sie. Aber nicht jetzt. Ich muss jetzt mehr Informationen über diesen Malgradi einholen.

– Was hat Malgradi damit zu tun?

– Als Max zuerst an seinem Tisch vorbeigegangen ist, hat er versucht, ihn zu grüßen. Max hat ihn ignoriert. Merkwürdig, oder nicht?

– Lenk nicht ab, Marco. Nur weil ich mit dir ins Bett gegangen bin, muss ich nicht deine Befehle ausführen.

– Aber ich habe nie …

– Ich rede von Farideh. Hör mir gut zu. Ich sage es einmal und nie wieder. Ich werde nie etwas tun, was ihr schaden könnte. Versprich mir, dass sie nicht hineingezogen wird. Was auch immer du vorhast.

Marco gab keine Antwort. Dieses Versprechen hätte er nicht halten können.

Sie schwiegen verärgert.

Max war nervös. Die Anwesenheit des Carabiniere komplizierte alles. Samurai hatte ihm befohlen, ihm den Abgeordneten zu schicken, und zwar bald.

– Entschuldige mich einen Augenblick, Farideh.

Max ging in Richtung Toilette, aber im letzten Augenblick, als er sicher war, dass der Carabiniere nicht herschaute, schlüpfte er in die

Küche und schnappte sich Tito Maggio, der gerade eine Pfanne mit Tintenfisch-Nudeln in den Händen hielt.

– In genau zehn Minuten gehst du zu Malgradi und sagst ihm, Samurai erwarte ihn auf der Giustiniana. Sag ihm, er soll seinen Arsch heben und gehen.

– Wird erledigt, Max. Und wenn du Samurai siehst, sag ihm, ich bin ihm total ergeben. Seitdem er eingeschritten ist, gehen mir die *Tre Porcellini* nicht mehr auf die Eier. Der Mann ist ein wahrer Boss, das sage ich dir.

– Ja, ja, geh jetzt, los …

Malgradi erhielt die Nachricht, als er gerade voll zugange war, eine aufstrebende Schauspielerin zu hofieren, eine temperamentvolle Kleine, die die Gräfin Castiglione in einem Kostümschinken spielen wollte, der bald gedreht werden sollte. Als er ihr sagte, die Partei rufe und er müsse sofort aufbrechen, wurde sie fuchsteufelwild. Malgradi versprach ihr die Rolle, und ihre Wut verwandelte sich in honigsüßes Lächeln.

– Los, ich fahre dich nach Hause, das liegt auf dem Weg, unterbrach er sie. Vielleicht ergab sich auf dem Weg ja was.

Samurai erwartete Malgradi am Tor. Er bat ihn nicht hereinzukommen und verlor keine Zeit.

– Ab heute hast du eine Woche Zeit, um den Beschluss durchzubringen.

Der Abgeordnete versuchte, Zeit zu gewinnen. Die politische Situation wurde immer prekärer. Die Regierung war in Misskredit geraten. Es verging kein Tag, ohne dass die Staatsanwälte, diese Hunde, Ermittlungen zu irgendeiner tüchtigen Person anstellten. Die Flut des Hasses schwoll an. Man musste vorsichtig sein, sonst ging alles den Bach hinunter.

– Der soziale Hass hat mit dem Ganzen nichts zu tun. Tatsache ist, dass du dich wegen Spadino und dem Toten in Cinecittà anscheißt. Aber es ist deine Schuld. Beziehungsweise die deines Superschwanzes. Ich frage mich, ob es nicht besser wäre, ihn dir abzuschneiden.

– Samurai, ich bitte dich.

– Malgradi, ich habe für Frieden gesorgt. Aber es ist ein prekärer Friede. Mit jedem Tag wird er prekärer. Deshalb, eine Woche.

– Ich versuche es, Samurai, das verspreche ich.

– Versprechen sind Schall und Rauch, Malgradi. Denk daran, niemand ist unersetzlich. Ein guter Spieler, sagte Samurai zum Abschluss, – spielt immer an mehreren Tischen.

XXIX.

Was hatte Samurai an diesem Nachmittag im *Tatami* zu ihm gesagt? Ein Diener des Friedens. Du sollst ein Diener des Friedens sein. Aber welchen Friedens? Und wozu? Hatte man jemals einen Boss wie ihn gesehen, der den Kopf senkte und Scheiße fraß?

Wie immer überließ sich Numero Otto dem animalischen Instinkt. Man musste die Dinge nämlich nicht verstehen. Man musste sie nur fühlen. Und er hatte alles begriffen, das erste Mal, als er nach dem Hinterhalt zu Morgana gegangen war.

Er hatte sich elegant angezogen. Schwarze Lederhose und weißer Baumwollpullover, und in die Tasche hatte er eine Zellophankugel mit fünf Gramm Stoff gesteckt. Dem besten.

Als er an der Gegensprechanlage in dem Wohnhaus an der Piazza Lorenzo Gasparri klingelte, hatte ihm Morgana aufgemacht, ohne auch nur zu fragen, wer es war. In der verbrauchten Luft der Garçonniere roch es säuerlich. Ein Geruch nach kürzlichem Sex. Mit einem anderen Mann.

Morgana war halbnackt. Ein XL-T-Shirt bedeckte kaum ihre Scham und ihren prächtigen Arsch. Sie war fertig. Numero Otto versuchte sie zu nehmen, aber sie antwortete mit einem beharrlichen und feindlichen Nein.

– Darf man erfahren, was du hast, fragte er sie und versetzte ihr einen Schubs.

Morgana sah ihn an, halb herausfordernd und halb mitleidig.

– Ich mag keine Männer, die sich verstecken.

– Und wer versteckt sich?

– Du. Seitdem sie auf dich geschossen haben, läufst du davon wie ein Hase.

Numero Otto verpasste ihr eine kräftige Ohrfeige. Sie fiel aufs Bett und fing zu lachen an. Hektisch holte er die Kokskugel heraus. Er legte zwei Straßen auf einen kleinen Tisch und sniefte mit einem Hundert-Euro-Schein. Der Stoff stieg ihm direkt ins Hirn, er hatte plötzlich ein angenehmes Gefühl, wie wenn sich Nebel in der Sonne lichtet. Er öffnete die Tür. Ein letztes Mal drehte er sich zum Bett um.

– Du hast mich auf eine Idee gebracht, du dumme Kuh.

Numero Otto ging ins *Off-Shore* zurück. Er duschte, eine unbändige Wut kochte in ihm, doch er fühlte auch Gewissheit. Der Augenblick war gekommen, wieder Boss zu sein.

Mitternacht war schon vorbei. Er wählte Pajas Handynummer. Der hob erst beim fünften Klingeln ab.

– Wer zum Teufel ist das?

– Schläfst du?

– Wer bist du?

– Ich bin der, den du nicht geschafft hast umzubringen.

– Keine Ahnung, wovon du sprichst.

– Komm schon, Paja. Die Sache ist erledigt, das war ein Witz.

– Solche Witze mag ich nicht.

– Ich rufe dich an, weil es an der Zeit ist, wieder wie früher zu arbeiten.

– Was willst du damit sagen?

– Wir müssen einem aus Casalpalocco den Kopf zurechtrücken, der sich für Scarface hält und langsam allen auf die Eier geht. Er weigert sich zu gehorchen.

– Und warum schabt ihr die Krätze nicht allein weg? Was haben wir in Ostia damit zu tun?

– Weil es allen klar sein soll, dass wir wieder zusammenarbeiten. Will das nicht auch Samurai? Frieden, oder? Ihr setzt das Arschloch aus Casalpalocco in den Rollstuhl, und ganz Rom begreift, wer das Sagen hat.

– Hast du mit Rocco gesprochen?

– Aber ja doch. Er hat seinen Segen dazu gegeben.

– Sicher?

– Warum sollte ich dir einen Scheiß erzählen? Was hab ich davon? Überprüf es, wenn du willst.

– Auf jeden Fall fahr ich nicht allein nach Ostia.

Paja schwieg für längere Zeit, und Numero Otto begriff, dass er es geschafft hatte. Paja würde nicht mitten in der Nacht Rocco Anacleti anrufen, um der Sache auf den Grund zu gehen. Er hatte angebissen.

Und wenn Paja den Bluff bemerken sollte, nun, dann ergab sich bestimmt eine andere Gelegenheit. Inzwischen war es beschlossene Sache.

– Wann sollen wir kommen?

– Jetzt.

– Wohin?

– Zum Kreisverkehr von Ostia. Ich hole euch dort ab.

Numero Otto wollte es allein machen. Er musste es allein machen. Er hatte es sich nämlich unzählige Male vorgestellt, wie und wo er es machen würde. Rom würde von nichts anderem mehr sprechen, der Kaffer würde völlig in Vergessenheit geraten. Selbst Samurai würde ihm den Arsch küssen müssen. Und Morgana, diese Hure, würde sich vor ihm hinknien und ihn anflehen, ihr zu verzeihen.

Er würde Paja und Fieno am Idroscalo umlegen. Ja, am Idroscalo, wo auch der Typ umgelegt worden war, wie hieß er doch gleich, der, der schmutzige Filme gedreht hatte … ach ja, Pasolini. Und zwar auf dieselbe Weise würde er sie umlegen. Eine Schickeria: Das würde sogar Samurai gefallen.

Er hatte nicht sehr viel Zeit. Trotzdem bereitete er sich sorgfältig vor. Mit geschlossenen Augen, nackt, lag er eine gute Viertelstunde rücklings auf dem Bett und entspannte Hals- und Rückenmuskeln. Er sniefte nicht mehr als notwendig. Dann schlüpfte er in den Barcelona-Trainingsanzug und versteckte die 38 Smith & Wesson in einer schwarzen Bauchtasche. Er nahm eine eisgekühlte Flasche Veuve Cliquot und drei Champagnerflöten aus der Bar des *Off-Shore* und verstaute sie im Hohlraum unter der Armlehne des Hummer. Er ließ den Motor an, stellte die Temperatur und die Feuchtigkeit im Fahrgastraum ein. Er überprüfte die Füllung des Raumsprays mit Apfelduft. Er schnallte sich an und legte die wenigen Kilometer zwischen Coccia di Morto und Ostia zurück, wobei er darauf achtete, die Geschwindigkeitsbeschränkungen nicht zu überschreiten. Dabei hörte er *My Heart Will Go On* von Céline Dion, der Filmmusik von *Titanic*. Der Film hatte ihm sehr gefallen. Kein Vergleich mit Pasolini, er hatte ihn sich dreimal angeschaut.

Paja und Fienos BMW fuhr mit offenen Fenstern gerade über die Colombo.

Sie waren merkwürdig schweigsam während der Fahrt, denn Fienos Gespür sagte ihm, dass irgendetwas an Numero Ottos nächtlichem Anruf faul war.

– Paja, traust du ihm?

– Tja. Macht das einen Unterschied? Wenn da einer ist, den wir verprügeln sollen, gut. Wenn er sich jedoch blöd aufspielt, habe ich noch immer das da.

Paja öffnete seine schwarze Lederjacke, die er vor dem Einsteigen angezogen hatte, und zeigte den Kolben einer Beretta 7.65. Fieno deutete ein Lächeln an, das eher einer Grimasse ähnelte, instinktiv suchte er in seiner Tasche den Schlagring aus Chromstahl mit Relieftotenköpfen.

– Hast du mit dem Boss gesprochen?

– Numero Otto sagt, er habe mit Rocco gesprochen.

– Gut. Und du traust ihm?

– Ihm gegenüber hab ich so getan, als würde ich ihm trauen. Ich habe aber versucht, ihn anzurufen. Das Handy war aus. Ich hab eine Nachricht hinterlassen

– Er wird schon zurückrufen. Und wenn uns der einen Scheiß erzählen will, wird er keine Gelegenheit dazu haben.

Als der BMW auf der rechten Seite des Kreisverkehrs von Ostia anhielt, stand der Hummer schon da. Numero Otto stieg aus und ging zum Fenster auf der Fahrerseite.

Die drei schauten sich lange schweigend an. Numero Otto grinste.

– Habt ihr heute Abend keine Helme aufgesetzt?

Paja zuckte mit keiner Wimper.

– Wo ist der, den wir umlegen sollen?

– Meine Jungs haben ihn ins Auto geladen und warten auf uns. Steigt ihr bei mir ein?

– Warum sollten wir bei dir einsteigen?

– Weil ich weiß, wo er ist. Außerdem will ich mitten in der Nacht nicht im Konvoi fahren

Paja sah Fieno an, er nickte. Sie parkten den BMW und stiegen in Numero Ottos SUV, dann fuhren sie über die Uferpromenade Richtung Ponente.

Paja saß auf dem Rücksitz und beobachtete aufmerksam die Straße. Fieno auf dem Vordersitz starrte fasziniert auf das Armaturenbrett des Jeep, das leuchtete wie ein Weihnachtsbaum, er knackte seine Fingerknöchel und öffnete und schloss immer wieder seine rechte Hand, bis der Schlagring warm in seiner Hand lag.

– Das ist aber nicht der Weg zu dir nach Hause, sagte Paja.

– Ach, du weißt also, wo ich wohne.

Fieno unterbrach ihn.

– Das ist nicht witzig.

Numero Otto hob die Hand vom Steuer, zum Zeichen der Kapitulation.

– Hab verstanden, hab verstanden. Ich ergebe mich. Ich mach es nie wieder. Um Himmels Willen … ein Schlückchen?

Die Flasche Veuve Cliquot und die drei Flöten machten die Runde durch den Fahrgastraum. Numero Otto hob sein Glas auf die Höhe des Rückspiegels.

– Sagt ja nicht, dass das nicht Frieden ist. Salute!

Paja und Fieno hoben nicht allzu begeistert ihre Gläser. Sie tranken sie jedoch bis zur Neige und schenkten sich gleich nochmal ein.

– Wohin habt ihr Scarface gebracht?

– Zum Idroscalo.

– Diesem Scheißort!, sagte Paja.

Numero Otto nickte theatralisch.

– Da hast du recht. Aber sobald die Schaufelbagger der Gemeinde ihre Arbeit beendet haben, wird dort die schöne *uoterfront* entstehen, *uoter*… wie heißt das doch gleich?

Vor ein paar Monaten hatten die Schaufelbagger Baracken von ungefähr vierzig illegalen Bewohnern niedergerissen. Sie hatten ihnen weisgemacht, dass das Gebiet, das natürliche Mündungsgebiet des Tibers, eine Naturoase werden sollte. „Ein Stück Land, das dem Zauber der Natur zurückgegeben, das wieder von der ursprünglichen Meeres- und Lagunenfauna in Besitz genommen werden soll." Tolle Naturoase, hatte Numero Otto belustigt gedacht, als er zugesehen hatte, wie die Schaufelbagger Dächer und Wände aus Rigips niederrissen. Er hatte sogar einen alten Vorbestraften zum Teufel geschickt, der sich vor ihm auf die Knie geworfen hatte, damit wenigstens seine Baracke verschont blieb.

„Darfst sie eben beim nächsten Mal nicht mehr wählen."

Der Hummer blieb auf einem weitläufigen nicht asphaltierten Platz stehen, der so flach war wie ein Billardtisch. Nach den Schaufelbaggern hatten die Bulldozer ganze Arbeit geleistet. Numero Otto zeigte

Paja eine mickrige Macchia, die seltamerweise von der Verwüstung verschont geblieben war, inmitten von Haufen von Bauschutt und Dreck. In der Dunkelheit sah man sie kaum.

– Denis und Morgana haben den Trottel hinter die Hecke gebracht. Sie haben ihn gefesselt und ihm gesagt, sie würden die Wachen holen, um ihn nach Hause zu bringen. Ihr geht hin, stellt euch vor, dann macht ihr ihm eine Schönheitsbehandlung und richtet ihm schöne Grüße von den Sale und Anacleti aus. Lasst euch jedoch gesagt sein: Danach muss er im Rollstuhl sitzen.

Paja war nicht überzeugt, nicht im Geringsten.

– Kannst du mir erklären, wozu das ganze Theater gut ist? Wir hätten den Trottel ja bei ihm zu Hause fertigmachen können.

– Hier sind wir ungestört.

Paja sah Fieno an. Er beugte sich nach vor und packte Numero Otto an der Schulter.

– Dann machen wir es anders. Ich steige allein aus und gehe hinter diese Scheißhecke. Fieno bleibt hier, er leistet dir Gesellschaft. Wenn du uns reinlegen willst, ist das das Letzte, was du gemacht hast. Ha? Was sagst du? Richtig, oder?

Numero Otto grinste.

– Sehr gut. Wenn du es so möchtest, lehnen Fieno und ich uns zurück und schauen zu! Klappe, Aufnahme! Licht!

Numero Otto machte die Scheinwerfer des Hummer an und richtete sie auf die niedrige Macchia, während Paja langsam auf sie zuging. Fieno beobachtete seinen Kumpel vom Inneren des Jeep aus, er war sich noch nicht sicher, ob er alarmbereit sein oder sich auf das Gemetzel freuen sollte. Aber wo war der arme Trottel überhaupt?

Paja machte ein paar Schritte über den nicht asphaltierten Platz, als er spürte, wie das Handy in der Hintertasche der Jeans vibrierte. Automatisch zog er es heraus und führte es ans Ohr. Er erkannte die aufgeregte und keuchende Stimme Rocco Anacletis.

Er schrie.

– Wo zum Teufel steckt ihr? Wo seid ihr?

– Beim Idroscalo mit Numero Otto.

– Das ist eine Falle. Das ist eine Falle!

Im kalten Licht der Xenonscheinwerfer sah Numero Otto, wie Paja sich langsam zum Hummer umdrehte, mit dem Handy am Ohr.

Schweigend öffnete er die Bauchtasche zwischen seinen Schenkeln und zog die 38er heraus.

Fieno spürte den Lauf des Eisens an seiner Schläfe, er hörte Numero Ottos Stimme.

– Rühr dich ja nicht.

Numero Otto machte den Motor an, wobei er die Pistole weiterhin mit ausgestrecktem Arm an Fienos Schläfe hielt. Er legte den Kriechgang ein. Drückte das Gaspedal durch, hielt das Steuer mit der Linken. Die Kupplung des Automatikgetriebes schleuderte den drei Tonnen schweren Hummer in Richtung Paja. Er schrie, als sich das Stahlungeheuer auf ihn stürzte. Die Schnauze des SUV traf ihn frontal, ein Stück oberhalb der Schultern und enthauptete ihn. Der sauber vom Körper abgetrennte Kopf mit dem Pferdeschwanz landete irgendwo in der Dunkelheit.

Fieno erbrach sich auf das Armaturenbrett. Numero Otto senkte die ausgestreckte Hand, mit der er die 38er an seine Schläfe hielt, um keinen Millimeter.

– Verdammt! Du hast mir den ganzen Bezug versaut … das ist Leder. Das dauert ewig, bis der Gestank vergeht.

Dabei drückte er auf den Fensterheber, die rechte Fensterscheibe senkte sich lautlos. Eine leichte Meeresbrise streifte Fienos Wange und trocknete einen Tropfen Galle in seinem Mundwinkel. Das war das Letzte, was er spürte. Die Kugel, Kaliber 38, durchschlug seinen Schädel, Hirnmasse verteilte sich über die Türinnenseite des Hummer.

Numero Otto machte die Scheinwerfer aus, öffnete die rechte Tür und ließ Fienos Leiche auf den nicht asphaltierten Platz fallen. Er setzte sich wieder auf den Fahrersitz und schloss mit dem elektronischen Fensterheber das Fenster auf der Beifahrerseite. Er legte den Rückwärtsgang ein und fuhr, bis er mit den Hinterrädern über Fieno Leiche fuhr. Eine Drei-Tonnen-Presse vollendete den Job. Dann machte er das Sekundenlicht im Fahrgastraum an. Er betrachtete das Blut und das Erbrochene, das bis zum Dachfenster des Hummer gespritzt war. Verärgert schüttelte er den Kopf.

– Ich musste das Auto ohnehin waschen lassen.

XXX.

Dank eines Personalausweises, der wunderbarerweise unter einem zerfetzten Schuh gefunden wurde, war es möglich, beide Leichen zu identifizieren. Das Dokument gehörte Zuppa Dario, genannt Paja, vorbestraft, geboren am 3. 9. 1980 in Rom. Und da Fieno immer dort war, wo Paja war, musste die andere Leiche Scavi Luca, genannt Fieno, sein, vorbestraft, geboren in Rom am 12. 7. 1981.

Ansonsten herrschte großes Chaos.

Die Beamten der Spurensicherung in ihren weißen Overalls schienen ein genauso linkisches wie surreales Ballett aufzuführen. Im Licht der Lampen, die den Idroscalo beleuchteten, kämpften sie gegen heftige Windböen und starken Herbstregen.

Marco, Alba Bruni und Tenente Gaudino von der Polizeiwache Ostia froren in ihren Regenmänteln, sie untersuchten einen Tatort, wo es eine Unmenge von disparaten Spuren gab. In diesem Durcheinander von Fußspuren, dreckigen Stofffetzen, Holzstücken aller Art und Größe und Bauschutt fand man sich fast nicht zurecht.

Es gab nur einen einzigen Zeugen: den illegalen Bewohner einer Baracke. Sein Hund, ein sympathischer, lebhafter Mischling, hatte um drei Uhr morgens die Leichen entdeckt. Aber über den Vorfall, beziehungsweise über das Verbrechen, denn es handelte sich um ein wahres Massaker, konnte der Mann nichts Nützliches sagen.

Eindeutig war nach der ersten Besichtigung der Leichen nur, dass ein SUV beteiligt war. Sowohl Pajas enthaupteter Rumpf als auch Fienos zerquetschte Leiche wiesen Spuren auf, die darauf hinwiesen, „dass sie von breiten Autoreifen überfahren oder zumindest damit in Berührung gekommen und angefahren worden waren“, wie die Beamten von der Spurensicherung feststellten, bevor sie eine Autopsie anordneten. Und dieses Fahrzeug, so lautete die logische Schlussfolgerung, konnte nur das Auto des Mörders oder der Mörder sein, in das die Opfer eingestiegen waren. Der schwarze, auf Dario Zuppa zugelassene BMW war auch tatsächlich schon beim Kreisverkehr in Ostia gefunden worden.

Die beiden am Boden liegenden Leichen waren Rocco Anacletis Handlanger, wie Malatesta dem diensthabenden Staatsanwalt erklärte. Nach einer knappen Stunde war er zum Idroscalo gekommen.

– Paja und Fieno? Stroh und Heu? Ist das nicht der Name eines Nudelgerichts?

Marco warf Bruni einen Blick zu. Beide verdrehten die Augen, dann sahen sie den jungen Staatsanwalt an, der sich als Michelangelo De Candia vorgestellt hatte. Er war höchstens dreißig Jahre alt, groß, elegant, Brillenträger, sorgfältig rasiert, blond. Ein unverwechselbarer Singsang in seinem Tonfall verriet, dass er aus dem Süden stammte. Sohn und Neffe von Richtern. Den Kopf voll mit Digesten, aber null Erfahrung auf der Straße. Die x-te Nervensäge. Marco sagte ein paar pragmatische Sätze, hängte ihn Alba an und machte noch eine letzte sinnlose Runde über den Tatort. Nicht länger als eine Viertelstunde. Er hatte genug gesehen. Und er musste diesen Ort schnell verlassen. Da die beiden Toten, Paja und Fieno, bekannterweise zu Anacletis Truppe gehörten, fiel der Mord in den Zuständigkeitsbereich der lokalen Antimafiabehörde. Das bedeutete: Setola, der Staatsanwalt, der ihn suspendiert hatte, war für sie zuständig. Marco hatte überhaupt keine Lust, dem Idioten zu begegnen. Sein Plan sah eine diskrete Arbeit hinter den Kulissen und keinen offenen Konflikt vor. Höchste Vorsicht und zu gegebener Stunde eine schnelle und hinterhältige Aktion. Es machte ihm riesigen Spaß, sich diesen Augenblick vorzustellen. Aber natürlich musste er erst einmal dorthin kommen. Er ging gerade in Richtung seiner Bonneville, als eine gepanzerte Alfetta mit Sirenengeheul und quietschenden Bremsen vorgefahren kam. Niemand anderer als Setola stieg aus, der Chauffeur war herausgesprungen und hielt ihm die Hintertür auf. Er musste Marco während des Parkmanövers bereits gesehen haben, denn er ging ihm mit einem süßlichen Lächeln entgegen.

– Colonello! Was für eine Freude, Sie wiederzusehen. Ich nehme an, Sie gehen gerade …

Was bedeutete: Hau ab, das ist meine Untersuchung.

Marco nickte, setzte ebenfalls ein heuchlerisches Lächeln auf – Setola war ohnehin nicht der Typ, der gewisse Feinheiten verstand – und nahm seinen Helm, setzte ihn jedoch nicht auf.

Michelangelo De Candia tauchte auf, und mit ihm Bruni. Die beiden Staatsanwälte wechselten einen ziemlich feindseligen Blick.

– Gut, Herr Kollege. Wenn Sie nichts dagegen haben, mache ich hier weiter, unterbrach Setola.

Der andere sah ihn skeptisch an.

– Hat dir der Oberstaatsanwalt die Ermittlungen anvertraut?

Setola zuckte zusammen.

– Was hat er damit zu tun? Logisch, oder? Der Fall gehört uns, der Antimafiabehörde.

– Logisch ist hier nur eines, Herr Kollege – erwiderte De Candia entschieden. – Ich bin der diensthabende Staatsanwalt und ich ermittle in dem Fall. Wenn du mir dabei helfen willst, habe ich nichts dagegen.

Er winkte Bruni, ließ die Speerspitze der römischen Antimafiabehörde stehen und machte sich wieder an die Arbeit.

Marco genoss einen Augenblick lang den Anblick des verstörten und wütenden Setola, dann setzte er den Helm auf und startete das Motorrad.

Da schau her, der junge Staatsanwalt!

Hatte er sich in ihm vielleicht getäuscht?

Ja, er hatte sich getäuscht.

Er hatte sich sehr getäuscht.

Das wurde ihm mitten am Nachmittag klar, als ihn Michelangelo De Candia in sein Büro holen ließ, ein finsteres, mit Papieren vollgestopftes Loch im dritten Stockwerk des Gebäudes C der Staatsanwaltschaft, und er ihm höflich den Bericht überreichte, der in Vergangenheit von den höchsten Kreisen belächelt worden war.

– Haben Sie das geschrieben?

– Ja, ich glaube, da ist meine Unterschrift.

– Ich halte ihn für sehr interessant. Er liefert eine Interpretation der jüngsten Vorfälle, die sich auch für den Tod der beiden als relevant erweisen könnte. Der Nudelspeise. Paja und Fieno.

– Ihre Kollegen sind da anderer Meinung, Herr Doktor.

De Candia nahm die Brille ab und faltete die Hände, als würde er beten.

– Selbst die Tüchtigsten können sich irren.

Marco glaubte, einen spöttischen Tonfall zu vernehmen, er missfiel ihm nicht. Er beschloss, die Karten auf den Tisch zu legen.

Ebenfalls in spöttischem Tonfall erklärte er dem Staatsanwalt, dass er ausgerecht aufgrund dieses Berichts suspendiert worden war. Offenbar war die Spur des Bandenkrieges nicht im Sinne des erwünschten Untersuchungsergebnisses.

– Und Sie?

– Was?

– Wie haben Sie reagiert?

– Ich bin ans Meer gefahren.

– Sehr gut, lachte De Candia, Jod hilft beim Denken.

Dann wurde der Staatsanwalt plötzlich ernst.

– Ich habe eine Untersuchung gegen Unbekannt angestrengt. Ich habe gerade eine Vollmacht für die Spezialeinheit der Carabinieri unterschrieben. Kurz und gut, ich möchte Sie an meiner Seite haben. Unterstützen Sie mich, Marco?

– Wo fangen wir an?

– Wissen sie, was „Carte blanche“ bedeutet?

XXXI.

Gegen neun Uhr abends: Die Infrarot-Überwachungskameras, mit denen die Anacleti Tag und Nacht das Viertel kontrollierten, in deren Zentrum sich die Via Zumbo befand, registrierten zwar, dass sich ein Konvoi von Dienstautos der Sonderheinheit näherte, konnten das Unheil jedoch nicht abwenden. Das Schlimmste konnten sie zumindest verhindern. Kaum hatten sie die Bullen entdeckt, setzten sich die Frauen des Clans in Bewegung und verbrannten in den ständig, im Sommer wie im Winter, beheizten Kaminen ein paar Kilo Koks.

Die Carabinieri schlugen die Türen mit Axthieben ein, stürmten hinein, schwenkten den Durchsuchungsbefehl und schrien, sie hätten Anrecht auf einen Anwalt.

Mit ihnen war auch De Candia.

„Ich will mir die Stippvisite bei den Anacleti nicht entgehen lassen", hatte er Marco gestanden.

Gleichzeitig stellte eine andere Truppe das *Off-Shore* und die Wohnungen der Ostiabande auf den Kopf.

Eine koordinierte und brutale Aktion.

Villa Anacleti war ein riesiges viereckiges Gebäude mit Zinnen und Stützpfeilern, die von Kopien dorischer Säulen aus vielfärbigem Carrara-Marmor verstärkt wurden. Der Mond stand mitten am Himmel und das Anwesen wirkte wie eine Disney-Version von *Tausendundeinernacht.* Auf dem Platz davor standen wie in einem Autohaus mindestens ein Dutzend SUV's, ein Porsche Carrera, zwei Bentley, ein Jaguar, ein Lamborghini Diablo und sonst noch ein paar Autos mit großem Hubraum.

Im Patio der Villa saß Rocco Anacleti in rotem Seidenpyjama und mit grünen Samtpantoffeln in orientalischem Stil, umringt von einer plappernden Schar von Schwestern, Cousinen, Nichten. Pajas und Fienos Exekution hatte ihn in eine Art Trancezustand versetzt, der von jähen Wutausbrüchen unterbrochen wurde. Er hatte sich geweigert sich anzuziehen und hatte den ganzen Clan um sich geschart, er kündigte schreckliche Rache an. Als Colonello Malatesta ihm den Durchsuchungsbefehl reichte, nahm sein weiches Gesicht eine gummiartige Konsistenz an. Er faselte etwas daher, aber der Colonello ging mit seinen Jungs direkt auf die Schlafgemächer zu.

Eine Art Ali-Baba-Höhle. Vollgestopft mit Marmor, Messingmöbeln, Damaststoffen, Markenuhren.

An der Decke von Roccos Schlafzimmer hing eine langstielige Lampe, die aussah wie ein phosphoreszierender Brombeerbusch, und beleuchtete ein riesiges Doppelbett mit einer schweren, hellorangen Decke, am Kopfteil befand sich eine Holztäfelung aus gebleichter Eiche. Ein kleiner Satyr betrachtete seinen riesigen erigierten Phallus.

Der Colonello erkannte die Handschrift des armen Abbas. An einem Ende der Täfelung entdeckte er einen Vorsprung. Er öffnete ihn, indem er mit einer goldenen Gabel, die er aus dem Glaschrank im Wohnzimmer genommen hatte, darin herumstocherte.

Ein doppelter Boden kam zum Vorschein, und darin befand sich eine Kladde mit Folien, Plänen, Mappen, Listen von Firmen, die auf Erdaushub spezialisiert waren, eine vergrößerte Kopie von etwas, das auf den ersten Blick wie der Flächenwidmungsplan der Kommune für den Westquadranten zwischen EUR und dem Meer aussah.

Mit dem Papierbündel in den Händen kehrte er ins Wohnzimmer zurück, wo Rocco Anacleti in einem Fauteuil saß und das Kommen und Gehen der Carabinieri beobachtete. Als er den Colonello sah, lief er zu ihm hin.

– Ihr habt einen Scheißdreck gefunden, was?

Malatesta baute sich drohend vor ihm auf.

– Wie bitte? Was hast du gesagt? Ich glaube, ich habe nicht verstanden.

– Ich habe gesagt, dass du einen Scheißdreck gefunden hast, Carabiniere.

– Sagst du?

Mit einem Kopfnicken bedeutete er zwei seiner Jungs, sie sollten mit der Axt die Kirschholzvertäfelung herunterreißen, die die Längsseite des riesigen Wohnzimmers bedeckte. De Candia hob eine Augenbraue. Marco beruhigte ihn mit einem Blick. Er verstand sein Geschäft, er solle ihm vertrauen.

Rocco Anacleti drehte durch. Er stürzte sich auf die beiden Carabinieri und versetzte einem von ihnen einen Fußtritt. Sie warfen ihn zu Boden, legten ihm Handschellen an, obwohl er vor Schmerzen brüllte.

Malatesta kniete sich neben ihn, und obwohl der Patriarch der Anacleti mit der Nase fast den Boden berührte, hielt er ihm die Papiere, die er gefunden hatte, vor die Augen.

– Und was ist das, du Arschloch? Ha? Studierst du Architektur? Du bist doch ein Dieb und Dealer! Antworte, Trottel. Was hast du mit diesen Dokumenten zu tun? Vielleicht verstehe ich dann, warum sie Paja und Fieno massakriert haben.

– Ich spreche nicht mit Bullen. Du kannst dich mit meinem Anwalt unterhalten.

Malatesta stand auf, wandte sich an einen ungefähr dreißigjährigen Mann, der offenbar zum Clan gehörte und ungerührt zugesehen hatte, er machte ihm ein Zeichen, er solle näherkommen.

– Wer bist du?

– Anacleti Silvio. Sein Neffe.

– Du kannst ruhig zuerst den Namen und dann den Nachnamen nennen. Ich habe dich ja noch nicht ins Gefängnis geschickt. Dein Onkel hat jedenfalls recht. Er muss mit seinem Anwalt sprechen, denn ich habe ihn gerade wegen Widerstand gegen die Staatsgewalt und Amtsbeleidigung festgenommen.

– Ich habe bereits Parisi angerufen. Er ist unterwegs.

– Umso besser.

Rocco Anacleti wurde im Pyjama, in Pantoffeln und einem Twillmantel in einen Subaru der Sondereinheit geladen.

Malatesta rief Alba am Handy an. In Ostia war alles wie immer. Ein bisschen Haschisch, keine Waffen.

Sie hatten es wieder einmal geschafft, rechtzeitig aufzuräumen.

Es war noch nicht einmal elf Uhr abends. Alles war sehr schnell vor sich gegangen. Während seine Männer eine Bestandsaufnahme des konfiszierten Materials machten, sagte Marco zum Staatsanwalt, dass sie ihre Aufgabe erledigt hätten.

– Soll ich Sie nach Hause bringen, Doktor De Candia?

– Schon so früh? Ich weiß nicht, wie es Ihnen geht, aber ich habe jetzt Lust auf Musik. Was halten Sie davon, leisten Sie mir Gesellschaft?

Ja. De Candia war wirklich ein merkwürdiger Typ, sagte sich Marco. Aber solange sie auf derselben Seite standen … Und außerdem, dachte er, während er ihm zusagte, war er neugierig, worin seine Marotten genau bestanden.

De Candia führte ihn in ein kleines Lokal im Stadtzentrum.

– Ein Kellerlokal, eine Art Club, erklärte er, – der Inhaber ist ein Freund, und wenn ich Lust habe, darf ich es benutzen.

Ungefähr ein Dutzend Leute jeglichen Alters, aber die meisten waren um die dreißig-vierzig. Bürgerliche, wohlanständige Leute. De Candia stellte ihn wie einen alten Freund vor. Er besorgte ihm ein eiskaltes Bier und einen Platz neben dem Piano. Dann begann er, von wohlwollendem Applaus begleitet, zu spielen. Also auch noch Musiker. Und sogar ein guter. Gelassen und inspiriert glitten De Candias Finger über das Instrument, rasante Tonfolgen und Pausen von durchaus poetischer Spannung wechselten einander ab. Marco erkannte ein paar Nummern: eine spritzige Nummer von Thelonious Monk, *'Round Midnight,* die Hymne der elitären und flippigen Jazz-Geheimzirkel, dann ein paar von Abdullah Ibrahim und zahlreiche von Michel Petrucciani. Aber neu interpretiert, seinem eigenen, persönlichen Stil angepasst, fast zu sehr angepasst. Eine Darbietung von Charakter, Kraft, Zartheit. Das Konzert dauerte fast eine Stunde. Schließlich kam De Candia zu seinem Tisch, während die anderen begeistert Beifall spendeten.

– Ich bin sprachlos, gestand Marco.

– Ich gebe zu, das war mein Berufswunsch, Colonello. Leider bin ich in der falschen Stadt und in der falschen Familie geboren worden, also habe ich ein paar Kompromisse eingehen müssen.

– Über den Kompromiss könnte ich Seminare abhalten.

– Aber ich beschwere mich nicht. Es ist okay so. Ich mache meine Arbeit, und immer wenn es möglich ist, gönne ich mir einen Abend bei Freunden.

Der Inhaber brachte zwei weitere Gläser Bier und das obligate Brett mit Cinta-Senese-Schinken und Bergkäse. Sie unterhielten sich über Jazz, über Petruccianis legendäre Boshaftigkeit und seine animalische Anziehungskraft. Auf den Jazz, also.

– Auf den Jazz!

Marcos Handy vibrierte. Ein SMS von Alice: „Du bist zwar ein Trottel, aber du fehlst mir." Er tippte eine leidenschaftliche Antwort ein und blickte doof lächelnd auf.

De Candia warf ihm einen klaren, spöttischen Blick zu.

– Ist sie hübsch?

– Aber wie zum Teufel …

– Ach, du hast recht, sagte er und ging beiläufig zum Du über. – Man könnte auch sagen: Ist sie interessant? Gebildet? Zärtlich, kämpferisch, spitzzüngig, nachgiebig, intelligent, unabhängig, beschützend? Es gibt zwanzigtausend Adjektive, um das Objekt der Begierde zu beschreiben, aber uns Männern fällt immer nur eines ein: Ist sie hübsch? Ist sie hübsch? Wir sind wirklich beschränkt und monomanisch. Du bist über beide Ohren verliebt, stimmt's? Ich habe dich beobachtet, zuerst, als ich spielte. Dein sehnsüchtiges Gesicht, vor allem bei den melodischen Passagen. Ich würde sagen, du bist ein Romantiker.

– Ich möchte nicht in der Haut derer stecken, gegen die du ermittelst, erwiderte Marco. Auch er war wie selbstverständlich zum Du übergegangen.

– Ich würde sie gern kennenlernen.

– Ich schaue, was sich machen lässt, antwortete Marco, etwas verlegen.

De Candia räusperte sich und wechselte das Thema.

– Was macht ein Verbrecher wie Rocco Anacleti deiner Meinung nach mit diesen Plänen? Willst du es nicht wissen?

XXXII.

Als Ciro Viglione ihn um den Schlüssel des roten Mercedes Slk bat, wurde Doktor Temistocle Malgradi blass.

– Heute ist eine Kontrolle vorgesehen, Ciro.

– Doktor, das ist mir völlig egal. Ich muss los. Und zwar sofort.

– Und was sage ich den Polizisten?

– Lass dir was einfallen. Du bist doch ein Professor. Professor, gib mir den Schlüssel.

– Ciro, treib es nicht zu weit. Das ist die dritte Kontrolle, die du sausen lässt. Ich möchte nicht, dass irgendein eifriger Kommissar auf seltsame Ideen kommt.

– Beruhig' dich, Professor, wird schon nichts passieren. Wenn sie uns auf die Eier gehen, musst du sie eben schmieren. In dem Schrank rechts neben dem Bett ist ein wenig Bargeld.

Aber Temistocle Malgradi zögerte. Und wenn sie einen Neuen schickten, in der Art: Überraschungskontrolle? Angeblich gab es auf dem Präsidium einen neuen Staatsanwalt, einen Komiker aus Lecce, der sich merkwürdige Dinge in den Kopf gesetzt hatte. Sollte er die Sache nicht lieber verschieben?

– Ach, geh mir nicht auf die Eier! Den Schlüssel!

Der Doktor legte die Hände aneinander, wie zum Gebet, und schließlich spuckte er es aus.

– Ciro, bitte reg dich nicht auf … Der Mercedes ist in der Reparatur.

– Was?

Ein verdammter Unfall. Ein unglücklicher Zufall. Temistocle hatte sich das Auto ausgeborgt, um eine Studentin zu beeindrucken, ein wunderbares Mädchen, eine wahre Rosenknospe, und auf dem Heimweg nach einem angenehmen Abend war es nun mal passiert, ein Glas zuviel, ein kühnes Manöver an einer Kreuzung …

– Aber nur ein Kratzer, Ciro, ich schwöre dir, ich gebe ihn dir wie neu zurück.

Ciro sah den Primar an. Ein Blitz durchzuckte seine wässrigen Augen. Malgradi fröstelte. Er hatte eine Dummheit begangen. Gewiss, Ciro und die anderen brauchten ihn. Vor allem Ciro, der in der goldenen Suite der schönsten Klinik Roms seine Haftstrafe absaß, auf Kosten der Steuerzahler. Im Übrigen brauchte jeder jeden bei diesem Spiel, aber Ciro war nach wie vor ein Verbrecher, und bei Verbrechern konnte man sich nie sicher sein.

Aber Ciro hatte zu kichern begonnen, und sein Blick war wieder ruhiger.

– Nicht wie neu, Doktor. Nur neu.

– Ciro!

– Schluss mit Ciro! Morgen steht ein neuer Slk vor der Tür. Rot, nein, diesmal will ich einen blauen. Jetzt hab ich es aber eilig. Was für ein Auto hast du?

– Ich?

– Ist noch wer hier? Los, Doktor!

Seufzend reichte ihm Temistocle Malgradi den Schlüssel seines Audi Q7.

– Sei brav, Professor.

Eine halbe Stunde später parkte er auf dem Platz vor Samurais zweistöckiger Villa.

Das Tor stand wie immer weit offen, keine Bodyguards, keine Überwachungskameras. Samurai zufolge war das Charisma eines Bosses der beste Schutz.

„Zwei Wachhunde, die dir Deckung geben, sind bald gefunden, Ciro. Und wenn sie jemand auf dich loslässt, brauchst du dich gar nicht mehr zu verteidigen. Aber man muss das Problem an der Wurzel packen. Man muss so stark sein, dass die Absicht, einem weh zu tun, gar nicht erst entsteht. Hast du mich verstanden?"

„Natürlich, Samurai. Erzähl das doch mal in Casalpesenna! Und dann lachen wir darüber!"

Ciro Viglione kannte Samurai seit einer Ewigkeit und genauso lange hasste er ihn. Er fand seine Leidenschaft für alles Japanische unerträglich. Seine Überheblichkeit machte ihn wütend. Und bei seiner Ernährung – der eines zur Verstopfung neigenden Schwulen – wurde ihm schlecht.

Dennoch musste er an Samurai Gefallen finden.

Die Geschäfte erforderten es.

Bei den Geschäften gab es keine Sympathie oder Antipathie. Bei den Geschäften zählte nur der Gewinn.

Ciro Viglione war fünfzig Jahre alt und bewegte sich seit über dreißig Jahren in der Business Class des römischen Verbrecherolymps, er manövrierte geschickt zwischen kleineren und größeren Camorrafehden. Die zugedröhnten Jungs metzelten sich fröhlich auf der Straße nieder, und die Bosse stachen einander hinterrücks ab, doch er ging gelassen von einer Gruppe zur anderen. Er war abwechselnd weise und verrückt. Von allen nahm er sich das Beste, noch nie hatte ihn eine Kugel auch nur gestreift, sein angeborener Hang zum Verrat und sein Gespür für die Straße schützten ihn. Als die Luft in Neapel zu dick geworden war, war er mit Sack und Pack nach Rom übersiedelt und hatte im Schatten seines Mentors, Trentadenari, seine blühenden Geschäfte weitergeführt. Er hatte mit Libaneses Jungs Geschäfte gemacht, und als Trentadenari zum Verräter geworden war und ein Kilo Menschenfleisch für einen Teller Linsen verschacherte, hatte er schweigend und würdevoll eine kurze Haftstrafe abgesessen. Als er wieder freikam, hatte er mit Überraschung und vor allem mit riesiger Freude zur Kenntnis genommen, dass er mittlerweile der einzige Neapolitaner in Rom war. Es war kinderleicht gewesen, die alten Beziehungen wiederherzustellen. Jetzt bildeten er, Perri und Samurai eine Art Triumvirat, wie Samurai es bezeichnete – er konnte es einfach nicht lassen, einem mit seiner Bildung auf die Eier zu gehen. Als ob die Kultur jemals dazu beigetragen hätte, sich den Bauch vollzuschlagen.

Jedenfalls gehörte Rom jetzt ihnen.

Und so sollte es auch bleiben.

Samurai kam ihm entgegen, im Stechschritt nahm er die weißen Marmorstufen. Tja, der Trottel war nun mal ein Nazi.

Er trug einen weiten schwarzen Kimono, und als Ciro den weißen Skorpion auf seinem Rücken sah, musste er lachen.

– Samurai, pass auf, der Skorpion beißt!

– Das ist ein Haustier, sagte dieser wie immer kühl und distanziert. – Wenn er es versuchte, würde ich ihn kalt machen.

Ciro Viglione suchte umsonst nach einer passenden Antwort. Auf diesem Gebiet war Samurai unschlagbar. Lieber sich ernsten Themen widmen.

– Ich hab's eilig, Samurai. Worum geht's?

– Bei einem guten Tee denkt man besser, unterbrach ihn Samurai und ging ins Haus. Ciro folgte ihm, leise fluchend.

Samurai schenkte ihm aus einer merkwürdig länglichen Karaffe kalten grünen Tee ein.

– Das Glas heißt *Gloria del Diamante*, erklärte er, eines der raffiniertesten Produkte der Glasbläser von Murano.

Ciro fragte sich, ob Samurai sich nicht nur wie ein Schwuler ernährte, sondern ob er nicht tatsächlich einer war. Aber er hütete sich, einen Kommentar abzugeben. Das gehörte sich nicht. Er kannte einen Killer, der lieber fünfundzwanzig Morde gestanden als seine Homosexualität zugegeben hatte.

– Sehr schön. Können wir uns jetzt bitte unterhalten?

– Zwischen Ostia und Cinecittà hat es einen kleinen Konflikt gegeben, sagte Samurai kühl.

– Als kleinen Konflikt bezeichnest du das?, sagte Ciro aufgeregt. – Das ist ein Jahrhundertchaos! Tote auf beiden Seiten, Schießereien, die Scheißcarabinieri sind uns auf den Fersen. Und du sitzt hier und trinkst Tee!

– Die Situation ist unter Kontrolle, Ciro.

– Blödsinn, Samurai. Ich glaube, es laufen zu viele herum, die nur an sich selbst und nicht an die Allgemeinheit denken. Du musst was unternehmen, und zwar rasch!

Samurai seufzte. Ciro hatte nicht ganz Unrecht.

Er versuchte ihm zu erklären, dass das Problem immer dasselbe war. Sie hatten es mit primitiven Menschen zu tun. Sie brauchten zwar ihr Ungestüm, mussten sie jedoch kontrollieren, um nicht zu sagen manipulieren, dennoch bestand stets die Gefahr von Explosionen.

– Im Grunde brauchen wir diese Leute. Sie sind unsere Handlanger. Das Lumpenproletariat. Hin und wieder müssen wir ihnen eine kleine Belohnung geben, dann müssen wir die Zügel wieder fest in die Hand nehmen. Aber wir können nicht auf sie verzichten. Leider nicht.

Samurai schien sich seiner Sache sehr sicher zu sein. Im Gegensatz zu ihm und Perri hatte Samurai einen Vorteil. Er war aus Rom. Er war der unbedingt notwendige Eingeborene, ohne den keine Organisation, die diesen Namen verdiente, in fremdem Boden Wurzeln schlagen konnte. Aber auch er musste zugeben, dass die Straße in Aufruhr war.

War Samurai überhaupt noch fähig, sie zu kontrollieren? Reichte sein Wort? Bei allem Respekt vor dem Trottel und seinem Charisma, wie er es nannte, Ciro reichte es.

– Samurai, jetzt hör mir mal gut zu: Das sind nur leere Worte.

– Taten werden folgen.

– Was heißt das?

– Ich werde dem Konflikt ein Ende setzen.

– Und wie?

– Endgültig.

Nun, das war zumindest ein deutliches Wort. Aber vielleicht wollte Samurai auch nur Zeit gewinnen. Aber im Übrigen hatten alle ein Interesse daran, und es schaute für alle was dabei heraus.

Ganz klar, der Samurai hatte was vor.

– Ist gut, lass dir aber nicht zu lange Zeit, ich bitte dich, sagte Ciro abschließend und stand auf.

Samurai begleitete ihn in den Hof. Ciro rief ein Funktaxi und gab die Adresse an.

Samurai zeigte auf den Audi.

– Und was ist mit dem da?

Ciro erzählte die Geschichte Malgradis.

– Jetzt spielen wir dem Professor einen kleinen Streich. Du rufst die Anacleti an und sagst ihnen, sie sollen das Auto verschwinden lassen. Dann überlegt sich dieser Trottel Malgradi beim nächsten Mal, ob er mit mir den Marokkaner spielt.

– Hältst du das für eine intelligente Idee, Ciro?

– Intelligent oder nicht, das ist mir scheißegal! Es ist ein Streich, Samurai, verstehst du nicht? Ein Streich!

Als er wieder allein war, stellte Samurai den Audi in die Garage, dann ging er in den Keller, hob zwei Bodenplatten ab und betätigte einen Schalter, der die Feder einer winzigen Falltüre aufspringen ließ, die sich unter einer Fliese befand, die genauso aussah wie alle anderen Bodenfliesen auch.

Darunter lag seine Mannlicher, eingewickelt in einen öligen Fetzen.

Samurai wusste, dass er sie hätte loswerden müssen.

Er hatte es nicht übers Herz gebracht.

Nun war es an der Zeit, dass sie wieder ihre Stimme erhob.

XXXIII.

De Candia hatte ins Schwarze getroffen.

Die Pläne mit den geheimnisvollen Notizen am Rande der Normmappen, die bei Rocco Anacleti konfisziert worden waren, waren wahrscheinlich die erste konkrete Spur, seitdem der Krieg zwischen Ostia und Cinecittà ausgebrochen war.

Man brauchte keine Experten, um zu verstehen, dass jemand etwas Großes vorhatte.

Aber was hatten die Anacleti damit zu tun? Ihre Anwesenheit störte in gewisser Weise das Bild.

Oder vielleicht rechtfertigte sie es.

Wenn sich eine alte Diebes- und Dealerdynastie aufs Immobiliengeschäft verlegte, konnte der Grund nur ein ordentlicher Gewinn sein.

Marco verhörte Rocco Anacleti.

– Na und? Was ist daran so außergewöhnlich? Ich möchte mir eine Villa am Meer kaufen. Ich kann es mir nämlich leisten!

Ja, eine Villa am Meer. Auf den Plänen war das ganze Gebiet zwischen dem EUR und den Grenzen der Provinz Latina – Ardea, Pomezia und Casalazzara, sogar die Küste von Ostia – detailgetreu erfasst.

Eine Villa. Eine Stadt vielmehr.

Rocco Anacleti baute eine Stadt. Warum nicht?

Langsam zeichnete sich eine Idee ab. Es stank nach Bauspekulation.

Auf jedem einzelnen der konfiszierten Dokumente befand sich links unten das Logo von Mailand & Partners. Eines der international renommiertesten Architekturbüros. Arbeiteten sie für die Anacleti, für diese Analphabeten aus der Romanina? Und nur für sie?

Er überlegte, ob er Mailand & Partners direkt fragen sollte. Aber er verzichtete darauf. Er hatte keinen Durchsuchungsbefehl, sie würden sich auf das Berufsgeheimnis berufen.

Und ohne Verbrechen gab es keinen Durchsuchungsbefehl. Und solange kein gegenteiliger Beweis erbracht wurde, war Bauen kein Verbrechen.

Aber der Gestank wurde immer größer.

Marco konzentrierte sich auf das auf den Karten ausgewiesene Gebiet. Ostia. Er machte ein paar Telefonate, ließ sich Akten bringen. Ostia. Sechs vorsätzliche Brandstiftungen in genauso vielen Strandbädern in Ponente in den letzten Monaten. Er rief Tenente Gaudino an.

– Ich habe Ihnen ja davon erzählt, Colonello. Sie bestrafen die, die nicht gehorchen.

Die übliche Schutzgeldmafia? Irgendetwas stimmte dabei nicht. Die fraglichen Strandbäder wurden alle von Genossenschaften verwaltet. Sie waren abgefackelt worden. Und nach dem Brand hatten sie die Konzession verloren. Er bat einen alten Bekannten um Hilfe, der in einem Büro der Kommune arbeitete. Er erhielt Zugang zu den Akten, die ihn interessierten. Ein einziger Mann hatte alle Konzessionen erhalten: Michele Lo Surdo. Ein legendärer Steuerberater mit einer Menge schmutziger Geschäfte: tatsächlich der Top-Berater der römischen Unterwelt.

Allmählich wurden die Dinge klarer.

Gaudino täuschte sich.

Sie fackelten die Strandbäder ab, um den Strand freizubekommen.

Und sie wollten den Strand freibekommen, um darauf zu bauen.

Und da in Ostia nichts ohne Numero Otto lief, war Numero Otto mit von der Partie.

Und warum waren dann die Pläne im Besitz der Anacleti?

Vielleicht hatten sie ein Geschäft gewittert und vielleicht hatte man sie abgewimmelt und der Krieg war deshalb ausgebrochen.

Oder vielleicht waren sie schon an dem Geschäft beteiligt und irgendetwas war aus dem Gleichgewicht geraten und der Krieg war deshalb ausgebrochen.

Die Pläne wiesen in eine Richtung, die ganze Zone konnte als Baugrund angesehen werden.

Marco sah das Szenario vor sich.

Millionen Kubikmeter Beton. Und Unmengen von Geld. Sofern die diversen Anacleti, Adami und Sali nicht plötzlich zu Philantropen geworden waren.

Und war es dann in diesem Fall glaubwürdig, dass Neapolitaner und Kalabresen einfach zusahen?

Um so einen Plan zu realisieren, brauchte es einen Kommunalbeschluss, dachte er.

Er öffnete die offiziellen Internetseiten. Nichts. Kein Beschluss stand auf der Tagesordnung. War ja auch klar: Die direkt Beteiligten wollten keine Öffentlichkeit. Der Beschluss würde von einem Tag auf den anderen unterzeichnet werden. Wenn sich niemand mehr dagegen wehren konnte.

Warum war das noch nicht geschehen?

Weil sie sich noch nicht geeinigt hatten.

Um so eine Abmachung zu treffen, musste man viele Mäuler stopfen.

Sie brauchten eine anerkannte Autorität. Beziehungsweise zwei. Eine, um die Straße, die zweite, um die Politiker ruhig zu stellen.

Wer kontrollierte die Straße? Samurai.

Aber die Straße war im Kriegszustand.

Hatte Samurai also versagt? Oder hatte er sich wirklich zurückgezogen, wie er behauptete?

Das wollte Marco nicht glauben. Typen wie er änderten sich nicht.

Und die Politiker? Wer war der offizielle Mentor?

Solange der Krieg andauerte, war es besser für ihn, sich nicht zu zeigen.

Und er befand sich wieder am Anfang.

Warum sollte man einander erschießen, wenn so ein fettes Geschäft auf dem Spiel stand?

Jemand hatte sich nicht an die Abmachung gehalten und das Geschäft platzen lassen.

Aber weder Spadino noch Paja und Fieno waren so bedeutend, dass sie einen Krieg auslösen konnten.

Da musste noch was anderes sein.

Marco machte eine Kopie von dem Ganzen und ging zu Alice. Er überraschte sie, als sie im Wohnzimmer ihrer Dreizimmerwohnung in der Nähe der Piazza dei Re di Roma gerade am Boxsack trainierte. Als er sie so sah, verschwitzt, in T-Shirt und Shorts, stieg ihm das Blut zu Kopf. Zum Glück leistete sie überhaupt keinen Widerstand.

Danach sagte er zu ihr, er brauche sie, um eine krumme Tour zu machen.

Sie war dabei.

XXXIV.

Manfredi schenkte Sebastiano einen Revolver Kaliber 38 und fuhr mit ihm auf Urlaub, in die Nähe des Gran Sasso.

– Es ist eine saubere Waffe … nun, nicht ganz sauber. Auf jeden Fall erfüllt sie ihre Pflicht.

– Und was soll ich tun? Ich weiß nicht einmal, wo ich anfangen soll.

– Und warum sind wir deiner Meinung nach hier?

Sie stiegen in einem elegant eingerichteten Chalet ab, das Sor Scipione in seiner Eigenschaft als Kredithai einem Arzt aus Prati abgenommen hatte, der sich mit Texas Hold'em ruiniert hatte. Sie trainierten im Morgengrauen und in der Abenddämmerung. Sebastiano lernte schnell, er zielte genau und hatte eine ruhige Hand; mit jedem Tag stellte er mehr unter Beweis, dass er für das, was Manfredi vorhatte, die richtige Wahl war.

Am letzten Abend aßen sie in einer Trattoria, in der es vor Jungs im Tarnanzug wimmelte.

– Mein Vater hat mir erzählt, dass es hier früher jede Menge paramilitärische Camps gab. Du weißt ja, diese Duce-Nostalgiker, die Granaten und Kartätschen sammelten, um einen Staatsstreich zu machen …

– Und die da, flüsterte Sebastiano und zeigte auf die anderen Gäste, – sind ihre Söhne?

– Nein, grinste Manfredi, – das sind Verrückte, die am Wochenende Krieg spielen. Da laufen ordentliche Clowns rum, was Sebastia'?

– Hör mir zu, Manfredi. Die Pistole, das Training … brauchst du einen Bodyguard?

Der Sohn des Kredithais beschloss, dass es an der Zeit war, die Karten auf den Tisch zu legen.

– Es handelt sich um ein Inkasso, sagte er. – Sei ganz ruhig.

– Was?

– Wir nehmen uns einen vor, der uns Geld schuldet, und bringen ihn zur Vernunft, erklärte er.

– Du bist völlig verrückt, protestierte Sebastiano, und schob den Teller mit den Ravioli mit Hammelragout von sich, ohne es überhaupt anzurühren.

– Ein ganz einfacher Job. Wir tun niemandem weh.

– Rechne nicht mit mir.

– Nicht einmal, wenn dir Papa fünfzig Prozent der Schulden erlässt?

Der Sohn des Ingenieurs nahm den Kopf in die Hände. Ein Ungeheuer. Manfredi war ein Ungeheuer. Er hatte ihm seine Wohnung, seinen Wohlstand, seine Freundin, seine Würde genommen. Und jetzt würde er ihm auch noch den Rest seines Lebens wegnehmen. Ein Sklave, genau das war er geworden. Ein Sklave.

Und hatte ein Sklave je eine Wahl?

Wenn man aber genauer darüber nachdachte, konnte bei dem Angebot durchaus was herausschauen.

– Ich möchte eine schriftliche Garantie, Manfredi.

– Beim Notar. Ich gehe mit dir zum Notar, Bruder.

– Einverstanden.

Der Sohn des Kredithais näherte sich seinem Ohr und begann mit komplizenhafter Miene zu erzählen.

Mitten in der Nacht kamen sie nach Rom zurück, und im Morgengrauen schritten sie zur Tat. Der Typ, den sie zur Vernunft bringen mussten, war ein Steuerberater aus guter Familie, ein Parioli-Typ, eleganter Anzug, Dachbodenwohnung an der Flaminio. Er hatte sich mit Koks ruiniert. Seine Frau hatte ihn aus der Wohnung geworfen, und er hatte sich an Sor Scipione verkauft. Er schuldete ihm dreißigtausend Riesen. Und da der alte Kredithai die dreißigtausend Euro nicht im Guten hatte eintreiben können, mussten sie es jetzt im Bösen versuchen.

– Papa ist zu freundlich, stellte Manfredi fest, – deshalb muss ich die Sache in die Hand nehmen. Beziehungsweise wir, Bruder.

Die Ratte hatte sich im Bau einer befreundeten Transe verkrochen, Letizia, die aus unerfindlichen Gründen „Platinzunge“ genannt wurde, in einer Art Mansarde im Tiburtino III. Sie traten die Tür ein, der Geruch verschwitzter Körper und abgestandenen Rauchs empfing sie, das Stöhnkonzert brach bei ihrem Eindringen abrupt ab.

– Verdammt, ist das widerlich, stellte Manfredi fest.

Der Steuerberater war ein kleiner, fetter und behaarter Mann. Der Sohn des Kredithais und der Sohn des Ingenieurs überraschten ihn in Gesellschaft: Letizia, eine Transe mit schläfrigem Blick und eindeutig männlichen Gesichtszügen und eine kleine Kraushaarige um die dreißig und nicht größer als einen Meter fünfzig, mit überdurchschnittlich großen Titten.

Während Manfredi die Wohnung auf Koks, Geld, Schmuck und allem anderen durchsuchte, das dem ausstehenden Geldwert – plus Zinsen – entsprach, bewachte Sebastiano das Trio.

Die drei Geiseln jammerten den Jungen der Reihe nach an. Jeder erzählte ihm seine traurige Geschichte. Und jeder schob die Schuld auf den anderen. Der Steuerberater heulte, die Kuh mit den Riesentitten hätte an allem Schuld. Sie hätte sich das Geld unter den Nagel gerissen. Deshalb habe er sie, schlau wie ein Fuchs, in die Falle gelockt, damit sie sang und das Geld zurückgab.

Die Kleine mit den Riesentitten, vulgo Luana, wurde stinksauer. Was, ich soll eine Diebin sein? Der Trottel erzählte doch überall herum, er habe den Kredithaien eins ausgewischt. Was den Stoff und das Geld anbelangte, so teilte sie mit Letizia.

Als diese an die Reihe kam, berichtete sie, dass beide, sowohl der Steuerberater als auch die Hure, ihr vorgeschlagen hatten, dem Club beizutreten und den Stoff auf Partys im Milieu der Freier und Transen zu verkaufen. Sie fügte hinzu, der erste Einkauf sei ausgerechnet mit den dreißigtausend Euro finanziert worden, die die „Herren“ suchten.

Manfredi erklärte die Durchsuchung für beendet. Er hatte eine Tüte Koks, eine Tüte mit Ecstasy-Pillen und zweitausend Euro gefunden.

– Ihr seid erledigt, sagte er sarkastisch.

Sie begannen zu jammern. Der Wirtschaftsprüfer schwor beim Leben seiner Kinder, dass er nicht anders konnte, er sei süchtig, er würde alles bis auf den letzten Cent zurückzahlen, müsse aber zuerst auf Entzug gehen. Schon am Tag darauf würde er in die Klinik gehen. Sie sollten Mitleid mit ihm haben, er war ein armer Teufel.

Die Transe verfluchte die elende Favela, aus der sie stammte. Sie musste sechzehn Geschwister unterhalten. Sie würde gratis für sie arbeiten, wenn sie sie gehen ließen.

Luana drückte auf die Tränendrüsen. Irgendwann war sie vom rechten Weg abgekommen, sie wusste selbst nicht, warum. Vielleicht wegen ihres kranken Kindes, weil ihr Vater gestorben war, weil sie keine Arbeit gefunden hatte. Aber sie würde zahlen. Es war nur eine Frage der Zeit.

Manfredi dachte nach. Mit so einem Durcheinander hatte er nicht gerechnet. Er wusste nicht, wie er sich daraus befreien sollte.

Sebastiano hörte den dreien zu, und allmählich ergriff ein ungewohntes Gefühl von ihm Besitz. Es war eine Mischung aus Wut, Grausamkeit, Gleichgültgkeit. Er schaffte es nicht, in den drei armen Teufeln die Opfer ihrer Leidenschaften und irregeleiteten Impulse zu sehen. Er sah nur drei Schlauköpfe, hysterische Hurensöhne, die Scheiße gebaut hatten und jetzt jammerten. Er empfand kein Mitleid für sie. Auch für ihn hatte niemand Mitleid empfunden, als man ihm sein Leben weggenommen hatte. Gut, im Grunde waren es ihre Angelegenheiten. Jeder ist seines Glückes Schmied.

Genau in diesem Augenblick verstand der Sohn des Ingenieurs, dass er sein altes Leben nicht mehr zurückbekommen würde. Deshalb musste er sich jetzt ein völlig neues schaffen.

– Zieht euch an, befahl er.

Er ließ sich das Handy des Steuerberaters geben und rief ein Taxi, setzte das Mädchen und die Transe hinein, gab jeder einen Zwanzig-Euro-Schein und legte ihnen in ihrem eigenen Interesse nahe, alles zu vergessen.

Dann steckte er die Pistole ein, lächelte den Steuerberater an und bat ihn, ihn und Manfredi zu seiner Bank zu führen. Er sollte das ganze Bargeld abheben, das er besaß.

Der Ausflug dauerte nicht länger als eine halbe Stunde. Der Steuerberater kratzte fünfzehntausend Euro zusammen. Sebastiano gab ihm eine Woche, um den Rest aufzutreiben.

Schließlich ließ er ihn gehen.

Sebastianos Ruhe und Gleichgültigkeit beeindruckten Manfredi. Hätte er auch nur ein Quäntchen des Gespürs seines Vaters besessen, hätte er verstanden, dass der Junge nicht mehr unter Kontrolle war. Dass es viel klüger gewesen wäre, ihn gehen zu lassen. Doch er tat es nicht. Er sagte sich, dass der Wandel seines Freundes auf seine Kappe ging. Dass sich Sebastiano aufgrund seines Charismas als Boss so verändert hatte. Er lobte ihn, er bezeichnete ihn als „geborenen Harten“. Er schlug ihm vor, das Koks zu teilen, und als der andere stolz ablehnte, sagte er zu ihm, er erinnere ihn an jemanden, an eine wichtige Person in Rom, vielleicht die wichtigste überhaupt. An Samurai.

Am Tag darauf, als Samurai auf einen Sprung im *Paranza* vorbeikam, stellte er ihn ihm vor.

– Samurai, das ist ein Cooler. Er wird dir gefallen.

Samurai musterte interessiert den Jungen. Was er in seinen Augen las, überzeugte ihn. Er zog ihn zur Seite, scherte sich nicht um Manfredi.

– Erzähl mir was von dir, Junge.

Sebastiano vertraute ihm auf der Stelle. Er spiegelte sich in den Augen des eiskalten Mannes, er sah darin dieselbe Gleichgültigkeit, die ihm zur zweiten Haut geworden war. Er verheimlichte ihm nichts. Schließlich sagte Samurai, dass sie sich bald wiedersehen würden. Sebastiano ging zurück ins Autohaus.

Kurze Zeit später verkaufte er einer als *sophisticated lady* verkleideten Nutte einen Porsche Boxter. Sie bezahlte in bar. Begleitet wurde sie von einem schwulen Intellektuellen.

XXXV.

– Alice, das ist Michelangelo De Candia, mein Freund, der Staatsanwalt, von dem ich dir erzählte habe. Michelangelo, das ist Alice …

– Das Mädchen, das das SMS geschickt hat. Marco, sie ist ja noch schöner, als du sie beschrieben hast.

Marco warf ihm einen giftigen Blick zu und beeilte sich, Alice zu beruhigen. Nein, sie hatten sich nicht über sie unterhalten, und er war auch nicht der Typ, der von seinen Liebschaften erzählte.

Alice gab ihm ein Küsschen auf die Wange.

– Ich weiß, ich weiß doch. Aber du, fügte sie hinterhältig hinzu, – hast mir auch nicht erzählt, dass dein Freund so süß ist.

Marco fiel keine passende Antwort ein. De Candia erlöste ihn, mit beinahe kindlichem Stolz zeigte er auf den Renault 4 mit Leccer Kennzeichen und öffnete die Tür des Beifahrersitzes.

– Was sagt ihr dazu? Ist er nicht großartig? Bitte, steigt ein.

Alice ließ sich auf den Aluminiumsitz mit Stoffbezug fallen, der sie an einen Liegestuhl erinnerte. Beim Anblick des Schalthebels am Steuer und des winzigen Armaturenbretts, wie von einem Spielzeugauto, setzte sie eine halb belustigte, halb beunruhigte Miene auf.

– Was ist das für ein Auto?

– Der legendäre R4. Baujahr ’89. Er hat meinem Vater gehört. Das einzige greifbare Ding, das ich aus meiner Vergangenheit behalten habe. Wie heißt es doch? Zwei Dinge kann man nicht loswerden: Die Eltern und die Lieblingsmannschaft. Ich würde hinzufügen, auch den R4, wenn man das Glück hatte, einen zu besitzen. Ihn zu warten, ist nicht ganz billig, aber …

Marco hatte auf dem Rücksitz Platz genommen.

– Das war das Lieblingsauto der Roten Brigaden, stellte er fest.

Alice ließ sich die Gelegenheit nicht entgehen. Sie war zu gierig.

– Macht es euch was aus, wenn wir das Jahrhundert wechseln?

De Candia brach in Lachen aus.

– Da schau her, das Mädchen.

Marco schüttelte den Kopf.

Alice sah Michelangelo an. Der sanfte salentinische Singsang gefiel ihr. Der Staatsanwalt war wirklich ein hübscher junger Mann.

Sie fuhren über den Viale Marco Polo und bogen auf die Cristoforo Colombo ein. Alice und Michelangelo scherzten noch immer. Sie hatten sich auf den ersten Blick verstanden. Warum war es dann für ihn so schwierig gewesen? Er schwieg beleidigt. Er hatte das Gefühl, dass die beiden mehr oder weniger unverhohlen flirteten, doch bei dem Gedanken, er könnte auch nur im Entferntesten eifersüchtig sein, fühlte er sich lächerlich und kindisch.

Hör damit auf, Marco.

Auf der Höhe des Obelisken verlangsamte De Candia und hielt fast an.

– Wir sind vom Tenente Colonello Malatesta Marco hierher bestellt worden, deklamierte der Staatsanwalt, „um die Wahrheit über Rom zu erfahren". Nun, was mich anbelangt, ist das hier das Ende Roms. Das sind meine Herkulessäulen, Marco, *hic sunt leones.*

Marco sah Alice an, sie war ernst geworden.

– Michelangelo, das ist kein Grund zum Scherzen, sagte er. – In Zukunft wird die wirkliche Stadt genau hier beginnen.

– Warum?

– Ich habe die Pläne der Anacleti studiert und ein paar Informationen eingeholt. Es gibt ein Bauvorhaben, eine große Spekulation, die größte aller Zeiten. Berühmte Architekten sind beteiligt. Millionen Kubikmeter Beton auf den dreißig Kilometern von hier bis zum Meer. Der Auftraggeber ist eine Gesellschaft namens *New City.* Michele Lo Surdo, ein alter Bekannter, ist der Geschäftsführer. Der Steuerberater der Unterwelt. Er hat die Konzessionen von Ostia Ponente erworben, nachdem dort in kühner Voraussicht alle Strandbäder abgefackelt worden sind.

– Ein Bauvorhaben sagst du?

– Zwischen Rom und Ardea, sozialer Wohnbau. Oder *housing sociale*, das klingt eleganter. Ein neuer Hafen in Ostia. Aber auch *Waterfront* klingt eleganter.

– Scheint was Großes zu sein …

– Ist es auch.

– Und warum habe ich noch nie davon gehört?

– Ist im Augenblick geheim. Aufgrund des Krieges ist alles zum Stillstand gekommen.

– Und woher weißt du soviel, wenn es doch geheim ist?

Mithilfe Diegos, dem von den *Draghi Ribelli,* den Alice so mochte, hatten sie die „Wolke" geknackt, den virtuellen Safe des Architekturstudios Mailand & Partners. Sie verdankten ihr ganzes Wissen einer Reihe von Straftaten. Einem Staatsanwalt konnten sie das nicht erklären.

– Sagen wir, ich habe so meine Methoden. Fahr bitte dorthin ... – Marco wies De Candia an, sich rechts zu halten und über die Cristoforo Colombo Richtung Ostia weiterzufahren.

– Vor Casal Palocco biegst du Richtung Axa ab. Dort gibt es ein Lokal, wo wir was trinken können.

– Wer steckt wirklich hinter New City?, fragte Michelangelo.

– Ein Kartell. Dazu gehören die Anacleti, die Adami-Sale aus Ostia und, soweit ich weiß, auch Rocco Perri, der lokale Bezugspunkt der 'ndrangheta, und Ciro Viglione, der Vertreter der Neapolitaner. Ach, die Heilige Mutter Kirche habe ich vergessen.

– Tatsächlich, rief De Candia aus.

– *New City,* um viele schöne Pappkartonhäuser zu bauen. Alle paar Kilometer ziehen sie einen Glockenturm hoch. Verstehst du, worin das Spiel besteht?

– Interessant ... – sagte De Candia. – Warum bist du so still, Alice? Hast du ihm vielleicht geholfen?

– Nein, ich habe gar nichts gemacht. Ich höre die Namen zum ersten Mal.

– Aber ich bitte dich, rief der Staatsanwalt im Dialekt aus.

Alice war keine gute Lügnerin, stellte Marco mit etwas Erleichterung fest. Und Michelangelo war ein Freund.

Sie hielten vor etwas, das aussah wie ein Pub. Einer niedrigen Holzhütte, einer Berghütte, die unpassenderweise inmitten von Seekiefern stand.

Frodo stand auf der Leuchtreklame.

– Ich wusste nicht, dass Tolkien am Strand von Rom wohnte, stellte De Candia fest und forderte Marco auf weiterzugehen.

– Eine merkwürdige Faschistencommunity bevölkert dieses Gebiet, erzählte Marco. – Eine Mischung aus Überbleibseln des 20. Jahrhunderts, Fantasyanhängern und Fußballfans. Ein idealer Nährboden, wenn du dir überlegst, auf welchen Grundfesten das neue Rom stehen soll.

Der Colonello zwinkerte einem ungefähr fünfzigjährigen Typen mit tätowierten Unterarmen zu, wohl der Chef, er stellte sich als Dario vor. Das Lokal war menschenleer. Sie setzten sich an einen Ecktisch. Dario servierte ein Tablett mit drei Pints Menabrea-Bier und einem Teller Serrano-Schinken.

Marco redete weiter.

– Ich habe Dario festgenommen, kurz bevor ich ins Ausland gegangen bin. Er war eine Art Revolutionär zur falschen Zeit. Er glaubt, ich habe ihm auf diese Weise das Leben gerettet. Seit damals respektieren wir uns. Er ist kein Plappermaul, aber die wenigen Dinge, die er sagt, haben für gewöhnlich Hand und Fuß. Als ich nach Rom zurückgekommen bin, hat er mir erklärt, dass die alten Kameraden jetzt Anzug und Krawatte tragen und sich als Manager gerieren. Ich habe mir gesagt: „Marco, sie tragen jetzt Nadelstreif, sind aber immer noch rechte Banditen." Rom hat sich im Grunde nicht geändert. Eine schwarze Sonne, um die die üblichen Satelliten kreisen.

Alice konnte sich nicht zurückhalten.

– Dann stimmt also, dass ihr von den Carabinieri es mit den Faschisten treibt.

De Candia berührte vorsichtig ihren Unterarm.

– Entschuldige, Alice, aber ich würde nicht so sarkastisch sein.

– Warum? Weil er ein Carabiniere ist und du ein Staatsanwalt? Habe ich mich der Majestätsbeleidigung schuldig gemacht?

– Aber nein. Früher war ich auch wie du. Irgendwann habe ich verstanden, dass die, die glauben, alles zu wissen, gar nichts wissen. Und man verliert fast alles. Es reicht nicht, dass man irgendwo gelesen hat, wie die Dinge funktionieren.

Alice konnte es nicht lassen, sie provozierte Michelangelo.

– Und wann hattest du die Erleuchtung?

– In Mailand, an dem Tag, als ich einem Bankier gegenübersaß und seine Aussage vor mir lag. Ich war mir meiner Sache sicher, er musste nur noch gestehen.

– Und stattdessen?

– Stattdessen sagte er etwas zu mir, was ich nie vergessen werde: „Sie, Doktor De Candia, glauben, ich wisse etwas, und Sie befragen mich zum Sinn dessen, was ich mache. Sie haben ein völlig falsches Bild von einem Banker. De Candia, ich habe keine Ahnung von dem, was ich verkaufe. Verdammt, ich weiß nicht, was ein Derivat ist, ich beschäftige mich nicht mit Interest-Swaps und Collars. Das ist eine Sache für Mathematikstudenten. Ich beschäftige mich mit Menschen. Ich versuche nur, ihre Gier oder ihre Verzweiflung zu stillen. Deshalb: „Ich habe keine Ahnung." Genau das sagte er zu mir.

Alice senkte den Blick. Marco zeigte De Candia einen hellen Fleck in der Ferne, den man durch die Fenster des Pubs sah.

– Da hinten ist das Infernetto-Viertel. Eine illegal hochgezogene Vorstadt. Wie jede Mauer hier in der Gegend. Früher haben sie alles im Nachhinein bewilligt. Dann haben sie einen Traum verkauft. Rom als Atlantic City. Casinos, Skipisten im Pinienhain. Seilbahnen. Alle paar Kilometer ein Einkaufszentrum. Eine Einkaufsorgie, damit die Leute das zu sein vorgeben, was sie nicht sind.

– Vor allem nützlich, um schmutziges Geld zu waschen, fügte Alice hinzu.

– Eine perfekte Schlussbemerkung, würdig eines Carabiniere. Und trotzdem richtig, sagte De Candia lächelnd.

Sie verließen Axa und fuhren in Richtung Meer. Inzwischen war es fast zwei Uhr morgens. Zwei vor Kälte zitternde Straßenkehrer standen vor dem Porchetta-Stand am Rande des großen Kreisverkehrs von Ostia. Marco bat Michelangelo, an der Mole des Touristenhafens zu parken. Die Anlegeplätze waren riesig groß und wirkten gespenstisch leer, es lagen nur vier armselige Boote vor Anker. Das Stahlbetonskelett eines hohen Rohbaus ragte empor, eine düstere Ruine. Sie stiegen aus dem R4 und vertraten sich die Beine. Marco zündete sich eine Camel an.

– Ostia hätte diesen Hafen überhaupt nicht gebraucht. Zumindest nicht einen Hafen dieser Größe. Fiumicino ist nur eine Viertelstunde entfernt. Es ging nur darum, zu bauen. Denn ein Hafen kann ein Casino am Meer werden, sobald sich die Auflagen ändern. *Waterfront*. Klingt gut, was?

Sie stiegen wieder ein. Als sie auf der Colombo Richtung Rom zurückfuhren, bog der R4 in eine namenlose Nebenstraße ein. Ein enger, dunkler Schlauch, an dessen Ende ein unwirkliches Licht leuchtete, wie am Eingang eines Zirkus'. Ungefähr hundert Meter von der Lichtquelle entfernt blieben sie stehen.

– Das ist *La Caverna*. Offiziell eine Diskothek. In Wirklichkeit ein Denkmal zu Ehren des Friedens, das die Anacleti mit den Adami-Sale geschlossen haben, der jetzt aber offenbar den Bach hinuntergeht, erklärte Marco.

– Und was hat der Frieden mit einer Diskothek zu tun?, fragte Michelangelo.

– Denis Sale hatte eine Anacleti geheiratet. Miteinander führten sie diese Bruchbude. Koks, Huren, Spielautomaten. Eine Vernunftheirat im Zeichen des neuen Gleichgewichts in der ganzen Stadt. Keine Bandenkriege mehr wegen der Lokale, sondern gemeinsame Geschäftsführung, an der sich auch die Kalabresen und die Neapolitaner beteiligten. Vom *Café de Paris* auf der Via Veneto bis zu diesem Loch. Dann ist Denis Witwer geworden und offensichtlich wurden neue Saiten aufgezogen.

– Das klingt alles sehr überzeugend, sagte De Candia.

– Leg eine Akte an, forderte ihn Marco auf, – eine Akte zum Bauvorhaben. Ich bereite einen Bericht vor. Ich kann alles beilegen, was wir brauchen: nicht nur die Pläne der Anacleti, sondern Projekte, Folien, Machbarkeitsstudien, Gutachten der Baubehörde, es gibt sogar einen lokalen Gesetzesentwurf bezüglich … warte mal … ach ja, bezüglich „ganzheitlicher religiöser Vorsorge“, also bezüglich einiger von den Priestern verwalteter Frühstückspensionen. Ich werde sagen, ein Vertrauensmann hat mir davon erzählt.

De Candia unterbrach ihn mit einer brüsken Geste.

– Du glaubst, das ist der Grund für den Krieg zwischen Ostia und Cinecittà, nicht wahr?

– Ich bin mir sicher. Irgendetwas ist aus den Fugen geraten. Ich weiß nicht warum, und ich möchte es herausfinden. Aber ich weiß, dass jemand versucht, die Dinge wieder in Ordnung zu bringen. Wenn so viel Geld im Spiel ist, wenden sich die einzelnen Gruppen an eine Art Mediator. Sie brauchen jemanden, der die Straße ruhig hält, und einen politischen Mentor.

– Und du weißt auch, wer das ist, nicht wahr?

– Was die Politik anbelangt, tappe ich im Dunklen. Ich gebe zu, ich habe keine Ahnung von nichts. Auf der Straße gibt es nur einen Mann, der imstande ist, die Dinge in Ordnung zu bringen.

Marco hantierte mit dem iPhone, dann zeigte er das Foto, das er von Samurai an der Tankstelle am Corso di Francia gemacht hatte.

– Samurai.

– Hat er Schlitzaugen?, fragte De Candia in blasiertem Tonfall. – Auf diesen Fotos erkennt man nichts.

Alice brach in Lachen aus. De Candias Leichtigkeit und Ironie gefielen ihr. Die Konversation nahm einen frivolen Beigeschmack an. Alice sagte, sie hätte plötzlich große Lust auf etwas Süßes. Sie kenne ein Lokal, ein sehr gutes. Der Staatsanwalt hörte auf, auf ernst zu machen und beschwor sie, sie dorthin zu führen. Sofort. Marco steckte das Handy in die Tasche und folgte ihnen seufzend.

Im Morgengrauen erreichten sie San Basilio. Via Luigi Gigliotto war menschenleer, obwohl in den abgebröckelten Wohntürmen der besetzten Häuser – sie waren seit Ewigkeiten besetzt, von wem, wusste inzwischen keiner mehr – durchaus Leben war, ein wachsames Leben. In den Höfen und auf den Gängen tauchten immer wieder Schatten auf. Jungs in dunklen Jacken und mit Wollmützen auf dem Kopf.

– Verdammt, wo sind wir?, fragte De Candia verwirrt.

– Am nordöstlichen Teil der Umfahrungsstraße, antwortete Alice.

– Gut. Jetzt weiß ich noch weniger als davor.

– Wir sind im Laden von Rom, sagte Marco.

– Im Laden? Was heißt das?

– Im Zentrum des römischen Rauschgifthandels, mein Freund. Einem Drogen-Supermarkt zu Ausverkaufspreisen. Dem Anacleti-Outlet, fuhr Marco fort.

– Ich dachte, du hättest Appetit auf etwas Süßes, unterbrach De Candia.

– Hab ich auch, sagte sie. – Deshalb sind wir hier. Denn an diesem Ort gibt es nicht nur Koks, Haschisch und Heroin, sondern auch ein Lokal mit den besten Croissants in der ganzen Stadt.

Sie zeigte auf eine Tür aus eloxiertem Aluminium, die auf den Gehsteig der Via Recanati ging.

Angezogen von köstlichem Hefeduft gingen sie eine steile Treppe hinunter, die in eine winzige Backstube im Souterrain führte. Vor zwei großen Aluminiumöfen bestrichen zwei arabische Jungs riesige Pfannen mit Butter, während ein ungefähr sechzigjähriger, untersetzter Mann sie mit scheinbar zerstreutem Blick beobachtete. Alice umarmte ihn so innig, als wäre er ihr Vater.

– Das ist Mario. Mario, das sind Marco und Michelangelo.

– Mhh, nichts für ungut, aber die beiden riechen nach Bullen. Alice, erzähl' mir ja nicht, dass du dich mit der Polizei eingelassen hast, sagte der Zuckerbäcker lächelnd.

Marco wurde rot. Michelangelo machte gute Miene zum bösen Spiel.

– Sagen wir, Alice hat die Nacht genützt, um uns auf die Probe zu stellen. Niemand kauft die Katze im Sack.

– Und was macht ihr hier?

– Eine Stadtrundfahrt. Michelangelo kennt Rom kaum.

– Das stimmt, sagte De Candia achselzuckend.

– Das ist nicht Rom. Das ist nichts mehr.

Mario erzählte den dreien von den jüngsten Morden im Viertel. Ein fünfzehnjähriger Junge, der nach einer Rauferei mit ein paar Dealern verblutet war. Ein Typ aus Torraccia – dem neuen Teil von San Basilio jenseits der Umfahrungsstraße –, der bei einer Selbstbedienungstankstelle zwei Worte zu viel gesagt hatte.

– Das Viertel ist voller wütender, herrenloser Hunde, sagte Mario kopfschüttelnd, während er Croissants und Krapfen auf ein Papptablett legte. – Zugedröhnt bis oben. Vom Morgen bis zum Abend. Und sie glauben, das Sagen zu haben. Dabei sind sie nichts. Sie verkaufen den Stoff der Anacleti und glauben, der Liebe Gott zu sein. Leider sind sie nur arme Arschlöcher. Aber ich habe es euch ja gesagt. Das ist nicht mehr Rom. Sogar die Vögel sind wilde Tiere geworden. Gestern hat eine Möwe hier eine Katze bei lebendigem Leib gefressen.

Um halb acht gingen sie im Licht der Morgensonne wieder auf die Straße hinauf.

Michelangelo war nachdenklich geworden.

– Meiner Meinung nach verfolgst du die richtige Spur, Marco. Aber worauf soll ich mich stützen? Solange ein Projekt nur auf dem Papier existiert, ist es ein Phantasma. Bring mir Beweise, stichhaltige und konkrete Beweise. Dann schlagen wir zu. Aber nicht früher.

Alice gähnte. Ihre Augen brannten vor Müdigkeit, doch sie hatte in dieser seltsamen Nacht viel gelernt. Viele ihrer bis vor kurzem unumstößlichen Überzeugungen waren ins Wanken geraten. Sie musste zugeben, dass der Staat, die Macht, das System, die Kaste oder wie auch immer man das Ding bezeichnen sollte, dem die beiden angehörten, nicht nur eine dumpfe, kompakte Masse war, gegen die man sich entschieden zur Wehr setzen sollte. Mit einem Wort, allmählich vertraute sie Marco und Michelangelo.

– All das, sagte sie, müssten wir ins Netz stellen. Daraufhin wird Chaos ausbrechen, und der eine oder andere wird ans Tageslicht kommen. Wir werfen einen Stein in den Teich und schauen, welche Fische auftauchen.

– Eine gefährliche, unübliche und auch illegale Idee, unterbrach De Candia.

Sie war mit ihrer Idee durchgefallen.

XXXVI.

Diesmal hatte Numero Otto die Dummheit seines Lebens begangen. Zio Nino hatte kein Auge zugemacht. Die ganze Nacht war er in der Zelle auf und abgegangen. Auf und ab. Am Vormittag ließ er Anwalt Parisi kommen. Und um seine Aufregung zu verbergen, sprach er mit lauter, entschiedener Stimme. Er sagte zu ihm, dass man Cesare weder angreifen konnte noch angreifen durfte. Er sagte, sicher, es sei unverzeihlich, Cesare hatte nicht nur eine, sondern gleich drei Dummheiten begangen. Wegen seines Alleingangs riskierten sie, dass alles den Bach hinunterging. In jeder anderen Situation hätte es nur eine Strafe für eine derartige Dummheit gegeben: den Tod.

– Aber er ist mein Neffe, Anwalt, mein Fleisch und Blut, er ist wie ein Sohn für mich. Wir müssen diese Angelegenheit intern lösen.

– Rocco Anacleti ist außer sich, Zio Nino.

– Das glaub ich dir gern, er hat ja auch recht … Ich habe ihn gesehen, er war ja auf Durchreise hier. Er war wirklich fertig. Tu mir einen Gefallen. Hol mir Denis, der ist ein wacher Bursche. Er soll den Familien der beiden armen Teufel jeweils hunderttausend geben. Und dann lässt du die Anacleti wissen, dass wir ihren Anteil auf fünfundzwanzig Prozent erhöhen, wenn sie über die Sache hinwegsehen.

– Um die Sache zu einem Ende zu bringen, müssten wir auch hören, was die anderen dazu sagen, stellte Parisi pragmatisch fest.

– Dann informier sie. Sprich mit Rocco, sprich mit Ciro, sprich mit Samurai, sprich mit allen Heiligen, aber bald. Und zu Cesaretto sagst du, er soll bezahlen und eine Zeitlang untertauchen.

– Ist gut, Zio Nino. Obwohl das, worum du mich bittest, nicht gerade zum Beruf des Anwalts gehört …

Zio Nino wurde fuchsteufelwild. Ach, jetzt, nachdem er mit Gold und weißem Pulver überschüttet worden war, erinnerte sich diese legendäre Koksnase, der unverbesserliche Hurenbock, an das Berufsethos, jetzt machte er einen Rückzieher!

– Ich wollte nur sagen, dass es nicht einfach sein wird, Zio Nino, sagte Parisi schnell.

Zio Nino verstand den Wink mit dem Zaunpfahl. Wie immer forderte der Blutegel im schwarzen Talar Geld. Es war nur eine Frage des Geldes. Nur darauf wollten sie hinaus, die Männer ohne Ehre, die unter der schmutzigen Unterhose namens Gesetz ihre dreckigen Geheimnisse versteckten.

– Ist gut. Morgen überweise ich dir was auf das besagte Konto.

– Immer zu Diensten, Zio Nino.

Noch am selben Abend ging Parisi ins *Off-Shore.* Denis und Robertino sagten ihm, Numero Otto hätte sich ein paar Tage frei genommen. Numero Otto war ein Trottel, aber immerhin kein Selbstmörder, dachte Parisi und bat Denis, mit ihm zu der Villa in Campo di Carne zu fahren, dem Anwesen einer kalabresischen Familie, die mit den Perri verbündet war. Dort war Numero Otto mit Morgana untergetaucht.

Der Anwalt erklärte die Lage, während die barbusige Morgana Crack aus einer mit einem lila Tuch bedeckten Flasche inhalierte. Als Numero Otto hörte, dass er zum Zeichen des guten Willens zweihunderttausend Riesen rausrücken sollte, lachte er herzlich, mit hervorquellenden Augen.

– Zweihunderttausend soll ich ihnen geben? Die zwei Arschlöcher hätten mich entschädigen sollen, sie wollten ja mich umlegen, die Trottel. Weißt du überhaupt, wie das heißt, was ich gemacht habe, Anwalt? Notwehr, so heißt das.

Parisi führte ins Treffen, dass es sich um einen Befehl von Zio Nino handelte, und Numero Otto zog augenblicklich den Schwanz ein. Er versprach Parisi, dass er innerhalb von vierundzwanzig Stunden dafür sorgen würde.

Von diesem ersten Erfolg ermutigt, rief Parisi die Mitglieder der Familie Anacleti, die noch auf freiem Fuß waren, in seine Kanzlei. Als die Zigeuner das Angebot hörten, zeigten sie sich verhandlungsbereit. Jedoch dreißig Prozent, erklärte Silvio, einer der zahllosen Neffen des Clans, mit dem man reden konnte. Und bevor sie ihr Wort gaben, mussten sie sich auf jeden Fall mit Rocco beraten.

– Noch ein paar Tage Geduld, und ich hole ihn da raus, versicherte ihnen Parisi.

Die Anacleti traten geordnet den Rückzug an, wobei sie ihre unverständlichen Zigeunerlitaneien murmelten.

Doktor Temistocle Malgradi wurde damit beauftragt, Ciro Viglione und Rocco Perri die Nachricht zu überbringen. Der Neapolitaner und der Kalabrese trafen sich in der *Villa Marianna.* Beide hatten die Nase voll von diesem sinnlosen Gemetzel, und sie erklärten sich bereit, jegliche Abmachung zu unterschreiben, sofern wieder Ruhe einkehrte. Immerhin hatte Zio Nino die Schulden seines Neffen übernommen und somit seine Intelligenz unter Beweis gestellt.

Da sich Roccos Haftentlassung in die Länge zog – dieser De Candia war dafür zuständig, ein Roter, von dem war ja nichts anderes zu erwarten –, ging Silvio Anacleti ins Gefängnis, und im Verlauf einer heftigen Debatte gelang es ihm, Rocco zu überreden, das Abkommen zu unterzeichnen.

Schon nach einer Woche war das neue Abkommen unterschrieben.

Aber der große Optimismus war nicht gerechtfertigt.

Es gab jemanden, der sich noch nicht dazu geäußert hatte.

Samurai.

Parisi hatte ihn zwar mehrmals aufgefordert, doch unverständlicherweise hatte er geschwiegen. Und während der letzten beiden Tage, als das Geschäft zur Zufriedenheit aller abgeschlossen wurde, antwortete er nicht einmal auf Skype.

Der Anwalt fragte sich, ob er die anderen informieren sollte. Doch er tat es dann doch nicht, denn er fürchtete, er habe sich ohnehin schon zu weit aus dem Fenster gelehnt, und weil er hoffte, Samurai würde sich, weitsichtig wie er war, nicht gegen die anderen stellen.

Keiner hatte begriffen, wie Samurai wirklch beschaffen war.

Selbstsicher und in der Gewissheit, dass sich das Gewitter verzogen hatte, stieg Numero Otto im *Off-Shore* ab, und um seine triumphale Rückkehr zu feiern, organisierte er ein denkwürdiges privates Fest. So denkwürdig, dass er um vier Uhr nachts, bei heftiger Tramontana, allein ins Freie ging, um wieder einen klaren Kopf zu bekommen. Nach ein paar Schritten, als er sich eine ganz gewöhnliche Zigarette angezündet hatte, sah er, dass ein weißer Audi Q7 auf ihn zukam. Die dunkle Scheibe auf der Beifahrerseite senkte sich und eine bekannte Stimme rief seinen Namen.

– Cesare!

Max beugte sich aus dem Fenster, ein freundliches Lächeln auf dem für gewöhnlich finsteren Gesicht. Instinktiv griff er an die Pistole, die in seinem Gürtel steckte, deren Lauf er immer an seinem Hintern spürte.

– Verdammt, was willst du? Es ist doch vorbei, oder?

Max stieg aus und ging mit erhobenen Händen auf ihn zu. Numero Otto durchsuchte ihn. Er war unbewaffnet.

– Samurai will dich sehen.

– Und warum hat er nicht seinen Arsch in Bewegung gesetzt und ist zum Fest gekommen? Ich habe euch ja eingeladen.

– Du weißt ja, wie er ist. Er mag keinen Krach.

– Ist gut, mir reichts. Sag ihm, ich komme morgen.

– Wie du willst, seufzte Max und ging zum SUV, – dann sage ich ihm, dass dich das Geschäft nicht interessiert.

– Welches Geschäft? Verdammt, wovon sprichst du? Warte, bleib stehen, he!

– Ein großes Geschäft, Cesare. Eine Tonne Kokain.

– Na so was. Und warum erinnert sich Samurai auf einmal an mich?

– Weil die Ladung auf dem Seeweg ankommt und der Hafen, wenn ich nicht falsch liege, zu deinem Gebiet gehört.

Numero Otto plusterte sich auf. Genau! Endlich war alles so, wie es sich gehörte. Er hatte gut daran getan, die beiden Verräter umzulegen. Jetzt wussten alle, wer Numero Otto war, und mit wem sie es zu tun hatten. Sogar Samurai hatte klein beigegeben. Wenn er Stoff importieren wollte, musste er mit ihm verhandeln. Samurai bat ihn um Hilfe. Zio Nino würde vor Glück platzen.

– Ist gut. Wo ist der Japaner?

– Ich bring dich hin.

Unterwegs machte er sich einen Spaß daraus, Samurais treuen Gefolgsmann zu provozieren.

– Sag mal, Max, stimmt die Geschichte mit Pigna? Dass ihm Samurai den Kopf mit dem Schwert abgeschlagen hat?

– Ich habe es so gehört.

– Danke. Ich habe es auch gehört. Allerdings waren wir beide nicht dabei, oder? Ich glaube, Dandi hat ihm im Gefängnis den Spitznamen Samurai gegeben, da war dein Boss noch ein kleiner Junge.

– Samurai ist nicht mein Boss, Numero Otto. Menschen haben keinen Boss.

– Ach, wirklich nicht? Du wuselst doch immer um ihn herum wie ein Hündchen.

– Samurai ist mein Meister. Aber das verstehst du nicht.

– Ach, Philosoph, tu mir einen Gefallen. Lassen wir's.

Samurai erwartete ihn am Strand von Capocotta, in den Dünen. Es war kalt, sehr kalt, doch Samurai, wie immer in schwarzem Anzug, mit den Händen in der Tasche und unbedecktem Gesicht, schien das Wetter egal zu sein, er kümmerte sich nicht um den schneidenden Wind, das Tosen der Brandung, die Gischt am Strand, der von morschen Holzstücken, verrosteten Planken, Muscheln und Plastiktüten übersät war.

Vielleicht durchzuckte der Gedanke, er könne in einer Sackgasse gelandet sein, ganz kurz Numero Ottos vernebeltes Hirn. Wenn er in diesem Augenblick das Schießeisen gezogen hätte, hätte er vielleicht seine Haut gerettet. Aber warum hätten sie sich so große Mühe geben sollen? Wenn sie ihn umlegen wollten, hätten sie ihm auch an der Tür des *Off-Shore* oder vor seiner Wohnung auf der Piazza Gasparri auflauern können. Sie hatten doch eine Abmachung getroffen. Für wen hielt sich Samurai, dieses Arschloch, dass er sich gegen alle stellte? Sich in so einer Situation als Feigling zu erweisen, hätte bedeutet, das Gesicht zu verlieren.

Deshalb ging Cesare Adami kühn auf die Gestalt zu, die unbeweglich in den Dünen stand.

– Also, Samurai, was ist mit der Tonne Stoff?

Samurai wandte sich an Max und ignorierte ihn.

– Max, würdest du uns bitte entschuldigen … Cesare und ich müssen uns unterhalten.

Max war verblüfft. Samurai hatte zu ihm gesagt, er akzeptiere die Abmachung, wolle aber unter vier Augen mit Numero Otto sprechen.

Samurai hatte sich vor drei oder auch vier Stunden am Strand absetzen lassen. Er hatte die ganze Zeit über gewartet. Max hatte keine Ahnung, was er vorhatte. Der Samurai erklärte selten etwas, und wenn, dann konnte man seine Worte nicht buchstäblich nehmen, sondern man musste sie deuten. Warum schickte er ihn jetzt weg? Vielleicht wollte er ihn auf die Probe stellen. Vielleicht wollte er, dass er blieb. Forderte er ihn dazu auf, den Gehorsam zu verweigern?

– Ich bleibe hier in der Nähe.

– Wie du willst, sagte Samurai trocken.

Numero Otto hatte genug von dem Hin und Her. Waren die beiden etwa ein Liebespaar? Tatsächlich hatte man Samurai noch nie in Gesellschaft einer ordentlichen Fotze gesehen … bei der Vorstellung, wie es der eiskalte Nazi und der Philosoph miteinander trieben, musste er lachen.

– Ach, Samurai … wenn es dir nichts ausmacht, seufzte er schließlich, sobald er sich wieder gefasst hatte.

Samurai nahm die Hände aus der Tasche, hängte sich bei ihm ein und führte ihn zum Strand.

– Schau, Cesare, es gibt drei Kriterien, wonach man einen Mann beurteilt. Einen Mann, der die Bezeichnung verdient, meine ich. Herz, Mut und Hirn.

– Ja, ja, hab schon verstanden, aber was ist mit dem Schiff voll Koks?

– Die Araber bezeichnen ein neugeborenes Kind als „mein fleischgewordener Mut". Ich könnte dir den Sinn der Metapher erklären, aber ich fürchte, du würdest ihn nicht verstehen … ich bin sogar sicher, du würdest ihn nicht verstehen.

– Samurai …

– Warte. Warte. Was Herz bedeutet, kannst du dir ja vorstellen. Kühnheit, Mut, Großzügigkeit. Lauter positive Eigenschaften, die aber noch keinen Mann ausmachen, so wie auch Dreistigkeit noch keinen Mann ausmacht. Denn von allen Eigenschaften, die ein Mann besitzen muss, ist Intelligenz die wichtigste.

– Samurai, entschuldige …

Samurai blieb stehen und blickte ihm in die Augen. Bei diesem Reptilienblick lief es einem kalt über den Rücken, wie bei einem Magneten, dessen Anziehungskraft man sich nicht entziehen konnte.

– Leider, fuhr Samurai bekümmert fort, – besitzt du keine dieser Eigenschaften. Du hast keinen Mut, du kannst zwar schießen, verkriechst dich aber sofort danach, aus Angst, der Streich könnte entdeckt und bestraft werden. Du hast kein Herz, denn du kannst zwar schießen, aber nur hinterrücks, und du hast nicht den Mut, deinem Opfer in die Augen zu blicken. Und vor allem hast du kein Hirn, denn du schießt aufs Geradewohl, du schießt, ohne an die Konsequenzen zu denken. Und das ist schlecht, Cesare, sehr schlecht.

Numero Otto verstand, dass die Sache kein gutes Ende nahm. Er versuchte seine Waffe in die Finger zu kriegen. Aber der Lauf der Mannlicher war schon zwischen seine Augen gerichtet. Samurai zog den Revolver .357 aus Numero Ottos Gürtel und steckte ihn ein.

– Samurai, ich stehe unter dem Schutz von Zio Nino. Wenn du mir ein Haar krümmst, reißt Zio Nino dir das Herz raus. Dir und dem Trottel, den du immer mitschleppst.

– Knie dich nieder.

– Samurai, es reicht, Schluss jetzt. Ich vergesse dich und du vergisst mich.

– Auf die Knie, habe ich gesagt.

Numero Otto rutschte über den nassen Sand.

– Ich gebe dir die Hälfte von meinem Anteil, Samurai. Fünfundsiebzig Prozent. Ich gebe dir alles, alles!

– Siehst du, wie beschränkt du bist?, seufzte Samurai. – Selbst in einem Augenblick wie diesem, an der Schwelle zur Ewigkeit … denkst du nur an Geld.

– Verdammt, was redest du, Samurai!

Cesare Adami begann zu heulen. Samurai schüttelte den Kopf. Das große, im Grunde sinnlose Leid – der Ausgang der Sache stand ja schon fest – irritierte ihn. Aber er musste noch etwas sagen. Er wollte nämlich ein Exempel statuieren.

– Ich habe viele wie dich kennengelernt … einer davon war dein Vater, der seinen Schwanz überall hineinsteckte, wo er nicht durfte, dem es Spaß gemacht hat, Frauen zu quälen, der den Bullen Tipps gab … wir haben ihn hingerichtet. Wir mussten es tun. Damals – flüsterte Samurai abschließend – dachten wir nämlich, es gäbe so etwas Ähnliches wie Gerechtigkeit. Unsere Gerechtigkeit.

– Samuraaaaa …

Eine Windbö trug das Echo der Detonation fort.

Max hatte die Szene aus der Entfernung von einigen Metern verfolgt. Er konnte die Worte nicht verstehen, aber es war eindeutig, was vor sich ging.

Es handelte sich nicht um eine Bestrafung.

Das war der Tod.

Samurai hatte ihm die Wahl gelassen. Wie ein guter Vater.

Er hatte beschlossen zu bleiben.

Er hätte es sich aussuchen können.

Und er hatte es sich ausgesucht.

Bis zu diesem Augenblick hatte er noch nie getötet.

Er war an Samurais Seite geblieben, er hatte das Richtige gemacht.

Als Numero Ottos Körper auf den Sand fiel, erwachte Max aus seiner Trance.

Cesare Adamis Körper zuckte.

Schrecklich, dachte Max. Er trat beiseite, er musste sich erbrechen.

Samurai ging zu ihm hin und legte ihm eine Hand auf die Schulter.

– Das ist die Schattenlinie, Max. Von hier gibt es kein Zurück. Hilf mir, die Waffen zu zerlegen. Dann werfen wir sie ins Meer. Sie haben ihre Aufgabe erfüllt. Deine ist erst am Anfang.

XXXVII.

Marco Malatesta stand mit verschränkten Armen und leicht gespreizten Beinen auf dem Sandstrand von Capocotta und sah zu, wie die Angestellten des Bestattungsdienstes der AMA, der römischen Müllabfuhr, Adamis Leiche aufhoben und in einen Zinksarg legten, um ihn in die Gerichtsmedizin zu bringen. Er war mit einem einzigen Schuss getötet worden. Mitten zwischen die Augen. Aber das Projektil, das seinen Schädel durchschlagen hatte, steckte noch drin, das war auf den ersten Blick erkennbar, denn es gab kein Austrittsloch.

Die Staatsanwälte Setola und De Candia erschienen gleichzeitig am Tatort, ein jeder mit seinem eigenen Ermittlungsteam im Gefolge. Eine unwirkliche Szene. Zum Totlachen, wenn es nicht um eine Fehde der Unterwelt gegangen wäre, wie es sie in Rom schon lange nicht mehr gegeben hatte. Sogar der oberflächliche Setola war mittlerweile davon überzeugt, dass es sich um eine Fehde handelte. Und er sprach so überzeugt davon, dass man hätte glauben können, er sei der eifrigste Befürworter einer Theorie, über die er sich vor wenigen Stunden noch lustig gemacht hatte.

Unter Marcos und Michelangelos spöttischem Blick widmete sich Setola seinem Lieblingszeitvertreib. Lautstark und wahllos erteilte er widersprüchliche und im Wesentlichen sinnlose Weisungen. Doch es gab keinen Grund zum Spott. Das Gemetzel schien kein Ende zu nehmen.

Marco zündete sich gerade die x-te Zigarette an, als er einen Anruf bekam. Rapisarda wollte ihn sehen. Augenblicklich. Er verabschiedete sich mit einer Handbewegung von De Candia und ging.

Die *Pisacane*-Kaserne stand ganz hinten auf dem Viale Tor di Quinto, dem uralten Boulevard der Geschäftemacher, auf dem Generationen von Halbwüchsigen die Bordschwalben angehimmelt hatten, die im Licht der Lagerfeuer dastanden. Das letzte Mal hatte Marco die Kaserne im Fernsehen gesehen. Er war gerade auf Mission gewesen. Gemeinsam mit einem Priester, einem ägyptischen Kopten, hatte er versucht, fünfzig eritreische Flüchtlinge zu retten, die in Containern in der glühend heißen libyschen Wüste zu verenden drohten. Er hatte die lokalen Warlords gegen sich, die internationalen Mächte, die darauf bedacht waren, ein prekäres Gleichgewicht aufrechtzuhalten, und seine eigene Regierung. Als er, müde und erschöpft nach einem Tag sinnloser Bemühungen, in einer Baracke auf irgendeinem Gerät einen Bericht von Al Jazeera sah, nahm er seine endgültige Niederlage als Italiener und als Carabiniere zur Kenntnis. Auf einer Bühne, die man mitten auf der Rennbahn der Kaserne aufgestellt hatte, wo die Trikolore und die Flagge der libyschen Dschamahirija einen hässlichen Farbklecks bildeten, hielt Muammar-al-Gadaffi in einem weißen Kaftan vierzig Minuten lang eine Rede vor dem Ministerpräsidenten Silvio Berlusconi, achthundert ausgewählten Bonzen der italienischen Führungsklasse und den Carabinieri des Vierten Kavallerieregiments. Zu Ehren des 2. Jahrestags des italienisch-lybischen Freundschaftsabkommens wurde eine Quadrille aufgeführt, in Gardeuniform. Der idiotische Revolutionsführer Muammar-al-Gadaffi erklärte, seine italienischen Freunde hätten ihm fünf Milliarden Euro im Jahr zugesagt, damit Europa nicht zu Schwarzafrika würde. Genau so sagte er: Schwarzafrika. Wenn ihr nicht wollt, dass der Mittelmeerraum von Verzweifelten aus dem Süden überschwemmt wird, müsst ihr in die Tasche greifen. Es ging nicht darum, die eritreischen Flüchtlinge zu retten. Die Weltordnung wollte, dass die armen Teufel starben. Sie sollten im Namen des Wohlstands geopfert werden. Sie sollten sterben, das war die beste Art und Weise, sie aus dem Weg zu räumen. Auf den Tribünen der Mächtigen nickten alle eifrig. Und inmitten der gesenkten, zufriedenen Häupter, die lange im Bild waren, erkannte Marco nicht nur die der italienischen Minister, der Waffenhändler und Bankiers, sondern auch das Haupt General Rapisardas, seiner Exzellenz, des Befehlhabers des Armeekorps und Kommandanten der *Custoza*-Division. Des Hausherrn, der diesen unanständigen Aufmarsch gebilligt hatte. Jetzt verkündete die Stimme der Wache an der Schranke, dass er schon ungeduldig auf ihn wartete.

Nachdem er eine Stunde im Vorzimmer gewartet hatte, wurde er ins Allerheiligste vogelassen. Rapisarda saß vornübergebeugt an einem Schreibtisch, auf dem eine Menge Silbertassen mit Perugina-Bonbons und Venchi-Nougatstücken standen, und tat so, als sei er gerade damit beschäftigt, eine heikle Notiz zu verfassen. Das „Zu Befehl", das der

Colonello mit Stentorstimme aussprach, verwandelte sich in einen Gruß des Generals. Ohne den Blick von dem Papier zu heben, auf dem er herumkritzelte, forderte ihn Rapisarda auf, sich zu setzen. Zwei Minuten verbrachten sie in absolutem Schweigen, Marco hütete sich, es zu brechen. Schließlich ergriff Rapisarda das Wort.

– So sehen wir uns also wieder, Colonello.

– Es ist mir eine Ehre, General.

– Sie sind gut in Form, Colonello.

– Genau wie Sie, General.

– Zu freundlich, Colonello. Können Sie sich vorstellen, warum ich Sie habe rufen lassen?

– Ehrlich gesagt, nein, Herr General.

Rapisardas Stimme wurde lauter und harscher. Das Scharmützel ging zu Ende, nun begann das wahre Duell.

– Was zum Teufel ist in Rom los, Colonello?

– Ein Krieg, Herr General. Und ich fürchte, diesmal können wir nicht so tun, als ob nichts wäre.

Rapisarda blieb der Mund offen stehen. Das war eine Provokation. Eine offene Provokation. Hart an der Grenze zur Ehrenbeleidigung. Was fiel dem Colonello ein?

Rapisardas Festnetztelefon klingelte. Der General stürzte sich auf den Apparat.

– Ich bin für niemanden erreichbar! Ach, ich verstehe … geben Sie ihn mir … Lieber Herr Doktor …

Marco musste gegen seinen Willen zuhören. Er musste sich zusammenreißen, um nicht in Lachen auszubrechen. Der „liebe Herr Doktor" war ein großes Tier vom Fernsehen. Er lud Rapisarda zu einer Talkshow über die Eskalation der Kriminalität in Rom ein. Der General sagte augenblicklich zu. Die beiden einigten sich darauf, dass man im Studio ein Modell aufstellte, mit dessen Hilfe Numero Ottos Exekution nachgestellt werden konnte, und sie kamen überein, einen tabellarischen Überblick über die Entwicklung des Verbrechens zu geben. Ich bitte dich, flehte Rapisarda, nicht schon wieder Pasolini.

Rapisarda wandte sich wieder seinem aufmüpfigen Untergebenen zu.

– Sie missbrauchen meine Geduld, Malatesta. Sie und dieser Staatsanwalt, ein Roter, natürlich.

– Bei allem Respekt …

– Wagen Sie es nicht, mich zu unterbrechen! Ich bin Antworten schuldig. Und zwar dem Land. Wissen Sie, dass wir mit dem Toten von heute Nacht in Capocotta bei fünf Morden angekommen sind? Fünf! Haben Sie gelesen, was in den Zeitungen nach dem Mord am Idroscalo stand? Eine Exekution à la Pasolini. Wie mir das auf die Eier geht! Ruhig, kein Wort! Krieg! Sie sprechen von Krieg. Ist gut. Nennen wir es so. Vier Banditen, die sich mit weiteren vier Banditen eine Schießerei liefern. Fassen wir sie und setzen wir dem Ganzen ein Ende. Das fordert die öffentliche Meinung von uns, verdammt noch mal!

– Die Situation ist komplizierter, unterbrach Marco trocken, – das Szenario ist entschieden komplexer.

– Noch komplizierter? Was ist, Colonello, wollen Sie mir sagen, dass wir wieder eine Freimaurerloge aufdecken werden? Die P5 oder P6? Eine neue Maglianabande?

Rapisarda lachte über seinen Witz, während Malatesta das Haarbüschel im rechten Ohr des Generals und die zahlreichen Ordensbänder auf dessen Uniformbrust betrachtete.

Das Lachen des Generals verebbte genauso unvermittelt wie es angefangen hatte.

– Gute Arbeit, Colonello. Und grüßen Sie De Roche von mir.

Malatesta salutierte.

– Ach, noch was, Colonello. Eine Kleinigkeit vielleicht. Angeblich frequentieren Sie gewisse Kreise … sogenannte … subversive, aufrührerische Kreise. Noch glaube ich, dass es sich dabei um böswillige Gerüchte handelt. Aber überzeugen Sie mich nicht vom Gegenteil. Guten Tag, Colonello. Und entschuldigen Sie, dass ich Ihnen nicht einmal einen Kaffee angeboten habe, aber ich habe schon zwei getrunken, während ich auf Sie gewartet habe.

Malatesta machte die Tür hinter sich zu. Er dachte an Gadaffis Gesicht, die NATO bereitete sich ja darauf vor, sein Land in Schutt und Asche zu legen. Er dachte an den Blick des Kommandanten des Vierten Kavallerieregiments, in dem Augenblick, als er vor dem Diktator das Gewehr präsentiert hatte.

Verdammt.

Er platzte bei Alice herein, sie war überrascht, dass er so schlechte Laune hatte. Sie hingegen strahlte. Ein berühmter Rocksänger hatte sie aufgefordert, seine verstaubte Internetseite neu zu gestalten. Eine bezahlte Arbeit, sogar eine gut bezahlte! Und vor allem eine politisch korrekte Arbeit: Der Rockstar war bekannt für sein Engegement für Tier- und Umweltschutz, für den Rechtsstaat, usw.

– Ich biete dir hingegen an, umsonst etwas Verbotenes zu machen.

– Das klingt interessant. Worum handelt es sich?

– *Waterfront, housing sociale.* Wir stellen alles ins Netz. Das Projekt, die Machbarkeitsstudie der Architekten, alles. Wir werfen den Stein in den Teich, wie du vorgeschlagen hast.

– Dafür brauche ich aber ein paar Tage.

– Nimm dir soviel Zeit, wie du willst. Und … willkommen im schmutzigen Spiel.

XXXVIII.

Colonello Malatesta saß in einem metallisch glänzenden grauen Toyota Avensis, der auf der Piazza vor der Kirche Santa Maria Regina Pacis parkte, und machte Tenente Gaudino, der am Steuer saß, darauf aufmerksam, dass der Trauerzug näher kam. Über Funk forderte er die seitlich auf der Piazza und entlang des Kirchenschiffs postierten Jungs in Zivil auf, Fotos mit den Digitalkameras zu schießen.

Die Kutsche wurde – wie die Kutsche Aschenputtels – von einem Vierergespann gezogen, die braunen Haflingerhengste hatte man extra aus Südtirol kommen lassen: der Leichenwagen für Cesare Adamis, Numero Ottos, letzte Reise. Die mit Federbuschen geschmückten Pferde trugen ein Messingzaumzeug, mit der Kutsche verband sie eine Kette, die bei jeder Bewegung ein Geräusch wie Glockenläuten verursachte. Der Sarg stand auf einem riesigen Kissen aus roten und weißen Rosen und nahm die ganze Länge der schwarz lackierten Kutsche ein, darauf lag eine große Fahne mit der weißen 8 in der Mitte, der Nummer der letzten Billardkugel, die ins Loch rollt.

Auf dem Kutschbock, mit den Zügeln in der Hand, saß ein zaundürrer Typ in abgewetztem schwarzen Anzug und mit Zylinder auf dem Kopf. Er sah so lustlos drein wie ein Totengräber, der für gewöhnlich mit einem glänzenden Mercedes zum Friedhof fährt, und dem ein Extra abverlangt wurde. Aber den Adami konnte man keinen Wunsch abschlagen. Zio Nino hatte beschlossen, dass Cesaretto mit allen Ehren begraben wurde, die einem Boss gebührten, egal ob er ein guter oder schlechter Boss gewesen war. Sein Begräbnis sollte allen in Ostia in Erinnerung bleiben.

Die Sonne schien warm. Das Meer war ruhig und verbreitete einen salzigen Geruch.

Die Kutsche war von der Piazza Gasparri aufgebrochen. Sie war über die Uferpromenade gefahren und hatte fast vierzig Minuten gebraucht, um zur Regina-Pacis-Kirche zu gelangen. Der Verkehr war von eifrigen Verkehrspolizisten angehalten worden, und die Menge, die sich unterwegs drängte, reihte sich spontan in den Trauerzug ein. Die Leute wollten dabei sein, aber vor allem wollte man gesehen werden. Zahlreiche Jungs. Keine der Familien, die in den Wohnblocks in Ponente wohnten, fehlte. Die Rollläden der Geschäfte waren heruntergelassen.

Tenente Gaudino stand der Mund offen.

– Solche Begräbnisse kenne ich nur von Forcella und Neapel, den Quartieri Spagnoli. Die Camorra hat Schule gemacht. Aber wenn ich sagte, dass ich überrascht bin, würde ich lügen. Ein Großteil der Bewohner von Ostia hat keine andere Wahl. Entweder auf dieser oder auf der anderen Seite. Cesare Adami war gewalttätig und besaß nicht das Charisma des Zio. Die Leute gehorchten ihm aus Angst. Aber er war der Boss.

– Und jetzt?

– Jetzt beginnt der Kampf um die Nachfolge. Ich würde sagen, Nino Adamis Wahl kann nur auf Denis Sale fallen. Er ist sein Ziehsohn, angeblich hat er mehr graue Zellen als der Typ, der heute zu Grabe getragen wird. Aber er ist auch hinterhältiger. Er ist schon in der Kirche. Er ist mit einem Mädchen in die Kirche gegangen, angeblich Adamis Frau. Sie heißt Morgana. Auf den ersten Blick eine Drogensüchtige …

– Wir werden sie alle abhören, Tenente. Ich lasse Ihnen sobald wie möglich den Beschluss zukommen.

– Wenn das bloß was nützte … sie sind ja stummer als die Barsche in Castellabbate … Da, schauen Sie mal, wer da kommt!

Auf dem Piazzale vor der Regina-Pacis-Kirche, der jetzt menschenleer war, die Trauergäste drängten sich in der Kirche, blieb ein Gefangenentransport der Polizei stehen, nicht weit entfernt von dem Leichenwagen mit dem Sarg. Er wartete, während die vier Haflinger ihre Gedärme entleerten.

Die Hintertüren des nachtblauen Ducato mit den abgedunkelten Scheiben gingen auf und ein alter, sichtlich gezeichneter Mann in einem Kamelhaarmantel stieg aus.

Antonio Adami. Zio Nino.

Er hatte vom Überwachungsrichter eine Sondergenehmigung erhalten, um seinen einzigen Neffen auf dem letzten Weg zu begleiten. Und um noch was zu tun. Das hatte er allerdings für sich behalten.

Kaum war er ausgestiegen, streckte der Alte den beiden Wärtern die Handgelenke hin; sie nahmen ihm die Handschellen ab und flankierten ihn. Er machte ein paar Schritte in Richtung Kutsche. Er kniete sich hin, bekreuzigte sich und verharrte ein paar Minuten mit gesenktem Kopf. Dann, als er mit einstudierter und theatralischer Langsamkeit wieder aufstand, machte er eine Geste in Richtung des Totengräbers, der auf dem Kutschbock saß. Plötzlich kamen unter den Arkaden der Kirche vier Jungs in Jeans und Lederjacken hervorgelaufen, nahmen den Sarg auf die Schultern, wobei sie achtgaben, dass das schwarze Tuch darauf nicht verrutschte, und trugen ihn in das große Hauptschiff der Regina-Pacis-Kirche.

Vom Chor erhoben sich mächtig die Klänge der Orgel, und in einer der Bänke nahe am Altar legte Denis Sale Morgana den Arm um die Schultern und drückte sie an sich. Ihre Augen waren trocken, die Haut war schneeweiß, fast durchsichtig, und die dezente Schminke verlieh ihr einen eiskalten Blick. Das Mädchen näherte sich seinem Ohr, sie achtete darauf, die Worte ganz genau auszusprechen, damit sie verständlich waren, obwohl sie flüsterte.

– Samurai, dieses Arschloch, wird sterben.

Denis nickte und fügte hinzu:

– Ich muss herausfinden, ob er es allein getan hat.

– Zio Nino ist da, flüsterte Morgana.

Ohne seine Eskorte nahm der alte Adami in der ersten Bank vor dem Altar Platz. Zwischen Robertino, der wie ein kleines Kind heulte, und Moira, der Kellnerin von der Bar auf der Piazza Gasparri. Sie hatte sich in ein enges schwarzes Seidenkleid gequetscht und war hin- und hergerissen zwischen der Trauer um Cesaretto und ihren Gefühlen ob des unerwarteten Auftauchens des einzigen Mannes, den sie in ihrem verhunzten Leben geliebt hatte. Zio Nino küsste ihr die Hand und beäugte den verschrumpelten Schmetterling in ihrem Dekolleté, dann küsste er Robertino auf die Wangen und flüsterte ihm den wahren Grund seines Hierseins ins Ohr.

– Wir werden ihn rächen.

Don Fernando, der Pfarrer von Regina Pacis stand am Altar und bewies Mut.

– Wie heißt es im Buch der Weisheit? „Rachsucht und unbeherrschter Zorn sind abscheulich; aber Sünder sind Meister darin. Der Herr übersieht kein Unrecht; wer sich rächt, muss mit der Rache des Herrn rechnen. Wenn jemand dir Unrecht getan hat, verzeih ihm! Dann wird der Herr auch deine Schuld vergeben, wenn du ihn darum bittest. Aber wenn du einem anderen gegenüber unversöhnlich bleibst, kannst du beim Herrn keine Vergebung erwarten. Wenn du kein Erbarmen hast mit einem anderen Menschen, einem Sünder wie du selbst einer bist, wie kannst du dann um Vergebung deiner Schuld beten?“

Ganz hinten in der Kirche, an einen Weihwasserkessel gelehnt, lauschte Malatesta der Predigt, er versuchte, in der Menge der gesenkten Köpfe ein paar bekannte Gesichter zu entdecken. Die Stimme des Pfarrers war beinahe flehend geworden.

– Denk an dein Ende, an Tod und Verwesung, die dich erwarten; hör auf zu hassen und halte dich an die Gebote! Denk an die Vorschriften des Bundes, den Gott, der Höchste, mit uns geschlossen hat! Anstatt einem Mitmenschen nachzutragen, was er dir angetan hat, sieh darüber hinweg!

Denis drehte sich immer wieder langsam um, er vergewisserte sich, wer da war und wer nicht. Auch das war ein unwiderlegbarer Beweis, dass Samurai zum Tode veurteilt war. Plötzlich spürte er, dass ihn jemand an der Schulter berührte. Es war Rocco Perri.

Die Kalabresen waren Leute, die zu ihrem Wort standen. Perri und Numero Otto hatten seit Jahren jede Menge Geld mit Koks und Spielautomaten gemacht. Wenn Rocco Perri da war, durften seine Worte nicht angezweifelt werden.

– Ich soll dich von Don Ciro grüßen lassen. Es geht ihm nicht gut. Es ist zu kalt, um die Klinik zu verlassen. Und außerdem sind zu viele Bullen in Zivil da.

Denis nickte.

Perri näherte sich noch mehr seinem Ohr.

– Hör mir zu, ich bin ja mittlerweile ein alter Hase. Die Anacleti haben nichts damit zu tun. Rocco sitzt. Der Befehl ist nicht von ihm ausgegangen. Ganz im Gegenteil. Dank Zio Ninos Großzügigkeit haben wir ein Abkommen geschlossen. Alle waren einverstanden. Ich, Viglione, Zio Nino, und natürlich Rocco Anacleti. Sogar Cesare war überzeugt. Was Paja und Fieno anbelangte, haben die Zigeuner etwas viel verlangt. Fünfundzwanzig Prozent von jeder Ladung.

Denis atmete tief ein.

– Und Max, dieser kleine Trottel?

– Der hat keine Eier. Und warum hätte er Cesare umlegen sollen? Aber Zio Nino ist ja hier, du kannst ihn selbst fragen.

– Dann hat Samurai es im Alleingang gemacht?

Perri schwieg. Er gab Denis einen komplizenhaften Klaps auf die Schulter und entfernte sich, er ging eines der Seitenschiffe entlang. An seinem Ende stand Malatesta. Die beiden wechselten einen Blick. Der Colonello kannte das Gesicht. Aber ihm fiel nichts Konkretes dazu ein. Er folgte ihm mit etwas Abstand, und als er sah, wie er auf dem Piazzale in einen schwarzen BMW einstieg, der auf ihn wartete, machte er ein paar Fotos mit dem iPhone.

Don Fernando segnete mit dem Weihwasserwedel den Sarg und das schwarze Tuch, das darauf lag.

– Herr, der du am Kreuz für uns gestorben und am dritten Tage wiederauferstanden bist, mache, dass unser Bruder Cesare, befreit von den Fesseln des Todes, ins ewige Leben eingeht. Im Namen des Vaters, des Sohnes und des heiligen Geistes, Amen.

Der fette Klang der Orgel füllte wieder die Kirche. Zum ersten Mal entfernte sich Zio Nino von der Bank, wo er während der ganzen Messe gesessen hatte. Er wandte sich an die beiden Gefängniswärter, die hinter ihm saßen, und die ihn schon aufforderten, zur Tür zu gehen und in den Bus einzusteigen, der ihn ins Gefängnis zurückbringen sollte. Er zeigte auf Denis und Morgana.

– Gebt ihr mir eine Minute, nur eine! Ich möchte die beiden umarmen. Sie sind der Bruder und die Schwester, die Cesare nie hatte.

Er machte ein paar Schritte und drückte Denis und Morgana an die Brust.

– Verdammt sei Samurai, sagte Denis.

– Psst. Psst. Du bist doch intelligent, mein Sohn. Psst. Psst. Nicht jetzt, nicht jetzt, – flüsterte Zio Nino, als ob er ein Kind tröstete. Dann sprach er die Worte aus, auf die Denis schon ein Leben lang wartete. – Jetzt bist du an der Reihe.

Zio Nino ließ Denis und Morgana los, machte seinen Kamelhaarmantel zu und schloss sich gehorsam der Eskorte an. Die Orgel war verstummt und die Menge, die noch in der Kirche war, wartete darauf, dass der Sarg hinausgetragen wurde. Seitlich neben dem Altar trat Spartaco Liberati hervor. Er hatte rote, geschwollene Augen, und in einer Hand hielt er die ineinander verschlungenen Schals von Roma und Barcelona. Er legte sie auf den Sarg und machte einem Messdiener, der neben der Orgel stand, ein Zeichen. Der *Gladiatore* erklang und die

Leute in der Kirche spendeten begeistert Applaus. Liberati ging zu Denis und Morgana und hielt ihnen die Hand hin.

– Ich habe einen Bruder verloren. Cesare war wie ein Bruder.

Denis sah ihn angewidert an. Wofür hielt sich das Arschloch? Glaubte er, er wüsste nicht, dass er im Sold Samurais stand? Seine im Schoß gefalteten Hände blieben unbeweglich. Sein Blick war noch immer so kalt, dass Liberati das Blut in den Adern gefror, doch schließlich hielt er noch eine letzte Demütigung für ihn bereit.

– Die Jungs haben übrigens beschlossen, dass wir am Sonntag in der Fankurve ein Plakat hochhalten. „Ave Cesare" haben wir draufgeschrieben. So groß.

– Geh scheißen. Geh scheißen.

Morganas Stimme traf Liberati wie ein Peitschenhieb, zwang ihn, sich endgültig in den Menschenstrom einzureihen, der sich jetzt aus der Kirche wälzte. Aber sie überraschte auch Denis. Schweigend gingen sie beide auf den Pfarrplatz hinaus, wo der Sarg gerade vom Leichenwagen auf einen Mercedes umgeladen wurde. Er würde ihn zum Verano-Friedhof bringen, wo Cesare im Grab seines Vaters und seiner Mutter die letzte Ruhe finden würde.

Seitlich an der Piazza standen die Polizisten der Sondereinheit und schossen eine Menge Fotos mit den Olympus-Digitalkameras. Die beiden kümmerten sich nicht darum. Sie dachten an etwas anderes. Der Rachedurst und das animalische Gefühl der Vergänglichkeit, das man bei einem Begräbnis verspürte, trieben sie zu ihr nach Hause, wo sie sich vergewissern wollten, dass sie noch am Leben waren. In Fleisch und Blut.

XXXIX.

Am Steuer des Porsche Boxster fühlte sich Sabrina als das, was sie immer hatte sein wollen: als echte Dame. Und sogar Fabio, der linksdrehende Fabio, der komplizierte Fabio, sagen wir ruhig, die Nervensäge Fabio, schien die klaren Linien, den frischen Wind, der die Haare zerzauste, die bewundernden Blicke beim Auftauchen des Boliden zu genießen.

Denn so war es nun mal: Schöne Dinge gefielen allen. Sogar den Roten. Sie sprachen zwar immer von Revolution und Klassenkampf, aber insgeheim hatten sie auch nur eines im Kopf: Sex, Austern und Champagner.

Sabrina und Fabio waren unzertrennlich geworden. Eugenio war immer auf Festivals und langweiligen Sitzungen unterwegs, immer auf der Suche nach einer Idee, die – wie er ihr erklärte, jedoch nur ein Gähnen erntete – „Kultur und Unterhaltung, Denken und Vergnügen in Einklang brachte".

– Also, Euge', such was, womit du Geld verdienst, und wobei du kein schlechtes Gewissen haben musst.

Eugenio Brown schätzte ihre Offenheit. Sabrina gestattete ihm einen Blick auf eine Welt, von der er – bevor er sie kennengelernt hatte – in Dutzenden Filmen erzählt hatte, ohne sie allerdings wirklich zu verstehen. Auf dem Grund seiner Seele hoffte Eugenio, dass ihm genau diese Welt, deren Sprecherin Sabrina war, zu der Idee verhelfen würde, die er schon allzu lange suchte.

Und schließlich hatte er auch eine Idee – sie entstand aufgrund von Spiel und Langeweile.

Als frischgebackene Porschefahrerin wollte Sabrina eine kleine Shoppingtour bei den Designern im Zentrum machen. Fabio war der ideale Gefährte. Wie alle Schwulen hatte er ein großes Interesse an Mode und Geschmack, und darüber hinaus auch eine große Bereitschaft, zuzuhören und zu plaudern. Besser als jeder Mann und jede Freundin. Denn die Männer langweilen sich dabei, und die Freundinnen gehen dir auf die Nerven.

Aber an diesem Vormittag war Fabio nicht bei der Sache. Er sah ihr gelangweilt zu, wie sie Kleider anprobierte, nickte auf Befehl, verneinte auf Befehl, mit einem Wort, die Sache interessierte ihn nicht. Und dazwischen machte er hektische Notizen in einem alten schwarzen Notizbuch. Sabrina kaufte eine Louis-Vuitton-Tasche und ein Paar Louboutin-Schuhe (Eugenio liebte die Schuhe mit den roten Sohlen), und schleppte den Drehbuchautor hinter sich zum Auto. Die Stimmung war auf einmal düster geworden. Sabrina hasste es, wenn man sich nicht um sie kümmerte.

– Darf ich wissen, was du da dauernd kritzelst?

– Mir ist eine Geschichte eingefallen.

– Erzähl sie mir.

– Interessiert sie dich wirklich?

– Ja.

– Sie beginnt beim Balkankrieg.

– Womit?

– Verdammt, Sabrina, beim Balkankrieg. Sarajevo … die Belagerung … die ethnische Säuberung … Srebrenica …

– Schon gut, schon gut, hab verstanden, ein Krieg unter Zigeunern, Rumänen, so was halt. Und was passiert dann?

– Eine junge Freiwillige des Roten Kreuzes, fuhr Fabio fort, – wird beinahe von zwei Milizsoldaten vergewaltigt, jedoch von einem gutaussehenden serbischen Soldaten gerettet.

– Das funktioniert nicht.

– Was?

– Krieg, Vergewaltigung, Freiwillige des Roten Kreuzes. Verdammt, Fabio, wer will sich so was ansehen? Noch dazu, wenn es so lange her ist … Die Leute wollen lachen, Fabio, glaub mir!

– Dann erzähl du mir doch eine Geschichte, wenn du so viele kennst!

Sabrina brach in Lachen aus und gab ihm einen tröstenden Klaps auf die Wange.

– Reg dich nicht gleich auf. Ich hab nur meine Meinung gesagt. Wir leben in Zeiten der Krise, die Leute wollen leichte Geschichten …

– Leichte?

– Ja, leichte Geschichten. Wie die, die du mir einmal erzählt hast, die von der Statue …

– *Pygmalion.*

– Ja, genau, die. Aber auf heutig. Was weiß ich ... Fabio, hast du dir noch nie überlegt, die Geschichte von mir und Eugenio zu erzählen?

– Ehrlich gesagt, nicht ... sagte er bissig, eingeschnappt. – Im Übrigen halte ich sie für nicht sehr interessant, mein Schatz.

– Ich aber schon. Ein Mädchen von der Straße, die schon einen Haufen schlimme Dinge erlebt hat, lernt einen Produzenten kennen und verliebt sich in ihn. Er rettet sie von der Straße und sie leben glücklich und zufrieden.

– Schon gesehen. Der Film heißt *Pretty Baby.*

– Und er hat eine Menge Geld eingespielt, oder?

– Ja, aber das waren andere Zeiten.

– Gewisse Dinge funktionieren immer, Fa'.

Als er erfuhr, dass Eugenio Brown derselben Meinung war, wurde Fabio stinksauer. Widerwillig schrieb er im Auftrag Eugenios ein Exposé – einen Schwachsinn der Sonderklasse. Eugenio ließ es auf Englisch übersetzen und schickte ein Mail an einen Bekannten bei der *Fun Company.* Die Antwort kam postwendend: „Prime". In der Sprache der Amerikaner bedeutete das: außergewöhnlich.

Schon drei Tage nach ihrem ersten Gespräch tauchte Fabio mit einem digitalen Aufnahmegerät bei Sabrina auf und bat sie, ihm die Geschichte ihres Lebens zu erzählen, von Anfang an und ohne etwas auszulassen.

Und so betrat Sabrina die Welt des Films durch den Haupteingang.

Fabios digitales Aufnahmegerät blieb allerdings ausgeschaltet.

– Das Teil ist zu nichts nütze!, sagte sie zu ihm und warf ihm einen giftigen Blick zu, während er einen Mojito mixte, in der Überzeugung, der Cocktail würde ihre Zunge lösen. Sie würden es anders machen. Auf ihre Art und Weise.

– Weißt du, was wir tun, Fabbie'? Ich nehme Eugenio auf eine schöne Hurentour mit. Kannst du dir das vorstellen? Vergiss den Blödsinn mit dem Aufnahmegerät. Sei nicht sauer. Aber nur Eugenio.

Am Abend zog Sabrina alles an, was ihr von ihrem früheren Leben geblieben war. Sie brauchte eine Weile, bis sie die Klamotten in ihrer neuen damenhaften Garderobe wieder gefunden hatte. Mühelos schlüpfte sie in den fuchsiaroten Minirock, ihre vom BH befreiten Titten sahen in dem schwarzen H&M-Top, das ihr ein Banker mit Wohnsitz und Familie in London freundlicherweise geschenkt hatte, noch immer großartig aus. Einer ihrer letzten Kunden, der ihr noch immer unter die Haut ging, und von dem sie Eugenio lieber nicht erzählte. Als sie vor dem Spiegel stand, sich über den Arsch strich und mit den Fingerspitzen die Netzstrüpfe zurechtzupfte, war sie sehr zufrieden. Die Monogamie und das bequeme Eheleben – nennen wir es mal so – hatten sie nicht fett gemacht. Amüsiert sah sie zu, wie Eugenio eine Tweedjacke und eine schwere Barchenthose mit tiefem Schritt, ein weißes Hemd und eine Wollkrawatte mit schottischem Muster anzog.

– Liebling, wir gehen ja nicht zu einer deiner Partys. Du siehst aus wie mein Großvater.

Er nickte bekümmert – überzeugt, dass sich die nächtliche Erkundungstour, zu der ihn Sabrina gezwungen hatte und zu der sie nun aufbrachen, in eine Prüfung verwandeln würde, die er nicht bestehen würde.

– Sabrina, bist du dir sicher, dass wir es tun müssen? Wäre das Aufnahmegerät nicht doch besser gewesen? Wir, ich und du, hatten es ja so gemütlich. Um von seinem Leben zu erzählen, muss man es ja nicht noch einmal leben.

– Ach … fängst du schon wieder damit an? Ich habe ja schon zu Fabio gesagt: Willst du den Film machen oder nicht? Weißt du nicht, dass man gewisse Dinge sehen muss, wenn man etwas über sie wissen will? Bist du jemals zu einer Hure gegangen?

– Ich bitte dich, komm schon, du weißt, dass ich nie …

– Ja, ja. Das sagt ihr alle.

In dieser Aufmachung war sie augenblicklich wieder zur Hure geworden. Und Sabrina hatte beschlossen, keinen Tropfen der erotischen und zugleich blasphemischen Unverschämtheit zu vergeuden, durch die sie zu dem geworden war, was sie war, und die sie dorthin gebracht hatte, wo sie nun war. Nur noch ein Abend. Nur ein Abend.

Sabrina legte den Fuchspelz um den Hals und drückte das Gaspedal des Porsche Boxster durch. Während Eugenio auf dem Beifahrersitz noch mit dem Sicherheitsgurt hantierte, fuhr sie im ersten Gang über die beiden roten Ampeln auf der Via Conte Verde, in Richtung Porta Maggiore. Auf dem Zubringer Roma–L'Aquila schaute sich Eugenio etwas verwirrt um.

– Entschuldige, wenn ich dich frage, ich will dir ja nicht die Überraschung verderben, aber hier geht's in die Abruzzen.

– Euge', man sieht, ihr Schickeria-Typen habt euch ein Stück Rom entgehen lassen.

– Radical-Schickeria. Radical-Schickeria, Sabrina.

– Ja, schon gut. Ihr Radikalen, Kommunisten. Wie du willst. Aber ihr habt keine Ahnung. Hast du noch nie von Ponte di Nona gehört?

– Tor di Nona ist auf der anderen Seite, Schatz, Richtung Piazza Navona.

– Tor di Nona: das ist deine Gegend. Ich habe jedoch Ponte di Nona gesagt. Collatina, Palmiro Togliatti ... funkt es, Euge'?

Er sah sie mit ausdruckslosem Blick an. Sabrina begann impertinent zu lachen.

– Ich fahre mit dir ins *Patagonia.*

– Was ist das?

– Ein Fresslokal.

– Ein Restaurant?

– Das wäre übertrieben. Ein Lokal, wo man bis zum Umfallen fressen kann. Am Anfang meiner Karriere habe ich dort gearbeitet.

– Ich wusste gar nicht, dass du Kellnerin warst.

– Natürlich war ich keine Kellnerin, Euge'. Im *Patagonia* bekommst du um dreißig Euro einen Ochsen. Nur Fleisch. Verstehst du? Weißt du, was mit Männern passiert, wenn sie zuviel Fleisch essen?

Eugenio wischte sich mit der Hand über die Stirn.

– Sehr gut. Du hast verstanden. Sie halten nicht lange durch. Fünf Minuten um fünfzig Euro, und die Sache ist erledigt.

Der Parkplatz des *Patagonia* war ein großer nicht asphaltierter Platz zwischen der Via di Grotta di Gregna und der Collatina Vecchia. Ein weiteres Stück Rom, wo man Bauarbeiten begonnen und nicht fertiggestellt hatte. Nur der fettige Rauch der Grillöfen und das Leuchtschild mit der stilisierten Darstellung der Anden deuteten darauf hin, dass es sich bei den drei Baracken um ein Lokal und nicht um ein Lager handelte.

Sabrina versperrte den Porsche, strich sich über die Hüften und hängte sich bei Eugenio ein.

– Rindfleisch, Huhn oder Schwein?

– Muss ich das schon auf dem Parkplatz entscheiden? Setzen wir uns nicht zuerst?

– Wenn du Rindfleisch willst, gehen wir in das Restaurant links. Huhn in der Mitte und Schwein rechts.

– Ach.

– Ich würde Schwein essen, Euge'.

– Wirklich?

– Die schönsten Sachen habe ich mit denen aus der Schweinefleischabteilung gemacht.

– Das glaube ich dir aufs Wort.

– Nun komm schon, Euge'. Das ist Arbeit. Wir drehen einen Film. Du hast zu mir gesagt, du wolltest alles wissen.

Der Typ, der sie an der riesigen Frischhaltetheke begrüßte, wo man die Bestellungen aufgab, trug eine Fleischhauerschürze, die mit geronnenem Blut besprenkelt war. Er hieß Enzo und war um die vierzig. Er war in Argentinien zur Welt gekommen, jedoch in Tor Bella Monaca aufgewachsen. Er war schlank, hatte zwei kräftige, perfekt enthaarte Vorderarme, die in Haufen von Würsten, Steaks, Koteletts und Nüssen wühlten. Mit einem Messer wie aus einem Horrorfilm schnitt er unterschiedlich große Stücke ab, je nach Appetit des Kunden, dann wog er die Fleischstücke und schickte sie auf die Grillöfen hinter ihm. Er erkannte Sabrina sofort, und wie Eugenio befürchtet hatte, waren sie sofort vertraut.

– Schau mal, wer da ist … Hallo Schöne, ist ja eine Ewigkeit her.

– Ciao Enzo, du bist immer der Gleiche.

– Draußen und vor allem drinnen, Sabrì.

– Ich erinnere mich, Enzo, ich erinnere mich.

– Hast du beschlossen, deine Mannsbilder hierher zu bringen?

Sabrina lächelte, forderte Eugenio mit einer Handbewegung auf, näherzukommen. Enzo stank nach Testosteron und Wurst. Und er ließ ihm nicht einmal Zeit, sich vorzustellen.

– Wenn es das erste Mal ist, hast du keine Ahnung, was dir bevorsteht.

Brown deutete ein Nicken an.

– Ja, Sabrina hat mir gesagt, dass die Küche hier ausgezeichnet ist. Hier gibt es Schwein, stimmt's?

– Hast du nicht verstanden? Ich meine Sabrina. Wenn es heute das erste Mal ist, kannst du dich auf was gefasst machen.

Eugenio fasste Sabrina zart am Arm und zog sie zu einem der Tische, auf denen ein Papiertischtuch lag. Als er sie ansah, begriff er, dass sie sich königlich amüsierte.

– Hör zu, mein Schatz, ich glaube, ich habe mich überschätzt. Ich halte das nicht durch.

Ihr Grinsen verwandelte sich augenblicklich in eine beleidigte Schnute.

– Aber der Abend hat ja noch gar nicht begonnen!

– Du kannst mir zu Hause erzählen, wo du was gemacht hast.

– Ja, mit dem Aufnahmegerät … nun komm schon.

Brown wusste, dass der Grat zwischen Beleidigtheit und Wutanfall sehr schmal war.

– Dann hilf mir, Sabrina.

– Es ist ganz einfach, Euge'. Fürs Erste darfst du nicht so dreinschauen, als würdest du einen Zoobesuch machen.

– Biosphärenpark, Sabrina.

– Hast du jemals eine Hure im Biosphärenpark gesehen?

– Du hast Recht, entschuldige.

– Wenn es um das Eine geht, sind alle Männer gleich. So habe ich gedacht, als ich noch auf die Straße ging. Was macht es für einen Unterschied, ob du mit einem vögelst, der eine Platin- oder eine Kupferkreditkarte hat? Den Preis hast du ja vorher ausgemacht und du darfst dich ohnehin nicht verlieben. Denn wenn du dich verliebst, wie ich es getan habe, musst du aufhören. Wenn der Prinz kommt …

Sabrina unterstrich ihre Bemerkung mit einer zärtlichen Geste. Mit der Schuhspitze glitt sie langsam über die Innenseite von Browns Schenkel.

– So war es mit deinen Kunden?

– Mehr oder weniger.

Eine Stunde lang saßen sie im *Patagonia* und Sabrina zeigte ihm ungefähr ein halbes Dutzend ehemaliger Kunden. Ein Menschenzoo, stellte Brown insgeheim fest: Dario, ein Fahrer bei den Verkehrsbetrieben. Sergio, ein Krankenpfleger im Policlinico. Fernando, Schalterbeamter der Agenzia I einer großen Bank aus dem Norden. Tiziano, Fußballspieler bei Lega Pro. Davide, Anthropologiestudent, und Silvio, Taxifahrer. Dieser stellte ihnen sogar seine Frau vor, ein hübsches Mädchen, das Sabrina umarmte und küsste, als wäre sie ihre Schwester. Alle diese Männer besaßen eine Vitalität und Lässigkeit, die er wahrscheinlich nie besessen hatte. Und die Herzlichkeit, mit der sie die Frau begrüßten, die jetzt seine war, die ihnen denselben Genuss verschafft hatte, wie sie jetzt ihm verschaffte, ließ ihn denken, dass er seit seiner Geburt eine Art

Panzer trug. Die geilen Männer waren unverschämt, aufrichtig. Sie gingen zu Huren und verbargen es nicht. Sie schämten sich weder vor sich selbst noch vor Sabrina. Sie blickte ihn an.

– Sie sind sympahtisch, oder?

– Weinst du ihnen nach?

– Euge', du bist eine Nervensäge.

– Hier geht es aber nicht um Eifersucht.

– Ich weiß, worum es geht.

– Wirklich?

– Aus diesem Grund habe ich es irgendwann nicht mehr geschafft, als Escortlady zu arbeiten. Schau, Euge', wenn man jung ist und auf die Straße geht, landet man irgendwann bei Leuten wie dir. Und wenn man zu Partys geht und anfängt Blödsinn zu reden, wie damals bei dir zu Hause, wird einem schlecht. Die Männer dort sind nämlich Idioten. Sie ficken dich, genieren sich aber zu Tode dafür, Euge'.

Eugenio Brown hatte plötzlich stechende Kopfschmerzen.

– Müssen wir den ganzen Abend hierbleiben?

– Nein, wir gehen noch ins *Pashà Caffè*.

Eugenio wollte seinen Augen nicht trauen. Er stand vor einem fuchsiaroten Parallelepiped auf der Tiburtina, in der Zone Settecamini. Geschmackloses nahöstliches Design und eine große arabische Leuchtschrift. Eine Mischung aus futuristischem saudiarabischem Nightclub und einer akustischen Halluzination.

– Soll das ein Scherz sein, Sabrina?

– Euge', schau im Internet nach. Weißt du, in welcher Kategorie das *Pashà* aufscheint?

– Nein.

– In der Kategorie „Abschlepplokal" und in der Kategorie „Luxury". Dachtest du, ich würde dich auf die Straße führen? Dort gehen nur die armen Teufel hin.

Das Lokal war riesig. Mindestens zweitausend Quadratmeter, wie Eugenio beim Hineingehen überschlagsmäßig berechnete. Ein Saal mit Spielautomaten, eine Karaokebühne, ein Nightclub und eine Bar mit orientalisch anmutenden Lichtspielen. Violett, rot, blau, grün, gelb, in allen Schattierungen. Von zarten Pastelltönen bis zu grellen Lichtblitzen. Die sowohl junge Frauen als auch dauergeile Alte mit geweiteten Pupillen anzuturnen vermochten.

Brown stand stocksteif da und beobachtete den Menschenzoo. Leiber rieben sich aneinander, eingehüllt in Billigparfumwolken, und im Bann eines Begehrens, das wohl eher von der Chemie als von den Hormonen herrührte.

– Liebling, nimm wenigstens den kleinen Schal ab, den du als Krawatte bezeichnest …

Sabrinas bösartige Bemerkung veranlasste ihn zumindest, von der Fliese wegzugehen, auf der er schon fast Wurzeln geschlagen hatte. Er ging zu einem Sofa, auf dem zwei Frauen, Ukrainerinnen, wie er dachte, in einem Bohneneintopf stocherten. Er verstand nicht, warum in einem Lokal, das vorgab, eine Sultanskarawanserei zu sein, brasilianische Küche serviert wurde. Aber er zog es vor, nicht nachzufragen, die intensiven Blicke, die ihm eine der beiden zuwarf, schmeichelten ihm.

Sabrina beobachtete ihn belustigt, hielt sich etwas abseits, bis ein Typ um die dreißig ihr ins Ohr flüsterte, wie viel sie für einen Quickie am Parkplatz verlangte. Sie zeigte auf Brown, und während der Typ mit den Achseln zuckte, ging sie zu ihm hin.

– Euge', glaub ja nicht, du könntest die beiden abschleppen.

– Warum nicht?

– Weil es zwei Huren sind.

Sie hatte das Wort laut ausgesprochen, doch die beiden auf dem Sofa schienen nicht beleidigt, sondern im Gegenteil geschmeichelt.

– Wir wussten nicht, dass er dein Kunde ist, sagte eine der beiden, die jünger und offensichtlich stolz auf ihre der Schwerkraft trotzenden Titten war.

Sabrina nahm Eugenio an der Hand und führte ihn zum Tresen, wo er einen Single Malt bestellte. Sabrina änderte die Bestellung auf Red Bull.

Brown drehte und wendete die Dose in der Hand, wie einen Fetisch.

– Was ist das?

– Davon bekommst du einen Steifen.

– Ich bitte dich, Sabrina, ich bitte dich.

Jetzt wurde sie ernst. Wirklich ernst.

– Willst du den Film wirklich machen? Das wirst du aber nicht schaffen, solange du nicht verstehst, wie es läuft.

– Ich weiß, wie man eine Hure anheuert. Ich hätte dieses Opfer nicht bringen müssen. Ich wollte nur verstehen, was du bei diesem Leben empfunden hast.

– Und verstehst du es noch immer nicht?

– Ich glaube nicht.

– Deshalb musst du einen Steifen kriegen. Sonst verstehst du nicht. Wenn du verstehen willst, was im Kopf einer Hure vorgeht, musst du zuerst verstehen, was in der Hose eines Mannes vorgeht, mein lieber Produzent.

Erst im Morgengrauen kamen sie nach Hause. Wortlos. Solange hatte Eugenio gebraucht, um das Red Bull bis zur Neige auszutrinken. Als sie im Lift in die Dachterrassenwohnung hinauffuhren, versuchte Eugenio irgendetwas Sinnvolles zu sagen, um das bleierne Schweigen zu brechen. Aber Sabrina gestattete es ihm nicht, sie steckte ihm eine kleine Tablette unter die Zunge, er wehrte sich nicht.

Eugenio schlief erst ein, als die Sonne schon hoch am Himmel stand. Er warf einen letzten Blick auf Sabrinas nackten Körper neben sich und auf seine Erektion, die noch immer keine Anstalten machte nachzulassen.

Prime, dachte er, als er endlich die Augen schloss. So würde der Film werden, wie die Amerikaner sagten: *prime.* Spitze!

XL.

Aus Rücksichtnahme auf Ciro Viglione, der jetzt dauerhaft unter Hausarrest stand, und weil das Risiko, abgehört zu werden, sehr hoch war – laut Parisi wurden sie ganz sicher abgehört –, fand das Treffen in Temistocle Malgradis Büro in der *Villa Marianna* statt.

Samurai tauchte pünktlich um neun Uhr auf, in Begleitung von Max. Die Klinik war halb leer, die langen Gänge wurden vom asymmetrischen Licht der Notlampen beleuchtet.

Rocco Perri, der die Gäste begrüßte, versperrte dem Philosophen den Weg.

– Er hat hier nichts zu suchen, Samurai.

– Er begleitet mich.

– Wie du meinst. Aber Ciro wird es nicht goutieren. Er ist bereits auf Kriegspfad, ich warne dich.

– Und du?

Der Kalabrese antwortete nicht, versteckte sich hinter einem gespielt freundlichen Lächeln. Dann ging er zur Leibesvisitation über.

Als Rocco festgestellt hatte, dass alles in Ordnung war, begleitete er sie in Malgradis Büro. Dort warteten Silvio Anacleti und Ciro Viglione auf sie; letzterer saß am Kommandoposten, am Schreibtisch des Primars.

Kaum hatte Samurai das Zimmer betreten, riss er, angewidert vom Zigarrengestank – der Camorrista war eifriger Zigarrenraucher –, das Fenster auf, ohne Ciro auch nur gegrüßt zu haben.

Ciro sah ihn mit weit aufgerissenen Augen an. Für wen hielt sich dieses Arschloch? War ihm nicht bewusst, dass er nach diesem Treffen vielleicht mit den Füßen voran hinausgetragen wurde? Aber Samurai tat, als ob nichts wäre, war er nun endgültig übergeschnappt?

Ciro hatte eine schöne Rede vorbereitet. Eine harte, entschlossene Rede, eine Rede, bei der sogar Julius Cäsar und der Duce, Gott hab ihn selig, vor Neid erblasst wären.

Was denkst du dir eigentlich, Samurai! Ich sage, beziehungsweise ich befehle, den Krieg zu beenden, beziehungsweise den Aufruhr, wie du ihn bezeichnest, und anstatt Frieden zu schließen, schüttest du Öl ins Feuer! Wer hat dir befohlen, Numero Otto umzulegen? Wir hatten doch ein Abkommen geschlossen … und das Ergebnis des Abkommens zeichnete sich schon ab. Dabei waren ihnen die Carabinieri auf den Fersen, der Colonello, dieses Arschloch, und sogar der Richter war aufgewacht, De Candia, dieser Trottel, der sie, wie Parisi sagte, sicherlich abhörte und ausspionierte. Und sie haben sogar die Papiere gefunden, die Papiere, verdammt noch mal! Wie lange, glaubst du, brauchen sie, um zwei und zwei zusammenzuzählen, ha? Sehr kühn, was, Samurai! Zio Nino will Rache. Denis ist jetzt der Boss, der Kommandant, aber wir haben ihn nicht eingeladen, weil wir hier kein Blutvergießen wollen, aber du solltest aufpassen, das ist ein tollwütiger Hund … und vor allem, das Geschäft droht den Bach hinunterzugehen. Das große Projekt! Samurai, entweder hast du eine gute Erklärung, oder du hast umsonst Chaos gestiftet. Es liegt an dir!

Aber Samurais unverschämtes Auftreten hatte ihn entwaffnet.

Gut, du willst es auf die harte Tour, Samurai? Das kannst du haben. Ciro Viglione blies ihm eine Zigarrenwolke ins Gesicht, dann brachte er seine Gedanken in Kurzform zum Ausdruck.

– Samurai hat eine Dummheit begangen!

– Einverstanden, sagte Perri. Selbst wenn er die Todesstrafe hätte verkünden müssen, hätte er nicht das würdevolle Gehabe des Majordomus abgelegt.

Auch Samurai hatte eine Rede vorbereitet. Er hatte sich vorgenommen, beim arischen Kastenbegriff anzufangen und mit einer etwas weniger eingängigen Fabel Menenius Agrippas über die menschlichen Gliedmaßen aufzuhören. Er wollte erklären, dass ein großes Projekt Köpfe und ausführende Gliedmaßen brauchte. Dass jedem die Rolle zugewiesen wird, die er im Rahmen des großen Ganzen spielen muss. Dass der Einzelne ein Teil des Ganzen ist, das dem hierarchischen Prinzip zufolge harmonisch angeordnet werden muss. Aus diesem Grund hatte er Cesare Adami, Numero Otto genannt, um den jetzt alle Krokodilstränen weinten, beseitigen müssen. Nicht aus einer dummen Laune heraus oder aufgrund einer falsch verstandenen Idee von Gerechtigkeit (das sollten die Anacleti ruhig glauben), sondern weil Numero Otto ein infizierter Körperteil war und Gefahr bestand, dass er den ganzen Körper vergiftete. Deshalb hatte Numero Otto geopfert werden müssen.

Aber die Gesprächspartner ließen zu wünschen übrig. Ciro und Perri würden nicht verstehen, möglicherweise würden sie danach noch mehr sauer sein. Max war der Einzige, der ihm das Wasser reichen konnte, doch ihn musste er nicht überzeugen. Was Silvio Anacleti anbelangte, war die Entscheidung bereits in dem Augenblick gefallen, in dem die Mannlicher, deren Verlust er sehr bedauerte, das Leben Numero Ottos ausgelöscht hatte.

Wie Ciro Viglione hielt somit auch Samurai nur eine Kurzfassung seiner Rede.

– Cesare Adami hat sich nicht an die Abmachung gehalten. Als er Spadino umbrachte, hat er die Harmonie unserer Gruppe gestört. Als er Paja und Fieno umbrachte, hat er – er als Erster – ein Abkommen gebrochen, das wir alle unterschrieben hatten. Ihr sagt: Wir hatten uns bereits auf Schadenersatz geeinigt. Auch die Anacleti hatten sich damit abgefunden. Aber ich sage euch: Cesare hielt das alles für seinen persönlichen Erfolg. Und der Erfolg ist wie Rauschgift. Er hätte nicht aufgehört. Er hätte weiter getötet, er hätte immer mehr verlangt. Er hat Zwietracht gesät, Hass verbreitet. Er war ein krankes Organ, das sich unverhältnismäßig vergrößert und alles verschlungen hätte, wenn man es hätte weiterwachsen lassen. Mit seinem Tod verlieren wir einen unbedeutenden Körperteil. Chirurgie. Und das große Projekt läuft wieder auf Schiene. Haben Sie mich endlich verstanden, meine Herren?

– Verdammt, brüllte Ciro Viglione. – Ich habe es dir ja schon mal gesagt, Samurai. Du sprichst gut, aber zuviel.

– Das ist deine Meinung, Ciro.

– Wir sind nicht einverstanden, Samurai.

– Ich schon, sagte Silvio Anacleti. – Samurai hat das Richtige getan. Meine Familie ist auf seiner Seite.

Ciro Viglione wollte seinen Ohren nicht trauen. Er stand auf und beschimpfte den Zigeuner. Was sollte das denn? Sogar die Anacleti hatten das Abkommen unterzeichnet, das Abkommen, das Samurai gebrochen hatte. Der Alleingang des Arschlochs musste doch auch für sie eine Ohrfeige sein. So lauteten die Regeln. Oder galten die Regeln etwa nicht mehr?

Der junge Anacleti antwortete. Bei dieser blutigen Fehde bis hin zur Ermordung Numero Ottos, hatten sie als einzige einen hohen Blutzoll bezahlt: sie, die Anacleti. Spadino, Paja, Fieno gehörten ja zu ihnen.

Sie waren von Numero Otto wie Hunde abgeknallt worden. Er hatte dafür bezahlt. Samurai hatte die Dinge richtiggestellt. Jetzt konnte man ein neues Abkommen schließen. Jetzt, erst jetzt.

Viglione und Perri wechselten einen Blick. Der Richtungswechsel der Anacleti erwischte sie auf dem falschen Fuß Der Schulterschluss zwischen den Zigeunern und Samurai drohte das Gleichgewicht der Kräfte zu stören.

Der Kalabrese war der Erste, der pragmatisch reagierte.

– Ist gut, Samurai. Die Anacleti sind jetzt ruhig. Aber was machen wir mit denen aus Ostia, mit Denis und dem anderen, wie zum Teufel heißt er doch gleich … Robertino?

– Numero Ottos Tod wird auch ihnen eine Lehre sein. Wenn sie sich nicht anpassen, nehmen sie dasselbe Ende. Von nun an kümmert sich Max um die Straße. Er ist mein Mund, mein Auge, meine Hand … mein Herz, mein Hirn und meine Leber.

– Und Zio Nino?

– Zio Nino, flüsterte Samurai kalt, – ist im Gefängnis. Ich bin hier. Mir hat man die Aufgabe anvertraut, das große Projekt zu realisieren. Und ich versichere euch, ich ziehe es durch.

– Und wir sind auf seiner Seite, sagte Silvio Anacleti zum Abschluss.

Rocco Perri blickte Ciro Viglione an und nickte. Der Camorrista begriff, dass der Kalabrese sich hatte überzeugen lassen. Sich hat reinlegen lassen, dachte er, um die Wahrheit zu sagen. Aber wenn sogar die Camorra mit fliegenden Fahnen zu dem Japaner überlief, war das Risiko zu groß, allein dazustehen. Sicher, Ciro hätte ein Einverständnis mit Zio Nino suchen können.

Aber das bedeutete wieder Krieg.

Und ein Krieg geht mit Ermittlungen einher.

Und Ermittlungen machen den Politikern Angst.

Und das Geschäft hing von den Politikern ab.

Und Samurai hatte die Politiker in der Hand.

Samurai hatte also gewonnen.

– Ist gut, seufzte er, und versuchte die Kränkung runterzuschlucken. – ist gut … Mit Zio Nino unterhalten wir uns über den Anwalt. Aber irgendetwas müssen wir ihm geben.

Samurai zog das Ass aus dem Ärmel.

– Aus Griechenland kommt ein Schiff voller Koks. Max kümmert sich um den Transport. Eine Tonne. Ich werde Zio Nino meinen Anteil überlassen, als Wiedergutmachung. Ich glaube, damit kann er leben. Im Augenblick laufen seine Geschäfte nicht so gut.

Schließlich übergab er Max das Wort, der erklärte die Operation in allen Einzelheiten. Er erklärte, dass Shalva, ein georgischer Mittelsmann, der sein uneingeschränktes Vertrauen genoss, für die Rückversicherung der Ladung sorgte und dass die Apulier an dem Geschäft beteiligt waren, sie kontrollierten die Griechenlandrouten. Er gab die Höhe der Investition an und legte fest, welchen Anteil ein jeder bekommen würde.

Rocco und Viglione stürzten sich auf die Rechenmaschinen und erstellten zwei verschiedene Rechnungen. An ihrem Blick, in dem die Gier immer größer wurde, verstand Samurai, dass sie begriffen hatten, was bei dem Geschäft für sie rausschaute. Noch vor einer Minute waren sie bereit gewesen, ihn eigenhändig zu erwürgen, jetzt hingen sie an seinen Lippen.

Angewidert machte Samurai Max ein Zeichen und sie gingen.

XLI.

Ein Spätherbstabend, kalt, obwohl es ein prächtiger Herbst war. Von der verglasten Terrasse des großen Hotels am Esquilin aus gesehen, erinnerte das Bündel an Gleisen, das aus dem Maul der Stazione Termini ragte, an die Zunge eines Drachen. Oder vielleicht auch eines Teufels. Die Geräusche des multiethnischen Suks auf der Via Giolitti drangen gedämpft herauf, wie das Echo der Hupen in dem Straßengewirr Richtung Piazza Vittorio. Auf dem gebohnerten Parkett im Restaurant bewegte sich ein Dutzend Hostessen mit einstudierter Ruhe zwischen Designerstühlen und Tischen von Philippe Starck. Züchtig in den flachen Schuhen und den schwarzen Hosenanzügen. Das entsprach der Etikette des privaten Events, der vom Verlag *Il Braciere* veranstaltet worden war. Vor dem Eingang des Dachgartens stand ein riesiges Schild auf einem dreibeinigen Ständer:

MONS. MARIANO TEMPESTA
MORAL FÜR EIN NEUES JAHRTAUSEND

BEGEGNUNG MIT DEM AUTOR

In einer Kutte aus tasmanischer Winterwolle schlug der Bischof die Zeit tot, indem er mit den arthritischen Fingern kleine Canapés von den Tabletts fischte, die auf der langen Theke an der Längsseite der Terrasse standen. Francesco, sein junger Sekretär, in einem nachtblauen Armanianzug, der seine geschmeidige Anmut betonte, ging zu ihm hin, mit zwei Gläsern Bellavista Riserva in der Hand.

Francesco, der in gewissen Lokalen in San Giovanni in Laterano als Satanella bekannt war, hatte die Aufgabe, den jungen Männern, die in Tempestas Gunst standen, Posten zu beschaffen: bei der RAI, bei den Holdings des Schatzministeriums: Finmeccanica, Eni, Enel. Man munkelte von Castings in einem Stundenhotel in der Nähe der Piazza Navona, das einer vatikanischen Bruderschaft gehörte und das nicht nur vom Monsignore, sondern auch von Benedetto Umiltà regelmäßig besucht wurde. Man munkelte auch von einer Art Blutsbrüderschaft, die die jungen Führungskräfte, die sich auf der Hotelterrasse scharten, lebenslang verband.

Pericle Malgradi war etwas zu spät dran. Mit dem sichtlich ungelesenen Werk unter dem Arm stürzte er zum Monsignore, küsste ihm flüchtig und ehrerbietig die Hand und flüsterte ihm etwas ins Ohr.

– Eure Exzellenz, ich habe heute meiner Sekretärin Anweisung gegeben, fünftausend Stück Ihres wunderbaren Buches zu kaufen, um es an die Wähler in meinem Wahlkreis zu verschenken. Die Abgeordnetenkammer zahlt ja ... hahaha!

Tempesta freute sich und schaute fragend auf den Typen, der ein paar Schitte hinter dem Abgeordneten stand: Er trug einen grauenhaften, grau schillernden Anzug, der noch dazu nicht der Jahreszeit entprach. Spartaco Liberati kaute gerade an drei Thunfischpasteten, die er sich gleich beim Betreten des Dachgartens in den Mund gestopft hatte. Mit einem Augenzwinkern forderte ihn Malgradi auf näherzutreten.

– Eure Exzellenz, darf ich Ihnen Doktor Liberati vorstellen, die Stimme unserer Stadt. Er hat vor kurzem einen Preis auf dem Kapitol erhalten.

– Sehr erfreut, mein Sohn.

Spartaco hielt seine fettige Hand und deutete eine kleine Verbeugung an.

– Radio Fm 922 wird die Buchpräsentation live übertragen, und dann werden wir sie eine Woche lang wiederholen. Jeden Morgen um 9 und jeden Abend um 21 Uhr.

Malgradi drängte Liberati zur Seite und ergänzte:

– Natürlich, Exzellenz, berichten auch die Rai, die nationalen und regionalen Sender. Dafür habe ich persönlich gesorgt.

– Natürlich, lächelte Tempesta.

Auch Benedetto Umiltà war in Hochform, sogar zum Plaudern aufgelegt. Wieder im Zentrum zu sein ... nun ja, nicht gerade im Zentrum, aber „in der Nähe des Zentrums" von Rom, das zählte für ihn, versetzte ihn in Hochstimmung.

General Rapisarda kam als Letzter. Er gab vor, einen mörderischen Nachmittag hinter sich zu haben, entschuldigte sich bei Tempesta und bat ihn, das Buch zu signieren, das er diensteifrig mitgenommen, aber natürlich noch nicht einmal geöffnet hatte.

– In einem Zug, Exzellenz. Ich habe es in einem Zug ausgelesen. Sie haben unumstößliche Grundsätze, trotz des modernen Stils, wenn ich mir eine Meinung erlauben darf.

Während Tempesta geschmeichelt das Buch signierte, stellte der Kommandant der *Custozza*-Division fest, dass bei diesem Fest, abgesehen von den Hostessen, keine einzige Frau zugegen war. Lauter Männer, die meisten unter vierzig. Dem Aussehen nach junge Freiberufler. Und er stimmte dem Typen zu, der hinter ihm ins Handy flüsterte:

– Ich rufe zurück, ich rufe zurück. Ich bin auf einer Schwulen- und Pfaffenparty. Ja, ist gut. Ciao, ciao …

Saverio Tesi, der Verleger, stellte – nachdem er das Publikum zum Schweigen aufgefordert hatte – in aller Kürze die Lichtgestalt Monsignore Mariano Tempesta vor, er erwähnte seine „theologischen Studien", die er schon in frühen Jahren verfasst hatte, und seine „herausragenden menschlichen Qualitäten". Dann gestand er, wie stolz der Verlag war.

– Lassen Sie es mich sagen. Eine derartige Publikation ist nicht in kommerziellen Werten zu messen. Sie ist ein Zeugnis. Und das würde schon reichen. Aber wir drucken das Buch in einer Auflage von hunderttausend Stück, und das beweist, wie sehr wir an dieses Werk glauben. Ich möchte daran erinnern, dass die Einnahmen aus dem Verkauf des Buches der *Villa Marianna* zugutekommen werden, einer ausgezeichneten römischen Klinik, der dank der Spende ermöglicht wird, eine Abteilung für die Behandlung Suchtkranker zu eröffnen.

Malgradi klatschte sich die Hände wund, er dachte an seinen Bruder Temistocle, das Arschloch, und an die ausgezeichnete Straße, die er auf dem Hotelklo gezogen hatte, nachdem er die Rezeption hinter sich gelassen hatte. Das letzte Gespräch mit Samurai hatte ihm bestimmt nicht geholfen. Fast hätte er sich angeschissen. Was hatte er zu ihm gesagt?

„Leere Versprechen, Malgradi. Erinnere dich, dass niemand unersetzbar ist. Der gute Spieler spielt immer an mehreren Tischen."

Natürlich. Deshalb war er ja da. An mehreren Tischen, mein lieber Samurai. Auch am Tisch des Bischofs.

Tempesta saß mit übereinandergeschlagenen Beinen auf der Bühne, hielt das Mikrofon zwischen Daumen und Zeigefinger – was dem kleinen Finger eine kokette Bewegungsfreiheit gestattete – und berührte es fast mit den Lippen. Indirektes Licht fiel auf ihn.

– Guten Abend und danke. Danke, dass ihr Glauben und Freundschaft unter Beweis stellt. Moral ist heutzutage ein unmodernes Wort. Aber es ist ein starkes Wort. Genauso wie Jahrtausend. Das Jahrtausend, das wir hinter uns haben, und das, das vor uns liegt und in dessen Verlauf wir eines Tages in das Himmelreich eingehen werden.

– Ja, und in das Reich der Sinne.

Malgradi hatte Benedetto Umiltà den Witz ins Ohr geflüstert, und dieser erstarrte zu Stein. Der Abgeordnete war eindeutig zu aufgedreht. Tempesta sprach weiter.

– Als Gast der Benediktinermönche habe ich an diesem Werk in der Stille der Einsiedelei Camaldoli gearbeitet, habe Kraft und Stärke aus der morgendlichen und frühabendlichen Stille gezogen.

– Ha, und aus der Lakritzestange des Seminaristen aus Togo.

Umiltà wurde rot und betrachtete mit Schrecken Malgradis entgleiste Gesichtszüge.

– Ich bitte Sie, Herr Abgeordneter, ich bitte Sie.

Tempestas Stimme war mittlerweile so belegt wie die eines Dj mitten in der Nacht.

– Moral. Moral. Sie werden sich fragen, wie man dieses Wort in einem Jahrhundert ausspricht, das sich mit den Stigmata des Atheismus ankündigt. Ich sage Ihnen: Lesen Sie meine Aphorismen. Machen Sie sie zum Meilenstein eines neuen Evangeliums und halten Sie es der Flut des auferstandenen Heidentums entgegen. Meine lieben Freunde, gerade eben hat mich ein freundlicher Journalist gefragt, was ein Kirchenmann zu Themen wie der Schwulenhochzeit, der Adoption von Kindern durch homosexuelle Paare, der künstlichen Befruchtung, der Leihmutterschaft zu sagen habe. Gut, habe ich geantwortet, es dürfe keinen Dialog mit all jenen geben, die erlauben wollen, was gegen die Natur ist. Eine christliche Familie besteht aus Mann und Frau und ihren Nachkommen. Die Familie ist Gottes Ruhm. Die Familie ist die Grundlage des Staates. Die Vereinigung von Gleichen ist eine Ankündigung der Apokalypse. Und Sie wissen ja, wer in der Finsternis tätig ist, um zu trennen … Der Teufel!

Satanella klatschte frenetisch Beifall. Malgradi, der mittlerweile aufgestanden war, fiel in den Applaus ein. Wie bei einer improvisierten Wahlveranstaltung.

– Danke, Exzellenz, danke! Wir werden nicht zulassen, dass die Perversion die christliche Familie zerstört. Wir leben im Glauben. Wir sind ihre Wächter.

– Amen, murmelte Liberati. Er hatte von der Rede des Bischofs rein gar nichts verstanden, aber er wollte unbedingt wissen, ob ihn Samurai nur zum Zeitvertreib hergeschickt hatte oder ob noch was anderes am Köcheln war.

Als Tempesta mit seinem Sermon fertig war, ging er zu Satanella und bat ihn, die Visitkarten von ein paar Jungs einzusammeln, die er im Publikum gesehen hatte. Malgradis Aufgedrehtheit war ihm nicht entgangen, sie erschien ihm nicht als gutes Omen. Und er beschloss, mit Benedetto Umiltà darüber zu sprechen, sobald er ihn Tesi, dem Verleger, entrissen hatte, der seine Schuhe bewunderte, die sicherlich „handgemacht" waren – *wie bitte, Exzellenz, nur dreitausend Euro?*

– Benedetto, was ist mit Malgradi los?

– Keine Ahnung, Exzellenz. Zu aufgedreht, würde ich sagen.

– Ich glaube, er bräuchte eine Ruhepause.

– Die Stadtregierung braucht auch seine Stimme, Exzellenz.

– Die Stadtregierung ist tot, das wissen auch Sie. Wie lange hält sie sich noch? Einen Monat? Zwei? Und außerdem ist nichts von dem passiert, was wir besprochen haben, oder irre ich mich?

– Sie irren sich nicht.

– Die Dinge stehen still.

– Malgradi behauptet nach wie vor, dass der Beschluss unter Dach und Fach ist. Die Verzögerung ist rein technischer Art.

– Aber, aber! Malgradi redet, redet, redet. Ich hatte vielmehr seinen Bruder, Temistocle, im Sinn. Ich glaube, er ist aus anderem Holz geschnitzt. Und wir brauchen einen Schäferhund für unsere Herde. Siehst du sie nicht? Schau, wie demütig sie fressen. Wie Schafe. Sie warten darauf, dass ihnen jemand den Weg weist.

– Sie, Exzellenz, sehen Dinge, die uns verborgen sind.

– Die Kirche ist nicht umsonst zweitausend Jahre alt, lieber Benedetto.

Pericle Malgradi flitzte nach wie vor wie eine Flipperkugel über den Dachgarten. Er hatte zu viel gesnieft. Er konnte seine Arme und Beine nicht im Zaum halten, sie zitterten immer wieder. Er versuchte bei Rapisarda Halt zu finden, der sich ans Buffet gedrängt hatte und sich am Ziegenrohkäse aus dem Oltrepò Pavese gütlich tat. Er musste es ihm unbedingt sagen. Genau. Denn es gab noch ein Problem zu lösen.

– General, ich muss dich leider noch einmal mit der Sache belästigen, über die wir auf dem Kapitol gesprochen haben, erinnerst du dich? Über euren Mann bei der Sondereinheit.

– Sicher erinnere ich mich. Ich erinnere mich gut. Ich habe die Sache schon in Angriff genommen, aber ich kann nur wiederholen, Colonello Malatesta ist im Grunde ein guter Polizist. Vielleicht ein wenig undiszipliniert. Einzigartig in seiner Art, sagen wir es so.

– Ich muss leider darauf bestehen. Es geht hier nicht um Disziplin, sondern darum, dass Subversive hohe Ämter bei den Carabinieri innehaben. Nun komm schon, Mario.

Rapisarda dachte genauso wie Malgradi. Malatesta war eine Nervensäge. Doch die Art und Weise, wie der Abgeordnete ihn bedrängte, hatte etwas Unverschämtes und auch Unvorsichtiges. Und dann dieser Geifer im Mundwinkel. Etwas mehr Kontrolle, bitte. Es waren schwierige Zeiten. Wenn alles funktionierte, durfte man keine Schulden bei Schuldnern machen, die sie vielleicht nicht würdigten. Deshalb war Vorsicht geboten. Malgradi wollte Malatestas Kopf? Gut, wenn notwendig würde er ihn bekommen. Aber bevor er den Teppich verkaufte, musste er das Kamel herzeigen. Konnte er das überhaupt noch?

Unter dem Vorwand eines Telefongesprächs schüttelte der General Malgradi ab.

Malgradi war stinksauer.

Wollte der Carabiniere ihn loswerden? Hatte er Angst, abgehört zu werden? Bin ich etwa verkabelt?

Er begann sich zu kratzen, als würden ihn Flöhe plagen.

Ruhe.

Er bemerkte, dass ihn Spartaco Liberati entsetzt anblickte.

– Hör mir zu, du Trottel. Ich hatte dich gebeten, gegen dieses Arschloch Malatesta vorzugehen, und ich habe noch nichts gehört. Null. Ein paar halblustige Bemerkungen, sonst nichts. Zwing mich nicht, mit Samurai zu sprechen. Zwing mich nicht, sonst geht es schlecht aus.

– Er hat mich geschickt.

– Siehst du? Also beweg deinen Arsch. Wir haben keine Zeit zu verlieren.

Liberati zog sich zurück, verzichtete auf die übliche Gehaltsforderung: Malgradi war offensichtlich außer sich.

Das Handy des Abgeordneten vibrierte. Malgradi las: „Sehr gut, immer besser! Weiter so!“ Der Absender hatte eine ausländische Nummer. Das war das abhörsichere System Samurais. Der Ton war doppeldeutig: es konnte ein Glückwunsch oder auch eine Drohung sein. Malgradi hob den Blick und sah Michele Lo Surdo vor sich. Der Steuerberater sah finster drein.

– Wir sind im Arsch, Abgeordneter.

– Was heißt das?

– Es steht alles in einem Blog.

– Was alles?

– Alles. Das Projekt, die Machbarkeitsstudie, New City, die Konzessionen in Ostia. Sogar ein Foto von Samurai. Ich weiß nicht, ob du verstehst. Alle. Außer dir. Merkwürdig, nicht?

Malgradi setzte ein doofes Lächeln auf. Der Stoff kroch ihm die Wirbelsäule hoch, presste seine Schläfen auf unerträgliche Weise zusammen. Der Abgeordnete drehte sich um die eigene Achse und stürzte zu Boden.

Ein kleiner, unbedeutender Kollaps infolge eines stressigen Lebens im Dienste des Landes, berichteten am Tag darauf die Zeitungen.

XLII.

Ein Arschloch zu sein, war eine Kunst. Und Spartaco Liberati war ein Meister in dieser Kunst. Samurai hatte beschlossen, dass Spartaco sich darum kümmern sollte, das Posting, das sich wie ein Rhizom im Netz verbreitet hatte, zu widerlegen. Er sollte sich keinen Zwang antun. Ein schöner Schmutzkübel zu einer Uhrzeit, wenn Radio Fm 922 die meisten Zuhörer hatte.

Hallo Jungs, heute Morgen bin ich sauer. Stinksauer. Und ausnahmsweise hat das nichts mit den Problemen von Roma zu tun. Hört einmal, was ich im Netz gefunden habe: „Ich weiß. Ich weiß, dass Rom ihnen gehört. Den Adami, Sale, Anacleti, Perri, Viglione. Sagen euch diese Namen was? Mir schon. Ich weiß, dass New City ein Trojanisches Pferd ist, und dass Rom zwischen dem EUR und dem Meer in Zement ersticken wird. Ich weiß. Ich weiß, das sind keine gemütlichen Kapitalisten, sondern Mörder, die sich von einem Mörder – Samurai – gängeln lassen …"

Ihr werdet sagen: Na und? Was kümmert dich dieser Dreck? Und ob, mich kümmert dieser Dreck. Und er sollte auch euch kümmern, liebe Hörer. Denn hier spricht man von Rom, unserem Rom. Und von seiner Zukunft.

Ich frage euch: Darf man anständige Leute einfach so verleumden? Darf man Rom schmähen, ohne rot zu werden? Nein, man darf nicht. Ich weiß, ich weiß, ich weiß … aber was zum Teufel weißt du? Wer bist du, etwa Pasolini? Entschuldigt, wenn ich das sage, aber was soll das – immer dieser Pasolini! Wenn er noch lebte, wäre er hundert Jahre alt! Und hat sich in der Zwischenzeit nichts getan? Ist alles noch so wie zu Pasolinis Zeiten? Ach komm, halt den Mund.

New City, sagst du. Was soll an New City schlecht sein? Ich sehe eine solide Firma mit Geld, echtem Geld, Jungs. Tonnen von Zement sollen auf Rom niedergehen, sagst du. Ein großes Projekt! Hast du denn was dagegen, wenn es endlich Arbeit gibt? Sollen wir die Maurer und Arbeiter, die seit der schrecklichen Krise den Gürtel enger schnallen müssen, zum Essen zu dir nach Hause schicken? Du sprichst von Wachstum und Entwicklung, aber wenn du von Samurai sprichst, solltest du dir den Mund ausspülen und den Hut heben. Er soll ein Mörder sein? Lauter Lügen. Warum muss jemand, der als Jugendlicher ein paar Probleme hatte, ein ganzes Leben lang verurteilt sein? Glaubt mir: Samurai ist besser als Keynes! Ja, ja, ich weiß, nicht alle von euch kennen diesen Namen, ich erkläre ihn euch.

John Keynes, genau so spricht man ihn aus, war ein englischer Ökonom, der in Zeiten der Krise sagte: Lasst das Volk arbeiten. Und was eignete sich besser, um das Volk arbeiten zu lassen als ein schönes Bauprojekt? Was sagst du? Nein, entschuldigt, das ist Ottavio von der Regie. Ach, du willst wissen, wer diese Lügen verbreitet. Ich sage es dir gleich. Also, ich habe mit einem Freund von der Postpolizei gesprochen. Er sagt, die Internetseite sei anonym, sie käme aus Ungarn. Ja, aus Ungarn. Dabei geht es um uns. Und ich weiß ... das muss ich jetzt sagen ... dass da eine alte Bekannte dahintersteckt. Erinnert ihr euch an Alice Savelli, die bereits die anständigen Jungs aus Cinecittà aufs Korn genommen hat? Nun, ich sage euch, sie steckt dahinter! Stellt euch das vor! Eine aus guter Familie, vollgestopft, und macht auf alternativ! ... Nun, auf sozusagen alternativ ... es wissen ohnehin alle, dass sie mit einem Carabiniere zusammen ist, der vorgestern erst nach Rom zurückgekommen ist und sich schon aufspielt ... wahrscheinlich gibt er ihr die Informationen ... Alice, du kannst ja alle Schutzwälle der Welt aufstellen, und vielleicht erwischen sie dich nicht einmal, denn im Netz kennst du dich aus, du oder wer auch immer für dich ... aber sei dir sicher, die Leute auf der Straße wissen und verstehen. Und weißt du, was dann passiert? Savelli, hörst du mich? Beziehungsweise hörst du diesen Chor? Das ist die Stimme Roms. Rom kotzt dich aus! Und jetzt entspannen wir uns. Randy Crawford und ihr *One Hello,* eine Negerin, aber mit einer traumhaften Stimme.

Michelangelo De Candia nestelte am Frontpanel des Autoradios des R4 herum, stellte leiser, und wandte sich augenzwinkernd an Marco Malatesta, der neben ihm saß.

– Nicht schlecht, die Crawford. Etwas überkommen, aber auch unser Spartaco ist ja schon in die Jahre gekommen. Ich glaube, wir haben genug gehört, oder?

Marco telefonierte am iPhone. Er erzählte Alice von Liberatis Attacke.

– Geh nicht nach Hause. Komm so schnell wie möglich nach Ponte Salario, oder besser, hör mir zu, ich hole dich ab. Ich bringe dich an einen sicheren Ort ... was soll das heißen, „ich habe bereits einen sicheren Ort"? Alice, hör mir zu ... Verdammt! Sie hat aufgelegt.

– Impulsiv und stur. Diese beiden Eigenschaftswörter könnte man dem abgenutzten „schön" noch hinzufügen, stellte Michelangelo fest.

– Fahr mich nach Hause, bitte. Ich muss zu ihr.

– Das klingt wie ein Geständnis, stellte De Candia trocken fest. – Und auch wie späte Reue. Das hättest du dir früher überlegen sollen. Die wussten ohnehin von euch. Sie haben zwei und zwei zusammengezählt. Ich glaube jedoch nicht, dass sie Gewalt anwenden werden.

– Ich muss zu ihr, wiederholte Marco stur.

Der Staatsanwalt fuhr seitlich an den Straßenrand ran.

– Wir haben uns darüber unterhalten, wenn ich nicht irre. Und wir sind sogar zu einem Schluss gekommen, wenn ich mich nicht irre, oder? Ich wette die Felgen meines R4, dass die Seite bis heute Nachmittag geschwärzt wird. Der Staat sollte sich nicht hinter anonymen Postings verstecken. Und außerdem wissen sie jetzt, dass wir wissen. Und vor allem wissen sie, dass wir beschlossen haben, schmutzig zu spielen, ohne Regeln. Das bedeutet, dass jetzt ein anderes Spiel beginnt. Natürlich ohne Regeln. Also worüber regst du dich auf?

Marco murmelte eine Rechtfertigung.

– Ich will nicht untätig warten. Das müsstest du mittlerweile verstanden haben. Gewisse Dinge muss man einfach tun und aus. Und außerdem hat Rapisarda übertrieben, und ich habe rot gesehen.

– Beide seid ihr Impulsive. Fang nicht auch noch an, als weißer Ritter auf einem Pferd zu posieren. Ihr habt eine Dummheit gemacht.

– Schon gut. Wir haben eine Dummheit gemacht. Habe ich mir jetzt genug Vorwürfe angehört und darf ich zu Alice gehen?

– Zum Glück, fuhr Michelangeo fort, – ohne auf ihn zu hören, hat jemand dafür gesorgt, eure schlechte Idee fortzusetzen.

Malatesta runzelte die Stirn und blickte ihn fragend an. De Candia setzte einen hämischen Blick auf.

– Du und Alice habt zwar anonym euer „Ich weiß" gepostet, aber habt ihr auch einen Blick auf die Reaktionen im Netz geworfen? Ich bin kein Fan der *social media*, aber eines habe ich wahrscheinlich begriffen. Wenn man einen Stein in den Teich wirft, muss man auch den Effekt beobachten, oder?

– Hat jemand etwas gepostet?

– Ja. Heute Nacht.

– Und warum habe ich es nicht gesehen?

– Vielleicht bist du zu früh ins Bett gegangen, sagte De Candia lächelnd.

– Vielleicht, sagte Marco, ebenfalls lächelnd. – Was steht in dem Posting?

– Es handelt sich um alte Gerichtsakten Samurais. Der Prozess wegen bewaffneten Raubüberfalls und Bandenbildung in den achtziger Jahren. Die Verbrecherbande mit Dandi und Freddo. Ein versuchter Selbstmord 1985, und eine etwas aktuellere Geschichte. 1993. Der Coup im Keller im Inneren der Bank im Justizpalast.

– Was willst du mir sgen?

– Weißt du, wie oft Samurai wegen seiner turbulenten Revoluzzervergangenheit verurteilt worden ist?

– Kaum der Rede wert, wenn ich mich daran erinnere, was ich in unserem Archiv gelesen haben. Abgesehen von den fünf Jahren in seiner Jugend.

– Sehr gut. Wie ich jedoch sagte, hat unser Freund nicht Samurais frühere Strafen gepostet, sondern die Gerichtsakten der Untersuchungen zu seiner Person. Und in diesen Akten findet sich eine Notiz.

– Und zwar?

– Weißt du, wer der Staatsanwalt war, der bei allen Prozessen gegen Samurai Anklage erhoben hat?

– Sag es mir nicht.

– Ich sag es aber. Doktor Manlio Setola.

– Darauf hätte ich geschworen!

– Auch bei diesen Untersuchungen hat er ein paar Fehler gemacht.

– Willst du mir sagen, er habe ihm geholfen? Es hätte ein geheimes Einverständnis gegeben?

– 1993. Der Raubüberfall im Keller des Justizpalastes. Erinnerst du dich daran? Vielleicht nicht, du warst damals noch ein kleiner Junge. Vielleicht noch nicht einmal bei den Carabinieri.

Die Erinnerung an die Nacht im *Bagatto* durchzuckte sein Hirn wie ein Blitz. Samurais Atem im Augenblick der Gnade. Die Narbe an der Stirn begann zu pulsieren. Es gab zu viele Dinge, die De Candia nicht über ihn wusste.

– Ja, ich war damals noch ein kleiner Junge. Allerdings etwas begeisterungsfähig.

– Nun, für diesen Raubüberfall werden Lothar, Mandrake und Botola, die Überreste der alten Bande, ins Jenseits befördert, und zwei korrupte Bullen wandern ins Gefängnis.

– Lass mich raten. Setola leitet die Ermittlungen.

– Ich sehe, du bist scharfsinnig. Aber es gibt ein entscheidendes Detail. Mandrake und Lothar werden in dem Panzerwagen geröstet, der bei dem Überfall zum Einsatz kam, aber Botola schließt infolge eines Schusses in die Stirn die Augen.

– Und?

– Botola wird mit einer sehr seltenen Waffe umgebracht. Einer Mannlicher. Diese Waffe hat eine Geschichte. 1985 kommt sie zum ersten Mal zum Einsatz, bei einer Schießerei, die Samurai angelastet wird. Setola führt die Ermittlungen, und nur ein Wunder kann unseren Freund vor „lebenslänglich" retten.

– Lass mich noch mal raten. Das Wunder ereignet sich.

– Genau. 1985 verschwindet die Mannlicher geheimnisvollerweise aus der Asservatenkammer, und Samurai wird auf Betreiben des Staatsanwaltes im Vorverfahren freigesprochen. 1985–1993. Acht Jahre lang bleibt die Pistole unauffindbar, dann taucht sie wieder bei dem Raubüberfall im Justizpalast auf und zerschmettert Botolas Schädel. Setola braucht nur eins und eins zusammenzuzählen. Die Mannlicher ist Samurais Signatur. Also ist Samurai an dem Raubüberfall beteiligt. Aber auch diesmal …

– Sieht Setola nichts … keinen Zusammenhang.

– Genau. Die Untersuchung bringt nichts zutage. Die Spur der Waffe wird nicht verfolgt. Wie man in den im Blog geposteten Gerichtsakten lesen kann, meint die Staatsanwaltschaft, ich zitiere auswendig, „die Spur für die Untersuchungen sei nicht von Belang und hat keine Beweiskraft". Also drei Ganoven auf dem Friedhof, zwei Beamte, an denen ein Exempel statuiert wird, Samurai auf freiem Fuß, und mit ihm die Mannlicher.

– Samurai hält Setola seit zwanzig Jahren an den Eiern.

– Genau. Und möglicherweise nicht nur ihn. Ein Großteil der Safes, die bei dem Überfall 1993 geleert wurden, gehörte Staatsdienern, Rechtsanwälten und Richtern.

– Um Himmels willen.

– Das ist alles, würde ich sagen.

– Wir müssen öffentlich machen, wer seine Hand schützend über diesen Mörder hält.

– Ich habe dir doch gesagt, die Prozessakten stehen bereits auf dem Blog.

– In dieser Form verstehst nur du sie.

– Irrtum, lieber Marco. Samurai versteht sie und Doktor Setola versteht sie.

– Gehen wir zu Setola.

– Das halte ich für nicht klug. Hast du nicht schon genug Dummheiten gemacht? Dieses Zeug wird noch nützlich sein. Aber noch ist der Augenblick nicht gekommen.

– Du hast recht, Michelangelo. Außerdem wird Setola sich jetzt anscheißen, bei dem Gedanken, jemand könnte dieselben Schlussfolgerungen ziehen wie du.

De Candia nickte.

Marco spürte, wie die Narbe aufhörte zu pochen. Er starrte De Candia an, und der erwiderte den Blick. Sie sagten sich alles, wortlos. Der Staatsanwalt öffnete die Tür des R4.

– Fahr jetzt zu ihr, ich mache einen kleinen Spaziergang. In dieser Blechbüchse erstickt man ja.

XLIII.

Um sich vor dem Wind zu schützen, drehte Farideh Max den Rücken zu. Sie betrachtete begeistert das Gewirr der Gässchen mit den weißen Häusern in Chora und die einzige Asphaltstraße der Insel. Die Straße führte einige Kilometer in Richtung Nordosten, zu dem vierhundert Meter hohen Berg Agios Eleftherios, wo das Dorf Ano Merià lag, die zweite Siedlung auf der Insel Folegandros. Sie drehte sich zu Max um. Dann lächelte sie ihn an. Er strich über ihre Haare. Er hatte Samurai nicht von ihr erzählt. Welche Gefahr konnte von ihr auch schon ausgehen? Das Mädchen wusste nichts über ihn. So sollte es sein. Sie vertraute ihm. Sie hatte sich ihm bedingungslos hingegeben. Nichts an der Reise hätte sie argwöhnisch machen können.

„Man hat mich engagiert, um ein Boot aus Griechenland nach Fiumicino zu überstellen. Ein gut bezahlter Job. Und du begleitest mich, denn ich möchte nicht länger allein oder in Gesellschaft Kants sein."

Am frühen Nachmittag besuchte Shalva das Paar im Hotel, einem einfachen Haus hoch über dem Meer. Max stellte ihn ihr als Mischa vor, einen reichen russischen Geschäftsmann.

– Weißt du, Farideh, dass dieser Mann mehr Stahl produziert als ganz Italien zusammen?

– Zu freundlich, Max. Aber Stahl ist mittlerweile etwas Obsoletes. Und ich fühle mich wie ein Mensch aus der Antike.

Farideh blickte dem Georgier in die Augen.

– Sie kommen mir jung vor, doch das Alte ist etwas sehr Schönes. Das sage ich als Perserin.

– Ach, ich habe es geahnt. Du bist arischer Abstammung. Daher die große Schönheit. Das darf ich doch unserem gemeinsamen Freund sagen, nicht wahr, Max?

Die Erwähung Samurais traf Max wie ein Schlag in den Magen.

– Bist du nicht einverstanden, Max? Glaubst du, unser Freund versteht nicht, was für ein Glück du hast? Ich glaube schon. Und wenn nicht, würde ich ihn vom Gegenteil überzeugen.

– Welcher Freund? fragte Farideh.

– Ein Cousin Mischas, mein Schatz, faselte Max. – Ein Cousin, dem ich im vorigen Sommer ein Boot gebracht habe, und der sich Sorgen machte, weil ich Single war.

Farideh wurde rot. Sie tranken einen Kaffee, dann noch einen, dann tauchte eine Flasche Ouzo auf. Max gefiel Shalva. Doch mehr gefiel ihm diese prächtige amberfarbene Frau, die ihn begleitete. Deshalb zog er den Augenschmaus so lange wie möglich hin, bis er sich an seinem Anblick gesättigt hatte, und beschloss, dass es Zeit war, sich zu verabschieden und die Anweisungen zu geben, wegen derer er letztendlich hier war.

Mit einer Geste nahm Shalva Max zur Seite und überreichte ihm eine Brieftasche aus wasserdichtem Material und einen Schlüsselbund.

– Du kennst die *Runa* ja gut. Sie liegt unten am Landungssteg von Karavostásis. Wenn wir uns morgen in der Früh nicht mehr sehen, gute Reise. Und melde dich, wenn du in Fiumicino ankommst. Und grüße Samurai von mir. Sag ihm, ich bedanke mich bei ihm wegen dieser Angelegenheit mit den Pflegerinnen. Sag ihm, das Problem ist gelöst.

Max nahm die Nachricht zur Kenntnis.

Shalva schätzte die Verschwiegenheit des Jungen. Er musste nicht in die Details gehen. Dank des Tipps, den Samurai ihm gegeben hatte, war es ihm gelungen, den Verräter zu entlarven. Der Handel mit den Pflegerinnen war im Augenblick zum Stillstand gekommen, aber der Verräter hatte bezahlt. Auf georgische Weise. Sein Herz war mit der rituellen Klinge zerfleischt worden, und seine Augen waren mit zwei Muschelschalen herausgeschnitten worden, die seine Partner in Bari freundlicherweise zur Verfügung gestellt hatten.

Die beiden jungen Männer setzten sich wieder an den Tisch.

Farideh stand auf und küsste Shalva auf die Wange.

– Ich hoffe, wir sehen uns bald wieder, Mischa. Es war mir ein Vergnügen.

– Nächsten Sommer treffen wir uns alle auf dem Boot, mein Morgenstern. Max arbeitet und wir liegen in der Sonne. Und vielleicht können wir uns duzen, immerhin komme ich dir ja gar nicht so alt vor. Ach Max, nicht eifersüchtig werden. Hahahah …

Am Abend, nach dem Sex, machte Farideh wieder das Handy an. In dem Augenblick, in dem sie auf Folegandros gelandet war, hatte sie es abgedreht. Sie erwartete keine dringenden Anrufe und hatte nicht genug Geld, um Roaminggebühren zu zahlen. Sie machte es kurz an, um die SMS zu lesen. Und genau in dem Augenblick, als sie wieder abdrehen wollte, vibrierte das Ding. Sie schaute auf das Display.

Alice.

– Hallo, hier ist Alice, ciao.

Farideh sprach leise, um Max nicht aufzuwecken, aber ihr Ton brachte trotzdem Glück und Zärtlichkeit zum Ausdruck. Sie erzählte ihr von Griechenland, von ihrer Reise auf der *Runa,* von der Liebe zu Max, von der Leidenschaft.

Alice brachte sie zum Schweigen.

– Nimm dich vor dem Jungen in Acht. Er ist vielleicht nicht der, für den du ihn hältst.

Farideh machte das Telefon aus und zum ersten Mal spürte sie wieder die dumpfe Traurigkeit und Melancholie, von der sie glaubte, sich befreit zu haben. Die Traurigkeit, die sie begleitete, seitdem sie sich als kleines Mädchen vor dem Sarg der Mutter an ihren Vater geschmiegt hatte, und die sie begleitet hatte, bis sie Max traf.

Doch in Wirklichkeit war sie zornig auf Alice. Warum hatte sie sie angerufen? Was störte sie an ihrem Glück? Stimmte es also, dass Frauen nicht wirklich Freundinnen sein konnten?

Sie beschloss, die unangenehmen Gedanken zu vertreiben und kuschelte sich ins Bett. Sie drückte ihre Lippen auf Max' Mund.

XLIV.

Alice beendete das Gespräch und fragte sich, ob es eine gute Idee gewesen war, Farideh anzurufen. Sie hatte den Anruf lange aufgeschoben und sich schließlich nur dazu durchgerungen, weil sie beschlossen hatte, Marco völlig zu vertrauen. Warum hätte sie ihr die Wahrheit über Max verschweigen sollen? Wenn er wirklich Nietzsche war, war es ihre Pflicht als Freundin, Farideh zu warnen.

Das Handy vibrierte. Er war es. Zum zehnten Mal.

– Mir geht es gut. Mach dir keine Sorgen. In einer Stunde komme ich zu dir. Aber ja, mir geht es gut, ich habe es dir ja schon gesagt, mach dir keine Sorgen.

Den ganzen Tag lang hatten sie und Diego bei ihm zu Hause die Internetseite mit zunehmender Besorgnis beobachtet. Ein anonymer User hatte Gerichtsakten gepostet, in denen es um Samurai ging. Unverständliches Zeug. Gewiss eine Warnung an irgendjemanden. Aber an wen? Sie hatte ihre Aufgabe auf jeden Fall erledigt. Wie vorherzusehen war die Seite nach wenigen Stunden gelöscht worden, aber die über fünfhundert Postings, die einerseits Entsetzen und andererseits Solidarität zum Ausdruck brachten, bewiesen, dass der Stein, den sie in den römischen Sumpf geworfen hatten, Wellen schlug. Die Online-Ausgaben der großen Zeitungen berichteten darüber. Ein Stadtrat der Opposition kündigte eine parlamentarische Anfrage an. Rapisarda und der Staatsanwalt Setola waren in den Nachrichten des Regionalsenders interviewt worden. Letzterer hatte versucht, die Sache herunterzuspielen, er hatte von unbewiesenen Schlussfolgerungen gefaselt; Rapisarda hatte kein Blatt vor den Mund genommen: Es handelte sich um eine eindeutige Provokation. Ein weiterer Beweis, dass sie den Nagel auf den Kopf getroffen hatten. Die ganze Zeit über war Diego um sie herumgewuselt, hatte versucht, Körperkontakt herzustellen. Sie hatte ihn zurückgewiesen. Sie hatten zwar eine Affäre gehabt, aber das war nun vorbei. Solange es Marco gab, keine Chance. In diesem Abschnitt ihres Lebens hatte sie keine Lust auf Gefühlschaos. Und außerdem schmeichelte es ihr, dass Marco sie beschützen wollte. Alice zögerte, das Wort Liebe in den Mund zu nehmen. Es war noch zu früh und zu verwirrend. Am Abend, wenn sie sich endlich wiedersahen, würde sie ihm klipp und klar sagen: Er brauchte keine Gewissensbisse zu haben. Sie hatten die Sache ins Netz gestellt und deshalb war zu erwarten gewesen, dass sie sie aufs Korn nahmen. Auch früher schon, als sie den Anacleti-Clan attackiert hatte, war sie ein Angriffsziel gewesen. Die virtuellen Schutzwälle konnten zwar die Richter täuschen, aber nicht Leute wie Samurai. Sie mussten mit Vergeltung rechnen. Und sie war kein zerbrechliches Mädchen, das man beschützen musste, sondern eine Kämpferin. Wenn man die Dinge ändern wollte, musste man einen Preis dafür zahlen.

Als sie die Treppe des Palazzo aus dem 17. Jahrhundert in der Via del Corallo hinaufging, der seit Generationen in Familienbesitz war, dachte sie, dass ihre Großmutter Sandra sauer sein würde. Für gewöhnlich schlief sie bei ihr, las der Alten ein paar Seiten ihres geliebten D'Annunzio vor, damit sie leichter einschlafen konnte. Diesmal würde sie ihr nur die Decke hochziehen. Zu viel Adrenalin, zu viele Gefühle, zuviel Begehren.

Sie sperrte auf, ging ins Vorzimmer, das immer im Dunklen lag, und hörte zu ihrer großen Überraschung ein schrilles Lachen, das von einer leisen, angenehmen, höflichen Männerstimme begleitet wurde.

Hatte die Großmutter Besuch? Wer dachte in dieser Welt noch an sie, außer sie?

– Großmutter? Ich bin's, Alice. Ist jemand bei dir?

– Komm, meine Liebe, wir haben auf dich gewartet …

Sie eilte über den langen Gang. Er führte ins Wohnzimmer, das von einem Empire-Lampenschirm beleuchtet wurde.

Großmutter Sandra saß in ihrem geliebten roten Samtstuhl, unter einem großen Ölgemälde aus dem 18. Jahrhundert, einem Porträt Lucrezia Borgias, der berühmten Giftmischerin. Und vor ihr saß Samurai und nippte an einer Tasse Tee.

Alice blieb an der Schwelle stehen und drückte instinktiv die Tasche mit dem PC an die Brust.

– Alice, komm und begrüße meinen Freund. So ein entzückender Mensch.

– Zu freundlich, Donna Alessandra, sagte Samurai und stand mit einer eleganten Verbeugung auf.

– Großmutter, ich bringe dich ins Bett.

– Alice, ich kann allein gehen.

– Ich begleite dich.

Samurai half der betagten Dame aufzustehen. Sie stützte sich auf seinen Arm. Samurai übergab sie Alice. Einen Augenblick lang kreuzte sich ihr Blick. Samurais Augen waren eiskalt, ausdruckslos. Sie machten Angst.

– So ein entzückender Mensch, wiederholte Großmutter Sandra, als sie im Schlafzimmer waren. – Endlich hast du dir die richtigen Freunde gesucht.

– Entschuldige, Großmutter, aber ich bin etwas in Eile.

– Ja, ja, geh nur, meine Liebe. Und sperr bitte zu, wenn du gehst. Alice …

– Ja, Großmutter?

– Findest du nicht auch, dass dein Freund Major Hermann ähnlich sieht?

Alice seufzte. 1944, während der deutschen Besatzung, war der Palazzo von der Wehrmacht beschlagnahmt worden. Der Vater von Großmutter Sandra kämpfte auf der Seite der Amerikaner, und der Rest der Familie war von den Deutschen als Geisel genommen worden. Major Hermann hatte persönlich dafür gebürgt, dass ihnen kein Haar gekrümmt wurde. Großmutter Sandra bewahrte die Erinnerung an ihn, verehrte ihn beinahe wie einen Heiligen. Major Hermann war der Maßstab, an dem jeder Mann gemessen wurde. Alice vermutete, dass zwischen dem eleganten Hakenkreuz-Offizier und dem Sprössling aus dem Hause Savelli etwas mehr als gegenseitiger Respekt gewesen war.

– Major Hermann ist seit fünfzig Jahren tot, unterbrach sie.

– Manchmal bist du wirklich scheußlich, erwiderte die Alte indigniert.

Samurai betrachtete das Porträt Lucrezia Borgias.

– Ihre Großmutter hat mir erzählt, nachts tritt Lucrezia aus dem Bild heraus und wird lebendig. Sie hat mir auch erzählt, dass sie ihrer Meinung nach verleumdet wurde. Sie war keine Mörderin. Ich habe mir den Tee jedenfalls selbst zubereitet … Im Übrigen ist Verleumdung eine mächtige Waffe. Sie kennen sich dabei aus, nicht wahr, Alice?

– Was wollen Sie von mir?

– Dass Sie sich setzen und mir fünf Minuten Ihrer wertvollen Zeit schenken. Nicht mehr.

– Und ich soll Ihnen vertrauen?

– Sie können auch gehen. Sie hätten auch gleich gehen können.

– Und meine Großmutter mit Ihnen allein lassen? Nie im Leben.

– Ich verstehe. Aber glauben Sie wirklich, einer wie ich würde einer alten Dame was zuleide tun? Sie unterschätzen mich. Wenn ich gewollt hätte, hätte ich in den zwei Stunden, die ich hier war, die Gelegenheit dazu gehabt. Ich muss sagen, es waren wirklich angenehme Stunden. Donna Alessandra ist eine echte Dame, wenn ich das sagen darf. In früheren Zeiten hätten Frauen wie sie die Herzen viel edlerer Krieger, als ich es bin, gebrochen.

– Sie halten sich also für einen Krieger?

Samurai goss sich Tee ein und bot ihr eine Tasse an. Alice lehnte ab. Aber schließlich setzte sie sich auf einen Thonetstuhl, ein paar Schritte von ihm entfernt.

– In dieser Frage erkenne ich die Alice, die meinem alten Freund Marco den Kopf verdreht hat.

– Marco ist nicht ihr Freund!, protestierte sie.

– Er war es. Und gewisse Dinge vergisst man nicht. Freundschaftsbande zwischen wertvollen Menschen beeinflussen ihr ganzes Leben. Einmal abgesehen von ihren Absichten … aber davon sprechen wir später. Wissen Sie, warum Sie nicht schreiend davongelaufen sind, nicht 113 angerufen, nicht versucht haben, mich zu attackieren? Nein? Ich sage es Ihnen. Weil Sie neugierig sind. Sie wollen wissen. Sie wollen Wissen anhäufen. Und aufgrund dieser Begierde lassen Sie sich von den falschen Menschen an der Hand führen und ziehen übereilte Schlussfolgerungen. Und für eine Vorkämpferin der Generation der Genauigkeit, wie Sie eine sind, ist das unverzeihlich. Nein, unterbrechen Sie mich nicht. Die fünf Minuten sind noch nicht vorbei, ich bitte Sie. Sie und Marco geben sich der Illusion hin, Sie könnten die Geschichte aufhalten. Das Große Projekt ist die Geschichte, die wir trotz euch und euch zum Trotz gestalten werden.

– Ist das eine Drohung?, fragte sie, spöttisch lächelnd.

– Das ist eine Feststellung. Nicht mehr. – Samurai glättete sich die Bügelfalte der schwarzen Hose. – Haben Sie schon jemals vom *Bagatto* gehört?

– Das ist eine Tarockkarte.

– Natürlich. Das aktive Prinzip, der Geist, der Ursprung des Großen Spiels. Aber geben Sie einmal *Freizeitzentrum Bagatto* im Netz ein. Den Rest lassen Sie sich von Marco erklären. Oder, da wir die Gelegenheit dazu haben, tun Sie mir einen letzten Gefallen. Rufen Sie ihn an. Und dann geben Sie ihn mir.

Alice gehorchte widerspruchslos. Sie wählte die Nummer, und als Marco abhob, reichte sie Samurai das Handy.

– Ciao Marco. Ich wollte dir gratulieren. Deine neue Flamme ist außergewöhnlich.

Dann gab er ihr das iPhone zurück und verabschiedete sich, gespielt höflich.

Eine halbe Stunde später war Marco in der Via del Corallo.

– Steck die Waffen ein, er ist weg. Und sei leise. Meine Großmutter hat einen leichten Schlaf, sagte Alice.

Als er versuchte, sie zu umarmen, stieß sie ihn weg.

– Du hast recht. Ich bin ein Idiot. Ich habe dich den Wölfen zum Fraß vorgeworfen. Das kann ich mir nie verziehen. Ich bringe dich gleich weg von hier.

– Marco, was ist das *Bagatto?*

Marco ließ sich auf einen Stuhl fallen. Er nahm den Kopf zwischen die Hände. Und erzählte ihr alles. Alles, was er ihr verschwiegen hatte. Sein Vater war Eisenbahner gewesen, ein Kommunist der ersten Stunde. Blinder Glaube an die Parteihierarchie, angefangen beim Genossen Parteisekretär, egal, wer er war, bis hin zum letzten Bürokraten, der sich anmaßte, der demütigen Schafherde Befehle zu erteilen. Marco hatte all das gehasst. Sein Hass hatte ihn Samurai in die Arme getrieben. Er hatte an diesen Mann geglaubt. Später hätte er ihn fast umgebracht. Und er hatte ihn begnadigt. Er erzählte ihr von seiner sanftmütigen Mutter, vom Missmut seines Vaters, als er erfahren hatte, dass man ihn in der Akademie aufgenommen hatte. Was war besser, ein Faschist oder ein Carabiniere als Sohn? Schließlich hatten sie sich versöhnt. Aber zu viele Dinge waren ungesagt geblieben, er hatte zu viele Umarmungen zurückgewiesen, zu viele Tränen runtergeschluckt.

– Jetzt weißt du alles.

– Jetzt ist es zu spät. Du hättest es mir früher sagen sollen.

– Ich hätte es auch getan. Wenn nicht … gut, es gibt keine Entschuldigung. Tut mir leid.

– Ich glaube es ist besser, wenn wir uns eine Zeitlang nicht sehen.

XLV.

Im EUR hatte alles begonnen, dachte Samurai und betrachtete den *Fungo,* den Pilz, und ins EUR kehren wir zurück.

Dazwischen lag ein ganzes Leben.

Sie waren Jungs gewesen, die im Glauben an die Aktion aufgewachsen waren, im Glauben an die Rasse, im Hass auf die Gegenwart. Sie träumten von einer heroischen Vergangenheit, sehnten den Sieg des Übermenschen herbei, und fürs Erste trafen sie sich im Schatten des *Fungo,* um ihre Aktionen zu planen.

Sie hatten dem EUR ihre Gesetze aufgezwungen. Gab es ein besseres Jagdrevier als dieses streng geometrisch angelegte Viertel, in dem keine Kurven vorgesehen waren, das Überbleibsel der faschistischen Utopie, die dem Verrat zum Opfer gefallen war? Die anderen, die Roten, die Mächtigen, hatten irrtümlicherweise geglaubt, sie könnten sie in einem Reservat einsperren. Sie hatten ihnen mit Blut bewiesen, dass sie sich das nicht gefallen ließen. Vom EUR aus waren sie aufgebrochen, um die Stadt zu erobern. Und jetzt kehrten sie ins EUR zurück.

Um noch einmal aufzubrechen? Oder um sich zu ergeben?

Samurai spürte widerprüchliche Gefühle in sich. Im Lichte der Vernunft sah es nicht gut aus. Es roch nach Niederlage. Die Tage der Regierung waren gezählt. Fehlte nur noch die Sterbeurkunde. Die Geschichte mit dem Blog komplizierte die Dinge. Sie hatten versucht, den Schaden wiedergutzumachen, aber er war bereits angerichtet. Die Baubewilligung war ein Kampf gegen die Zeit. Die Pferde keuchten, außer Atem. Oder vielleicht hatten die Züchter und die Handlanger mit dem Rauschgift übertrieben, die Tiere pfiffen aus dem letzten Loch, ihre Organe waren vom Missbrauch zerstört. Malgradi war am Ende. In den wichtigen Kreisen sprach man bereits von Nachfolge. Mittlerweile stand es in den Sternen, ob das Unternehmen glückte. Samurai hatte versucht, den Mob, der außer Rand und Band war, zur Ordnung zu rufen. Er war noch nicht bereit zuzugeben, dass sie gescheitert waren, aber es war nur noch eine Frage der Zeit.

Vom EUR waren sie aufgebrochen, und im EUR trafen sie sich wieder.

Samurai erinnerte sie an die Nachmittage, in denen sie sich aufgeregt beratschlagt hatten, an denen sie Waffen getauscht, schaudernd Sturmhauben aufgesetzt, den heißen Lauf der Halbautomatischen berührt hatten. Mit dem Geld aus dem ersten Raubüberfall hatten sie sich ein luxuriöses Abendessen im Restaurant im vierzehnten Stockwerk gegönnt. Im legendären *Fungo*. Er war der einzige Überlebende dieser Truppe von Verrückten ohne Herz. Jetzt ging er in den *Fungo*, wann immer er wollte, er wurde empfangen wie ein König, respektvoll behandelt wie ein Pascha, aber es fehlte ihm die Begeisterung jener Jahre, die auf immer vergangen waren.

Samurai war traurig. Und er fragte sich, ob es der Mühe wert war.

Es war ein klarer, sonniger Morgen. Zwei Huren entblößten abwechselnd ihre Titten, zur Freude der Gartenarbeiter.

Es reichte mit dem Selbstmitleid. Es gab noch andere Projekte, die zu verwirklichen waren. Es gab noch andere Straßen, die man befahren konnte. Das ganze Leben lag noch vor ihm. Aus.

Er ging zum Smart zurück, mit dem stolzen Schritt eines Mannes, der keinen Schatten und ein für allemal beschlossen hat, keinen zu haben.

Marco Malatesta wartete auf ihn, ans Auto gelehnt.

– Ich sollte dir zwischen die Augen schießen.

Samurai vergrub die Hände in den Taschen der Tom-Ford-Lederjacke.

– Das Mädchen war nicht sehr erfreut, stimmt's? Deine Schuld. Frauen sollte man immer die Wahrheit erzählen. Vielleicht nicht immer, und vielleicht nicht immer die ganze Wahrheit auf einmal. Aber wenigstens das Wichtigste, wenigstens das.

– Samurai, du hast eine Grenze überschritten. Das ist eine Angelegenheit zwischen uns beiden. Du hättest sie nicht mit reinziehen dürfen.

– Du hast sie mit reingezogen, nicht ich. Aber ich gebe dir recht. Krieg steht Frauen nicht. Und deshalb hast du heute Morgen auch nicht Alices hübsches Köpfchen auf deinem Schreibisch in Ponte Salario gefunden.

– Geh scheißen, Samurai. Du wirst nicht gewinnen. Diesmal nicht. Dein großes Projekt ist eine Totgeburt.

Samurai grinste. Er liebte es, die Karten auf den Tisch zu legen. Er liebte es, einen ebenbürtigen Feind zu haben. Wie in den alten Zeiten. Als die Dinge noch eindeutiger und die Straße und die Paläste der Mächtigen noch Schauplatz der Kämpfe zwischen Männern waren.

– Das große Projekt! Kannst du dir überhaupt vorstellen, was das für unser Rom bedeutet? Tausende Arbeitsplätze, Wohnungen für die Armen, neuer Wohlstand.

– Überlass es Spartaco Liberati, solchen Unsinn zu verzapfen. Du hast eine Futterkrippe für alle Verräter Roms geschaffen, einschließlich der Pfarrer.

– Beton ist die Seele Roms, Colonello. Und wie man weiß, liegt die Seele den Pfarrern sehr am Herzen.

– Samurai, es gibt Krieg. Und wenn es Krieg gibt, gibt es kein Projekt. Und du kannst diesen Krieg nicht aufhalten.

– Krieg? Wovon sprichst du? Ich sehe nur Frieden.

– Schau genau hin, Samurai. Hast du nicht immer alles verstanden?

– Früher vielleicht. Als wir auf derselben Seite standen.

– Ich habe nie auf deiner Seite gestanden. Wir beide kämpfen in verschiedenen Heeren.

Wir beide. Wir und sie, wie früher. Widerwillig empfand Samurai eine gewisse Bewunderung für Männer wie Malatesta. *Rarae aves,* seltene Vögel am schmutzigen Himmel der Diener des Staates.

– Hier täuschst du dich, fuhr Samurai geduldig fort. – In den alten Zeiten hat die Straße davon geträumt, zu werden wie ihr. Wir träumten von der Normalität, von der Macht, vom Wohlstand. Und vielleicht, warum auch nicht, von einer besseren Welt.

– Blödsinn. Du machst dir etwas vor.

– Jetzt hingegen, fuhr Samurai im selben Tonfall fort, – tut ihr alles, um zu werden wie wir. Und es gelingt euch sehr gut.

Marco antwortete nicht. Dasselbe hatte er gedacht, als er Numero Otto verhörte, nachdem er Pajas und Fienos Hinterhalt knapp entgangen war. Er hatte sich gefragt, ob „wir“ und „sie“ noch einen Sinn hatte. Ob die Priester, Rapisarda, Setola demselben Staat dienten wie De Candia. Ob sie die Macht waren. Und er? Wo stand Colonello Marco Malatesta wirklich? Auf welcher Seite?

Marco erhob sich und machte Samurai Platz. Aber diesmal blieb der Ganove wie angewurzelt stehen.

– Du solltest dich nicht gegen mich stellen. Wir gehören derselben Rasse an. Es ist die Rasse der Männer der Ordnung. Wir versuchen in diesem Babel, zu dem Rom geworden ist, die Fahne hochzuhalten.

– Blödsinn, Blödsinn, Blödsinn! Der Fisch stinkt vom Kopf her, sagte Marco empört.

Samurai zuckte mit den Achseln.

– Selbst diese kartesianischen Kategorien. Der Fisch, der Kopf … die Welt hat sich verändert, ich sage leider, aber sie hat sich verändert. Hast du denn nie Bauman gelesen?

Jetzt musste Marco lachen. Keynes reichte also nicht. Nun auch noch Bauman!

– Grüß Max von mir, sagte er zum Abschied grinsend – Ich habe ihn schon lange nicht mehr gesehen.

Samurai versteinerte. Marco begriff, dass sie über die Beziehung zwischen Samurai und dem „Philosophen" noch bei weitem nicht alles wussten, und als er wieder ins Büro kam, erließ er einen Suchbefehl gegen den Freund Faridehs.

Mehrmals rief er Alice an. Anrufbeantworter. Sie stellte sich taub. Marco kochte innerlich, da erhielt er einen Anruf auf dem Diensthandy. Thierry war wirklich besorgt.

– Hast du jemanden zur Demo geschickt?

– Entschuldige, aber zu welcher Demo?

– Wo lebst du denn? Es geht alles drunter und drüber. Mach den Fernseher an, wenn du mir nicht glaubst.

Tumulte in Rom. Rauchsäulen. Ein Panzerwagen der Polizei war auf der Piazza San Giovanni von Demonstranten angegriffen worden.

Er packte Helm und Pistole und lief zu seiner Bonneville.

Mit Alice hatte er nicht mehr gesprochen. Aber wenn es ein Durcheinander gab, war sie bestimmt mittendrin.

XLVI.

Im strahlenden Sonnenlicht, an einem wunderbaren Spätsommer-Nachmittag schwebte ein kleiner Heißluftballon mit den gemorphten Porträts des Ministerpräsidenten und des Wirtschaftsministers – beide verwandelten sich darauf in Vampire – auf halber Höhe über einer dichten, bunten, lauten Menschenmenge. Parolen wurden gebrüllt. Alice hatte sich die schwarze North-Face-Jacke um die Taille gebunden, sie verfluchte das Gore-Tex-Ding, das zwar ultraleicht, aber ziemlich lästig war. Dummerweise hatte sie es mitgenommen, obwohl der Himmel wolkenlos war. Sie trug ein oranges T-Shirt, das Diego ihr geschenkt hatte. „Incazzati!", stand auf dem T-Shirt der *Draghi Ribelli.* „Empöre dich!" Keine tolle Aufforderung. Aber eindeutig.

Alice betrachtete begeistert das Spektakel, an dem sie teilnahm, schoss unablässig Fotos mit dem iPhone. In der Nacht hatte sie wieder so etwas Ähnliches wie eine Panikattacke gehabt. Mit weit aufgerissenen Augen hatte sie sich gefragt, ob sie Marco nicht eine zweite Chance geben sollte. Zum ersten Mal seit langer Zeit wusste sie nicht, was sie tun sollte. Und die erste Entscheidung kam ihr nicht als die richtige vor. Müde und gestresst war sie zur Demo gegangen, fast ohne Überzeugung. Aber was rund um sie passierte, war unglaublich. Die Freude an der Gemeinschaft und der Aktion ließ jeglichen Zweifel verstummen.

Sie konnte sich nicht erinnern, jemals etwas Ähnliches erlebt zu haben. Sie hatten es geschafft. Das Event war viral geworden. Wie viele waren es? Zweihunderttausend? Dreihunderttausend? Diegos Augen leuchteten. Er reichte ihr ein Ceres und zeigte ihr auf dem Smartphone die letzte Aktualisierung des Livestreams von *repubblica.it.*

– Mehr, wir sind noch mehr. Die Polizei sagt fünfhunderttausend. Verstehst du, Alice? Wenn sie sagen, eine halbe Million, sind wir mindestens das Doppelte. Dieser 15. Oktober wird in die Geschichte eingehen.

Inzwischen war es fast drei. Sie hatte sich hinter einem Spruchband „Uns Frauen reicht es" aufgestellt, seit einer Stunde versuchten sich die Trägerinnen in Bewegung zu setzen. Piazza Esedra – ja, sie bezeichneten sie mit dem alten Namen – war zum Bersten voll. Kaum hatten sie sich in Bewegung gesetzt, erfuhren sie, dass der Lastwagen der Metallarbeitergewerkschaft „Uniti contro la Crisi“ und die Spitze der Demo fast am Ende der Via Cavour, auf der Höhe des Largo Corrado Ricci, angekommen waren. Sie konnte kaum den Lastwagen „San Precario“ mit den Arbeitern aus Pomigliano sehen, auch sie saßen auf der Piazza dei Cinquecento fest. Sie betrachtete ein anderes Manifest „United for Global Change“, es erklärte den Banken und Bankiers den Krieg. Einen Augenblick lang dachte sie an Marco: Zweifellos hätte er über das maßlose Ziel eine spöttische Bemerkung gemacht.

– Ach, wir stecken fest, protestierte Diego nervös.

Auch sie verspürte angesichts des erzwungenen Stillstands einerseits eine unkontrollierbare Aufregung und andererseits ein Gefühl der Unsicherheit. Sie wusste, dass allzu langer Stillstand nichts Gutes versprach. Er erschöpfte. Und brütete schlechte Laune aus.

Sie hatte noch keinen einzigen Uniformierten gesehen. Das war nicht unbedingt ein gutes Zeichen. Es hatte den Anschein, als ob Polizeistreifen und Carabinieri sich in Luft aufgelöst hätten. Wo zum Teufel hatten sie sich versteckt? Sie hatte sie bei der friedlichen Generalprobe am Abend davor gesehen, auf der Via Nazionale, vor dem Palazzo delle Esposizioni, wo die *Draghi Ribelli* ihre Quechua-Zelte im Rahmen einer Occupy-Nacht aufgestellt hatten. Zwölf Stunden davor hatte die Polizei den Zugang zum Zentrum in Richtung Piazza Venezia und Via dei Fori Imperiali abgesperrt. Panzerwagen und Sonderkommandos standen wie riesige Ritterheere in den Zwischenräumen, blockierten Straßen und Gassen zwischen dem Monti-Viertel, dem Tritone-Tunnel und Via Barberini. Gewissermaßen den Pforten, die zur Verbotenen Stadt führten. Ins Rom der Macht. Wo sich die Kammer, der Senat, der Palazzo Chigi und der Palazzo Grazioli, die Privatresidenz des Ministerpräsidenten, befanden.

Aber ja doch. Geht doch scheißen, ihr, die ihr eine Stadt bewacht, die auf diese Weise nicht nur für die Zornigen zu einer Verbotenen Stadt wurde! Sondern für alle. Und die in ihrem gespenstischen Schweigen bloß bestätigte, was sie auf der Piazza schrien. Dass der König endlich nackt war und seine Truppen zu Hilfe rief, um seine Paläste zu schützen, die nur noch das Sinnbild einer leeren Macht waren. Die Stadt, die richtige, die *andere* Stadt, würde ihnen gehören.

Es gab jedoch ein Problem. Ein großes Problem. Alice erkannte es, als die Frauen mit dem Spruchband „Uns Frauen reicht es", hinter denen sie sich eingereiht hatte, endlich ein paar Meter in Richtung der Piazza dei Cinquecento vorankamen.

Alice sah die Faschisten. Sie kamen rasch von der Stazione Termini herunter. Die bleigrauen Kapuzenjacken, die schweren Springerstiefel, die Rucksäcke, und vor allem die schrecklichen Helme, die sie mit Metallhaken am Gürtel festgebunden hatten, waren aussagekräftiger als jede Parole. Alice erkannte den piemontesischen Akzent, der in den Sozialzentren am Rande Turins gesprochen wurde, den Dialekt der Veneter von der „No-Dal-Molin"-Bewegung und den unverwechselbaren salentinischen Dialekt der Typen aus Lecce und Brindisi. Sie alle wurden bald vom Gebrüll der Lederjackentypen übertönt, die sich für gewöhnlich auf dem Ponte Marconi herumtrieben. Die immer mit einem Hund herumliefen und mit denen sie sich vor einem Jahr, am 14. Dezember, auf der Piazza del Popolo eine Schlacht geliefert hatte; als sie sie als „Hure" beschimpft und Molotowcocktails und Pflastersteine geworfen hatten.

Die Faschisten drangen in die Demo ein wie ein Messer in Butter. Oder schlimmer noch, als ob sie zu den Demonstranten gehörten. Diese leisteten überhaupt keinen Widerstand, und vor allem mussten die Faschisten überhaupt keine Kontrollen über sich ergehen lassen. Die Polizisten waren woanders. An den Flanken der Demo befanden sich nur noch wenige, zerstreute Streifenwagen der Stadtverwaltung. Und die Straßenpolizisten saßen in ihren Autos und hüteten sich, die Typen, die in einem immer größer werdenden schwarzen Strom von der Stazione Termini in die Stadt strömten, zu fragen, warum verdammt noch mal sie mit Helmen spazierengingen. Sag bloß, die Demo verteidigte sich selbst. Alle wussten, dass das Blödsinn war. Auch Alice. Alle wussten, dass an diesem Nachmittag niemand niemanden beschützte. Und niemand war für jemanden verantwortlich außer für sich selbst. Sie wussten es. Die Bullen wussten es.

Alice dachte, auf dem Weg über die Via Cavour würde sich der giftige Klumpen auflösen, der sich im Zentrum der Demo eingenistet und festgekrallt hatte. Aber sie irrte sich. Die Faschisten marschierten hinter einer Vorhut von drei Spalieren, und dahinter reihten sich Männer und Frauen ein, die eine sorgfältig einstudierte Choreografie einzuhalten schienen. Und auch die beiden fadenscheinigen Fahnen mit dem A wie Anarchie, die auf der Piazza dei Cinquecento wehten und offensichtlich nur als Bezugspunkt dienten, so wie die Reiseführer im Kolosseum die Schirme hochielten, waren eingerollt und in die Rucksäcke gesteckt worden. Ebenfalls ein sehr schlechtes Zeichen.

Auf der Piazza Esedra hatte Euphorie geherrscht, sie war von einer um sich greifenden Angst abgelöst worden. Die Hubschrauber der Polizei und der Carabinieri, die von oben den Menschenstrom filmten und die Luftbilder auf die Monitore der Kommandozentrale der Polizei und in die Livekanäle von Sky sendeten, flogen immer tiefer, drohend. Das tschop-tschop-tschop der Rotoren war ein unheimliches Hintergrundgeräusch, das die Stimmen und die Musik der Menge, die noch an einen wolkenlosen Nachmittag glaubte, übertönte.

Plötzlich stand Diego vor Alice, er keuchte.

– Das gefällt mir nicht, Alice, es läuft nicht gut. Die Spitze ist fast in San Giovanni angekommen, aber die Bullen drängen sich auf dem Largo Corrado Ricci. Ich fürchte, sie wollen die Demo auseinanderreißen.

– Aber warum?

Diego deutete mit einer Kopfbewegung auf die Faschisten. Es war eine Angelegenheit von Sekunden.

Die Suburra, das antike Viertel der Bordelle und der Halbwelt, wie es von Petronius besungen worden war, lag vor ihnen. Die Via Serpenti zur Rechten, die Via del Colosseo und der Hügel, auf dem einst der Jupitertempel gestanden hatte, zur Linken. Dort befand sich auch jenes Halbgeschoss, das von jemandem gekauft worden war, obwohl es schon einem Minister gehörte, und der deshalb berühmter geworden war als jedes unsterbliche Spottlied.

Die Suburra, das ewige Bild der Stadt ohne Erlösung. Das Zuhause eines vergewaltigten und verzweifelten Pöbels, der sich vor Jahrhunderten zum Bürgertum gewandelt hatte, und nun genau im Herzen der Stadt wohnte. Es war und blieb nämlich ihr Herz.

Die Suburra, der Ursprung einer tausendjährigen Ansteckung, einer nicht rückgängig zu machenden genetischen Mutation.

Das war der richtige Ort. Warum hatte er nicht früher daran gedacht?

– Geht scheißen!

Wie ein Pfiff, der den Schlag ankündigt, ging der Schrei des Faschisten dem schrecklichen Klirren voraus: ein Straßenschild, das als Rammbock diente, krachte in das Schaufenster einer Leiharbeitsfirma. Die Typen, die Sturmhauben trugen, hatten mittlerweile Helme aufgesetzt und die Kapuzen der Sweatshirts darübergezogen, sie bewegten sich wie Tänzer des Bolschoi-Balletts. Sie führten einen nihilistischen Tanz auf, bei dem es Feuer, Steine, Metallkugeln regnete.

Alice und ihre „Uns-Frauen-reicht-es"-Truppe scherten aus. Mindestens drei geparkte Autos brannten, Reifen und Treibstoff rauchten fett und rußig, während vor der Tür eines Supermarkts die Trophäen der Plünderung lagen. Corn-Flakes-Schachteln, Thunfischdosen, Wasserflaschen, Chinotto-Neri-Dosen, eingeschweißter schottischer Lachs. Auf der anderen Straßenseite, im engen Rahmen einer verrammelten Tür, begann Alice wie am Spieß zu schreien.

– Faschisten, Faschisten! Ihr seid Faschisten!

Ein Mann mit Kapuze blickte sie ein paar Sekunden lang an. Ein anderer senkte seine Schleuder, mit der er gerade ein Metallkugel auf das Schild einer Bank hatte abschießen wollen.

– Hau ab, du Kuh!

Alice weinte. Sie kannte die Anziehungskraft der Gewalt auf der Straße, sie wusste, dass sie den Verstand, den Geruch, die Musik, die Worte derer auslöschen konnte, die friedlich gekommen waren. Sie hockte auf der Straße, mit dem Gesicht auf den Knien, und war außerstande, das Schauspiel zu beobachten, am liebsten hätte sie sich auch die Ohren zugehalten. Sie versuchte sich von der verriegelten Tür im Rücken zu entfernen und stellte fest, dass sie allein war. Diego war verschwunden. Auch die von „Uns Frauen reicht es" waren verschwunden. Ein Herr in mittleren Jahren mit dem Halstuch der Gewerkschaft blutete am Kopf. Er hatte versucht, sich zwischen die Faschisten und einen Geldautomaten zu stellen, und hatte einen Schlag mit einer Stange abbekommen.

Aber wo waren die Polizisten?

Was machten sie? Warum schauten sie nur zu?

Sie versuchte einen Blick einzufangen, der sie hätte beruhigen können. Eine Geste. Nichts. Die Faschisten hatten freie Hand. Sie wandte sich an einen Typen, der in einer Entfernung von zehn Schritten aufgetaucht war. Ein Halstuch bedeckte Kinn und Mund, er trug eine helle Baumwolljacke und hatte die Kapuze aufgesetzt. Mit langsamen, eingeübten Bewegungen richtete er seine digitale Olympuskamera auf den Mittelpunkt der Szene. Ihre Aufregung schien ihn nicht zu berühren. Wahrscheinlich war er Journalist.

– Filme es, filme alles. Alles! Man soll wissen, dass die Polizei nur zuschaut. Faschisten!

Da sah er sie.

Maresciallo Carmine Terenzi knöpfte seine Kamelhaarjacke auf und dämpfte die Zigarette mit dem Timberland-Stiefel aus, den Saum der engen Röhrenhose hatte er in die Stiefel gestopft. Er hob das Visier des Helms, zeigte mit dem Schlagstock auf Alice, die ungefähr fünfzig Meter entfernt war, sprach leise mit dem Obergefreiten vom *Calabria*-Batallion, das Terenzi bei diesem Einsatz befehligte.

– Sie ist es. Los!

Die Faschisten waren wie durch Zauber verschwunden, und Alice hatte nicht einmal Zeit zu verstehen, wer dieses Rudel Wölfe waren, die auf sie zukamen. Ebenfalls in Schwarz. Aber mit der Trikolore auf der Brust. Und der Flamme auf dem Helm.

Der erste Schlag erwischte sie an der Wange, ihr Mund füllte sich mit dem Eisengeschmack des Blutes. Alice schwankte, schaffte es aber, auf den Beinen zu bleiben. Betäubt nahm sie die Wachestellung ein, die sie im Fitnessstudio tausend Mal geübt hatte. Sie wich dem ersten Uniformierten aus, indem sie sich nach links beugte, und mit der Rechten verpasste sie ihm eine Gerade, dass er mit dem Rücken voran zu Boden stürzte. Irgendjemand schrie etwas hinter ihr. Alice drehte sich um und teilte blind einen Schlag aus. Sie berührte etwas Weiches, hörte ein Stöhnen. Sie hatte noch einen zu Boden gestreckt. Gut. Sie nahm wieder Wachestellung ein. Der zweite Schlag erwischte sie unerwartet, zwischen Hals und Schultern. Sie fiel zu Boden. Ein, zwei, vielleicht fünf Springerstiefel führten den Job zu Ende. Zusammengerollt wie ein Embryo schien ihr, als würden Rücken, Beine, Knöchel explodieren. Dann ein stechender, elektrischer Schmerz: Man riss sie an den Haaren. Ein Lederhandschuh, der aus dem Ärmel eines Kamelhaarmantels ragte, schleifte sie zu einem Panzerwagen, und seine Türen öffneten sich mit einem Geräusch, das dem Gefängnis vorausgeht.

Alice wurde auf den dreckigen Metallboden des Autos geschleudert, sie war gelähmt vor Schmerz und Angst. Einer der Carabinieri beobachtete sie. Sie erkannte seine Stimme.

– Ach, wie tapfer, unsere kleine Hure! Savelli Alice, die Pause ist vorbei. Hat es dir gefallen, alles mit deinen kleinen Freunden zu zerstören? Gefällt dir Occupy? Jetzt okkupierst du das da, du Hure.

Terenzi. Das war das Arschloch Terenzi.

Alice versuchte den lähmenden Schmerz zu besiegen und sich in Richtung der Türen des Ducato zu drehen, bevor der Maresciallo, dieses Arschloch, sie schloss. Sie war nicht schnell genug.

Ihre schwarze North-Face-Jacke fiel ihr auf den Kopf. Sie war ungewöhnlich schwer. Sie kehrte die Taschen nach außen. Metallkugeln fielen heraus.

Nicht einmal die Nacht schien dem elenden Tag ein Ende machen zu können. Malatesta hatte die Vermummten bis um neun Uhr abends verfolgt, bis in die Via Merulana, wo ein letzter Schuss sie zerstreute, doch davor jagten sie die Tamoil-Tankstelle mit Molotowcocktails in die Luft. Die Straße und das Viertel würden von nun an eine andere Berühmtheit genießen als die, die ihr Carlo Emilio Gadda verliehen hatte. Und als er schließlich die Straßensperre vor Ponte Salario überwunden hatte, dachte er, dass der Liebe Gott, sofern es ihn überhaupt gab, an diesem Tag seine Hand schützend über die Piazza San Giovanni gehalten hatte. Denn es war bestimmt kein Verdienst der Streitparteien, dass auf der Via Emanuele Filiberto niemand von den verrückt gewordenen Wasserwerfern des Einsatzkommandos getroffen worden und dass keiner seiner Gefreiten in den abgefackelten Panzerwagen verbrannt war.

Aber das war die einzige gute Nachricht. Alice meldete sich nach wie vor nicht am Telefon.

Marco hatte eine schlimme Vorahnung. Er bat Bruni, sie möge ihm eine endgültige Liste der Festgenommenen besorgen.

Sie war die Nummer eins.

Savelli Alice, geboren am 7.11.1983 in Rom. Auf frischer Tat ertappt und um 16 Uhr dieses Tages in der Via Cavour vom *Calabria*-Batallion verhaftet. Ihr wurden Zerstörung und Plünderung, Widerstand gegen die Staatsgewalt und Schmähung zur Last gelegt. Ausgang der Leibesvisitation: positiv. Inhaftiert im Bezirksgefängnis Rebibbia. Vollmacht: Abteilung für allgemeine Ermittlungen und Sonderoperationen.

Alba räusperte sich, hüstelte.

– Skorpion.

– Was sagst du?

– Die Savelli ist im Sternkreiszeichen Skorpion, wie ich.

– Alba?

– Ja, Colonello.

– Leck mich am Arsch! Leck mich am Arsch!

Malatesta ließ einen heftigen Faustschlag auf den Schreibtisch niedersausen und zerschmetterte den Plastik-Shredder mit einem Fußtritt. Seine Hände zitterten vor Wut und er zerbröselte zwei Camel zwischen den Fingern, bevor es ihm gelang, eine anzuzünden.

Alba war mehr erstaunt als beleidigt.

– Ich meine es gut mit dir, Marco. Die Idiotin hat dich reingelegt.

Malatesta blickte sie hasserfüllt an.

– Verdammt, was weißt du? Verdammt, was redest du?

Musik. Er brauchte Musik. Er hantierte am Computer und machte das Web-Radio an. Es steuerte automatisch den ersten gespeicherten Sender an.

Radio Fm 922.

Da war keine Musik.

Um Himmels Willen, Spartaco Liberati um Mitternacht? Was hatte der mit den Vorfällen heute Nachmittag zu tun?

Ein Massaker. Genau das ist geschehen, meine lieben Freunde. Ein Massaker. Caporetto. Was sage ich, Waterloo. Wir können mit Fug und Recht behaupten, dass die Ordnungskräfte Rom heute dem kommunistischen Furor des Schwarzen Blocks überlassen haben.

Alba versuchte ihn zu übertönen.

– Aber warum quälst du dich mit dieser Hirnamöbe?

Marco brachte sie zum Schweigen.

Verbrannte Autos, geplünderte und zerstörte Supermärkte. Und wo waren die Polizei, wo die Carabinieri? Sie haben zugeschaut, meine lieben Zuhörer. Sie haben gewartet, bis sie bis nach San Giovanni gekommen sind. Und erst dort, auf dem heiligen Boden einer Basilika, haben sie sich daran erinnert, dass es Räuber und Gendarmen gibt. Sie haben sogar ein Kreuz zerbrochen. Ihr werdet euch fragen: Warum? Ja, warum? Das erklärt euch exklusiv euer Spartaco Liberati. Ein sehr, sehr gut informiertes Vögelchen hat mir zugezwitschert, dass eine bekannte Extremistin hinter den Verwüstungen von heute Nachmittag steht. Sie heißt Alice Savelli. Wir haben schon über sie gesprochen, nicht wahr? Das ist die, die sich im Internet einen Spaß daraus macht, anständige Leute zu verleumden … Die vom Blog, die nicht will, dass in Rom Häuser gebaut werden, sie besitzt ja genug. Na ja, sagt ihr. Aber ich sage euch: Alice Savelli, hat mir das gut informierte Vögelchen zugezwitschert, ist die Verlobte eines wichtigen Carabiniere, der heute auch auf der Straße war. Habt ihr verstanden?

Marco machte den PC aus.

– Ein Vögelchen, ein Vögelchen. So ein Arschloch.

Er ließ den Kopf auf die Brust sinken, hielt ihn zwischen den Händen. Er schloss die Augen und versuchte ruhig zu atmen, sein Magen verkrampfte sich.

– Michelangelo. Ich muss ihn anrufen.

Alba versuchte ein letztes Mal, ihn zur Vernunft zu bringen.

– Denk einen Augenblick lang nach, Marco. Wenn du jetzt De Candia anrufst, läuft die Sache völlig aus dem Ruder. Es ist ohnehin schon schwierig genug. Hör auf mich …

Aber Marco hatte bereits zum Apparat gegriffen und die private Nummer des Staatsanwalts gewählt. Er schlief noch nicht. Oder wenn er schon geschlafen hatte, ließ er es sich nicht anmerken.

– Michelangelo …

– Marco, weißt du überhaupt, wie …

– Alice ist festgenommen worden.

– In einer Viertelstunde rufe ich dich zurück.

Michelangelo De Candia tauchte höchstpersönlich in Ponte Salario auf. Er brachte schlechte Nachrichten.

Die Akte über die Straßenschlacht in San Giovanni war, na so eine Überraschung, in der Hand des Staatsanwalts Setola. Der unter anderem dafür bekannt war, dass er einmal einen marokkanischen Metzger ein Jahr lang in Untersuchungshaft gehalten hatte, unter dem Vorwand, er sei der Chef des italienischen Al-Kaida-Netzwerks. Und zwar nur aufgrund des Übersetzungsfehlers eines Brigadiere, der sich bei der arabischen Sprache genausogut auskannte wie Setola: nämlich gar nicht.

– Unser unvergleichlicher Freund vermutet, dass Alice mit griechischen Anarchisten in Verbindung steht. Sie hat offenbar nach Griechenland telefoniert. Der Teilnehmer, den sie noch nicht aufgespürt haben, antwortet nur auf dem Anrufbeantworter, auf Griechisch und Englisch. Setola sagt auch, das Mädchen habe bei der Festnahme zwei Polizisten niedergeschlagen. Du hast mir gar nicht gesagt, dass sie so eine gute Linke hat.

– Das finde ich nicht lustig.

– Und außerdem waren ihre Jackentaschen voller Metallkugeln. Der Haftbericht ist wasserdicht. Zehn Zeugenaussagen. Von der Abteilung, die sie während der Verwüstungen auf der Via Cavour festgenommen hat.

Marco schüttelte den Kopf. Das war das Ende. Das Ende. Und er war der größte Trottel, der jemals eine Uniform getragen hatte.

Michelangelo De Candia machte eine Pause, dann hüstelte er und beugte den Kopf in Richung Bruni, die alles mitangehört hatte.

– Glauben Sie das, Capitana?

– Ich? Nun ja, es gibt ein Protokoll, die Aussagen der Kollegen.

– Meiner Meinung nach ist das Unsinn – eine Lüge, mit einem Wort.

– Aber wieso meinen Sie das, protestierte Alba.

– Erstens, sagte De Candia, – ist Setola dafür zuständig, und das reicht mir schon als Grund. Zweitens wissen schon eine Minute nach der Verhaftung alle davon, und – *zack* – wird Marco Malatesta attackiert. Nein, nein, kein Zweifel.

Bruni wollte ihren Ohren nicht trauen. In der Welt, in der ihr Vater, ein Carabinieri-General, sie aufgezogen hatte, war die Grenze zwischen Gut und Böse eine eindeutige ontologische Tatsache gewesen. Gegen Savelli gab es unumstößliche Beweise. Und jetzt versuchten die beiden, der Colonello und der Staatsanwalt, zwei Beamte, die auf der Seite des Staats hätten stehen sollen, der Terroristin unter die Arme zu greifen. Als hätten die linken Richter nicht gereicht: Jetzt gab es auch noch linke Carabinieri. Sie hatte Marco immer verteidigt, aber zuviel war zuviel. Sie wollte gerade etwas sagen, als Marco aus seiner Starre erwachte.

– Ich würde dir ja gerne glauben, aber …

– Machen wir eine Probe.

– Und wie? Setola wird nicht locker lassen.

– Geh morgen um Acht nach Rebibbia. Sprich mit ihr.

– Das wird mir Setola niemals bewilligen, Michelangelo.

– Tja. Aber ich würde sagen, es ist an der Zeit, den Jolly auszuspielen, und du weißt … 1993 …

Marco strahlte. De Candia war großartig.

Albas Besorgnis wuchs. Jolly? 1993? Was sollte das? Was ging vor sich? Was heckten die beiden Verrückten aus? Irgendetwas Großes, nach dem zu schließen, wie munter Marco plötzlich wieder war. Was hatte diese Alice Savelli wohl an sich, dass ihr die Männer scharenweise nachliefen? Eine perverse Mischung aus Groll und Eifersucht ergriff von ihr Besitz. Das machte ihr mehr zu schaffen als die Pflichtverletzung. Aber das hätte sie nie zugegeben. Nicht vor Marco.

XLVII.

Punkt Acht stand Marco Malatesta vor dem Tor von Rebibbia.

Er wartete, bis sich die großen Stahltore langsam öffneten, überquerte den großen Parkplatz im Inneren und ging zur Aufnahme des Frauentrakts. Die älteste Wachebeamtin, Silvana, führte ihn zu Alice.

Er kannte Silvana gut. Ein ungefähr fünfzigjähriges Riesenweib, die früher einmal als Sozialarbeiterin bei den Junkies in Laurentio 38 und Corviale gearbeitet hatte. Vor vielen Jahren waren das die Musterviertel gewesen. Die Urbanisten hatten geglaubt, dass die Proletarier dort ein besseres Leben haben würden. Würden. Auf dem Gang, der in den Verhörraum führte, blieb Silvana einen Augenblick lang stehen und flüsterte.

– Armes Mädchen …

– Was sagst du, Silvana?

– Sie haben sie grün und blau geschlagen, Marco.

– Bei dem, was sie gemacht hat.

– Ich glaub nicht daran.

– Was meinst du?

– Du weißt ja, ich habe ein untrügliches Gespür. Vor allem bei Mädchen und Neuankömmlingen.

– Ja, ich weiß.

– Was soll ich sagen? Als sie sie gestern Abend gebracht haben, war sie stinksauer.

– Die Leute beschimpfen immer die, die sie festnehmen.

– Ich weiß. Aber sie war nicht nur auf euch Carabinieri sauer. Sie schrie unablässig: „Diese Scheißfaschisten vom Schwarzen Block.“ Verstehst du? Faschisten hat sie sie genannt. Jetzt sag mir, was hatte sie mit denen zu tun? Ich meine: Entweder ist sie wirklich eine Schauspielerin, und zwar eine gute, oder sie hat nichts damit zu tun.

– Genau das ist mein Problem, Silvana.

Alice saß am Tisch im Verhörraum und wandte Marco die von den Schlagstöcken verunstaltete Seite ihres Gesichts zu. Ein tiefblaues

Hämatom bedeckte die ganze linke Gesichtshälfte. Vom Haaransatz – die fettigen Haare hatte sie mit einem fuchsiaroten Gummiband provisorisch zusammengebunden – bis zum Kinn, die ausgefranste Risswunde quer darüber war mit schwarzen Klammern genäht worden.

Sie schien nicht überrascht, ihn zu sehen. Sie blickte ihn abwesend und gleichgültig an.

Silvana ließ sie allein. Marco unterdrückte den Wunsch, sie zu umarmen.

– Wie geht es dir, Alice?

– Bist du blind?

– Hör mir gut zu, du kannst dir nicht leisten, witzig oder arrogant zu sein. Klar? Gut, ich habe dir gewisse Dinge verheimlicht. Aber du … bis jetzt hast du mir nur einen Haufen Lügen erzählt.

– Was hätte ich dir sagen sollen? Soll ich mich beim Herrn Colonello rechtfertigen, dass ich mit einer halben Million Menschen bei einer Demo war? Soll ich mich entschuldigen, weil ich nicht in der Kaserne um Erlaubnis gebeten habe?

– Du musst mir sagen, warum du zwei Carabinieri niedergeschlagen hast.

– Ich habe mich verteidigt.

– In deiner Tasche haben sie zwanzig Metallkugeln gefunden.

– Frag deinen Kollegen Terenzi.

– Was hat Terenzi damit zu tun?

– Er hat mich verhaftet. Er hat mich so zugerichtet. Und er hat mir die Metallkugeln in die Tasche gesteckt. Muss ich dir erklären, wie die Carabinieri arbeiten? Das solltest du wohl am besten wissen. Erinnere dich doch an das Koks im *Arcobaleno*-Kino.

– Gut. Lüge weiter. Terenzi hat dich nicht verhaftet.

– Ach nein? Und wer hat mich dann verhaftet?

– Ein Unterleutnant des *Calabria*-Bataillons.

– Das stimmt nicht.

– Sicher. Du bestimmst, was richtig und was falsch ist, oder? Es gibt ein Protokoll und mindestens zehn Zeugen.

– Sie lügen.

– Ich glaube, du bist die Lügnerin.

– Dann habe ich dir nichts mehr zu sagen.

– Super. Im Augenblick hast du nämlich nur den Paragraf 419 wegen mutwilliger Zerstörung und Plünderung am Hals. Zwischen acht und fünfzehn Jahren. Aber du bist ja erst achtundzwanzig. Du hast noch das ganze Leben vor dir. Wenn du auch noch wegen subversiver Verschwörung angeklagt wirst, immerhin hattest du ja die gute Idee, dich mit griechischen Anarchisten anzufreunden, legen sie noch ein paar Jahre drauf. Zwischen fünf und zehn. Bei guter Führung, und weil du ja nicht vorbestraft bist, gehst du hier als Frau in den besten Jahren hinaus. Als vorbestrafte Frau in den besten Jahren.

– Verdammt, was redest du da? Welche griechischen Anarchisten?

– Tja. Wer hat zwei Tage vor der Demo von deinem Handy aus in Griechenland angerufen? Ich vielleicht? Hast du irgendwo in Korfu oder in Saloniki noch eine Großmutter Sandra? Oder wolltest du vielleicht für Weihnachten einen Urlaub am Meer buchen?

Alice schüttelte den Kopf. Sie lächelte verächtlich.

– Du bist ein armseliges Carabiniere-Arschloch. Du würdest sogar deine Mutter ohne Beweise ins Gefängnis stecken. Du und deine Kumpel, ihr seid alle gleich und sogar noch schlimmer, als man denkt. Offenbar hatte Samurai doch recht. Gewisse Beziehungen kann man nicht lösen.

– Alice, halt's Maul.

– Nein, du halt's Maul. Warum versucht keines eurer Kriminalgenies, die Nummer anzurufen? Es ist keine griechische, sondern eine italienische Nummer.

– Der Anrufbeantworter antwortet auf Griechisch. Das Handy ist in Griechenland. Auch wenn es eine italienische Sim-Karte hat.

– Was bist du doch für ein Idiot! Es ist Faridehs Nummer.

– Farideh? Und was hat Farideh mit Griechenland zu tun?

– Bevor ich angerufen habe, wusste ich auch nicht, dass sie dort ist. Und nicht allein. Sondern mit Max, diesem Ganoven.

– Was machen sie dort?

– Farideh hat mir gesagt, sie sollen ein Boot nach Italien bringen.

– Und womöglich hat sie dir auch einen Namen genannt?

– *Runa,* sofern ich mich erinnere.

– Und wo in Griechenland waren sie?

– Auf einer Insel. Aber sie hat mir nicht gesagt, auf welcher. Ich sage dir noch was. Ich habe sie angerufen, weil ich dir geglaubt habe,

Marco. Ich wollte sie vor Max warnen. Ich habe dir vertraut. Und dem anderen, deinem schönen Freund von Staatsanwalt.

– Ihm habe ich es zu verdanken, dass sie mir dieses Gespräch gewährt haben, Alice.

– Ach ja? Dann danke ihm auch von mir. Ob er wohl so freundlich wäre, mich in Hausarrest zu entlassen?, erwiderte sie giftig.

– Hat Farideh dir gesagt, wo das Boot ankommt?

– Fiumicino.

– Und weißt du auch, wo sie losfahren?

– Du gehst mir auf die Nerven mit deinen Fragen.

Malatesta hob die Stimme.

– Wann sind sie losgefahren?

– Keine Ahnung.

Malatesta drehte ihr den Rücken zu und rief Silvana, damit sie Alice in die Zelle zurückführte. Als sie den Verhörraum verließ, rempelte sie ihn absichtlich an.

– Und was machst du jetzt, ha? Zerstörst du auch noch Faridehs Leben, du Schwein?

– Es geht dich nichts mehr an, was ich mache, Savelli.

Er ging in eine heruntergekommene Bar auf der Piazza Conca d'Oro. Es war noch nicht einmal Mittag, aber ihm kam es vor wie Mitternacht. Er warf einen Blick auf die verstaubten Regale hinter der Bar, dann zeigte er auf einen Johnnie Walker. Eine Johnnie-Walker-Flasche mit dem roten Etikett hatte ihn als Junge bei seinem ersten Liebeskummer getröstet.

– Einen Kleinen?

– Die ganze Flasche, danke.

Er stieg ins Auto, hielt mit der Rechten den Flaschenhals, wie ein letztklassiger Alkoholiker, und mit der Linken zog er das Handy aus der zerrissenen Jacke. Beim Betreten von Rebibbia hatte er es abgestellt und danach nicht mehr angemacht.

Es sollte schweigen.

Er fühlte sich fiebrig. Seine Augen brannten. Wenn ihn De Candia gefragt hätte, hätte er nicht gewusst, was er ihm hätte sagen sollen. Verflucht, er tappte im Dunkeln. Was hatte er aus Alice herausbekommen? Nichts, absolut nichts. Das informative Gespräch, auf das er seine letzten Hoffnungen gesetzt hatte, war ein Schlag ins Wasser gewesen. Vielleicht log Alice ihn nach wie vor an, weil sie wie alle Lügner ihre „Wahrheit" erst dann anpasste, wenn die Bluffs und Lügen nicht mehr haltbar waren. Oder vielleicht hatte Silvana mit ihrem Gespür recht – das ließ ihm in einem fernen Winkel seines Hypothalamus keine Ruhe. Das Mädchen war reingezogen worden. Sie hatte nichts mit den Faschisten und ihrer nihilistischen Gewalt zu tun. Und die Geschichte des Telefongesprächs mit Farideh hatte durchaus eine Logik. War es möglich, dass auch das eine gut einstudierte Lüge war? Woher konnte sie wissen, dass sie jemand danach fragen würde?

Seine Schläfen pochten wie verrückt. Er öffnete die Wohnungstür, machte jedoch nicht das Licht an. Er ging direkt auf die Stereoanlage zu. Er schob eine CD von Eric Dolphy ein.

Tenderly.

Ein herzzerreißendes Saxophonsolo.

Die richtigen Klänge für sein leidendes Ich.

Er stellte lauter, nur ein paar Dezibel unterhalb der Schwelle, bei der die dünnen Küchenfenster zu klirren begannen. Er holte ein Dutzend Eiswürfel aus dem Kühlschrank, füllte den köstlichen Trank in eines der bunten Coca-Cola-Gläser, die man im Supermarkt bekam, wenn man genug Punkte gesammelt hatte. Er warf die Jacke in eine Ecke und auch das Hemd und das weiße Shirt, sie stanken schrecklich. Er kramte im Schrank und schlüpfte in ein Roma-Shirt mit der Nummer 10 von Francesco Totti. Dem Kapitän.

Mit gespreizten Beinen setzte er sich auf den Küchenstuhl und begann zu trinken, in der Hoffnung, der Alkohol würde ihn müde machen. Und *Tenderly* würde den Rest besorgen.

Vielleicht schlief er auch tatsächlich ein. Oder vielleicht verharrte er auch nur eine Zeitlang, keine Ahnung, wie lang, in einem Zustand der Starre.

Das hinterhältige, hartnäckige Klingeln der Gegensprechanlage weckte ihn.

Er schleppte sich zum Apparat. Seine Stimme war belegt und seine Zunge klebte am Gaumen.

– Wer ist da?

Albas Stimme klang undeutlich, er hatte die Sprechanlage nicht reparieren lassen.

– Ich bin's, Alba.

– Wir sehen uns morgen.

– Einen Moment, Colonello. Lassen Sie mich hinauf.

– Lieber nicht.

– Es ist wichtig.

– Für mich ist nichts wichtig. Zumindest nicht bis morgen.

– Es geht um Alice Savelli.

– Ich weiß schon alles. Das ist mehr als genug.

– Es ist ein Video.

Er drückte auf den Türöffner und hörte das *Klack* des Haustors.

Malatesta ließ die Tür halb offen und beschloss, in der Küche auf Alba zu warten. Er konnte sich kaum auf den Beinen halten.

– Darf ich?

– Darf ich?

Es waren zwei Stimmen. Eine Frau, klar. Aber wer war der Mann? Wen zum Teufel hatte Bruni mitgebracht? Er drehte sich jäh um.

Brandolin. Carabiniere Brandolin. Aber warum war er so zugerichtet?

Der Junge betrat die Küche, ging zu Malatesta hin und entschuldigte sich dafür, dass er nicht richtig salutieren konnte. Er hatte einen Arm in der Schlinge, ein geschwollenes, halb geschlossenes Auge und eine Haltung, als hätte ihm jemand einen Besenstil in den Arsch gesteckt.

– Entschuldigen Sie, Colonello, aber ich habe ein paar gebrochene Rippen und muss den Oberkörper schonen …

– Was ist passiert? Bist du in der Dusche ausgerutscht?

– Gestern in San Giovanni. Das Einsatzkommando war nicht zimperlich.

– Warst du in Zivil?

– Nein, ich hatte dienstfrei.

– Und was hast du dann dort gemacht? Sag mir ja nicht, du gehörst zu den *Draghi Ribelli.* Verkehrte Welt, gut und schön, aber das wäre zuviel.

– Ich habe gefilmt. Und deshalb haben sie mich verprügelt, Kommandant. Die Einsatzpolizei wollte mir die Kamera wegnehmen.

– Und was hast du gefilmt? Und warum hast du überhaupt gefilmt?

Alba unterbrach ihn.

– Ich sagte ja schon an der Gegensprechanlage, wir haben ein Video. Brandolin hat alle Vorfälle auf der Piazza, und vor allem die Festnahme Savellis in der Via Cavour und die Augenblicke davor, gefilmt.

Marco schnellte empor. Auf einmal hatte er einen klaren Kopf. In seinem Totti-Shirt goss er Brandolin ein Glas Whisky ein. Der schüttelte den Kopf und sprach weiter.

– Ich weiß nicht, ob es richtig war, aber am Abend vor der Demo habe ich in der Kaserne mit angehört, wie sich Maresciallo Terenzi telefonisch mit Anacleti abgesprochen hat. Er hat ihn beruhigt. Sie unterhielten sich über Savelli. Der Maresciallo sagte: „Um die Sau – Verzeihung – kümmere ich mich morgen. Eine Ganzkörperbehandlung. Und dann sollen sie den Schlüssel wegwerfen. Und danach teilst du sofort, du weißt schon wem, mit, dass die Festgenommene die Freundin dieses Arschlochs – Verzeihung – Malatesta ist." Verzeihung noch einmal, aber genau so hat er es gesagt.

– Rede weiter.

– Darum habe ich gestern beschlossen, Maresciallo Terenzi nicht aus den Augen zu lassen. Ich habe gesehen, wie sie das arme Mädchen festgenagelt haben. Sie hat nichts gemacht. Sie stand am Straßenrand und hat die, die alles zerlegt haben, als „Faschisten" beschimpft. Der Maresciallo und ein paar seiner Kollegen haben sie verprügelt. Dann habe ich gesehen, dass Terenzi Metallkugeln aufgehoben und sie in eine schwarze Jacke gesteckt hat.

Marco schluckte.

– Bist du dir sicher, was du da sagst? Ich meine, bist du dir vor allem sicher, dass Terenzi mit Anacleti telefoniert hat?

– Ganz sicher. Er sprach ihn persönlich an. „Rocco", hat er gesagt.

– Und du hast wirklich alles gefilmt, was du gesehen hast?

Brandolin legte die Kamera auf den Küchentisch. Und startete die Widergabe.

Malatesta sah sich die Aufnahme dreimal hintereinander an. Es stimmte alles. Alles war hundertprozentig wahr. Er brauchte eine Weile, bis er wieder klar denken konnte.

– Hör mir zu, Brandolin.

– Ich weiß, Colonello, tut mir leid. Ich hätte früher kommen sollen, aber ich wurde erst heute Nacht um drei aus dem Krankenhaus entlassen. Und als ich heute Morgen zu Ihnen ins Büro gegangen bin, sagte mir Capitano Alba, dass niemand wüsste, wo Sie seien.

Alba lächelte jetzt. Und auch er lächelte. Zum ersten Mal seit zwei Tagen. Er zog sich das Totti-Shirt aus, stand mit nacktem Oberkörper da. Er kramte in den Laden, auf der Suche nach einem sauberen Hemd. Er wandte sich an die Capitana und stellte fest, dass eine leichte Röte ihre Wangen überzog. Er kannte diese Röte.

– Alba, hör zu. Das Schiff heißt *Runa* …

– Das Schiff? Welches Schiff, Colonello?

– Vergiss es. Sag: Kennen wir jemanden von der Küstenwache? Ich meine, jemanden in der Einsatzzentrale hier in Rom?

– Ich habe einen Freund. Einen Jungen, den ich vor kurzem kennengelernt habe, der vielleicht …

– Wie sehr befreundet?

– Wir gehen miteinander aus.

– Das meine ich nicht, Alba. Ich meine: Kannst du ihn um einen Gefallen bitten? Einen wichtigen Gefallen. Denn wir haben keine Zeit für offizielle Anfragen und Papiere. Ich brauche die Position eines Segelboots namens *Runa,* das vor vier, fünf Tagen von einer unbekannten griechischen Insel ausgelaufen ist und Kurs auf den Hafen von Fiumicino genommen hat. Wir müssen es auf jede erdenkliche Weise probieren. GPS-Sondierung, eventuelle Hinweise unserer Hafenbehörden, Schiffsbücher. Ich will wissen, wo es im Augenblick ist. Und wann es einläuft, klar?

– Klar.

– Wie wach ist dein Freund?

– Er ist wach und flott.

– Flott?

– Ich würde schon sagen. Er vergeudet keine Zeit mit Reden. Zumindest bei mir nicht.

Malatesta verspürte einen Anflug von Eifersucht, vermischt mit einer Regung, die er als Erregung erkannte. Er fühlte sich lebendig. Verdammt, endlich wieder lebendig. Er schaute auf die Uhr. Drei Uhr nachmittags.

– Ruf ihn an, Alba. Ruf ihn gleich an.

Er machte das Handy wieder an, es klingelte wie verrückt wegen der nicht beantworteten Anrufe. Auch ein SMS war dabei.

General Thierry De Roche. Er hatte nicht den Mut es zu öffnen. Er schloss die Augen, während er mit dem Daumen über das Kuvertsymbol strich.

„Ich habe von Savelli erfahren. Was ist los?"

Marco sah Brandolin an.

– Junge, darf ich dich um einen letzten Gefallen bitten?

– Zu Befehl, Herr Colonello.

– Mach zwei Kopien von dem Film. Eine bringst du General De Roche und die andere dem Staatsanwalt De Candia. Und zwar persönlich.

XLVIII.

Marco zog sich die schwarze Wollmütze über die Ohren, steckte die Hände tief in die Taschen der Segeltuchjacke und blickte auf die Mündung des Kanals, die antike Fossa di Traiano, die Fiumicino zweiteilte, mit den beinahe menschenleeren Molen, an diesem Novemberabend war es schon früh dunkel. Vielleicht ist es Schicksal, dachte er, dass sich alles an diesem Orte ereignet. Er ging langsam zu einem weißen Fiat Ducato, der an der äußersten Spitze der nördlichen Mole stand, direkt vor den Wellenbrechern, die vom schwachen Widerschein der Lichter aus dem Restaurant *Bastianelli* beleuchtet wurden. Hinter den großen Glasscheiben, durch die man aufs Meer blickte, waren Kapitel der römischen Unterweltgeschichte geschrieben worden. Jetzt aßen dort russische Oligarchen und arabische Scheichs. Auf seinen Reisen um die Welt hatte er verstanden, dass die Italiener Schneider und Köche sind.

Er legte die Lippen an das kleine Mikrofon, das hinter dem Jackenaufschlag versteckt war und überprüfte ein letztes Mal, ob der Apparat einsatzbereit war. Ungefähr zwanzig Polizisten, Sonderkommando und Gebietspolizei sowie zwei Hundestaffeln, bildeten einen Halbkreis und sperrten den Kanal zum Land hin ab. Drei *squali*, die Schnellboote der Carabinieri, zogen vor dem alten Hafen einen großen Halbkreis mit einem Radius von einer Meile.

– Maestral an Grecal, hörst du mich?

– Ich höre dich sehr gut, Maestral.

– Ich gehe zu Fuß in Richtung weißen Ducato, der auf zwölf Uhr parkt.

– Empfangen, Maestral. Deckung aktiv. Wir sehen einen Mann in der Nähe des Fahrzeugs.

Albas Freund bei der Küstenwache hatte hervorragende Arbeit geleistet. Wirklich wach, der Junge. Er hatte sich ordentlich ins Zeug gelegt. Und Malatesta wusste auch warum, er brauchte sich nur Albas Hintern vorzustellen. Innerhalb weniger Stunden war es ihm gelungen, den griechischen Hafen ausfindig zu machen, aus dem die *Runa* ausgelaufen war, der Rest war nicht allzu kompliziert gewesen. Mithilfe des GPS-Signals hatten sie die Route des Bootes, das vor fünf Tagen in Folegandros ausgelaufen war, rekonstruieren können. Und seitdem die *Runa* in italienischen Hohheitsgewässern unterwegs war, wurde sie von einem Aufklärungsflugzeug überwacht. Der Fisch schwamm brav ins Netz. Sie mussten es nur noch zuziehen. Noch eine halbe Stunde und die *Runa* würde ihre letzte Reise beenden.

Trotz der Daunenjacke und der aufgesetzten Kapuze erkannte Malatesta sofort den korpulenten Typen, der mit verschränkten Armen auf der Motorhaube des Ducato saß, den Rücken zu ihm gewandt, und auf die Mündung des Kanals hinausblickte. Als er nur noch ein paar Schritte von ihm entfernt war, rief er ihn beim Namen.

– Tito Maggio, das ist aber eine schöne Überraschung!

Der Fettwanst schnellte herum und ein Adrenalinstoß ließ seine blaugefrorenen Backen rot werden.

– Colonello! Mamma mia, so ein Zufall. Was machen Sie hier?

Malatesta zog das Camel-Päckchen heraus und bot ihm eine an.

– Ich bin wie die kleinen Jungs, Tito. Hin und wieder gefällt es mir, wieder Karussel zu fahren. Du erinnerst dich doch an diesen Ort, oder?

– Natürlich, Colonello. Hier haben sie sogar *Romanzo Criminale* gedreht. Der Film gefällt mir wirklich gut. Ich habe ihn dreimal gesehen.

– Offenbar hast du nicht viel verstanden. Alles lauter Freunde von Libanese hier, oder?

– Nein, um Himmels willen.

– Sicher, um Himmels willen. Und sag mir, was machst du jetzt hier?

– Ich arbeite, Colonello.

– Tatsächlich?

– Ich muss Fisch kaufen. Ich warte auf die Fischerboote. Sie wissen ja, ich verarbeite nur lebendigen Fisch.

– Natürlich.

Die Zigarette zwischen Titos Lippen zitterte wie ein Strohhalm im Sturm.

– Ist dir etwa kalt, Tito?

– Nein, warum?

– Du zitterst.

– Wirklich?

– Du musst aufpassen. In deinem Alter.

– Da haben Sie recht, Colonello. Aber Arbeit ist Arbeit.

– Glaubst du, das weiß ich nicht? Weißt du was? Ich leiste dir Gesellschaft.

– Warten Sie auch, Colonello?

– Aber ja, ich warte mit dir auf die Fischerboote.

– Sie brauchen sich keine Sorgen zu machen. Ich kann …

– Wer macht sich denn Sorgen? Ich habe Lust auf Tintenfische. Genau so wie du sie kochst. Ich kaufe auch eine schöne Kiste. Wie nennst du sie? Totani dell'Imperatore, nicht wahr? Hervorragend. Wie machst du sie? Ach ja. Mit Bohnen, Fisolen, gekochten Kartoffeln und dann, warte …

– Rosmarin.

– Genau, Rosmarin.

– Aber vielleicht …

– Vielleicht?

– Nein, Colonello, heute ist nicht der richtige Abend.

– Für die Tintenfische?

– Nein, nur … ich glaube … Es ist spät geworden. Ich bin drauf und dran zu gehen. Eigentlich bin ich schon unterwegs.

Maggio wollte die Tür des Ducato öffnen. Malatesta drehte ihm den Arm schmerzhaft auf den Rücken.

– Wohin gehst du, Tito? Du hast keine Geduld. Jetzt kommen doch gleich die Fischer, oder? Hast du nicht gesagt, dass sie gleich kommen werden? Und außerdem, entschuldige, wohin wolltest du? Es ist Montag.

– Tatsächlich.

– Montag ist Ruhetag, Tito. Du hast Montag Ruhetag.

– Ist heute wirklich Montag?

– Ja. Na so was.

– Du bist schön blöd, Tito. Am Ruhetag kaufst du frischen Fisch.

Der Fettwanst begann zu quengeln. Dann bekam er Schluckauf. Dann begann er bühnengerecht zu heulen. Malatesta kannte das mehr als genug.

– Colonello, ich sitze in der Scheiße. Ich bin am Ende.

– Ehrlich gesagt, ist das nichts Neues.

– Die *Tre Porcellini* haben mich bis aufs Hemd ausgezogen. Was hätte ich tun sollen? Verdammt, ich hatte keine Wahl, Colone'! Sonst nehmen sie mir das Lokal weg.

– So ein Pech. Ich bin untröstlich.

– Ich soll auf das Schiff warten, nicht mehr.

– Ach, dann wartest du auf ein Schiff, nicht auf ein Fischerboot. Und wer hat dir befohlen, mit dem Lieferwagen zu kommen? Was sollst du transportieren?

– Nein, ich wollte was anderes sagen.

– Nun, genau, siehst du, dass ich recht habe? Du bist bloß ein armer Idiot, Tito.

– Und was passiert jetzt?

– Was passiert? Du ruhst dich ein wenig aus.

– Im Knast?

– Was meinst du? Weißt du, was wir machen? Wir rauchen noch eine schöne Zigarette und warten miteinander auf das Segelboot. Jetzt, wo wir schon mal da sind.

Inzwischen sah man das Profil der *Runa* deutlich in der Einbuchtung, die in den Kanal mündete. Die Segel waren gestrichen, die Seitenlichter und das Hecklicht waren an, und das Wasser am Bug kräuselte sich leicht infolge der drei Knoten schnellen Fahrt. An Deck sah man zwei Silhouetten. Eine Person stand und manövrierte eines der beiden Steuerruder am Heck, die andere kauerte steuerbord am Deck, das mit Wanten gesichert war.

Malatesta lächelte. Er flüsterte, die Worte gingen im Hauch seines Atems unter – ein Gradmesser der Kälte und Feuchtigkeit dieses Abends.

– Lieber Max und liebe Farideh, willkommen zu Hause.

– Was sagen Sie, Colonello?

– Tito, jetzt sag mir nicht, du kennst nicht die Freunde, auf die du wartest.

– Wirklich, Colonne'…

Malatesta stellte den Kragen der Jacke auf und führte ihn zum Mund.

– Jetzt, Grecal, jetzt.

Der kalte, grelle Lichtkegel zweier mächtiger Scheinwerfer fiel auf die *Runa* und erleuchtete sie taghell. Der Mann am Steuerruder zuckte heftig, versuchte umsonst die *Runa* herumzureißen. Drei Schnellboote tauchten auf der Achterseite des Zweimasters auf und machten das Blaulicht an. Eine Stimme durch den Lautsprecher befahl, langsam an der Mole anzulegen.

Innerhalb weniger Sekunden wimmelte es an der Mole vor Carabinieri, Malatesta forderte Maggio auf, sich an den Tauen zu schaffen zu machen, die von der *Runa* in Richtung eines verrosteten Pollers geworfen wurden.

– Nur zu, Maggio! Du wirst doch nicht alles uns erledigen lassen. Seeleute helfen einander.

Max hatte die Motoren ausgemacht, aufrecht an Deck stehend, drückte er Farideh an sich wie eine Schiffbrüchige. Malatesta folgte zwei Carabinieri und Alba Bruni mit den Waffen im Anschlag, er stellte sich vor und zeigte den Ausweis.

– Wenn ich mich nicht irre, kennen wir uns bereits. Sagen wir ruhig, wir sind einander vor Kurzem bei einem gemeinsamen Freund begegnet, nicht wahr, Tito, sagte er und wandte sich zu Tito auf der Mole. Der Dickwanst streckte die Hände aus, um sich Handschellen anlegen zu lassen.

Farideh fragte mit tränenerstickter Stimme.

– Max, was bedeutet das? Was geht hier vor?

Sie bekam keine Antwort. Malatesta versuchte sie zu provozieren.

– Farideh, ich würde auch gern wissen, was hier vor sich geht. Wenn Max es mir nicht erklären kann, kannst du es mir vielleicht erklären.

Das Mädchen schüttelte den Kopf. In ihrem Blick sah der Colonello die Angst von jemandem, der an einen Abgrund geraten ist.

– Sag, Max, seit wann vergnügst du dich mit herbstlichen Kreuzfahrten?

– Ich habe nichts zu sagen.

– Das ist schlecht.

Mit einer Handbewegung befahl Malatesta, die Drogenhunde an Bord der *Runa* zu lassen.

– Wie lange, glaubst du, brauchen wir, um die Fracht zu finden?

Farideh versetzte Max einen Stoß.

– Was für eine Fracht? Liebling, von was für einer Fracht spricht er?

– Los, Max, hast du gehört? Mach es aus Liebe. Angenommen, ihr führt nicht gerade ein Theaterstück auf, sag du Farideh, um was für eine Fracht es sich handelt. Los, gib dir einen Ruck, ich bin mir sicher, du bist ein ernsthafter Typ. Und ich bin mir sicher, du hast ihr auch von der Nacht letzten Sommer erzählt, als du ihren Vater in der Romanina verprügelt hast. Oder?

Farideh brach mit einem Aufschrei zusammen, rollte sich in Embryostellung am Ende des Decks zusammen. Mit steifen Muskeln und zuckenden Beinen, wie bei einem epileptischen Anfall. Max sah sie lange an, während sie in eine Decke gewickelt und auf den Hintersitz einer Polizeistreife gelegt wurde. Dann kreuzte sein Blick den Malatestas.

– Du bist eine Drecksau, Malatesta.

– Findest du? Ich sehe nur eine Drecksau auf diesem Boot. Und sie steht vor mir. Ich frage dich zum letzten Mal. Wo ist der Stoff?

Die Drogenspürhunde hatten unter Deck gleichzeitig an einem bestimmten Punkt des Schotts wie verrückt zu kratzen begonnen.

– Sucht ihn doch selbst.

Einer der Männer der Spezialeinheit rief Malatesta.

– Wir haben ihn, Colonello. Schauen Sie.

Der Carabiniere zeigte auf die Messanzeige des Trinkwasserbehälters, die voll anzeigte, tausend Liter. Malatesta ging ans Deck zurück. Max waren Handschellen angelegt worden, mit den Händen im Rücken.

– Du hast das arme Mädchen dursten lassen. Drei Tage auf diesem Ozeandampfer und ihr habt nicht einmal einen Tropfen Wasser getrunken. Nicht einmal duschen hat sie dürfen. Sehr gut, unser Max. Du bist erledigt.

Sie führten ihn weg, wobei sie seinen Kopf nach unten drückten, während der Techniker der Spezialeinheit Fotos von der Festnahme machte; das Generalkommando sollte sie rechtzeitig für die Mitternachtsnachrichten aussenden. Die Spezialisten hantierten mit Äxten und Schneidbrennern an den Wasserbehältern. Auf der Mole stand nur noch Maggio, in Handschellen.

– Colonello, was sollen wir tun, sollen wir auch ihn mitnehmen?

– Nein, er wartet hier bei mir. Nicht wahr, Tito? Eine Stunde früher oder später ist egal. Das Albergo Roma hat ja immer offen. Schauen wir mal, was du hättest mitnehmen sollen. Oder bist du nicht neugierig?

Bis ein Uhr morgens stand Marco auf dem Kai des alten Hafens. Bis sie auch das letzte Päckchen der Tonne Kokain aus den Spalten zwischen den Wasserbehältern geholt und in den Defender der Carabinieri geladen hatten. Bis endlich das Auto mit dem verhafteten Maggio eindeutig in Richtung Rebibbia fuhr. Die Nervensäge hörte keine Sekunde auf zu jammern.

– Verdammt, Colonne', richten Sie mich nicht zugrunde. Mir haben sie nichts gesagt. Sie bringen mich um, Colonne' …

Als Malatesta ins Auto stieg, machte er das Radio an, um die langweilige Litanei aus den Ohren zu bekommen. Die Nachrichten machten mit der Schlagzeige von der Riesenaktion auf. Als er genug hatte, stellte Malatesta leiser und aktivierte die Freisprechanlage seines Smartphones. Er musste nur noch eines tun. Vielleicht das Wichtigste.

– Hallo, Roberto? Ich bins, Marco. Ich hoffe, ich habe dich nicht geweckt. Hast du einen Augenblick Zeit?

Roberto Zanni war der Chef der Digos. Sie kannten sich seit Jahren. Sie waren gleichaltrig und in konkrurrierenden Einheiten groß geworden, sie hatten gelernt sich zu respektieren, dann waren sie Freunde geworden. Allerdings durfte das niemand wissen. Vor allem war Roberto genauso ein Roma-Fan wie er.

– Ciao, Marco. Ich bin wach, und ich schenke dir eine Minute, aber wenn du mir wegen der Meisterschaft auf die Nerven gehen willst, lege ich auf, ja?

– Sei ruhig, Roberto, ich rufe dich wegen …

– Wegen dem Geniestreich in Fiumicino? Was willst du, soll ich dir gratulieren?

– Roberto, ich lege jetzt auf, dann rufe ich nochmal an und wir fangen von vorne an, okay?

– Entschuldige Marco, ich meine immer, du bist ein wenig gescheiter, als du wirklich bist.

– Hör mir zu, ich habe ein Video, das dich interessieren könnte. Etwas, woran ihr arbeitet.

– Worum handelt es sich?

– Die Vorfälle von San Giovanni.

– Und?

– Was hältst du von einem Maresciallo der Carabinieri, der ohne Motiv eine Unschuldige verprügelt? Ein falsches Haftprotokoll ausfüllt und mit gefälschten Beweisen verleumdet?

– Was ist das, ein Scherz?

– Ich war noch nie so ernst.

– Und warum habt ihr beschlossen, die Schmutzwäsche nicht in der Familie zu waschen?

– Nicht „ihr habt" beschlossen, sondern „ich habe" beschlossen.

– Ich verstehe. Wir haben uns nie unterhalten und den Film habe ich im im Netz gefunden.

– Dann wäre ich der Trottel.

– Zum Teufel, Marco.

– Noch etwas. Dein Maresciallo ist der mit Kamelhaarmantel. Er heißt Terenzi. Terenzi Carmine. Er tut Dienst auf der Wache in Cinecittà. Und das Mädchen heißt Savelli. Savelli Alice. Sie sitzt in Rebibbia.

– Willst du herkommen und dich an meinen Schreibtisch setzen? Du könntest den Bericht auch gleich selbst schreiben. Du weißt ja, ich nehme es dir nicht krumm.

– Ich mag dich, mein Freund. Gib mir eine Stunde und der Stick mit dem Video liegt auf deinem Schreibtisch. Morgen kannst du früh zu arbeiten beginnen.

XLIX.

Zwei Stunden Schlaf, das war bestenfalls ein erbitterter Kampf zwischen Adrenalin und Schuldgefühlen. Ein Scheißzustand. Marco Malatesta konnte den verdienten Triumph nicht genießen, sich nicht auf Rapisardas langes Gesicht freuen, er hätte am liebsten mit dem Kopf gegen die Wand geschlagen, weil er an Alice gezweifelt hatte. Der Gedanke, dass sie unschuldig im Gefängnis saß und dass er blind gewesen war, ließ ihm keine Ruhe. Der *Geniestreich* hatte ihn urplötzlich auf den Olymp der Unberührbaren katapultiert. Rapisarda war kalt gestellt. Thierry bestätigt. Michelangelo De Candia war aufgeregt und spöttisch, allerdings zu vornehm, um sich ein hinterfotziges, allerdings berechtigtes „habe ich es dir nicht gesagt?" entschlüpfen zu lassen. Unberührbar, ja. Er hatte ganz deutlich das Gefühl, dass er es lange bleiben würde, denn die Beschlagnahme war nicht nur ein Coup, sondern auch eine Wende. Ein *Resultat,* wie es im Jargon der Bürokraten hieß, die mittlerweile die Carabinieri verseuchten wie jede andere Institution des Staates auch. Aber vor allem der erste Riss in einem System, das bis jetzt undurchdringlich gewesen war.

Aber wenn er sich richtig an die Lektüre aus seiner mystischen Phase erinnerte, in der er wahllos alles verschlungen hatte, von *Howl* bis zu *Zen und die Kunst, ein Motorrad zu warten,* war „unberührbar" ein doppeldeutiger Begriff. Er bezeichnete einerseits jemanden, der über jeglichen Verdacht und über jegliche üble Nachrede erhaben war, andererseits jemanden, der es gar nicht wert war, dass man ihm Aufmerksamkeit schenkte.

Unberührbar zu sein bedeutete, allein zu sein. Verdammt allein.

Auch der ruhmreiche Adler und der Weise mit seinem klaren, unergründlichen Blick waren einsam. Aber das war blödes Faschistengewäsch. Das überließ er lieber Samurai und seinen Kameraden.

Er hatte Alice enttäuscht, klar. Nein, schlimmer noch. Er hatte sie verraten.

Hatte er sie auch verloren?

Alice würde am Nachmittag entlassen werden. Zeit genug, damit auch sein Freund Zanni einen *Geniestreich* vollbringen und Setola die bittere Pille der Haftentlassung schlucken konnte.

Er wollte dort sein, und er würde dort sein. Vielleicht war noch nicht alles verloren. Und auf jeden Fall wäre es feige gewesen, sich nicht dem Augenblick der Wahrheit zu stellen.

In der Zwischenzeit konnte nur eine ordentliche Dosis Arbeit die Dämonen der Angst vertreiben. Deshalb stand er pünktlich um halb neun vor dem Tor von Rebibbia, mit einer von De Candia ausgefertigten Bewilligung. Perfekt rasiert, frisiert und mit einem halb kriegerischen, halb gelassenen Ausdruck, den er immer aufsetzte, wenn er etwas zu verbergen hatte. Er ließ Max ins Gesprächszimmer bringen.

Der Blässe, den Augenringen, den unfrisierten Haaren und dem zarten Gefängnismief nach zu schließen, den sein muskulöser Körper verströmte, ging es dem Jungen offenbar nicht besser als ihm. Max hatte noch nie gesessen. Aber er würde sich bald daran gewöhnen, dachte der Colonello. Ein langer Urlaub wartete auf ihn, sofern er nicht andere Pläne hatte.

– Guten Tag, Nietzsche. Wie geht es dem Übermenschen im Nuovo Albergo Roma? Gut geschlafen?

Dem eiskalten Blick des Jungen nach zu schließen, war im Augenblick von anderen Plänen nicht die Rede. Max spielte den Harten. Aber man konnte nie wissen. Marco hatte schon viele Harte in die Knie gehen sehen. Professionelle Räuber. Herzlose Mörder. Bei den jungen Mafiosi und Camorristi hatte es eine Zeitlang eine richtige Reue-Welle gegeben. So sehr, dass der Staat Gegenmaßnahmen hatte ergreifen müssen, dachte Marco sarkastisch, er hatte in aller Eile Regeln erlassen, die es den Bösen erschwerten, Reue zu zeigen. Umso besser. Ob Max wirklich ein Harter war, würde sich mit der Zeit herausstellen. Fürs Erste konnte er einen Vorstoß unternehmen.

– Ich will keine Zeit verlieren, Junge. Sag mir, was ich wissen will, und ich ziehe Farideh nicht in diese Geschichte mit hinein.

– Sie hat nichts damit zu tun, antwortete der Philosoph wie aus der Pistole geschossen.

– Überzeug mich davon, erwiderte Marco, – deshalb bin ich hier.

– Ich gebe dir mein Wort.

– Was soll ich damit anfangen?

– Was genau willst du von mir?

– Wir könnten zum Beispiel bei deinem Freund anfangen. Samurai.

Max schien sich Zeit zu nehmen, um nachzudenken. Marco sah einen Hoffnungsschimmer. Er fischte die Camelpackung aus der Tasche und bot Max eine Zigarette an. Max nahm sie und drehte sie zwischen den Fingern. Der Colonello machte das Feuerzeug an. Max zerbröselte die Zigarette und blies ihm die Tabakkrümel ins Gesicht.

– Du bist Scheiße, Bulle. Schlimmer als ich.

– Das nehme ich als Kompliment.

Er legte das Zigarettenpäckchen auf den Tisch, stand mit einstudierter Langsamkeit auf, rief mit einer Kopfbewegung den Maresciallo, der vor dem Gesprächszimmer Wache hielt und ließ sich die gepanzerte Tür öffnen.

Max saß unbeweglich da und beschränkte sich darauf, verächtlich dreinzublicken.

– Denk darüber nach. Das Angebot gilt nach wie vor.

In den nächsten Stunden rauchte er eine Zigarette nach der anderen, lief planlos auf und ab, fuhr mit dem Motorrad herum. Er machte das Handy aus. Aber seine Gedanken ließen ihn nicht in Ruhe.

Spielte Max ein schmutziges Spiel mit Farideh? War es möglich, dass sie wirklich nichts von der Kokainladung wusste? Verdammt, das Mädchen hatte doch Augen im Kopf. Auf der *Runa* war eine Tonne Koks gewesen. Und wenn sie doch nur ein naives Mädchen war, das sich in den falschen Mann verliebt hatte? Nun, er hatte die Pflicht, diese Geschichte bis zum letzten Tropfen herauszupressen. Er durfte sich nicht von Sentimentalität leiten lassen. Vielleicht täuschte er sich in Farideh. So wie er sich in Alice getäuscht hatte.

Und dann dachte er wieder an sie. Obsessiv. Die Stunden vergingen unerträglich langsam. Er machte das Handy wieder an. SMS mit Glückwünschen, ein persönliches vom Innenminister, dem Lega-Mitglied mit der roten Brille, der an ein unabhängiges Padanien glaubte und jetzt den Oberbefehl über die italienischen Streitkräfte hatte. Fünf unbeantwortete Anrufe vom Generalkommando. Thierry. Oder vielleicht, warum auch nicht, von Rapisarda. Zwei honigsüße SMS von Alba. Ein hinterfotziges von Zanni, der ihn als Lazio-Fan beschimpfte. Unter anderen Umständen hätte er ihn zurückgerufen, sie hätten ein paar Bier getrunken und von der Zukunft gefaselt. Er machte das Handy wieder aus. Bei einem singhalesischen Blumenhändler auf der Tiburtina kaufte er im Vorbeifahren vierundzwanzig rote Rosen.

In einer halben Stunde war es so weit. Er parkte die Bonneville in Sichtweite des Tores der Frauenabteilung von Rebibbia und öffnete das dritte Zigarettenpäckchen an diesem Tag.

Ein Junge mit einem Pferdeschwanz fuhr in einem schicken City-Car vor. Diego von den *Draghi Ribelli.* Sie warfen sich einen feindseligen Blick zu und hielten Sicherheitsabstand.

Zwanzig Minuten. Durch das Tor kam eine Kolonne Dienstautos gefahren. Er glaubte, die Silhouette des Staatsanwalts Setola zu sehen. Er drehte sich um und bereute sofort die instinktive Geste. Schämte er sich etwa? Wegen Alice? Diego ließ ihn nicht aus den Augen. Er ging in seine Richtung, doch dann überlegte er es sich anders.

Die kleine, kasernengrau gestrichene Tür ging auf und ein heller Sonnenstrahl fiel auf Alice.

Marco lief auf sie zu, rief ihren Namen, schwenkte die Rosen.

Das Mädchen blickte sich um, sah ihn, ignorierte ihn und ging zu Diego.

Sie hinkte. Und sie hielt die Hand im Rücken. Terenzi, du Arschloch, ich reiß dir die Eier ab.

Er lief noch etwas schneller und war noch vor Diego bei ihr.

– Alice! Bleib stehen, Alice, ich möchte dich nur um Entschuldigung bitten.

Diego trat zu ihm hin.

– Verdammt, was willst du? Hast du nicht schon genug Durcheinander angerichtet?

Marco zog sich zurück. Alice legte eine Hand auf den Arm des Jungen.

– Entschuldigst du mich einen Augenblick, bitte?

Diego schüttelte den Kopf, überhaupt nicht überzeugt. Alice lächelte ihn an. Er nickte und ging ein paar Schritte zurück.

Jetzt standen sie einander gegenüber. Albern, wie nur ein verliebter Mann sein kann, reichte ihr Marco die Blumen, verbeugte sich leicht und lächelte auf eine Weise, die Bescheidenheit zum Ausdruck bringen wollte.

– Entschuldige, Alice. Ich bin ein Idiot.

Sie musterte die Rosen, seufzte und verpasste ihm eine Ohrfeige mitten auf die Wange. Die Rosen flogen davon. Diego stürzte nach vor. Alice hielt ihn mit ausgestrecktem Arm auf Abstand.

– Ich komme mit dem Trottel schon zurecht.

Marco rieb sich die Wange, lächelte noch immer.

– Das habe ich verdient. Entschuldige.

– Du verdienst Schlimmeres, du Scheißcarabiniere.

– Jetzt übertreib nicht, Alice.

– Du hast übertrieben. Du musst Farideh freilassen, und zwar sofort!

– Ich kann nicht. Und selbst wenn ich könnte, würde ich es nicht tun. Eine Tonne Koks, Alice, eine Tonne! Sie gehört den Anacleti, dem Samurai, all jenen, die du angeblich bekämpfst. Farideh muss mich überzeugen, dass sie nichts davon wusste. Kannst du das verstehen?

Er wusste, das war der falsche Ton, doch er konnte nichts dagegen tun. Das war nun mal sein Leben!

– Du verstehst nicht. Sie hat nichts damit zu tu, und das weißt du auch. Du hast ihr nicht einmal eine Chance gegeben. Und verdammt, du hast mich benutzt! Du hast mich behandelt wie … wie sagt ihr doch gleich … wie ein Verräterin!

Alice hatte recht. Er hatte sie benutzt. Zu seiner Entschuldigung konnte er nur eines anführen. Er hatte sie vor einer falschen Anklage gerettet. Aber er hatte nicht an sie geglaubt. Also lieber schweigen.

– Gib mir eine Zigarette, befahl sie ihm plötzlich.

Marco gab sie ihr unverzüglich. Alice machte einen tiefen Zug.

– Hast du dir jemals überlegt, wie es da drin ist? Denkst du daran, wenn du jemanden verhaftest? Kannst du dir vorstellen, was für ein widerwärtiger Ort das Gefängnis ist, Marco?

Als er hörte, dass sie seinen Namen aussprach, verspürte er Hoffnung. Er wollte sie berühren, doch sie zog sich verärgert zurück, gestattete ihm nicht einmal die leiseste Berührung.

– Wag ja nicht, mich anzugreifen!

– Du hast recht, entschuldige.

– Und hör auf dich zu entschuldigen.

– Ja, entschuldige.

Alice warf die Kippe weg. Einen Augenblick lang glaubte Marco in ihrem Blick Spott aufblitzen zu sehen, der für gewöhnlich einem befreienden Lachen vorausging, doch er täuschte sich.

Alice seufzte. Ihr Ton wurde sanfter. Aber es war eine endgültige, unwiderrufliche Sanftheit.

– Marco, du bist kein schlechter Mensch. Aber du hast ein Problem. Ein großes Problem. Du weißt nicht, auf welcher Seite du stehst. Auf derer, die zuschlagen, oder auf derer, die einstecken. Du kannst dich nicht entscheiden. So stehst du zum Teil auf der einen und zum Teil auf der anderen Seite. Und das heißt, auf keiner.

– Alice …

– Geh mir nicht nach. Und such mich nicht. Ciao, Marco.

Sie ging zu dem Pferdeschwanz zurück. Er legte den Arm um ihre Taille, sie legte den Kopf an seine Schulter.

Marco sah, wie sie im Licht einer spöttischen Sonne in das City-Car stiegen, und begriff, dass er etwas Wertvolles endgültig verloren hatte.

Marco, der Unberührbare.

L.

Numero Otto war vor ungefähr drei Wochen vor seinen Schöpfer getreten. Und es war nicht schwierig, das *Tatami* zu finden. Denis nahm ein paar Jungs aus Ponente beiseite, zwei Stadion-Doggen, mit noch ein paar Pickeln am Kinn, aber bereits einem Messer in der Tasche. Er hatte gehört, dass sie sich rühmten, sich in „wichtigen römischen Kreisen" zu bewegen. Dass sie einer Art Nazi-Bruderschaft angehörten, die sich wöchentlich in einem japanischen Fitness-Club hinter der Giustiniana traf. Wo sie ein ungefähr fünfzigjähriger Typ, den sie Meister nannten, wie kleine Affen indoktrinierte, gemeinsam mit anderen Hohlköpfen, die genauso dumm waren wie sie. Außerdem kostete ihr Schweigen wegen des wertvollen Tipps nicht mehr als ein paar Gramm Koks. Das war der Preis der Treulosigkeit mit sechzehn Jahren.

Bingo. Er hatte Samurai ausfindig gemacht.

– Wir müssen das Schwein umbringen.

Morgana war wie von Sinnen. Bei Frauen ist Hass manchmal noch obsessiver und hält länger an als bei Männern. Und sie war voller Hass. Sie sann auf Rache. Aber Denis war jetzt ein Boss. Beziehungsweise der Boss. Und eines hatte er von Numero Otto gelernt, nämlich dass Gewalttätigkeit ohne Methode sinnlos ist.

Samurai zumindest eine Zeitlang am Leben zu lassen, war eine Möglichkeit. Man musste kein Genie sein, um das zu begreifen. Zio Nino moderte im Knast vor sich hin. Die Anacleti hatten die Bullen am Hals und konnten keinen Schritt tun. Max war von der Sondereinheit mit einer Tonne Koks geschnappt worden und würde den Rest seines Lebens im Knast verbringen. Der Markt verlangte nach neuen Bossen und neuen Regeln. Man musste lediglich ein Abkommen treffen. Und mit einer Pistole an der Schläfe würde auch Samurai zahm wie ein Schoßhündchen werden. Man musste ihn nur in seinem Versteck aufscheuchen.

Morgana hatte keine Einwände. Doch Denis wusste sehr gut, dass sie nicht einverstanden war. Aber er hielt ihr zustimmendes Schweigen für ein Zeichen der Unterwerfung, das mehr wert war als ein Blutschwur.

Zu gegebener Zeit überlasse ich ihn dir.

Samurai lag rücklings auf der Bank der finnischen Sauna im *Tatami* und sah sie nicht kommen. Und als die Tür der Holzhütte hinter ihnen zufiel, fühlte er sich plötzlich wehrlos. Das war ihm erst einmal in seinem Leben passiert. Marco Malatestas Gesicht hätte der ganzen Sache ein Ende setzen können. Doch der Finger einer Frau legte sich auf sein Brustbein, übte einen bedrohlichen Druck aus. Der kräftige Griff eines Mannes hielt seine Arme fest.

Morganas Stimme war ein Hauch.

– Stören wir?

Die Frage verhallte im Leeren. Aber Samurais Schweigen ließ die beiden gleichgültig. Der Druck auf das Brustbein wurde immer stärker und verursachte ihm einen stechenden Schmerz im Brustkorb. Denis näherte sich seinem Ohr.

– Ein höflicher Mann antwortet auf Fragen, Samurai.

Sie hatten ihm Denis gut beschrieben. Gewalttätig, sarkastisch, auf seine Weise unerschrocken. Nicht zu vergleichen mit der Hirnamöbe, deren Platz er eingenommen hatte. Doch Morgana war eine Offenbarung. Der starre Finger war schlimmer als ein Meißel, sie hätte ihm sofort das Brustbein brechen und ihn töten können.

– Ich bin nicht in der Laune für Höflichkeiten. Und ich habe keine Gäste erwartet, sagte Samurai zu Denis, und er versuchte die psychische und physische Bedrängnis zu überspielen.

– Wir wollten dir eine Überraschung bereiten.

– Ich hasse Überraschungen.

– Dann solltest du besser aufpassen.

– Es gibt nur eines, das schlimmer ist als Überraschungsbesuche. Drohungen ohne Konsequenzen.

– Wer sagt das? Die Konsequenzen hängen von dir ab.

– Was wollt ihr?

– Morgana würde dich liebend gern umbringen. Und auch ich hätte nichts dagegen. Eigentlich könnten wir es jetzt zu Ende bringen. Hier.

– Dann tut es.

– Du bist an Numero Otto gewöhnt. Aber ich bin Cesare. Ich mache dir ein Angebot.

– Was willst du?

– Alles.

– Ich muss duschen.

– Zuerst will ich ein Ja hören.

– Ja.

Shalva war etwas zu spät dran. Und als er in die Garderobe des *Tatami* kam, stellte er fest, dass Samurai neben der Dusche mit jemandem redete, den er noch nie zuvor gesehen hatte.

Es fiel ihm auf, dass der Mann Samurai extrem nahe kam. Merkwürdig, dass er es ihm erlaubte. Er wollte schon zu ihnen gehen, doch dann drückten Samurai und der Unbekannte einander fest die Hand.

Der Unbekannte, der sichtlich zufrieden war, ging in die Garderobe, ohne sich zu verabschieden. Shalva prägte sich seine Gesichtszüge ein. Er suchte sein Frotteehandtuch, fand es jedoch nicht. Er beschloss darauf zu verzichten. Die Sauna war zu dieser Uhrzeit ohnehin immer leer.

Aber nicht an diesem Nachmittag.

Morgana saß im Lotussitz da. Ihr Körper glänzte vor Schweiß. Shalva grüßte sie mit einem Kopfnicken, wie man es bei Unbekannten macht. Sie entgegnete und strich sich die schweißnassen Fransen aus der Stirn. Ein Zeichen von Aufmerksamkeit. Shalva blickte dem Mädchen in die Augen und betrachtete jeden Zentimeter ihrer Haut. Der feste, wohlproportionierte Busen, der flache Bauch, der in breite Hüften überging. Die üppigen Lippen. Sein Blick war hungrig, das konnte er nicht verbergen. Sie schien seine Gefühle zu erwidern. Dieser Mann mit unbehaartem Körper und milchweißer Haut war schön wie eine Statue. Er war zwar nicht mehr ganz jung, hatte aber wohl geformte Muskeln. Der Brustmuskel ging in breite Schultern über, die Bauchmuskeln bildeten einen perfekten Sixpack, und der Rücken mit den gut ausgebildeten Trapezmuskeln ging in die hoch angesetzten Pobacken über. Wie ein makelloser Schwarzer.

Morgana verspürte eine intensive Erregung und sah in dem Mann ihr gegenüber das Spiegelbild ihrer Erregung. Sie stand von der Bank auf, strich sich mit den Handflächen über Brust und Bauch, verließ die Sauna und ließ den Unbekannten dort zurück.

Samurai erreichte Luca auf dem Weg, der zum japanischen Haus führte. Er hatte sich von Denis und Morgana unter dem Vorwand einer Verpflichtung verabschiedet, die so viel wert war wie Spucke in einem Teich. Die beiden verlangten einen Platz an der Sonne, aber wie alle Vertreter dieser rückgratlosen Generation hatten sie nicht die Eier, bis ans Ende zu gehen. Ihre Bereitschaft, mit Alten wie ihm einen Kompromiss zu schließen, verurteilte sie zur Bedeutungslosigkeit. Sie sagten, sie wollten sich nehmen, was ihnen gehörte. Aber sie begehrten es offenbar nicht so sehr, dass sie bereit waren, es den Händen dessen zu entreißen, der es ihnen weggenommen hatte und nicht zurückgeben wollte. Auch er war einmal zwanzig gewesen. Aber er hatte die Welt herausgefordert. Er hatte getötet. Er hatte nicht um Erlaubnis gefragt. Er hatte seine Pistole nicht mit Platzpatronen geladen. Und deshalb war es nicht nur möglich, sondern notwendig, eine Generation zu überspringen, damit die Spezies überlebte. Deshalb waren das Staunen und die Wut einer neuen Jungfräulichkeit vonnöten. Der Testosteron-Dampf des Lokals war vonnöten, das er bald betreten würde.

– Die Jungs sind da, sagte Luca, und zeigte auf eine kleine Menge von Glatzköpfen. – Auch ein neuer.

Samurai blickte den Jungen an, auf den Luca zeigte, und sah Laurenti, den Sohn des Ingenieurs.

– Sie grüßten sich wortlos.

– Kennst du ihn, Samurai?

– Er heißt Sebastiano. Er ist in Ordnung. Ich habe Pläne mit ihm. Täusche ich mich oder sind es mehr Jungs als beim letzten Mal?

– Du täuscht dich nicht.

– Endlich will jemand zuhören.

– Sie sind alle wegen dir hier.

– Wir dürfen keine Fehler begehen.

– Warum sollten wir?

– Weil es schon vorgekommen ist. Und es ist keine Zeit mehr für Mittelmäßigkeit. In der Kloake, in der wir hocken, gibt es keine Erlösung, Luca. Wir müssen an einer neuen Zeit arbeiten. Unsere Zeit stinkt nach Fäulnis. Wir müssen uns am absoluten Ich messen. An der Spannung der Geste. Ich habe das Überflüssige satt. Und den ganzen Schund, mit dem es einhergeht. Der Operetten-Rassismus, der Glamour-Faschismus und die Zelluloid-Straßenbanditen verursachen mir

Brechreiz. Der Unterschied zwischen einem Arier und einem Juden liegt im Geist. Nicht in den körperlichen Merkmalen. Wir müssen uns in dem Konflikt zwischen Wunsch nach Erlösung und Verlockung der Materie stählen. Die Krise eröffnet uns riesige Bewegungsräume. Der soziale Hass wird das Europa der Bankiers bald hinwegfegen. Wir müssen bereit sein. Lies Evola, was die allernächste Zukunft anbelangt.

– Ich habe bereits damit angefangen. Aber ich weiß nicht, ob du schon einen Blick auf den Entwurf dieses Dokuments geworfen hast.

– *Aurora.* Ja, der Titel klingt nicht schlecht.

Shalva unterbrach sie. Er war länger als gewöhnlich unter der Dusche geblieben, um das Begehren, das in der Sauna explodiert war, zu verlängern oder auch abzutöten. Er umarmte Samurai, der bat Luca, sie allein zu lassen. Die Beschlagnahme der Kokslieferung in Fiumicino war nicht für die Ohren aller bestimmt.

– War das ein Zufall oder hat jemand gesungen, Samurai?

– Ich würde sagen, ein Zufall, Shalva.

– Muss ich mir Sorgen wegen Max machen?

– Sei ruhig. Ich kenne ihn. Er wird nicht singen. Er hat Kopf und Herz. Und auch Mut.

– Und die Iranerin, die bei ihm war. Ich glaube, sie heißt Farideh. Max hat sie mir in Folegandros vorgestellt. Ich muss zugeben, keine schlechte Wahl, aber …

– Das Mädchen war nicht vorgesehen.

– Genau. Du sagst, es war ein Zufall, aber ich möchte nicht, dass sich die Frau als böse Überraschung herausstellt.

– Soweit ich Max kenne, wusste sie nichts und weiß auch nichts.

– Du hast recht, mein Freund. Aber Max hätte es dir sagen sollen.

Samurai lächelte.

– Du hast recht. Aber ich vertraue ihm. Die Perserin wird ebenfalls den Mund halten. Sie hat keine andere Wahl. Wenn sie redet, klagt man sie wegen internationalen Drogenhandels an. Wenn sie sich dumm stellt, kann sie sogar davonkommen und wird vor dem Prozess entlassen. Wir behalten sie im Auge, aber ich glaube nicht, dass sie ein Problem ist.

– Übrigens, wer waren die zwei in der Garderobe?

– Zwei lästige Fliegen aus Ostia. Er heißt Denis. Sie Morgana. Stell dir vor, das Kreuz und das keltische Kreuz.

– Probleme?

– Aus der Luft gegriffene Ideen, würde ich sagen. Dumme Ideen. Wir werden sie endgültig lösen, wenn wir das Große Projekt abgeschlossen und die Luft von den letzten Insekten befreit haben. Und vielleicht werde ich dich bitten, die beiden zu zerquetschen.

– Mit Freude, mein Freund.

LI.

Pericle Malgradi schaffte es schließlich, aber nur ganz knapp.

Er musste einen Knoten lösen, ein Hindernis aus dem Weg räumen, an dem das Große Projekt zu scheitern drohte. Seine Truppe hatte sich plötzlich und unerwarteterweise aus dem Staub gemacht. Die Gemeinderäte, auf die er zählte, damit der Beschluss bewilligt wurde, fielen ab. Angezettelt hatte das ganze Durcheinander ein gieriger Faschistenhaudegen, der aufgrund seines schwabbeligen Äußeren und seiner totalen Skrupellosigkeit Jabba genannt wurde, wie die kriminelle Kröte in *Krieg der Sterne*. Der alte Kamerad, der einen Teil des Gemeinderates kontrollierte, regte sich über den „politischen Moment" auf. Seitdem die eherne Mitte-Rechts-Mehrheit einen Sitz nach dem anderen verlor, hatte der Wettlauf um „Neupositionierung" begonnen. Jabba hatte sich dabei hervorgetan. Er hatte sich deutlich von der in den letzten Zügen liegenden Regierungskoalition distanziert. Und dabei die ganze Malgradi-Truppe mitgenommen. Das Große Projekt war nur noch Ballast.

Malgradi stellte Jabba zur Rede.

– Willst du sagen, du weißt nicht mehr, wer hinter dem Geschäft steht?

– Tatsache ist, dass das Große Projekt die öffentliche Meinung spaltet. Schon die Geschichte mit dem Blog hat einen Haufen Reaktionen hervorgerufen. Es wird endlose Polemiken geben. Man wird uns mit Beschwerden überschütten.

– Aber es ist alles rechtens, das weißt du doch, oder?

– Ja, natürlich. Aber die Zeiten haben sich geändert. Die Zukunft ist ungewiss. Allein sind wir zu schwach, um es durchzuziehen. Ich sage ja nicht, dass es vorbei ist, aber nicht jetzt, Pericle, nicht jetzt.

Ja, rechtens! Ja, nicht jetzt! Erklär' das mal Samurai, Ciro Viglione, den Kalabresen … und dem Monsignore.

– Habe ich dich recht verstanden, wenn es einen breiten Konsens gäbe, könnte man die Sache durchaus durchziehen?

– Sicher, aber wo findest du heute einen breiten Konsens?

– Dafür sorge ich, du brauchst dich nur ruhig zu verhalten und mir zu versprechen, dass du zu gegebener Zeit keinen Rückzieher machst. Du und die anderen.

Die anderen, die Arschlöcher, die seit Jahren aus seiner Krippe fraßen und bei der ersten Schwierigkeit die Flucht ergriffen hatten

Jabba versprach es. Jabba war ein raffinierter Politiker. Bekanntermaßen ist das Versprechen die Zukunft, aber in der Politik gibt es keine Zukunft und keine Vergangenheit. In der Politik gibt es nur die Gegenwart.

Jabba unterschätzte Malgradi. Was die Politik der Versprechen anbelangte, hielt sich der Abgeordnete für unschlagbar. Das Faschistenschwein, das bis vor kurzem die Särge seiner Freunde, der Bombenleger, auf den Schultern getragen hatte, suchte jetzt den Konsens. Den Konsens. Ich schaffe dir den Konsens, du Trottel.

Und schlussendlich wirst du mir nicht absagen können.

Malgradi verordnete sich Abstinenz. Er hörte augenblicklich mit Koks, Viagra und Huren auf, denn in gewissen Momenten ist geistige Klarheit alles, und ging auf Shoppingtour.

Denn wenn man im *friendly fire* zu sterben droht, muss man dem Feind die Hand hinhalten.

Er machte drei Stadträte der Minderheit ausfindig, zwei alte Schlachtrösser, die aus dem letzten Loch pfiffen, keine Chance auf Wiederwahl, und einen jungen geilen Karrieristen, der so heftig mit den Ellbogen arbeitete, dass er sich von der Partei, die ihn auf das Kapitol gehievt hatte, entfernte. Ein weiterer *no future*, ein hervorragendes Ackerland.

Er begann sie zu bearbeiten.

Er erklärte ihnen, was das Große Projekt war.

– Wir haben schon davon gehört, sagten sie zuerst, – aber uns gefallen keine Betonklötze.

– Ich sorge dafür, dass sie euch gefallen.

Nach einigen Abendessen im *Paranza* und ein paar Gratisbesuchen bei den herausragenden Vertreterinnen seines Hurenparks lösten sich die anfänglichen Widerstände in Luft auf. Ein paar knisternde Geldscheine regten ein plötzliches Interesse für die „sozialen Nebeneffekte" der Operation an. Und als der Notar die Verpflichtung für gute Geschäfte schwarz auf weiß auf den Tisch legte, waren sie endgültig überzeugt.

In Blogs und in kleinen alternativen Blättern erschienen Artikel, die Jabba aufs Korn nahmen. Früher war er aufgrund seiner jugendlichen

Verirrungen die Zielscheibe der Roten gewesen, jetzt war der alte Kamerad wegen seines Widerstands gegen das Projekt zunehmenden Angriffen ausgesetzt, das von manchen Provokateuren zwar als das Absolute Böse angeprangert wurde, in Wirklichkeit jedoch tausende Arbeitsplätze garantierte. Natürlich bei strenger Wahrung aller Naturschutzbestimmungen und aller gesetzlichen Auflagen.

Die Kampagne lief im lokalen Radio und Fernsehen, schaffte es bis auf die Chronikseite des „Messaggero" und wurde dann auch von nationalen Sendern aufgegriffen. Und als ein bekannter Ökonom auf der Titelseite eines einflussreichen Organs der Linksliberalen den sozialen Wohnbau als „intelligente Antwort im Sinne Keynes auf die Krise" bezeichnete, wurde Jabba fuchsteufelwild und stellte Malgradi mit seiner traditionellen Faschistenoffenheit zur Rede.

– Was ist dir da eingefallen, du elendes Arschloch?

– Du wolltest doch den Konsens. Jetzt hast du ihn!

– Aber was redest du? Du bist verrückt. Aber ich bin verrückter als du.

– Nein, du bist höchstens behindert. Du hast schon so viel Weihwasser verspritzt, um deine Priesterfreunde zu beeindrucken, dass dein Hirn schon ganz weich geworden ist.

– Malgradi, du bist am Ende.

– Hör mir gut zu, du Arsch! Morgen werden drei Stadträte der Opposition die Tagesordnung präsentieren und den Antrag stellen, den Beschluss des Projekts sofort auf die Tagesordnung zu sezten. Das wolltest du doch, oder? Einen überparteilichen Konsens. Was machst du? Beziehungsweise, was macht ihr? Seid ihr dabei, oder muss ich eine Schmutzkübelkampagne starten?

Jabba wurde blass. Malgradi machte eine Pause, um das Debakel seines Rivalen zu genießen, dann legte er das Szenario dar.

– Die Hälfte der Linken wird sofort zustimmen. Die anderen werden folgen. Es wird eine Debatte geben. Wir fügen ein paar Varianten dazu, zum Beispiel zwei Bänke, vier Platanen, einen Kindergarten, Dinge, die den Weicheiern gefallen. Du hältst eine schöne Rede über die Notwendigkeit, in Zeiten der Krise Arbeitsplätze zu schaffen, und die Gewerkschaften halten den Mund …

– Aber ein paar werden nach wie vor dagegen sein, erwiderte Jabba, – nur, um nicht schon beim ersten Ansturm in die Knie zu gehen.

– Sicher. Nervensägen gibt es immer. Aber es werden nur ganz wenige sein. Wir schicken das Einsatzkommando, zwei Hiebe und *raus*, alle nach Hause. Habe ich mich klar genug ausgedrückt, Kamerad?

Jabba kapitulierte. Der Reihe nach erwiesen die Renegaten Malgradi die Ehre, zogen demütig und hoffnungsvoll an ihm vorbei, er drückte ihnen großzügig die Hand, gab ihnen gute Ratschläge und schickte sie zum Teufel.

Der Beschluss wurde auf die Tagesordnung gesetzt. Die Abstimmung wurde für den 14. November anberaumt.

Malgradi feierte das Ende des Ramadan mit drei Freundinnen in der *Chiocciola*. Er hatte jeder eine Perücke in einer anderen Farbe aufgesetzt: weiß, rot und grün. Um klarzumachen, dass das das Fest Italiens war, das sich nicht geschlagen gab, des gesunden Landes, das nicht jammerte und auf den Sparkurs schiss. In einem Anfall von Großzügigkeit gab er dem albanischen Portier hundert Euro. Aber als das arme Schwein mit der ewigen Leier von der Staatsbürgerschaft anfing, sagte er zu ihm, er solle scheißen gehen.

Kerion Kemani schluckte es runter, ohne mit der Wimper zu zucken, doch genau in diesem Augenblick beschloss er, es Malgradi heimzuzahlen.

Als ihm der Anwalt Parisi die Nachricht überbrachte, konnte Samurai einen Anflug echter Überraschung nicht verbergen, obwohl er wie immer Haltung bewahrte. Offensichtlich hatte er den Abgeordneten unterschätzt. Es kam wieder Wind in die Sache. Trotzdem konnte er das vage Gefühl einer bevorstehenden Katastrophe nicht loswerden, das ihn seit Tagen quälte. War es möglich, dass er sich so sehr getäuscht hatte? Nein. Das war unmöglich. Es würde schlecht ausgehen. Samurai hatte zu viel Vertrauen in sein Übermenschentum, er hatte sich einen Plan B zurechtgelegt.

Er gab Parisi genaue Anordnungen, bei denen dieser erstarrte. Samurai war ein richtiger Pessimist geworden.

– Aber warum sollte es so schlecht ausgehen, entschuldige?

– So weit ich weiß, wirst du nicht bezahlt, um Fragen zu stellen.

– Wie du willst. Ach, ich habe was vergessen: heute Abend findet im Lokal eines Freundes von Temistocle ein kleines Fest statt. Alle werden dort sein, die Anacleti, der Abgeordnete, Ciro, Perri. Und natürlich ein paar Mädchen.

– Du weißt, ich hasse Menschenansammlungen.

– Aber du bist der Ehrengast, Samurai, denn es ist dein Verdienst, wenn …

– Halt den Mund, Anwalt.

Samurai übersiedelte zu Shalva nach Trevignano.

Marco Malatesta und Michelangelo De Candia reagierten auf die Nachricht vom Gemeinderatsbeschluss mit einer Mischung aus Wut und Ohnmacht. Beide waren zu pragmatisch, um sich Illusionen hinzugeben. Das Große Projekt würde realisiert werden, und sie hatten keine Möglichkeit, es zu verhindern. Nach der Beschlagnahme der *Runa* waren die Ermittlungen im Sand verlaufen. Max, Farideh und Tito Maggio, die sich während der Verhöre aufs Leugnen verlegt und sich auf ihr Recht zu schweigen berufen hatten, waren die idealen Sündenböcke.

Damit war die Sache erledigt.

Die öffentliche Meinung war klug manipuliert, beziehungsweise die Aufmerksamkeit war auf etwas anderes gelenkt worden. Es gab keinen Beweis, aufgrund dessen man die Morde mit dem Großen Projekt in Zusammenhang hätte bringen können.

Wenn De Candia es gewagt hätte, eine Untersuchung – gegen unbekannt – anzustrengen, eine Ermittlung gegen ein Bauvorhaben zu führen, hätte er als Volksfeind gegolten. Als Verrückter. Warum hätte die Staatsanwaltschaft jemanden aufs Korn nehmen sollen, der dafür sorgte, dass eine krisengebeutelte Stadt Brot und Arbeit erhielt? Es war ja kein Verbrechen, Häuser und Häfen zu bauen. Wer hätte ihm geglaubt, wenn er zu erklären versucht hätte, dass das Projekt nicht Stadterweiterung, sondern Korruption bedeutete, nicht Arbeitsplätze, sondern Sklaverei? Ein Verrückter, der an einer Straßenecke kreischte, genau. Jetzt wussten sie sogar, wer der politische Mentor der Operation war: Malgradi, den Alice als eingefleischten Hurenbock bezeichnet hatte. Aber bekannterweise haben die Italiener großes Verständnis für alle, die käufliche Liebe praktizieren. Wenn es nicht gelang, das Geschäft mit den Leichen in Ostia und Cinecittà in Verbindung zu bringen, war die Partie verloren.

Blieben also einige Tote, die sich aller Wahrscheinlichkeit nach selber umgebracht hatten, ein Krieg, der grundlos ausgebrochen war, und ein Haufen Arschlöcher, die ungestraft davonkamen.

In einem Büro, in dem die Luft dick vor Rauch war, fiel schließlich das schreckliche Wort: Niederlage. Michelangelo versuchte die Stimmung aufzuhellen, indem er eine Redewendung gebrauchte, mit der die Unverdrossenen sich selbst ermuntern.

– Die Hoffnung stirbt zuletzt. Bis zum 14. haben wir noch eine Woche. Versuchen wir die wenige Zeit, die uns bleibt, zu nutzen.

Marco war dabei. Er versprach, er schwor, dass er die Anstrengungen verdoppeln würde. Er würde wieder zu Max ins Gefängnis gehen, er würde noch einmal Faridehs Entlassung ins Spiel bringen. Er würde alle Verdächtigen von seinen Jungs beschatten lassen. Er würde auf den Reptilienfonds zurückgreifen, um die alten Informanten zu bezahlen und sich neue zu besorgen, er würde …

Plötzlich erkundigte sich Michelangelo nach Alice.

Marcos Blick wurde eisig.

Michelangelo legte eine CD des verehrten Petrucciani ein.

– Ich muss dir ein Geständnis machen, Colonello. Mir gefällt das Mädchen. Mir hat sie von Anfang an gefallen, als ich sie zum ersten Mal gesehen habe. Und ich muss gestehen, ich habe einige Gedanken an sie verschwendet. Ich muss es dir sagen, sonst hätte ich ein schlechtes Gewissen. Ich habe sogar daran gedacht … sie zu suchen, ich meine, sie anzurufen und sie zu einem meiner Konzerte einzuladen.

Michelangelo.

– Ich weiß, das ist verwerflich. Aber jeder hat so seine Schwächen. Ich entschuldige mich. Aber ich habe es ohnehin nicht getan.

Marco kehrte nach Ponte Salario zurück. De Candia hatte eine alte Wunde aufgerissen. Das Gefühl der Niederlage ließ ihn nicht los. Alice, Alice, Alice. Alice. Sie hatte sich im kalten Nieselregen des römischen Novembers aufgelöst.

Während er zum x-ten Mal die Berichte durchlas, auf der Suche nach irgendeiner verdammten Verbindung, die ihm bisher entgangen war, dachte Marco, dass der 14. nicht nur die Deadline des Großen Projektes, sondern auch seine eigene war.

Er konnte auf die Untersuchung verzichten und Alice behalten.

Er konnte Alice verlieren und die Arschlöcher vom Angesicht der Erde tilgen.

Das war nicht dasselbe, und es roch nach Menschenopfer. Mit der Zeit würde er sich dreinfinden.

Aber er hielt nur jeweils einen Verlust aus, nicht alle gleichzeitig.

Alles auf einmal zu verlieren, wäre unerträglich gewesen.

Es bedeutete, Rom zu verlieren.

Gut. Er würde Rom verlassen.

Rom veränderte sich nicht. Rom lässt sich nicht erlösen. Remo Remotti hatte recht. Also geh scheißen, Rom.

Alba kam herein, ohne anzuklopfen. Das war mittlerweile eine Gewohnheit geworden. Je mehr er sich einigelte, desto mehr versuchte sie – vergebens – zu ihm vorzudringen.

Alba sah, dass er immer verzweifelter wurde, und konnte sich nicht erklären warum.

Wenn sie doch diese dunkelhaarige Kommunistin in die Finger bekäme! Wie hatte er sich nur derart von ihr fertigmachen lassen können!

Aber sie hatte nicht vor, auf ihn zu verzichten.

– Ich habe Spadinos Handy, sagte sie und schmiss eine Tabelle auf den Schreibtisch

– Das ist nicht möglich, erwiderte er müde. – Wir wissen nicht, was er für eine Karte verwendet hat und das Handy ist beim Brand verbrannt.

– Ich habe es gefunden, als ich Max' Handy ausgewertet habe. Es steht alles da drinnen, erwiderte sie in provokantem Tonfall und zeigte auf die Dokumente.

Marco seufzte. Tabellen waren nicht seine Stärke. Die Betreiber lieferten tröpfchenweise Informationen, so zaghaft, als hätte man sie gebeten, ihre Schwester ficken zu dürfen. Die Daten waren chaotisch und entbündelt. Sie mussten sich in dem Labyrinth von Telefonkarten, Imei-Nummern, falschen Zulassungen, ein- und ausgehenden Anrufen, Anmeldungen bei Funkzellen zurechtfinden. Alba hatte wirklich Talent für diese Präzisionsarbeit.

– Erzähl es mir, dann sind wir schneller.

Die Capitana setzte sich.

– Spadino verwendete eine Karte, die auf einen nicht existierenden Besitzer zugelassen war. Einen Rumänen.

– Woher willst du das wissen?

– Warum sollte ein Rumäne, den es gar nicht gibt, immer wieder Spadinos Mutter und Schwester anrufen?

– Red weiter.

Es gibt Telefonate mit Max und anderen der Truppe, Paja und Fieno zum Beispiel. Keine mit Numero Otto, aber darum geht es auch nicht. Kommen wir zur Nacht des 12. Juni. Es gibt ein- und ausgehende Anrufe vom Handy einer Prostituierten, Pseudonym Lara. Ich habe mich erkundigt. Das Handy dieser Lara scheint jetzt deaktiviert zu sein. Willst du wissen, seit wann? Zwei Tage nach dem Tod Spadinos am 20. Juni wurde es deaktiviert. Ich habe jedenfalls die Kontakte dieser Lara ausgearbeitet. Zahlreiche ein- und ausgehende Anrufe mit dem Handy einer anderen Prostituierten, einer gewissen Vicky Krulaitis. Gut. Diese Vicky ist zwei Monate später im Nationalpark Marcigliana gefunden worden. Von Hunden angebissen. Aufgrund der spärlichen Überreste hat man jedoch herausgefunden, dass sie seit einigen Monaten tot war. Letzter Telefonkontakt: in der Nacht des 12. Juni. Und das ist nicht alles. Lara hatte eine Website, die mittlerweile gelöscht ist. www.larasecrets.com. Sie arbeiteten zu zweit, sie und ihre Freundin …

– Vicky.

– Genau. Am 12. Juni hört Vicky auf zu kommunizieren. Zwei Monate später ist sie tot. Ihre Busenfreundin verschwindet zwei Tage nach Spadinos Tod von der Bildfläche. Sie löscht die Seite, wirft das Handy weg. Sie hat was damit zu tun. Und auch Spadino hat was damit zu tun. Aus zwei Gründen. Erstens: Er und Lara rufen sich am 12. an. Zweitens. Ein paar Tage später stirbt auch Spadino.

– Ja. Die Tatsachen passen zueinander. Spadinos Tod löst den Krieg aus. Aber bricht wegen einer toten Hure ein Krieg aus? Und wie ist sie gestorben?

– Das werden wir herausfinden, sagte Alba lächelnd, und nach einer Pause fügte sie kokett hinzu: – Ich bringe dich jetzt zum Träumen. Es ist der 14. Juni. Vicky ist seit zwei Tagen verschwunden, allem Anschein nach tot. Es ist neun Uhr vormittags. Spadino ruft die Vermittlung in der Abgeordnetenkammer an. Nun, Colonello, wenn dir die schwarzhaarige Kommunistin nicht das ganze Hirn ausgesaugt hat, woran denkst du, wenn ich sage: Huren, Spadino, also Handlanger der Anacleti, Abgeordnetenkammer …? Gleich beim ersten Mal, ja … eins, zwei … und

– Malgradi!, schrien sie gleichzeitig.

Alba stützte sich auf die Rückenlehne des Stuhls, ihre Augen glänzten vor Stolz.

So begann ihr Wettlauf mit der Zeit. Alba fügte noch ein Detail hinzu, das sich später als äußerst wichtig erweisen sollte. Alle Anrufe in der Nacht des 12. Juni waren bei derselben Funkzelle im historischen Zentrum eingeloggt worden. Lara, Vicky und Spadino befanden sich in dieser Nacht also in einem Umkreis, der sich mehr oder weniger zwischen Piazza Venezia und Ponte Sant'Angelo befand. Da fiel Marco noch etwas ein. Alice hatte ihm erzählt, dass Malgradi mit den Escortladies für gewöhnlich ins Hotel *La Chiocciola* ging.

– Und woher weißt du das?, fragte Alba.

– Vergiss es, sagte er und dachte mit leichtem Bedauern an den Idioten mit dem Pferdeschwanz. Wer weiß, ob sie wirklich in der Anna-Magnani-Suite gewesen waren.

Sie beschlossen, dort anzufangen. Sie gingen vor Mitternacht hin, gaben sich als heimliches Liebespaar aus. Der Nachtportier, ein grimmig dreinblickender Albaner, der nach Brokkoli stank, schlug den „Corriere dello Sport" zu und ließ sie nicht einmal zu Wort kommen.

– Seid ihr Polizisten oder Carabinieri?

Marco und Alba sahen sich an wie zwei kleine Kinder, die man beim Äpfelklauen erwischt hatte.

– Carabinieri, sagte Marco.

– Welcher Dienstgrad?

Alba wollte schon explodieren. Marco gab ihr einen Tritt, damit sie sich beruhigte.

– Ein hoher Dienstgrad. Du kannst uns vertrauen.

– Ich höre.

Alba zeigte ihm die Fotos, die die Techniker der Spurensicherung im Rekordtempo aus der gelöschten Seite wiederhergestellt hatten. Es waren die beiden, die sich Lara und Vicky nannten.

Der Albaner schaute, schaute noch einmal, lächelte.

– Ich Italien sehr liebe, seufzte er – aber Italien mich nicht liebt. Seit fünf Jahren warten ich und meine Schwester auf Staatsbürgerschaft.

Alba explodierte. Für wen hielt sich der Albaner? Sie waren nicht gekommen, um zu verhandeln, sondern wegen einer Identifizierung, einer Untersuchung. Wusste er etwas? Dann sollte er es bitte sagen, und zwar ohne Geschichten zu machen. Oder sie würden ihm die Hölle heiß machen. Wusste er, dass sie ihn jederzeit mit einem Fußtritt in seine Heimat zurückbefördern konnten? Verdammt, er hatte es mit dem Staat zu tun.

Der Albaner ließ Albas Ausbruch gelassen über sich ergehen, dann schüttelte er den Kopf.

– Tut mir leid, ich habe nie diese Frauen gesehen.

Marco warf Alba einen bitterbösen Blick zu und gab ihr ein Zeichen, sie solle einen Schritt zur Seite treten. Dann zog er seinen Ausweis und legte ihn vor den Portier hin.

– Also, du machst jetzt eine Kopie von meinem Dokument. Dann schreibe ich darauf, dass ich mich persönlich darum bemühen werde, dass ihr, du und deine Schwester, so bald wie möglich die Staatsbürgerschaft bekommt. Ich nehme das Blatt an mich. Wenn deine Informationen mir nützlich sind, gebe ich es dir zurück.

– Marco!, schrie Alba.

– Sonst, sagte Malatesta abschließend, noch immer zu dem Mann gewandt, – bringe ich dich noch heute Nacht ins Regina Coeli und zeige dich wegen Kuppelei an, und deine Schwester landet im Auffanglager in Tor Cervara, von wo aus illegale Einwanderer in den nächsten achtundvierzig Stunden nach Hause geschickt werden.

Wortlos nahm der Albaner den Ausweis, bat den Colonello um fünfzig Cent – „Fotokopien kosten und gratis bekommt man hier nichts" – und verschwand nach hinten ins Büro.

– Du bist verrückt geworden, zischte Alba.

Marco küsste sie auf die Wange.

– Sie stieß ihn wütend weg.

– Ich bin nicht das fünfte Rad am Wagen!

Der Albaner kam zurück, gab Marco das Original und die Fotokopie zurück und ließ sich noch einmal das Foto zeigen.

– Das ist Lara, aber jetzt nicht mehr im Milieu. Jetzt mit Filmproduzenten zusammen. Die andere, Ärmste, hieß Vicky. Arbeiteten zu zweit. Mit Verlaub, Signora, zwei Professionelle. Sie ist hier gestorben. Abend des 12. Juni.

– Woher wissen Sie das?

– Ich habe sie gesehen. Vielleicht hat zuviel erwischt. Wie sagen Sie? Überdosis. Sie waren Freundinnen von diesem Politiker, aus dem Fernsehen. Ich glaube, heißt Malgradi. An diesem Abend waren sie miteinander in der Anna-Magnani-Suite.

– Gehen wir hinauf, sagte Marco.

Der Portier hüstelte.

– Tut mir leid. Sind Gäste da. Aber ich zeige etwas anderes.

Kerion Kemani fuhr mit ihnen in die Wohnung seiner Schwester und überreichte ihnen den Kissenbezug und das Handy mit den Fotos, die er an dem Abend gemacht hatte, als Spadino und Lara Vickys Leiche verschwinden hatten lassen.

Marco und Alba tauchten mitten in der Nacht bei Michelangelo zu Hause auf. Sie baten um eine augenblickliche Verfügung gegen die Frau und Malgradi.

Der Staatsanwalt brachte sie zum Schweigen.

– Findet sie, dann unterhalten wir uns weiter. Malgradi ist tabu.

– Aber er war der Freier. Die Litauerin ist ihm unter den Händen gestorben.

– Versucht es. Er kann immer noch sagen, dass er mitten im Vergnügen einen dringenden Anruf erhielt und das Mädchen noch lebte, als er ging.

– Wir haben das Kissen. Mit seiner DNS drauf!

– Und wie ist das Kissen aufbewahrt worden? Bei der Schmutzwäsche eines Albaners, der wahrscheinlich ein Komplize der Eskapaden des Abgeordneten war. Dem du noch dazu die Staatsbürgerschaft versprochen hast. Mit diesem Szenario zerreißt uns jeder Winkeladvokat in der Luft. Ich gebe ja zu, dass ihr gute Arbeit geleistet habt, aber das reicht nicht. Findet diese Lara, sie ist der Schlüssel.

– Allerdings, schlug Alba vor, – könnten wir die Nachricht publik machen. Malgradi in die Pfanne hauen.

Michelangelo brach in Lachen aus.

– Das scheint eine schlechte Angewohnheit zu sein. Bringen sie euch das in der Akademie bei?

Marco hakte sich bei Alba ein, die verständnislos dreinschaute, und räumte das Feld, bevor der diplomatische Zwischenfall in eine Kriegserklärung ausartete.

Sie mussten also Lara finden. Offiziell hieß sie Proietti Sabrina und war schon mehrmals wegen Prostitution angezeigt worden. Die Deadline rückte immer näher, danach würden alle ihre Bemühungen umsonst sein.

Die Informanten waren in Alarmzustand versetzt worden, die Truppe zur Verhütung von Sexualdelikten wurde losgeschickt, sie überlegten sich sogar, einen Aufruf zu machen, verwarfen die Idee jedoch sofort wieder, denn wenn die Sache öffentlich wurde, hätte Malgradi als Erster davon erfahren. Und Malgradi bedeutete Samurai, Anacleti und den ganzen Clan. Für die arme Sabrina vulgo Lara bedeutete ein Nachrichtenleck das Todesurteil.

Wieder fand Alba eine Lösung. Und zwar am Vormittag des 11., drei Tage, bevor der Beschluss bewilligt wurde.

Alba hatte schon seit Jahren eine Leidenschaft für Klatschzeitschriften. Mit Vorliebe las sie Geschichten über die Liebesaffären von Kronprinzen und Starlets, und noch lieber über die pompös angekündigten Pläne der Nieten der Realityshows. Wenn sie den anderen bei ihrem eitlem Gehabe zusah, fühlte sie sich irgendwie besser. Als sie „Chi" durchblätterte, die Bibel der Klatschgeschichten, lächelte ihr plötzlich Sabrina entgegen. Sie ließ sich von einem eleganten, graumelierten Fünfzigjährigen umarmen und verkündete, dass ihre Lebensgeschichte bald verfilmt werden würde, eine große internationale Produktion mit einer Bombenbesetzung: Charlize Theron, Uma Thurman, Michael Fassbender, Viggo Mortensen. Ja, Italien ging mit der Geschichte der römischen *Pretty Baby* von nebenan nach Hollywood.

Mit Hochgenuss brachte sie die Zeitschrift zu Marco.

– Mein lieber Colonello, du verplemperst deine Zeit mit dem Zulu-Radio, aber es gibt Leute, die Kontakt zur wahren Volkskultur haben.

Der letzte Akt fand in der Dachterrassenwohnung von Eugenio Brown statt. Es war Mittag, es regnete, als Marco und Alba klingelten, lag das angesagte Paar noch im Bett.

Eugenio Brown warf sich einen dezenten, zartgrünen Kaschmirpulli über. Sabrina, ganz in Rosa, war auch ohne Schminke entzückend, und sie zuckte mit keiner Wimper, als der Colonello sie mit Lara ansprach.

– Die Geschichte meiner Freundin ist in allen Zeitungen, sprang ihr Eugenio bei, – wir haben nichts zu verbergen.

– Sie gewiss nicht, flüsterte Marco, dem der Produzent sofort sympathisch war – aber vielleicht gibt es einige Details, über die wir mit der Dame sprechen sollten. Allein.

– Nein, protestierte Eugenio. – Ich und Sabrina haben keine Geheimnisse voreinander.

Marco gab klein bei. Der Ärmste. Er trug die Stigmata des verliebten Mannes. Es tat ihm leid, dass er etwas ganz Bestimmtes tun musste, aber er hatte keine andere Wahl. Er wandte sich an Sabrina.

– Spadino ist tot, Lara. Man hat ihn umgebracht wie einen Hund. Auch Sie sind in Gefahr. Wir haben Sie gefunden, also werden auch die anderen Sie finden. Und die werden sich nicht auf ein Verhör beschränken. Deshalb haben Sie keine andere Wahl. Sie müssen uns vertrauen.

Die damenhafte Maske fiel ab. Sabrina warf Eugenio einen Blick zu, als ob sie ihn töten wollte. In einem Wasserglas löste sie zwei Briefchen Stärkungsmittel auf der Basis von Echinacea und Ginseng auf, das sie kiloweise im Bioladen des Viertels kaufte, denn eine Dame erkannte man auch daran. Sie trank das Glas in einem Zug aus.

– Ich habe dir doch gesagt, dass die Werbekampagne eine vertrottelte Idee ist. Aber du willst ja nie hören. Die wahre Geschichte der Hure Sabrina Proietti. Du hast mich ruiniert, du Idiot.

Eugenio warf ihr einen belämmerten Blick zu,

– Aber Schatz, ich …

Sabrina ignorierte ihn. Sie schlug die Beine übereinander, ließ sich von dem am Boden zerstörten Produzenten eine Zigarette geben, biss den Filter ab und spuckte ihn in den Aschenbecher, der mitten auf dem Tisch stand. Mit einem verführerischen Lächeln wandte sie sich an den Colonello, wirklich ein schönes Mannsbild.

– Und was gewinne ich dabei?

– Hängt davon ab, was Sie zu verlieren haben, erklärte Marco.

– Gut, ich war dabei, als das Mädchen abgekratzt ist. Und ich habe geholfen, ihr ein schönes Begräbnis zu bereiten …

– Sabrina … stöhnte der Produzent verzweifelt.

– Halt den Mund. Du hast die Büchse geöffnet, jetzt ist es zu spät, sie wieder zuzumachen. Also, Colonne'?

– Nun, gewisse Informationen, die zur Klärung des Falls nicht nötig sind, müssen nicht unbedingt öffentlich werden.

– Passt, sagte Sabrina abschließend. – Du willst was über dieses Schwein Malgradi wissen, nicht wahr? Dann erzähle ich dir, wie es gelaufen ist.

LII.

Der Subaru Outback im Metallic-Look kam nur mühsam voran. Das Blaulicht des Polizeiautos fiel auf eine bunt zusammengewürfelte Menge, die ganz anders war als an einem normalen Shopping-Nachmittag. Gesichter, auf denen der Ausdruck staunender Glückseligkeit lag, leuchteten im blauen Licht auf. Männer, Frauen, Familien strömten zu Fuß, auf Mopeds, auf Fahrrädern in fröhlichem Durcheinander zur Piazza Montecitorio. Sie verstopften den Gehsteig und den Busfahrstreifen.

Marco warf einen Blick auf das Thermometer am Armaturenbrett – siebzehn Grad – und schlug mit der Hand auf den Schenkel des Chauffeurs.

– Andrea, was für ein Tag ist heute?

– Samstag, Colonello.

– Das weiß ich. Das Datum. Der Wievielte ist heute?

– 12. November. Wollen Sie auch den Schutzheiligen wissen, Kommandant?

– Was?

– Das Navi dieses Autos weiß alles. Da. Heute ist der hl. Christian.

– Dabei heißt es immer, die Vorsehung habe nichts damit zu tun.

– Ich verstehe nicht.

– Macht nichts.

Er stellte die Frequenz der Einsatzzentrale ein.

– Also … wer auch immer mich hört. Die Situation auf der Piazza del Quirinale entwickelt sich. Im Augenblick zwei- bis dreitausend Personen, werden immer mehr. Menschenansammlungen auf der Piazza Colonna, Stau auf der Via del Corso. Wir empfehlen dem diensthabenden Personal in der Zone, ja nicht – ich wiederhole – ja nicht den friedlichen Zu- und Abfluss zwischen Quirinal, Montecitorio, Dataria, Via IV Novembre, Piazza Venezia zu behindern. Eventuell Hinweise auf kritische Punkte.

Der Subaru steckte jetzt mitten auf der Via del Corso fest. Malatesta hielt die Hand des Chauffeurs fest.

– Vergiss die Sirene. Das bringt nichts.

– Sicher, jetzt, wo Berlusconi geht, ist es, als wäre er erst gestern gekommen. Wie hat er doch gesagt: „Italien ist das Land, das ich liebe." Dabei ist es zwanzig Jahre her, nicht wahr, Colonello? Mir kommen sie wie vierzig vor.

– Und wer wird jetzt regieren, Colonne'?

– Ein Beamter.

– Für uns ändert sich ohnehin nichts. Wir müssen immer nur den Dieben hinterherlaufen. Rechts, links, ist doch egal. Wir haben schon alles Mögliche erlebt.

– Andrea, umso besser, dass du nur alle fünf Jahre wählen gehst.

– Colonello, im Vertrauen gesagt … ich gehe schon lange nicht mehr zur Wahl.

– Umso besser.

Malatesta betrachtete durch das Fenster die Menge rund um das Auto. Ein Typ mittleren Alters trug einen Ghettoblaster auf der Schulter – *verdammt, wo hat er das antiquarische Stück her?* –, er spielte laut Händels *Halleluja*.

Vielleicht war das nicht der richtige Abend, um die Lunte zu zünden, dachte er. Oder vielleicht doch. Der hl. Christian, die Nacht, in der eine Ära zu Ende ging, die zwanzig Jahre lang gedauert hatte. Aber ja doch, die Kabbala hatte doch einen Sinn.

Er dachte daran, was ihm Sabrina in der Dachterrassenwohnung auf der Piazza Vittorio erzählt hatte.

„Dann erzähle ich dir, wie es gelaufen ist."

Die letzte Runde also.

Er schaute auf die Uhr. Sieben Uhr. Er machte die Tür des Subaru auf und stieg aus.

– Ich gehe zu Fuß weiter. So bin ich schneller. Warte auf dem Largo dei Lombardi auf mich.

Marco stellte fest, dass das Leuchtschild auf der Straßenseite der Stiftung *Rialzati, Roma* in weiser Voraussicht ausgemacht worden war. Aber an den Silhouetten, die sich hinter den Scheiben, im beleuchteten Inneren bewegten, erkannte er, dass er nicht umsonst gekommen war. Ohne den Schritt zu verlangsamen, ging er an dem Türsteher vorbei, hielt ihm die Carabinieri-Marke unter die Nase. Dem Mädchen, das ihm an der Rezeption gegenüberstand und ihn auf 12 cm hohen

Absätzen bis in die Lounge verfolgte, gab er nicht einmal eine Antwort.

– Bitte? Signore, bitte? Wen suchen Sie?

Mauro Lotorchio tauchte auf, reichte ihm eine verschwitzte Hand.

– Mit wem habe ich das Vergnügen?

– Carabinieri-Sondereinheit. Organisierte Kriminalität. Tenente Colonello Marco Malatesta.

– Das muss ein Missverständnis sein. Wir haben niemanden gerufen. Vielleicht sind die Verbrecher, die Sie suchen, draußen auf der Straße. Hahaha!

Am liebsten hätte er dem Stockfisch im Doppelreiher eine Ohrfeige verpasst. Aber er hatte etwas anderes in petto. Er wollte ihn zwingen, klein beizugeben. Ihn und seinen Chef.

– Hören Sie, mein lieber Lotorchio. Niemand hat mich gerufen. Sagen wir, es ist ein Überraschungsbesuch. Holen Sie jetzt bitte den Abgeordneten Malgradi.

– Der Herr Abgeordnete Malgradi ist in einer sehr heiklen politischen Sitzung. Sie können sich ja vorstellen, das ist kein einfacher Augenblick für das Land. Die Verantwortung, die wir tragen, zwingt uns zu Entscheidungen …

– Lassen Sie mich raten. Zu unwiderruflichen Entscheidungen, wie es so schön heißt. Ich glaube, das habe ich irgendwo gelesen.

Die Aktentaschenträger waren darauf trainiert, sich keine Regung anmerken zu lassen, aber der Typ hatte den Wink verstanden, sein Ausdruck veränderte sich. Das Zahnpastalächeln auf den Lippen des Trottels verwandelte sich in wütendes Zittern. Jetzt. Malatesta, jetzt.

– Nun, mein Freund. Sie wissen ja, dass die Sondereinheit nicht wegen Wohnungseinbrüchen kommt, also kündigen Sie mich jetzt an. Sonst nehme ich ihre Personalien auf und unterbreche die Sitzung des Abgeordneten. Und wir gehen alle gemeinsam in die Kaserne.

Malgradi stürzte aus dem Sitzungssaal ins Vorzimmer.

Um Himmels willen, was zum Teufel wollte Malatesta? Scheiße, er wusste es ja. Er wusste, dass man diesen Hund schon lange hätte aus dem Weg räumen müssen. Was war bloß mit Rapisarda los? Hatte er ihn nicht gemeinsam mit der Terroristin, die man in San Giovanni festgenommen hatte, kaltgestellt?

Der Abgeordnete drückte Malatesta die Hand und schickte Lotorchio mit einer Handbewegung weg, mit der man einen Lakai entlässt. Er setzte eine steinerne Miene auf.

– Ich stehe Ihnen zur Verfügung, Colonello. Wenn Sie mich rechtzeitig benachrichtigt hätten, hätte ich dafür gesorgt, dass wir uns hätten an einem angenehmeren Ort und zu einem günstigeren Zeitpunkt treffen können.

– Tut mir leid, Abgeordneter, aber Sie wissen ja, wie die Dinge bei Mordermittlungen funktionieren. Plötzlich findet man die richtige Spur. Untertags, nachts. Ermittlungen lassen sich nicht mit der Uhr oder dem Kalender planen.

– Mord? Ehrlich gesagt, ich verstehe nicht.

Malgradis Gesicht war jetzt so weiß wie sein makelloses Hemd, auf dem eine goldene Krawattennadel glänzte, mit einer winzigen Trikolore zu Ehren des 150-Jahr-Jubiläums der italienischen Einigung darauf.

– Mord. Sie haben mich schon richtig verstanden, Abgeordneter. Ich würde gern wissen, ob Sie jemals von einem gewissen Spadino gehört haben. Oder, wenn es Ihnen lieber ist, von Marco Summa, wie er hieß, bevor er im letzten Sommer in einem Pinienhain verbrannt wurde. Wir haben nur noch seine Zähne gefunden.

– Wie schrecklich.

– Vielleicht hat er es so gewollt. Vielleicht wurde er bestraft, weil er sich zu sehr aus dem Fenster gelehnt hat. Oder vielleicht ist er jemandem zu nahegetreten. Oder vielleicht hat er was gesehen, was er nicht hätte sehen dürfen.

– Bitte?

– Ich habe laut nachgedacht. Aber sagen Sie mir: Sagt Ihnen der Name was?

– Überhaupt nichts.

– Denken Sie gut nach. Spadino.

– Nichts.

– Vielleicht habe ich mit Vicky mehr Glück. Sie ist Litauerin. Pardon, sie war.

– Nein, ich kenne keine Polinnen.

– Bei ihr hatten wir mehr Glück. Die Hunde haben nur die Hälfte ihres Schädels gefressen. Und als wir sie gefunden haben, war sie noch nicht völlig verwest.

Malgradi verspürte plötzlich heftigen Brechreiz.

– Hören Sie, Colonello, ich möchte nicht unhöflich erscheinen, aber ich glaube nicht, dass ich Ihnen in irgendeiner Weise nützlich sein kann. Wenn Sie mich also entschuldigen, ich möchte zu meiner Sitzung zurück. Natürlich stehe ich zu Ihrer Verfügung, wenn Ihnen noch etwas einfällt, wobei ich Ihnen helfen könnte.

Malatesta lächelte. Der Abgeordnete hatte angebissen.

Und jetzt versuchte er die Spannung der Leine ein wenig zu lockern, indem er Süßholz raspelte. Eigentlich hätte Malgradi sich aufregen können. Herumschreien, dass er ein Abgeordneter der Republik war. Er hätte ihn mit einem Fußtritt aus der Stiftung jagen und ihn auffordern können, die Formalitäten einzuhalten – das Recht dazu hätte er gehabt.

Er machte es nicht. Malgradi machte es nicht, weil er nicht konnte. Er saß in der Scheiße. Er war so schuldig wie die Sünde. Nun begann der Countdown.

Der hl. Christian. Der hl. Christian.

– Danke, Abgeordneter. Wir sehen uns bald. Sie haben mir viel mehr geholfen, als Sie sich vorstellen können.

Die Villa im Parco della Caffarella lag in totaler Dunkelheit und die Stille war unwirklich angesichts der Tatsache, dass sie nur drei Kilometer Luftlinie von dem Ort entfernt war, wo sich alles abspielte. Auf dem 43-Zoll-HD-Sony-Bildschirm im Oval Office mit den großen Erkerfenstern, das das Herz der zweitausend Quadratmeter großen Villa bildete – eine getreue Nachbildung des Büros des amerikanischen Präsidenten –, wie sich der Besitzer kokett brüstete, lief live die Sky-Übertragung von der Piazza del Quirinale. Die Stimme des Reporters ging im Lärm unter. Stimmen, Lieder, Lärm, und dann verwandelte sich ein Schrei, auf der Piazza in Gebrüll, die Pfiffe wurden zu einem brüllenden Stadion-Jingle.

„Clown, Clown, Clown, Clown!"

Fünf vor neun.

„Mafioso! Mafioso! Mafioso! Mafioso!"

Im Blitzlichtgewitter fuhren die Motorradkolonne und der nachtblaue Audi A8 in den Palazzo del Quirinale hinein. Das Gesicht des scheidenden Ministerpräsidenten leuchtete hinter der schusssicheren Scheibe auf.

Benedetto Umiltà machte dem philippinischen Lakai in der mit Borten verzierten Uniform ein Zeichen. Die Gäste saßen in cremefarbenen Sofas versunken, die halbkreisförmig um den Bildschirm standen. Der Angestellte reichte Gläser mit Spritz und Silbertabletts mit Hummerpasteten.

– Isidro, etwas anmutiger, bitte.

Monsignor Tempesta führte das Aperitifglas an die Lippen, ohne den Blick von dem riesigen Bildschirm abzuwenden. Samurai fragte, ob er weißen Tee haben dürfe.

– Sri Lanka oder Sencha Zhejiang? Beide sind aus biologischem Anbau, Signore, sagte der Filipinio mit einer tiefen Verbeugung.

– Den stärkeren. Und keinen Zucker.

Umiltà versuchte das angespannte Schweigen, das sich angesichts der Bilder vom scheidenden Ministerpräsidenten breitgemacht hatte, zu brechen.

– Sie werden sehen, der Tee ist außergewöhnlich. Ein Freund lässt ihn mir zukommen, ein hoher Beamter im Landwirtschaftsministerium. Wissen Sie, wen ich meine, Exzellenz? Um den wir uns vor einem Jahr gekümmert haben, und der von der Confraternità Dei die großartige Immobilie in Borgo Pio gekauft hat.

– Doktor Pavetta? Nein, warten Sie, ich glaube, ich verwechsle ihn mit dem mit den Mozzarelle.

– Ja, Exzellenz, Pavetta ist der mit der Fischzucht in Maratea. Der von der EU-Finanzierung, der mir bei den Baustellen auf der Autobahn Salerno-Reggio geholfen hat. Heute Abend werden wir übrigens seinen Büffelmozzarella essen. Der, von dem ich zuerst gesprochen habe, ist Doktor Giansi.

– Stimmt. Giansi. Galeazzo, nicht wahr? Der einen Bruder bei der SACE und eine Tochter im Außenministerium hat.

– Sie haben ein unfehlbares Gedächtnis.

Samurai unterbrach sie.

– Wenn wir schon von Ministerien sprechen. Ändert sich was mit heute Abend?

Tempesta lächelte. Umiltà ebenfalls.

– Ein Donner beim Ministerpräsidenten im Palazzo Chigi wird zu einem Lufthauch in den Ministerien. Das ist die Kraft der Republik. Und außerdem haben wir uns ja weitreichend abgesichert, nicht wahr?

Tempesta legte die Hände wie zum Gebet zusammen und berührte seine Nasenspitze.

– Man hat uns versichert, dass der Übergang schmerzlos sein wird. Und außerdem spreche ich als Kirchenmann, von der Höhe der tausendjährigen Weisheit der Institution, die ich, unwürdiger Sterblicher, vertrete … der Sturm wird sich verziehen, und wir werden uns mit der ewigen und unveränderlichen menschlichen Natur auseinandersetzen müssen. Und vor allem mit der ganz besonderen Natur des italienischen Volkes.

Amen, dachte Samurai mit einem Anflug von Neid. Das war genau dieselbe Moral wie die der Mafiosi und der Leute der 'ndrangheta: *caláti juncu, passa la china.* Der Tee wurde in einer Porzellantasse serviert. Samurai nahm zwei Schlucke des duftenden Getränks.

– Umso besser. Wenn die Ministerien nicht beben, wird auch das Kapitol nicht fallen. Am Montag steht unser Beschluss im Gemeinderat auf der Tagesordnung. Also noch achtundvierzig Stunden und dann können wir endlich loslegen. Malgradi hat endlich seine Pflicht erfüllt.

Auf der Piazza del Quirinale hörte man endlich wieder die Stimme des Sky-Reportes.

Eben haben wir erfahren, dass Ministerpräsident Silvio Berlusconi formal abgedankt und den Palazzo del Quirinale nach einem Gespräch mit dem Staatspräsidenten durch einen Seitenausgang verlassen hat. Morgen Vormittag wird der Staatspräsident mit den Beratungen beginnen und bereits am Montag könnte er den Auftrag zur Bildung einer neuen Regierung geben …

Umiltà nahm die Fernsteuerung und zeigte sie seinen Gästen.

– Und wenn wir etwas Musik machten?

Der Klang aus acht Bang-&-Olufsen-Premiumlautsprechern umhüllte die drei Männer in einer mächtigen Klangwolke.

Großartig. Mozart, Sinfonie Nr. 25 in C-Moll. Erster Satz. Allegro con brio. Obwohl ich mir von Ihnen, Umiltà, Beethovens Fünfte oder die Eroica erwartet hätte, sagte Samurai mit sarkastischem Grinsen.

– So vorhersehbar bin ich nicht.

– Mir sind Menschen lieber, die mich überraschen. Ich hasse Enttäuschungen.

Sie hatten nicht bemerkt, dass der Filipino wieder aufgetaucht war. Isidro kündigte den Abgeordneten an. Der Abgeordnete hatte den verzweifelten Ausdruck eines Schiffbrüchigen. Benedetto Umiltà ging ihm mit einstudierter Freundlichkeit entgegen.

– Lieber Abgeordneter, ich bitte Sie. Wir haben uns erlaubt, unseren Gaumen in Ihrer Abwesenheit mit ein paar Pasteten zu erfreuen. Hummer. Mögen Sie Hummer?

– Mit Verlaub, ich bräuchte eine Toilette. Mir geht es nicht sehr gut.

– Das kann ich mir vorstellen. Die Anspannung an so einem Abend schlägt auf den Magen.

Isidro begleitete den Gast zu einer der drei Toiletten im Erdgeschoss. Siebzig Quadratmeter, die in pompejanischem Rot tapeziert und mit Sanitäranlagen aus schwarzem Carrara-Marmor ausgestattet waren.

– Verdammt, was ist das, eine Krypta?

Er tauchte aus dem Klo auf, leer wie ein Bambusrohr. Aber, sofern das überhaupt möglich war, noch mehr durcheinander. Als er in den ovalen Salon zurückkam, stürzte er sich wie eine Furie auf Samurai.

– Das ist das Ende. Der verdammte Carabiniere, das ist das Ende.

Samurai setzte wieder seinen Reptilienblick auf. Benedetto Umiltà drückte den Pausenknopf und hielt Mozart an.

– Wovon sprichst du? Wovon zum Teufel sprichst du?

Die Spezialeinheit … sie wissen alles. Malatesta ist vor zwei Stunden in die Stiftung gekommen. Ich sage euch, sie wissen alles! Wir sind alle in Gefahr, Samurai, alle, du auch.

Samurai gönnte sich ein Lachen, bei dem Malgradi das Blut in den Adern gefror. Er erhob die Stimme.

– Und was sollte ich deiner Meinung nach verlieren? Los, sag es mir, Malgradi. Was? Ein bisschen Koks? Du schnupfst, nicht ich. Die Huren? Du fickst sie. Immer schon. Die Litauerin? Wer war bei ihr in der Nacht, als sie starb? Und wer hat Spadino angerufen? Ich nicht. Und wer hat Numero Otto gebeten, ihn zu beseitigen? Ich nicht. Du vielleicht?

– Ich könnte … gewisse Dinge erzählen, sagte Malgradi.

– Wie viele Kinder hast du, Malgradi?, fuhr Samurai fort, überraschend sanft.

– Zwei, nicht wahr? Hübsche Mädchen, hat man mir gesagt. Es wäre jammerschade, wenn ihnen etwas zustieße. Sie haben noch das ganze Leben vor sich.

– Meine Herren, ich bitte Sie!, flehte Monsignor Tempesta.

Samurai faltete die Hände und schwieg. Der Bischof betrachtete Malgradi. Der Abgeordnete lag auf dem Sofa, hatte die Hände auf das Gesicht gelegt, über das die Tränen liefen, als wartete er auf die letzte Ölung. – Abgeordneter, ich glaube, Sie brauchen etwas Ruhe.

Malgradi nahm die Hände vom Gesicht und stürzte sich auf den Bischof.

– Ruhe? Am Montag wird im Gemeinderat über das Projekt abgestimmt: mein politisches Meisterwerk. Unser politisches Meisterwerk.

– Bei dieser ganzen Geschichte, Abgeordneter, gibt es kein „unser“ mehr. Es hat nie ein „unser“ gegeben. Und das wissen Sie auch. Zwei Tage in der Politik sind unter Umständen wie eine ganzes Zeitalter. Die Regierung ist gefallen, und ich weiß nicht, wie lange Ihr kleines Geheimnis in dieser Stadt, in der jeder jeden verpfeift, geheim bleiben wird. Denken Sie nicht länger an den Beschluss, denken Sie lieber an einen gewissen Ort.

– Einen Ort?

– Sie brauchen die Wohltat der Stille. Stille ist Balsam für die Seele, genauso wie die Einsamkeit. Sie müssen sich wiederfinden. Ich habe das auch einmal mitgemacht. Sie haben das Buch ja gelesen, wissen Sie, wo meine *Moral für ein neues Jahrtausend* entstanden ist?

Samurai bat Isidro, ihm noch eine Tasse weißen Tees einzugießen.

– Großartig.

– Der Tee oder die Worte Seiner Exzellenz?, fragte Benedetto Umiltà.

– Sowohl das eine als auch das andere. Und jetzt, fürchte ich, muss ich Sie verlassen.

Samurai stand auf und Isidro reichte ihm den schwarzen Prada-Mantel. Malgradi lag auf dem Sofa wie ein gestrandeter Wal. Es sah aus, als ob er schliefe. Das Hemd war auf dem Bauch offen, ein Bein baumelte herab und ließ einen karierten Kniestrumpf sehen, der ihm bis zum Knöchel herabgerutscht war, seine Augen waren halb geschlossen. Weißer Schaum in den Mundwinkeln. Sein schwerer Atem klang wie ein Röcheln. Samurai betrachtete ihn mit derselben Gleichgültigkeit, wie er auf der Stazione Termini über die am Boden liegenden Penner stieg. Er reichte zuerst Tempesta und dann Benedetto Umiltà die Hand. Isidro begleitete ihn zum Parkplatz im Hof der Villa, öffnete ihm die Tür des schwarzen Smart.

Samurai verabschiedete sich von ihm mit einem Schlag auf die Schulter.

– Du solltest lüften, wenn du hineingehst. Es stinkt nach Tod.

In weniger als einer Stunde war Samurai in Trevignano. Es war Zeit, mit der großen Säuberung anzufangen.

Shalva war wach und sah fern. Die Liveübertragung vom Abschied des Präsidenten flimmerte ohne Unterlass über den Bildschirm. Im Augenblick liefen jedoch Archivbilder. 1994. Die Kamera mit dem Nylonstrumpf darüber zeigte den Mann in dem Augenblick, als er noch Haare auf dem Kopf hatte und „sich in die Arena begab".

Der Georgier sah fröhlich drein, mit einer kreisförmigen Bewegung des Handgelenks ließ er ein Glas Bas-Armagnac ausrauchen.

– Sieh mal einer an. Ich dachte, ein Schwein wie dich interessieren nur Pornos. Findest du das Spektakel aufregend, Shalva?

– Mein Freund, die Politik in diesem Land ist unterhaltsamer als die russische und die georgische zusammen.

– Sagen wir, man langweilt sich nicht.

– Schweine, Korruption, Verrat. Besser als jeder Porno. Das ist das Leben, Samurai. Eure Politik ist der Spiegel des Lebens.

– Ich wollte dich aber bitten, ein schönes Begräbnis zu organisieren.

– Wir geben und nehmen Leben. Sag mir, was ich machen soll.

– Erinnerst du dich an die beiden Insekten, die du im *Tatami* gesehen hast?

– Beim Gedanken an Morgana überkam Shalva heftiges Begehren.

– Unvergesslich.

– Sie müssen kaltgestellt werden. Die beiden und noch einer aus Ostia. Er heißt Robertino. Ich liefere ihn dir. Du musst nur abdrücken. Und … Shalva?

– Sag mir, Bruder.

– Das ist nur der Anfang. Wir brauchen Frischluft in Rom.

LIII.

Sie gehörten wirklich einer ebenso schmutzigen wie naiven Generation an. Sie waren bereit zu glauben, der Händedruck eines „Alten" in einer Umkleidekabine sei die Garantie für eine Amtseinsetzung.

Als Samurai am Sonntagvormittag Denis auf Skype anrief, dauerte es gerade mal ein paar Sekunden. Der Anruf war kurz genug, um keine Fragen offenzulassen. Aber nicht so oberflächlich, dass er falsch geklungen hätte.

– Denis, ich muss euch sehen. Wir müssen an die Arbeit gehen. Sofort. Morgen bekommt das Große Projekt in der Gemeinde grünes Licht.

– Warum „euch"? Reicht es nicht, wenn du mich siehst?

– Wenn ich mich richtig erinnere, warst du beim letzten Mal nicht allein. Oder hast du deine Mannschaft ausgewechselt?

– Nein, ich habe sie nicht ausgewechselt.

– Genau. Da es mir keinen Spaß macht, die augenblickliche Formation zu verändern, machen wir so weiter, wie wir angefangen haben. Und ich sage dir noch was. Ich möchte, dass nicht nur das Mädchen, sondern auch Robertino dabei ist.

– Es ist egal, ob er dabei ist oder nicht. Je weniger Dinge er im Kopf hat, je weniger Gesichter er sieht, desto besser ist es. Und du weißt ja, dass er überhaupt nichts von Bauplänen versteht.

– Ich muss allen in die Augen sehen, mit denen ich eine Abmachung getroffen habe. Robertino ist dein Problem, nicht meines. Und solange du es nicht gelöst hast, ist er für mich mit von der Partie.

– Wenn du unbedingt willst. Wo?

– Bei euch. Im *Off-Shore.*

– Wann?

– Heute Abend gegen Acht.

– Einverstanden.

Die Vorbereitung war das Schönste daran. Besser als die Ausführung. Immer. Man konnte die einzelnen Schritte genießen, spüren, wie das

Adrenalin stieg. Das hatte Shalva in Serbien von Zoran gelernt, einem Scharfschützen, der nach dem Krieg Bärenjagden für Narkos und russische Oligarchen organisierte. Er hatte ihm das Präzisionsgewehr M-93 Crna Strela Black Arrow Kaliber 50 mit ergonomischem Kolben geschenkt, dessen polierten Lauf er jetzt streichelte. Shalva hatte ihm an einem Frühlingstag das Leben gerettet, er hatte ihn aus den Händen eines Meuchelmörders aus St. Petersburg gerettet, dessen Frau er gevögelt hatte. Und die einzige Dankbarkeit, zu der Zoran fähig war, war die feierliche und bewegende Überreichung dieses großartigen Todesinstruments, das von Zastava in Kragujevac produziert wurde.

„Bären?“, hatte Zoran gesagt. „Damit habe ich mehr als hundert umgebracht. In einer Entfernung von fünfhundert Metern ist es egal, ob du auf einen Menschen oder einen Bären zielst.“

Nachdem Shalva den Schalldämpfer und die Linse des Infrarot-Zielfernrohrs überprüft hatte, steckte er zwei Magazine mit jeweils fünf Patronen in die tiefen Taschen der Khaki-Hose und befestigte zwei Noz, zwei Kampfmesser der ehemaligen jugoslawischen Armee, im Rücken, auf der Höhe des Gürtels. Für Mitte November war es ziemlich kalt, er holte eine schwarze Wollmütze mit der Aufschrift „Grand“ aus dem Schrank, das war der Name eines Hotels in Tribeca in New York, wo er einmal mit einem schwarzen Model gewesen war. Eine großartige Erinnerung. Genau richtig für wichtige Anlässe. Und das war ein wichtiger Anlass.

Er sah auf die Uhr und stieg ins Auto. Von Trevignano nach Coccia di Morto dauerte es nicht lang.

Das *Off-Shore* war menschenleer. Seit Numero Ottos Tod war es geschlossen. Die Durchsuchungen der Carabinieri, die Ermittlungen der Staatsanwaltschaft hatten eine gründliche Renovierung nahegelegt. Und Denis wollte die Patina eines südamerikanischen Bordells loswerden, die das Lokal angesetzt hatte.

„Ich möchte etwas Neues. Minimalistisch“, hatte er zu Morgana gesagt. Und eine lakonische Antwort bekommen.

„Ja, solange es kein Schwulenlokal wird.“

Deshalb und weil er die Zeit totschlagen wollte, bis Samurai kam, ging Denis mit Morgana in den Extrazimmern aus und ein, mit dem

Habitus eines Architekten, der immer wieder eine überraschende Idee hatte.

– Dieses Bett in Muschelform muss weg.

– Aber darin haben viele Platz.

– Und dann die Würfel an der Bar … weg damit. Wir wollen ja keine Neunziger-Jahre-Disco.

Sie waren wie ein junges Ehepaar in der Ikea, und Morgana wusste nicht, ob sie das beruhigte oder fuchsteufelwild machte. Sie war nicht wirklich die Freundin von Numero Otto gewesen. Und sie hatte überhaupt keine Absicht, das Eigentum von Denis zu werden. Sie war seine Freundin, aber nicht seine Frau, sie wollte nicht schwanger werden und dann ein „minimalistisches" Lokal führen, wie er sagte, und vielleicht auf ein paar jüngere Nutten aufpassen.

Robertino war draußen. Er ging am Strand auf und ab. Den beiden beim Ficken zuzusehen, war, als würde mit einem Messer in der Wunde gerührt, die Cesares Tod gerissen hatte. Der Tod seines Cesare. Er hätte ihm sagen sollen, dass die Hure sich von Denis ficken ließ, solange er noch am Leben war. Von Denis, seinem Bruder, aber ja doch! Am Tag seines Begräbnisses hatte er geschworen, dass er ihn rächen würde. Natürlich. Und was tat er? Er wartete brav darauf, dass Samurai kam. Aber nicht, um ihn umzulegen. Nein. Um Geschäfte mit ihm zu machen, verdammt noch mal. Und welche Geschäfte überhaupt? Seitdem die Geschichte mit dieser verdammten *Uoterfront* begonnen hatte, hatte Cesare angefangen zu sterben.

Robertino war wütend. Und seine Wut hielt ihn davon ab, die Ohren zu spitzen. So hörte er nicht, dass ein Auto auf dem Parkplatz des *Off-Shore* stehenblieb.

Shalva machte den Motor des Audi aus. Öffnete das Fenster. Von dieser Stelle aus hatte er eine ausgezeichnete Sicht. Die erste Silhouette, die er in der Dunkelheit sah, auf die schwaches Licht aus dem Inneren der Bar fiel, war die eines kleinen Mannes, der nervös auf den Dünen auf und ab lief, ein paar hundert Meter vom Lokal entfernt. Das war wohl der Dritte, von dem Samurai erzählt hatte. Robertino. Er beobachtete ihn eine Zeitlang, um sicherzugehen, dass Denis und Morgana nicht in der Nähe waren.

Er öffnete den Kofferraum. Zog weiche Wildlederhandschuhe an. Er nahm die M-93, kontrollierte ein letztes Mal Magazin und Fernrohr. Schraubte den Schalldämpfer auf den Lauf. Duckte sich hinter der Schnauze des Autos. Nahm eine perfekte Stellung ein. Dann legte er das rechte Auge an die Linse des Zielfernrohrs.

Kopf. Brustkorb. Kopf. Brustkorb.

In einer Entfernung von fünfhundert Metern ist es egal, ob man auf einen Menschen oder einen Bären zielt.

Krack.

Das 50-Kaliber-Projektil schleuderte Robertino gut zehn Meter weg, auf der Höhe seines Brustbeins klaffte ein Loch, das so groß war, dass man einen Arm hineinstecken hätte können.

Shalva stand auf und ging ganz langsam zu den Dünen. Blut, Fleisch und Knochensplitter waren in einem Umkreis von einigen Metern verteilt. Robertino lächelte. Seine Augen waren weit aufgerissen. Der Georgier griff sich in den Rücken und holte eines der beiden Noz-Messer hervor. Mit zwei raschen Schnitten entmannte er die Leiche und steckte ihr die Trophäe in den Mund. Dann ging er in Richtung des beleuchteten *Off-Shore.*

Denis hatte die Tür des Getränkelagers geöffnet, aus dem man am Tag von Cesares Tod in weiser Voraussicht das Waffenlager entfernt hatte. Er machte das Licht an und forderte Morgana auf, hereinzukommen. Aber sie blieb unbeweglich stehen.

– Los, steh nicht so rum. Hilf mir. Was ist?

– Ich hab was gehört.

– Das ist wohl der Wind.

– Nein, es ist nicht der Wind.

– Dann ist es Robertino, der Trottel.

– Wo ist er überhaupt?

– Keine Ahnung. Wahrscheinlich geht er am Strand spazieren.

– Na klar. Vor einer halben Stunde vielleicht.

– Mach dir keine Sorgen, es überfällt ihn schon keiner.

– Guten Abend.

Shalvas Stimme ließ sie erstarren.

Der Lauf der M-93 zielte auf beide, wanderte kaum merklich zwischen seiner und ihrer Stirn hin und her.

Denis starrte den Georgier an.

– Und wer zum Teufel bist du?

Shalva lächelte.

– Wir kennen uns. Wir haben beide eine Leidenschaft für Saunas. Ich soll dich von Samurai grüßen lassen.

Denis Sales Hirn spritzte auf eine Kiste *Corona light.* Das Projektil der 38er hatte ihn genau in die Schläfe getroffen.

Shalva drehte sich zu Morgana um, sie hielt die Pistole in der rechten Hand und streckte den Arm in Richtung der Leiche aus.

Sie starrten sich an.

Shalva zielte mit der M-93 auf Denis' Leiche. Und schoss noch einmal, Denis' Schädel explodierte.

Dann legte er die Waffe auf den Boden, ohne den Blick von dem Mädchen abzuwenden.

Morgana machte dasselbe mit der 38er. Dann nahm sie den Georgier an der Hand und führte ihn zu dem großen Muschelbett im Extrazimmer.

Zum ersten Mal in ihrem Leben spürte sie beim Sex mit einem Mann derart große Lust. Und als der letzte Orgasmus vorüber war, fand sie die Kraft zu sprechen.

– Wie heißt du?

– Shalva. Ich heiße Shalva.

– Ich bin Morgana.

Es war nicht schwierig, Samurai davon zu überzeugen, dass es kein Fehler gewesen war, das Mädchen am Leben zu lassen und dass sie keine Gefahr darstellte. Er und Shalva sprachen ja dieselbe Sprache.

– Ich bürge für sie, Bruder. Sie hat die Sache erledigt. Sie wird uns noch nützlich sein, sagte der Georgier.

– Denk daran, sie ist und bleibt eine Frau.

Dann musste Parisi die Ärmel hochkrempeln. Die Arbeit war noch nicht erledigt. Samurai rief ihn mitten in der Nacht an, als er in seiner Villa in Grottaferrata im Bett lag und neben seiner ahnungslosen Frau tief schlief.

– Anwalt, ich bezahle dich, dass du beim ersten Klingeln abhebst, nicht erst beim zehnten.

– Entschuldige, aber …

– Morgen um Punkt acht bist du bei Max in Rebibbia. Keine Minute später. Sag ihm, dass sich im *Off-Shore* kein Lüftchen mehr regt. Und dass Denis und Robertino, Gott hab sie selig, erlegt wurden wie Bären. Mit einem großkalibrigen Gewehr. Einer slawischen Waffe.

– Soll ich ihm sonst noch was sagen?

– Der Junge ist wie du. Man muss nicht allzu viele Worte verlieren.

LIV.

Ein sonniger Montagmorgen, der Blick aus Jabbas Büro auf das *Forum romanum* war von überwältigender Schönheit, allerdings vermochte das nicht die Aufregung des runderneuerten Kameraden zu lindern, der gerade die schwierigste Stunde seines Lebens erlebte. Der Teletext und alle Online-Informationsseiten brachten dieselbe Nachricht wie die Titelseiten der Zeitungen.

Drogenhandel und Verstecken einer Leiche. Abgeordneter Malgradi unter Verdacht.

Die drei Verräter von der Opposition im Gemeinderat mussten sich nicht einmal ankündigen lassen. Jabba hielt ihnen eine Rede wie drei Schülern, die einen Streich ausgeheckt hatten.

– Ihr wisst hoffentlich, dass wir angesichts der aktuellen Ereignisse das Programm ändern müssen, oder nicht? Der Beschluss existiert nicht mehr. Er ist gestorben. Ich blamiere mich doch nicht wegen eines Hurenbocks und eines Beinahe-Mörders.

Der jüngste der drei machte ein zerknirschtes, den Umständen entsprechendes Gesicht. Okay, sie waren ja bereit, den Kopf hinzuhalten, aber übertreiben musste man nun auch nicht.

– Die Fraktionssprecher beschließen die Tagesordnung. Und ich glaube, sie haben sie bereits abgeändert. Wenn ich mich nicht irre, wird heute wegen Malagrotta abgestimmt. Das Problem ist also gelöst. Das Projekt des sozialen Wohnbaus kann man ja eines Tages wiederaufnehmen … das Wort „niemals" gibt es in der Politik nicht. Wir wollen uns ja nicht in eine Polemik über Malgradis Freunde am Kapitol einmischen.

Der Kamerad stimmte ein Hyänenlachen an.

– Sie kommen mir zuvor, Stadtrat. Mir schwebt tatsächlich ein schönes Zweiparteienmanöver vor, bei dem die Mehrheit und die Opposition sich bereit erklären, das Projekt auf bessere Tage zu verschieben, in dem Wissen, dass der Sparkurs der neuen Regierung Zwänge auferlegt. Und? Was halten Sie davon? Rom statuiert ein Beispiel in Italien. Ein neues Zeitalter beginnt. Und man tut niemandem weh.

Auf Wiedersehen, Malgradi, dachte er insgeheim. Auf Nimmerwiedersehen.

Um zehn Uhr morgens rief das Labor der Spurensicherung in Ponte Salario an, dort herrschte gerade Chaos wegen der Auswertung von Spuren und Beweismitteln nach dem Blutbad im *Off-Shore*. Endlich hatte man die Waffe gefunden, mit der Numero Otto getötet worden war. Marco vergaß sofort Robertinos und Denis' geschändete Leichen, und lauschte aufmerksam dem jungen Capitano am anderen Ende der Leitung.

– Nun, Colonello, das Fragment des Projektils, das Adami Cesares Schädel entnommen worden ist, stammt aus einem Magazin mit Borghi-Patronen. Es handelt sich um antiquarische Patronen. Diese Munition wurde 1947 in Argentinien hergestellt. Wir haben einen Blick ins Archiv geworfen und überprüft, mit welchen Waffen die Patronen unter Umständen kompatibel sind. Und …

– Und?

Wir sind zu dem Schluss gekommen, dass die Pistole, aus dem der Schuss abgefeuert wurde, nur eine Mannlicher sein kann.

– Eine österreichische Pistole, die 1901 produziert wurde.

– Sehr gut, Colonello, mit Verlaub. Kennen Sie diese Pistole?

– Vergessen Sie es. Reden Sie weiter.

– Nun, das Einzige, was uns interessant erscheint, ist, dass mit dieser Pistole …

– Bereits 1985 und 1993 geschossen wurde.

– Verdammt. Das ist uns damals offenbar entgangen, ich wollte sagen …

– Sie haben ausgezeichnete Arbeit geleistet, Capitano. Sie wissen gar nicht, wie gute.

Malatesta legte schnell auf. Außer sich vor Aufregung wählte er De Candias Nummer.

– Michelangelo, Numero Otto wurde mit einer Mannlicher erschossen, verstehst du? Jetzt haben wir ihn in der Hand. Samurai ist im Arsch.

De Candias Begeisterung hielt sich in Grenzen, und seine kühle Reaktion machte Malatesta argwöhnisch.

– Du bist offenbar nicht sehr überzeugt, Michelangelo.

– Wovon sollte ich überzeugt sein? Von den Analysen der Spurensicherung oder dass wir unseren Freund an den Eiern haben?

– Entschuldige Michelangelo, Mannlicher ist gleich Samurai. Das haben wir uns tausend Mal gesagt.

– Ja, aber wo ist die Pistole?

– Die haben wir nicht.

– Genau. Also?

– Aber wir haben jemanden, der uns sagen kann, wo wir sie finden. Max. Er hat keine andere Wahl. Er sitzt bis zum Hals in der Scheiße.

De Candia schwieg eine Weile

– Sprich mit ihm. Und zwar gleich. Wenn du ankommst, liegt die Bewilligung dort.

Es war kurz vor elf, Silvana von der Aufnahme in Rebibbia begrüßte Malatesta mit einer Umarmung.

– Heute gehst du nicht zu meinen Mädchen, stimmts?

– Nein, heute will ich in die Männerabteilung.

– Ich weiß. Die Staatsanwaltschaft hat es mir mitgeteilt. Was ich dir schon längst sagen wollte: Du kannst dir gar nicht vorstellen, wie froh ich wegen dem Mädchen bin, das wegen der Sache in San Giovanni verhaftet wurde. Wie hieß sie doch gleich? Ach ja, Alice. Ich hatte es dir ja gesagt. Mein Gespür ist untrüglich.

Silvana bemerkte, dass sich der Gesichtsausdruck Malatestas plötzlich verändert hatte. Sie wechselte das Thema.

– Willst du zu dem Typen, der wegen dem Koks in Fiumicino verhaftet worden ist?

– Ja, Max.

– Heute ist viel los.

– Warum?

– Heute in der Früh war schon sein Anwalt da. Dieser Parisi. Vor Mittag rührt der für gewöhnlich keinen Finger. Diesmal war er schon vor Acht da.

Scheißdreck. Elender Scheißdreck. Malatesta hätte sich am liebsten in den Hintern gebissen. Samurai hatte ihn ausgetrickst. Aber woher wusste er von der Mannlicher?

Max strahlte. So ein Trottel.

– Da bin ich, Colonello. Ich kann mir vorstellen, worüber Sie sprechen wollen.

– Auch ich kann mir vorstellen, dass du auf dem Laufenden bist. Vielleicht hat dich sogar jemand aufgeweckt, um dir die Nachricht zu überbringen.

– Das Fernsehen, Colonello. Der Nachrichtensender ist eine tolle Erfindung. Massaker am Strand …

– Und?

– Ich habe keinen Grund mehr zu schweigen.

– Ach, tatsächlich.

– Das Massaker heute Nacht im *Off-Shore* geht auf Kosten der Slawen, sie wollten sich rächen, weil ihnen die Ladung in Fiumicino durch die Lappen gegangen ist.

– Also bist auch du dem Tod geweiht?

– Vielleicht. Vielleicht auch nicht. Hängt davon ab, was Dojcilo vorhat.

– Und wer ist das?

– Ein bosnischer Serbe. Von ihm habe ich in Folegandros die Lieferung übernommen. Er ist wohl zu dem Schluss gekommen, dass die aus Ostia sich an euch verkauft haben. Und hat die Sache auf seine Weise geregelt. Im Übrigen …

– Im Übrigen haben wir Patronen aus serbischer Produktion gefunden, und Robertino hatte seine Eier im Mund.

– Das wissen nur Sie.

– Vielleicht nicht nur ich. Ist das alles?

– Nein.

– Sag mir nicht, dass du mir nicht auch noch den Rest erzählen willst.

– Ich habe nichts zu verlieren. Ich kann genausogut alles erzählen. Cesare Adami geht auf mein Konto. Ich habe ihn erledigt.

– Und das soll ich dir glauben?

– Numero Otto ist zu weit gegangen. Paja und Fieno waren meine Jungs.

– Du hast sie verachtet.

– Sie sind schlecht informiert, Colonello.

– Dann informier' du mich. Warum hat Numero Otto Spadino umgebracht?

– Fragen Sie ihn selbst.

– Findest du das witzig?

– Nein. Ich verstehe bloß nicht, warum ich eine Antwort auf Ihre Frage haben sollte.

– Weil auch Spadino einer deiner Männer war.

– War. Bevor er starb, hat er sich selbständig gemacht.

– Was für ein Märchen erzählst du mir da?

– Genauso war es.

Max war falsch wie ein Judas. Er belastete sich selbst, dessen war sich Malatesta sicher. Aber wenn er Samurai nicht mit hineinzog, konnte dieser wieder nicht dingfest gemacht werden. Und Marco verstand auch, dass Samurai gar nichts von der Mannlicher hatte wissen müssen, denn er hatte vorausgesehen, dass sie es früher oder später herausfinden würden. Also war alles – Numero Ottos Ermordung, Max' Geständnis, bis hin zum Blutbad im *Off-Shore* – Teil eines Plans. Es hatte ewig lang gedauert, bis die Spurensicherung das Projektil gefunden hatte, aber selbst wenn sie es früher gefunden hätten – Max konnte jederzeit geopfert werden.

– Gut, Max. Jetzt hör mir mal gut zu. Tun wir mal so, als sei es so gelaufen. Und nehmen wir mal an, ich würde dir die vielen Lügen abnehmen, die du mir gerade erzählt hast. Und als Dank für meinen guten Willen erzählst du mir noch was. Nur eines. Es bleibt zwischen uns.

– Wenn ich kann, Colonello, denn Ihnen die Wahrheit zu verschweigen …

– Sag mir, wo du die Pistole versteckt hast, mit der du Numero Otto umgelegt hast. Oder, wenn es dir lieber ist – du bist ja ein Freund der Wahrheit –, sag mir, wo Samurai sie versteckt hat, bevor er dich dazu überredet hat, die Verantwortung für einen Mord zu übernehmen, den du gar nicht begangen hast.

Max brach in Lachen aus.

– Wenn ich mich richtig erinnere, habe ich sie weggeworfen.

– Du bist ein armer Idiot, Max.

– Wann, Colonello, war es in Rom jemals schwierig, ein Schießeisen zu bekommen?

– Eine Mannlicher aus dem Jahr 1901. Ein Sammlerstück. Samurais Waffe …

Max hielt dem Blick des Colonello stand, ohne die sarkastische Attitüde aufzugeben.

– Waffen bekommt man hier wie Spielzeug. Mit allen Ersatzteilen. Ist es nicht egal, ob ein Stück antik oder modern ist?

– Ich verstehe. Ich nehme an, du willst den Unsinn auch zu Protokoll geben?

– Ihr wisst, wo ihr mich findet. Ich habe in der nächsten Zeit keine Pläne.

– Weißt du, dass du hier nicht mehr rauskommst?

– Ich bin nicht das Problem. Ich habe bekommen, was ich verdiene. Farideh ist das Problem. Auch was sie anbelangt, will ich die Wahrheit zu Protokoll geben. Sie wusste nichts von der Ladung. Ich habe ihr erzählt, ich sei ein Skipper und müsse ein Boot nach Fiumicino überstellen. In Folegandros hat sie gemeinsam mit Dojcilo und mir zu Abend gegessen. Er hat sich als russischer Oligarch vorgestellt, als Stahlproduzent und Besitzer des Bootes. Fragt sie. Ich weiß, dass sie bis jetzt nicht aussagen wollte, aber Sie werden sehen, sie wird meine Worte bestätigen. Sie hat es verdient, aus der Sache rausgehalten zu werden.

Malatesta packte Max am Jackenaufschlag, zog ihn aus seinem Stuhl hoch. Seine Stirn war zehn Zentimeter von der des Jungen entfernt. Die Narbe an der Schläfe pochte wie verrückt. Er suchte ein Aufblitzen in seinen Augen. Max war heiter, gelassen. Obwohl er nach Angst stank.

Marco ließ ihn los, schleuderte ihn auf den Stuhl. Er drehte ihm den Rücken zu, klopfte an die Tür mit dem Panzerglas, um der Wache mitzuteilen, dass das Gespräch beendet war.

– Eins noch, Colonello.

– Ich habe Faridehs Vater die Hände zerschmettert. Auch das möchte ich zu Protokoll geben. Das Mädchen soll die Wahrheit erfahren.

Der Colonello drehte sich um und sah ihn ein letztes Mal an. Max hatte den Eindruck, dass der Colonello mit einem Mal müde und verzweifelt war.

– Ich verstehe, Max. Ich verstehe. Dein Meister hat ganze Arbeit geleistet. Aber du und er, ihr macht euch falsche Hoffnungen. Die Straße ist nicht mehr so wie früher. Mit einem Wort, keiner hat mehr Eier.

Einen Augenblick lang glaubte er, eine Bresche geschlagen zu haben. Max' Gesicht verdunkelte sich. Ein insgeheimes, unterirdisches, unausgesprochenes Verständnis machte sich zwischen ihnen breit. Wie zwischen zwei Feinden, die begreifen, dass sie dieselbe Sprache sprechen. Aber es war nur ein Augenblick. Max setzte ein demütiges Märtyrerlächeln auf.

Ciao, Max, dachte der Colonello mit einem Anflug von Bedauern. Du hast deine Entscheidung getroffen. Schade. Du bist besser als viele andere. Aber du hast deine Entscheidung getroffen, also geh scheißen, du Idiot.

Marco schloss die Panzerglastür hinter sich.

Game over. Alle Dominosteine lagen in einer Reihe auf dem Tisch.

Er suchte die Camel in seiner Tasche. Am *Fungo* würde er Samurai treffen.

Das Große Projekt war den Bach hinuntergegangen. Malgradi war am Ende. Andere seiner Art bereiteten sich darauf vor, den Platz einzunehmen.

Epilog

Morgen ist auch noch ein Tag.

Pisacane-Kaserne

Am 20. Dezember hielt General Rapisarda in Anwesenheit von Thierry De Roche und einem halben Dutzend hoher Beamter in voller Montur im windgepeitschten Hof der *Pisacane*-Kaserne eine feierliche Lobrede auf Marco Malatesta, „in Anerkennung der Leistung, eine beträchtliche Menge Drogen mit hohem Reinheitsgrad gefunden und ausgezeichnete Ermittlungsarbeit bei der Aufklärung verschiedener mörderischer Umtriebe geleistet zu haben".

Während ihm Rapisarda mit stolzgeschwellter Brust die Hand drückte, murmelte Marco, düster und gleichgültig:

– Morde, Herr General, die Bezeichnung mörderische Umtriebe gibt es in der italienischen Sprache nicht.

– Ach, ja, sicher … sehr gut!, erwiderte Rapisarda, der nicht einmal begriff, worum es ging. – Und ich wollte die Gelegenheit nutzen, dem offiziellen Lob meine persönlichen Glückwünsche hinzuzufügen. Ich würde mir wünschen, dass gewisse Missverständnisse, die in der Vergangenheit zwischen uns standen, auf immer vergessen sind.

Marco gab keine Antwort, nahm die Pergamentrolle, machte eine kleine spöttische Verbeugung vor dem „berittenen Carabiniere" und wollte sich schon umdrehen. Arschloch. Opportunist. Noch vor einem Monat hättest du mich am liebsten mit Fußtritten in die Hölle gejagt. Ich hätte es zulassen sollen. Vielleicht hätte ich mich dort wohler gefühlt.

Plötzlich vertraulich geworden, legte ihm Rapisarda eine Hand auf den Arm.

– Terenzi, das üble Subjekt, steht jetzt unter meiner persönlichen Kuratel. In der *Custoza*-Division. Ich habe ihn in den Stall geschickt, er muss jetzt Pferde ausmisten. Wir haben beschlossen, einen peinlichen Prozess zu vermeiden. Bei der Sondereinheit haben sie keinen Einwand erhoben, und auch mit Dr. Setola von der Staatsanwaltschaft haben wir ein vernünftiges Abkommen getroffen. In Zeiten wie diesen, wo die Ordnungskräfte mit Imageproblemen zu kämpfen haben, ist es besser, kein Aufsehen zu erregen … ich hoffe, Sie sind einverstanden.

– Wenn das alles ist, Herr General.

– Vielleicht sollten Sie ein paar Worte mit Ihrer Freundin, Frau Dr. Savelli, wechseln. Ein etwas weniger aggressives Verhalten ihrerseits … wäre ratsam.

– Angesichts meines Verhältnisses zu Frau Dr. Savelli glaube ich, dass meine Worte nur kontraproduktiv wären.

Rapisarda war sauer. Einen Augenblick lang sah er ihn mit einem Blick an, in dem der alte, aufrichtige Hass aufflammte. Aber die schleimige Qualle fasste sich sofort wieder.

– Ich verstehe Sie, ich verstehe Sie. Wir werden die Sache auf andere Weise lösen. Gut, die Carabinieri sind stolz, einen Ermittler Ihres Kalibers in ihren Reihen zu haben. Ach, noch etwas. Was diesen jungen Kollegen anbelangt, den aus dem Norden, mir fällt sein Name nicht ein …

– Brandolin.

– Ach ja, genau, Brandolin. Ihre Bitte ist erhört worden, Malatesta. Er wird mit Ihnen beim Sonderkommando arbeiten. Sind Sie zufrieden, Colonello?

Marco nickte, und um der Tortur ein Ende zu bereiten ging er zu Thierry, der die Szene mit einem sarkastischen Lächeln beobachtet hatte, das keines Kommentars bedurfte.

Im Schutz seines Vorgesetzten ging Marco zwischen Leuten hindurch, die ein echtes oder falsches Lächeln aufgesetzt hatten, ihm freundliche oder weniger freundliche Schläge auf den Rücken gaben, ihm mit geheuchelter oder aufrichtiger Freude die Hand drückten. Schließlich fand er etwas Trost bei einer Camel und dem Zuspruch seines Freundes.

– Ärgere dich nicht, das passt nicht zu dir.

– Zu Befehl, Herr General.

– Stell dir vor, fuhr Thierry, ebenfalls in sarkastischem Ton fort, heute Morgen hast du die Lobrede unseres Freundes Spartaco Liberati verpasst. Du gehörst jetzt plötzlich zu seinen *Top Ten*. Das hättest du hören sollen, heute Vormittag: Colonello Malatesta … der Held, der auf der Straße aufräumt.

– Lass mich raten, der mit Zigeunern und Kaffern aufräumt.

– Nimm mir nicht die Freude an der Überraschung. Ich habe alles aufgenommen.

Mit einer Grimasse drückte ihm Marco die Hand.

– Emanuele, mir reicht's. Ich möchte aufhören.

– Das hast du schon öfters gesagt.

– Ich kann mir auch deine Antwort vorstellen. Aber diesmal kannst du mich nicht überreden.

Der General gab ihm einen Schlag auf die Schulter. Marco hatte gute Gründe. Aber es waren die Gründe eines verletzten Tieres, irrationale Gründe. Im Augenblick war es sinnlos zu argumentieren. Doch konnten sich weder die Carabinieri noch der Staat es sich leisten, einen wie ihn zu verlieren. Der Staat, der gerade am Bröckeln war, den man stützen musste, den man zusammenkleben musste, damit er nicht auseinanderfiel, seiner großen *cupio dissolvi* nachgab.

– Bist du damit unterwegs?, fragte er und zeigte auf die Triumph Bonneville.

– Das ist eine der letzten Gewissheiten, die ich noch habe.

– Ich wünsche mir schon seit einer Ewigkeit, einmal mit dir mitzufahren, Marco.

Wortlos reichte ihm Marco einen Helm.

– Ich fahre, unterbrach ihn der General, – das ist ein Befehl.

Mit wachsendem Widerwillen hatte General Rapisarda durch das Fenster seines Büros die Szene beobachtet. Er hätte schwören können, dass die beiden über ihn sprachen. Und es war auch leicht zu erraten, wie. Und dann noch dieses Motorrad à la Steve McQueen. Ein Beamter auf einer Triumph war ja schon etwas Außergewöhnliches, aber dieser Malatesta war ja ein Anarchist. Er hatte einen Teilsieg errungen, aber das Spiel war zum Glück noch nicht aus. Zwei hohe Beamte in Uniform auf dem Motorrad waren jedoch nahezu Blasphemie. Der Sittenverfall machte mittlerweile auch vor den Streitkräften nicht Halt, dem letzten Bollwerk inmitten des allgemeinen Verfalls.

Sein Untergebener klopfte und reichte ihm ein elegantes Kuvert.

Mit einem Schauer des Wohlgefallens nahm der General die Einladung Temistocle Malgradis in Empfang.

Trevignano sul Lago und Klinik Villa Marianna

Der See ging ihr auf die Nerven. Sterbenslangweilig. Trevignano war nichts im Vergleich mit Ostia. Aber dann hatte sich Morgana doch daran gewöhnt. Shalva war schweigsam. Der Mann sprach keine Silbe zu viel. Er sprach, wie er fickte. Er beschränkte sich auf das Wesentliche. Allerdings war die Villa voller Koks, und bei ihrer Ankunft hatte er zwei diensteifrige Georgierinnen aus Bari kommen lassen. Sie wurde bedient und ehrfurchtsvoll behandelt. Frühstück im Bett, Mittag- und Abendessen bei Tisch, wann immer sie Hunger hatte, jeden Morgen frische Wäsche. Sie war eine Prinzessin geworden. Damit die Idylle, in der sie gelandet war, nicht zu langweilig wurde, hatte Morgana begonnen, Heroin zu konsumieren. Sie rauchte es. Sie beschränkte sich darauf, es zu rauchen. Bloß nicht dieses eklige Zeug aus dem letzten Jahrhundert, kein Gummiband zum Abbinden der Vene und keine Spritzen!

Sie hatte mit höchstens einem Gramm pro Tag begonnen. Auch Shalva, der sie mit Stanniolpapier und Pfeifen hantieren sah, schien die Sache amüsant zu finden. Im Gegensatz zu Koks verursachte Heroin in ihr ein Gefühl tiefen, endgültigen Friedens, das sie noch nie in ihrem Leben empfunden hatte. Die Sucht war eine Suche nach dem Ich geworden, ein Waffenstillstand mit der schmerzhaften Vergangenheit, ein Beruhigungsmittel, das den nicht verstummenden Ruf der Straße leiser werden ließ. Wie auch an jenem Nachmittag, als alles ganz schnell ging.

Sie war mit dem schwarzen Toyota Aygo nach Bracciano hinunter gefahren, um in einer nahen Höhle zu schießen – Shalva legte Wert darauf, dass sie es nicht verlernte. „Ich habe noch nie eine Frau so schießen gesehen“, sagte er immer wieder – und bei der Ampel hatten zwei Junges auf einer SH 16 neben ihr angehalten, beide um die siebzehn. Der auf dem Rücksitz hatte sie angestarrt, die Hand zum Mund geführt und die Wange mit der Zunge ausgebeult.

Schwanzlutscherin. Er bezeichnete sie als Schwanzlutscherin. Er wollte sie beleidigen.

Sie hätte darüber lachen können. Als kleines Mädchen in Ostia hatte sie das selbst oft gemacht. Mit Marzia, ihrer Busenfreundin, die mit sechzehn Jahren ihr Leben an einer Strandkiefer auf der Cristoforo Colombo ausgehaucht hatte. Sie suchten sich Männer aus, die allein im Auto saßen. Wenn möglich über sechzig. Und grinsten bei der Vorstellung, wie die Geste auf jemanden wirkte, der möglicherweise keinen mehr hochbekam.

Ja, sie hätte über die beiden dummen Jungs an der Ampel lachen können. Aber sie tat es nicht.

Sie verfolgte sie, und bei den ersten Kurven außerhalb von Bracciano, Richtung Cassia, schnitt sie ihnen den Weg ab. Zwang sie, Hose und Unterhose auszuziehen, und sich mitten in der Macchia hinzuknien.

Dann zwang sie die beiden, den kalten Lauf der 38er in den Mund zu nehmen, beim Anblick der Waffe waren sie sanft wie Lämmer geworden.

Als sie in die Villa zurückkam, wurde sie von Gespenstern verfolgt. Cesare, Denis, Robertino, der Marokkaner in Cinecittà. Sie riefen sie. Lachten, dann explodierten ihre Köpfe. Wie Luftballons. Sie kramte in der großen Mahagoni-Anrichte im Wohnzimmer, in der sie das Heroin aufbewahrte, in einem Säckchen zu 10 Deka, und beschloss, dass sie heute keine Waage brauchte. Sie erwärmte die Mischung. Sie nahm die Pfeife in den Mund und inhalierte tief.

– Halt die Augen offen. Halt deine verdammten Augen offen!

Sie kauerte auf dem Vordersitz des Audi und hörte Shalva schreien. Der Georgier hielt mit der Linken das Lenkrad des Autos, das absurd schnell fuhr, und mit der rechten rüttelte er sie, ihr Kinn war auf den Kaschmirpullover gesunken, der nass von Erbrochenem und Schleim war. In der *Villa Marianna* wartete man auf sie.

Temistocle Malgradi zeigte mit ausladenden Gesten auf zwei Hünen. Hätten sie keinen weißen Kittel angehabt, hätte man sie nie und nimmer für Krankenpfleger gehalten. Angesichts des Notfalls war er gerade mal so aufgeregt wie ein Tierarzt, der einen Hund mit Verdauungsschwierigkeiten versorgen muss. Er war in Eile.

– Ihr müsst mich entschuldigen. Ich hab zu tun. Das ist der große Tag. Der große Tag.

Mit bösartigem Glänzen in den Augen begleitete Shalva den Professor zu seinem Audi Q7.

Wenn sie starb, war er erledigt.

Morgana wurde auf eine Trage geladen und direkt in die Notaufnahme gebracht.

Shalva hielt ihre Hand.

– Du schaffst es. Du schaffst es.

Mit letzter Kraft blickte sie ihn aus weit aufgerissenen Augen an.

– Rette mich nicht, sagte sie.

Die Trage mit Morgana verschwand hinter der Tür der Intensivstation, und Shalva blieb allein auf dem Gang zurück. Gelähmt von den Worten, die er hörte.

– Ich liebe dich. Ich liebe dich.

Es waren seine Worte.

Am Tag nach der feierlichen Belobigung nahm Marco in Begleitung Alba Brunis an der ersten Anhörung im Schnellverfahren zu den Vorfällen in San Giovanni teil. Als Staatsanwalt Setola von vorneherein die Freilassung Alice Savellis gemäß Artikel 129 des Strafgesetzbuches forderte, da sie „Opfer einer Verwechslung" geworden sei, brach im Gerichtssaal der dritten Abteilung, in dem es von mehr oder weniger unschuldigen Demonstranten wimmelte, frenetischer Applaus aus. Der Vorsitzende drohte, den Saal räumen zu lassen. Es wurde ruhig. Der Verteidiger schloss sich der Bitte des Staatsanwalts an. Alice stand auf und bat, eine spontane Rede halten zu dürfen.

– Herr Präsident, Verwechslung ist in meinem Fall ein gelinder Euphemismus. Wie Dr. Setola sehr gut weiß, habe ich Maresciallo Terenzi wegen Verleumdung und Körperverletzung angeklagt.

Kein Applaus, sondern wilde Schreie. Der Vorsitzende verlor die Geduld und drohte ein zweites Mal, den Saal räumen zu lassen. Es wurde wieder still. Setola ergriff das Wort. Er erklärte, dass Alices Anzeige zu Protokoll genommen worden sei und man den Fall überprüfte. Alice wollte aufs Neue protestieren. Ihr Anwalt zog sie energisch auf den Stuhl nieder, er entschuldigte sich bei seinem Kollegen und gab mit einer Geste zu verstehen, dass der Fall, soweit es ihn betraf, abgeschlossen war. Der Vorsitzende wechselte einen Blick mit den beisitzenden Richtern, dann las er das bereits vorbereitete Urteil vor.

– Im Namen des italienischen Volkes spreche ich Savelli Alice gemäß 129 des Strafgesetzbuches frei, weil kein Tatbestand vorliegt.

Beim dritten Applaus konnte nicht einmal das Gericht Einspruch erheben, und als Alice den Gerichtssaal verließ, wurde sie von frenetischen Freudenschreien begrüßt. Begleitet wurde sie von Diego, dem Pferdeschwanz, von Farideh, die Dank Max' Aussage ein paar Tage davor freigelassen worden war, und dem alten Abbas, der endlich den Rollstuhl verlassen hatte und auf Krücken ging.

Marco wartete, bis sich die Menschenmenge aufgelöst hatte, dann ging er ihr auf dem Gang entgegen. Instinktiv legte der Pferdeschwanz die Hand fürsorglich um ihre Hüfte, ein Anblick, bei dem das Herz des Colonello blutete.

– Ich bin gekommen, um mich zu verabschieden, rechtfertigte sich Marco – und um dir zu sagen, dass ich beim Prozess gegen Terenzi aussagen werde.

– Glaubst du denn, dass es einen Prozess geben wird?, fragte der Pferdeschwanz provokant.

– Diego, bitte …, flüsterte Alice.

Der Pferdeschwanz nickte und zog sich zurück.

Marco und Alice sahen sich einen Augenblick lang an. Sie wussten nicht, womit sie anfangen sollten. Sie wussten nicht, ob sie sich noch etwas sagen mussten oder ob schon alles gesagt war.

Sie brach das Schweigen.

– Ich war hart zu dir, tut mir leid.

– Bist du glücklich?, fragte er.

Ein freundschaftliches Lächeln trat auf ihr Gesicht.

– Darum geht es nicht, Marco. Das mit uns hätte nicht funktionieren können. Ich bin das eine … und du bist das andere.

Marco überreichte ihr ein unscheinbares Päckchen, das er von zu Hause mitgenommen hatte.

– Für dich, Alice.

– Was ist das? Eine Art Abfertigung?, sagte sie im Scherz, ohne Zorn.

Aber als sie es öffnete und sah, dass der Buddha aus Burma darin war, der ihr bei ihrem ersten Besuch bei ihm zu Hause so gut gefallen hatte, trat endlich ein aufrichtiges und zärtliches Lächeln auf ihr Gesicht.

Marco kehrte um und setzte dem Selbstmitleid ein Ende. Als er bereits ein paar Meter entfernt war, hörte er sie rufen: – Ich mag dich!

Ich mag dich.

Marco fiel der alte Catull-Vers ein: *plus amo minus bene velle* … je mehr ich dich liebe, desto weniger mag ich dich. Ein erschreckend weiser Spruch eines jungen, unglücklich verliebten Mannes. Die Professoren im Gymnasium deklamierten, die Metrikregeln befolgend … *plusamò / minús / benevélle … plusamò/ minús / benevélle* … das klang schön, hübsch, lustig, nicht wahr? Gab es einen besseren Grabspruch für eine Liebe, die im Keim von der Ideologie erstickt worden war? Oder von der Dummheit eines Skalpjägers? Oder von der Uniform? Oder vom Staat? Oder von allem miteinander? Und vor allem, war es der Mühe wert gewesen?

Er behielt die Frage für sich, denn es gab keine Antwort.

Aber der spöttische Refrain, *plusamòminùsbenévelle,* ging ihm nicht aus dem Sinn. Alba, die süße, widerspenstige Alba blickte ihn mit ihren großen Augen an, in denen sich Kraft und Unterwerfung abwechselten, und zeigte auf eine Gruppe von Herren in Grisaille-Anzügen, die freudig erregt zum Ausgang gingen.

– Viglione, der Camorrista. Er wurde gerade vom Berufungsgericht freigesprochen.

– Er wird Schadenersatz wegen ungerechtfertigter Haft verlangen, stellte Marco trocken fest.

Farideh saß an einem Tisch in der *Bar Necci* und schrieb Max.

„Geliebter, sie sagen schreckliche Dinge über dich, aber ich glaube sie nicht. Ich glaube an dich. Und ich werde dafür sorgen, dass du freigelassen wirst. Ich möchte mit dir leben, auf immer und ewig. Ohne dich kann ich nicht leben …"

Millenium Pride

In einer Höhe von hundertzwanzig Metern wurde der Neuanfang gefeiert. An einem klaren Novemberabend, im Sonnenuntergang. In einem großartigen, luxuriösen Wintergarten im achtundzwanzigsten Stockwerk des höchsten Granitturms des Landes. Des *Millenium Pride.* Dem Stolz des Jahrtausends. Einer stolzen luxuriösen Erektion mitten in der grünen Lunge des EUR. Atemberaubender Ausblick in Richtung Ostia und Meer, dem Gürtel der Castelli, der antiken Stadt der Amphitheater und der Suburra. Sechshundert Wohneinheiten, die für die Besten bestimmt waren.

Für sie.

Er hatte die Idee gehabt, die Partei – „Neuanfang, was für ein vielversprechender Name" zwitscherten ein paar Damen in ihren nach Naphtalin duftenden Gewändern –, die die Dritte Republik durch den Haupteingang betreten und Rom dabei helfen würde, „sich wieder zu erheben", an diesem Ort aus der Taufe zu heben.

Er. Temistocle Malgradi.

Der Kandidat.

Der Leader einer neuen Reformpartei, „in der Mitte angesiedelt, aber progressiv. Katholisch, aber laizistisch. Liberal, aber libertär."

Der Professor.

Der neue Exponent der Zivilgesellschaft.

Der Hüter des neuen Hauses für alle. Für Waisen und Adelige. Intellektuelle und Vielfraße.

„Mein Haus wird euer Haus sein“, hatte Temistocle auf die Einladung aus Recyclingpapier geschrieben, die er an dreihundert erstklassige Adressen schicken ließ. An Manager, Staatsdiener, hohe Beamte, Kinoproduzenten, Schauspieler, Universitätsprofessoren, Anwälte, Notare, Primare, hohe Beamte, wie Rapisarda, TV- und Pressejournalisten, hohe Kirchenmänner. Mäntel, auffällige Kunstpelze, Daunenjacken strömten in den Lastenaufzug, der das unterste Stockwerk und die höchste Etage des Rohbaus verband.

Temistocle Malgradi strahlte. Im Schutz eines Hibiskus hielt er eine Hand auf dem Herzen und bedankte sich ohne Unterlass bei Mariano Tempesta und Benedetto Umiltà, die ihn so zufrieden angrinsten wie ein SUV bei der Einweihung eines Autohauses.

Die *damnatio memoriae* des Wracks Pericle war ihr Meisterwerk. Sie hatten ihn bei lebendigem Leib in Camaldoli eingemauert, in Erwartung des Prozesses, der irgendwann stattfinden würde. Bis dahin würde alles vergessen sein. Amen.

Der Kandidat klopfte vorsichtig an das Mikrofon mit dem langen Stiel. Er räusperte sich mit einstudiertem Hüsteln. Er sog den frischen Geruch des Menthol-Nasensprays ein, mit dem er seine Nase freigemacht hatte, die verstopft war, weil er eine halbe Stunde davor gesnieft hatte. Vom achtundzwanzigsten Stockwerk aus betrachtete er den *Fungo,* der vierzehn Stockwerke niedriger war. Armer *Fungo.* Er war altmodisch geworden. Aber das war nur richtig so, die Gegenwart tritt an die Stelle einer mittlerweile begrabenen Vergangenheit. Und die Zukunft ist ein neues, strahlendes Abenteuer.

– Liebe Freundinnen, liebe Freunde. Allem voran, danke. Danke! Danke! Ich wende mich an euch als Mann der Wissenschaft und somit mit wahrhaftigen Worten. In erster Linie bin ich aufgeregt, weil ich mich von nun an mit Stolz und Würde diesem wunderbaren Abenteuer widme, das ich Politik nenne. Politik, mit Großbuchstaben geschrieben. Die Politik hat meinen Vater groß gemacht und meinen Bruder in den Abgrund getrieben. Genauso wie meine Lieben sich dieser Tage gefragt haben, werdet auch ihr euch fragen, mit welchem Elan, mit welcher Kraft meine Familie wieder die Bühne der Politik betreten kann, nach dem, was Pericle zugestoßen ist. Nun, genau deswegen ist es eine Pflicht, dass ich jetzt wieder auf die Bühne der Politik trete. Eine Pflicht uns gegenüber, euch gegenüber, dem Land gegenüber. Eine Schuld kann man nur auf eine Weise sühnen. Indem man Dienst an der Gemeinschaft leistet. Und die Politik ist Dienst, wie man auf den Seiten des Werkes lesen kann, das mir in diesen Tagen bei meinen einsamen Überlegungen Gesellschaft geleistet hat, *Moral für ein neues Jahrtausend,* von Monsignor Mariano Tempesta, dem Seelenhirten, der heute hier bei uns ist, und mit dem mich, wie ich voller Stolz behaupten kann, eine tiefe Freundschaft verbindet, das solide Floß des Glaubens und der Hoffnung, auf dem mein schiffbrüchiger Bruder endlich Zuflucht gefunden hat.

Eugenio Brown gähnte bei Malgradis schleimiger Rede. Sabrina, die in dem Saal mit Glashausvegetation neben ihm saß, in einem atemberaubenden schwarzen, eng anliegenden Kleid, schauderte.

– Euge', einmal davon abgesehen, dass ich mir bei den vielen Lianen und den Zwergbäumen vorkomme wie im Zoo, pardon, wie im Biopark, möchte ich dir sagen, dass die Malgradis eine Familie von versauten Hurenböcken sind.

– Ich bitte dich, Liebling, ich bitte dich. Deine Ausdrucksweise …

– Aber wie konntest du nur auf die Idee kommen, zu dieser Veranstaltung von Arschgesichtern zu gehen?

– Liebling, man kann nicht immer delegieren. Schön langsam müssen auch wir was für das Land tun.

– Ich verstehe. Aber ausgerechnet mit Malgradi, nach allem, was geschehen ist?

– Es gibt ja keine Sippenhaftung. Von diesem Malgradi habe ich nur Gutes gehört. Ein fortschrittlicher Katholik.

– Aber ja doch.

Temistocle beendete seine Rede mit einem Crescendo, das er in den letzten Tagen vor seiner neuesten Flamme, einer ehrgeizigen Mundhygienikerin, immer wieder geübt hatte.

– Die alte Politik ist gescheitert. Und sie hat uns ein Erbe hinterlassen, das ich ohne zu zögern als historisch bezeichnen würde. Meine Herrschaften, wir müssen feststellen, dass das 20. Jahrhundert auf immer und ewig vorbei ist. Es reicht! Solange wir nach hinten blicken, können wir nicht in die Zukunft schauen! Und das sage ich sowohl den

Freunden der Rechten als auch jenen der Linken, die in den letzten chaotischen Jahren so viele Fehler gemacht haben. Die Flut der Wut, der Empörung, des Hasses, schwillt immer mehr an. Zum Teil sind wir alle dafür verantwortlich. Aber wir dürfen nicht zulassen, dass sie uns wegschwemmt. Mit Zuversicht blicken wir auf die Vereinigung der alten liberalen Tradition und der Arbeiterbewegung. Die alten Gegensätze haben sich überlebt. Unser Weg wird weder einfach noch kurz sein, und er beginnt heute, denn die Zukunft wartet nicht auf uns, sie kann es gar nicht erwarten, Gegenwart zu werden. Die Zukunft beginnt heute. Hier.

Frenetischer Applaus.

Brown wandte sich an Sabrina.

– Habe ich es dir nicht gesagt? Der ist ein anderes Kaliber. Auf jeden Fall: Mit dieser Partei kann man von vorne anfangen, nach dem, was passiert ist und was dir passiert ist, mein Liebling. Bist du dir bewusst, was für eine symbolische Kraft unsere Anwesenheit hier hat? Weißt du, was das bedeutet? Dass deine Vergangenheit besiegelt ist. Aus. Vergessen und vergeben. Ein Neuanfang, mein Liebling. Und außerdem habe ich eine Überraschung.

Sabrinas Schnute wich einem Lächeln. Diese Einleitung war ihr gut bekannt, sie wusste, wie es weiterging. Wie eine Katze näherte sie ihr Ohr Eugenios Lippen.

– Ich habe den Eindruck, es gefällt dir hier.

– Abgesehen von diesem Tarzan-Raum, ja. Ich habe gesehen, dass es hier sogar ein Kino gibt. Und ein Fitness-Studio. Und einen Pool.

Brown lächelte.

– Gerade eben habe ich mit dem Bauherrn gesprochen. Siehst du ihn? Den gut aussehenden Mann in der ersten Reihe.

– Ja. Nicht schlecht. Hat wahrscheinlich auch Kohle. Und?

– Ich habe dir eine kleine Wohnung hier im Turm gekauft. Ungefähr hundert Quadratmeter. Wenn du dich auf der Piazza Vittorio langweilst, kannst du sie als Atelier und Zufluchtsort benutzen. Ich dachte, nach dem Film brauchst du einen Raum für dich allein.

Temistocle Malgradi hatte seine Rede beendet und drückte jetzt Hände, einer nach dem anderen beglückwünschte ihn.

Sabrina strich zärtlich über Browns Nacken. Sie küsste ihn sanft auf die Stirn.

– Ich liebe dich, Euge'. Du bist mein Leben.

Tito Maggio strahlte.

In Erwartung des Urteils war er aus der Haft entlassen worden, dank Max' Geständnisses hatte er gute Aussichten davonzukommen, und Samurai hatte ihn wegen der Schuldenrückzahlung an die *Tre Porcellini* beruhigt. Ausgerechnet am Tag der Wiedereröffnung des *Paranza – Verdammt, der Carabiniere hat ihm nicht am Zeug flicken können!* – machten ihm Perri, Rocco Anacleti und natürlich auch Ciro Viglione die Aufwartung, letzterer war der Ehrengast, er war eben aus der Haft entlassen worden – ein Triumph der Justiz!

Dass Viglione der Ehrengast war, war übrigens eine weitere gute Nachricht. Die Anacleti und der Kalabrese waren ja berühmte Pfennigfuchser, während der Camorrista mit dem Geld nur so um sich schmiss. Er aß und trank immer nur das Teuerste. Er bezahlte bar und gab großzügiges Trinkgeld. Nach den Beschlagnahmen, Präventions- und sonstigen lästigen Maßnahmen von Seiten des Gesetzes kamen Kreditkarten ja nicht mehr in Frage. Auf einem unauffälligen Kärtchen, das wie zufällig auf den weißen Leinenservietten lag, stand, dass „es aufgrund vorübergehender Probleme" leider nicht möglich war, Kredit- und Bankomatkarten anzunehmen. Aber zum Glück gerieten die Dinge wieder in Bewegung, wie man auch aufgrund des Eröffnungsabends annehmen konnte. Ja. Die Kundschaft scherte sich nicht um die Probleme, die Tito Maggio mit dem Gesetz hatte. War der Fisch gut? Gab es Spitzenweine? Man lebte ja nur einmal, oder?, also zum Teufel mit Richtern und Bullen. Samurais Abwesenheit war der einzige Misston. Tito hätte erwartet, ihn im Gefolge der Truppe hereinkommen zu sehen, oder vielleicht auch einen Schritt vor ihnen. Aber keine Spur von ihm. Auch Ciro Viglione war verblüfft und verärgert.

– Samurai, der Arsch, hätte uns schon die Ehre geben können, nicht wahr? Was meint ihr?

– Es ist meine Schuld, erklärte Rocco Perri, – ich habe ihm nichts von dem Fest gesagt.

– Und warum nicht?

– Weil es besser ist, wenn wir uns zuerst im kleinen Kreis unterhalten.

Ciro Viglione betrachtete den Kalabresen, der wie immer schmierig lächelte, und sah, dass die Anacleti nickten. Es wurden also neue Allianzen gebildet. Für Samurai lief es im Augenblick wohl nicht so gut.

– Ist es an der Zeit für ein Orapronobis?, fragte der Camorrista und biss in einen Kaiserhummer, der erst vor kurzem das Zeitliche gesegnet hatte.

– Es ist noch nicht so weit, erklärte Perri, – aber gewiss hat er in letzter Zeit ein gewisses Chaos verursacht.

– Und wir haben ein wenig draufgezahlt. Wir alle, stellte Silvio Anacleti fest.

– Und Zio Nino nervt, fügte Viglione hinzu, offenbar zum Zeichen der Zustimmung.

Die anderen Tischgenossen nickten.

– Er möchte Rache, sagte Perri. – Aber ich habe ihm zur Ruhe geraten. Der Augenblick wird kommen. Jetzt geht es darum, die Banden wieder aufzubauen, herauszufinden, ob das Projekt noch tragfähig ist oder ob wir ein Kreuz drauf machen sollten …

– Samurai sagt, es ist nur eine Frage der Zeit, wandte Silvio Anacleti ein.

– Und das glaubt ihr?, fragte Viglione probeweise.

Alle zuckten mit den Schultern und seufzten. Sie wussten und wussten auch nicht. Sie glaubten und glaubten auch nicht. Und vor allem, dachte Ciro Viglione, hatten sie Angst vor ihm. Samurai, dachte der Camorrista, hatte also noch Kredit, aber er war in gewisser Weise wie ein Gefangener unter Hausarrest. Wenn er noch eine Dummheit machte, war er ein toter Mann. Warum also Zeit verlieren? Die Wahrheit war, Samurai ging allen auf die Eier. Sie sollten sich lieber vier, fünf Jungs nehmen, diese die Sache erledigen lassen, ihnen dann erklären, wie das Leben so lief, sie als Dank für die Aktion befördern, und mit ihnen von vorne anfangen. So hatte man es in Neapel in den guten alten Zeiten gemacht.

– Wenn es nach mir ginge, könnte man es auch heute Abend machen, sagte Viglione abschließend.

– Warten wir auf die Politik, Ciro, hör auf mich.

– Die Politik geht mir auf die Eier.

– Deshalb machen sie doch jetzt alles anders, oder nicht, Ciro? Erinnerst du dich an den Blutschwur? „Die großen Fische wurden klein, und die kleinen wurden Haie …"

Ciro besänftigte die Gemüter. Rocco Perri hatte den alten Mafiaschwur aus der Mottenkiste geholt. Auf diese Weise wurde die Botschaft bekräftigt und man gab zu verstehen, dass die Frage bereits geprüft und an so vielen Orten wie möglich gelöst worden war. Samurai wurde ein Aufschub gewährt. Punktum.

Er schnalzte mit den Fingern, um die Aufmerksamkeit des Kellners auf sich zu ziehen.

– Bring uns eine andere Flasche Krug. Die da ist warm.

Sebastiano, der Sohn des Ingenieurs, und Manfredi, der Sohn des Kredithais, kamen auf Manfredis Moped, kurz nach eins.

Wie ausgemacht hielt sich Manfredi im Hingergrund. Nun war der Junge dran, er hatte bereits gezeigt, dass er fähig war und würde sich bald einen Namen machen.

Sebastiano warf einen Blick durch die Fenster. Schwaches Licht, die Kellner deckten die Tische für den nächsten Tag. Noch zwanzig Minuten, höchstens eine halbe Stunde, sagte er sich. Er wechselte ein Zeichen des Einverständnisses mit Manfredi, und um die Angst zu unterdrücken, machte er zu Fuß eine Runde über die leeren Straßen im Zentrum. Die Weihnachtsdekoration verursachte in ihm eine schmerzliche Sehnsucht nach den Dingen, die nie wieder sein würden. Noch vor einem Jahr war er ein glücklicher Junge gewesen. Er hielt die Welt in den Händen und war sich dessen gar nicht bewusst. Jetzt war er nur noch ein Habenichts. Aber gleichzeitig stand eine Wende bevor. Er war ungeduldig. Er ging zum *Paranza* zurück. Manfredi hatte sich irgendwo versteckt. Die Kellner gingen der Reihe nach nach Hause. Als letzter ging der Koch. Endlich ging das letzte Licht aus. Der Sohn des Ingenieurs zog sich den Nylonstrumpf über den Kopf, kontrollierte den Schalldämpfer, nahm die Waffe in die Hand, atmete tief durch und wartete, bis Tito Maggios untersetzter Körper aus der Tür trat.

– Kein Wort, keine Bewegung, geh wieder hinein, befahl er und zielte mit dem Revolver auf ihn.

– Aber was zum Teufel …

– Geh hinein, hab ich gesagt.

Tito Maggio gehorchte.

– Mach die Tür zu und mach das Licht an. Das schwache Licht. Gut so. Jetzt gehst du zur Kassa und nimmst das Geld heraus.

– Das Geld hab ich hier, sagte Tito und zeigte auf die Börse, die an seinem Gürtel befestigt war.

– Her damit.

Tito Maggio war kein mutiger Mensch. Er dachte, verdammt, der Trottel solle sich ruhig das Geld nehmen, und auf Wiedersehen. Aber dann dachte er, dass die *Tre Porcellini* angesichts der Umstände womöglich nicht an einen Raubüberfall glauben würden. Vielleicht sagten sie sogar, er habe alles erfunden, um das Geld zu behalten. Womöglich bekam auch Samurai Wind davon. Womöglich glaubte es auch Samurai. Ohne seine Protektion war er erledigt. Also nahm er allen Mut zusammen, den er gar nicht hatte.

– Hört mal, Jungs … keine Ahnung, ob ihr mich kennt … ich bin Tito Maggio. In Rom bin ich mit allen befreundet. Und vor allem bin ich Samurais Freund … ihr wisst doch, wer Samurai ist, oder?

– Gib mir die verdammte Börse. Langsam verliere ich die Geduld.

Aber wer war dieses Arschloch? Woher kam er? Wusste er denn nicht, dass Samurai ganz Rom in der Hand hatte? Dass alle, die sich gegen ihn stellten, erledigt waren?

– Tun wir so, als ob du dich getäuscht hättest, Junge. Du gehst jetzt hier raus und wir sind wieder Freunde. Schau, ich gebe dir hundert, zweihundert Euro … Tun wir so, als ob ich dich zum Essen eingeladen hätte. Zu einem schönen Gratisessen in der *Paranza,* das können sich nicht alle leisten.

Sebastiano verspürte eine übernatürliche Kälte. Er dachte an die Anweisungen Manfredis, des armen Idioten, an seinen frivolen und manchmal spöttischen Tonfall.

„Tito Maggio hat ein Laster. Er zahlt keine Schulden. Deshalb müssen wir ihm eine Lektion erteilen. Aber nur eine kleine, wir wollen ihn ja nicht aus dem Verkehr ziehen. Du gehst hin, lässt dir die Tageseinnahmen geben, dann sagst du zu ihm: Schau, Tito, man muss Schulden bezahlen, und er versteht, wer ihm die Lektion erteilt hat, und hört auf, Dummheiten zu machen. Dann gehst du nach Hause und ich sage zum Notar, er solle den Akt unterschreiben, den wir in der Zwischenzeit aufgesetzt haben."

„Und wenn er sich zur Wehr setzt? Soll ich ihn dann erschießen?"

„Der und sich zur Wehr setzen? Er ist ein Hosenscheißer."

Doch Tito Maggio setzte sich zur Wehr. Und das machte die Dinge einfacher.

Tito Maggio war wie Manfredi, wie Sor Scipione, wie die Geier, die ihn ausgenommen hatten, wie die Schänder seines Vaters. Nur Samurai war anders. Samurai hatte ihm die Leidenschaft der Revolte eingeimpft. Er hatte den Hass in reine Energie verwandelt. Gut. Gut.

Sebastiano schoss. Einmal, zweimal, dreimal. Tito Maggio fiel tonlos zu Boden, mit erstauntem Blick. Hast du das wirklich gemacht, Junge? Muss es mit uns so enden …

Der Sohn des Ingenieurs nahm die Strumpfhose ab, nahm die Börse. Sie war voller Scheine. Manfredi hatte die Detonation gehört und stürzte ins Lokal.

– Verdammt, was hast du gemacht? Bist du verrückt geworden? Gib mir die Scheißpistole, Sebastia'.

Er zielte auf ihn, genoss seinen entsetzten Blick und erschoss ihn. Zwei Schüsse. Einen ihn den Unterleib. Der ist für Chicca. Den zweiten in den Kopf. Der ist für das Leben, das du mir genommen hast.

Samurai zelebrierte auf der Terrasse der Villa gerade das Tai Chi der Starken und Unzerstörbaren, als er einen Skype-Anruf erhielt.

– Alles erledigt, Meister.

Sebastiano war ganz ruhig. Samurai nickte.

– Sehr gut. Jetzt tauchst du eine Zeitlang unter. Du weißt ja, wo. Den Rest erledige ich.

Als Samurai mit dem SUV vor dem *Paranza* vorfuhr, wimmelte es dort von Bullen, die ihn zuerst nicht hineinlassen wollten. Sein Blick kreuzte den von Marco Malatesta. Mit einer Geste bedeutete der Colonello seinen Männern, den Banditen ins Lokal zu lassen.

Drinnen streichelte Sor Scipione die Leiche seines Sohnes – eine groteske Parodie auf Michelangelos *Pietà*. Samurai betrachtete ihn wie beiläufig und mit gerunzelter Stirn. Die Würmer waren enttäuscht. Sie hatten ihn abstellen wollen. Sie würden nie verstehen.

Dann beugte er sich über die Leiche des fetten Wirts und faltete die Hände zum hinduistischen Gruß.

– Namaste, Tito!

Der Colonello bekam eine Wut, die genauso animalisch wie gesund war. Also kein diplomatischer Urlaub, kein „ich höre auf und gehe", ganz im Gegenteil. Im Krieg heißt Flucht Desertion. Und verdammt, das war ein Krieg.

– In einem Punkt hattest du recht, Samurai. Rom hat keinen Boss mehr. Nicht einmal du bist imstande, diese Hunde an der Kette zu halten. Ich fange bei ihnen neu an. Und ich werde dich kriegen.

Samurai zog eine Augenbraue in die Höhe. Schade. Marco verstand noch immer nicht. Die Spielregeln hatten sich geändert.

– Das *Paranza* ist nicht mehr so wie früher. In letzter Zeit hat man hier schlecht gegessen. Der arme Tito war alt geworden. Wir sehen uns bald, Marco.

Auf der Straße, etwas später

Während die Spurensicherung die Tür des *Paranza* mit Leuchtband verklebte, warf Marco einen letzten Blick auf Scipione, der in der Blutlache seines Sohnes kniete, und auf Tito Maggio, der durch die Leichenstarre eine noch groteskere Abschiedsgrimasse zog.

Auch Bruni und Brandolin waren gekommen, er flüsterte ihnen nur ein paar Routinebefehle zu und verabredete sich für den nächsten Tag in Ponte Salario. Dann ging er langsam in Richtung Via del Gonfalone, wo er seine Bonneville abgestellt hatte.

Rom war menschenleer. Es war eine eiskalte Nacht und es roch nach verbranntem Holz, in den Kaminen der „wichtigen" Häuser der Stadt wurde nach wie vor mit Holz geheizt. Wie lange hatte er schon keinen Kamin angeheizt? Wann hatte er zum letzten Mal eine ruhige Nacht gehabt, in der ihn die Erinnerungen nicht quälten?

Er beugte sich über den Starter der Bonnie und wartete, dass die beiden verchromten Auspuffrohre kleine weiße Wolken ausstießen, während der Motor hochtourig schnurrte.

Der Lärm störte eine Möwe auf, die mit dem Schnabel im Gekröse einer Taube pickte. Er hatte den Eindruck, dass der Vogel ihm einen langen, bösen Blick zuwarf. Dann flog er davon und kreischte ärgerlich.

Mit langsamen, automatischen Gesten streifte Marco die Handschuhe über, schloss die Schnalle des Jet-Helms mit dem Union Jack im Nacken, ließ das Plexiglasvisier herunter und zog den Paschminaschal über die Nase. Er erinnerte ihn an das andere Leben, zu dem er zurückkehren wollte, um die Rechnung zu begleichen.

Der erste Gang rastete mit einem Klacken ein, hallte in der Stille der Gassen hinter dem Jugendgericht wider, trotzdem hörte man, dass ein

Motor angelassen wurde, doch in der Dunkelheit erkannte er nicht sofort, dass es sich um einen SUV handelte. Der SUV folgte ihm mit ausgemachten Scheinwerfern, bis er auf den Lungotevere di Tebaldi einbog.

Während er den Fluss entlangfuhr, der Reihe nach die Brücken und die blinkenden Ampeln passierte, die ihn von der Flaminia trennten, sah er im Oval des Rückspiegels zwei Scheinwerfer, die ihm mit gleichbleibender Geschwindigkeit folgten.

Auf der Höhe des Ponte Duca d'Aosta war sich Marco dann sicher, dass der Verfolger auf ihn wütend war. Er hätte an den Straßenrand fahren können und mit einem Handyanruf der eindeutigen Verfolgung ein Ende setzen, den bedrohlichen Tanz beenden können. Aber er machte es nicht. Er warf einen Blick auf die andere Seite des Tibers, auf das Stadio Olimpico, das in der Dunkelheit lag, und dachte an die Worte Samurais vom Tag, als er ihm zum ersten Mal wieder in die Augen geblickt hatte.

„Hör mit dem Motorradfahren auf. Du bist zu alt dafür, Marco. Und Rom ist eine gefährliche Stadt."

Er schaltete rasch vom vierten auf den dritten zurück, gab Gas und steuerte direkt auf jenen Teil des Lungotevere Thaon di Revel zu, der zur Rampe des Corso di Francia führte. Er schrie, als ob er einen Schrei übertönen wollte. Den der Pferde unter seinem Sattel.

– Ich weiß, dass du es bist. Ich weiß, dass du es bist. Hol mich! Hol mich!, schrie er und erhob sich auf den Pedalen.

Der SUV holte in Sekundenschnelle auf und an der Mündung des Corso di Francia betrug der Abstand zwischen der Stoßstange des schweren Gefährts und der Bonneville nur noch wenige Meter. Marco starrte auf die Gerade vor ihm. Er erinnerte sich an die Nächte in seiner Kindheit, als er und andere Jungs versucht hatten, Wheelies auf dem Asphalt zu machen, dem Zement und dem Marmor der Fußgängerbrücke über den Fluss zum Trotz.

Der SUV scherte nach links aus, fuhr parallel neben ihm her. Der Drehzahlanzeiger der Bonneville war schon im roten Bereich, während die riesigen Reifen des SUV fast den Vorderreifen der Bonneville berührten.

Marco machte ein Wheelie, um einen Zusammenstoß zu vermeiden. Der SUV brach nach rechts aus. Der Crash, der darauf folgte, schien der letzte Ton eines wertlosen Lebens zu sein.

Malatesta stand schwankend auf. Sein Mund war voller Blut, der Paschminschal war blutgetränkt. Er fühlte einen stechenden Schmerz in seinem linken Bein. Er beschloss nicht hinzusehen. Er warf den Helm weit weg und als er den Kopf hob, stellte er fest, dass der SUV in einer Entfernung von ungefähr fünfzig Metern von der Stelle zum Stehen gekommen war, wo die Bonneville auf dem Boden aufgeprallt und zerschellt war. Das Auto war gegen eine Ampel gekracht. Aus der halb offenen Tür auf der Gehsteigseite versuchte ein Mann aus dem Fahrgastraum zu kriechen.

Malatesta hob ein Metallstück vom Boden auf. Wahrscheinlich der Kupplungshebel des Motorrades. Der Aufprall hatte ihn in einen Meißel verwandelt.

Als er zum SUV kam, sah er ihn.

Samurai natürlich.

Mit dem spitzen Metallteil in der rechten Hand stürzte er sich zuerst auf die Tür und dann auf das Fensterglas, es splitterte.

Der Lenker lag auf dem Airbag, allem Anschein nach leblos. Samurais Gesicht war blutüberströmt. Malatesta packte ihn mit dem ganzen Hass, zu dem er fähig war, und zog ihn aus dem Auto. Seine Beine waren wohl gebrochen, denn er sackte zusammen wie ein Sack. Rücklings auf dem Asphalt liegend blickte er ihn von unten an, ohne einen Ton von sich zu geben, mit weit aufgerissenen Augen. Marco spuckte ihm ins Gesicht, sein Mund war voller Blutklumpen und Schleim. Dann trat er ihm mit dem rechten Bein, das er im Gegensatz zum linken fühlen und kontrolliert einsetzen konnte, gegen Knöchel und Schienbeine.

Ein Schwall Tränen trat aus Samurais Augen.

– Tu es, Marco. Mach es gleich, denn es wird kein weiteres Mal geben.

Malatesta hob den Meißel auf die Höhe der Schulter, dann spürte er, wie ein kräftiger Körper sich auf ihn stürzte und ihn zu Boden warf.

Auf der Seite liegend kreuzte sein Blick erneut den von Samurai. Capitano Alba Bruni legte Samurai Handschellen an. Dann drehte sich Marco zu dem Mann um, der ihn daran gehindert hatte, sein Leben zu ruinieren. Oder Gerechtigkeit zu üben.

– Wie geht es Ihnen, Colonello?

– Besser als je zuvor, Brandolin.

– Du hast deine Gelegenheit verpasst, Marco.

Samurais Röcheln verschmolz mit dem Kreischen der Möwen. Beide kamen aus der Nacht. Oder von sonst wo.